10/21

M
El hombre
de la providencia

Antonio Scurati

M
El hombre
de la providencia

Traducción del italiano de Carlos Gumpert

ALFAGUARA

Papel certificado por el Forest Stewardship Council®

MIXTO
Papel procedente de
fuentes responsables
FSC® C117695

Penguin
Random House
Grupo Editorial

Título original: *M. L'uomo della provvidenza*
Primera edición: mayo de 2021

© 2020, Antonio Scurati
Publicado gracias al acuerdo con The Italian Literary Agency
© 2021, Penguin Random House Grupo Editorial, S.A.U.
Travessera de Gràcia, 47-49. 08021 Barcelona
© 2021, Carlos Gumpert, por la traducción

© Diseño: Penguin Random House Grupo Editorial, inspirado en un diseño original de Enric Satué

Printed in Spain – Impreso en España

ISBN: 978-84-204-5601-0
Depósito legal: B-2755-2021

Compuesto en MT Color & Diseño, S.L.
Impreso en Unigraf, Móstoles (Madrid)

AL5601A

El autor quiere señalar a sus lectores que, en lo que atañe a los documentos mecanografiados, las cartas y los telegramas recogidos en la novela, ha optado por ceñirse a los originales, incluso en el caso de que estos contengan erratas o auténticos errores lingüísticos o de puntuación: se trata de detalles que, por sí mismos, nos dicen mucho acerca de la personalidad de quien escribió o transcribió esos documentos.

Les señala asimismo que en octubre de 1927 entró en vigor la obligación de añadir, junto a la fecha de uso común, también el año de la era fascista indicada en números romanos. La fecha de inicio adoptada para la era fascista fue la de la marcha sobre Roma, el 28 de octubre de 1922, es decir, con una diferencia de poco más de dos meses respecto al calendario gregoriano.

Por último, pese a la voluntad de crear una «novela documental» —caracterizada por un esfuerzo de absoluta fidelidad a las fuentes—, en un número muy limitado de casos, el autor, impelido por las exigencias del relato, se ha permitido la arbitrariedad de algunos mínimos desfases temporales, así como de ciertas minúsculas invenciones, siempre y cuando no alteraran en nada la sustancia de la época y de los hombres que la protagonizaron. ¿En cuántos casos? Digamos que no más que los dedos de la mano que sostiene la pluma.

Por otro lado, el tiempo, que en esta era vulgar nuestra —no lo olvidemos nunca— es uno de nuestros bienes más preciosos, solo se humaniza al entrar en un relato. Veraz, pero que no deja de ser un relato.

1925

La respiración se vuelve pesada, el dolor abdominal opresivo, los vómitos verduzcos, con estrías de sangre. De su propia sangre. Las hojas entintadas planean en el charco maloliente. Imposible leer el periódico. Su cuerpo glorioso, hinchado de hipersecreciones ácidas y gases, traga aire y busca oxígeno reclinando la cabeza hacia atrás en el apoyabrazos del sofá. A su alrededor, sin embargo, la habitación se arremolina en una giga de heridas abiertas en la mucosa ulcerada.

Para ser honestos, ese dormitorio, la alcoba donde el jefe de Gobierno recibe por turnos a sus numerosas amantes, es un lugar poco acogedor, incluso cuando no huele a vómito sanguinolento. Las paredes tapizadas de terciopelo rojo y negro; un reclinatorio en un rincón cargado de estampas de santos que le envían las mujeres del pueblo, y de medallas que le donan los hombres de la guerra; una grotesca águila real embalsamada con las alas extendidas, capturada en el cielo de Udine durante un encuentro de escuadristas; en el suelo, una moqueta, roja también, la preferida para las necesidades corporales del cachorro de leona, regalo de unos fervientes admiradores. Una sala de estar, un dormitorio, una pequeña habitación para la servidumbre y ni siquiera una cocina. Y por todas partes un pertinaz hedor de circo ecuestre. Bienvenidos a la residencia del más joven presidente de Gobierno de Italia y el mundo.

El dolor vuelve a atenazarlo, insistente, sordo, opresivo. Tal vez debiera pedir ayuda, con el último aliento. Pero el Duce del fascismo no puede limosnear el socorro de un centinela adormilado en el

11

rellano o de Cesira Carocci, su criada umbra de mediana edad, tan ignorante como una cabra, tan flaca como un clavo de crucifixión.

Al fin y al cabo, no es la primera vez. Hace semanas, meses, que las crisis no dejan de asomarse periódicamente a su esófago. Se anuncian con un extraño apetito, un hambre estéril y nauseabunda, como una boda de mala muerte, como un embarazo histérico, luego arrancan las flatulencias, los eructos.

La semana anterior, fue Ercole Boratto, su chófer de confianza, quien notó su aliento pestilente desde el asiento del conductor. En la primera curva de via Veneto, buscó al Jefe con el rabillo del ojo, pero el espejo retrovisor le devolvió el vacío. Cuando el chófer se volvió hacia el asiento del pasajero, se lo encontró alabeado sobre sus rodillas, con las manos apretadas contra su vientre hinchado, sus célebres ojos reducidos a rendijas y la tapicería enlodada de jugos gástricos. Tuvieron que llevarlo a rastras hasta la cama, doblado en dos como un apoplético, mientras le limpiaban las comisuras de la boca con el pañuelo de un conductor.

A eso ha quedado reducido Benito Mussolini, el Duce del fascismo, a un tubo digestivo. Nada más que eso. Las purgas y sus consecuencias. Ese es su único pensamiento. Qué equivocado estaba Nuestro Señor Jesucristo: debería habernos hecho de otra manera, olvidándose de las tripas. Debería habernos creado para que nos alimentáramos del aire, o bien apañárselas para que el alimento fuera absorbido sin necesidad de emitirlo después. Por el contrario, ha condenado a los hombres a la perenne lucha por vaciar los intestinos, al vía crucis del estreñimiento. Y de esta forma, ahora él, el Jefe de las legiones de camisas negras, el conquistador de Italia y el italiano más admirado en el mundo, si cena un plato de espaguetis con salsa de tomate luego no evacúa durante tres días. Y cuando lo hace, si lo hace, deposita un bolo de heces alquitranadas, exiguas y afiladas como un hueso de ciruela.

Y mira que no fuma, que apenas bebe ya, que practica deporte con regularidad y que sigue una dieta austera. Pero él conoce bien las razones de todo esto: fueron la Gran Guerra y la psicología de las multitudes las que le estropearon la digestión. Toda esa carne enlatada engullida en las trincheras y todas esas cestitas de viaje compradas en alguna pequeña estación después de un encuentro con militantes y devoradas a toda prisa en el asiento del pasajero mientras el fiel Boratto lo llevaba al siguiente encuentro.

En realidad, para ser sinceros, el principal responsable es Giacomo Matteotti, el oponente irreductible, el «socialista con abrigo de pieles», el hijo de propietarios agrícolas que se inmoló por los andrajosos campesinos. De ese cuerpo suyo hallado por un perro en un bosquecillo de matorrales de la campiña romana, doblado como un libro, con las piernas metidas debajo de la espalda en una fosa demasiado corta, excavada a toda prisa, con medios inadecuados —una lima de herrero—, pisoteada de cualquier manera y luego recubierta sumariamente con mantillo cual emparrado de calvicie. Al cuerpo de Giacomo Matteotti ha de adscribirse la culpa de ese patibulario estreñimiento suyo.

Y a ese idiota de Giovanni Marinelli, el mezquino y miserable tesorero del Partido Fascista que, encargado de silenciar a Matteotti, para ahorrarse dos liras, para no gastarse algunos billetes de mil que permitieran a unos profesionales comer bien y llevarse a la cama a alguna mujerzuela, había confiado la tarea a cuatro desgraciados, causando con su tacañería el más horrendo crimen político del siglo. Y así, la cicatería de un modesto burócrata había transformado a un opositor aislado y fanático en un heroico mártir moderno de la batalla por la libertad. Y lo había transformado a él, al Duce triunfante del fascismo, en una dolorosa maraña de vísceras retorcidas. Y lo había obligado —a medida que se multiplicaban los memoriales acusadores, imprecaba la prensa opositora, tocaban las campanas de la izquierda al unísono en defensa de la libertad y doblaban las de toda la nación a muerto por Benito Mussolini—, lo había obligado a sacrificar a todos sus colaboradores más cercanos como un príncipe ruso que, para salvar su pellejo, arroja a los lobos a sus cocheros. Todos fuera: Cesare Rossi, Aldo Finzi, De Bono, Marinelli, hasta Balbo. Sálvese quien pueda.

Luego, sin embargo, llegó el 3 de enero. El día de la revancha. El día en el que Benito Mussolini, erguido sobre la atalaya de la presidencia del Gobierno, se había enfrentado él solo al tempestuoso Parlamento y había triunfado. El día en el que Benito Mussolini había dicho «Yo». Yo, yo solo —había gritado—, cargo con la responsabilidad política, moral, histórica por lo que ha sucedido. Yo soy Italia, yo soy el fascismo, yo soy el sentido de la lucha, yo soy el drama grandioso de la historia. Si hay alguien que se atreva a colgarme de esta rama nudosa, que se levante ahora y saque jabón y cuerda.

No se levantó nadie. Se hallaban ante una cuestión de fuerza y la democracia se había visto indefensa. Y, en consecuencia, se había sometido.

Como es natural, aún se oía algún patético vagido de resistencia. El rey se había negado a firmar en blanco el decreto de disolución de las Cámaras, aunque, más tarde, le hubiera reconfirmado su regia confianza. Filippo Turati, el santón de la oposición socialista, se había encogido de hombros para tranquilizar a sus seguidores —«Tranquilos, es el Mussolini de siempre, que grita para asustar a los conejos»—, pero luego se había limitado a la indignación moral como si la moral fuera una categoría política. Giovanni Giolitti, el gran estadista, aún supo reunir fuerzas a mediados de enero para discrepar públicamente sobre su propuesta de reforma electoral, pero al final —con Matteotti o sin Matteotti— la ley fue aprobada con 307 votos a favor y solo 33 en contra. Y, sobre todo, a mediados de enero el congreso había aprobado en un solo día nada menos que 2.376 decretos-ley impulsados por el Duce del fascismo.

Además, en el curso de cuarenta y ocho horas, su ministro del Interior había cerrado 95 círculos políticos y 150 establecimientos públicos sospechosos, había disuelto cientos de grupos y organizaciones de la oposición, había sometido a control 611 redes telefónicas y 4.433 lugares públicos, había realizado 655 registros domiciliarios y detenido a 111 «subversivos». Bajo esos decretos y detenciones aprobados generosamente a espuertas habían quedado sepultados los últimos opositores. Y sepultados a una profundidad tal que ninguna maldita perra en celo podría excavar. Todo el país, en esos días, pudo constatar que Turati, Giolitti y sus seguidores no eran las columnas de la libertad sino meras cariátides de decoración exterior. Todos habían constatado que esos autodenominados campeones del antifascismo no eran más que agonizantes que sueñan con un milagro.

Sin embargo, en este mismo momento, más de un mes después de aquella mano ganadora, en este sofá mugriento, en esta moqueta manchada con la mierda de un cachorro de leona, las punzadas abdominales siguen mordiéndole las entrañas. El dolor, muy al contrario, se expande. Surgido de la línea media abdominal, se irradia ahora por el hombro derecho, y desde allí se extiende por toda la región dorsal y lumbar.

Intenta incorporarse. Fracasa. Traga bilis con dificultad y se abandona al desmayo.

Todo es culpa de la precariedad. De la hora dudosa, de las demoras, de las vacilaciones, una hora que se prolonga desde hace años y no acaba de pasar. Todo es un rosario de prevaricación. A pesar del triunfo de su Jefe, los miembros de su Gobierno siguen sobresaltándose a cada murmullo de la hojarasca. Los partidarios poco de fiar fingen una adhesión incondicional, pero luego sueñan con resucitar las cosas muertas del pasado, el sufragio universal, la ley electoral proporcional, los pactos bajo cuerda del sistema parlamentario. Los viejos e inconsolables moderados se colocan en la estela del acto de fuerza de la dictadura, pero luego añoran las cómodas rentas de los privilegios oligárquicos. Es la condena al compromiso diario, al goteo continuo, a la congestión parlamentaria, a la política reducida a la administración ordinaria, al mínimo resultado con el máximo esfuerzo. Es el castigo de la democracia y él lo paga en ese revuelto de vómito y sangre. ¿Qué sentido tiene haber hecho la revolución para limitarse después a arrancar la vida día a día?

Y encima hay cosas peores. La espina más molesta es que, después de la revolución, quedan los revolucionarios. Una vez conquistado el poder con la violencia, te quedas con los violentos. Te quedan aún la franja de los combatientes, el ruedo de los locos, la espuma de los días, los alborotadores, los inadaptados, los delincuentes, los esquizofrénicos, los indocumentados, los noctámbulos, los expresidiarios, los sindicalistas incendiarios, los gacetilleros desesperados, los veteranos de guerra expertos en el manejo de armas blancas o de fuego, los fanáticos incapaces de ver con claridad sus propias ideas, los supervivientes que, creyéndose héroes consagrados a la muerte, confunden una sífilis mal curada con una señal del destino. Cabezas de chorlito, mediocres, obtusos, muchas veces ignorantes, insensatos que se lo deben todo a la belleza convulsa de la marcha sobre Roma y se pasan el resto de sus vidas añorándola. Tienes que lidiar con los eternos escuadristas, esos que no se desarman, los militantes de la primera hora, siempre con el reloj en la mano para reprocharte que ha pasado para siempre.

Él no tiene nada en contra de la violencia: el clima de la época es el que es, la violencia sigue siendo necesaria. Pero el nombramiento de Roberto Farinacci como secretario del Partido Nacional Fascista le retuerce los intestinos. Farinacci, que se levanta como cabeza de los «intransigentes», que se erige como baluarte lombardo contra todo antifascismo, que se exalta como guardián de la pureza revolucionaria; Roberto Farinacci es, en realidad, el pueblerino apenas desbastado que solo entiende de cuestiones de fuerza, es el triunfo de la provincia sobre la ciudad, de la brutalidad sobre la inteligencia, del encarnizamiento táctico sobre la gran estrategia, del camorrista callejero sobre el púgil olímpico, del valor de la riña sobre la del soldado. Farinacci es rabia en potencia, aniquilación del enemigo, Farinacci es vivir adentellando.

A pesar de todo, con Francesco Giunta y Cesare Rossi involucrados en el crimen de Matteotti, Italo Balbo enredado en los tribunales en el juicio por el asesinato del padre Minzoni y Emilio De Bono sometido a proceso en el Tribunal Superior de Justicia, Roberto Farinacci sigue siendo necesario. Su violencia es decisión salvadora. Por esta razón, él, Benito Mussolini, anteayer lo puso al frente del partido y por esta razón vuelve a sentir ahora otra vez una eflorescencia de vómito que le borbotea por el conducto del esófago.

Luego queda todo lo demás. Queda la lucha fratricida por las prebendas entre fascistas, queda su malestar por la biografía de Sarfatti que lo expondrá en pijama frente al mundo, quedan las infamias de los exiliados que lo difaman frente al siglo, los católicos que se obstinan en disputarle la educación de la juventud, la impotencia italiana en África que lo degrada a ridículo recolector de desiertos, quedan las tramas ocultas de los masones, la arrogancia de los intelectuales, la condescendencia de los Saboya, las especulaciones bursátiles, la crisis monetaria, las hogueras de la lira encendidas en la plaza pública.

Y, sobre todo, queda la idea de la muerte como extinción, de la muerte como apocalipsis, como fin del mundo. En eso consiste la grandeza trágica de la situación: si yo muero, todo se desmorona. El régimen fascista es, hoy, la forma de ser de Italia, es la propia

Italia, pero no resistiría ni una hora a la muerte de su fundador. El fascismo volvería los dientes contra sí mismo, los fascistas se devorarían unos a otros en un abrir y cerrar de ojos. Ante nosotros se halla este gran misterio: ninguna idea fuerte puede oponerse jamás al canibalismo. Solo yo, el hombre que otorga su fuerza al Estado, al fascismo, solo yo puedo contener ese final; y, por lo tanto, el Estado soy yo, el fascismo soy yo. Yo, el autodidacta, yo, el hijo de la criada, yo, el aprendiz tardío, yo, el hijo del pueblo que, después de los cuarenta, se afana en sobresalir en los deportes, privilegio burgués; yo que, con voluntad y perseverancia, me convierto en un temido esgrimista y en un consumado jinete con las clases de Camillo Ridolfi, yo que aprendo a pilotar un avión, a conducir una moto, a mantenerme sobre los esquíes, a nadar con estilo, yo que aprendo incluso a jugar al tenis. Yo, tozudez laboriosa, disciplina, buena voluntad, cenas frugales, yo me encargo de todo, lo controlo todo, desde los edificios escolares hasta las fugas de los acueductos, yo leo cientos de informes sobre cada asunto, escribo a mano, en los márgenes en blanco, durante horas, páginas y páginas, todos los santos días, yo soy la mula nacional, yo, el buey nacional. *De manera que no puedo morir.*

Y por esta razón me tienen atenazado las migrañas y el estreñimiento, el estreñimiento y las migrañas. A veces casi tengo la impresión de que el cráneo se me va a romper en dos, como en este momento, sobre este sofá..., sí, es como un martilleo continuo..., mil problemas dispares, todos urgentes, y todos afanándose por meterse en mi cabeza..., casas en Roma, agua en Apulia, escuelas en Calabria y en Messina, una gran estación en Milán..., a estas alturas tengo a Italia entera en mi cabeza, como un inmenso mapa, con todas sus encrucijadas, aquí una carretera, allá un ferrocarril, un puente, que si la reforestación, las cuencas fluviales, los saneamientos de terrenos, con todos sus problemas vitales. *De manera que yo, yo no puedo morir.*

La letanía se reanuda: el caso Matteotti, el fantasma de Matteotti, el remordimiento por Matteotti. La oposición la salmodia sin descanso, se aferra a ella desesperada, insegura de existir, al igual que las plañideras se agarran al llanto ritual frente al negro misterio de la muerte. Es cierto, no hay duda, el diputado Giacomo Matteotti está muerto. Mis fascistas lo acochinaron. Pero yo no puedo morir y, por lo tanto, mi respuesta es la siguiente: los tribunales juzgarán a los responsables. Un régimen político no puede ser juzgado por un tribunal, sino únicamente por la Historia.

Al fin y al cabo, ¿qué va a quedar de todo este psicodrama nacional por el asesinato de Matteotti? Un consumo de tinta a quintales, toneladas de papel impreso, kilómetros de artículos ponderados que no lee nadie.

Mi posición es fuerte. Yo soy un hombre de batalla. Yo no me muevo de aquí, por la salvación de todos. Yo no me abandono a la crónica, yo pertenezco a la historia. La tormenta está a punto de terminar. El bosque volverá a la calma. Había que prender fuego a la maleza.

Desde el bulbo duodenal, a través del píloro hasta la boca, un nuevo embate de vómito le sube por la tráquea. El cuerpo, instintivamente, en una ciénaga de temblores y sudoración, busca la posición erecta, la dirección del baño, la taza del inodoro.

Benito Mussolini ni siquiera da un paso. Nada más ponerse de pie, se derrumba con estrépito. El ruido sordo de un cuerpo exánime que se topa con un suelo recubierto por una moqueta roja. Ese es el último recuerdo, el adiós con el que el Duce del fascismo se despide del mundo.

De la mayor reserva, personal descifre por sí mismo se ruega V. S. comunicar a Arnaldo Mussolini que S. E. presidente está muy seriamente indispuesto Stop Ha sufrido en la última semana trastornos gástricos que han aumentado en intensidad desde ayer y requieren algunos días de descanso absoluto Stop Naturalmente noticia por ahora es reservada.

Telegrama del ministro del Interior al prefecto de Milán para
Arnaldo Mussolini

A primera hora de la tarde se difundió la noticia de que el Excmo. Sr. Mussolini parece estar indispuesto. De ello se recibió confirmación más tarde, cuando el diputado Federzoni solicitó en el Senado el aplazamiento de la sesión... Según la información de la que se dispone, la indisposición que aqueja al Excmo. Sr. Mussolini podría ser uno de esos tipos de gripe tan comunes en este periodo.

Corriere della Sera,
17 de febrero de 1925

«No me doblegarán ni aunque me apunten con sus cañones, aquí delante de mí.»

Estas fueron, según sostiene la leyenda alimentada por el testimonio de uno de los presentes, las primeras palabras pronunciadas por el Duce del fascismo cuando se despertó el 16 de febrero. Aún bajo los efectos de los sedantes, Benito Mussolini tal vez desvaríe con las trincheras, pero se encuentra reclinado sobre dos almohadones de plumas, en su cama, en su vivienda del segundo piso del palacio del barón Fassini Camossi, detrás de los jardines del Quirinal, en via Rasella. En Roma está amaneciendo.

El primer rostro que se distingue, una vez disipada la niebla hipnótica inducida por los barbitúricos, es el de Cesira Carocci, su ama de llaves, una pueblerina de mediana edad originaria de Umbría, alta, espigada, fuerte, no muy guapa, de cuello largo, pelo negro pegado a la cabeza, ojos saltones, nariz de patata. Fue ella quien lo levantó del suelo, después de que se desmayara, en el charco de su propio vómito, y desde ese momento lo ha custodiado como una vestal que velara por el fuego sagrado. En el momento de despertar, han pasado unas seis horas desde el hallazgo del cuerpo derrumbado a los pies del sofá, horas transcurridas entre hemorragias gástricas y arcadas, hasta que al final llegó una tregua alrededor de las cuatro de la mañana.

Junto a la cuidadora, meticulosa y circunspecta, el paciente avista los rostros somnolientos de siete hombres, ancianos casi todos, desconocidos en su mayor parte. Curiosamente, esos hombres, arrancados de la misma recepción, visten todos la característica chaqueta de las cenas de gala, corta en la parte delantera y con largas colas por detrás. Siete hombres en frac en la cabecera de la Historia.

Mussolini solo es capaz de identificar a Alessandro Chiavolini, su secretario personal, a Angelo Puccinelli, uno de sus médicos de confianza y a Ettore Marchiafava, anatomopatólogo de renombre internacional, profesor universitario, académico dei Lincei y senador, experto en artritis tuberculosa, trastornos luéticos y maláricos. Los demás son también autoridades médicas en su campo: gastroenterólogos, cardiólogos, fisiopatólogos. En opinión de todos ellos, los síntomas se muestran claros de inmediato: hematemesis, melena, deliquio. Así que coinciden en el diagnóstico: el Duce del fascismo sufre de úlcera duodenal. Respecto a la rotura de vasos sanguíneos ulcerados en el tracto gastrointestinal superior, no cabe la menor duda. El pronóstico, en cambio, no pasa de reservado.

Cual arúspices que escudriñaran el hígado de una cabra degollada para adivinar un oráculo, esos ilustres científicos en busca de sangre oculta pasarán las sucesivas dos semanas hurgando en las heces de Benito Mussolini, oscuras como posos de café. Durante todo ese periodo, Cesira Carocci lo velará ininterrumpidamente, sin lavarse ni desvestirse durante catorce días y catorce noches consecutivas.

Los abajo firmantes han visitado a S. E. Mussolini.

Este padece de úlcera duodenal y ha sufrido sendas hemorragias las noches del 15 al 16 y del 16 a 17.

Doctores Giuseppe y Raffaele Bastianelli
y Ettore Marchiafava, certificado autógrafo,
17 de febrero de 1925, hora 10:30 de la mañana

Luigi Federzoni, Benito Mussolini
Roma, 26 de febrero de 1925

Cuando acude a via Rasella la mañana del 26 de febrero para el primer compromiso laboral del presidente del Gobierno después de su indisposición, Luigi Federzoni está perfectamente informado de los detalles. Lo sabe todo sobre la enfermedad, como es obvio para un ministro del Interior, alguien que le ha sido fiel incluso en los momentos más desesperados de la crisis provocada por el caso Matteotti. Federzoni, de hecho, aun siendo refractario por naturaleza y formación intelectual a la violencia de las escuadras, firmó el 3 de enero los decretos mediante los cuales se movilizaba a la Milicia, se secuestraban los periódicos de la oposición, se ordenaba rastrear a los opositores por todo el país. Hombre apacible, jovial, intelectual refinado, licenciado tanto en Derecho como en Filosofía y Letras, autor de novelas, cuentos, ensayos literarios, discípulo de Giosuè Carducci, el gran poeta de la retórica sublime, el ministro del Interior ha decidido, sin embargo, acompañar esa deriva, irreversible quizá, hacia la dictadura. Luigi Federzoni es, por tanto, uno de los pocos que conoce la verdad sobre la enfermedad de Mussolini.

El Duce lo recibe con la chaqueta del pijama sobre los calzoncillos. Obligado a una estricta dieta líquida, se muestra pálido, demacrado, consumido. Acostumbrado a afeitarse toscamente por sí mismo, lleva su famosa mandíbula disfrazada con un dedo de barba oscura. Supersticioso como siempre, gira entre sus dedos «un virtuosísimo talismán de Oriente» que le ha mandado Gabriele D'Annunzio. Sostenido por Cesira, el convaleciente da unos pasos inseguros, asqueados, como si se desplazara sobre un suelo inunda-

23

do por la rotura de una alcantarilla; luego, casi de inmediato, vuelve a recostarse.

El primer asunto que Mussolini aborda con Federzoni, el más urgente, es el de su propia reputación de hombre indestructible. El alcance real de su estado de salud se ha mantenido en secreto. Los periódicos se han limitado a breves alusiones a una pasajera dolencia propia de la época, una «forma levemente gripal» con fiebre «muy baja». Aparte de los médicos, Cesira Carocci, su secretario personal y su hermano Arnaldo, informado por el prefecto de Milán a través de un mensaje cifrado, casi nadie conoce la gravedad de la enfermedad de Benito Mussolini. Ni siquiera su esposa Rachele. Ella tampoco está al corriente y se le ha impedido reunirse con él en Roma para no alarmar a la población. Ni siquiera Margherita Sarfatti, su preciosa colaboradora, mentora y amante de toda la vida, habitualmente informada por Carocci hasta del tránsito de inquilinas ocasionales por la cama del Duce, pudo correr a su lado. Tanto secreto, sin embargo, ha obtenido el efecto contrario al buscado: los rumores se desatan, las indiscreciones proliferan, las mentiras se multiplican. Cientos de sentidas cartas, provenientes de toda Italia, a menudo de humildes campesinos, dan testimonio de la devoción hacia el Duce y le recomiendan remedios, brebajes, exorcismos, desde claras de huevo montadas a punto de nieve hasta decocciones de hierbas medicinales. Incluso hay quienes afirman que Benito Mussolini ya ha muerto. Los diputados antifascistas que hace meses que han abandonado el Parlamento como protesta —la llamada «Secesión del Aventino»*— lo celebran, en algunos casos públicamente. Llegados a este punto, su prolongada y estéril espera de algún acontecimiento que invierta el régimen se aferra únicamente a dos posibilidades: una iniciativa del rey de Italia que reniegue de Benito Mussolini o su repentina muerte. Entre las dos, la segunda parece a estas alturas la más probable.

Luigi Federzoni presenta al presidente del Gobierno el texto de un comunicado de prensa para divulgar a la nación. Minimizando

---

* Acto de protesta de 123 diputados italianos de la oposición en junio de 1924 por la muerte de Giacomo Matteotti. Tras dos años de ausencia del Parlamento, sus actas fueron revocadas. El movimiento tomó su nombre de la colina Aventina donde, según la historia romana, los plebeyos se retiraban en periodos de conflicto con los patricios. *(N. del T.)*

el alcance de la enfermedad, el despacho informa a los italianos de que «Su Excelencia, el presidente del Gobierno Benito Mussolini, se ha levantado de la cama por primera vez para compartir una sesión de trabajo con su ministro del Interior, Luigi Federzoni». Mussolini lee la fina hoja de papel cebolla mecanografiado, lo sopesa, luego lo coloca a su lado y lo entierra bajo el talismán oriental de D'Annunzio.

—¿Qué está haciendo Farinacci?

Al pedir al ministro del Interior que le informe sobre el proceder del nuevo secretario del Partido Nacional Fascista, Mussolini sabe que le está pidiendo una delación. La enemistad y la rivalidad entre los dos hombres es archiconocida. Farinacci, para electrizar a los escuadristas más violentos, asumió su encargo declarando que su «secretaría no empieza en febrero de 1925 sino el 10 de junio de 1924», es decir, el día del asesinato de Giacomo Matteotti. En esos largos meses de la crisis fascista, en efecto, el jefe de los «intransigentes» ha reivindicado abiertamente el asesinato del parlamentario socialista y no ha ocultado nunca su aversión por Federzoni, un ministro tachado de excesivamente moderado y sospechoso de jugar a dos bandas. En varias ocasiones, el ras de Cremona ha presentado al propio Mussolini lo que él llama «el referéndum de las letrinas», del que se infiere que en los baños públicos de Italia, la última tribuna que les queda a los antifascistas reprimidos, el número de insultos reservados para Federzoni es muy bajo, señal de que el odio de los opositores hacia él es tenue. Un argumento definitivo, según la visión del mundo de Roberto Farinacci. Para esta estirpe de hombres, en efecto, el odio es la medida de todas las cosas.

Incluso en estos primeros días de su secretaría, Farinacci, como todos los luchadores formidables que deben su propia fuerza al embotamiento, se muestra fiel a sí mismo: representa el papel del extremista, insiste en reafirmar el control del partido sobre las prefecturas, anuncia persecuciones contra todos aquellos que han dado señales de debilidad durante la crisis del caso Matteotti, proclama su pretensión de barrer los «restos de chatarra» de la democracia liberal, de aniquilar los últimos residuos de antifascismo, de retomar la «marcha triunfal de la revolución en camisa negra», acusa a cualquiera que se le oponga de especulador, ve complots por todas partes.

Por otro lado, incluso en esta habitación cerrada herméticamente, contaminada por la crudeza de los vómitos y las salpicaduras diarreicas, se han filtrado las habladurías sobre los numerosos complots con los que partidarios infieles, opositores rencorosos y fascistas ambiciosos parecen conspirar para suceder a Benito Mussolini. Uno de esos rumores atañe precisamente a Luigi Federzoni, el hombre que tiene delante, quien está maquinando supuestamente con esas viejas cariátides de Salandra y Giolitti para constituir un triunvirato moderado capaz de desbancar al Duce.

Benito Mussolini calla, escucha en silencio el detallado informe de su ministro del Interior con la mirada perdida, a un lado de la mesita de noche, en la claridad del vaso de leche al que se limitará su comida.

Es así, no hay nada que hacer: es imposible verificar qué intrigas se entretejen alrededor del lecho de un moribundo, qué juegos subterráneos jalonan la partida del poder, qué regurgitaciones de mediocres ambiciones. Hasta el día antes eres un titán, luego tu cuerpo secreta algunos chorros de mierda y de sangre y te ves reducido a un tracto digestivo, a nada más que un tracto digestivo.

Pero no puede uno dejarse llevar por el desánimo. Los italianos, como todos los pueblos ricos en fermentos estéticos, aman las figuras nítidas y definidas, pretenden continuidad en el estilo, exigen coherencia a quien aspira a guiarlos.

El Duce del fascismo, así pues, recupera el comunicado de Federzoni sobre sus condiciones de salud, temporalmente dejado en prenda al talismán de Oriente de Gabriele D'Annunzio, hace que Cesira Carocci le pase uno de sus lápices rojos y azules favoritos, de la marca Faber, y, de su puño y letra, borra con una raya decidida las palabras «por primera vez» en el punto donde se refiere que se ha levantado de la cama y añade, en letras grandes, el adjetivo «larga» donde se menciona su sesión de trabajo con el ministro del Interior.

La enfermedad que padecía el Excmo. Sr. Mussolini puede considerarse curada, si bien el médico que lo trata ha impuesto al presidente del Gobierno un periodo de descanso y de cuidados [...]. Hoy el presidente del Gobierno ha salido de la cama durante unas horas y ha compartido una larga sesión de trabajo en su despacho con el ministro del Interior, el Excmo. Sr. Federzoni.

Comunicado de prensa de la secretaría de la presidencia del
Gobierno, 27 de febrero de 1925

Algunos fascistas disidentes y algunos partidarios de Calza Bini se reúnen en el café Feraglia en piazza Colonna y a menudo se les ve hablando en la galería de piazza Colonna. Este último grupo, encabezado naturalmente por el propio Calza Bini, está en contra del ministro Federzoni, acusado de maniobrar contra el propio presidente del Gobierno y de aprovechar la convalecencia del Excmo. Sr. Mussolini para preparar el terreno electoral a los exnacionalistas. En otras palabras, los nacionalistas encabezados por el Excmo. Sr. Federzoni podrían estar preparándose para hacer una zancadilla al Excmo. Sr. Mussolini.

Nota informativa policial,
principios de 1925

Solo nos queda una carta que jugarnos, S. M. el rey. Si esta falla, podemos hacer las maletas y emigrar al extranjero.

Carta de Anna Kulishova a Filippo Turati,
principios de 1925

Excelencia, si la úlcera de estómago que usted padece está situada en la parte alta del estómago (antes del diafragma), estoy convencido de poder curarle sin cirugía..., solo con vegetales administrados como tisanas. Tales plantas son totalmente inofensivas y ya han sanado, siguiendo mis indicaciones, a más de 20 pacientes afectados por la misma dolencia.

Carta enviada desde Niza a Mussolini
por el autoproclamado médico Poulain de Marceval

—¿Lo oís?, los primeros aplausos son siempre para Navarra.

Benito Mussolini señala con la mano a Quinto Navarra, su ujier.

Los jerarcas se ríen. Chiavolini, Federzoni y los demás dirigentes fascistas que acompañan al Duce en su primera aparición pública después de la enfermedad se ríen de la ocurrencia. Descaradamente. En la penumbra de la Sala de la Victoria del Palacio Chigi, los camisas negras estallan en estruendosas carcajadas. Se ríen desconcertados ante la broma de ese hombre que ama la música, pero odia cantar, a quien le gusta rasguear el violín y no vacila siquiera en bailar con «sus» campesinas en las fiestas callejeras, pero que rara vez bromea y a quien nadie ha oído cantar nunca. El Duce se siente halagado por la cortesanía, sin molestarse en disimular que está complacido.

Quinto Navarra es el primero en aparecer ante la multitud que aguarda el discurso del Duce bajo el balcón de la esquina entre via del Corso y piazza Colonna. Una vez abierto el ventanal, alcanzado por la onda expansiva de la ovación que sube desde la calle, recula hacia un rincón de la sala. Aquel es su sitio: el cono de sombra de los recovecos ocultos. El ventanal, en cambio, permanece abierto a la luz primaveral de la tardía mañana romana. La multitud no puede verse, es solo ruido. Las cortinas bailan en el interior, henchidas por la brisa del poniente, el balcón lo está esperando a Él, desierto.

Aún está convaleciente. Los médicos llevan semanas debatiendo sobre cuál es la mejor terapia: unos tienden a la cirugía, otros a una dieta estricta y descanso absoluto. Apenas dos días antes, otra luminaria se unió a las filas. Mediante la tenaz insistencia de Margherita Sarfatti, Bellom Pescarolo, eminente neuropatólogo de origen judío, experto en el tratamiento de tumores malignos y médico de la familia real, acudió en secreto a via Rasella. Pescarolo, en su primer encuentro personal con el Duce del fascismo, se encontró con un hombre aún visiblemente enfermo. Benito Mussolini se le apareció demacrado, deshidratado a causa de los ataques de diarrea, consumido, debilitado por la dieta a base casi exclusivamente de leche. El médico recomendó la abstención sistemática de todo esfuerzo.

Sin embargo, hoy se celebra el sexto aniversario de la fundación de los Fascios de Combate, el humilde Quinto Navarra ha abierto de par en par el ventanal y Benito Mussolini debe hablar a la muchedumbre. Mucho cuidado con perder el dominio de la multitud: los prolongados silencios entre la muchedumbre y sus jefes dañan terriblemente a estos últimos.

¿Hallar las fuerzas gracias a la adulación de los jerarcas que lo felicitan por haber recuperado «la finura de la delgadez juvenil»? Improbable. ¿Apoyarse en la sugestión de los inicios, en la reminiscencia de aquella primera reunión en la sala semivacía del Círculo del Comercio en la piazza San Sepolcro de Milán, en marzo de mil novecientos diecinueve? Imposible. Han pasado apenas seis años y, sin embargo, esos escasos cien veteranos exaltados que fundaron el fascismo se han convertido en una multitud ensalzadora; ese movimiento delirante con unos pocos cientos de seguidores, en un partido con más de medio millón de afiliados; ese aventurero político, odiado por sus antiguos camaradas socialistas, temido por la gente biempensante y desahuciado por todos, es ahora el jefe de Gobierno de una nación rendida a sus pies.

¿Dónde hallar, entonces, la fuerza para reanudar el diálogo con la multitud después de los desmayos, las diarreas, las arcadas de vómito mezclado con sangre? Mirar a su alrededor no ayuda: la revolución fascista languidece en una atmósfera de incertidumbre, de medias tintas. La única decisión tomada en las semanas de convalecencia ha sido la decapitación de los líderes de la Asociación Nacional de Combatientes que en los meses precedentes se habían manifestado en contra de la violencia fascista. Por lo demás, el convaleciente ha optado de forma táctica por dar largas a propósito de todo: el proyecto de reforma de las fuerzas armadas se ha devuelto al Senado, la reforma electoral ha sido encomendada a una comisión de sabios, hasta la vuelta de tuerca del sistema bursátil, obra del ministro De Stefani, ha sido tolerada por el Duce a pesar de la clara aversión de los industriales. Incluso la inaudita huelga de los trabajadores metalúrgicos organizada en Brescia nada menos que por los sindicatos fascistas —que deberían garantizar, en cambio, la paz social—, capitaneados con impetuosidad por ese curioso secretario provincial, Augusto Turati, periodista agudo, idealista ferviente, esgrimista consumado, quien al parecer ha acusado a los industriales de Brescia, culpables de no querer aumentar los salarios, de ser antipatrióticos, hasta eso ha sido tolerado.

Los rumores sobre los complots de Federzoni, Farinacci y de quién sabe quién más no dejan de circular, las desesperadas mentiras de los socialistas que lo dan por muerto siguen creciendo, los obreros metalúrgicos fascistas proclaman huelgas cual comunistas, los masones siguen intrigando, los especuladores no dejan de especular, las bolsas están abandonadas, los ahorradores no ganan para sustos, la desconfianza en la lira acelera la fuga de capitales. Así pues, ¿dónde encontrar, ahora, la fuerza para hablar a esta multitud en éxtasis?

Pues es obvio: en la propia fuerza. ¿Dónde, si no?

Mussolini lo ha escrito alto y claro en el artículo que ha entregado a Sarfatti para el número de finales de febrero de *Gerarchia*. El fascismo es una religión y el verbo sagrado de todas las religiones es, desde siempre, uno solo: ¡obedecer! Cuando piensa en las durísimas pruebas a las que ha sometido a sus seguidores en estos seis años, y en particular en los últimos meses, cuando piensa en los infinitos testimonios de devoción que, a pesar de ello, se le han tributado, todo se diluye: se diluye la amargura por las traiciones, por las humanas flaquezas de la carne, se diluye incluso la abyecta mala fe de simpatizantes y oponentes. Queda el orgullo del jefe que obedece y es obedecido, según la inmutable ley de la guerra.

En ellos, en sus partidarios, idiotas e inexhaustos como perros de trineo, encontrará él su fuerza. La política no es una ciencia, indudablemente, la política es arte, adivinación instantánea. Fuera de la política, vivir es vegetar, pero en cambio vivir, para él, es otra cosa. Vivir, para él, es lucha, riesgo, tenacidad.

Benito Mussolini se lanza de repente y sale al balcón. La multitud que lo ve aparecer en la esquina de via del Corso y piazza

Colonna, en Roma, a las doce del 23 de marzo de mil novecientos veinticinco no puede dejar de notar su enfermiza delgadez, su mandíbula consumida. Pero lo encuentra vivo después de haberlo temido muerto y por eso exulta. Una ovación de puro entusiasmo se eleva hacia la fachada renacentista del Palacio Chigi.

—¡Camisas negras de la Urbe! No puedo resistir a mis deseos de haceros llegar mi voz. No solo porque sé que os complacerá...

Gritos de la multitud: *¡Sí! ¡Sí!*

—... sino también para demostrar que la enfermedad no me ha arrebatado la palabra.

Gritos de la multitud: *¡Bien!*

Con un delicado gesto de la mano, el orador pide a la multitud que calle. No tiene mucho tiempo y sí algunas palabras que decir:

—Mi presencia en este balcón derrumba de golpe un castillo de naipes basado en ridículos «dicen que», en miserables «corren voces». Lo que quiero deciros, en cambio, es que estamos en primavera y ahora viene lo bueno. Lo bueno, para mí y para vosotros, es la recuperación total, integral de la acción fascista, siempre y por doquier, contra cualquiera.

Gritos de la multitud: *¡Sí, sí!*

—¿Eso es lo que queréis?

La multitud, inmensa, solo tiene un grito inmenso: *¡Sí!*

El presidente sonríe y da las gracias con gestos de la mano. Parece realmente satisfecho: en las grandes crisis históricas, los pueblos quieren programas claros, siguen las banderas bien coloreadas.

Luego, antes de retirarse, Benito Mussolini lanza a la plaza una flor primaveral. La recoge un joven *vanguardista,*[*] según refieren las crónicas del régimen.

Con un gesto rápido y discreto, invisible para la multitud, Quinto Navarra cierra de nuevo el ventanal. Protegido por las cortinas, Benito Mussolini se desploma en un sillón, exhausto. La Historia vuelve a replegarse hacia un drama de interiores.

---

[*] Traducimos así el término *avanguardista,* con el que se denominaba a los jóvenes de entre catorce y dieciocho años de edad, encuadrados en las organizaciones juveniles fascistas. Con esta acepción se empleará en otras ocasiones. Véase también la nota de p. 142. *(N. del T.)*

Este es el signo de la nueva Italia, que se exime de una vez por todas de la vieja mentalidad anarcoide y rebelde e intuye que solo en la silenciosa coordinación de todas las fuerzas, bajo las órdenes de uno solo, reside el secreto perenne de toda victoria [...]. ¡Mejor las legiones que los colegios [electorales]!

Benito Mussolini, «Elogio de los militantes»,
Gerarchia, 28 de febrero de 1925

Hoy estamos soberbiamente solos, contra todos y ajenos a todo. Solos con lo que hemos hecho en dos años de gobierno; solos con nuestra responsabilidad, con nuestro destino y con nuestro coraje [...]. El contraste es histórico e insalvable. La lucha debe proseguir de forma sistemática hasta la victoria definitiva.

Benito Mussolini, *Manifiesto conmemorativo de la fundación de los Fascios*, 23 de marzo de 1925

Benito Mussolini
Mayo de 1925

Eso es lo que pasa con los intelectuales.

Siempre hay algún hombre de pensamiento que se hace falsas ilusiones convencido de que el hombre de acción acabará yendo a tomar lecciones de él y se enoja por su propia impotencia cuando esto no sucede. Siempre hay algún filósofo de la historia, desconocido para la Historia, dispuesto a recoger un puñado de firmas para grabarlas al pie de su manifiesto, redactado con fina escritura, que deja navegar, durante uno o dos días, hacia el océano del olvido como una flota armada para la empresa del rencor. Siempre encuentras a algún Benedetto Croce que, beato en su cárcel de papel, con prosa culta, invita a sus cien mil admiradores y a sus veinticinco lectores —ni uno más— al rechazo del mundo nuevo.

El *Manifiesto de los intelectuales italianos fascistas a los intelectuales de todas las naciones,* promovido por Giovanni Gentile, filósofo de fama europea, se publicó en *Il Popolo d'Italia,* un periódico de la familia Mussolini, y en los periódicos nacionales más importantes el 21 de abril, aniversario del nacimiento de Roma. Una perentoria afirmación de la voluntad de romper la relación entre Occidente y decadencia, del ardiente impulso para superar la actual crisis espiritual, de la existencia de una religión política fascista, de una patria fascista, de una fe fascista y del deber del intelectual de tomar parte en ella. Doscientos cincuenta firmantes —poetas, músicos, pintores, profesores, escritores—, nombres entre los más influyentes de la cultura nacional.

Sin embargo, apenas diez días más tarde, el primero de mayo, con motivo del día de los trabajadores, se publica en *Il Mondo,* periódico de Giovanni Amendola, líder de la oposición, *Una respuesta de escritores, profesores y periodistas italianos al manifiesto de los intelectuales fascistas*, es decir, un «contramanifiesto» escrito por Benedetto Croce, el filósofo italiano de mayor prestigio. Una sentida peroración en favor del intelectual entendido como cultivador puro de la ciencia y el arte, una desdeñosa condena del intelectual fascista caído en la aberración de contaminar política y literatura, política y ciencia, un error que, cometido, además, con el propósito de «patrocinar deplorables actos de violencia y de arrogancia», ni siquiera puede calificarse de generoso error. También en este caso, cientos de firmas de escritores, músicos, pintores, catedráticos, casi todos nombres destacados.

La iniciativa de los intelectuales antifascistas supone una bofetada en pleno rostro. Una ruptura definitiva entre las dos figuras más destacadas de la filosofía italiana, amigos y compañeros hasta ayer; una contraposición frontal de gran parte del mundo intelectual respecto al proyecto fascista; un boca a boca a la moribunda oposición liberal, agonizante en su desesperada espera de que el rey de Italia quiebre el poder fascista o de que una misteriosa enfermedad quiebre la vida de su Jefe. En definitiva, una derrota en toda regla para el fascismo que, sediento de consensos tras el caso Matteotti, se lanza a la conquista de la cultura.

Benito Mussolini no puede dejar de acusar el golpe. Fue él quien telegrafió personalmente a Leandro Arpinati, uno de los promotores del primer congreso nacional de cultura fascista, celebrado en Bolonia a finales de marzo, comunicándole su satisfacción por esa iniciativa destinada a disipar «la estúpida leyenda de una supuesta incompatibilidad entre inteligencia y fascismo».

El congreso fue todo un éxito, duró dos días y reunió a cientos de participantes de renombre. También tomó parte en él Margherita Sarfatti, la única mujer entre los veinticuatro presentes, bien conocida por ser amante del Duce desde antes de la guerra, quien pronunció una ponencia oficial sobre «Arte y economía nacional».

Mussolini había pedido a los participantes discusiones prácticas y decisiones que pudieran ser la base para medidas legislativas. Estas, que esperaban cientos de intelectuales infructuosos encerrados a discutir en salas llenas de humo, no se materializaron, como es obvio. Pero el congreso había dado a luz el *Manifiesto* y la sensación general, por lo tanto, era pese a todo de satisfacción. Sumado al grandioso proyecto de una *Enciclopedia* italiana, lanzada ya en febrero, también bajo la dirección de Gentile, y al de un Instituto Nacional Fascista de Cultura anunciado para junio, el *Manifiesto* daba esperanzas de que la estúpida leyenda pudiera ser refutada.

Ahora, sin embargo, llegaba el señor Benedetto Croce para sentenciar que la leyenda era realidad: la inteligencia y el fascismo eran realmente incompatibles. Y lo establecía precisamente el hombre que, siendo maestro del liberalismo, había votado con los fascistas antes de la marcha sobre Roma y por los fascistas después; precisamente él, que nada menos que en febrero de mil novecientos veinticuatro había declarado que el amor por la patria era la esencia misma del fascismo y que, más tarde, en junio, cuando Matteotti ya había sido secuestrado y asesinado, no dejó de votar a favor de la moción de confianza del gobierno Mussolini. Ahora ese mismo hombre, encerrado entre los cien mil volúmenes de su biblioteca del Palacio Filomarino, proclamaba al mundo que entre el fascismo y la cultura no era posible acuerdo alguno.

Pero tal vez fuera lo mejor. Mejor abandonar a los intelectuales a sus mezquinos egoísmos y su innata cobardía. Tal vez tuviera razón Croce, después de todo: el fascismo había estado en guerra con el intelectualismo desde el principio. ¿Acaso no había declarado su propio Duce pocos meses después de la conquista del poder que el siglo xx se anunciaba diferente al anterior, que «en el nuevo siglo los hechos valdrían más que los libros»? ¿No habían vociferado millones de jóvenes europeos, veteranos de las trincheras de la Guerra Mundial, su odio por el intelectualismo que los expropiaba de sí mismos? ¿No les habían contrapuesto la adamantina, aguda e inalienable plenitud de la experiencia vivida?

Sí, sí, se reconforta el Duce del fascismo, sí, es mejor dejar que los intelectuales se cuezan en su insípido caldo. Siempre es necesario apalear al perro que se ahoga. Ha llegado el momento de ir a rendir homenaje al único hombre de intelecto, el único hombre de letras que ha enseñado a los italianos a dirigirse hacia la vida.

Es concepción austera de la vida, es seriedad religiosa, que no distingue la teoría de la práctica, el dicho del hecho, ni pinta magníficos ideales para relegarlos fuera de este mundo, donde podamos seguir viviendo, mientras tanto, vil y miserablemente, sino que es duro esfuerzo para idealizar la vida y expresar sus propias convicciones en la misma acción o con palabras que sean acciones en sí mismas [...]

Manifiesto de los intelectuales italianos fascistas,
21 de abril de 1925

Y lo cierto es que los intelectuales, es decir, los cultivadores de la ciencia y el arte, si como ciudadanos ejercen su derecho y cumplen con su deber uniéndose a un partido y sirviéndolo fielmente, el único deber que les espera como intelectuales, con su trabajo de investigación y crítica y las creaciones del arte, es el de elevar por igual a todos los hombres y a todos los partidos a la más alta esfera espiritual para que, con efectos cada vez más beneficiosos, libren la lucha que sea menester. Cruzar estos límites del oficio que les ha sido asignado, contaminar la política y la literatura, la política y la ciencia es un error, que, cuando se comete además, como en este caso, para patrocinar deplorables actos de violencia y de arrogancia y la supresión de la libertad de prensa, ni siquiera puede calificarse de generoso error [...]. En esencia, ese escrito [de los intelectuales fascistas] es un superficial trabajillo escolar, en el que se observan a cada momento confusiones doctrinales y raciocinios mal hilados [...]

Manifiesto de los intelectuales antifascistas,
1.º de mayo de 1925

La historia se hace con la granada de mano y el arado, y no con los volúmenes de Salvemini; se vive, no se lee. Si me suspendes, me importa un bledo. En el Carso fui ascendido a sargento por méritos de guerra.

Il Selvaggio, revista fascista,
1925

Ahora voy a haceros una confesión que os dejará el espíritu completamente espeluznado. Me lo he pensado mucho antes de hacerla. No he leído nunca una sola página de Benedetto Croce *(Vivísima hilaridad, vivísimos aplausos).* Eso os dice a las claras lo que yo pienso de un fascismo que se pretende culturizar con la ka alemana. Los filósofos sabrán resolver diez problemas en el papel, pero son incapaces de resolver uno solo en la realidad de la vida *(Vivas aprobaciones).*

Benito Mussolini, «Absoluta intransigencia»,
discurso de clausura del IV Congreso del PNF
pronunciado en el Teatro Augusteo,
Roma, 22 de junio de 1925

Benito Mussolini, Gabriele D'Annunzio
Gardone Riviera, 25 de mayo de 1925

La visita de Mussolini a D'Annunzio en Gardone Riviera, en la orilla bresciana del lago de Garda, tropieza con una metedura de pata ya en su primer paso.

Los dos hombres se reflejan el uno en el otro en muchos aspectos, empezando por el hecho de que ambos son notorios maniáticos del sexo. Dado que Mussolini viene acompañado por su secretario personal y por su ama de llaves —esa tal Cesira Carocci, de la que se dice que lo cuidó día y noche durante la crisis de la úlcera—, D'Annunzio da por sentado que la mujer se ha convertido en su amante. El erotómano excluye que una intimidad prolongada entre hombre y mujer pueda no desembocar en la conjunción de los cuerpos. Por lo tanto, se ha preparado una única habitación para ella y Mussolini.

Desafortunadamente, sin embargo, tan pronto como el poeta divisa a esa poco agraciada campesina umbra de mediana edad, alta y nudosa como un tronco de aliso, se convence de haberse engañado. El esteta que hay en él excluye a primera vista que se pueda desear a una mujer fea. El erotómano se ve obligado, por lo tanto, a cambiar de opinión: el placer carnal no es el único destino de un hombre y una mujer encerrados días y días en un dormitorio. También hay camas para el dolor. El ilustre invitado podría sentirse insultado.

Las relaciones entre Mussolini y D'Annunzio, por otro lado, han sido muy tensas largo tiempo. Durante la crisis que siguió al caso Matteotti, muchos italianos esperaron a que el Vate de Italia hablara públicamente, y el Duce del fascismo lo estuvo temiendo mucho tiempo. D'Annunzio, en efecto, en julio de mil novecientos veinticuatro, en una carta privada a un amigo, había tachado el crimen fascista de «fétida ruina». Si el primer poeta y primer soldado de Italia, envuelto en el manto de su inmensa gloria militar y literaria, se unía al coro de acusaciones y denuncias, el régimen fascista, ya tambaleante, recibiría probablemente el tiro de gracia. Pero D'Annunzio prefirió callar, Mussolini supo apreciar su inaudito silencio y la correspondencia entre ellos se reanudó. Se reanudó bajo el signo de la queja, del llanto y de la postulación.

Quien más escribía era D'Annunzio. Pese a reconocer que su epistolario superaba «a esas alturas los mil trescientos volúmenes», en los últimos meses no cesaba de presionar a Mussolini con peticiones de favores para sus seguidores y de prebendas para sí mismo. Su objetivo final es un decreto del Gobierno que declare monumento nacional el Vittoriale —la villa donde el poeta se había encerrado después de la aventura de Fiume, diseñándola como una celebración arquitectónica de la Italia guerrera— y la consecuente financiación pública. Esta clase de cartas se ha alternado con las de preocupación y consejos sobre la salud del Duce: «Puede que no sepas que soy un doctor excelente (estudié fisiología y arte médico durante dos años en la época del gran Moleschott)... Si hubiera tenido la oportunidad de verte y de poder ayudarte, te habría dado valiosos consejos. Yo escruto y exploro de continuo tanto mi vieja carcasa como mi alma joven». El interés material, sumado a la melancólica fragilidad de los cuerpos, ha reconciliado así a los dos rivales, hasta su identificación. Afectado por un trivial resfriado, para consolar a su amigo de sus úlceras sangrantes el poeta le escribe: «Yo también he enfermado de una mezquina afección, y estoy furioso, por lo tanto, como te imaginarás». A ese ritmo —silencios y lamentos— las tensiones han ido mitigándose y Benito Mussolini, recuperado, anuncia al poeta que irá a Gardone para llevar en persona la promesa pacificadora de un decreto gubernamental.

La tensión se disuelve, de esta manera, incluso ahora, justo frente a la entrada monumental de la villa mausoleo. D'Annunzio se muestra muy cordial desde el principio, exhibe entre bromas un gigantesco falo apotropaico guardado en un tabernáculo, le pide a su ilustre invitado un peaje simbólico al cruzar un puente y luego lo honra, como es de rigor para los soberanos, con veintiún salvas disparadas desde el cañón del barco *Puglia*, un auténtico ariete torpedero de la Regia Marina italiana, en servicio durante la Gran Guerra, regalado al poeta y transportado a la colina del Vittoriale por medio de veinte vagones de ferrocarril. Pero las fantasmagorías de la guerra no acaban aquí. El programa de la tarde incluye también un viaje por las turbas aguas del lago a bordo de la lancha torpedera armada que llevó a cabo la legendaria empresa de acoso de la flota austrohúngara en la bahía de Buccari. Mussolini se declara encantado.

Los dos hombres más carismáticos de Italia, uno frente al otro en la orilla de este lago a finales de la primavera, se hallan en los extremos opuestos de una paradoja común. Gabriele D'Annunzio es, por su propia elección, un muerto viviente. Benito Mussolini, armado con la misma tenaz voluntad, es un moribundo restablecido. D'Annunzio, autoexiliado voluntariamente en el Vittoriale después del sangriento y grotesco final de la aventura de Fiume, ha dedicado los últimos cuatro años a ritos funerarios. Con voz sepulcral, dicta sus últimas voluntades en presencia de viejos compañeros de armas pasmados, sumerge en cartas lacrimosas a sus amigos —«bajo el cielo estoy triste como los muertos bajo tierra»—, exige y acepta para sí mismo, aún en vida, honores monumentales normalmente reservados solo a la memoria de los muertos. Más que traicionado por Mussolini, D'Annunzio se considera plagiado; más que indignado por la brutalidad de los fascistas, está molesto por su vulgar imitación dannunziana. Habiéndose sobrevivido a sí mismo, encerrado en un resentido mutismo, perdida la oportunidad de una muerte gloriosa, el poeta-guerrero se deja hechizar por su propio funeral.

Mussolini, por el contrario, aunque todavía esté pálido como un cadáver, contraviniendo las prescripciones de reposo absoluto de sus médicos, viene de ocho semanas de impetuosa actividad gubernamental. De regreso a la escena política con motivo del debate sobre la reforma de las fuerzas armadas, pronunció en el Senado el 2 de abril un formidable discurso en el que se presentó como árbitro por encima de la refriega de los contendientes y avocó el Ministerio de la Guerra para sí mismo. Los grupos de oposición, desconsolados y asombrados, se resignaron a renunciar a toda esperanza de una muerte inminente. Incluso Filippo Turati, patriarca del socialismo, tuvo que reconocerle su condición de «histrión de éxito». La asamblea de los senadores votó casi por unanimidad el honor de la difusión pública de su discurso en las calles. Desde ese momento el Duce ya no se ha detenido. Una vez reorganizado el ejército, se enfrentó sin titubeos a la masonería, impulsando la ley de disolución de sociedades secretas, apoyó el debate para la aprobación del presupuesto, promovió el voto de las mujeres en las elecciones administrativas y llegó incluso a reclamar para la Cirenaica italiana el remoto oasis de Al Jagbub en el Sáhara africano.

Frente a todo esto, prosigue el lento desmoronamiento de lo que queda de la oposición, acosada por la policía, censurada en la prensa, agotada en una reiterada condena moral del fascismo y en la extenuante espera de una intervención del rey. El único que queda es Luigi Albertini, director del *Corriere della Sera,* quien sigue predicando con valentía, en el desierto de Montecitorio, contra la inminente dictadura fascista. A esas alturas, en definitiva, parece casi seguro, e incluso los periódicos extranjeros lo reconocen, que la profecía del indudable desplome del Gobierno fascista, pronunciada tras el asesinato de Matteotti, no se ha hecho realidad.

De este modo, a Gabriele D'Annunzio, que tan solo seis meses antes había tildado el asesinato de Matteotti con el estigma de «fétida ruina», dado que el desplome se ha hecho esperar en vano, no le queda otra que ponerse los ropajes del anfitrión cortés, del conversador brillante. Así, después de las salvas que resuenan en el Garda procedentes del cañón del *Puglia*, después de las excursiones por el lago a bordo de la lancha torpedera de Buccari, la visita de Mussolini al Vittoriale degli Italiani continúa bajo el signo de una sosegada familiaridad entre viejos amigos y camaradas de armas.

El 26 de mayo, D'Annunzio y Mussolini reciben a una delegación de veteranos que regresan de una peregrinación entre las trincheras de la Gran Guerra. A la cabeza está Carlo Delcroix, héroe de guerra, famoso orador, poeta aficionado, político apasionado, animador cultural, a pesar de estar mutilado en ambas manos y carecer de la vista en ambos ojos.

El Duce y el Vate compiten en cortés camaradería al recibir a los veteranos. En el salón del locutorio, el anfitrión desdeña los asientos taraceados y se acomoda en un taburete bajo que arrastra al centro de la habitación. Para emoción de los combatientes, declama en voz alta las palabras de la dedicatoria grabadas en la medalla de plata conmemorativa de la peregrinación. Mussolini, para superarlo en camaradería democrática, opta incluso por permanecer de pie detrás de él, rodeado por los infantes.

Luego, durante toda la tarde —después de enviar un obsequioso telegrama al rey de Italia en el que proclaman «haberse reencontrado reconociéndose como hermanos en la fe»— ambos compiten también en simpatía. D'Annunzio reafirma su superioridad como incomparable animador de las cháchara de salón, conduciendo el baile. El poeta rebautiza al ama de llaves Cesira Carocci con una de sus imaginativas invenciones lingüísticas («Sor Salutífera»). Más tarde, se bromea sobre distintos temas. La mofa alcanza incluso a la plaga de postulantes. También sobre este asunto declara afablemente el poeta que nadie le va a la zaga: él, como es bien sabido, quema todas las mañanas las cartas de recomendación en el peñasco del Grappa, mientras que al jefe de Gobierno no le queda más remedio que dedicarse a alentarlas respondiendo a todas. Pero Benito Mussolini no se lo toma a mal. A esas alturas, se está entre viejos amigos. Que se limitan a tomarse un poco el pelo. Chanzas leves sin mayores consecuencias. Ocurrencias. Eso es todo.

Muy diferente índole tiene la voz de Gabriele D'Annunzio al caer la noche, cuando, después de que el presidente del Gobierno se haya ido, a la luz del ocaso, se queda absorto mirando por la ventana su propia imagen reflejada en la proa gloriosa del crucero *Puglia*, definitivamente varado entre los álamos de su jardín: «Y pensar que yo, el poeta de los odios navales, he acabado en este charco, como una rana. Y una rana que no canta, porque yo ya no canto».

Con emoción, al final del día, le oye pronunciar Carlo Delcroix estas palabras mientras solo puede imaginarse las turbias aguas del lago de Garda tornarse plateadas reverberando la última luz. Para un ciego, la melancolía se encierra por entero en un tono bajo, en una inflexión decreciente al final. La melancolía es solo una granulosidad de la voz.

D'Annunzio ya no es a estas alturas más que un niño que juega. Un niño que nos sale caro.

Benito Mussolini, comentario a su regreso de la visita a Gardone, recogida por Quinto Navarra, Roma, 28 de mayo de 1925

Roma, Teatro Augusteo, 21 de junio de 1925
IV Congreso del Partido Nacional Fascista

Lo primero son los muertos. Los asesinados y los asesinos. Y son casi siempre la misma carne, la misma persona.

Quien los evoca, para inaugurar el cuarto Congreso Nacional del Partido Fascista el día en que empieza el verano en el hemisferio norte, cuando las horas de luz alcanzan su ápice, es Cesare Maria De Vecchi, cuadrunviro de la marcha sobre Roma. Su discurso empieza a las 10:30 horas, el público lo escucha puesto en pie, los muertos son numerosos. Cincuenta y cuatro «mártires de la revolución fascista» caídos solo entre el verano de mil novecientos veinticuatro y ese mismo momento. Víctimas de las cacerías armadas entre las facciones en calles desiertas, los sábados por la noche o los domingos por la tarde, derribados por una puñalada en el asalto a las casas del enemigo, o abatidos de noche por un disparo de fusil en la espalda. Todos sus nombres están ahora registrados en el álbum de mártires con camisa negra, el libro fascista de los muertos. No falta ninguna cruz. De Agnusdei, Vittorio a Visantini, Francesco. En estricto orden alfabético.

Para honrar a los muertos, De Vecchi ha abandonado el gran sitial de la presidencia del congreso, montado en el escenario de la orquesta. Para la ocasión, la enorme sala ha sido engalanada con guirnaldas doradas y mesas cubiertas de damasco rojo. Los palcos están reservados para la corte de honor del partido, los senadores, el Estado Mayor, los representantes de las federaciones. En la zona baja, la Milicia desempeña el servicio de orden. En lo alto, sentado en un gran sillón dorado, aislado por un recinto forrado de terciopelo carmesí, Benito Mussolini domina la sala. Después de la conmemoración de los muertos, a una señal suya, los congresistas vuelven a sentarse.

Toma la palabra el secretario del partido, el diputado Farinacci, el ras de Cremona, el líder de los «intransigentes», el ídolo de los hombres duros del fascismo. Todos lo aclaman porque todos saben que, sin esos hombres, el fascismo no habría existido y aun hoy, sin ellos, tal vez no sobreviviría.

El secretario comienza a leer su informe entre los cánticos de los escuadristas que entonan *Giovinezza:* «Nosotros nos contamos entre quienes defendieron la más rígida intransigencia», grita con su voz de barítono por debajo de los bigotes.

Pero nadie escucha realmente un discurso de Roberto Farinacci. Para esta clase de oradores, las palabras son piedras. El único medio de persuasión que conocen es la violencia que se esfuerza por convertirse en ley. «El fascismo no es un partido, es una religión.» Todo su credo político está encerrado en este eslogan. Una religión arcaica, precristiana, propia de Oriente Medio, consagrada al culto de terribles divinidades asirio-babilónicas a las que tributar sacrificios humanos. «Desmatteotizar Italia.» Toda la biografía mental del nuevo secretario del Partido Nacional Fascista está encerrada en este neologismo, feroz y grave, que él mismo acuñó recientemente sobre el cadáver destrozado de Giacomo Matteotti: demolición sistemática de toda oposición residual. Y en las tres primeras semanas de junio de mil novecientos veinticinco parece haber cumplido su programa. Los grupos de oposición parlamentaria, que siguen retirados en el Aventino, dudando si volver o no al Parlamento, divididos en todo, gesticulantes e inmóviles, han apostado una vez más, en vano, todas sus escasas esperanzas a un estremecimiento de conciencia de Víctor Manuel III, rey de Italia. Y en esta espera alucinada, con la mirada perdida en un horizonte vacío, van desmoronándose, derrumbándose sobre sí mismos, como un viejo tronco corroído por las termitas.

Cuando el soberano adelantó al 7 de junio los festejos del vigésimo quinto aniversario de su reinado, Giovanni Amendola y los demás líderes de la secesión constitucional, con la mirada siempre fija en el Quirinal, creyeron poder leer en ello una señal del tan esperado acontecimiento y solicitaron audiencia. El rey aceptó la solicitud, pero los admitió en su presencia uno a uno, a título personal. Uno a uno los recibió —empezando por el propio Giovanni Amendola—, uno a uno les escuchó repetir el mismo alegato por el restablecimiento de la legalidad y, después, una vez más, no movió un solo dedo. Ellos, una vez más, al final de una convulsa reunión celebrada el 13 de junio, día de San Antonio, decidieron quedarse a verlas venir. No fueron capaces siquiera de conmemorar en el Parlamento el primer aniversario de la muerte de Matteotti. Cuando Farinacci se enteró de sus intenciones, desplegó en la entrada del Palacio Madama un manípulo de escuadristas que ahuyentaron a los socialistas ensalzando al asesino de su mártir: «Dejaos de Amendola, dejaos de Albertini. ¡Viva Dùmini, viva Dùmini!». Farinacci, además, los ridiculizó en las columnas de *Cremona nuova,* su periódico: «Borregos en busca de un hecho cualquiera que les permita salir de su tragicómica situación». De este modo, ahora, el «gran secretario» del PNF puede triunfar en la tribuna del Teatro Augusteo, tejiendo el elogio del ras de provincia, es decir, de sí mismo.

Tras la intervención inaugural del secretario, el congreso prosigue de manera rápida y singular. Se aplaude mucho, muchísimo, se habla poco, brevemente, los oradores ya inscritos renuncian a sus intervenciones, todos los puntos del orden del día se aprueban por unanimidad. No hay mención alguna, ni vaga siquiera, a disputas internas. Se rumorea por los pasillos que Mussolini parece haber dicho: «Estoy con la batalla del trigo y con la de la lira, tengo que resolver cuestiones internacionales, estoy preparando las leyes para la reconstrucción fascista, no me toquéis los cojones con asuntos de partido». Y el partido tampoco parece querer defraudarlo en esta ocasión, accede, cede el paso y en el Augusteo se celebra un congreso al puro estilo fascista: el hecho consumado siempre precede a la doctrina. El programa anunciado a la prensa se reduce a la mitad en el curso del día.

De esta manera, Benito Mussolini puede subir a la tribuna para su discurso final en la misma tarde del 22 de junio. Se muestra en excelente forma y de excelente humor, casi locuaz. Promete a su auditorio «una hora de gran jolgorio». Sigue estando delgado, es cierto, pero en apariencia sano y fuerte. No parece que quede en él rastro alguno de la ulceración del duodeno. También parece, «desmatteotizado», como diría el secretario.

—Sabía que ninguno de vosotros había envejecido. Sin embargo, temía que cuatro años de tiempo le hubieran dado a vuestra complexión ese exceso de adiposidad que acompaña el triste paso de los cuarenta años. En cambio, seguís aún ágiles, muy ágiles, musculosos, verdaderamente dignos de seguir encarnando a la juventud de Italia.

Aplausos. Gritos de júbilo. Más aplausos. Luego, después del orgullo, después de los saludos, después de la pulla a la «misteriosa divinidad de la opinión pública que a los fascistas no nos puede traer más al pairo», la primera palabra política es para la violencia:

—Ya sabéis lo que pienso sobre la violencia. Para mí es profundamente moral, más moral que el compromiso y la transacción —*¡Muy bien!* Gritos de aprobación. Calurosos aplausos.

Dedica apenas un momento para aclarar que la violencia siempre debe ser guiada por el ideal y ya se pasa al interludio cómico. El orador hace una pausa, escruta el auditorio con aire astuto y luego continúa:

—Ahora voy a haceros una confesión que os dejará el alma completamente espeluznada —otra pausa—. ¡No he leído nunca una sola página de Benedetto Croce! —carcajadas, aplausos, vivísima hilaridad.

También la mofa del tipo humano del intelectual es breve, ágil, airosa, libre de adiposidad. Este Mussolini no tiene tiempo para demorarse en esa raza de hombres que tienen el mérito de decir siempre algo cierto y el privilegio de no ver nunca la verdad. Un poco de inteligencia está bien, pero solo lo suficiente para criticar al adversario.

—¡La cultura universitaria ha de asimilarse rápidamente y ser expulsada con igual rapidez! —*vivísima hilaridad*—. Digámoslo francamente: ¡antes que al catedrático impotente prefiero al escuadrista que actúa!

Como exaltado al ver el cadáver del enemigo, abatido en la befa, el Duce del fascismo despega. Pasa rozando apenas por la tan debatida cuestión del cumplimiento del Estatuto, fulminándola («el Estatuto, señores míos, no puede ser un gancho al que estén condenadas a ahorcarse todas las generaciones italianas») y alza después el vuelo hacia el futuro. «¿Qué queremos? Algo soberbio: queremos que los italianos escojan, queremos la fascistización del país, queremos crear un nuevo tipo de italiano, el hombre fascista», al igual que hubo el hombre del Renacimiento y el de la latinidad, un italiano valiente, intrépido, franco, trabajador, respetuoso, un italiano nuevo.

En las últimas semanas, el presidente del Gobierno ha presentado un proyecto de ley que prevé la depuración del personal no fascista de la Administración pública, otro que anula lo poco que queda de la libertad de prensa, un tercero que refuerza aún más el poder del Ejecutivo, ha proscrito las asociaciones secretas que se resisten a su poder y, haciéndose cargo del Ministerio de Guerra y del de Marina, acumula en sus manos todo el poder de las fuerzas armadas. De manera que, ahora, percibiendo el campo despejado frente a él para disputar el palio de la dictadura, en un crescendo de entusiasmo delirante y de generosa negativa a conformarse con el mezquino presente, Benito Mussolini tiene una visión del futuro, ve el alba de un nuevo mundo. Desde la tribuna del Teatro Augusteo de Roma, ya curado de la úlcera duodenal que le hizo vomitar sangre, el Duce del fascismo ve a las nuevas generaciones:

—A veces sonrío ante la idea de generaciones de laboratorio, es decir, de crear la clase de los guerreros, que siempre están dispuestos a morir; la clase de los inventores, que persiguen el secreto del misterio; la clase de los jueces, la de los grandes capitanes de la industria, la de grandes exploradores, la de los grandes gobernantes...

Hasta a eso le impulsa su pasión por el mañana: Benito Mussolini se atreve a soñar con castas. El objetivo es siempre el mismo: el imperio. Fundar una ciudad, descubrir una colonia, crear un imperio, esos son los prodigios del espíritu humano.

La última palabra, como la primera, se reserva de nuevo para la violencia. «La bandera del fascismo ha sido confiada a mis manos y estoy dispuesto a defenderla contra quien sea, incluso a costa de mi sangre.»

Como un miasma, el olor dulzón de la sangre se esparce, vaporoso, sobre el público, sacudido por un aplauso interminable, mientras el Teatro de Augusto aclama el discurso del presidente.

Puesto en pie de un salto desde su trono dorado, Roberto Farinacci se despelleja las manos, irrumpe en carcajadas, vitorea. Es el retrato de un hombre feliz.

Hoy hemos podido demostrar que la Nación ha quedado des-matteotizada y considera unos sinvergüenzas a todos los del Aventino.

Roberto Farinacci, discurso pronunciado en piazza Colonna
después de haber impedido la conmemoración de Matteotti,
Roma, 10 de junio de 1925

Hoy el fascismo es un partido, es una Milicia, es una corporación. No es suficiente: debe convertirse en algo más, debe convertirse es una forma de vida. Es necesario que existan los italianos del fascismo, al igual que existieron, con rasgos inconfundibles, los italianos del Renacimiento y los italianos de la latinidad. Solo creando una forma de vida, es decir, una manera de vivir, podremos dejar huella en las páginas de la historia y no solo en las de la crónica [...]. Llevando a la vida todo aquello que sería un grave error encerrar en la política, crearemos, a través de una obra de selección obstinada y tenaz, las nuevas generaciones, y en las nuevas generaciones cada uno tendrá una tarea definida. A veces sonrío ante la idea de generaciones de laboratorio, es decir, de crear la clase de los guerreros, que siempre están dispuestos a morir; la clase de los inventores, que persiguen el secreto del misterio; la clase de los jueces, la clase de los grandes capitanes de la industria, la de los grandes exploradores, la de los grandes gobernantes. Y es a través de esta selección metódica como se crean las grandes categorías, que a su vez crean los imperios [...]. A veces no queda otra que estancarte en las posiciones conquistadas durante largo tiempo. Pero la meta es esa: el imperio.

Benito Mussolini, «Intransigencia absoluta»,
discurso de clausura del IV Congreso del PNF
pronunciado en el Teatro Augusteo,
Roma, 22 de junio de 1925

Giovanni Amendola
Bagni di Montecatini, 20 de julio de 1925

Giovanni Amendola, líder de la oposición democrática, conocida con el nombre de «secesión del Aventino» por su negativa a regresar al Parlamento hasta que se restablezca la legalidad violada por los fascistas, se encuentra en Bagni di Montecatini, una estación termal de renombre, para tomar las aguas.

Amendola se aloja en el Grand Hotel La Pace, símbolo de la Belle Époque. El edificio, diseñado por el arquitecto Giulio Bernardini, ha tenido entre sus huéspedes a Gabriele D'Annunzio, a Víctor Manuel de Saboya, al poeta Trilussa, a Toscanini, a Puccini y a *madame* Curie. A comienzos del siglo xx, bajo las bóvedas de los suntuosos salones con frescos de Galileo Chini, maestro del modernismo, una humanidad variada y elegante brindó por el nuevo siglo que prometía un elevado nivel de vida, entretenimientos brillantes, el descubrimiento del placer de salir de casa, sobre todo después de cenar, de viajar por pura delectación, de afrontar la existencia de manera despreocupada y positiva, charlando en salones de té donde resultara posible degustar alguna de las cien variedades importadas de la India, en una época de paz y prosperidad sin igual. Cabaré, cancán, cinematógrafos; líneas curvas, motivos florales e iluminación eléctrica; carteles publicitarios, aeroplanos y automóviles; imperios coloniales, desarrollo del comercio y nacimiento del turismo; maravillas de la técnica y dulzuras de la vida, tiempo libre y exposiciones universales. Aquel viejo mundo, con la falsa ilusión de ser uno nuevo, tan hermoso en apariencia en el instante de su definitivo ocaso. Aquel hermoso mundo que se hundió junto con el *Titanic* y los millones de muertos de la Gran Guerra.

Y, en efecto, en la mañana del 20 de julio de mil novecientos veinticinco, los exquisitos jardines del Grand Hotel La Pace ofrecen el incongruente espectáculo de unos varones jóvenes en estado de guerra. Una pequeña multitud tumultuosa con camisas negras, pululando por via Roma, se agolpa a la entrada del hotel, agitando bastones y porras en el aire. Las damas elegantes, hipnotizadas por el horror, se les quedan mirando a través de los arabescos de ventanas polícromas.

Los escuadristas de Pistoia y Lucca, entre los fascistas más feroces de Toscana, que son notoriamente los más feroces de Italia, sitiaron el hotel tan pronto como se difundió la noticia de que allí se alojaba Giovanni Amendola, el antifascista más odiado tras la muerte de Matteotti, ya víctima de una agresión con varios porrazos en la cabeza a pocos pasos de su casa, en el centro de Roma, en diciembre de mil novecientos veintitrés. Amendola, que ha ido a Montecatini para disfrutar de unas saludables vacaciones que lo relajaran de las persecuciones, tal vez no sepa que esa zona de Valdinievole fue, durante el «bienio rojo», un violentísimo campo de batalla entre campesinos y obreros socialistas —quienes, reunidos en bandas, llevaron a cabo numerosas correrías en la pequeña ciudad termal, símbolo de la odiada burguesía— y los hijos de los comerciantes y hoteleros, agrupados alrededor del fascio local y organizados en patrullas que defendían las peluquerías y las tiendas de telas.

El líder demócrata se ve obligado a pasarse el día encerrado en su habitación, protegido tan solo por tres carabineros de servicio en el diminuto cuartelillo local. Los últimos meses han sido para él un auténtico calvario. Hace ya un año, a esas alturas, que los parlamentarios unidos en la protesta del Aventino esperan una intervención del rey que ponga fin a la arbitrariedad de Benito Mussolini. Hace un año que sus secuaces asesinaron ferozmente a Matteotti y, sin embargo, el rey todavía no ha movido un dedo. A pesar de ello, Amendola ha aguantado en su oposición inactiva pero inflexible, inamovible pero sustancialmente inmóvil, en su protesta no violenta, en su convicción de que, si quiere evitar un baño de sangre, no puede involucrar a las masas populares en la lucha contra el fascismo, en su hostilidad hacia los acuerdos con los comunistas revolucionarios, en su esperanza de que el rey se decida a nombrar un nuevo Gobierno. Ya en mayo, Amendola había instado a Benedetto Croce a redactar el *Manifiesto de los intelectuales antifascistas*. Luego, a principios de junio, cuando Víctor Manuel III aceptó recibir a los representantes de la oposición, se reavivó la esperanza y Amendola, con ella como toda arma, subió por las escaleras del Quirinal. Ni siquiera después de la enésima decepción se había dado por vencido. Mientras entre los diputados del Aventino cundía ya el desaliento y arreciaban los desacuerdos y las polémicas —algunos se oponían a volver al Parlamento, como Filippo Turati, otros estaban a favor; otros, como Bonomi, eran propensos a un «regreso por grupos»—, él había presidido en Roma el primer congreso de la Unión Nacional, el partido que había fundado con el programa de devolver a Italia una democracia liberal y social. Desde la tribuna pronuncia un discurso apasionado y severo, en el que invitaba a sus compañeros a perseverar con valentía, exaltando el orgullo de quienes, luchando por posiciones perdidas, salvan los valores morales de una nación, el orgullo de causas justas y de la fe en el porvenir. Los días que siguieron le dieron la razón y se la quitaron.

El rey, una vez más, no había movido un dedo. A finales de junio el Alto Tribunal de Justicia absuelve a Emilio De Bono, cuadrunviro de la marcha sobre Roma y jefe de policía durante el secuestro de Matteotti, de toda imputación por este crimen: inexistencia de los hechos y falta de conducta punible. Mussolini lo llama temporalmente de África y lo recibe como a un héroe.

Era el fin, el Aventino había sido derrotado. Giovanni Amendola ahora estaba seguro. Ya no era posible, al menos por el momento, y probablemente durante mucho tiempo, albergar esperanzas en una buena vida, en una época de cortesía. La historia nos enseña que, cuando te toca en suerte un cataclismo, hay que obedecer a un único criterio: vivir. Vivir y perdurar. Sobrevivir como hombres del porvenir. Nada distinto, nada más, nada menos.

Presa de una sorda resignación, Amendola lleva toda la mañana encerrado en su habitación del Grand Hotel La Pace. El director ha atrancado las puertas, pero no faltan quienes intentan escalar por los muros, mientras otros siguen tirando piedras. Las horas pasan y, una vez rotos los primeros cristales, las piedras empiezan a llover ahora en el interior de las habitaciones. En la tarde del 20 de julio, Giovanni Amendola, sitiado, acepta por tal razón ponerse a salvo. La oferta le llega de Carlo Scorza, ras fascista de la provincia de Lucca, quien, por lo que parece, se ha apresurado a viajar a Montecatini para impedir otro caso Matteotti.

La conversación entre los dos hombres es breve. Es difícil concebir interlocutores más diferentes. Giovanni Amendola, apóstol de la democracia, fundador del periódico liberal *Il Mondo,* antiguo profesor de filosofía teórica, miembro en su juventud de círculos teosóficos en los que soñaba con poder compaginar el conocimiento místico y la investigación científica, la racionalidad y la religión en una vivencia moderna de Dios. Carlo Scorza, voluntario en los batallones de asalto, fascista desde mil novecientos veinte, jefe de las escuadras de la región de Lucchesia, es el secuaz silencioso y violento, dispuesto a todo, fiel a sangre fría a las órdenes de su Duce.

En cualquier caso, tal vez porque ambos combatieron con honor en las trincheras, a los dos hombres no les cuesta entenderse. Scorza no es un genio, pero es consciente de que la muerte de Amendola sería una nueva teja lanzada contra la cabeza de Mussolini. De modo que le propone una estratagema para salir de una situación que amenaza con desembocar en una nueva crisis para el régimen fascista: el jefe de la oposición huirá por una entrada secundaria, a escondidas, escoltado por los propios militantes fascistas. Un empleado del hotel, disfrazado y claramente visible por la ventana abierta, engañará a los alborotadores apiñados frente al edificio. En la estación ferroviaria de Pistoia, el compartimento reservado de un tren conducirá al fugitivo sano y salvo a Roma. Por más que, para un hombre valeroso como él, el plan de Carlo Scorza implique el deshonor de la huida, el ridículo del subterfugio, Giovanni Amendola acepta. Acepta porque en la salvación culmina tanto su razonamiento sobre la necesidad de perdurar como su fidelidad a la lucha y al porvenir, y porque, como caballero que es, le resulta insoportable la idea de que haya mujeres aterrorizadas en el vestíbulo del hotel.

El teniente de los carabineros, uno de los tres que lo han protegido hasta ese momento, insinúa una sonrisa, lo apacigua, puede quedarse tranquilo, hay una escolta que lo seguirá, un camión nada menos, y lo acompañará personalmente hasta el vehículo.

Una vez cargado el equipaje, mientras se oculta el sol, el automóvil se pone en marcha por via della Torretta. Además del conductor y del propio Amendola, van en él dos militantes fascistas, uno sentado al lado del fugitivo y otro junto al conductor. Por detrás, el camión de los carabineros los sigue lentamente.

Dejando atrás a los manifestantes, a través de viale Verdi, se encaminan hacia Pistoia. En el primer cruce, el vehículo de los carabineros toma otra dirección, ahora avanzan solos. Dejan atrás Pieve a Nievole y se dirigen al cruce de la Columna de Monsummano. La tarde de verano es cálida, el campo está en silencio. A la altura de la fuente Panzana, sin embargo, como en una antigua leyenda de bandoleros, el tronco de un árbol bloquea la carretera. Desde la zanja que flanquea la calzada, surgen una docena de sombras. El cristal trasero derecho estalla en una granada de fragmentos contra el rostro de Giovanni Amendola. Instintivamente, el agredido levanta el brazo para resguardar la cabeza, dejando el lado izquierdo al descubierto. El instrumento contundente se transforma en una punta de lanza, clavada en el costado. Los atacantes se ensañan a través de la ventana rota en mil pedazos. Dos automóviles que se acercan en sentido contrario ponen fin a la emboscada.

Al día siguiente, Víctor Manuel III anota con meticulosidad en su diario el lugar y los instrumentos de la agresión, nombres y apellidos del agredido y del agresor. Este último entre paréntesis.

El soberano, en cuyas prerrogativas reales Giovanni Amendola y sus compañeros de lucha habían albergado durante largo tiempo tantas esperanzas, al anotar con sobriedad y precisión los nombres y apellidos de los responsables demuestra tener perfecto conocimiento de las circunstancias, acontecimientos y personas. A pesar de ello, tampoco esta vez se perturba. Tras posar su pluma de cronista, considera evidentemente que su cometido ha terminado. Y no mueve un dedo.

En Serravalle Pistoiese el diputado Amendola gravemente herido a bastonazos (Carlo Scorza).

Víctor Manuel III de Saboya, rey de Italia, nota escrita a mano en su diario personal, 22 de julio de 1925

Cuando a uno le toca en suerte pasar por cataclismos históricos —como el del decenio— y cuando la realidad no ofrece metas seguras ni medios de seguro resultado, la historia nos enseña que debemos obedecer a un único criterio: vivir. Vivir y perdurar: como hombres y como fuerzas políticas. Los viejos políticos, cuando se enfrentaban a situaciones aparentemente insuperables, formulaban su terapia de la siguiente manera: «el tiempo y yo».

Carta desde el exilio de Giovanni Amendola a Meuccio Ruini, 12 de septiembre de 1925

Benito Mussolini
Castillo de Racconigi, 23 de septiembre de 1925

Amnistía. Extinción del delito. Procedimiento general de clemencia.

El 31 de julio de mil novecientos veinticinco Víctor Manuel III de Saboya, príncipe de Nápoles por decisión de sus padres y rey de Italia por voluntad de Dios, con ocasión del vigésimo quinto aniversario de su reinado concede a sus súbditos una amnistía por delitos comunes y militares. Dos días después, el 2 de agosto, al cumplir cincuenta años, el soberano lo extiende también a todos los delitos políticos, excluido el asesinato. Solo diez días después de la emboscada, los agresores de Giovanni Amendola, todavía desconocidos por lo demás, quedan así perdonados. No solo eso. La manifestación de censura de la violencia fascista, largamente ansiada y solicitada por el propio Amendola, no llegará. De hecho, ahora todos interpretan la firma del rey en el decreto de amnistía como un signo de su voluntad de cerrar la cuestión moral abierta con el secuestro de Giacomo Matteotti. El rey no hará más movimientos, la crisis se declara cerrada, el último clavo en el ataúd ha sido fijado.

Pero eso no es todo. Víctor Manuel III de Saboya no es el único que permanece inmóvil. En la víspera de la publicación del decreto, el ministro del Interior Federzoni, temiendo reacciones callejeras en el bando antifascista, telegrafía a los prefectos invitándolos a vigilar y a reprimir de raíz «cualquier episodio de violencia», incluso del lado fascista. La preocupación, sin embargo, se demuestra superflua. La amnistía, de hecho, no suscita reacciones particulares. Del mismo modo que no las suscitó la sentencia absolutoria del Tribunal Supremo en relación con Emilio De Bono a fines de junio, ni el 31 de julio la absolución en Ferrara de todos los imputados por el asesinato del padre Minzoni, incluido Italo Balbo. Las únicas protestas dignas de nota son la vibrante carta enviada por el consabido Amendola al consabido rey, tras la sentencia del Tribunal Supremo, y la renuncia como diputado de Vittorio Emanuele Orlando, indignado por la alianza entre fascistas y mafiosos, beneficiarios de la amnistía, en las elecciones regionales sicilianas. Por lo demás, poco o nada.

El balance del bochornoso verano italiano de mil novecientos veinticinco es, por tanto, el siguiente: Amendola está herido; Giuseppe Donati, el periodista católico que acusa a De Bono, se ve obligado a expatriarse; el 19 de septiembre, el Partido Socialista Italiano decide regresar al Parlamento. El Aventino llega su fin.

Es difícil no sentir piedad ante la noble derrota de Amendola. Hasta Mussolini confiesa en privado cierta ladina simpatía hacia ese caballero sin tacha y sin miedo —como sus compañeros de lucha lo habían bautizado— que ahora muerde el polvo a sus pies. Pero para entonces el fascismo tenía a un único hombre, inflexible, Giovanni Battista Amendola, en contra, y no se dedica uno a la política sin saber lo que se quiere derribar. Amendola quería derribar el fascismo y el fascismo lo ha derribado a él. Además, Amendola, por mucho que se presentara como paladín de la paz social, era un hombre de guerra en un país condenado por la política. Animado por la ilusión de reunir a todos los hombres de la democracia acabó encontrándose, al final, solo, completamente solo, al mando de un ejército de fantasmas. Su grado de inocencia puede conmover. Pero con la ingenuidad no se construye la Historia.

De esta manera, Benito Mussolini pasa el verano de su revancha entre una frenética reanudación de la iniciativa política a gran escala y las pequeñas preocupaciones de la vida familiar. En el primer frente solo cosecha triunfos: en junio lanza la «batalla del trigo», en julio reconquista el apoyo de los industriales sustituyendo a De Stefani por Volpi en el Ministerio de Hacienda, en agosto constituye el arma de la Fuerza Aérea con un ministerio separado y lo asume de forma interina. Ahora ostenta el mando de todas las fuerzas armadas. En el segundo frente, en cambio, solo disgustos. En marzo, su esposa Rachele, contrariada por el exceso de amantes de su marido y por sus ausencias, deja la casa familiar para mudarse al campo en Carpena. En julio, su hija mayor Edda, ya quinceañera y cada vez más revoltosa, se escapa de casa para irse sin permiso a una excursión a Bibbiena en compañía de sus primos. Y luego está Margherita Sarfatti, cada vez deslizándose más peligrosamente del papel de favorita al de segunda consorte, que no deja de atormentarlo con el fin de que acepte someterse a una operación para curarse la úlcera, según lo aconsejado por Bellom Pescarolo, su médico de confianza, rebautizado a esas alturas como «el hombre del cuchillo». Por último, dentro del clan fascista, Roberto Farinacci sigue obstaculizando la reconquista de la respetabilidad incitando a los escuadristas a repetidas controversias con los jueces del Tribunal Superior del Senado, con el antiguo ministro de Justicia Oviglio y, sobre todo, con el órgano de prensa pontificio *L'Osservatore Romano*, que acusa al fascismo de no renunciar al uso de la violencia.

Se consigue aplacar al secretario del Partido Nacional Fascista mediante un telegrama al prefecto en el que se ordena el secuestro de su periódico, *Cremona Nuova*, cada vez que sus ataques a personalidades destacadas puedan provocar represalias de las escuadras o situaciones embarazosas para el Gobierno. La crisis familiar se resuelve con una estancia en Carpena. Rachele acepta regresar a Milán, a una nueva vivienda de seis habitaciones en via Pagano, y Edda es enviada a aprender buenas maneras al exclusivo y muy estricto internado de la Santissima Annunziata en Florencia. La sugerencia proviene precisamente de Margherita Sarfatti, la «segunda consorte», a quien Benito ha confiado en secreto la tarea de encaminar la educación de la hija.

El 23 de septiembre, la reconquistada respetabilidad de Benito Mussolini viene sometida a la prueba decisiva. La ocasión es la celebración de la boda entre Mafalda de Saboya y el príncipe alemán Felipe, hijo del landgrave de Hesse-Kassel. Mussolini, cuya intolerancia hacia la etiqueta y los ritos familiares es bien conocida por todos, ha sido invitado también en su condición de pariente político de la familia real, dado que el collar de la Anunciación, que se le confirió en mil novecientos veinticuatro, lo eleva a la dignidad de primo del rey. Es la primera vez, después de muchos meses, que Víctor Manuel y el Duce del fascismo se encuentran en público. Sirve de marco el milenario castillo de Racconigi, la ocasión es solemne, la atención es muy alta. El rígido ceremonial regio, tras descartar como es obvio a Rachele Guidi, hija de campesinos y ni tan siquiera consorte legítima, asigna al presidente del Gobierno el brazo de la princesa Aage de Dinamarca.

El día promete ser interminable. Una vez recibidas las instrucciones del maestro de ceremonias, el cortejo se forma por primera vez para asistir a la ceremonia civil. Tras abrirse los aposentos privados del soberano, los invitados saludan con una inclinación de cabeza y ocupan después su lugar en las dos filas de asientos que les han sido asignados. Todos los ojos de los hombres buscan la mirada del rey en Mussolini, los ojos de las mujeres buscan a la novia. En el umbral aparece una pálida y esbelta figura castaña clara, más evanescente aún por el vestido de raso blanco, adornado con encajes antiguos. Un larguísimo velo cae de una diadema de espigas y diamantes, símbolo tradicional de la casa de Hesse.

La joven princesa lleva con gracia una leve melancolía. Junto a tanto satén blanco, la severidad del uniforme de dragones del novio, con el yelmo de acero y el penacho negro, resalta casi como un presagio de muerte. Oficia la ceremonia civil el presidente del Senado, el Excmo. Sr. Tittoni. Ante la fatídica pregunta, la princesa se vuelve hacia el soberano y amaga una reverencia. El soberano da su permiso, se pronuncia el «sí». Benito Mussolini, presidente del Gobierno, en su calidad de notario de la Corona, firma con pluma de oro bajo el nombre de los cónyuges y testigos. No ha habido contacto, por ahora, con Víctor Manuel III, instalado, según el protocolo, en su trono.

El cortejo real se forma por segunda vez. Se dirige hacia la capilla familiar para la ceremonia religiosa. Mussolini vuelve a ofrecer su brazo a la princesa de Dinamarca. Tittoni y él cierran la columna. El rey está lejos, a la cabeza.

Monseñor Beccaria, capellán mayor del rey, puesto que goza de atributos episcopales, lleva mitra, báculo, cruz y anillo. El celebrante, antes de celebrar, completa la formalidad de la «venia», es decir, pide permiso al soberano para comenzar. El rey asiente con un movimiento de cabeza. Desde detrás del altar, un grupo de cantores acompaña la función con motetes de estilo gregoriano, sin soporte de órgano, *a cappella*.

Una vez consagrada la unión de Felipe y Mafalda, el cortejo se forma una tercera vez: el rey de Italia, el rey de Grecia, el príncipe de Montenegro y todos los demás. Benito Mussolini sigue estando en la cola.

Por fin, terminados los ritos civil y religioso, la etiqueta se relaja. En el salón chino, la familia real y los invitados forman un corrillo alrededor de los recién casados para las felicitaciones de rigor. Este es el momento. El contacto ya no puede seguir posponiéndose. Podrá evitarse, eludirse, esquivarse, pero no postergarse.

Cuando el presidente del Gobierno se aproxima a la recién casada para desearle toda la felicidad de este mundo, su padre, el rey, está detrás de ella. Víctor Manuel de Saboya no le tiende la mano, ni tampoco hace un movimiento con la cabeza, como el que, poco antes, ha autorizado a su hija para tomar marido y al obispo para celebrar su boda. El rey de Italia, en cambio, da un paso adelante en el círculo de la aristocracia de Europa y abraza a Benito Mussolini, el Duce del fascismo. Sí, lo abraza. Desde su metro cincuenta de estatura rodea su pecho, como si fuera un niño rey. En ese abrazo escaleno se disuelve un año de tensiones, de enredos intestinales, más de un lustro de asesinatos.

La época de la guerra social ha acabado. Ahora el Jefe del fascismo puede estar seguro de ello. Ya basta de trincheras. Las guerras de trincheras son siempre guerras perdidas. Hay que aprender a lamerse las heridas y a considerar curada la propia carne. El fascismo ya no tiene enemigos a los que abatir. El fascismo no delegará en nuestra señora de la muerte su representación en el congreso de las revoluciones perdidas. El fascismo devolverá a Occidente la energía vital que los políticos le habían sustraído.

Benito Mussolini luce radiante, casi emocionado. Ahora ya no tiene pecados de los que arrepentirse, penas que expiar. Las tragedias buscadas por el individuo contra el inocente de paso ya no pueden serle atribuidas. Liberado del abrazo del rey de Italia, Benito Mussolini es ahora una victoria que aguarda un triunfo.

Sé que estás mejor, pero tus esfuerzos parecen insoportables incluso para el «esforzado nacional».

Carta de Gabriele D'Annunzio a Benito Mussolini
con motivo de su cuadragésimo segundo cumpleaños,
29 de julio de 1925

La conclusión concisa y la esencia de lo que me gustaría comunicarle es la siguiente: que las cosas van avanzando, pero con excesiva lentitud y que el interesado es de una imprudencia aterradora, y eso se repite cíclicamente [...]. El ciclo es este: dolores agudos, causados por algún exceso o trastorno dietético, dieta estricta, régimen lácteo (pero escaso e inadecuado porque de la leche ya no se fía por sus efectos y consecuencias mecánicas) casi de ayuno, reposo relativo y convalecencia [...] buenos resultados; después de dos o tres días de bienestar, se cree curado, y comete algún gran despropósito. En estos últimos días velocidades automovilísticas a 130 km, manzanas crudas y fruta inmadura, etc., etc. Dolores espantosos, ardor mortal de estómago, exacerbación de todos los procesos. De vuelta al ayuno, al debilitamiento y a la ira.

Carta confidencial de Margherita Sarfatti al ministro del
Interior sobre las condiciones de salud de Mussolini,
24 de septiembre de 1925

Comentarios muy favorables en los círculos del Palacio de Justicia en cuanto se divulgó el texto en la edición extraordinaria del *Messaggero* [...]. Antes que nada, se ha subrayado la feliz elección

del periódico en la prioridad de la publicación del propio decreto
[...] y luego la coincidencia con las elecciones de Palermo, dado que
en esa provincia serán muchos los beneficiarios del decreto en
cuestión y en agradecimiento votarán a favor de la lista nacional.

Informe policial sobre las reacciones al decreto de amnistía
(con evidente alusión a la mafia), agosto de 1925

Ese mismo pueblo engañado y mixtificado que antes era nuestro enemigo y que después asistió a nuestra victoriosa insurrección
con un ojo pávido e indiferente, hoy se orienta con multitudes cada
vez más numerosas hacia nosotros, porque siente, en su oscuro
pero infalible instinto, que en el fascismo hay vida con todas sus
posibilidades, mientras que al otro lado está el pasado con todas sus
cosas yermas y muertas.

Carta de Benito Mussolini a Roberto Farinacci,
11 de septiembre de 1925

Quinto Navarra
Roma, 5 de octubre de 1925
Sexagésima tercera reunión
del Gran Consejo del Fascismo

Ha sido una carnicería. Media docena de muertos, cientos de heridos, Florencia aterrorizada. Parece que el humo de las hogueras resultaba visible desde lo alto de las colinas y se rumorea que detrás de ciertos asesinatos solo hay triviales diatribas privadas.

La masacre estalló en Florencia la noche del 3 de octubre, pero en la Toscana la caza a los antifascistas de las logias masónicas ya había empezado en septiembre. *Battaglie Fasciste*, el semanario de la federación, había lanzado un neto grito de guerra: «No hay que dar tregua a los masones». La masonería tenía que ser destruida y, para alcanzar ese objetivo, cualquier medio era válido: el fuego purificador, los cristales rotos, la porra, el pistoletazo. La roca, por lo tanto, ya estaba rodando hacia el valle. Después de semanas de persecuciones, el *casus belli*.

Giovanni Luporini, miembro del directorio florentino, se presentó con su escuadra en casa de Napoleone Bandinelli, maestro venerable de la logia de rito simbólico «Lucifer» de Gran Oriente de Italia, ya apaleado el día anterior, para arrastrarlo a la sede del Fascio. El joven Giovanni Becciolini, secretario de esa misma logia, acudió en ayuda del «venerable» y facilitó su huida por los tejados. En el conflicto armado, Luporini cayó fulminado. Después de apresar a Becciolini, después de arrastrarlo al Fascio, después de propinarle una terrible paliza a porrazos y dejarlo ante la puerta de su casa después de acribillarlo a balazos, los escuadristas desatan una represalia a gran escala. Tras cerrar los cafés, invadir los teatros, interrumpir las funciones, empezaron los apaleamientos de la gente por las calles. Una hora después llegó el turno de las viviendas particulares. Docenas de despachos profesionales incendiados, cientos de casas saqueadas, tiendas arrasadas. Tras requisar tres taxis, las escuadras se pasan toda la noche yendo y viniendo a la sede del Fascio. Los jefes de escuadra entraban en una habitación, salían con una hoja de papel en la mano, en el papel los nombres de las víctimas. El cónsul Tamburini había sido categórico: «Todos los comunistas que encontréis». Desde las nueve de la noche hasta las dos de la madrugada son los faros de los taxis las únicas luces, siniestras e imperturbables, que iluminan la noche florentina.

Al abogado antifascista Gustavo Consolo lo sorprendieron en pleno sueño. Su esposa suplicó de rodillas, ofreciendo el terror de los dos niños como sacrificio. El jefe de escuadra, sin embargo, se mostró implacable: «Buscadlo por todas partes y si no lo encontráis, matadlos a todos». Lo encontraron, en camisón, escondido debajo de la cama de la sirvienta. Allí mismo lo acribillaron a balazos. La policía pudo escuchar en vivo la banda sonora del asesinato a través de un receptor colocado en una mesa por la víctima en su intento de conseguir ayuda. También a Gaetano Pilati, voluntario de guerra, condecorado por su valor, que había vuelto del frente mutilado de un brazo, primero obrero y luego contratista de obras, inventor de prótesis mecánicas y de soluciones antisísmicas, benefactor de huérfanos y de desempleados, diputado socialista en la vigésimo quinta legislatura, también a él lo sorprendieron en el sueño. Los escuadristas irrumpieron directamente en su dormitorio colocando una escalera debajo de la ventana abierta para dejar que entrara la brisa nocturna. Al identificarlo, le descargaron los revólveres. Consolo, temiendo que a su hijo también le dispararan, logró arrastrarse hasta la puerta para bloquearla con su cuerpo sangrante. Trasladado a Urgencias, falleció a causa de múltiples heridas de arma de fuego.

La sexagésimo tercera reunión del Gran Consejo del Fascismo ha sido convocada de forma urgente para la tarde del 5 de octubre. En el orden del día figuran decisiones importantes sobre la reforma política del Estado —ulterior fortalecimiento del poder ejecutivo, reducción de las prerrogativas de la Corona, creación de una magistratura laboral con prohibición de huelga, encuadramiento de los sindicatos en el Estado fascista— pero, una vez más, esa noche, lo que está a la orden del día es el terror. Los muertos de Florencia revolotean por la habitación, entre las mesas colocadas en forma de herradura y las pantallas de cono invertido, como fantasmas de insepultos. La tensión es opresiva, nadie lleva la camisa negra, Benito Mussolini está furibundo. Como tiene por costumbre, ha convocado la reunión después de la puesta del sol, para continuar hasta el amanecer, con el fin de agotar así, con su proverbial resistencia a las vigilias nocturnas, a los miembros del Consejo que se entregan a una orgía de café y licores mientras él, después de la crisis de la úlcera, ha tenido que renunciar a eso también. Además, en la sala, por voluntad del Duce asimismo, se ha impuesto la prohibición de fumar. Temores, recelos, insomnio y nada de cigarrillos. Una pesadilla que durará toda la noche.

Mussolini está furioso por esos actos de violencia feroz que amenazan de nuevo su respetabilidad recién recobrada, pero a Quinto Navarro, que le atiende silencioso y diligente, también le da la impresión de estar turbado, casi asustado. Como en tantas otras ocasiones del pasado, la violencia de sus escuadristas es esa noche, una vez más, una medicina tóxica para el Duce, contraveneno y, al mismo tiempo, veneno, dolencia y remedio en la misma sustancia suministrada en dosis diferentes. Sus gritos ahogados llegan a través de las enormes puertas de roble macizo hasta la antecámara donde Navarra custodia el umbral junto a dos centinelas de la Milicia. El objetivo de su cólera es, obviamente, Roberto Farinacci, de quien se dice que incitó en secreto a los escuadristas florentinos y que, tras ser enviado a Florencia la mañana del 5 de octubre para reprimirlos, ha defendido públicamente su bárbara conducta.

—¡Italia puede soportar a un Mussolini como mucho, no a varias docenas!

El chillido del Duce resuena entre las estanterías de pared repletas de libros y planea hasta el terrazo a la veneciana de la antecámara. Roberto Farinacci, el «superfascista», el «gran secretario», tras escuchar como un tiro lejano el anuncio de su defenestración, no replica, no lucha, no se da en esa sala aires de líder irreductible de los «intransigentes», sino que encaja el golpe, cambia de aspecto, viste un traje juguetón y modesto, se hace el loco, el ignorante, el violento o el astuto según las circunstancias.

Mussolini sigue enfurecido. Mientras sirve café y licores a los jerarcas, y a él tan solo un monástico vaso de leche, Navarra lo ve golpear la mesa con los puños, lo ve abrir y cerrar después convulsivamente las piernas hasta desgastar con los tacones de los zapatos elevados el travesaño reposapiés colocado debajo de la mesa. Es hora de hacer las necesarias distinciones: los fascistas con los fascistas, los criminales con los criminales, los especuladores con los especuladores y, sobre todo, es necesario practicar la intransigencia moral.

—¡Moral, he dicho, moral! ¿Está claro?

La línea es firme: durísima represión. En Florencia serán destituidos el prefecto, el comisario y los altos mandos policiales, se dará curso a nada menos que tres investigaciones, una del gobierno, una del mando general de la Milicia y otra del partido, confiada a Italo Balbo. Los responsables de los actos de violencia deberán ser arrestados y juzgados. La tesis oficial es en todo caso la misma: delitos comunes, no violencia política. Se insistirá también en el hecho de que uno de los asesinos del diputado Pilati es un proxeneta a sueldo, como es notorio, de la dueña del burdel que al parecer había recibido una orden de desalojo de Pilati, reciente administrador de su comunidad vecinal. Además, entre sus escuadristas hay cinco reincidentes en delitos contra la propiedad. El método empleado, de probada eficacia, será el del doblepensar: el Gran Consejo difundirá dos actas, una oficial de elogio hipócrita al secretario Farinacci y otra —reservada, que no ha de comunicarse a la prensa— con la disposición perentoria de disolución de todas las formaciones escuadristas.

La decisión ha sido tomada. No hay discusión ni votación porque las órdenes del Duce no se votan, se aceptan. Se aceptan y se ejecutan sin murmuraciones ni reservas, porque el Gran Consejo del Fascismo no es un parlamentito cualquiera y nunca procederá a votaciones de ninguna clase. La decisión ha sido tomada, el volantazo es notable y las órdenes muy claras: Benito Mussolini está decidido a sacar provecho en su propio beneficio de los muertos de Florencia.

El Gran Consejo, habiendo sometido a un atento examen la incansable actividad política y propagandística llevada a cabo, desde el Congreso Nacional en adelante, por el secretario general del partido, el Excmo. Sr. Roberto Farinacci, la aprueba por unanimidad.

Gran Consejo del Fascismo, acta oficial,
Roma, 5 de octubre de 1925

El Gran Consejo, habiendo constatado que en algunas zonas de Italia sigue funcionando o bien se ha reconstruido un escuadrismo que no tiene ya, tres años después de la Marcha sobre Roma, justificación histórica y política alguna [...], que perpetuando la ilegalidad sabotea la inserción legal de la revolución fascista en el Estado [...], ORDENA: la disolución inmediata de cualquier formación escuadrista de cualquier tipo con cualquier nombre y con cualquier uniforme; la inscripción de los antiguos escuadristas en las Legiones regulares de la Milicia.

Gran Consejo del Fascismo, segunda acta (confidencial),
Roma, 5 de octubre de 1925

Al tiempo que remito categóricamente a SS. SS. al contenido de mi circular telegráfica 18112 del 2 del pasado mes de agosto, remarcando que las disposiciones en ella formuladas deben ser estrictamente aplicadas, hago saber que de ahora en adelante debe impedirse cualquier formación de escuadrones con la prohibición

absoluta de exhibición de escuadristas especialmente si van armados y de uniforme.

Luigi Federzoni, ministro del Interior,
circular a los prefectos, 6 de octubre de 1925

La violencia es moral cuando es oportuna, quirúrgica, caballeresca. Pero cuando el Partido de la revolución tiene el poder en sus manos, la violencia debe ceñirse a los instrumentos y a los propósitos exclusivamente estatales. El Partido debe limitarse a crear y mantener un ambiente «de simpatía» hacia el ejercicio de esta eventual violencia de Estado.

Benito Mussolini, «Elementos de historia»,
Gerarchia, octubre de 1925

Margherita Sarfatti
Cavallasca, 20 de octubre de 1925

La palidez de Benito es evidente, así como la tensión de su rostro. Le cuesta un enorme esfuerzo el mero hecho de permanecer sentado en lugar de tumbado. A su lado, una palangana revestida de cerámica esmaltada recoge su sangre.

El profesor Castellani, distinguido especialista en enfermedades infecciosas, ha sido llamado con urgencia al Palacete Il Soldo por Margherita Sarfatti, con el fin de someter al presidente del Gobierno al test de Wassermann, la prueba serológica para determinar la sífilis. Una vez más, en efecto, la agudización de la úlcera ha propagado los rumores sobre la pequeña bacteria en forma de espiral que, tras penetrar en su cuerpo en la época de la guerra, está envenenando al parecer la sangre del Duce.

Tras las masacres de Florencia, Mussolini se ha refugiado en la finca Il Soldo en busca de algo de alivio. Un retiro en lo alto de la colina que domina el valle entre Como y Varese, protegido por los últimos salientes de los Alpes suizos, donde ya en el pasado pudo sentirse muchas veces a salvo de los furores del siglo. Pocos muebles de estilo rústico, flores, árboles frutales, los manantiales del Seveso en la ladera sur del monte Sasso. Allí, en el enorme dormitorio de la anfitriona, Benito cayó derrumbado. Margherita, aterrorizada, tuvo que socorrerlo personalmente, sostener físicamente a su amante, doblegado por ráfagas de dolor agudísimo, en un abrazo que recuerda apenas, a estas alturas, a una macabra parodia del sexo.

Las crisis empezaron inmediatamente después de la participación del Duce en las maniobras militares. Todo un día de enardecidos ejercicios, de pie, sin la menor consideración por sus precarias

70

condiciones, sumado a la bilis por los sucesos de Florencia y a los inhumanos esfuerzos de la primera semana de octubre. Y fueron repitiéndose después, con frecuencia cada vez más agudizada, durante todos los días centrales del mes, cuando el enfermo se vio obligado a viajar a Locarno para firmar a regañadientes, en nombre de Italia, el tratado con el que Francia, Gran Bretaña, Alemania y Bélgica, con un farisaico espíritu de paz y colaboración fraterna, se comprometieron a no violar sus respectivas fronteras.

Mientras Benito jugaba al bacará con el destino del mundo, a orillas de un lago suizo, Margherita, compañera de cama y de aventura y vestal a esas alturas de la enfermedad de su amante, durante sus estancias en Il Soldo organizaba consultas médicas y escribía cartas desesperadas a Federzoni, ministro del Interior, y su confidente. Le imploraba que ahorrara a su ídolo común los sobresfuerzos de las celebraciones por el aniversario de la marcha sobre Roma y lo obligara, por el contrario, a descansar: «Invéntense algo, Farinacci y usted, para no dejarle que cometa esa locura [...]. ¿Qué necesidad hay, al fin y al cabo, de ir exhibiendo al Gran Fetiche?».

El doctor Bellom Pescarolo, después de haber visitado al enfermo en varias ocasiones, en la segunda quincena de octubre se ve obligado a corroborar la angustia de su desesperada amante: no ha podido ocultarle que le preocupa la nueva agudización de esos dolores, que han reaparecido con violencia inusual. Hay síntomas de hepatitis, es verdad, pero eso no le inquieta. El problema sigue siendo una úlcera duodenal de evolución crónica. Después de ocho meses de enfermedad, evidente por diagnóstico y evolución, las posibles complicaciones son diversas y muy graves: hemorragias, adherencias, perforaciones, procesos inflamatorios supurativos que puedan extenderse a los órganos vecinos. Pescarolo insiste en la intervención quirúrgica y ni siquiera excluye las «consecuencias fatales».

Benito Mussolini, sin embargo, no quiere saber nada de someterse al bisturí del cirujano. Cuando Federzoni, impelido por las continuas cartas de Sarfatti, intenta llevar la conversación con él a sus condiciones de salud, se ve abruptamente interrumpido: «¡Que sí, que sí! ¡Que me preocupo mucho por mi salud ¡Ayer mismo hice que Pescarolo me reconociera!». De esta manera, Federzoni, enviado como avanzadilla, tuvo que batirse en retirada y devolver la tarea a la mujer que le suplicaba que hiciera algo. Solo usted, señora Sarfatti —fue la conclusión del ministro—, podría convencer al Duce de que reconociera sus dolencias. Con los hombres de su entorno, Benito Mussolini no admite el declararse enfermo. Todo lo contrario, es más: una suerte de vergüenza airada le impide categóricamente *estar* enfermo.

Con Margherita, sin embargo, Benito se muestra, como siempre, sin rémoras. No falta ninguna cruz en el *cahier de doléances* que elabora para su amante enfermera. Los senadores liberales, que le siguen a corriente alterna, con el presidente Tittoni a la cabeza, dan largas, negocian y se resisten a la aprobación de las leyes fascistas. Giacomo Suardo, subsecretario de la presidencia del Gobierno, encargado de las relaciones con el rey, le informa que el soberano vuelve a manifestarse preocupado ante la posibilidad de que la violencia de los extremistas le enajene la lealtad de sus súbditos. Por si eso fuera poco, las reiteradas tentativas de entablar negociaciones secretas con el Vaticano para reconciliar Iglesia y Estado han vuelto a naufragar. Y, mientras tanto, a despecho de todas las circulares enviadas a los prefectos, las escuadras se forman de nuevo, camuflándose bajo círculos recreativos laborales, asociaciones deportivas, hermandades mutualistas. Llegan voces de que en Parma se ha vuelto a formar la «Escuadraza pelea y calla»; que en la boda del diputado Felicioni en Perugia participó como testigo toda la escuadra «Satanás», uniformada y con su comandante; que incluso en Florencia, después de todo lo ocurrido, los miembros de la «Desesperada» se reúnen de uniforme, camisa negra con gallardetes blancos, que llevan, eso sí, bajo ropas de paisano. Incluso ahora, tres años después de la revolución, en octubre de mil novecientos veinticinco, el Lloyd's de Londres acepta seguros de daños por «disturbios» y por «causas fascistas». Y, con eso, está todo dicho.

Por no hablar de que, como remache, ahora tiene que lidiar con ese chiste del «espíritu fraternal» de Locarno. La propaganda ha presentado el tratado como una victoria diplomática del fascismo, pero lo cierto es que Italia al principio ni siquiera había sido invitada a la conferencia y que su presidente del Gobierno, reluctante, aceptó firmar el acuerdo solo a hechos consumados, el 16 de octubre. Ha de considerarse, además, que la mayor parte de los asistentes lo evitaban como a un apestado: el socialista belga Vandervelde se negó incluso a darle la mano y él, ceñudo, irritado, como forzado por un destino ingrato a realizar un acto que lo repugnaba, alrededor de la mesa de negociaciones se mostró nervioso, incómodo, empequeñecido. El odio por el método de Ginebra, por las interminables discusiones diplomáticas en torno a esa mesa planetaria e hipócrita, exudaba visiblemente de la frente calva de Benito Mussolini en una mezcla de arrogancia y timidez, complicada por los dolores abdominales y por una prolongada imposibilidad para defecar.

Y en última instancia, por encima de todo, está como siempre Farinacci. El 20 de octubre, aprovechando su enésima crisis intestinal, a pesar de no tener potestad para ello, y simulando una sincera preocupación por sus condiciones de salud, el secretario del Partido Fascista convocó una reunión del directorio con el insidioso propósito de destituir al presidente. Mientras Benito Mussolini, en Cavallasca, cagaba sangre, literalmente cagaba sangre, en Roma Roberto Farinacci trataba de joderlo.

Benito, afligido por las miserias de su propio cuerpo y por la pobreza de espíritu ajena, se deja arrastrar a la autoconmiseración ante los ojos de su amante. No; su vida, en el fondo, no es gran cosa. Pensándolo bien, en realidad no hay nada extraordinario en ella que pueda excitar la imaginación. Ni guerras victoriosas, ni aventuras excepcionales, ni la creación de un nuevo sistema. La choza sigue en pie solo porque él está allí para actuar como pegamento de todas las fuerzas opuestas y divergentes, pero aún no existe un régimen y, si él muriera mañana, reinaría la anarquía. El único consuelo es el nirvana embriagador, el alivio de la nada, la idea de no pertenecerse ya a sí mismo, de estar ya disperso en los mil bustos de piedra o de bronce que, tarde o temprano, acabarán reemplazando su cuerpo viviente en las plazas de los pueblos, la idea real de no pertenecerse ya, de ser de todos, amado por todos, odiado por todos. De ser de todos y, por lo tanto, de no ser ya de nadie.

Llamada otra vez a su cabecera por una nueva crisis, en octubre de mil novecientos veinticinco Margherita Sarfatti es depositaria una vez más de los desahogos de Benito Mussolini. Los acoge con paciencia, sostenida por su devoción hacia ese hombre más grande que la vida pero más pequeño que él mismo, y por el pérfido orgullo de haber sido su inventora. Solo hace un mes, en efecto, que se ha publicado en Gran Bretaña y en Estados Unidos la biografía con la que ella ha magnificado al Duce del fascismo a los ojos del mundo como una reencarnación, después de dos milenios, de la gloria de Roma, como «resurrección del puro hombre itálico». *The Life of Benito Mussolini* es, es efecto, gracias a ella, un éxito rotundo. En los Estados Unidos se han lanzado cientos de miles de copias, a cinco dólares cada una, y ya se está preparando la segunda edición. Pronto se traducirá en todos los rincones del mundo, incluso en Japón.

Así pues, ahora, una vez finalizado el examen de los excrementos, Margherita puede esperar paciente a que la sangre extraída por el doctor Castellani al hombre real que tiene delante se coagule en la palangana de porcelana esmaltada. Puede esperar paciente a que la fase líquida se separe de la corpuscular, liberando el suero, para que sea sometida a la reacción de Wassermann. Y determinar así, por fin, si su amado Benito, a quien ella ha retratado en la leyenda biográfica como un redivivo emperador romano, la ha contagiado o no en la realidad de la vida con la sífilis contraída hace años de alguna puta hedionda en los callejones del Bottonuto, o en alguna choza apestosa en la retaguardia de cualquier trinchera excavada en el barro.

Estimadísima señora:

Le agradezco calurosamente su apreciadísima [carta] de ayer, y no le oculto que estoy muy preocupado, realmente muy preocupado por esos dolores [...]. Le ruego por consiguiente que concentre su atención en cuanto siento el deber de escribirle: la úlcera se manifestó de manera violenta, rozando lo fatal, en la noche del 15 de febrero. Han pasado ocho meses: no hay síntoma alguno, ni clínico ni radiológico, de un proceso de recuperación seguro [...]. Después de ocho meses de enfermedad, evidente desgraciadamente por diagnóstico y evolución, ¿hemos de seguir perdiendo el tiempo en exámenes innecesarios y esperar complicaciones que puedan ser gravísimas e incluso fatales [...]? Permítame decirle, en mi condición de devoto amigo suyo, que su responsabilidad también es enorme.

Carta del doctor Bellom Pescarolo a Margherita Sarfatti,
11 de octubre de 1925

Querido e ilustre amigo [...] Cuando el Pres. estuvo aquí después de la atroz jornada de Civitavecchia en la que lo obligaron a permanecer de pie todo el día, sin atisbo de consideración (el maestro Ridolfi me dijo que nunca había visto paliza semejante) estaba fatal [...]. Más tarde, las maniobras fueron deletéreas, sumadas a la bilis y al dolor por los acontecimientos de Florencia, al formidable trabajo de los primeros días de octubre, sufrió un espantoso e inhumano martirio [...]. Es más, anoche tuve que marcharme corriendo a Milán para venir como un rayo a Roma esta mañana y conseguir las radiografías. «Es una cosa muy urgente y de absoluta importancia» [me ha escrito el doctor Pescarolo]. Me enteré por teléfono en el momento de salir de que hoy se iba a Locarno y de que hoy el profesor Busi, radiólogo, no estaba en Roma [...].

Querido Amigo ayúdeme usted porque está todo en juego y estoy desesperada [...].

Carta de Margherita Sarfatti a Luigi Federzoni, «personal y muy reservada», 13 de octubre de 1925

Es necesario que tus decisiones sobre la cuestión de los escuadristas sean rigurosamente ejecutadas, de lo contrario todo se reduce a una mistificación mutua. Desde Turín me ha telegrafiado una Mutua de escuadristas, en Novara ha salido a la luz una escuadra Amedeo Belloni, en Reggio Emilia los oficiales de la Milicia no responden a los llamamientos de las autoridades políticas porque prefieren convertirse en escuadristas, en Venecia la Serenísima lleva en triunfo al secretario político; en la boda de Felicioni en Perugia la escuadra «Satanás» interviene de uniforme y con su comandante [...]. Todo esto es grotesco, la verdad [...]. Tenemos que decidirnos a ponernos serios.

Carta de Benito Mussolini a Roberto Farinacci, otoño de 1925

Quinto Navarra
Roma, 4 de noviembre de 1925

El arma ya está en posición. Se trata de un fusil, una carabina de precisión austriaca Steyr-Mannlicher, equipada con un catalejo Zeiss para la mira, utilizado en la guerra por los francotiradores tiroleses. El cañón ya está cerca de las contraventanas de la habitación esquinada en la quinta planta del Hotel Dragoni, la culata ya está contra el hombro, el dedo ya en el gatillo.

En el otro extremo de la línea de fuego, en el primer piso del Palacio Chigi, las contraventanas se abren y aparece un hombre en el balcón de la esquina entre piazza Colonna y via del Corso. Es de estatura mediana, de edad indefinida, va vestido de gris. El inconsciente objetivo titubea un momento, luego se inclina sobre la balaustrada, observa entre la multitud de abajo la extraña aglomeración de agentes de paisano que su ojo entrenado reconoce a primera vista, luego vuelve a entrar. Todo en orden, nada que señalar. Quinto Navarra considera terminada su tarea habitual de preparación del balcón presidencial para el mitin de Su Excelencia Mussolini. Hoy se conmemora el séptimo aniversario de la victoria italiana en la guerra del mundo y el Duce, asomándose a ese alféizar, arengará a la multitud exaltada de veteranos y mutilados que han acudido a visitar a su conmilitón, el soldado desconocido, custodiado en el mármol del Altar de la Patria.

Una vez cumplido su deber, Navarra, como siempre, se enclaustra en un rincón de la sala, cerca del umbral de entrada, engullido por la penumbra de la hoja de caoba y de sus modestos cometidos como ujier. Sin embargo, nota una mano en el hombro. Un comisario de policía le ruega que vuelva a asomarse al balcón y que siga saliendo al descubierto a intervalos de cinco minutos, inclinándose todo lo posible para mirar a la multitud. Navarra no entiende esa infracción del ceremonial habitual. No hay la menor necesidad: todo está listo, como siempre. Quinto Navarra no lo entiende y, sin embargo, obedece la orden. Tal como ha hecho desde el día en el que Benito Mussolini, tras marchar triunfalmente sobre Roma a la cabeza de sus camisas negras y suceder impulsivo a su predecesor, decidió, sin embargo, conservar a su propio servicio a ese ujier humilde y de fiar a quien presumiblemente había concedido apenas una mirada distraída. Sin saber, hoy como entonces, que se hallaba en la encrucijada del destino, Navarra, aunque reluctante, deja la sombra de las cosas próximas y sale otra vez al balcón para actuar como cebo, vigilando con el rabillo del ojo al comisario que desde adentro lo insta a asomarse, y entrando, con todo su cuerpo, en la mirilla del arma.

Al otro lado de la calle, escondido detrás de las contraventanas entrecerradas del Hotel Dragoni, hay un hombre solo en un cuarto de hotel. Para la ocasión, se ha puesto el uniforme de oficial de las tropas alpinas, se ha afeitado el bigote, ha engrasado la carabina. Quien la empuña es Tito Zaniboni, socialista intervencionista, masón, seguidor de D'Annunzio, varias veces condecorado al valor con tres medallas de plata y una de bronce, cuarenta y dos años —la misma edad que Mussolini—, diputado del Partido Socialista Unitario —el mismo de Matteotti—, cuyo asesinato lo conmocionó hasta el extremo de impulsarlo a levantar en una sola noche trece tumbas del cementerio del Verano en busca de su cuerpo desaparecido.

Hasta ese momento, ante el fascismo, Zaniboni había oscilado entre la fascinación y el horror. Después de la guerra llegó incluso a colaborar esporádicamente en *Il Popolo d'Italia* y en el verano de mil novecientos veintiuno había firmado el efímero pacto de pacificación entre socialistas y fascistas promovido por Mussolini. Tras la muerte de Matteotti, sin embargo, en él solo permanece el horror. Víctima de una agresión en el Parlamento a manos de algunos diputados fascistas el 3 de junio de mil novecientos veinticuatro, y después, ese mismo día, atacado nuevamente por doscientos fascistas del Grupo Salario justo bajo las ventanas del Hotel Dragoni, librándose por un pelo de morir, el diputado Zaniboni se ha convencido de haber sido elegido por el destino para vengar el tormento de Giacomo Matteotti, de haber sido elegido para vengar a los catorce inocentes asesinados en Turín por los sicarios de Brandimarte en mil novecientos veintidós, a los compañeros asesinados en La Spezia en enero de mil novecientos veintitrés y, además, para vengar al abogado Consolo, asesinado en presencia de su esposa e hijos ni hace un mes siquiera en Florencia y, por último, al pobre Pilati y a todos los demás hermanos masones apaleados, humillados, aniquilados, y además a Piero Gobetti, y además a Giovanni Amendola y, junto con ellos, de haber sido designado para redimir todos los agravios sufridos durante años por cientos, por miles, de víctimas anónimas e inermes. Y todas estas infinitas venganzas Tito Zaniboni pretende consumarlas con su precisión en el tiro, con un único gesto, un solo disparo del rifle, apuntando bien, que devuelva en pocas décimas de segundo la paz y la justicia a una Italia martirizada por años de innumerables e inolvidables actos de violencia fascista.

Lleva más de un año, Tito Zaniboni, intentando organizar con quien sea el golpe de mazo contra el tirano, pero la suya es una conjura de la desesperación. Lo intentó primero con los del Aventino, tratando de empujarlos a posiciones de lucha y de revuelta callejera, pero estos se limitaron a diluirse en órdenes del día de conmovedora sabiduría que acababan por aburrir a todos. Lo intentó con el rey, por quien fue recibido en dos ocasiones, para empujarlo a tomar partido contra Mussolini, pero el soberano, colocado frente a su propia responsabilidad, se refugió en sus habituales silencios melancólicos. Entonces el vengador intentó organizar la sedición con los exiliados antifascistas del clan Garibaldi, luego con los hermanos masones del Palacio Giustiniani, luego con los generales disidentes; con todos ellos se hablaba de un puñado de asaltantes, de acciones coordinadas, de fusiles de Checoslovaquia pero, al final, uno tras otro, constatando con cínico sentido común la delirante inconsistencia del proyecto —el país no les seguiría, el eco de la tragedia de Matteotti, por desgracia, solo resonaba en los corazones de algunos escasos viejos militantes—, uno tras otro, todos lo habían dejado tirado.

Y, sin embargo, tras haberse quedado solo en esa habitación del Hotel Dragoni, abandonado por todos, el diputado Zaniboni no se rinde. Es cierto, los demás le han fallado, por mil razones no imputables a nadie: irá, por lo tanto, él solo al encuentro de su destino. A veces basta con un solo hombre de combate para salvar a todo un país de la vergüenza. A veces basta con oponer violencia a la violencia. Basta con alinear bien la mirada con la mirilla del arma en la antigua línea de fe que conecta la idea con el ojo y el ojo con el dedo presionado sobre el gatillo.

A las nueve, mucho antes de que Benito Mussolini se asome a ese balcón, el comisario Guido Bellone hace irrupción en la habitación del quinto piso, precedido por un puñado de agentes. Todos los movimientos de Tito Zaniboni llevan más de un año siendo vigilados. La fuente que ha desvelado con todo detalle el atentado a las autoridades ha sido Carlo Quaglia, un estudiante miembro de la organización juvenil católica, el único conspirador que permaneció al lado del diputado socialista, convertido en confidente, primero de Roberto Farinacci y luego del jefe superior de policía, Francesco Crispo Moncada, a causa de sus deudas de juego, contraídas para pagar su otro vicio: mujeres de discutible virtud. Tanto Farinacci como Crispo Moncada dejaron que la conjura creciera. El primero, se dirá, con la esperanza de que su éxito, una vez eliminado Mussolini, le despejara el camino hacia la sucesión, el segundo con el fin de que su fracaso, orquestado en el último momento, obtuviera el efecto contrario.

Tras la detención, con el mayor sigilo, de Zaniboni a las nueve en punto, a las diez *ante meridiem,* según lo previsto por el programa del día, el Duce del fascismo, ileso, arenga desde el balcón del Palacio Chigi a una multitud de veteranos e inválidos a oscuras de todo. Esa misma mañana el presidente del Gobierno también participa en la conmemoración por los caídos en la iglesia de Santa María de los Ángeles. También en esta ocasión se comporta como si no hubiera pasado nada.

La noticia no se filtra hasta el día siguiente a través de periódicos complacientes. La noche del 5 de noviembre, cuando Zaniboni, desde una celda de la prisión, ya ha asumido la plena y exclusiva responsabilidad por el fallido atentado, un comunicado del Ministerio del Interior lo confirma a la nación incluyendo entre los conjurados al general Capello, un masón de alto rango y controvertido héroe de la Gran Guerra.

De inmediato, un escalofrío de horror e indignación recorre Italia. La desaprobación popular, encabezada por miembros de la familia real, parece casi unánime, los telegramas de congratulación por haber evitado el peligro llegan de todo el mundo, en cientos de iglesias se entonan *Te Deum* de acción de gracias y son numerosas las invocaciones a la aplicación de la pena capital. Es una ola de emoción semejante a la que sacudió al país quince meses antes, cuando se encontró el cadáver mancillado de Matteotti. La única diferencia que se percibe es esa sensación de alivio que siempre marca la leve ventaja de la vida sobre la muerte. Ahora, gracias a Tito Zaniboni, la partida con Giacomo Matteotti queda definitivamente cerrada.

A las 18:00 horas del 5 de noviembre de mil novecientos veinticinco, Benito Mussolini habla a la multitud desde el mismo balcón en el que el día anterior podría haber muerto. Miles de personas lo escuchan, devotas, furiosas, conmovidas. El Duce del fascismo se dirige a esa masa jubilosa como si le hablara a una sola persona:

—Sientes que, si me hubieran herido en esta barandilla, el herido no habría sido un tirano, sino el servidor del pueblo italiano.

Hacía ya tiempo que la policía había recibido información muy confidencial de que se estaba preparando un atentado contra la persona de S. E. el presidente del Gobierno.

En estos últimos días, obtuvo confirmación de que el atentado habría de efectuarse durante una de las ceremonias del día 4 de noviembre para la celebración de la victoria [...].

En efecto, ayer, a las 9 horas, tras hacerse irrupción en una de las habitaciones del hotel Dragoni, fue sorprendido y arrestado el exdiputado de la oposición Zaniboni, en el mismo momento en el que ya tenía preparados todos los medios idóneos para llevar a culminación el acto criminal.

Comunicado oficial de la presidencia del Gobierno,
5 de noviembre de 1925

¡Exigimos el fusilamiento inmediato de todos los responsables directos e indirectos del atentado! ¡Solo con estas medidas se considerarán satisfechos los fascistas!

Il Popolo de Parma, noviembre de 1925

Criminalidad adversarios fascismo y traidores patria impone castigo ejemplar culpables. Me ofrezco como verdugo para decapitar detenidos.

Telegrama de Arconovaldo Bonaccorsi, escuadrista
boloñés, a Mussolini, 9 de noviembre de 1925

Estoy de acuerdo contigo: ¡me ofrezco también como verdugo!

Telegrama de Balbino Giuliano, filósofo y exsubsecretario de
Educación Pública, a Arconovaldo Bonaccorsi

Todo el Aventino debe ser considerado moralmente, si
no materialmente también, responsable.

Roberto Farinacci, secretario nacional del PNF,
Cremona Nuova, 6 de noviembre de 1925

El periodo del antifascismo está acabado, al igual que
toda su gente, a quienes no queda nada más remedio que
desaparecer.

Enrico Corradini, «Epígrafe sepulcral»,
Il Popolo d'Italia, 12 de noviembre de 1925

Mussolini es sinónimo de Italia.

The Times,
Londres, noviembre de 1925

Benito Mussolini
Milán, 28 de diciembre de 1925

—¡Dádmela! Si no me lo dais, aquí tengo seis balas: una para ella, las otras cinco para mí.

Ella era la hija de la nueva mujer de su padre. La quería para él. Deseaba con furor a esa campesina semianalfabeta de dieciocho años, la última de cinco hermanas, rotunda como un huevo duro, que, tras quedar viuda su madre, había pasado su infancia en la miseria. La quería para él, de modo que agarró del brazo a su promesa de goce ilimitado, la arrastró a Forlì, a via Giove Tonante, frente al mostrador de la taberna que regentaban juntos Alessandro Mussolini y Anna Guidi y, sacando un viejo revólver, exigió que se la dieran, bajo amenaza de matarla y de suicidarse después. Sus progenitores, su padre y la madre de ella, aceptaron. Él la llevó triunfalmente a un modesto apartamento en el número 1 de via Merenda y la poseyó cada vez que quiso, de día o de noche. Ahora era suya. Sin formalidades, sin papeles sellados, sin límites. Sin Dios alguno. Nada de bodas, nada de sacerdotes, nada de certificados de estado civil para unos socialistas anarcoides como ellos. Solo amor libre. Solo ardor.

Pasaron nueve meses y Rachele le parió a su primera hija, la hija de la miseria. La bautizaron con el nombre de Edda y, también en este caso, el ídolo de los socialistas revolucionarios de la federación de Forlì se había negado a contraer matrimonio legal por el bien de su hija, para evitar, con ello, reconocer la autoridad del Estado burgués. No importaba que la pequeña Edda pasara por desamparada a los ojos del viejo y decrépito mundo. Él, Benito Mussolini, sabía, en el fondo de su corazón y en nombre de un futuro mejor, que Edda, al igual que Rachele, era suya.

Luego vinieron los años de Milán, cuando, llamado a dirigir el *Avanti!*, la estrella naciente del socialismo italiano se había reducido voluntariamente el salario y había tomado alojamiento, con su hija y su compañera, en un pobre apartamento de dos habitaciones en via Castel Morrone. Y los años de la guerra en los que, eclipsado en pocos meses tras pasarse al frente intervencionista, despedido del periódico, expulsado del partido, repudiado por sus viejos compañeros, herido por la explosión de un mortero, el ardiente muchacho que había amenazado con suicidarse si no le daban a la procaz campesinita, envejecido de repente ante la faz de la muerte, con el cuerpo martirizado por decenas de esquirlas de hierro galvanizado, afligido por un ataque de fiebres paratifoideas, durante su convalecencia en un hospital militar en Treviglio, una aldea rural en la llanura de Bérgamo, se casó con su Rachele en una ceremonia civil.

Ha pasado el tiempo desde entonces, es verdad, pero, pensándolo bien, tampoco tanto. Apenas han pasado quince años desde ese rapto romántico y menos de una decena desde ese matrimonio dramático, y, sin embargo, en la mañana del 28 de diciembre de mil novecientos veinticinco a Benito Mussolini y a Rachele Guidi, a punto de desposarse ante Dios, después de haberse desposado antes en nombre del amor en mil novecientos diez y ante los hombres en mil novecientos quince, les resultaría difícil reconocer al hombre y la mujer de sus bodas precedentes.

Rachele y Benito ahora tienen tres hijos, viven en un piso de seis habitaciones en via Mario Pagano, ella tiene un chófer a su disposición y él es primo del rey, jefe de Gobierno y Duce del fascismo. Su matrimonio religioso, aunque se lleve a cabo de forma privada en presencia de dos testigos tan solo, su hermano Arnaldo y el jefe de gabinete del Ministerio de Asuntos Exteriores, Giacomo Paulucci de Calboli, y sea oficiado sin pompa alguna por monseñor Magnaghi, rector de la cercana iglesia de San Pietro in Sala, es objeto de conjeturas en todo el país. Algunos suponen que Mussolini, a pesar de su pasado como comecuras, ha consentido en pasar por el rito religioso con la esperanza de favorecer la reconciliación entre Estado e Iglesia, ferozmente divorciados desde la época de la reunificación nacional. Con ese objetivo Mussolini, al parecer, ya ha bautizado y confirmado a sus tres hijos, obteniendo, por lo demás, un mísero resultado, dado que justo en vísperas de su boda, el papa Pío XI ha rechazado los dos proyectos de ley para la regulación de la Iglesia en Italia, elaborados a lo largo de diez meses y treinta y cinco sesiones por una comisión gubernamental. Otros defienden que el Duce se ha visto impulsado a dar este paso por el mismo motivo que lo impulsó al matrimonio civil en mil novecientos quince: la reagudización de la úlcera lo ha puesto de nuevo en el umbral de la muerte.

La muerte..., ¡qué tontería! Un temor infundado, la supervivencia de antiguas creencias, una superstición para espíritus ofuscados. Una metáfora de la que se abusa. El dolor que nos separa de nosotros mismos, la hendidura que nos parte en dos mitades, prohibiéndonos el reconciliarnos por completo con nuestra vida, eso sí que es una certeza. Y, de hecho, él se ha pasado el domingo entero en la cama de su amante, en su palacio de corso Venezia y, ahora, el lunes por la mañana, muy lozano, se casa con su mujer delante de un sacerdote en su apartamento en via Pagano. El lunes con la mujer y el domingo con la amante, pero ambos en un lecho de dolor.

El domingo 27 de diciembre de mil novecientos veinticinco, en efecto, Benito Mussolini ha sufrido nada menos que cinco ataques de estómago. Margherita Sarfatti, en cuyo lecho se había refugiado para escapar del tedio del hogar familiar, desesperada, llamó urgentemente al doctor Puccinelli y luego su desesperación se acentuó porque aquella eminencia no creyó necesario examinar más a fondo el vómito producido por esos cinco asaltos. Al contrario, dispuso que se tirara a la letrina después de una simple ojeada. Entonces Margherita llamó también al doctor Cesa Bianchi, quien deploró enormemente poder examinar tan solo los pocos restos de vómito que quedaban en la toalla, pero llegó a la conclusión, en cualquier caso, concorde con Pescarolo, de que era necesario operar, operar con urgencia. «Camina continuamente sobre un alambre de acero tendido a la altura de dos cuartos pisos. Con el vacío por debajo.» Esta es la imagen textual que el médico parece haber expresado sobre la condición del enfermo.

¡He aquí, por fin, una imagen con la que se puede vivir! Un alambre de acero, tendido a la altura de un cuarto piso y el vacío por debajo. Esa es la vida... No hay refugio, en ninguna parte, no existe cuerpo alguno perfectamente sano. Resulta obvio, pues, que un espíritu indomable, prisionero de un cuerpo perennemente enfermo, decida apropiarse de esa imagen vital, elevarse a la altura del funambulista. Confiaremos en la buena estrella, en esa enorme estrella que nunca nos ha abandonado. En la buena estrella y en el atentado.

Desde que ese pobre demente de Tito Zaniboni le apuntó con un fusil, en efecto, Benito Mussolini, con o sin úlcera, ha sanado. La mirilla telescópica del arma austriaca ha tenido un efecto taumatúrgico. Desde el día siguiente al atentado, ha dado comienzo en todo el país una auténtica carrera de apoyo al fascismo. Casi toda la clase política burguesa, el mundo económico y el de la burocracia, después de que Farinacci berreara su ultimátum —«O con nosotros o contra nosotros»— se ha subido al carro del superviviente. El viento sopla por completo a favor del fascismo, la política es un estado de guerra permanente, estar en guerra significa abatir a tus enemigos y él —Duce del fascismo— tiene ahora fuerzas de sobra para hacerlo.

Ya el 18 de noviembre, en la onda del desconcierto por el atentado, hizo que se presentara en la Cámara una ley sobre las nuevas atribuciones y prerrogativas del jefe de Gobierno. Dispone que el presidente del Consejo de Ministros esté investido con la soberanía del Estado en pie de igualdad con el rey, y el Parlamento quede totalmente subordinado al ejecutivo. Otro paso decidido hacia la dictadura. En Nochebuena, la Cámara la aprobó sin discusión y solo en el Senado se elevaron algunas voces aisladas de disidencia. Ese mismo día, el Duce hizo aprobar una ley acerca de la exención del servicio para los funcionarios públicos que no se adhirieran a las directrices políticas del gobierno fascista. Mientras tanto, la prensa había quedado definitivamente sojuzgada mediante la expulsión de la familia Albertini del *Corriere della Sera* y la conversión en leyes de los decretos liberticidas de años anteriores; la masonería había sido aplastada, el Partido Socialista disuelto y los sindicatos borrados del mapa al transferirse el monopolio de la representación de los trabajadores a la Confederación de corporaciones fascistas. Como remate, los industriales, ya desde el acuerdo del Palacio Vidoni, firmado el 2 de octubre, se habían incorporado definitivamente a las filas del régimen. El futuro, el inminente, nunca ha sido, para Benito Mussolini, tan prometedor. Y todo gracias a un solo fusil que no llegó ni siquiera a disparar.

La oposición cae bajo los golpes de una azada que los mismos condenados golpean contra la desnuda tierra para cavar su propia tumba. La burocracia obedecerá la orden de no conspirar abiertamente contra el régimen para seguir haciéndolo a escondidas. La prensa, de forma más sencilla, se dejará amordazar para seguir hablando sin tener nada que decir. El parto del Estado fascista va por buen camino. Su obstetra, de absoluta competencia jurídica, es el profesor Alfredo Rocco, líder nacionalista despiadadamente conservador. Mussolini le ha confiado la redacción de las leyes liberticidas. El derrocamiento del Estado liberal está listo: ya no es el individuo el que cede parte de sus libertades al Estado para recibir a cambio protección y cuidados, sino el Estado el que otorga, con una exorbitante tasa de interés, en la medida de los límites establecidos en cada momento, el beneficio de las libertades públicas. Por lo demás: identidad entre fascismo, patria y civilización; supresión de toda crítica; disciplina de obediencia absoluta; represión rigurosa de toda desobediencia; poder despótico del Duce. Es su vida, por otra parte, lo que los autores del atentado querían y es a él, por lo tanto, a quien corresponde el mando. Ahora el campo está despejado por fin, el tajo con el pasado es nítido, la batalla del año mil novecientos veinticinco termina con ventaja.

Lo ha dejado claro en la reanudación de las sesiones parlamentarias: ahora tiene la intención de hablar con el mundo. Gracias a él, al cabo de los siglos, Italia ha vuelto al escenario mundial y el mundo se divide en torno a una idea italiana. Esa idea es el fascismo.

Mientras tanto, en via Mario Pagano, en Milán, frente a los testigos, el padre Magnaghi le pregunta si realmente quiere algo. Ahora monseñor aguarda una respuesta. La aguarda también Rachele, la mujer que raptó hace quince años escenificando propósitos suicidas y quien, desde entonces, le ha dado tres hijos. Benito Mussolini no titubea:

—¡Sí, lo quiero!

El 28 de octubre de 1922 ha sucedido en Italia algo muy grave y muy decisivo para la historia de Italia [...] un cambio de régimen, es decir, no solo de método de gobierno, sino de mentalidad, de espíritu político, de concepción del Estado, [...] el entendimiento que ha impulsado al gobierno a proponer toda esta serie de reformas legislativas es, principalmente, el de establecer una nueva legalidad para regresar a la legalidad.

Alfredo Rocco, jurista, ministro de Gracia y Justicia, discurso ante el Senado, 14 de diciembre de 1925

Esta ley marca un punto de inflexión, un abrupto y aterrador para mí punto de inflexión en el curso de toda nuestra vida pública [...]. Aquí, hoy, al votar esta ley, estamos marcando con toda evidencia el instante del cese de un régimen y del amanecer de otro.

Francesco Ruffini, historiador y jurista liberal, discurso ante el Senado, 15 de diciembre de 1925

Ya he mencionado que esta vez hablaría con cierta emoción, porque estamos asistiendo, digámoslo con sinceridad, a las exequias de una forma de gobierno; nunca hubiera pensado que sería el único en tributar el elogio fúnebre del régimen parlamentario.

Gaetano Mosca, jurista antifascista, discurso ante el Senado, 19 de diciembre de 1925

¡No hay quien entienda nada! Es imposible encontrar a un antifascista ni pagándolo a peso de oro.

Carta de Italo Balbo a Cornelio Di Marzio,
25 de diciembre de 1925

1926

Benito Mussolini, Margherita Sarfatti
Enero de 1926

Ahora Benito Mussolini está esculpido en bronce, con pose de tirano. Aprieta la mandíbula, frunce el ceño, abre las fosas nasales como un perro de muestra, exhibe el mentón, extiende los labios casi como si quisiera besar el mundo y los arquea en una leve pero inflexible mueca de asco. El retrato de un hombre dentro de la Historia y contra ella. Con expresión de pocos amigos, de cara al enemigo, una fiera lista para atacar y ser atacada, para resistir incluso si le llegan a cavar cráteres en el rostro a fuerza de hachazos.

La masa de los anchos hombros sobresale de un cuello poderoso para sostener el ímpetu de la cabeza, tensa en la voluntad inmóvil, inspirada e inspiradora. Aunque no carece de parecido con el original, este se ha transfigurado en el arquetipo glorificador, en el ideal del antiguo emperador romano en pose de autócrata. Aquí, sin embargo, las órbitas de los ojos están vacías, los labios ligeramente separados, los huesos pronunciados. Una vitalidad prepotente, no cabe duda, pero de una vida que sobrevive al miedo, a la angustia, a la muerte. Más que el retrato de un hombre, el de una estirpe.

Desde hace un par de minutos, el Benito Mussolini de carne y hueso se contempla a sí mismo en el busto de bronce esculpido por Adolfo Wildt. Y calla. Como si quisiera estar a la altura de ese silencio absoluto, eterno, aniquilado, que emana de su efigie. A su alrededor la tensión está por las nubes. La idea de colocar al Duce frente a su propio retrato, y a su autor, uno de los artistas a los que protege, ha sido de Margherita Sarfatti. Ahora se corre el riesgo de que el hombre, reflejándose en el arte sublime y excéntrico de un maestro genial y desconocido, no se reconozca en él o, peor, se reconozca y, obviamente, no se guste.

Mussolini y Wildt. No podría haber dos individuos más distintos. Solo sus orígenes, humildes en ambos casos, los unen. Pero Adolfo, a diferencia de Benito, nunca ha salido completamente de la sombra de quien, nacido como hijo de portero, ya servía a los nueve años de mozo en una barbería. Incluso después de convertirse en un maestro en esculpir el mármol y en la fundición del bronce —financiado por mecenas prusianos, con exposiciones en Europa y, al final, admitido también en las elegantes galerías milanesas—, en Wildt siempre ha quedado una sombra, la misma que antes de la guerra lo había impulsado a retratar a su joven esposa como viuda y lo había sumido más tarde en una interminable «noche mental», de la que solo había resurgido al cabo de tres años, extrayendo del mármol traslúcido un autorretrato de un expresionismo escalofriante. Un grito sordo exhalado por las contorsiones de la piedra, una mueca de la boca abierta en el estertor de un alma afligida, los ojos hundidos bajo los párpados cerrados, las pestañas sobresalientes sobre los pómulos exangües, un sufrimiento tan inútil como definitivo. Nada más alejado de este monumental busto de bronce plasmado para celebrar la energía triunfante de la potencia complacida consigo misma e ignara del sufrimiento de los demás.

Los dos hombres, de hecho, ni siquiera se han encontrado en persona: para Wildt la escultura es una dimensión absoluta y trabaja a menudo, casi siempre, basándose en fotografías. ¿Es capaz el artista de captar la esencia, el espíritu del retratado, permaneciendo completamente ajeno a él? Todo el mundo se lo pregunta, empezando por Sarfatti, al borde del eje que une, en una línea de silencio inmóvil, a Mussolini y su versión de bronce. ¿Se indignará el Duce del fascismo por verse reflejado en este arte grandioso pero siniestro o se complacerá al reconocerse en esta poderosa y terrible aleación de cobre y estaño?

En las últimas semanas, Benito Mussolini ha inaugurado lo que él mismo ha bautizado como «el año napoleónico del fascismo», con un aluvión de poderosas afirmaciones sobre su voluntad de poder. El 7 de enero, instituyó por decreto la Academia de Italia para lograr una fascistización activa, explícita —«el consenso no está hecho solo de aplausos, los aplausos casi siempre son solo ruido»— de artistas como Wildt, arrebatándoselos a la sombra de una grandeza insustancial, al mercadeo de sus ideales, a la esclavitud de los clientes, a la mezquina tiranía de los grandes ducados académicos. Luego, en contra de la voluntad de los sectarios al estilo de Farinacci, Mussolini ha reabierto la afiliación al partido, acogiendo entre sus filas a una riada humana de conversos de última hora. Entre los primeros en obtener el carné fascista a principios del nuevo año, Benni y Olivetti, los próceres de las asociaciones industriales que hasta unos meses antes le enviaban intimidatorios memoriales secretos. A tal acto de sumisión de los magnates siguió el de los poetas: Gabriele D'Annunzio, a estas alturas completamente entregado, ha escrito reiteradas súplicas para obtener fondos públicos para la edición nacional de su obra e incluso para el suministro de municiones de fogueo para el cañón de la nave *Puglia*, varada en su jardín. La reputación del Duce también está creciendo en el extranjero: a las prometedoras y amistosas conversaciones con Chamberlain a finales de diciembre siguieron los desmedidos elogios del canciller de la Hacienda británica, Winston Churchill. En el frente de la política interior, después de la implementación de los decretos que han amordazado a la prensa y de la ley sobre los poderes del jefe de Gobierno que lo ha colocado por encima de los ministros y del Parlamento, Mussolini ha impuesto incluso la obligación de efectuar el saludo fascista a los empleados públicos, según el manual elaborado por el profesor Giacomo Ferroni.

También la vida privada del Jefe reluce como un diamante recién tallado: ahora se reparte entre la modesta casa de via Rasella y la principesca residencia puesta a su disposición por el príncipe Torlonia por la simbólica cifra de una lira al año. Allí gestiona las idas y venidas de sus nuevas amantes, entre las que su predilecta es ahora la autoproclamada aristócrata Alice Corinaldesi de Fonseca, desposada con Francesco Pallottelli, un empresario de las Marcas vinculado mediante una equívoca relación con el famoso pianista ruso Vladimir de Pachmann. La señora, en un principio, se había ofrecido con ardor a Mussolini como propagandista en el extranjero de la nueva Italia fascista, pero, después de una primera ronda de conferencias, había servido para otros propósitos.

En pocas palabras, mil novecientos veintiséis se anuncia realmente como un año napoleónico para el fascismo y su Duce. Por lo demás, ya el 1 de enero, el año nuevo quedó inaugurado bajo el signo del asedio de Gangi, con el que Cesare Mori, el antiguo prefecto de Bolonia odiado por Arpinati por ser guardián inflexible del orden contra la violencia de los escuadristas, convertido ahora al fascismo, había impuesto también la autoridad del nuevo régimen a los mafiosos sicilianos. Cuatrocientos cincuenta detenidos, incluidos trescientos encubridores. La rendición de los mafiosos, en realidad, ya se había negociado entre bastidores, pero Mori, en el más puro estilo fascista y en nombre del Duce, quiso aterrorizar de todos modos a la población superviviente con un discurso callejero en el que amenazó con tomar represalias contra los fugitivos mediante el sacrificio de sus animales, la venta de sus bienes, aludiendo a la desintegración de sus familias, a la violación de sus mujeres y, en definitiva, a la alternativa entre la rendición o la muerte.

Benito Mussolini echa una última mirada al magnético y autoritario tirano de bronce esculpido en su honor por la mano magistral y angustiada de Adolfo Wildt. Luego prorrumpe en una exclamación de triunfo:

—¡Sí! Es magnífico. ¡Así es como me siento!

Paradójicamente, el reconocimiento de sí mismo desemboca en la desemejanza. El Duce, abandonando la pose enojada y terrible del busto de bronce, se vuelve hacia Sarfatti y sonríe, relajado y feliz como un crío.

Soy un escultor de Milán. De esa ciudad recibí cuna, espinas y escasísimo galardón.

Carta de Adolfo Wildt a Auguste Rodin, 1906

Luego, por fin, en 1919, con la exposición individual en la Galería Pesaro llegó también el éxito popular para alejarme del costado esa terrible y cruel tiranía que ha sido la Pobreza.

Adolfo Wildt, entrevista con *Il Secolo XX*

El fascismo no admite heterodoxias [...]. El fascismo ha triunfado porque truncó siempre en su raíz las tendencias, las corrientes e incluso las simples diferenciaciones: su bloque es monolítico. El fascismo triunfa y triunfará mientras conserve esa alma ferozmente unitaria [...]. Fe, pues: no relativa, sino absoluta [...], fe en la revolución fascista que tendrá su año napoleónico en 1926.

Benito Mussolini, «Viático para 1926», *Gerarchia*, enero de 1926

Italia gana cada vez más importancia bajo la dirección viril e iluminada de su actual gobierno, que le ha asegurado una magnífica posición en Europa y en el mundo.

Declaración de Winston Churchill, enero de 1926 (recogida por la propaganda fascista)

Benito Mussolini, Roberto Farinacci
16 de enero de 1926
Parlamento del Reino, hemiciclo de Montecitorio

La reina ha muerto.

Margarita de Saboya ha sido la primera reina consorte de Italia y luego también su primera reina madre. Refinada cultivadora de las artes, pero ferozmente reaccionaria, pionera del automovilismo, pero secretamente devota del Vaticano, gozaba de la popularidad de sus súbditos, pero nunca dejó de incitar a los generales a abrir fuego contra sus rebeliones, apoyó ardientemente a los fascistas desde la primera hora y siempre fue correspondida. Alpinista, mundana, organizadora de bailes legendarios, cantada por poetas, mujer de un marido asesinado a tiros, su nombre ha sido asignado a una aldea en la provincia de Barletta, a un lago en Etiopía y al mejor plato del mundo, la pizza con mozzarella, tomate y una hoja de albahaca, la pizza Margarita.

Ahora, sin embargo, la primera reina de Italia ha muerto, el gran templo romano, convertido en mausoleo de nuestros reyes, aguarda sus restos mortales. El tren que los transporta desde Bordighera hasta Roma avanza lentamente, flanqueado por multitudes, machacando coronas de flores bajo las ruedas de acero. El hemiciclo de Montecitorio está engalanado de luto.

Paños de crespón negro y coronas de laurel tiñen de oscuro el banco del Gobierno, el escaño presidencial, la tribuna de la corte y la de los oradores. También el bajorrelieve que representa la apoteosis de la Casa de Saboya está cubierto con un paño negro. Incluso la hoja blanca del orden del día, colocada en cada escaño, está orlada de luto. El salón ofrece un aspecto austero, los diputados van todos en levita o chaqué, conversan en voz baja entre ellos, el ambiente es de gravedad. Para hacer aún más solemne la conmemoración, se ha decidido que los únicos que tomen la palabra sean el presidente de la Cámara y el ministro del Interior. Los únicos miembros de la oposición supervivientes en el Parlamento, los hombres reunidos alrededor de Giolitti —e incluso los comunistas—, han consentido tácitamente en permanecer en silencio.

Hace meses, sin embargo, después de la vuelta de tuerca tras el fallido atentado de Zaniboni, que los disidentes del Aventino están debatiendo si volver al Parlamento y hace días que se rumorea que los populares y los socialdemócratas podrían estar dispuestos a hacerlo. Mussolini se les ha anticipado dictando una serie de condiciones que convierten su eventual regreso voluntario en una inaceptable rendición incondicional. También se rumorea que en el curso de una agitada reunión que terminó al mediodía, parece ser que varios diputados de los dos grupos de la oposición han decidido volver al Parlamento en contra del parecer de sus líderes. En cualquier caso, ningún comunicado oficial lo ha anunciado, ningún cambio de programa político ha sido concebido ni difundido. Hasta pocos minutos antes de las tres de la tarde, sus escaños están vacíos.

Cuando el Excmo. Sr. Casertano, presidente de la Cámara, ya está en la tribuna de oradores, un murmullo agrieta la superficie vítrea de la espera. El diputado Nasi, que ha entrado en la Cámara con dos de sus camaradas, va a ocupar los escaños del sector de extrema izquierda, desiertos en señal de protesta desde los días del secuestro de Giacomo Matteotti.

Pero no hay tiempo para comentarios, Casertano ya se ha puesto en pie.

La oración fúnebre da comienzo:

—¡Excelentísimos colegas, la primera reina de Italia ha muerto!

En ese instante, pasando por la entrada secundaria del sector alto a la izquierda, hacen su aparición en el aula, casi sigilosamente, una docena de diputados del Partido Popular, encabezados por Stefano Jacini, conservador y nacionalista. Su regreso del Aventino, tras dieciocho meses de abierta disidencia, solo queda subrayado por la rotación de las cabezas en los cuellos de cientos de hombres y mujeres en respetuoso silencio. El orador ni siquiera hace ademán de interrumpir su discurso, que prosigue con la enfática revisión de los momentos más destacados de la larga vida de la difunta, a cuya sombra muchos de los escasos opositores supervivientes del fascismo han decidido ocultar su abandono de la última trinchera. Dieciocho sangrientos meses de fiera resistencia desechados enfilándose en el angosto paso entre la granítica realidad de un nuevo poder y la conmemoración de una reina muerta.

Casertano concluye su alocución sin incidentes, ensalzando los «más altos destinos de Italia», Federzoni toma la palabra solo para decir que el Gobierno, como muestra de respeto, no tiene nada que añadir a los elogios del orador. Nadie rechista. El presidente de la Cámara propone que, en señal de duelo, se dé por concluida la sesión y el hemiciclo permanezca cerrado durante quince días.

Hasta ese momento todo discurre sin problemas, los antiguos rebeldes del Aventino de regreso permanecen en el limbo de una presencia espectral, inconsistente. Sin embargo luego, sorprendiendo a todos, Benito Mussolini da un brinco. Pide la palabra y solicita que la sesión se posponga, pero solo hasta el día siguiente. Con voz enojada, grita dirigiéndose a los bancos de la extrema izquierda:

—¡Tenemos aquí una cuestión moral que no tolera demora alguna!

Desde muchos escaños brota un aplauso difícil de refrenar. Balbo grita: «¡Fuera los populares!». Caradonna, el ras de Puglia, lo apoya: «¡Eso! ¡Fuera!». Roberto Farinacci toma la palabra imponiéndose sobre la barahúnda:

—Creo que posponer la sesión hasta mañana no es necesario porque de esa manera se daría importancia a gente que no la tiene en absoluto. De liquidar la cuestión moral ya se encarga el Partido Fascista —se ha pronunciado el santo y seña. Los escuadristas, viejos y nuevos, con camisa negra o levita, están listos.

Mussolini responde a Farinacci con una sola palabra de siete letras:

—¡In-sis-to!

La propuesta se somete a votación. Es aprobada. Se suspende la sesión. Por unos instantes, los campeones de las libertades democráticas, que han bajado del Aventino casi a escondidas, titubean, aturdidos por los acontecimientos, como siempre. Permanecen entre los escaños, aplastados por el peso de cientos de miradas fascistas inyectadas en sangre. Miradlos. Detrás de esas miradas, los defensores de la libertad son figuras de museo. Ponedlos en contacto con el auténtico pueblo, nadie entenderá sus discursos. Gente enferma de literatura, de nada más. Donde hay indecisión, hay liberalismo. Coleccionistas de fracasos. Primero viene un liberal, luego un libro de filosofía, luego, sucesivamente, sigue un funeral de tipo indeterminado.

El Duce ha hablado con claridad: la cuestión moral o existe o no existe. Si esa gente quiere volver al hemiciclo tienen que retractarse de las acusaciones masculladas durante dieciocho meses contra los fascistas, bárbaros, tiranos, asesinos.

El presidente del Gobierno, indignado, abandona el hemiciclo. Roberto Farinacci se levanta de su escaño dirigiéndose hacia el sector izquierdo. Es la señal.

Barnaba, Caradonna, Rossi-Passavanti y otros lo siguen. Los diputados populares comprenden por fin. Se apresuran a subir los pocos escalones que los separan de la puerta abierta en lo alto del sector izquierdo, que marca su salvación.

Algunos, mientras se dan a la fuga en desorden, apiñándose y obstaculizándose unos a otros en un cuello de botella, son atrapados cuando todavía están en la sala y sacados de los pelos. A otros los alcanzan por los meandros y los arrinconan contra las paredes a bastonazos y puñetazos en los dientes. Para los que caen, hay patadas en la cabeza.

Nadie mueve un dedo en su defensa. Giovanni Giolitti, destacado exponente durante cuarenta años del autodenominado Partido Liberal, comenta cínicamente ese desmañado intento de restaurar la ficción democrática con el torpe expediente de una mera reaparición, concediéndose el capricho de una cita literaria: «Mal dadas, pero bien recibidas», glosa el estadista los apaleamientos de los fascistas, citando a Alessandro Manzoni. El eco de los gritos se apaga inaudito, en el «corredor de los pasos perdidos».

Al día siguiente, Benito Mussolini dicta las condiciones para la existencia póstuma de las instituciones democráticas: nada de oposición constitucional, solo sumisión personal. Ha pasado un año apenas después de su discurso del 3 de enero de mil novecientos veinticinco, con el que asumió la responsabilidad moral e histórica del asesinato de Giacomo Matteotti, y su dictadura se ha instaurado sólidamente en el país. La democracia tan solo es ahora el régimen en el que al pueblo se le concede la ilusión intermitente de ser soberano. La vida política en Italia, poco a poco, va apagándose y con ella se apaga también la vida pública. En ambos casos, sin clamor excesivo e innecesario. Solo con un puñetazo en la mesa.

Junto a la crónica de la violenta expulsión del Parlamento de unos diputados democráticamente elegidos, el *Corriere della Sera,* antiguo órgano de la burguesía liberal, ahora sustraído al senador Albertini y confiado a un director complaciente, da la noticia de un violento temporal de viento en el mar Tirreno —un barco de vapor belga rompió las amarras y le faltó poco para terminar a la deriva— y un crimen pasional en Cascine. Novio rechazado, hiere a su amada y se suicida. La vida sigue.

Cualquiera de los del Aventino que quiera volver, simplemente tolerado, a este hemiciclo, debe atenerse solemne y públicamente a lo siguiente: primero, reconocer el hecho consumado de la revolución fascista, para la que una oposición preconcebida es políticamente inútil, históricamente absurda, y solo puede ser entendida por aquellos que viven más allá de los límites del Estado; segundo, reconocer no menos públicamente y no menos solemnemente que la nefanda campaña sensacionalista del Aventino ha fracasado de forma miserable, porque nunca hubo una cuestión moral que atañera al gobierno o al partido; tercero, disociar no menos solemne y públicamente su propia responsabilidad de quienes no cejan en ejercer al otro lado de las fronteras la agitación antifascista. Aceptadas y cumplidas estas condiciones, los resentidos del Aventino pueden confiar en nuestra tolerancia y regresar a este hemiciclo. Sin la aceptación y ejecución de estas condiciones, mientras yo siga en mi puesto, y me he prometido seguir en él bastante tiempo, no regresarán: ni mañana ni nunca.

Benito Mussolini, discurso parlamentario,
17 de enero de 1926

El fascismo sitúa también la lucha como uno de sus principios, pero no la lucha democrática [...] sino la lucha aristocrática, que termina con el triunfo del más fuerte [...]. La lucha de los partidos no fue otra cosa más que el canje de una póliza de seguro entre los partidos. Pero el fascismo solo toleró los partidos durante el lapso de tiempo que le resultó necesario para vencerlos, reprimirlos, suprimirlos [...]. El fascismo aspira a la muerte de sus adversarios.

Enrico Corradini, escritor,
fundador de la Asociación Nacionalista Italiana,
más tarde miembro del Partido Fascista,
marzo de 1926

Benito Mussolini
Roma, 6 de febrero de 1926
Cámara de Diputados

La carretera que lleva a Leptis Magna desde el interior de la Tripolitania está pavimentada con losas de mármol. Así embellecían los romanos, hace diecisiete siglos, sus grandes arterias de comunicación en los alrededores y en el interior de las metrópolis que construían. Los cronistas que cuentan en estos días su viaje a la ciudad desenterrada por las excavaciones de arqueólogos italianos no ocultan su admiración ante el soberbio arco cuadriforme, sostenido por pilares de bloques de piedra caliza, con el que los antiguos colonizadores despertaban el asombro de los caravaneros dispersos en las arenas de los milenios.

Los pilares estaban y siguen estando recubiertos de frisos, trofeos, escenas de triunfo y de sacrificio. Entre estas, las excavaciones a diez metros de profundidad bajo las dunas acumuladas durante siglos de abandono han despertado el triunfo de Septimio Severo sobre los árabes. El emperador aparece erguido sobre una cuadriga, arrastrada por caballos ricamente enjaezados, coronado y rodeado por sus hijos. En la escena sucesiva, el triunfador viste las ropas sacerdotales de pontífice. Acompañado por la diosa Roma, que sostiene la lanza en la mano izquierda y el globo terrestre en la derecha, con el pelo largo y coronado al estilo de Júpiter capitolino, el vencedor presencia el sacrificio que se consuma a sus pies: el toro, el animal inmolado, con los párpados entrecerrados y el hocico aplastado contra el suelo, da ya señales de desfallecimiento. Uno de los victimarios, empuñando el martillo, ya lo ha golpeado; el otro, de rodillas, le ha asestado la puñalada en el cráneo, bajo la oreja.

No está pavimentado con mármol el camino que, la mañana del 6 de febrero de mil novecientos veintiséis, conduce al Excmo. Sr. Mussolini desde el banco del Gobierno a la tribuna de oradores, pero su breve recorrido, en todo caso, se ve jalonado por rugidos de aclamación. El presidente del Gobierno, sorprendiendo a todos, ha solicitado informar a la Cámara acerca de la violenta campaña de prensa que desde hace semanas arrecia en los periódicos de Viena contra la política de italianización de las poblaciones de habla alemana en esa cuña de tierra al sur del Brennero que los italianos llaman Alto Adigio y los austriacos Tirol del Sur. La urgencia viene dictada también por algunas declaraciones del presidente bávaro contra la supuesta «barbarie italiana» y «brutalidad fascista».

El arranque de Mussolini es sereno, jocoso a ratos. Reivindica la mansedumbre con la que los fascistas, por el contrario, han tratado a la población alemana, rechaza la supuesta brutalidad como una vil mentira, se mofa de los irredentistas austriacos contraponiendo la gigantesca estatura poética de Dante Alighieri a la decididamente inferior del vate local, un oscuro trovador germánico. La befa prosigue cuando el orador afronta las represalias con las que amenazan los bávaros, dispuestos a no acudir a nuestras playas ni a nuestras ciudades de arte:

—Hablemos de este turismo de una vez por todas. Somos un pueblo eminentemente hospitalario. Algo que nos viene de nuestra antigua y milenaria civilización. Hospitalarios somos y hospitalarios queremos seguir siendo. Incluso cuando se abusa de esta hospitalidad. Incluso cuando se trae a nuestras adorables ciudades un folclore primitivo, y a veces indigno, cuando se ve a hombres y mujeres con ropas primitivas y propias de salvajes caminar sobre el mármol de nuestros maravillosos palacios, de nuestras sagradas y monumentales basílicas.

Las ocurrencias de Mussolini son recibidas en el hemiciclo con hilaridad generalizada. Una nota siniestra resuena, sin embargo, en tales burlas. El Duce del fascismo no ha subido a la tribuna de los oradores para hablar de las sandalias calzadas con calcetines de los turistas bávaros. Aquí hay mucho más en juego. Los irredentistas tiroleses son tan solo una rama del movimiento pangermanista que aspira al *Anschluss,* a la anexión de Austria a Alemania basada en el principio de reunificación de todos los pueblos de habla alemana en un único gran Reich. Es mucho lo que está aquí en juego. La defensa de la frontera del Brennero, asignada a Italia por los tratados de paz, no es el límite defensivo de un pueblo pacificado, resignado a ganarse la vida con las instalaciones de esquí, es el paso legendario por el que transitaron hordas de bárbaros invasores, es el umbral de una casa infestada por el fantasma decimonónico de la «gran Italia», es el imperialismo como ley eterna e inmutable de vida.

El volumen de la voz de Mussolini aumenta, el registro sube una octava, el tono se vuelve acerado:

—Y hablando de boicot, he de declarar que, si mañana el boicot se volviera práctico y concreto, nosotros responderemos con un boicot al cuadrado y, a las eventuales represalias, responderemos con represalias al cubo. Somos así de insolentes y de explícitos, porque creemos que, al hablar de esta manera, estamos sirviendo a la causa de la verdad, de la civilización y también de la paz. Y cambiando un poco la vieja máxima, ¡digamos que a veces es necesario hacer pagar con dos ojos la pérdida de un ojo y con toda la dentadura la pérdida de un diente!

El Duce está gritando, agita el puño en señal de amenaza. Ante ese lenguaje de riña tabernaria, los escuadristas disfrazados de diputados se levantan en un tumulto de aplausos.

Ahora habla el Duce de una Italia romana y latina, de fronteras marcadas por el dedo infalible de Dios, de un pueblo de cuarenta y dos millones de almas comprimidas en una angosta península, de una fuerza profunda, instintiva, de la voluntad oscura, inconsciente, de una enorme masa demográfica que, sin darse cuenta siquiera, ejerciendo presión desde abajo, reclama tierra para trabajarla, reclama su lugar en el mundo, reclama un porvenir.

—Señores diputados, ayer un periódico fascista de provincias escribió que la Italia fascista nunca arriará la bandera en el Brennero. Yo le he mandado una rectificación al director: la Italia fascista, si se hace necesario, podrá llevar su bandera tricolor más allá de esa frontera. ¡Arriarla, jamás!

Una ovación corea las palabras finales del Duce. La Cámara canta a plena voz el himno *Giovinezza*. Toda la asamblea se pone en pie. Incluso Giovanni Giolitti, el viejo patriarca del liberalismo, se ha puesto en pie. No aplaude, pero él también se ha puesto en pie.

Benito Mussolini abandona el hemiciclo entre el júbilo general haciendo alarde de una sonrisa de plena satisfacción. Los pocos informados de la verdad reconocen la sonrisa de cartón.

En realidad, la trama diplomática tejida por Mussolini con las diplomacias de los países vencedores para que Italia pueda ganar nuevas esferas de influencia es un fracaso. Su apelación al espíritu conciliador de Locarno y al respeto de los tratados de paz es un embuste. Incluso la diatriba antialemana, el recurso a los sentimientos contra el enemigo histórico de Italia son tácticas, solo tácticas. El único objetivo estratégico es la hegemonía. ¿Qué hegemonía? La hegemonía que sea. La de la región danubiano-balcánica, aún bajo la influencia francesa y guarnecida por Yugoslavia; o la de los territorios que pertenecieron al Imperio Otomano, y a la que los ingleses parecen prestar su apoyo únicamente por su interés en contar con un aliado para arrebatar a los turcos el control de los pozos de petróleo de Mosul; o, si no, el de las últimas franjas de tierra africana aún no repartidas entre ingleses y franceses.

Por ahora, el sueño imperial no pasa de ser una pesadilla diaria de constante frustración. Los ingleses hacen gala de su amistad solo para diluir el poder francés; los franceses son el principal y permanente adversario de todo proyecto expansionista italiano, tanto en Europa como en África, y se obstinan además en acoger a esos odiosos exiliados que difaman al fascismo todos los santos días; los alemanes aspiran al Reich e Italia se encuentra sola haciendo de centinela contra el *Anschluss*. Pero ahora Benito Mussolini, tras aplastar toda forma de oposición, libre de preocupaciones internas, puede dedicarse por fin al mundo. Y el mundo, tarde o temprano, será fascista. El mundo llegará, parece decir su sonrisa complacida y falsa.

Toda duplicidad es lícita para este propósito. Incluso usar el martillo alemán y ruso contra el orden consagrado en los tratados. Se admite cualquier táctica en la gran partida mundial. Hoy se agita el estandarte del revisionismo de los vencedores, pero mañana podrá enarbolarse el de los vencidos. Los aliados titubean, pero acabarán llegando al final. Por ahora puede contarse únicamente con la tibia e interesada amistad de Chamberlain, con la inestable lealtad de algún cacique balcánico, y con la ostentosa admiración de algún oscuro y aislado extremista, como ese cabo alemán que planeaba golpes de Estado en las cervecerías de Múnich y ahora lidera un Partido Nacionalsocialista inspirado abiertamente en el modelo fascista. Es pangermanista, pero él también ha proclamado su admiración por el Duce desde mil novecientos veintidós y ha declarado intocable la frontera italiana del Brennero. Su nombre es Adolf Hitler, lleva años solicitando el honor de ser recibido para entrevistarse con él. Hasta ahora, sin embargo, Benito Mussolini siempre se lo ha negado.

Hitler, el jefe de los fascistas. Es un hombre joven. Por su temperamento, por su voz y por sus gestos tiene más de latino que de alemán. Habla bien, con ímpetu algo tribunicio, empero, y resulta comprensible su capacidad de arrastrar a las multitudes. Su programa, así como el nombre, está tomado en buena parte del *Fascio* italiano. Devolver la autoridad al Estado; abolir las huelgas, la corrupción, el despilfarro, reducir la burocracia, en una palabra, restituir el orden: he ahí su programa. En cuanto a los medios: propaganda más activa para marchar hacia la conquista ideal y moral del Estado si es suficiente; pero estar preparados, cuando sea necesario, para su conquista material. Hitler desea, si es posible, entrar en contacto directo con los fascistas italianos para obtener directrices e indicaciones sobre el método que ha de seguirse.

De un informe del delegado italiano en Bad Ems, A. Tedaldi,
sobre la situación bávara, a Mussolini,
17 de noviembre de 1922

Si a Alemania se le concediera un Mussolini alemán
[...] el pueblo se arrodillaría para adorarlo más de lo que
nunca le ha ocurrido al propio Mussolini.

Adolf Hitler, entrevista con el *Daily Mail*,
2 de octubre de 1923

Margherita Sarfatti
Milán, 14 de febrero de 1926

—Yo me siento de la misma generación que estos artistas. He tomado otro camino; pero yo también soy un artista que trabaja con una determinada materia y persigue unos determinados ideales. El presidente del Gobierno y Duce del fascismo, el Excmo. Sr. Benito Mussolini, sorprende a todos con estas palabras de arranque bien compasadas desde la tribuna del salón de honor de la Sociedad de Bellas Artes y Exposición Permanente en via Principe Umberto. Las autoridades, sentadas en primera fila, lo escuchan con devoción. El prefecto, el jefe superior de policía, el general Cattaneo, comandante del ejército, el gobernador de Rodas, los diputados lombardos Teruzzi, De Capitani y Lanfranconi, el secretario del Partido Nacional Fascista Roberto Farinacci y, por supuesto, el alcalde, el senador Luigi Mangiagalli, elegido en 1922 a la cabeza de una lista liberal-fascista, ilustre ginecólogo que hace unos meses colocó la primera piedra del primer instituto italiano específicamente dedicado a la cura de los tumores, de la que Milán, su Milán, cuna del fascismo, es pionera a nivel mundial. En medio de las autoridades, sentada en una butaquita central, vestida de blanco, Margherita Sarfatti es, como suele ocurrirle con frecuencia en estas ocasiones, la única mujer.

Es ella, por lo demás, la creadora, la comisaria, la madrina, la presidenta del comité organizador de la exposición que el Duce ha venido a inaugurar. Y también a este propósito, Milán —que ya no es solo la ciudad «negra» de las chimeneas, sino la metrópoli chispeante de un futuro inminente— ostenta un récord: «Primera exposición artística del *novecento* italiano», así ha querido bautizar el magno acontecimiento Margherita. Ha sido ella y nadie más la que ha decidido los participantes; la que ha ampliado la participación a ciento diez artistas, nada menos, adoptando un criterio ecléctico de mero proselitismo y sumisión; la que se ha impuesto a todos al forjarse el papel de «dictadora de las Bellas Artes»; la que ha convencido a Mussolini de que el fascismo debe crear un arte propio, que los artistas del *novecento* serán el complemento estético de su política, los «revolucionarios de la restauración moderna»; ella y solo ella la que ha conseguido incluso que los Ferrocarriles pusieran a disposición de los visitantes de la exposición un billete subvencionado por el Estado. Y Mussolini, el amante concorde en esto con el tirano, le ha hecho caso. Es la primera vez que debate sobre arte en público desde la instauración de la dictadura:

—¿Cuál es la relación que media entre la política y el arte? De que la política es un arte, caben pocas dudas. No es, desde luego, una ciencia. La creación política, como la creación artística, es un proceso lento y una adivinación repentina. En cierto momento el artista crea con la inspiración, el político con la decisión. Ambos trabajan con la materia y el espíritu.

En el patio de butacas, los notables asienten con ostentosos movimientos de cabeza; en la tribuna, el orador se complace en asumir el papel del artista. Pero no todo es vanidad. Mira a lo lejos.

—Los acontecimientos que nos han tocado vivir —la guerra y el fascismo— han dejado huellas en las obras aquí expuestas. El signo de los acontecimientos está en ellas. Esta pintura, esta escultura es diferente de la inmediatamente anterior en Italia. En las obras aquí expuestas nos llaman la atención los siguientes elementos característicos comunes: la decisión y la precisión del trazo, la nitidez y riqueza del color, la sólida plasticidad de las cosas y de las figuras... Yo las miro y me digo: este mármol, este cuadro me gusta. Creo que muchos de ustedes, al recorrer las salas, comprenderán mi juicio y concordarán conmigo que esta «primera exposición» es un excelente testimonio del indudable porvenir del arte italiano.

Mientras el presidente del Gobierno declara inaugurada la exposición en nombre del rey, en los atronadores aplausos resuena claramente el anuncio de que el porvenir del arte italiano será el porvenir del arte fascista. Después de la crisis casi letal que siguió al caso Matteotti, el régimen naciente no puede permitirse que el fascismo se asocie solo con la represión y con la violencia. La violencia debe permanecer fiel a sí misma saliendo de sí misma, debe evaporarse en las plazas, en los estadios, en las colonias marinas, debe resonar en los altavoces, impresionar en los desfiles, deslizarse en los sueños nocturnos, sentarse en las mesas dominicales, hablar mediante imágenes y símbolos, el poder debe huir de los palacios del poder y extenderse por fuera, en el mundo impotente. En esta época de locos, el poder lo es todo o no es nada.

Mario Sironi lo sabe mejor que nadie. Ya lo sentía cuando pintaba sus desolados y magnéticos suburbios urbanos, en los que la presencia del hombre había desertado, con sus bimotores derribados e hincados en tierra como en una crucifixión al revés. La civilización campesina ha quedado atrás. La industrial aún no nos ha asaltado. La civilización del lucro nos espera más allá de la primera curva torrencial del río. Y Sironi lo sabe ahora también cuando pinta estas familias bíblicas suyas, al raso, fuera de una casona que proyecta su sombra sobre los viandantes. Vivimos para conquistar la muerte, para conquistarnos la muerte. Antes, sin embargo, tenemos que sembrar de piedras, de casas, de aldeas, de ciudades las calles que, después de nosotros, otros transitarán. «Mario Sironi, aquí tienes a un soldado que jamás traicionará.» Con estas palabras presentó Marinetti al pintor al futuro Duce cuando solo era el director de un diario de batalla. Y Sironi no traicionó.

Con todo, el Duce no tiene ahora tiempo para él. Ahora debe recibir el tributo de los notables que se agolpan a su alrededor, debe bromear con los generales, debe acceder a la adulación del alcalde que le pide el original del discurso inaugural para que pueda ser incluido en el álbum de la exposición. Tal vez Benito Mussolini haya apreciado de verdad por unos instantes los cuadros de Mario Sironi, probablemente sea sincero cuando declara que sus telas «excavadas en la roca, extraídas de la oscuridad de tiempos olvidados, constituyen el telón de fondo de la poesía de mi revolución». Tal vez sí, tal vez los haya apreciado en esos raros y peligrosos momentos en los que se nos consiente afrontar la vida en el acto de revelarse a sí misma, y tal vez los siga apreciando, distraídamente, pero el caso es que no dejan de ser utensilios, como un destornillador, como una sierra circular.

Margherita Sarfatti, en cambio, conoce y acicala a diario los tormentos de los artistas, sus infinitas melancolías. Recibe y replica las cartas con las que hombres como Sironi le escriben: «Vivo como un autómata e invoco a Dios, pero ni él ni ninguna voz amiga se alza en mi ayuda. Y eso es quizá lo que me vuelve amargado y callado con todos». Las cartas en las que Sironi se queja ante ella por la exclusión de algunos amigos en la selección y por la inclusión de otros grupos, de otras corrientes con las que él siente no compartir nada, las decisiones en las que «el arte no tiene nada que ver». Las cartas desesperadas en las que al final el artista cede el paso al hombre que inclina la cabeza ante su benefactora: «Me ayudáis en el durísimo camino, en la áspera vida que hasta ahora no me ha dado más que deber y silencio, la vida que... ofrece pequeños premios y juegos para todos».

Margherita Sarfatti, comisaria y presidenta de la exposición, quiebra el círculo de aduladores, tiende su brazo vestido de blanco al presidente del Gobierno, su amante desde hace más de una década, y lo lleva a visitar las obras expuestas. Todos los demás los siguen.

Es una visita rápida. Otros compromisos esperan al Duce. En cada sala, junto a las obras expuestas, el ilustre visitante se topa con los autores en carne y hueso, situados allí por Sarfatti para ejercer de centinelas de sus propios mármoles o cuadros. Mussolini rara vez se demora. Dedica apenas un momento de recogimiento al busto de Nicola Bonservizi —fundador del Fascio de París, asesinado por un anarquista—, esculpido por Adolfo Wildt, saluda apresuradamente a su apreciado Sironi y después, casi en el umbral, se detiene a bromear con Marinetti, que tutela la sala de los futuristas, definiendo como «sacras reliquias» los Balla y los Boccioni que cuelgan de sus paredes. A las 11:30 el Duce ya se ha marchado.

Al fin y al cabo, Margherita lo sabe, incluso los artistas están impacientes por irse a almorzar a Savini, en la Galería, donde Dudreville trasladará la conversación del arte a la caza, Bucci y Oppi competirán presumiendo de sus respectivas aventuras parisinas y nadie prestará atención a las pedantes peroratas de Salietti, completamente imbuido en su papel de secretario del movimiento. Solo Sironi se obstinará en no darse por vencido, magnificando, entre el tintineo de los aperitivos y el engreimiento de los lechuguinos, la potencia inaudita de la música de Wagner, escuchada hace poco en La Scala donde, en ese mismo mil novecientos veintiséis, se ha incluido en el programa anual *El anillo de los Nibelungos*.

Tampoco Roberto Farinacci se da por vencido. Con tal de contrarrestar el ascendiente de esa mujer sobre Mussolini, el tosco ras de Cremona ha empezado a interesarse por el arte, fomentando un grupo rival que disputa a los miembros del *novecento* la primacía de auténticos artistas del fascismo. Margherita se lo imagina mascullando y tramando tan pronto como Mussolini vuelve a ponerse al volante del coche deportivo con el que una hora antes llegó al Palacio de la Permanente en compañía de su secretario Chiavolini.

Ahora que ya no está del brazo del Duce, la mujer vestida de blanco siente caer sobre sus hombros el peso de la maledicencia que se eleva de los corrillos de hombres a sus espaldas. Ninguno de los lugartenientes de Benito Mussolini entiende a esa mujer que pretende erigirse como dictadora de la cultura. Margherita lo sabe bien. Nadie la entiende, pero para compensar todos la odian. Y eso ella también lo sabe.

VIAJEROS
Protejan su dinero contra pérdidas
y robos sirviéndose de
B. C. I. TRAVELLERS' CHEQUES
(cheques para viajeros)
en liras, francos franceses,
libras esterlinas y dólares de la
BANCA COMMERCIALE ITALIANA
La forma más práctica y segura durante
los viajes para disponer en cualquier lugar
y en cada momento de su dinero.

Catálogo de la Primera exposición artística
del *novecento* italiano, anuncio publicitario

PRIMERA EXPOSICIÓN ARTÍSTICA
DEL *NOVECENTO* ITALIANO

Milán, Palacio de la Permanente
Via Principe Umberto 32 febrero-marzo
DESCUENTOS FERROVIARIOS del 30 %

Octavilla publicitaria

Roberto Farinacci
Chieti, 16-24 de marzo de 1926

Escucha, Aldo, lo que hay que hacer es conseguir darle la vuelta a la situación. ¡Tiene que quedar bien claro que una sentencia en nuestra contra equivaldría a una condena explícita al fascismo y a su jefe! En todo caso, yo me he «trabajado» ya el ambiente y creo habérmelas apañado a las mil maravillas. Antes del inicio del juicio recibiré el homenaje de las autoridades de Chieti, con el presidente del tribunal y el fiscal del rey a la cabeza [...], les echaré un buen sermoncito, de manera que entiendan el latín [...]. Por otro lado, he sabido que esos borregos de la acusación, todos antifascistas, encabezados por el famoso Modigliani, han aconsejado a la viuda de Matteotti que desista de constituirse en acusación particular [...] *(risas prolongadas).*

Llamada telefónica del diputado Farinacci
al abogado Aldo Vecchini, Servicio reservado especial
de interceptación telefónica, taquigrafiado
en Roma el 29 de enero de 1926, 10:40 horas

Ha pasado mucho tiempo.

Veintiún meses desde que se halló el cuerpo de Giacomo Matteotti, doblado sobre sí mismo, en un bosque de la campiña del Lacio. De ese cuerpo traspasado, estragado, tumefacto, a esas alturas solo quedarán cenizas y huesos. Veintiún meses son casi dos años. Han ocurrido muchas cosas desde entonces. Ahora el Duce, que entonces parecía estar acabado, ha recobrado las riendas del

117

poder, la prensa ha sido amordazada y la oposición se ha dado a la fuga. Ahora es el momento de olvidar, solo de olvidar.

Mucho tiempo ha pasado, en efecto, y el miércoles 16 de marzo es en Chieti día de mercado. En la piazza Vittorio Emanuele, donde se encuentra el juzgado de lo penal, hoy se celebra tranquilamente, como todas las semanas, el mercado de frutas y verduras y todo el mundo, alrededor de los tenderetes de los vendedores, se dedica tranquilamente al comercio de productos típicos: azafrán, lentejas de Santo Stefano y queso de oveja. De no ser por la pequeña multitud de periodistas que se agolpa desde las ocho de la mañana frente al Palacio de Justicia, y por los carabineros desplegados en la carretera por la que ha de transitar la camioneta de los presos, nada haría suponer que hoy se abre el juicio por el crimen que hace veintiún meses parecía a punto de hundir el fascismo. Los peces gordos del régimen, presuntos instigadores políticos, ya han sido absueltos todos —algunos por falta de pruebas, otros en virtud de la amnistía por el vigésimo quinto aniversario del reinado de Víctor Manuel III—. Los únicos que quedan en la malla de la justicia son los sicarios, los miserables sicarios. Del proceso no queda más que una sombra, vana. En Chieti se juzgan tan solo pingajos, e incluso Velia Matteotti, la viuda, viendo desvanecerse la justicia en esa sombra, ha escrito al presidente del tribunal para desistir de constituirse en acusación particular.

Ahora impera el fascismo y su Duce, informado inmediatamente de la llamada telefónica del 29 de enero, como de cualquier otra comunicación del diputado Farinacci, sometido a la más estricta vigilancia, telegrafió inmediatamente al prefecto: «El mundo tendrá la vista puesta en Chieti, no debe haber manifestaciones de ninguna clase, ni antes ni durante ni después de la sentencia; el caso debe quedar despolitizado, el juicio debe tener lugar entre la indiferencia de la nación, nada de camisas negras. Que el diputado Farinacci sea informado inmediatamente de todo ello».

Pero Roberto Farinacci, hijo de un ferroviario, que conquistó una licenciatura en Derecho gracias a una tesis íntegramente copiada, ha asumido, con el consenso de Mussolini, la defensa de Amerigo Dùmini, el verdugo de Matteotti, desde el verano de mil novecientos veinticuatro, cuando casi todo el mundo rompía el carné del Fascio. Roberto Farinacci es el ídolo de los «intransigentes», el héroe de los «salvajes», es la provincia, su índole mezquina y violenta, es la incansable capacidad de intriga, el sordo trabajo de cohecho, es la determinación para terminar a patadas con el adversario caído, es la voluntad de golpear —golpear una y otra vez, inexorablemente—, es el perro del amo y el amo de perros fieles, ignorantes y fieles. Roberto Farinacci es un hombre que no renuncia a un escenario en el que, en los momentos solemnes, poder hablar de sí mismo en tercera persona.

Y así, a pesar de los requerimientos de Mussolini, Farinacci ha acordado una recepción altisonante. A su llegada a Chieti, el secretario nacional del Partido Fascista es recibido por una concentración de camisas negras y, durante una imponente ceremonia en el ayuntamiento, en presencia de todas las autoridades locales, pero sobre todo del presidente del tribunal y del fiscal del rey, la ciudad lo honra con una toga de honor. Los ciudadanos de a pie, ocupados como siempre en discutir el precio de las verduras en el mercado, pudieron hacer caso omiso de lo sucedido, pero los presentes han podido oír claramente a Roberto Farinacci, en su doble papel de secretario del Partido Fascista y de abogado defensor del principal imputado, proclamar:

—Los ojos del mundo entero miran a Chieti con maligna curiosidad. Es fundamental que este proceso se desarrolle con la mayor disciplina y con la mayor seriedad, porque estamos firmemente convencidos de que, si los jurados emiten un veredicto, será sobre todo contra aquellos que durante un año han estado envenenando a nuestra nación, contra aquellos que creyeron, tal vez, encontrar la tumba del régimen en Chieti, ¡y en cambio han encontrado su propia tumba...! No será un proceso al régimen, ni al partido. ¡Será un proceso contra la oposición!

A pesar de ello, el primer día del juicio se desarrolla sin alboroto. Los cinco acusados, Dùmini, Volpi, Malacria, Poveromo y Viola, desfilan ordenadamente entre los agentes de policía y ocupan sus sitios en la jaula reservada para ellos. Amerigo Dùmini, leyenda negra del escuadrismo más despiadado —acostumbrado a presumir de sus crímenes, solía presentarse con un apretón de manos al que añadía «mucho gusto, Amerigo Dùmini, nueve asesinatos»—, se declara culpable de la muerte de Giacomo Matteotti pero niega toda intencionalidad o premeditación. Sostiene haberse topado por casualidad con el diputado socialista y haberlo secuestrado para arrancarle una confesión sobre su hipotética participación en la muerte de Nicola Bonservizi, secretario del Fascio de París, asesinado por un anarquista. Los otros acusados se aferran, siguiendo su ejemplo, a un perfil bajo. Malacria y Poveromo hasta niegan toda culpa. Poveromo llega incluso a bromear. Al presidente del tribunal, que le pregunta por qué, habiendo llegado de Milán con sus compinches, todos antiguos miembros de los Osados, las tropas de asalto de la Gran Guerra, se registró con un nombre falso en un hotel en Roma, le responde: «Su señoría, ¡con lo feo que es un apellido como Poveromo!, ¿qué hay de malo en cambiarlo?». El público de la sala se ríe de la ocurrencia.

En los días siguientes, sin embargo, Farinacci presiona para conferir al proceso un significado político. *Il Popolo d'Italia,* periódico de la familia Mussolini, relega las crónicas a las páginas interiores, pero la hoja volante fascista de Chieti, soliviantada por el secretario del partido, vocifera en primera plana grotescos titulares no contra los acusados sino contra su víctima. La memoria de Giacomo Matteotti se ve reiterada y públicamente ultrajada.

A pesar de los rapapolvos de Mussolini vía epistolar, Roberto Farinacci avanza de cabeza hacia la apoteosis de su arenga final. El 24 de marzo, una sala llena y enmudecida lo escucha pisotear la verdad, intercambiar a las víctimas con los verdugos y clavar el cadáver de Giacomo Matteotti en la cruz erigida por sus asesinos: Amerigo Dùmini es un «caballero», condecorado en la guerra y «fanático de su fe»; Giacomo Matteotti, por el contrario, era un calumniador a sangre fría, que condenaba a pasar hambre a sus campesinos, y un odiador profesional; la circunstancia agravante de matar a un miembro del Parlamento debe excluirse; en cambio, debe ser reconocida la atenuante de una grave provocación porque, si bien la víctima no dirigió nunca la palabra a sus asesinos, toda su vida «indigna había representado una intolerable ofensa para su honor como patriotas»; sobre todo, no hubo premeditación ni intencionalidad algunas. Matteotti, frágil, inepto, declarado inútil para la leva, murió por una hemorragia provocada apenas por «un par de puñetazos en el pecho». En definitiva, la sentencia debería dirigirse contra el asesinado, culpable de haber difamado al fascismo, de haber difundido la plaga del socialismo y, por último, de haber muerto a causa de unos cuantos puñetazos, arrastrando así al estrado a cinco valerosos caballeros.

Roberto Farinacci gesticula amenazadoramente, su arenga se apaga en un silencio helado, los centenares de hombres y mujeres presentes se arriman unos a otros para asegurarse de su existencia a través del contacto de los cuerpos. Una vez rotos los amarres con la realidad, las palabras de Farinacci ondean sobre las cabezas de la audiencia como una nube vaporosa de miasmas infectados. Una lluvia fría y desapacible cae sobre Chieti. El jurado se retira a la sala de deliberaciones. La verdad, a partir de ahora en adelante, será considerada una cuestión de importancia secundaria.

Sin embargo, hay una tumba y el presidente no puede hacer caso omiso de ella. Tras escuchar al jurado, al cabo de apenas diez minutos, se proclama la sentencia. Viola y Malacria absueltos por no haber cometido el delito. Dùmini, Volpi y Poveromo, considerados cómplices de homicidio preterintencional, con el atenuante de concausa y todas las circunstancias paliativas, son condenados a cinco años, once meses y veinte días de prisión que, con el beneficio de la condonación de cuatro años en virtud de la amnistía del 31 de julio de mil novecientos veinticinco, quedan reducidos a unas cuantas semanas.

El proceso que se suponía destinado a devolver la justicia a la tierra se ha consumado en nueve días apenas. El fantasma de Giacomo Matteotti seguirá vagando por la tierra durante mucho tiempo, no aplacado, necesitado de justicia. Y no estará solo. Piero Gobetti, el joven y genial director de *La rivoluzione liberale,* murió en París el mes anterior, sin llegar siquiera a los veinticinco años, exiliado y solo en una cama de hospital, a causa de una crisis cardiaca que le sobrevino cuando se recuperaba de una bronquitis y de la paliza que le propinaron los escuadristas turineses antes del exilio. Giovanni Amendola, el último líder de la oposición, tras haber sido operado de un hematoma en el hemitórax izquierdo, yace en agonía en una cama en la Riviera francesa. Tampoco él llegó a recuperarse de los bastonazos recibidos el verano anterior.

El juicio ha terminado y ya no hay nada más que ver. La pequeña multitud que ha acudido a esperar la sentencia se dispersa rápidamente. El periódico de Mussolini relega la noticia a la sexta página. Una lluvia molesta y fría sigue cayendo sobre Chieti.

La única alegría es la de Roberto Farinacci. Se dice que cuando se pronunció la sentencia alguien lo escuchó gritar: «¡Viva Dùmini!».

Querido presidente,

... esta mañana me ha remitido un fiduciario tuyo uno de tus habituales «rapapolvos epistolares». Yo he cumplido los compromisos que adquirí en Roma y me sorprende que digas que no he mantenido ninguna de mis promesas. Querías que el juicio terminara para el 26 y termina antes; que el Régimen y el Partido permanecieran ajenos a todo y lo he repetido varias veces. ¿Que el proceso ha adquirido un sesgo político? Pero eso se sabía desde hacía tiempo; de lo contrario no estaría yo en Chieti. Sin embargo, es político porque concierne a la oposición, a menos que a los «desfavorecidos» del Partido no les moleste:

a) que el proceso haya terminado como predijimos;

b) que los resultados de la vista no hayan sido los que durante un año fueron pregonados por la prensa adversaria;

c) que Matteotti cuando estaba vivo no fuera más que un cerdo.

Carta de Roberto Farinacci a Benito Mussolini,
22 de marzo de 1926

Benito Mussolini, Quinto Navarra
Roma, noche del 30 al 31 de marzo de 1926
Sexagésimo octava reunión
del Gran Consejo del Fascismo

La sala de la biblioteca del Palacio Chigi, donde se celebra la sexagésimo octava reunión del Gran Consejo del Fascismo, es un calvario de bostezos ahogados. Bajo la presidencia del Duce, los trabajos del órgano supremo del régimen fascista han empezado a las 22:00 horas, con la presencia de siete ministros, cinco subsecretarios, una docena de diputados y un puñado de notables de otras clases, todos ellos en la cima de las instituciones fascistas. Hace horas que estos hombres tratan desesperadamente de matar el sueño en una orgía de café.

Quinto Navarra se ve obligado a un tránsito ininterrumpido entre las cocinas y la mesa de reuniones trasladando jarras repletas de la bebida energética y revitalizante. En el aire viciado se respiran los efectos estimulantes de las secreciones gástricas y biliares de la mezcla obtenida por la infusión de semillas molidas de pequeños árboles tropicales. Benito Mussolini, recién curado de su úlcera duodenal, se abstiene por completo de la acidulada infusión. Se mantiene despierto bebiendo una gran cantidad de zumo de naranja. Es la primera vez en cuatro años que una reunión del Gran Consejo dura tanto tiempo. Dentro de poco, en las colinas de Roma se levantará un nuevo día. Los jerarcas, exhaustos por el maratón nocturno, parecen los últimos defensores de una fortaleza que el sitiador ha decidido tomar por hambre.

La sesión ha dado comienzo inmediatamente después de cenar con el aplauso del Duce por la grandiosa y disciplinada manifestación nacional del 23 de marzo, séptimo aniversario de la fundación de los Fascios de Combate, y su bienvenida a dos nuevos miembros del Consejo: el diputado Benni, admitido como representante de la industria, y Giovanni Marinelli, tesorero del partido, que ha vuelto a formar parte de él después de un exilio causado por su involucración en el asesinato de Giacomo Matteotti. Ahora que el juicio de Chieti se ha celebrado sin consecuencias para el régimen, los grandes industriales y los pequeños instigadores de crímenes políticos pueden sentarse por fin en la misma mesa.

Los trabajos han dado comienzo con un brillante informe de Alfredo Rocco, ministro de Justicia, acerca de la reforma del Senado, ese Senado que el programa de San Sepolcro, cuyo aniversario acaba de conmemorarse, preveía suprimir categóricamente. Mussolini ha resumido el debate presentando una moción mediante la que todo quedará como antes: «El número de senadores debe seguir siendo, como hoy, ilimitado». Acto seguido, se ha discutido la situación económica de las corporaciones y el diputado Benni aprovechó la oportunidad para agradecer al Gran Consejo el haberlo admitido entre sus miembros. Sobre el informe de Benni intervinieron a continuación el diputado Rossoni, el diputado Ciano, el diputado Rocco, el señor Forges-Davanzati y el comisario general para la emigración De Michelis. Con respecto a la situación de las corporaciones se discutieron y se promulgaron tres mociones.

El maratón, con todo, no había hecho más que empezar. Alrededor de las dos de la mañana, cuando todos esperaban que la reunión se aplazara, Mussolini, lúcido y muy despierto, quiso que el diputado Bastianini informara sobre la situación de los Fascios en el extranjero. Quinto Navarra es enviado a la cocina para abastecer la biblioteca con más café y más zumo de naranja. A las 2:35 de la madrugada, el Duce, aparentemente inmune al sueño, anuncia su informe sobre política exterior. Más café, más zumo de naranja. El informe, vasto, poderoso y sádico, dura hasta las 5:15. Durante las seis horas enteras de este interminable calvario nocturno, Roberto Farinacci, secretario del Partido Fascista, reluce a la derecha del Duce, silencioso y orgulloso en su butaquita esquinada. Pero su fulgor, todos los insomnes los saben, son los últimos destellos de una estrella muerta. Todos llevan horas escuchando, en efecto, cómo el eco de su destitución resuena entre los diez mil volúmenes de la biblioteca. Hace meses que se susurra que el nombre de Roberto Farinacci podría estar apuntado en la agenda de la Cruz Roja donde Mussolini anota la lista negra de los proscritos. Parece ser que el nombre del ras de Cremona aparece en esa lista desde el otoño, cuando intentó un golpe de mano aprovechando la enfermedad del Duce. En las semanas sucesivas, las intercepciones telefónicas han incrementado además las sospechas sobre el supuesto papel del secretario en el fallido atentado de Zaniboni. A partir de ese momento, el jefe de los «intransigentes» no ha dejado ya de resbalar por el plano inclinado de sus concepciones políticas de periferia, de su eterno conflicto con Federzoni, el ministro del Interior, de las ridículas propuestas de reforma del Estado fermentadas en su mente caótica y sin cultivar, de su inagotable odio exterminador contra los disidentes, de sus orgullosos excesos de polemista encarnizado e irreductible. Ya en el curso del Gran Consejo del 3 de enero, Mussolini lo humilló públicamente decretando la reapertura de las inscripciones al partido, en abierto contraste con la moción de Farinacci, orientada por el contrario a bloquear el camino a los «convertidos de última hora». Ya a mediados de mes, en Cremona, el secretario se proclamó públicamente dispuesto a dimitir. Después, el Duce volvió a humillarlo prohibiéndole intervenir en una manifestación fascista en Milán ante lo que él protestó con cartas rebosantes de vehemencia, de amor propio ofendido y de errores gramaticales. Por último, el juicio de Chieti sumó la enésima, flagrante desobediencia a la voluntad del Jefe.

A pesar de todo, hace seis horas que se debate de cualquier tema, desde las fluctuaciones monetarias hasta el expansionismo soviético en Asia Central, y ni una palabra sobre Farinacci.

Luego, sin embargo, a las 5:15 de la madrugada, mientras amanece sobre Roma y hasta Italo Balbo, bajo esos ojos endemoniados, bosteza, sin detener su disertación sobre la política mundial, sin la menor interrupción, intervalo, pausa o piedad, cuando ya nadie se lo esperaba, asesta de repente Benito Mussolini su estocada:

—El camarada Roberto Farinacci ha presentado su dimisión como secretario general del partido. El Gran Consejo se la acepta. El camarada Augusto Turati es nombrado secretario del partido. El Gran Consejo da su aprobación.

La sesión ha llegado a su fin. Mussolini se pone en pie y ordena a Navarra que lo disponga todo de modo que los caballos estén ensillados en el picadero de Villa Borghese para una saludable galopada matutina. El acta oficial de la sexagésima octava sesión del Gran Consejo del Fascismo dará cuenta de la espontánea renuncia de Roberto Farinacci y le tributará un aplauso por la incansable actividad prodigada. Pero esa pequeña mentira cuenta poco. Lo que cuenta es que por fin se ha terminado la época de los gritos contra la herejía, de las guerrillas de barriada, del fascismo devastado por las tendencias al cisma, de los cambios de idea de los tránsfugas y de los anatemas de los exiliados, la época de las proclamas revolucionarias fundamentadas en la nada, o en la violencia, que es mucho menos que la nada. Lo que cuenta es la gran mentira. La tragedia del verano de mil novecientos veinticuatro ha quedado superada. El juicio Matteotti se ha consumado. Los hombres trágicos han sido machacados. Sus asesinos, antes de que pasen dos meses, volverán a sentarse en sus mesas de siempre en sus tabernas de siempre. Era lo que tenía que pasar. Es inútil seguir dándole vueltas. La libertad, en todo gran país, yace siempre en el fondo de un pozo. La vida moderna no deja margen de maniobra. Roberto Farinacci podrá volver ahora a rumiar sus propósitos de revancha en la provincia, a sus mastines, a sus diáconos, a sus clientes. Ya no es momento de abrirse paso a fuerza de golpes de maza herrada. El próximo secretario del Partido Nacional Fascista será Augusto Turati de Brescia, floretista de exquisita destreza.

El 1 de abril, después de un sueño reparador, Benito Mussolini redactará, en forma de carta, el prólogo a *Un vuelo de 55.000 kilómetros,* el libro de Francesco De Pinedo*, tuteando al gran aviador, luego enviará un saludo a la juventud japonesa y, dejando atrás los ladridos de los perros, se marchará a Milán.

---

* Francesco De Pinedo (1890-1933) realizó, entre otras hazañas aeronáuticas, una memorable travesía transoceánica en hidroavión que lo llevó en 1925 a Melbourne pasando por la India y de allí a Tokio antes de regresar a Italia. Plasmó en el libro citado la crónica de esta empresa excepcional para la época, que la propaganda fascista explotó debidamente. *(N. del T.)*

Acepté el cargo de secretario del partido declarando al Duce
[...] que permanecería en ese puesto hasta la liquidación del Aventino y la celebración del juicio Matteotti. Eso es lo que haré. Después volveré a mi provincia, que me ha dado las mayores satisfacciones, devolviendo al Duce un partido más fuerte que lo que
nunca fue, victorioso como nuestros mártires lo soñaron.

Roberto Farinacci, discurso a la asamblea
del Fascio de Cremona, 18 de enero de 1926

Vuelven a estar en alza los felones a tu lado y se considera ino-
portunos a los fieles y a los amigos. ¡No importa, qué se le va a hacer! Lo único que te pido es que me permitas cumplir como secretario del partido con dignidad y no me conviertas en el hazmerreír
del ministro del Interior.

Carta de Roberto Farinacci a Benito Mussolini,
febrero de 1926

Roma. Al habla Benito Mussolini.
Milán. Al habla Arnaldo Mussolini.

Milán: Ese «caballero» no hace más que ponernos las cosas di-
fíciles: no hace más que arremeter contra todos, especialmente
contra el Vaticano...
Roma: Eso no es agradable.
Milán: Sobre todo, es contraproducente.
Roma: Exacto.

Milán: ¿Y entonces qué?

Roma: Es el hombre del momento...

Milán: ¿Eso significa que nos toca aguantarnos?

Roma: No exactamente. Ya se calmará.

Milán: ¡Deberíamos obligarlo a calmarse! ¿Has visto lo que escribe en su periódico?

Roma: Ya sabes que lo leo todo...

Conversación telefónica interceptada
por el Servicio Especial Reservado,
principios de 1926

El Gran Consejo Nacional del Fascismo, habiendo escuchado el informe del Secretario del Partido realizado por el Excmo. Sr. Farinacci, habiendo sido informado de su irrevocable intención de presentar su dimisión, la acepta junto a la de todo el Directorio, y mientras se procede al nombramiento del nuevo Secretario General del Partido y del nuevo Directorio Nacional, tributa un aplauso al Excmo. Sr. Farinacci por la incansable actividad prodigada durante catorce meses.

Gran Consejo del Fascismo, acta de la sesión
de 30 de marzo de 1926

¿Pero dónde están los *zaptié*?

Una ligera aureola de decepción empaña el entusiasmo de la multitud que ha acudido en masa a la piazza del Campidoglio para saludar al jefe de Gobierno. Les había sido prometido el exótico y animado espectáculo de los carabineros eritreos, esos negros altos y delgados de pantalones bombachos y fez rojo con la escarapela en la cabeza.

Es, sin embargo, Benito Mussolini quien aparece en la escalinata monumental del antiguo edificio. Toda decepción, por pequeña que sea, desaparece. El Duce aparece en muy buena forma y de excelente humor. Ha venido a inaugurar el VII Congreso Internacional de Cirugía y lo ha hecho, haciendo gala de la ecléctica cultura con alfileres que le caracteriza, mediante un discurso que, como siempre que se trata de tutear al mundo, le ha escrito su amante y mentora Margherita Sarfatti, quien vino a propósito desde Milán el 5 de abril para dos noches de amor y de clases de inglés en el apartamento privado de via Rasella.

«¡Viva el Duce!» El grito estalla entre la multitud contenida por los cordones de los carabineros. Mussolini sonríe y baja la escalinata a paso decidido, acompañado por tres cirujanos, Roberto Alessandri, Davide Giordano y Giuseppe Bastianelli, «el hombre del cuchillo», la eminencia consultada por Sarfatti que lleva meses insistiendo en operar la úlcera de Mussolini.

El coche presidencial ya está delante de los soportales del Palacio de los Conservadores, la puerta trasera ya está abierta de par en par. Un canto quedo, sin embargo, se abre paso entre los vítores de la multitud, armonioso pero tímido, casi sofocado, como un murmullo suave. Un grupo de jóvenes estudiantes rumanos ha entonado en voz baja *Giovinezza,* el himno del fascismo. Lo cantan como si en lugar de un grito de batalla fuera el *pianissimo* que abre la famosa aria de *Nabucco.* Benito Mussolini se detiene. Disfruta por un momento de ese homenaje insólito. Corresponde con el saludo romano a los estudiantes cantores.

Sea porque el orgullo siempre va emparejado con la cabeza alta, sea porque la fortuna siempre va con los ojos vendados, sea porque la mecánica de los cuerpos tiene sus propias reglas, y una de estas prescribe que un brazo extendido te obliga a levantar la barbilla, al saludar a los rumanos Benito Mussolini echa la cabeza hacia atrás.

El disparo de revólver llega desde la izquierda, desde el lado del salón de bodas. Sobrepuja el canto de los estudiantes como el chasquido de un bastón al golpear contra una piedra. Lo empuña una anciana, con ambas manos, con los brazos extendidos hacia delante, blandiendo la pequeña arma de metal bruñido oculta por un velo de organza negra. La mujer, vestida de luto, tiene el pelo blanco despeinado, los ojos desorbitados, es de una delgadez espectral. Parece una de esas lunáticas que, sin ya nada que pedirle a la vida, transcurren lo que les queda de ella alimentando tropeles de gatos callejeros. Una gatera ha descerrajado un tiro contra el Duce.

El disparo, sin embargo, dirigido a la sien, le alcanza en la nariz. De no haber extendido el brazo para saludar a los estudiantes rumanos, todo habría acabado ahí. En cambio, Mussolini sigue en pie. La sangre le chorrea por la nariz, manchando la camisa blanca y las solapas del chaqué. La mano, llevada instintivamente a la cara, queda embadurnada.

En este punto las versiones divergen. La oficial habla de un Duce absolutamente dueño de sí mismo que tranquiliza a la multitud —«¡No es nada, no es nada!»— y ordena salvar a la anciana del linchamiento; una segunda versión sostiene que Mussolini, al ver su propia sangre, perdió al parecer el sentido. En cualquier caso, en el edificio pululan más de cuatrocientos cirujanos, la herida parece leve y el socorro es inmediato: Bastianelli contiene la hemorragia con su pañuelo de bolsillo y el herido es arrastrado a un salón de la planta baja. Desde ahí, para salvarlo de la muchedumbre de médicos del mundo entero que se apiñan alrededor de esa sangre insigne, con el riesgo de asfixiarlo, el Duce del fascismo es trasladado a su casa de via Rasella.

Roma contiene la respiración, pero la angustia no dura mucho. Enseguida se viene a saber que la herida es superficial: la bala solo ha atravesado las aletas nasales. Esto no impide que una procesión de cortesanos pisotee el empedrado de via Rasella en las horas sucesivas. Autoridades, jerarcas, fascistas de a pie se apresuran a cerciorarse de las condiciones de salud del Jefe. El duque de Aosta abre la procesión, luego vienen el presidente del Senado, el gobernador de Roma, el nuevo secretario del partido y también su antecesor, Roberto Farinacci, recién destituido. Mussolini ordena categóricamente que no haya ni represalias ni disturbios como consecuencia del atentado. Se ha averiguado, en efecto, que la tiradora es una perturbada, ciudadana irlandesa, hija degenerada de un lord, que ya ha protagonizado varios intentos de suicidio y ha venido a Roma con el fallido propósito de asesinar al papa. Violet Albina Gibson, este es su nombre, ya está encerrada en la cárcel de Le Mantellate. No tiene cómplices. El atentado, en definitiva, carece de intencionalidad política. Todo ello no impide, sin embargo, que hordas de escuadristas exaltados vuelvan a incendiar las redacciones de *La Voce Repubblicana* e *Il Mondo,* cuyo fundador, Giovanni Amendola, exiliado, expulsado, perseguido, justo al alba de ese mismo día, mientras Mussolini despertaba en Roma de una noche de pasión y de clases de inglés con su amante burguesa, fallecía en la cama de una clínica de Cannes.

Entretanto, Benito Mussolini, prontamente repuesto del susto, telegrafía al rey, calma a su esposa Rachele por teléfono, sin ahorrarse una ocurrencia graciosa («La inglesa no pudo matarme, pero los médicos del congreso casi lo consiguen») y, también por teléfono, tranquiliza asimismo a su hermano Arnaldo, presa de un ataque de llanto: «¡Benito mío...! *(llora)*». «Cálmate, no es más que una bagatela. No deberías emocionarte por tan poco. Ha sido un momento.» Sobre todo, el Duce apacigua a sus colaboradores: «No me ha pasado nada. Todavía estoy vivo. Volvamos al trabajo».

A despecho de la opinión de los médicos, ni una sola coma del programa es alterada: por la tarde tomará posesión el nuevo Directorio del Partido Fascista en el Palacio Vidoni y mañana se zarpará hacia Libia a bordo de un buque de guerra. Seguimos vivos y el futuro apremia. Detenerse es retroceder. La marcha continúa. Hemos de conquistar el mar a bordo de nuestro leño romano.

El que está destinado a ser el año napoleónico del fascismo ha empezado con un segundo atentado. ¿Mal augurio o milagro? Los italianos resuelven de inmediato el dilema a favor de la segunda hipótesis. Un sentimiento general de consternación y, a la vez, de alegría por haberse librado de un peligro, va extendiéndose. En señal de respeto, el Tribunal Supremo suspende las vistas. El general Badoglio, que ha acudido nada menos que dos veces a via Rasella, concluye una reunión de oficiales del Estado Mayor exclamando: «¡Demos gracias a Dios, que ha conservado a Mussolini para Italia!». Por la tarde, miles de romanos en desasosiego se agolpan en la calle que conducirá a Mussolini a la sede del partido. Muchos de ellos, de rodillas, se limpian los ojos relucientes de lágrimas. Un aura providencial empieza a circundar la figura del Duce.

En su rostro, apenas algo más pálido de lo habitual, solo una gran tirita blanca, pegada de través en la nariz, señala la cita fallida con el destino. Su visión causa un efecto extraño: una impresión incierta, suspendida entre las pinturas de guerra de una tribu comanche, el antifaz de carnaval o el enmascaramiento del bandido.

Soy de la opinión de que el Régimen no ha alcanzado aún condiciones intrínsecas, no solo de estabilidad, sino tampoco de vitalidad. Si algún hecho deplorable cualquiera te sustrajera, aunque
fuera temporalmente, de la dirección del Estado, sería un caos.
Esto constituye la trágica grandeza y, al mismo tiempo, la única
debilidad de nuestra situación.

Carta del ministro del Interior, Luigi Federzoni
a Benito Mussolini, 16 de abril de 1926

Augusto Turati
Roma, 7 de abril de 1926, 15:30 horas
Palacio Vidoni

—Si avanzo, seguidme; si retrocedo, matadme; si me matan, vengadme.

El acto de toma de posesión del nuevo directorio, convocado en la sede del Fascio pocas horas después del atentado, pasa de inmediato al anecdotario de Mussolini, luego a la leyenda fascista y, por lo tanto, a la historia de Italia, a causa de esta máxima robada por Benito Mussolini a un joven general que murió a finales del siglo xviii en Vendée luchando contra la revolución. Aturdidos por los gritos de júbilo que cientos de camisas negras regurgitan en el patio del antiguo edificio y por los toques de trompeta que anunciaban la llegada del Duce, que acaba de escapar a la muerte, pocos prestarán la debida atención a la breve proclama que pronuncia con la tirita en la nariz, y sin embargo esas tres frases encadenadas anuncian un momento serio y una tremenda responsabilidad histórica.

Solo una semana antes, con la ley del 3 de abril, el Duce del fascismo ha transformado a los prefectos en la máxima autoridad del Estado en las provincias. En febrero, en los municipios más pequeños, los alcaldes electos fueron sustituidos por un podestá designado por el presidente del Gobierno, pero pronto la disposición se extenderá a todos los ayuntamientos de Italia. En definitiva, en un puñado de meses, Benito Mussolini ha eliminado todo principio democrático de la estructura de los poderes públicos reemplazándolo por el principio autoritario. Ahora lo que pretende es completar la sumisión total que está consiguiendo en el país con la obediencia del partido al Estado y de los fascistas, de todo orden y rango, al partido. En otras palabras, lo que pretende es que se les meta bien en la cabeza a todos, fascistas o no fascistas, que de ahora en adelante «aquí solo manda uno».

La tarea que Mussolini asigna al sucesor de Farinacci está clara: quiere de él un partido por fin y definitivamente «enmarcado» por una rígida disciplina; un partido que se «enmarque» a su vez, sin descarrilamientos ni veleidades, tanto en el centro como en la periferia, en el régimen fascista; por último, quiere que el partido sea *su* partido. Nada de personalismos, nada de conflictos internos, nada de elecciones. La concepción fascista de la jerarquía es autoritaria, y por lo tanto antiliberal y antidemocrática. Resultaría grotesco el que, una vez abolida la democracia en la nación, se conservara en el partido. La revolución tiene un solo Jefe: la preparó de mil novecientos catorce a mil novecientos veintidós, la exigió en mil novecientos veintidós, la ha guiado hasta hoy. Todo depende tan solo de él. El barco ha de guiarlo un piloto, no toda la tripulación.

El hombre que, a las cuatro de la tarde en punto, después de que Mussolini concluya su discurso con la famosa consigna vandeana, se pone de pie para recibir este mandato, sonríe y, sin embargo, detrás de su sonrisa, hay algo difícil de explicar, algo inalcanzablemente triste. Alto, muy delgado pero fuerte, con el rostro excavado y huesudo de un anacoreta, la expresión sufrida del ciclista en fuga, el pelo pegado a la cabeza y una nariz enorme, ganchuda como una cuesta, Augusto Turati, nacido en Parma en 1888 pero criado en Brescia, es casi un completo desconocido para los círculos políticos de la capital y ni siquiera es un fascista de primera hora. Hijo de garibaldinos anticlericales, periodista, se incorporó al Fascio de Brescia solo a finales de mil novecientos veinte. Convertido pronto en su reconocido jefe espiritual, defendió desde un principio un programa fascista capaz de defender los intereses de la clase obrera y, a pesar de ser cómplice de la violencia de las escuadras, intentó limitar sus excesos.

Incluso en las fotos que lo retratan en los días de la ofensiva final, en medio de aporreadores exaltados en camisa negra o uniforme de combate, Augusto Turati, frío, contrito, desapegado, aparece con un impecable traje burgués, llevado como una armadura que lo aísla de violencias sin gloria. Pero aun así, para él también, como

136

para toda su generación, ha sido la guerra lo que lo ha convertido en el hombre que es.

Chico sensible, nervioso, impresionable, atormentado, miembro de una juventud provinciana instruida y aburrida, idealista aspirante a buscar alguna idea por la que sufrir, después de haberse pasado la juventud despreciando el conformismo de sus padres, e incubando «unos insatisfechos deseos de grandeza que se alimentaban de duelos medievales, de hazañas garibaldinas, de rebeliones, de plumas, de cañones», para terminar en cambio «entre contables y literatos de revistas de veinte céntimos», Turati encontró en las trincheras lo que tanto ansiaba. Con la carnicería como telón de fondo, el aburrido provinciano pudo trazar, así, la imagen exacta de su generación: «Éramos una generación de holgazanes, de escépticos, de descontentos. Era la muerte lenta de una estirpe y solo el rojo genio de la guerra pudo devolvernos a la vida».

Desmovilizado en el verano de mil novecientos diecinueve, de regreso a «una pequeña vida cualquiera, sin sueños y sin ímpetus», el joven Augusto acabó convirtiéndose en un fascista, sin dejar de mostrarse desconfiado ante cualquier retórica y ajeno a las controversias partidistas. Neutral, irónico, refinado, permaneció en la sombra que los ideales proyectaban en su vida hasta marzo de mil novecientos veinticinco, cuando su sindicalismo instintivo logra capitanear a los obreros metalúrgicos de Brescia en una huelga para aumentar los salarios que puso contra la pared a los padrones y arrinconó a los sindicatos comunistas. Un fascista que, en lugar de imponer la ley y el orden, fomenta una huelga cuando el Jefe de los fascistas ya es presidente del Gobierno: inaudito e intolerable.

Benito Mussolini exigió su cabeza, pero Roberto Farinacci, por sorpresa, sugirió llamar a Turati a Roma para domesticarlo. Y así, cooptado en la secretaría central del partido, involucrado en los acuerdos del Palacio Vidoni, que en la práctica suprimen la representación sindical de los trabajadores, el cazador furtivo se convierte en guardabosques. Luego, en agosto de mil novecientos veinticinco, el Duce lo envía a Bolonia para apaciguar el conflicto que opone a Leandro Arpinati, ras de Bolonia y pupilo suyo, al prefecto Arturo Bocchini, que se enfrenta a los escuadristas. Turati, correcto como siempre, lleva a término su encargo apoyando al representante del Gobierno.

Mientras ahora se pone de pie para tomar por primera vez la palabra entre los miembros del directorio, todos miran a ese esgrimista olímpico, a ese provinciano de buena cultura, honrado hasta el exceso, enemigo de los salones, enérgico pero equilibrado, distinguido pero apasionado, con mirada curiosa y escéptica, como una especie de señorito caído en medio de una banda de matones callejeros. La explicación que todos se dan es la más obvia, la más obtusa: el Duce quiere un hombre gris, maleable, propenso a sus deseos, completamente desprovisto de la ambición y de la voluntad de poder de Farinacci. Por lo demás, este Turati trata de usted a Mussolini, lo llama «presidente», mientras que con Farinacci el Duce no podía salir del círculo cerrado y confidencial del «tú», no podía escapar del «querido Benito» y «querido Roberto».

Así, en su debut como secretario del partido, Augusto Turati no decepciona a sus benevolentes detractores. Pronuncia unas pocas palabras. Hace llamamientos a la sabiduría, a la fidelidad, a la disciplina. Luego concluye con un singular halago hacia el Jefe. Cuenta que hace unos días, Mussolini, al despedirse de él, le confió un aparente retruécano que contiene en cambio una gran verdad y que él va a convertir en su propia máxima: «¡Desde este momento, la palabra calla!».

Satisfecho, el Duce levanta la sesión hasta el día siguiente. La segunda parte de la reunión del directorio se celebrará en el vientre de un buque de guerra en ruta hacia África.

Antes de concederse brevemente un baño de multitudes, Benito Mussolini encuentra tiempo incluso para una ocurrencia. A un joven seguidor con el que se topa en los pasillos, señalando el esparadrapo que cruza su rostro, dice en broma:

—Como se ve, ya tengo el agujero listo para que me pongan el anillo en la nariz, como en las nobles tribus de los negros.

Un instante después, Luigi Federzoni se aparta con él y lo informa de la muerte de Giovanni Amendola. El Duce del fascismo dedica unas pocas palabras de circunstancias al temple moral del tenaz adversario desaparecido, y luego, después de haberse metido la mano derecha hasta el fondo del bolsillo del pantalón, una vez liquidada la muerte del opositor con el habitual gesto supersticioso, se pone en marcha de inmediato. Amendola la ha diñado, pero nosotros estamos vivos y la multitud nos aguarda. Federzoni, sin embargo, lo refrena. El ministro del Interior medita desde hace tiempo en sanar con su dimisión el violento conflicto que lo ve enfrentado a Farinacci y al ala escuadrista del partido. Ahora es consciente de que, tras el segundo atentado, del que Farinacci lo señala como indirectamente responsable, Crispo Moncada, el jefe de policía, debe ser reemplazado. Dado que el prefecto Mori no puede abandonar la guerra contra la mafia en Sicilia, de los dos candidatos solo queda Arturo Bocchini, actual prefecto de Génova.

—Es el nombre más popular entre los fascistas —susurra Federzoni—. He podido constatar con alegría que incluso Arpinati, después del choque de Bolonia, se ha vuelto a acercar por completo a él.

Mussolini no responde. La multitud lo magnetiza.

Presidente, yo he completado mi ciclo. *Nunc dimitte servum tuum*, es decir, un servidor del Estado y del fascismo. Eliminado Farinacci, el mayor interés del fascismo es recomponer por entero la unidad y la armonía en la política interna. Encuentra un «Gentilhombre» para mi puesto y recupera la cartera de Interior.

Carta de Luigi Federzoni a Benito Mussolini,
16 de abril de 1926

Estimado Federzoni [...]. Cuatro años ya de gobierno —en tiempos políticamente, económicamente, moralmente difíciles— son un testimonio indiscutible de tu operar, destinado a llevar a cabo los postulados de nuestra Revolución. Yo que conozco tu actividad cotidiana, puedo medir mejor que cualquier otro la amplitud de tu esfuerzo y la suma de los logros obtenidos que abarcan desde el imponente complejo de las actividades administrativas internas a la garantizada paz social [...]. ¡Que así sea en el porvenir, puesto que el porvenir nos apremia con todos sus terribles problemas de existencia y de potencia de la patria y la obra del fascismo no ha hecho más que empezar! Así pues, no es tiempo de ociosidad o de querellas, sino tiempo de trabajo y batallas que necesitamos afrontar con el mismo espíritu que guio a los camisas negras durante los años de la Revolución. ¿Quién piensa en detenerse? Detenerse es retroceder. La marcha continúa porque otras metas aguardan al leño romano de nuestra conquista.

Carta con la que Mussolini rechaza la dimisión
de Federzoni, primavera de 1926

Rodolfo Graziani
Trípoli, 11 de abril de 1926

«Tenemos hambre de tierra. He venido para hacer una demostración del poder del pueblo italiano.»

El aparato de transmisión radiotelefónica hace resonar la proclama por los cuatro remotos rincones de los suburbios de Trípoli. Pero solo la voz llega hasta allí. Los presentes, más afortunados, pueden dejarse embelesar por el uniforme de cabo de honor de la Milicia, por la rica gualdrapa escarlata con los fasces bordados en oro, por el collar de la Orden de la Anunciación y por la banda azul de la de San Mauricio. Israelitas con fez y traje negro largo, jinetes indígenas con espléndidos mantos rojos, guerreros eritreos con blusones blancos hasta las rodillas y un fez de fieltro rematado por la borla carmesí, turcos, sudaneses, beduinos, árabes, todos se agolpan detrás del cuadrado de los milicianos en camisa negra y todos se dejan embelesar sobre todo por el mechón de plumas blancas, movidas por la brisa, que sobresale del gorro de ese señor de la guerra venido del mar. Sus mujeres lo saludan con el aullido reservado para el regreso de sus maridos e hijos vencedores en las carnicerías tribales.

El hombre que en la mañana del 11 de abril de mil novecientos veintiséis pasa revista a las tropas coloniales en el paseo marítimo de Trípoli, antes del desfile de los medios mecánicos —carros de combate, vehículos blindados, cañones de distintos calibres, potentes reflectores, artificiales ojos del desierto que dejan pasmado el ojo desnudo del espectador primitivo—, es el mismo hombre que quince años antes, en las revueltas callejeras contra la guerra de Libia promovida por Giolitti, encabezó el asalto al distrito militar de

Forlì, rompió los postes telegráficos y bloqueó durante horas los trenes cargados de soldados haciendo que las mujeres se tumbaran en las vías. Esta mañana, sin embargo, Benito Mussolini, Duce del fascismo y presidente del Gobierno, que ha venido a la costa africana en nombre del rey de Italia para repetir el destino de Roma, monta un espléndido caballo alazán y se yergue sobre los estribos para vociferar sus deseos de conquista. Y nada en su porte marcial permite entrever el recuerdo de aquel entonces, cuando, tan solo quince años antes, la manifestación pacifista, encabezada por él, terminó bajo los cascos de la caballería que cargaba contra hombres y mujeres con los sables desenvainados.

Esos son tiempos pasados, tal vez incluso olvidados. Entre medias, ha habido una Guerra Mundial. Aquí, ahora, en el paseo marítimo de Trípoli, todo es una fiesta, espejismo de grandeza, fantasía de jinetes bereberes, entusiasmo de los *balilla*,* masas de acero pardo de los acorazados anclados en el puerto, chasquidos de obenques bajo el viento del desierto, hermosas banderas. El rastro de la violencia puede entreverse apenas en la herida reciente que, tras quitarse el ridículo esparadrapo, cruza como un meridiano de sangre el rostro del condotiero.

Junto a Benito Mussolini a lomos de su magnífico alazán, para desenmascarar el montaje de la Italia guerrera, está, sin embargo, Emilio De Bono, gobernador de Tripolitania desde julio del año anterior. De Bono, general de segundo rango del ejército real, que se sumó al fascismo por oportunismo, llegó después incluso a ser cuadrunviro de la marcha sobre Roma, comandante general de la Milicia Voluntaria para la Seguridad Nacional y jefe superior de policía hasta el secuestro de Giacomo Matteotti. Destituido por Mussolini, arrastrado por el escándalo, puesto en cuarentena durante un año entero, fue confinado en última instancia en Trípoli para reemplazar a Giuseppe Volpi, llamado a Roma para dirigir el Ministerio de Hacienda. Por más que acabe de cumplir sesenta años, De Bono, esquelético con su uniforme colonial blanco, enjuto, demacrado, quebradizo

---

* *Balilla*: nombre con el que se denominaba a los niños entre ocho y catorce años de edad, encuadrados en las organizaciones juveniles fascistas. Véase también la nota de p. 32. (*N. del T.*)

como una planta muerta después de una helada nocturna, es clara, simple, inequívocamente, un anciano.

Ya famoso por su propensión al llanto, el gobernador se ha pasado los primeros meses de su mandato africano gimoteando. Convencido de que el cargo que ocupa equivale a un exilio, sintiéndose abandonado y traicionado, reducido a una larva humana, le asaltan continuas crisis de llanto. El viejo soldado se macera en la nostalgia por dos mujeres, en la nostalgia y en el remordimiento. Trípoli, «hermoso suelo del amor» según la propaganda colonial prebélica, lo ha separado de su mujer, ingresada en una clínica de salud mental, y de su joven amante, que le había regalado un último pálpito de vida. Y él suspira por las dos. Soñando con el reencuentro con su amante, anota en su diario: «Cuando ello me sea otorgado, seré demasiado viejo». Dos días después, se abandona a la desesperación: «¡La tristeza que me invade es excesiva! Nada me interesa ya, ni me estremece. ¡Pobre, pobre corazón [...]! Y no hago más que llorar y no veo luz alguna ante mí».

El general retirado solo es capaz de recuperarse de su entumecimiento depresivo gracias a breves sacudidas de violenta belicosidad: «¡Anoche firmé dos sentencias de muerte! No titubeé; la clemencia aquí nadie la entiende». Entonces De Bono concibe audaces planes para ocupar la línea de los oasis en el interior del país con el fin de aplastar las endémicas rebeliones. Pero Badoglio, jefe del Estado Mayor, desmonta sus planes desde Roma, juzgándolos temerarios y pueriles. También desde Roma, lo frustra asimismo Giuseppe Volpi —brillante empresario, hábil financiero, hombre de mundo, su antecesor en Trípoli, quien se ganó la gloria de haber reconquistado para Italia la franja costera y el norte de la colonia—, que ahora le niega fondos para nuevas aventuras militares. Si Volpi era un rey blanco asentado en su palacio junto al mar, De Bono, que odia a su predecesor con toda su alma, es un jubilado marchito, confinado a pasar el invierno en un apartamento de dos habitaciones con vistas a una carretera polvorienta.

No se trata solo de una cuestión personal, sin embargo. El caso es que Italia ha llegado tarde, ha llegado la última. El *scramble* ya ha terminado. La carrera de las potencias europeas por acaparar tierras y repartirse el continente negro ya se ha consumado. Ya no es posible despegar, solo vuelos de planeo. A los anhelos fascistas de poder solo le quedan unos cuantos jirones de terreno desértico. Un hueso arrojado a los perros. La era de las guerras de conquista ha llegado a su ocaso. En las colonias de ultramar, a estas alturas, incluso los franceses y los británicos se dedican a la política. La época gloriosa en la que el viejo continente marchó a la conquista del mundo ha terminado. La potencia europea se suicidó desgarrándose en las trincheras fratricidas de la Guerra Mundial. Los camisas negras que conducen a las tropas indígenas a través de los desiertos de Libia por orden de un gobernador sacudido por crisis de llanto son, es cierto, los últimos conquistadores de Occidente, pero no pasan de parientes lejanos, parientes pobres, de esos formidables marineros portugueses que quinientos años antes, zarpando desde las costas europeas, tras circunnavegar África, abrieron el camino al conocimiento y a la conquista del mundo.

En los años del conflicto mundial, las guarniciones africanas fueron despobladas para apoyar el esfuerzo de guerra en la patria. Entonces el territorio bajo control italiano se redujo a una delgada franja a lo largo de la costa. Un goteo de continuas retiradas, de guarniciones abandonadas, de oasis y aldeas, conquistadas con esfuerzo y sangre, sacrificadas sin plantar siquiera batalla. Se vivía al día. Después, es cierto, a partir de mil novecientos veintiuno, y con mayor vigor después con el advenimiento del fascismo, las operaciones de reconquista en el norte de Tripolitania fueron avanzando poco a poco, un territorio tras otro, una tribu tras otra, hasta el control total.

Pero incluso ahora el dominio italiano se extiende tan solo por la llanura costera, a duras penas llega al borde del Yábal, la región aplanada interior. Más allá de esa frontera, en los territorios desérticos del sur pululan los jefecillos tribales hostiles, siempre dispuestos a correrías repentinas y sangrientas. En el Fezán, el vasto y misterioso páramo de dunas desérticas al sur, ha estallado, una vez más, una rebelión abierta. Una eterna espina en el costado. Y al este, hacia Cirenaica, la prestigiosa hermandad musulmana de los sanusíes hace que la inestabilidad sea permanente y la vida de los conquistadores incierta, precaria, miserable. La resistencia de los libios a la «misión civilizadora» italiana se ha revelado obstinada, fanática, indomeñable. La tregua conquistada en Tripolitania es un cenagal. Los rastreos son inagotables pero infructuosos, las grandes batallas resolutivas brillan por su ausencia, reemplazadas por un goteo cotidiano de pequeñas escaramuzas, emboscadas, encerronas y fugas. En definitiva, la gran guerra gloriosa anhelada por la ambición de Emilio De Bono acaba siempre quedando reducida a una ininterrumpida guerra de guerrillas.

La visita de Mussolini a Tripolitania dura cinco días. Entre recepciones, desfiles y discursos, lo llevan a visitar las ruinas romanas de Leptis Magna, las concesiones agrícolas de la empresa milanesa Anonima Inmobiliaria Africana en Bir al Mianin, e incluso las cuevas subterráneas en las que viven los trogloditas en las laderas del Yábal. Son días de renovado entusiasmo para Emilio De Bono, quien recibe del Duce el cordón de la Orden de los Santos Mauricio y Lázaro, parabienes hacia su política de financiación de asentamientos rurales («Escucha, te lo digo de inmediato: apruebo por completo tu política. Volpi no creía en ella. Le diré que es él quien ha metido la pata») y, sobre todo, fáciles promesas de gloria: «Tienes que llegar a mariscal». El 15 de abril, último día de la visita, un De Bono electrizado arenga con vehemencia a la audiencia del primer Congreso Agrícola Colonial Nacional en el Teatro Miramare. Arremete contra los escépticos y contra la «tacañería» del Estado, regaña a los retóricos que solo se extasían ante las glorias antiguas, pide dinero para carreteras y ferrocarriles, para las grandes obras hidráulicas y portuarias necesarias para transformar esos páramos desolados en verdes pastos y llanuras agrícolas. Reivindica para sí mismo el «blasón del campesino».

Sentado en las primeras filas, lo escucha un hombre de cuarenta y tres años alto, distinguido, vigoroso, vestido con el uniforme inmaculado de los «escuadrones blancos» como si hubiera nacido con él puesto. De mandíbula cuadrada, mentón ligeramente prognato, un pelo muy tupido apenas domado por la brillantina, la piel recocida por el sol, tiene todo el aspecto del duro de las películas estadounidenses de gánsteres. Su nombre es Rodolfo Graziani y lleva luchando en África desde mil novecientos ocho. En su juventud dejó el seminario para dedicarse a la vida militar y se dice que sintió también cierta simpatía por el socialismo. No pudiendo permitirse la academia militar, hizo el servicio militar en el pelotón de caballeros cadetes del 94.º regimiento de infantería. Destinado a Eritrea, después de aprender árabe y tigriña, estuvo durante varios meses entre la vida y la muerte a causa de la mordedura de una serpiente. Durante la Gran Guerra supo distinguirse, ganando varias medallas al valor. De regreso a África, dirigió una de las columnas que primero reconquistaron la costa y luego se encaramaron entre las gargantas del Yábal. Por méritos de guerra fue ascendido a oficial de la Orden de los Santos Mauricio y Lázaro y nombrado comandante militar del distrito Sur, que se asoma a la infinitud arenosa de los desiertos dominados por los beduinos rebeldes. Recientemente, un grupo de estos fanáticos consiguió penetrar en el sistema de defensa establecido por Graziani en Bir Tarsin y cayó sobre un batallón libio de sus soldados, desplegados para proteger las poblaciones sometidas durante la cosecha de cebada y, después de trece horas de combates, los exterminó, dejando 120 cadáveres de 153. El coronel más joven de la historia del ejército italiano se vio así sometido a una investigación. No fueron suficientes para protegerlo de la deshonra tres años de campañas militares victoriosas y un último año empleado en requisar rifles entre los nativos, en enviar a Roma extensos y detallados informes político-militar-administrativos sobre los problemas no resueltos en la colonia e, incluso, en sostener extenuantes negociaciones inconcluyentes con los cien jefes, muy poco de fiar, de las cien diferentes tribus en las que se halla fragmentada esta población de «saqueadores y rebañacuellos», que casi nunca acepta la batalla en campo abierto.

Las fantasías de De Bono sobre exuberantes empresas agrícolas resuenan entre las paredes del Teatro Miramare. Pero Rodolfo Graziani conoce las desolaciones enjalbegadas por el sol, horadadas de pedrisco, aprisionadas entre mesetas de roca recocida. Conoce largos años de cacerías infructuosas, de marchas, correrías, incursiones provocadas por susurros de algún espía, casi siempre inútiles. El coronel Graziani comparte letra por letra las palabras con las que Giuseppe Volpi, financiero veneciano, se despidió de Tripolitania: la superioridad del pueblo dominante ha de restablecerse con el prestigio de la fuerza, afirmando de una vez por todas la soberanía efectiva de Italia, la superioridad de nuestra raza, su indiscutible derecho a gobernar. En definitiva, habrá que seguir combatiendo.

Es el Destino el que nos empuja hacia esta tierra.
Nadie puede detener el destino.

Benito Mussolini, discurso pronunciado en Trípoli,
11 de abril de 1926

Arturo Bocchini
Génova, últimos días de mayo de 1926

Una ciudad de mar ha de someterse desde el mar, y el desembarco de Benito Mussolini en Génova, caben pocas dudas, ha sido triunfal. Durante semanas, la antigua república marítima —en otros tiempos conocida como «la Dominante»— ha estado preparando para Su Excelencia el presidente del Gobierno un suntuoso recibimiento con arcos, adornos y luces; cuadrillas de carpinteros, pintores, electricistas han trabajado días enteros desde el amanecer hasta el ocaso para limpiar, embellecer, decorar los barrios salobreños que ascienden desde el puerto hacia la colina.

El nuevo dux no los ha defraudado. Recibido por una procesión de barcos de vapor, cautivado por un enjambre de banderines enloquecidos con el viento de lebeche, erguido en la cubierta principal, agarrándose como un glorioso almirante al aparejo de los obenques, apareció ante la multitud que abarrotaba los muelles con uniforme de gala de primer ministro, un frac rebosante de cintas, caireles, medallas, escarapelas, insignias, cordones honoríficos, más parecido a un húsar real del siglo romántico que a un alto dirigente de este siglo feroz. En la cabeza, para reforzar la sugestión napoleónica, lleva un bicornio, colocado, a diferencia de Napoleón, con las dos puntas perpendiculares a los hombros, pero enriquecido, entre las dos aletas de fieltro semicircular realzadas, por un espumeante abultamiento de plumas inmaculadas. Así, luciendo la forma arcaica de ese tocado ennoblecido por el eco de pretéritas batallas, el hijo del herrero ha arribado a Génova, en el punto medio entre Poniente y Levante.

El prefecto de Génova, Arturo Bocchini de San Giorgio la Montagna, oscura provincia de Benevento, no menos elegante

—aunque más prosaico— en su impecable traje cruzado entallado, ha permanecido desde su desembarco, y durante toda la duración de la visita, al lado del Duce —aunque dos pasos más atrás—, en su calidad de responsable de seguridad. El lugarteniente del poder estatal en las provincias ha realizado con éxito su tarea: nada ha perturbado el triunfo, nadie ha atentado contra la vida del déspota, de los numerosos baños de multitud ha reemergido ileso.

Arturo Bocchini de San Giorgio la Montagna está sentado ahora ante una mesa preparada y engalanada en el comedor de sus aposentos, adyacentes a las instalaciones de la prefectura. Manteles de lino, vasos de cristal, vajilla de cerámica de Capodimonte, timbal de pasta, pastel de caza, salchicha desmenuzada a punta de cuchillo por los campesinos de sus tierras, quesos curados en cuevas y una apoteosis de fruta de temporada exhibida en el centro de la mesa. Bocchini saborea con lentitud, degustándolos a fondo, esos manjares y los riega abundantemente con vino francés, un vicio que se trajo consigo de Francia —junto con Odette y Sylvie, dos bonitas mantenidas— cuando, siendo aún un joven subprefecto inspector, escoltó a Emanuele Orlando, delegado italiano en las negociaciones de paz, en las reuniones de Versalles.

El funcionario de la prefectura que, haciendo de camarero, le sirve la comida y le escancia el vino, no se sorprende de la enorme cantidad de comida que su superior, fuerte y rechoncho como un buey, logra engullir. La reputación como vividor de don Arturo Bocchini es vasta y consolidada. Formidable contador de chistes, comensal boccaccesco, mujeriego impenitente, todos —con las piernas debajo de la mesa y la botella encima— esperan escuchar de su boca medio llena un castillo de fuegos artificiales a base de ocurrencias, calambures, historias pornográficas, un gorgoteo de vivaces carcajadas, pero, al mismo tiempo, todos saben también que detrás de la falsa bonhomía de ese rostro redondo de señoritingo del sur se esconde una mente aguda, capaz de no olvidar nunca ni un nombre ni una cara, consagrada a sinuosas intrigas y a lentas venganzas.

Sin embargo, la mesa de Arturo Bocchini, aunque suntuosamente preparada, está ominosamente vacía esta noche. El prefecto se sienta en un extremo de la mesa, pero, en el otro extremo, también provisto de un juego completo de cubiertos y vajilla, se sienta el desierto. Ese lugar vacío insufla un torbellino de desolación sobre la poderosa silueta del varón de robusto apetito que traga un bocado tras otro. La hembra recatada casi hasta la inapetencia en la que ese varón, notoriamente devoto de los placeres de la mesa y la carne, debería reflejar su propia hombría yace lánguida en la habitación contigua, al otro lado de la pared que separa el comedor del dormitorio. Es una jovencísima mecanógrafa empleada en las oficinas de una industria farmacéutica. Morena, provocadora. Bocchini se encaprichó de ella cuando era prefecto de Bolonia y nunca ha dejado de gozarla ni siquiera en Génova. Mientras muerde un trozo de salchicha, ella yace de espaldas, con las piernas abiertas, sangrando profusamente por el vientre.

El funcionario-camarero, yendo y viniendo entre la cocina, el comedor y el dormitorio, con el aire contrito de un aguafiestas y con el empacho del sacrilegio, le informa de que, por desgracia, parece que hay «mucha sangre».

Arturo Bocchini rechaza la noticia con ese gesto brusco de la mano con el que se ahuyenta una mosca. Vagina, saco amniótico, útero..., qué horribles palabras. Su mera pronunciación debería estar prohibida por ley a los hombres. Nada de médicos —nada de hospitales, ni hablar—, no será necesario. Son cosas de mujeres y, en su tierra, entre las montañas de Sannio, las mujeres han evitado durante milenios escándalos, asesinatos de honor o, sencillamente, otra existencia miserable, con objetos puntiagudos, cordones o preparados tóxicos, de guindilla picante, de perejil o de diente de león.

No, hay que evitar el escándalo a toda costa. Ahora que, tras la triunfal visita de Mussolini a Génova, el nombre de Arturo Bocchini está en el candelero para los más altos cargos, un escándalo sería impensable. El prefecto de Génova ha logrado incluso cortar de raíz las hostilidades entre las unidades de las Milicias de Génova y de La Spezia. Disputas y rivalidades entre viejas escuadras fascistas cuya disolución ha impuesto Mussolini hace años, pero cuya supervivencia póstuma Farinacci, como secretario del partido, estuvo alimentando en secreto. Delincuentes de poca monta, bravucones, soldadesca ávida de botín a los que el nuevo secretario, Augusto Turati, por mandato del Duce, ha prometido barrer de todas las provincias de Italia, y que Arturo Bocchini, el infalible prefecto de Génova, ha logrado hábilmente aislar y sofocar. No, esa excelente trayectoria suya, esa eterna paciencia, no puede ser borrada por un asunto de cama. Los años transcurridos en la Quinta División de la Dirección General de Seguridad Pública, a cargo del personal de la policía, memorizando nombres y rostros, engullendo los mecanismos de las burocracias ministeriales; además, el cuidadoso entretejido de amistades, con el propio Turati cuando era prefecto de Brescia; la cautelosa, paciente espera durante los días de la marcha sobre Roma, siempre desmarcado, siempre con el Estado, para no exponerse demasiado, en espera del vencedor al que ofrecer sus servicios; y, luego, los años de destino en Bolonia, su enfrentamiento con Leandro Arpinati y sus indomables escuadristas, en precario equilibrio entre las disposiciones contradictorias del Duce, ansioso por acabar con esos desechos de su reciente pasado como revolucionario pero incapaz de renegar de esos hombres de armas que, Arpinati por encima de todos, lo habían elevado fielmente a la cima del poder a fuerza de porrazos. Por último, la pícara astucia de obligar a usar en las elecciones de mil novecientos veinticuatro, cuando era prefecto en Bolonia, la triple preferencia para controlar el voto y desalentar a la oposición, inmediatamente bautizado por la prensa como el «método Bocchini».

No. Toda esta paciencia, toda esta astucia, toda esta sutileza, todas esas miles de cenas dedicadas a contar chistes no pueden quedar en nada por una cuestión de faldas. El sexo lo es todo, pero precisamente por eso no cuenta en absoluto. Por lo demás, al propio Mussolini le gusta repetir que a él los hombres le interesan «solo de cintura para arriba».

Su asistente le informa de nuevo sobre la sangre. Bocchini se niega de nuevo a llamar al médico. Invita a la cautela, a la espera, a la observación diligente. El «método Bocchini». Y sigue comiendo. Un bocado tras otro.

No. A San Giorgio la Montagna no puede volver. Es inconcebible haber subido a todo correr la escalera tortuosa del poder, habiendo soportado durante años el sobrenombre burlón de «pueblerino», para acabar cayendo de bruces en esa plaza polvorienta donde todavía escarban las gallinas, en ese palacete dieciochesco, largo, bajo, chabacano, de una sola planta, en ese hastío sin fin de los terratenientes modestos, en ese tedio mortal de la vida de provincia, un entramado de odios secretos, intrigas inútiles, hombres fatuos y apagados cuyo único propósito en la vida es destruirse los unos a los otros. No. Sobre ese palacete, olvidado entre los montes de Sannio, reza el blasón de la familia: «Con el viento y contra el viento, como la llama». Y él, Arturo Bocchini, prefecto de Génova, se atendrá al espíritu de adaptación de sus antepasados, a su sordo instinto de supervivencia y, también, al cinismo resignado que de estos se deriva. Despreciándolos, les será fiel. Con el viento y contra el viento.

Cuando Bocchini llega al postre, la joven ha muerto.

Su asistente, aturdido, no deja de repetir que «hay mucha sangre». El prefecto, obstinado en su ancestral rechazo a contaminarse con la sangre femenina, no considera necesario ir a ver. Ahora se trata de comportarse como un hombre y de mostrarse a la altura de su propia reputación.

Bocchini manda llamar inmediatamente a una cuñada para que no se diga que estaba solo en casa con la mecanógrafa en el momento de su desafortunado fallecimiento. Luego se pone a buscar un médico desaprensivo y complaciente. Alguien dispuesto a manipular un certificado de defunción a cambio de una carrera siempre se acaba encontrando. Ahora es cuestión de sofocar y de acallar. Igual que se ha hecho con los enfrentamientos entre las escuadras de Génova y La Spezia durante la visita del presidente del Gobierno.

[Después de pronunciar cuatro discursos, de haber visitado el ayuntamiento, los muelles, las acerías, de haber presenciado durante horas en un balcón de la prefectura un desfile de las fuerzas fascistas de Liguria], una vez terminada una última visita al cercano hospital, a las 18:30 horas, el Excmo. Sr. Mussolini regresó a la ciudad dirigiéndose al palacio de la Prefectura, siendo aclamado durante todo el larguísimo trayecto. A las 19 horas, reclamado por los insistentes gritos y por los aplausos de la multitud, el Excmo. Sr. Mussolini volvió a salir al balcón para saludar y mostrar con ostentosos gestos su satisfacción por el magnífico recibimiento tributado.

Corriere della Sera, 24 de mayo de 1926
«Los dos días del Excmo. Sr. Mussolini en Génova»
(sin mención alguna de los enfrentamientos
entre facciones de escuadristas)

Benito Mussolini, Quinto Navarro
Primavera-verano de 1926

Este es un momento de celebridad para Italia.

Por primera vez en la historia de la humanidad, el comandante Umberto Nobile —nunca un nombre fue más apropiado— ha logrado sobrevolar el Polo Norte. La travesía aérea polar se ha realizado a bordo del dirigible semirrígido bautizado con el nombre de *Norge* (Noruega) por Amundsen, el jefe de la expedición, pero ha sido construido íntegramente en Italia merced a Benito Mussolini. Es él quien ha permitido, promovido y financiado la empresa del Aeroclub noruego con la condición de que una de las banderas lanzadas desde el cielo a la desolación ártica, en el punto imaginario del hemisferio boreal en el que el eje de rotación de nuestro planeta se encuentra con la superficie terrestre, fuera la tricolor de Italia.

El presidente del Gobierno, henchido de orgullo, puede ahora, por tanto, dejarse fotografiar en el acto de leer en un diente de morsa, decorado con un haz de lictores, la dedicatoria de la legendaria aventura bajo la mirada complacida del heroico comandante. Mientras sostiene el objeto extraño y exótico a favor del fotógrafo, Benito Mussolini parece un niño afortunado que acaba de desenvolver el tan deseado regalo en su cuadragésimo tercer cumpleaños.

Sin embargo, entre la primavera y el verano de mil novecientos veintiséis, el Duce del fascismo realiza también su particular travesía aérea por tierra, a bordo del automóvil presidencial conducido por su fiel chófer Ercole Boratto. Recorre el país de arriba abajo, casi frenéticamente, como si quisiera sellar por doquier, con el exceso de su presencia, la progresiva consolidación de su poder. Génova, Pisa, Prato, Pontremoli, el Lacio, las dos Romañas, por todas

154

partes, a pesar de los dos recientes atentados contra su persona, Mussolini, en un abrazo entre un líder y su pueblo sin precedentes en la historia, ofrece su propio cuerpo sanado de una úlcera duodenal como pasto a la multitud y ofrenda al destino. Muestra aún el rostro de hombre afable, de hijo de ese mismo pueblo que lo aclama como su dominador; va vestido de manera relativamente modesta, con ropa de paisano, excepto en las ceremonias de la Milicia, y relega chaqué y sombrero de copa solo a las ocasiones solemnes.

Mussolini ha acordado con Boratto un sistema de signos convencionales para guiarlo a través de la multitud. El Duce permanece siempre de pie detrás del conductor, responde ostentosamente con el saludo romano a las aclamaciones del pueblo, pero mantiene, sin ser vista, la mano izquierda en el hombro de Boratto, señalándole si acelerar o ir más despacio aumentando o disminuyendo la presión de los dedos. El automóvil avanza siempre atrapado en la mordaza humana de la multitud jubilosa, la andadura es lenta, la orden es no detenerse nunca. Todos deben poder contemplar el cuerpo del Duce, nadie debe poder agarrarlo. La contemplación es física, la devoción carnal, la exhibición teatral, pero ahora hay también una cámara cinematográfica del Istituto Luce* para reverberar en el bromuro de plata el esplendor de esta gloria.

Mientras el cuerpo terrenal y fuerte de campesino del valle del Po aparece en las calles y en las plazas, en los campos y en las oficinas, su ambición política despega. A principios de julio, se crea el Ministerio de las Corporaciones, los nuevos órganos de la administración estatal destinados a garantizar la colaboración entre empresarios y trabajadores. Es la apuesta más audaz de Mussolini, su mayor envite: la tercera vía entre capitalismo y comunismo, el fin de todo conflicto social, la superación de la lucha de clases, la idea de que una nación deje de ser una agrupación ocasional de individuos para convertirse en una entidad orgánica, viva, que se afana por cooperar, de generación en generación, en aras de su propio crecimiento material y

---

* L'Istituto Luce (L'Unione Cinematografica Educativa), como se explicará más adelante, era una sociedad de producción cinematográfica, fundada en 1924 y convertida en aparato de propaganda del Estado fascista. Su modelo fue seguido por el NO-DO franquista. (N. del T.)

espiritual. Por ahora la «revolución» solo está en el papel, sin mencionar que la novedad suprime de hecho la representación sindical de los trabajadores subordinándolos a un estricto control del Estado, y, sin embargo, toda la prensa fascista y simpatizante entona un panegírico unánime: «fecha histórica», «superación del fracasado Estado liberal», «la ley más importante del mundo».

El artífice de la ley es el jurista Alfredo Rocco, ministro de Justicia, teórico del Estado fascista. Mussolini le ha confiado la trascendental tarea de concebir la ordenación de una vida social basada en la concordia entre los grupos sociales y los individuos, orientada hacia la colaboración entre empresa y trabajadores por cuenta ajena, que supere la contraposición entre categorías, que sustraiga al individuo de los rápidos regresos a la edad de piedra provocados por la lucha de clases; a él le ha confiado la esperanza de salir del vórtice de una historia reducida a una crónica rastrera de ínfimos instintos egoístas.

Con la mira puesta en este grandioso ideal, también se han establecido, uno tras otro, el Ente Círculos Recreativos Laborales («para promover el sano y provechoso empleo de las horas libres de los trabajadores»), el Ente Nacional Maternidad e Infancia («con el fin de tutelar y proteger a madres e hijos en dificultades») y el Ente Balilla («para la educación fascista, militar y física de los jóvenes como integración de su formación escolar»). Por último, se procede a proteger también los partos del espíritu: después de haber promulgado la ley de protección de los derechos de autor, en julio de mil novecientos veintiséis el Duce inaugura un Roma la nueva sede de la Sociedad Italiana de Autores.

Con su cuerpo macizo, firmemente plantado en el suelo, Benito Mussolini vuela alto, empieza a elevar la mirada hacia el horizonte de las generaciones futuras. En mayo, con una carta confidencial, le ha confiado a Rocco también la tarea de intentar entablar una vez más una negociación secreta con el Vaticano para superar la separación entre Iglesia y Estado, el desacuerdo con la Santa Sede que se prolonga a estas alturas desde hace más de medio siglo.

Y, entretanto, prosigue el viaje a través de Italia, la ostentación del cuerpo del Duce es incesante, el hombre de las multitudes ve discurrir ante sus ojos un país sacudido por el trabajo: la inauguración de las obras de las grandes vías de comunicación por carretera en el sur, la ampliación de los puertos de Trieste y Venecia, el ferrocarril Florencia-Bolonia, la línea directa Nápoles-Roma, los acueductos en Apulia. Se encauzan arroyos, se preparan saneamientos de terrenos pantanosos, se electrifican las vías férreas. Mussolini inaugura, promete, participa en primera persona. Se dice que, durante una visita a su pueblo natal, le quitó de las manos el mazo a un picapedrero para hacer añicos un redondel calizo que no cedía a los golpes; que durante una parada en el restaurante de un antiguo compañero en el puerto del Furlo, rodeado de pedreros socialistas, les prometió una carretera indispensable para el acceso a las canteras.

Ya empieza a ser difícil distinguir al hombre de su leyenda. Ugo Ojetti, pluma habitualmente refinada y despectiva, ascendido a director del *Corriere della Sera,* lo celebra con un retrato sobrio, pero no por ello menos adulador: «Está estupendo, ha recuperado la forma y su tez morena, la barba muy negra y dura... la mirada firme y arrogante..., la mandíbula demasiado fuerte y prominente... En la nariz, la cicatriz de bala parece la de un puerro quemado... Vibra entero, con el pecho henchido, la cabeza en alto, feliz... Habla de lo que hará dentro de cinco, dentro de diez, dentro de quince años... Los ministros de otras épocas no podían hablar siquiera del mes siguiente».

En un homenaje que se le tributa en Bolonia, Guglielmo Marconi, durante una disquisición técnica sobre las ondas en haz, llega a comparar su genial invención, con la que ha combinado en una suerte de fasces los rayos eléctricos, a la creación política de los Fascios de Combate por parte de Mussolini, reclamando para sí mismo el honor de «haber sido en la radiotelegrafía el primer fascista». Por último, como guinda final, pero no menos importante, en junio llega su consagración con la edición italiana de *Dux,* la biografía hagiográfica escrita por Margherita Sarfatti que ya había conquistado, el año anterior, en su versión inglesa, a cientos de miles de lectores en el Reino Unido y los Estados Unidos de América. La autora, que, como todos saben, lo ha conocido en la desnudez sin pudor de la alcoba, celebra en el cuerpo de Mussolini —superhombre generado por el vientre del pueblo y no por una casta privilegiada— la encarnación necesaria del Estado fascista, el oficiante de una nueva religión política. El éxito del libro, impreso por Arnoldo Mondadori en Milán, promete ser abrumador también en Italia.

También el cuerpo privado de Mussolini, en estas horas de fama, exulta. Además de la habitual plétora de amantes a las que concede un cuarto de hora de actividad, no se niega a la seducción de presas más fascinantes. En junio, en Roma, recibe con entusiasmo la disponibilidad de actuar solo para él expresada por Magda Brard, pianista de fama internacional, intérprete inspirada de Beethoven, Chopin y Debussy. El concierto exclusivo se celebra el 22 de junio en Villa Torlonia con un piano de cola Weber. La reunión resulta tan satisfactoria para el Duce como para inducirlo a solicitar ese mismo día un primer informe policial sobre la encantadora jovencita. Solo dos espinas atormentan el glorioso cuerpo de Benito Mussolini en este joven verano de mil novecientos veintiséis: los recalcitrantes escuadristas de Farinacci y la crisis económica. Si, en lo que atañe al primero, bastará con haber confiado a Augusto Turati, el nuevo secretario del partido, la tarea de limpiar los establos, para superar lo segundo sería necesario rehacer el mundo. La crisis de la lira, que no deja de perder valor frente a la libra esterlina, es un auténtico tormento para el presidente del Gobierno. Trae aparejados el declive de los valores industriales, el de la bolsa, las dificultades de las entidades bancarias, pero, por encima de todo, afecta al precio del pedazo de pan que alimenta a duras penas a un pueblo miserable. Es en esta línea de fuego de los mercados mundiales donde el ídolo de cera moldeado por la credulidad de las personas sencillas y la propaganda de las cultas se deshace. Aquí el poder de la política mide su propia impotencia. Solo los grandes acontecimientos —guerras, revoluciones— pueden influir en el juego de las divisas. Las directrices políticas de un determinado régimen tienen en ello un peso completamente insignificante.

Ercole Boratto, al volante, y Quinto Navarra, desde el asiento del copiloto, escuchan las quejas de Su Excelencia Benito Mussolini con el prefecto local, que lo acompaña en una ronda de discursos por las Marcas, acerca del triste destino de la moneda nacional.

A cargo del Ministerio de Hacienda está el conde Volpi, el hombre más hábil que uno podría desear, y sin embargo las maniobras financieras del Estado se muestran inermes frente a la gran especulación internacional... El sistema de pimpampum de vender dólares para comprar liras, y luego revender liras para abastecerse de dólares, no puede durar para siempre... Es un duelo gimnástico entre fuerzas desiguales... Al final, la carcoma roedora de la capacidad de defensa lo devora todo... Y no es que el antifascismo de los exiliados tenga nada que ver... Vamos, ni pensarlo... Las finanzas hacen negocios con todos los regímenes y para ellas no hay ni derechas ni izquierdas... La bandera roja de la revolución ha sido amainada definitivamente... El capitalismo occidentalísimo que siempre se salva a sí mismo a costa de perder el país es el último enemigo que queda por derrotar...

Luego, de repente, el silencio. Tras cruzar un cambio de rasante cerca de un paso a nivel, Mussolini de improviso se queda en silencio. Pero no se ha calmado. No calla para descansar, no dormita. Al contrario. Quinto Navarra, desde el asiento delantero, percibe en él claros signos de desasosiego. Los comentarios del prefecto, quien, por cortesía, trata torpemente de llenar el silencio, caen en el vacío. El Duce no le escucha. Los rasgos de su rostro, vistos en el espejo retrovisor, cambian. Se ponen rígidos, sus labios se comprimen, sus ojos se ensanchan, su mandíbula se contrae. El hombre se animaliza. Está concentrado, alerta, al acecho. Parece haber olisqueado algo en el viento que sopla desde la siguiente curva. No se entrega a la vista. No puede hacerlo porque no conoce estos lugares, no ha merodeado nunca por esta zona, no puede medir las distancias. Sin embargo, intuye algo invisible que lo interpela. No es miedo lo que tiene. Su repentino estado de preparación recuerda más al celo. Todos los músculos del cuerpo listos para el apareamiento.

Un momento después de que Boratto haya tomado la última curva, Quinto Navarra lo comprende todo. Pasada la revuelta aparece el pueblo, el hormigueo de la multitud a la espera. En presencia de la multitud, la crisis de la lira se desvanece de la memoria. Benito Mussolini, tras haber transitado por el estadio animal, se ha convertido en otro hombre.

Por vez primera en la historia del mundo una revolución constructiva como la nuestra logra pacíficamente, en el campo de la producción y del trabajo, el encuadramiento de todas las fuerzas económicas e intelectuales de la nación, orientadas hacia un propósito común [...]. Solo hoy, el pueblo que trabaja en sus distintas actividades y categorías consigue elevarse, en el Estado fascista, a sujeto operativo y consciente de su propio destino. La prueba es decisiva.

Benito Mussolini,
proclama del 20 de mayo de 1926

El régimen fascista, superando en esto, como en cualquier otro campo, los prejuicios del liberalismo, ha repudiado de esta forma el agnosticismo religioso del Estado, encarnado en una separación entre Iglesia y Estado, tan absurda como la separación entre espíritu y materia [...]. Siempre he considerado el desacuerdo entre la Iglesia y el Estado funesto para ambos, e históricamente fatal, en un tiempo más o menos lejano, su reconciliación.

Carta de Benito Mussolini a Alfredo Rocco,
4 de mayo de 1926

Hoy no uso esta palabra porque soy fascista y porque el fascismo, para bien de Italia, es el triunfador. Reclamo para mi propia persona el honor de haber sido en la radiotelegrafía el primer fascista, el primero en reconocer la utilidad de agrupar en un haz los rayos eléctricos, de la misma manera que Su Excelencia Benito

Mussolini reconoció el primero en el ámbito político la necesidad de aunar en el haz de los Fascios las energías sanas del país para la mayor grandeza de Italia.

Guglielmo Marconi, Bolonia, junio de 1926

¡Oh Señor, te agradezco que me hayas hecho nacer italiano, en la tierra donde más resplandece la sonrisa de Tu divina belleza! [...] Aumenta, oh Señor, el poder de nuestro Rey y enriquece con nuevas gemas su corona; vigila y protege la vida de nuestro Duce, y que tu gracia le ayude en las empresas más osadas, para que pueda llevar a cabo la misión que tú le has confiado en el mundo. ¡Así sea!

Olindo Giacobbe, «Oración del pequeño italiano»,
en Vida de Benito Mussolini contada
a los niños de Italia, 1926

Razones ideales para la vida fascista.
De esta manera decide titular Augusto Turati, en el verano de
mil novecientos veintiséis, en sus primeros meses como secretario
del partido, la recopilación de sus discursos, cuya publicación está
prevista para el próximo otoño, en el cuarto aniversario de la marcha sobre Roma.

El encargo con el que Mussolini lo ha encaramado desde las filas
inferiores a la cúspide de la jerarquía fascista es claro: Turati debe
proporcionarle antes que nada un cuadro detallado de los hombres y
mandos fascistas en todo el país, provincia por provincia; luego debe
coordinarlos con el único propósito de imponer la centralización de
todo el poder en el secretariado romano, reduciendo cualquier margen de autonomía; por último, debe depurar las filas expulsando a los
irreductibles, a los malsanos, a los excéntricos. Una reorganización
burocrática que ha de llevarse a cabo con sesgo militar: reconocimiento, contacto, aniquilación. El detalle de que no se trate de enemigos sino de camaradas no cambia nada.

Y, de hecho, Turati, como buen soldado fiel a las órdenes
—«llegado al fascismo casi directamente desde las trincheras»,
como escribirá el propio Mussolini en su prólogo a *Razones ideales
para la vida fascista*— acepta, ejecuta con sencillez, sin discutir, sin
andarse por las ramas o plantear condiciones. «De acuerdo. Sí, señor.» No cabe más respuesta por parte del infante fascista ante el
Jefe. No es casualidad que, desde el Gran Consejo de junio, Turati
haya bautizado las directrices periódicas del secretario a los dirigentes con el nombre de «hojas de órdenes», como los documentos que

contienen las disposiciones de las comandancias militares para sus subalternos.

El saneamiento de las finanzas del partido, la supresión de los periódicos fascistas disidentes, la expulsión de los reluctantes dio comienzo ya esa misma primavera. Pero es en junio, de vuelta a Brescia, entre sus antiguos camaradas de lucha, después de muchos meses de «exilio» romano, cuando Turati desnuda su corazón.

La reunión de los fascistas brescianos se celebra en la piazza della Loggia, en el palacio del mismo nombre, que en el Renacimiento albergaba las audiencias del podestá veneciano y el Consejo ciudadano. Bajo el pesado techo de madera, sostenido por dieciséis columnas que descansan a su vez sobre bases de mármol, según el proyecto de Vanvitelli, se agolpa la multitud. Parece como si toda Brescia hubiera venido a festejar el regreso del ilustre conciudadano. Ilustre y poderoso.

Podría considerarse una apoteosis. Pero para el gusto de Turati es demasiado. Es excesivo. Es sospechoso. A costa de estropear la fiesta, el secretario del Partido Nacional Fascista lo declara abiertamente:

—Vuestra presencia aquí esta tarde, tan numerosos, hace que me surja la duda de que hayáis podido abrir de par en par las puertas de las sedes de barrio, violando esa ley de sana intransigencia que estaba y está en los mandamientos del Duce.

Se ha reabierto la afiliación al partido, eso es cierto, pero el secretario había ordenado que se le diera con la puerta en las narices a los innumerables postulantes, a los oportunistas de último momento, a los eternos intrigantes. Todos ellos tal vez se hagan falsas ilusiones pensando que nada ha cambiado, pero se equivocan:

—Los hombrecillos que todavía hoy cuentan con ganarse un ducado y la corte se darán cuenta de que frente a la gran marcha de todos los italianos no pasan de ser personajes de opereta cómica.

A los camaradas de la primera hora, Augusto Turati les habla con cariño. A la causa ha de servirse con humildad, la batalla política debe ser modesta, paciente, tenaz, la representación se hace en nombre de los humildes y de los oscuros, la fuerza del puño debe ser templada por la de la sonrisa. Sin embargo, a los «hombres de la vigilia» no se les puede mentir, se merecen la máxima franqueza, se merecen las «amargas verdades», los «duros consejos». Solo ellos pueden soportarlos: el partido está repleto de supuestos «intransigentes» que a cada cambio de luna cotorrean que hay que purgar a los especuladores, pero que a menudo empuñan la bandera para esconder mercancías de contrabando:

—Y la ironía atroz radica en el hecho de que aquellos que evocan con gritos más fuertes la pureza son muy a menudo los que más se dedican a hacer magníficos negocios. Tendréis que mirar a vuestro alrededor con atención y ayudarme a realizar aquí antes que en ningún sitio la tarea de la depuración, expulsando a los especuladores y comerciantes de nuestras filas, tal vez con la motivación de que «hablaba demasiado de pureza sin ejercerla».

Los compañeros de Brescia no pueden escuchar esas palabras sin sentir un escalofrío, sin olerse un barrunto de sangre. La alusión a los seguidores de Farinacci, ahora perdedores, pero aún numerosos, despiadados y poderosos, está clara. El ras de Cremona, autoproclamado jefe de los «intransigentes», se ha atrincherado por el momento en su inexpugnable feudo provincial, pero desde allí pergeña una urdimbre de venganza y de redención, entretejida con el hilo tenaz del resentimiento.

Por otro lado, Turati es franco, directo, decidido. Cremona por ahora es inexpugnable, pero su ofensiva curativa, normalizadora, embiste todas las provincias italianas. En Friuli, Moretti, el emisario de Farinacci, es reemplazado. En Parma, Remo Ranieri, oficial del cuerpo armado fascista, expulsado un año antes por Farinacci, es readmitido e incorporado como adjunto al secretario federal Raoul Forti. En Pavía, la purga ni siquiera resulta necesaria: el secretario federal Nicolato, antiguo seguidor de Farinacci, cambia de bando y se somete a Turati. La batalla decisiva, con todo, se libra en Milán. En la cuna del fascismo y capital industrial de Italia, Farinacci había impuesto al principio a uno de sus más leales colaboradores, para acabar haciéndose cargo personalmente más tarde de la guía de la federación a través de un regente. Turati, con tal de contener las injerencias de Farinacci, toma como objetivo a Mario Giampaoli, el secretario del Fascio de la ciudad. Giampaoli, voluntario en los Osados, *sansepolcrista,*[*] organizador de las primeras

---

[*] Participante en la reunión celebrada el 23 de marzo de 1919 en Milán, en piazza del Santo Sepolcro, de la que surgió el Fascio de Combate italiano. *(N. del T.)*

escuadras en mil novecientos diecinueve, carga también sin embargo con condenas por delitos comunes y es un notorio proxeneta y garitero. Su carisma de fascista «de izquierdas», próximo a las clases populares, incluso al proletariado obrero, se alimenta de una mixtura viscosa y grasienta obtenida al mezclar savia, vino, veneno y alpechín, se sustenta en un séquito de hombres armados a caballo entre el extremismo político y el hampa común. Hasta su propia compañera, que luego tomó como esposa, es una antigua prostituta. Así son las cosas: incluso a las razones ideales les hacen falta sus sicarios y matones. ¿Acaso no es la revolución, desde siempre, una idea encaramada sobre las puntas afiladas de las picas?

Pero la vieja espina de la violencia no se la quita uno fácilmente, ni siquiera con más violencia. Por más que Farinacci también esté siendo objeto de ataques a causa de la quiebra del Banco Agrícola de Parma, en la que están escandalosamente involucrados algunos de sus más leales secuaces, el «moralizador», al borde del abismo en el que se precipita quien pasa de depurador a depurado, no se rinde. Desde las páginas de su periódico despotrica contra «los cobardes de ayer convertidos en los leones de hoy», desde su fortín suelta a sus mastines por toda Italia para provocar incidentes y, sobre todo, escribe melodramáticas cartas a Mussolini en las que mezcla una estentórea victimización con veladas amenazas. Se queja de la ingratitud de los hombres, reivindica sus méritos como «perro fiel siempre dispuesto a defender a su amo de las emboscadas», se proclama objetivo de un intento de «asesinato moral». Desde Roma el «amo» le replica de inmediato, molesto y brutal: «Déjate ya de hacerte pasar por un antipapa y obedece a Turati».

Turati, mientras tanto, pese a evitar el tiro de gracia que tal vez tenga al alcance de la mano, ya sea porque su adversario sigue siendo aún muy poderoso, ya sea porque su habitual elegancia se lo prohíbe, continúa llevando a cabo, con disciplina, con método, la operación de limpieza que le ha encomendado el Duce. Solo en los primeros meses de su secretaría hace expulsar de las filas del partido a 7.400 militantes y a un millar de dirigentes, entre los que se incluyen cinco diputados. Casi todos son viejos escuadristas y casi todos partidarios de Farinacci. En las «hojas de órdenes», publicadas repetidamente, con la cadencia de una ametralladora, pueden leerse las razones: casi siempre «indignidad moral o política», a menudo «indisciplina», a veces «delitos comunes».

Pese a todo, un plumazo en una lista, por muy decidido que sea, no basta nunca para borrar a los hombres de la violencia. Para ellos un punteado no es suficiente. En Florencia, al igual que en Génova, al igual que en Udine, el tumulto de los seguidores de Farinacci no cesa. Marchan, protagonizan enfrentamientos y cantan: «¡Nada de orden, ni pleitesía, carnicería!». Lo cantan, con feroz ironía, al compás del himno comunista *Bandiera rossa*. Les costará la expulsión, el cese, en algunos casos incluso el ser detenidos. Y sin embargo no se silencia el ruido sordo e incesante de la batalla. Se amortigua una octava. El aullido se atenúa en un gruñido. Pero no se acalla.

A veces hay que interrumpir la batalla de las armas con algún detalle de cortesía y serenidad [...]. Es necesario que experimentéis no solo la fuerza del puño, sino la fuerza de la sonrisa.

Augusto Turati, discurso ante el Fascio de Brescia,
8 de junio de 1926

Mientras mis adversarios en el fascismo sean Federzoni, Balbo, Barattolo, Scarfoglio, Suckert, Bottai y otros, la cosa no me afecta en exceso, dado que siempre he hecho gala de confianza en mi rectitud moral y política así como en el tiempo, que, conmigo, ha demostrado su caballerosidad en repetidas ocasiones. ¡Pero cuando vengo a saber que el hombre que quiere asesinarme moral y políticamente es Benito Mussolini, la cosa me parece tan enorme y seria como para desgarrar mi alma de dolor! No tienes nada que reprocharme, nada, te lo aseguro. He dado sobrada prueba de ello en momentos extremadamente delicados y peligrosos, para ti y para el Régimen [...]. Los temerosos, los infieles y los oportunistas del fascismo se alinearon contra mí; entonces fueron derrotados. Hoy vuelven a salir a escena solo para vengarse de mí, y la fatalidad quiere que tú, sin saberlo, te prestes a su juego.

Carta de Roberto Farinacci a Benito Mussolini,
8 de julio de 1926

Querido Farinacci, a tu carta-desahogo te respondo muy breve y sencillamente cuanto sigue:
a) No es cierto que yo quiera asesinarte moral y políticamente.

Si acaso, lo cierto es lo contrario. Desde hace tres meses hago todo lo posible por salvarte política y moralmente. [...]

c) No hay tal negra ingratitud ni hacia ti ni hacia nadie; ni hoy, ni en el segundo semestre de mil novecientos veinticuatro, ni nunca. Puede ser que yo le deba algo a alguien, a ti incluido; pero los demás me debéis una gratitud infinita, tú incluido. Soy de lejos el acreedor de todos, indiscutiblemente [...]. Una vez más, y es la última, te lo repito: obedece a Turati, renuncia a esos aires de antipapa que espera o hace creer que espera su hora; reconcíliate con Federzoni [...], reconcíliate con Balbo [...]. Y, sobre todo, evita la masonería. La atmósfera se aclarará; el porvenir se abrirá para ti y tus adversarios no tendrán la alegría de verte desterrado de la vida política. Recuerda que todo el que sale del partido decae y muere.

Atentamente.

Carta de Benito Mussolini a Roberto Farinacci,
10 de julio de 1926

Que en esa pandilla estén involucrados o sean partícipes amigos tuyos no cabe descartarlo; quién entre nosotros no tiene amigos de los que ignora ciertos aspectos de su actividad; una vez que se desata el ciclón es cuando nos percatamos de que sobre ellos sabíamos muy poco.

Carta del abogado Ezio Maria Gray a Roberto Farinacci
en la que sugiere una línea defensiva frente al escándalo
por la quiebra del Banco Agrícola de Parma,
16 de julio de 1926

Benito Mussolini
Pesaro, 18 de agosto de 1926

La lira. Todo depende de ese vil trozo de papel moneda, de esta insustancial abstracción expuesta a la más mínima turbulencia, a las fluctuaciones del mercado, a los caprichos de los magnates, a las sugerencias de los neurasténicos, a las especulaciones de los codiciosos, al desaliento de los timoratos, a las terribles ansiedades y a los pingües dividendos de los saciados. Ya puedes erigir una soberbia catedral de obras legislativas y económicas con el ingenio de los sabios y la fuerza motriz de millones de brazos, con la doctrina de Rocco y con generaciones de espaldas rotas; ya puedes proyectar un Estado, espabilar a una nación, enardecer a un pueblo que luego, al final, todo depende de la cantidad con la que mañana, en el mercado de Londres, un centenar de hombres ataviados con sus trajes grises, heredados de sus difuntos padres, cambien la lira por la libra. Al final, todo depende del dinero, la puta universal.

Pero él se ha educado en la escuela del hambre, él se ha criado con las esperanzas de los desheredados, él, por lo tanto, no admitirá que el régimen fascista pueda ser derrotado por los juegos de las finanzas. Y así lo escribió a las claras en una carta de quince páginas, mandada a Giuseppe Volpi, su ministro, el 8 de agosto: el destino del régimen está ligado al destino de la lira. Todo el mundo está convencido de ello. Los timoratos burgueses filisteos, los inconsolables moderados de la Asociación de Industriales que añoran el poder absoluto de los amos, los ladinos simpatizantes que aguardan, agazapados a la sombra de sus privilegios, el resultado de una batalla de la que saldrán idénticos a sí mismos, sea que se gane, sea que se pierda. Y también los últimos abiertos opositores están convencidos de ello, sin más opción que fantasear con horóscopos funestos, que han llegado incluso, en una reciente publicación, a establecer en mil novecientos veintisiete la fecha en la que, a causa de la crisis económica, «el espinazo del régimen fascista se quebrará». Por lo tanto, es necesario considerar la batalla de la lira como absolutamente decisiva. No queda otra que ganarla, barrer de un soplido todo el polvo del viejo mundo no fascista, a costa de llegar a puerto solos y por sí solos. El capitalismo, a estas alturas, es el último enemigo. No queda otra que vencerlo antes de que sus ejércitos de fantasmas, sus bancos, sus fondos secretos, sus descarados atracos desangren Italia. No queda otra que medirles las costillas a esos perros.

Giuseppe Volpi, conde de Misurata, se declara completamente de acuerdo con él. Este hombre que, tras abandonar su casa familiar en la esquina del canal en Campo dei Frari, ha amasado una inmensa fortuna tejiendo relaciones comerciales con políticos húngaros, soberanos balcánicos, especuladores turcos, jefes tribales libios, este hombre que ha financiado carreteras, sociedades eléctricas y mineras, que ha inventado al mismo tiempo la industria pesada en Porto Marghera y las vacaciones de lujo en el hotel Excelsior del Lido de Venecia. Este hombre que sonríe con socarronería cuando lo llaman «el último dux» y esconde bajo su sonrisa la melancolía de una ciudad cuya misteriosa fuerza hunde sus raíces desde hace siglos en miles de palafitos clavados en el lodo de una laguna.

Volpi ha guiado la batalla en favor de la lira desde el Instituto Nacional de Tipos de Cambio, ha saneado los presupuestos del Estado, ha defendido la producción industrial y ha apoyado también las medidas extraordinarias que prohíben la construcción de viviendas de lujo, la apertura de nuevos bares, cafeterías, casas de comidas, pastelerías, ha limitado por ley el número de páginas en los periódicos, ha adoptado una mezcla de gasolina y alcohol para motores de combustión interna y ha impuesto incluso la adopción de un tipo de pan único, con una tasa de tamización del ochenta al ochenta y cinco por ciento.

Y, sin embargo, todo esto no ha sido suficiente. La lira sigue devaluándose. La balanza comercial sigue siendo deficitaria. Italia debe importar a precios elevados materias primas y combustibles para alimentar su propia industria y toneladas de cereales para dar de comer a su propio pueblo y, de esta manera, el desequilibrio entre los precios pagados y los ingresos continúa siendo grave, los precios al por mayor no dejan de aumentar, la tendencia inflacionaria se reanuda, la gente sigue sufriendo aún su hambre ancestral. Incluso bajo el nuevo, revolucionario y soberano régimen fascista.

Esta es la situación cuando Benito Mussolini, tras interrumpir sus vacaciones familiares en Riccione, procedente de Cagli, donde ha pasado revista al 158.º regimiento de infantería, llega a Pesaro la mañana del 18 de agosto de 1926. El protocolo, asumiendo que haya un protocolo, no prevé siquiera una parada, tan solo un tránsito con saludo romano a la ciudadanía a bordo del coche presidencial, conducido, como de costumbre, por Ercole Boratto. La ciudad de Pesaro, sin embargo, es un completo tumulto, la multitud congestiona la piazza Vittorio Emanuele obligando al coche a detenerse, el Duce se ve prácticamente succionado hacia el balcón del Edificio de Correos por una corriente ascendente de entusiasmo popular. Hay un teatro —la ciudad entera se ha vuelto teatro— y, por lo tanto, hay que pisar el escenario.

El presidente del Gobierno va vestido de forma descuidada, en mangas de camisa, con una gorra en la cabeza para protegerse del sol, como un italiano cualquiera de vacaciones, pero esta modestia escenográfica no supone un obstáculo, sino al contrario, aumenta la sensación de que es la multitud, y no él, la protagonista de la representación.

Mussolini arranca con frases de circunstancias, habla sin haber preparado nada, improvisa, teje un elogio de las virtudes de la disciplina y de la modestia de los lugareños. Continúa con una invectiva igualmente ritual contra los opositores —«fuegos fatuos», los rebautiza— y con una exaltación no menos consabida del fascismo que «no es solamente un partido sino un régimen, no es solamente un régimen, sino una fe».

Hasta ahora se limita al oficio, al cañamazo, a la perorata de costumbre.

Después, sin embargo, el orador guarda silencio, toma aliento, gira la cabeza y el cuello como un boxeador que quiere estirar los músculos antes de lanzarse al jaleo. Luego, como en un arrebato de inspiración repentina, anuncia que está a punto de hacer una declaración política de enorme importancia. Y no hay por qué sorprenderse: no es la primera vez que comunica sus decisiones políticas directamente al pueblo, sin la mediación del aparato oficial. Hay que creerlo siempre, pero sobre todo «cuando habla al pueblo italiano mirándolo a los ojos y escuchando los latidos de su enorme corazón». Su decisión es esta: nunca infligirá a ese «maravilloso pueblo italiano, que desde hace cuatro años ha estado trabajando con ascética disciplina [...], el ultraje moral y la catástrofe económica de la quiebra de la lira».

En la piazza Vittorio Emanuele los habitantes de Pesaro contienen la respiración. Sienten que el momento memorable está a punto de planear sobre ellos. Y ese momento llega. Desde el balcón del Edificio de Correos el Duce del fascismo estalla en un grito bárbaro y liberador:

—Quiero deciros que defenderé la lira italiana hasta el último aliento, ¡hasta la última gota de sangre!

Eso es. La palabra ha sido pronunciada, la promesa ha sido anunciada, el pacto —pacto de sangre— ha sido firmado. El hombre se ha arrojado a sí mismo, su cuerpo bronceado por el sol de Riccione, su libra de carne plebeya en la balanza despiadada del mercado de Londres. Benito Mussolini ha comprometido su propio destino en el mostrador de cambios. Los títulos accionarios de un pueblo no se cuentan, se pesan, las fluctuaciones monetarias no prevalecerán, los manipuladores de divisas nos provocan náuseas, el hombre económico no existe, solo quedan los hombres de carne y hueso, que trabajan, que comen, que aman y rezan. Las leyes de la economía internacional no cuentan, solo cuenta la voluntad de los pueblos, su ardor, la ultranza.

En Pesaro la multitud entra en frenesí, desde la plaza se elevan aplausos delirantes, voces de exaltación. Como veteranos de antiguas legiones ante su nuevo emperador, los ciudadanos de esta anónima provincia en pleno bochorno agosteño confieren un poder surgido desde abajo, desde la plaza, por aclamación, al hombre del balcón. Luego el Duce pregunta a la muchedumbre si está dispuesta a hacer los necesarios sacrificios. La multitud grita repetidamente: «¡Sí!». El dictador agradece el asentimiento de sus súbditos como un juramento solemne. Por último, desciende entre ellos, sin escolta, sin precauciones, sin pudor. Cientos de manos lo rozan, lo palpan, lo acarician. Intocable.

En ese mismo instante, síntoma de una época de enorme histeria colectiva, índice de una economía volátil, hecha de expectativas y de anuncios, cual sello de una modernidad que se desliza por las supersticiones atávicas del pensamiento mágico, como efecto de las meras palabras pronunciadas por Benito Mussolini en la plaza de Pesaro, en el mercado cambiario de Londres la lira empieza a apreciarse ante la libra esterlina. Sube, y luego sigue subiendo y sigue...

No cabe duda de que el país seguirá al Jefe del Gobierno, cuya decisión e insuperable intuición conoce bien, también en esta batalla, que será amarga y estará erizada de dificultades, pero no cabe duda en ningún caso de que el plano inclinado en el que nos hallamos, de no haber estado allí el punto de parada marcado por el presidente del Gobierno en Pesaro, nos habría llevado insensiblemente hacia abajo sin que se viera ningún final y con la amenaza del abismo.

Giuseppe Volpi, intervención en el Consejo de Ministros
de 31 de agosto de 1926

La lira es una verdadera obsesión para mí.

Carta de Benito Mussolini a Gabriele D'Annunzio,
29 de agosto de 1926

Quinto Navarra
Roma, 11 de septiembre de 1926

Como todas las mañanas a las diez en punto, el coche presidencial recorre via Nomentana procedente de Villa Torlonia —donde Benito Mussolini ha trasladado ya su residencia casi de forma permanente— y se dirige al Palacio Chigi, donde el jefe de Gobierno tiene su despacho. El Lancia Lambda Coupé de Ville es un vehículo de lujo, concebido para enfatizar la diferencia de rango entre los pasajeros, cómodamente alojados en el habitáculo trasero del sedán, y el personal de servicio, situado en la zona delantera, carente de techo y de ventanas laterales. En estos asientos expuestos a la intemperie se sientan el chófer, Ercole Boratto, y a su derecha, Quinto Navarra.

Pero esta mañana de principios de septiembre el clima en Roma sigue siendo veraniego. Hace calor. La mampara entre los pasajeros y el conductor ha sido desmontada y las ventanillas del habitáculo están bajadas. La brisa de poniente susurra entre las páginas de los periódicos, en cuya lectura está inmerso el Duce, como siempre, durante el trayecto entre su casa y el despacho. Decenas de agentes del equipo presidencial le dan la réplica, esparcidos en bancos y mesas de bar a lo largo del recorrido habitual, concentrados en fingir que leen la prensa.

Mussolini, sin embargo, no está fingiendo. Reza con devoción su laica plegaria matutina al dios de la información. Ayer, por primera vez desde el fin de la Guerra Mundial, resonó el idioma alemán en el salón de Ginebra que albergaba a los delegados de cincuenta países reunidos en nombre de los sublimes ideales de universalidad y fraternidad entre los pueblos. Después de ocho años, el agresor alemán ha sido admitido en la Asamblea de la Sociedad de Naciones, que debe garantizar al mundo un siglo de paz y prosperidad. Las palabras de su representante, el canciller Stresemann, aún más nítidas gracias a las ondas de radio y a los cristales transmisores, resuenan en toda Alemania. La mayoría de la población, hostil a la paz de los vencedores e instigada por los partidos de derecha, ha vivido momentos de orgullo al escuchar su propia lengua gutural y cortante resonando desde Ginebra. Benito Mussolini, al llegar a Porta Pia, con la cabeza gacha, el papel entintado sobre las rodillas, se esfuerza por adivinar el futuro del continente entre las líneas de los informes de Berlín. Nada pudo distraerlo.

El ruido sordo producido por la colisión de un objeto contra la carrocería es, sin embargo, violento. Algo ha golpeado el perfil del techo justo en el lado del pasajero. El presidente del Gobierno ahora ya no lee.

—Un pedrusco. Me han tirado un pedrusco.

Navarra y Boratto, que ha frenado instintivamente, se vuelven para seguir la trayectoria del misil. Como cualquier varón que ha cumplido su servicio militar, ambos reconocen la inconfundible silueta en forma de limón, estriada como un caparazón de tortuga, de una bomba Sipe. Salido del quiosco de prensa a la entrada de la explanada de Porta Pia, a la sombra del monumento al soldado de infantería, hay un hombre con el brazo levantado. Parece casi como si estuviera rindiendo homenaje al Duce con el saludo romano.

—¡No, Duce! ¡No es una piedra, es una bomba!

—¡Esto es un atentado!

—¡Vamos, vamos!

Boratto acelera. Las palabras de Mussolini se pierden en el fragor de la detonación. El Lancia Lambda, propulsado por su motor de cuatro cilindros, sin embargo, ya está fuera del radio de la explosión. En su estela, se entrevén apenas algunos transeúntes abatidos por las esquirlas, cristales rotos y el quiosco de prensa destrozado. El conductor, recuperado de la sorpresa, se desvía con mucha sangre fría de la ruta habitual y llega al Palacio Chigi a toda velocidad pasando por la piazza del Popolo en lugar de tomar via XX Settembre. Allí, ya a salvo, Mussolini encuentra esperándolo a Emilio De Bono —el viejo general, antiguo cuadrunviro de la marcha sobre

Roma y ahora gobernador de Tripolitania— al que acompaña Elena de Saboya, duquesa de Aosta, que se distinguió por su valentía como enfermera en las trincheras de la Gran Guerra.

Mussolini, aparentemente no perturbado en absoluto, le informa del atentado hablando despacio, como para estudiar el efecto de sus propias palabras:

—En Porta Pia acaban de tirarme una bomba.

A la noble dama que —altísima, los sobrepuja a todos por una cabeza al menos— se felicita por haberse librado del peligro, el Duce responde con cortés bravuconería:

—No había necesidad de preocuparse. Aunque la bomba hubiera entrado en el vehículo, como viejo soldado que soy, habría podido volver a lanzarla fuera, contra el agresor.

Mientras tanto, en el patio, un corrillo de curiosos se apiña ya alrededor del Lancia Lambda. Boratto, con la altivez de los supervivientes, señala el punto de impacto: una mancha de pintura desconchada, claramente visible en el chasis del habitáculo, justo al lado de la ventanilla. Ha faltado un pelo para que el viejo soldado haya quedado hecho papilla. Pero la raya entre la vida y la muerte, ya se sabe, es a veces cuestión de centímetros. De nada sirve atormentarse en exceso. Más sabio es oponer al destino la mueca burlona de la habitual fanfarronería. Quinto Navarra podrá, de esta manera, dar testimonio de que vio a Emilio De Bono escenificar un teatral arrebato de ira. El anciano general en la reserva, que se despide con un marcial golpe de tacón proclamando: «¡Voy a ahorcar con mis propias manos al agresor!».

El agresor, en cambio, enarbola la terrible seriedad de esas vidas desesperadas que culminan en misiones suicidas. Gino Lucetti, veintiséis años, de Avenza, provincia de Carrara —cuna de anarquistas—, libertario por vocación y cantero de mármol por oficio, localizado en el lugar de los hechos en posesión de un revólver cuyas balas ha mellado para aumentar su efecto letal. Atrapado de inmediato por los agentes de escolta, arrastrado bajo los soportales del Banco Comercial, desarmado a son de puñetazos en la cara por más que no haya opuesto resistencia al arresto, Lucetti es conducido a la jefatura de policía de la piazza del Collegio Romano, declara con orgullo su culpabilidad y reivindica su historia de miseria y conspiración. Explica que fue madurando su conciencia antifascista y, al mismo tiempo, aprendió el uso de explosivos, después de ser llamado a las armas. Nacido con el siglo, alistado a los dieciocho años en las secciones de asalto, con el conflicto casi finalizado, se dedicó al desminado en la meseta de Asiago, horadado por los desechos letales de la guerra total. De regreso a casa, tras unirse a los anarquistas individualistas, conoció el terrible oficio del *lizzatore*. Junto con sus compañeros de fe política, el joven veterano transportó durante años, a fuerza de brazos, desde la montaña a Marina di Carrara, en la costa, bloques de mármol de cincuenta toneladas por caminos de *lizza,* planchas de madera apoyadas sobre vigas enjabonadas y refrenadas tan solo mediante cuerdas. Un trabajo propio de esclavos. Realizado por cuadrillas de compañeros —en número de trece por superstición— unidos por la solidaridad del peligro, por el cansancio animal y por el espejismo rabioso de una vida mejor.

Después, un día, tras un tiroteo con dos escuadristas locales, Lucetti cuenta que se embarcó para Francia, tierra de exiliados, en uno de esos mismos veleros de mármol que había abastecido durante años. Allí el fugitivo, entre las calles y los bares de la vieja Niza, desprovisto de documentos, de dinero, desprovisto de todo, entre los vapores de la absenta y los retratos de Mussolini echados a perder a fuerza de esputos, empezó a acunar el sueño de una némesis a base de bombas o pistolas. Una corte de milagros de la emigración pobre, comunistas, anarquistas, revolucionarios, marginados, apaleados, exiliados, hombres que engañaban el hambre frente a barras de míseras vinaterías, entre invertidos, ladrones y putas, en una repulsiva, y sublime a la vez, mezcla de cogorzas, veleidades redentoras, idealismos desesperados y una crónica, feroz indigencia. Esos desvaríos de borrachos en las tabernas de Niza, y no las doctas discusiones de la Concentración Antifascista de París, fueron su escuela política. Desde esos miserables callejones ve una y otra vez las fotos y las películas del Istituto Luce de Mussolini montando a caballo en Villa Borghese, conduciendo una motocicleta o un automóvil que corre por carreteras sin vigilancia, zambulléndose en el mar en playas atiborradas de bañistas en adoración. Allí el humillado, el ofendido, la víctima de la injusticia soñó, decidió y planeó matar. El resto es solo una historia superflua de un debatirse en solitario en tormentosos acechos, en peregrinaciones nocturnas por las calles de la ciudad desierta, en decenas de vermús engullidos en el bar de la esquina entre via Nomentana y la explanada de Porta Pia mientras espera dar el salto mortal en la oscuridad.

Gino Lucetti no aduce excusas, no busca atenuantes, no se arrepiente y no se retracta, pero ante la policía que, desde el primer interrogatorio, intenta sacarle la confesión de un complot, que detiene a su hermano, a su hermana, a su madre, a sus viejos compañeros de Carrara, opone una firme negativa a denunciar cómplices. No tiene coartadas que presentar, solo justificaciones. Alguien tenía que vengar a los muchos muertos de la brutalidad fascista, y ese alguien era él. No ha dicho una sola palabra de sus intenciones a nadie, por prudencia, y porque él, Gino Lucetti, es un anarquista individualista. Que caiga sobre su cuello el hacha de la dictadura, pero solo sobre el suyo:

«No vine con un ramo de flores para Mussolini. Traje una bomba y una pistola. Y me habría servido de esta de no haber logrado mi propósito con la bomba.»

Eso y nada más declara Gino Lucetti a los policías de la jefatura de policía romana.

Benito Mussolini, el enemigo, ha sobrevivido en apenas diez meses ya a tres atentados, incluido este último. No falta ya quien se atreva a sugerir que lo que protege al tirano es la mano providencial de un poder superior al de los mortales. Pero para hombres como Lucetti, la cuestión del final no se plantea, no requiere ningún juicio suplementario. Su convicción, inquebrantable, se fue formando en años de brutal trabajo a lo largo de los caminos del mármol, y le fue confirmada más tarde, entre marineros, aventureros y prostitutas, en las tabernas del casco antiguo. Durante la inspección corporal, los inspectores de la policía científica, en la piel quemada por colillas de cigarrillo, descifraron el tatuaje con el lema de la nada anarquista: *«Vive la Mort!»*.

Esta mañana a las diez salí como de costumbre de Villa Torlonia para dirigirme al Palacio Chigi. Al llegar a las proximidades de Porta Pia, no muy lejos del quiosco, escuché un fuerte golpe en el techo de mi coche que está cubierto. Interpreté al principio que era un gran pedrusco, pero después de recorrer unos metros oí la explosión atronadora de una bomba que reconocí como una Sipe. Vi caer a una persona mientras los agentes de escolta se precipitaban hacia el agresor. Yo proseguí ileso hacia el Palacio Chigi. El agresor me es totalmente desconocido.

Benito Mussolini, declaración al juez de instrucción,
11 de septiembre de 1926

Dios te asiste y espero que también quiera iluminarte e iluminar a los que están a cargo de la vigilancia de tu muy preciada vida [...]. Si se me permitiera expresar mis pensamientos sobre el momento político actual, me gustaría decirte que dentro de unos días sería conveniente que te hicieras cargo del Ministerio del Interior. Quiero y respeto a Federzoni, lo considero hombre fiel y devoto. Pero, a estas alturas, para poner en su sitio a una serie de personas detestables, fascistas rebeldes con una mentalidad facciosa e irreductible, se hace necesaria tu autoridad.

Carta a Benito Mussolini de su hermano Arnaldo,
15 de septiembre de 1926

El Excmo. Sr. Mussolini se ha granjeado ya la legendaria fama de un hombre contra el que resulta inútil atentar
porque evidentemente se halla protegido por la Providencia.

Comunicado de Reuters, agencia de noticias británica,
12 de septiembre de 1926

Arturo Bocchini, Augusto Turati
Septiembre-octubre de 1926

Arturo Bocchini es el jefe superior de policía.

Arturo Bocchini es el jefe superior de policía y Giuseppe Donati, Alceste De Ambris y Gaetano Salvemini han dejado de ser ciudadanos italianos. El exprefecto de Génova toma posesión del cargo a mediados de septiembre, reemplazando a Francesco Crispo Moncada, responsable de no haber sabido evitar el tercer atentado contra Mussolini. Pocos días más tarde, el 30 de septiembre de mil novecientos veintiséis, sobre una docena de antifascistas recae una terrible disposición, promulgada por Víctor Manuel III por voluntad del propio Mussolini. Donati —periodista católico, uno de los principales animadores del Aventino, el hombre que denunció a De Bono por complicidad en el caso Matteotti—, De Ambris —legendario líder sindical, promotor de la Liga Italiana en pro de los Derechos Humanos, redactor de la Carta de Carnaro para D'Annunzio en Fiume— y Salvemini —diputado, historiador eminente especialista en cuestiones meridionales, catedrático de Historia en la Universidad de Messina con solo veintiocho años— junto con una docena de otros exiliados, quedan privados por real decreto de la ciudadanía del país en el que nacieron y sometidos a la confiscación de todos sus bienes. Una suerte de edicto medieval que insulta las leyes del mundo moderno.

La concomitancia entre ambos acontecimientos, sin embargo, no es casual. Arturo Bocchini lo entiende perfectamente. Al elevarlo a la cima del aparato policial, el Duce le ha asignado tres tareas: proteger su incolumidad personal, mantener el orden público y aplastar a los disidentes. Tres tareas que, en verdad, son una sola. De hecho, ya no existen los tiempos en los que garantizar la seguridad pública significaba «vigilar a los ociosos, a los vagabundos, a los mendigos, a las mujeres de mala reputación, a los jugadores reincidentes o bien buscar a criminales de toda laya [...], acudir a los incendios y a otros acontecimientos semejantes». Ahora es la policía, y no solo ya el ejército, la que, al mantener el orden establecido, debe contribuir a la defensa del Estado. Porque el Estado, ahora, es el Estado fascista. La clase política de la época liberal no se preocupaba por educar políticamente al electorado. Con el clientelismo le bastaba. Sí, desde luego, se vigilaba a los partidos, la prensa, y en ocasiones se disparaba incluso contra la multitud, pero eran, a fin de cuentas, medidas excepcionales. Correazos en las posaderas del hijo rebelde. De ahora en adelante, en cambio, la represión debe ser sistemática, generalizada, preventiva. ¿Represión de quién? De cualquiera que esté en contra del fascismo, obviamente. Para ser calificado como «subversivo» ya no será necesario lanzar una bomba contra el rey, bastará con estar en desacuerdo con Benito Mussolini. Además, cualquier «sospechoso en ámbito político» se convertirá en un criminal en potencia, si no ya en acto. Defender el Estado equivaldrá a proteger a Mussolini y proteger a Mussolini implicará la aniquilación de toda disidencia. Empezando por la colonia de exiliados que se han refugiado en Francia.

La ecuación es elemental, nítida, exponencial. Su resultado dice que el cuerpo de policía, del que Arturo Bocchini de San Giorgio la Montagna será en adelante el cerebro, crecerá a desmesura, gigantesco, monstruoso, colosal, hasta cubrir, por importancia y extensión, el cuerpo entero de la nación.

Esta exaltante perspectiva choca, sin embargo, como sucede a menudo, contra una realidad mezquina. Métodos anticuados, recursos escasos, funcionarios poco formados, mal pagados, ignorantes, groseros, provincianos, una organización inerte, confusamente paquidérmica, un bubón supurante que debe ser profundamente incidido. Esta es la policía heredada del Estado liberal. Pero Arturo Bocchini no se desalienta. Las noches, es cierto, las dedica al ocio, a las mujeres hermosas, a los restaurantes, pero durante el día trabaja como un mulo, conoce profundamente el sistema y, además, tiene una memoria prodigiosa, nunca olvida un nombre, un rostro, un expediente, un episodio comprometedor. Y, sobre todo, nunca olvida un vicio.

De esta manera, Bocchini emprende la necesaria reforma policial del Estado fascista desde sus mismas raíces. Inunda las oficinas romanas con personal de la provincia de Benevento —todos ellos hombres fiables y devotos porque le deben sus nuevos privilegios— y traslada, ascendiéndolos con grandes saltos en su carrera, a sujetos como el contable-espía Ernesto Gulì, un simple funcionario de nivel B en la prefectura de Brescia, tras haber apreciado sus cualidades de asfixiante sabueso de proscritos y disidentes. Y además están los exiliados antifascistas que, con su mezcla de furiosa desesperación, heroicos furores y cotidianas miserias, le facilitan la tarea. Gente como Carlo Emilio Bazzi, masón, republicano, miembro de la patrulla aérea de D'Annunzio durante la Gran Guerra, amigo personal de Mussolini que más tarde se pasó a la oposición y ahora vive expatriado en Francia. Un hombre encolerizado contra todos y contra todo, que oscila entre la más feroz oposición personalista al dictador y la pronta propensión a actitudes de compromiso. O gente como Tommaso Beltrani, jefe de los escuadristas de Ferrara, legionario de Fiume, cocainómano, aventurero, perro guardián de Balbo que se revolvió para morder la mano de su amo y, ahora, echando espuma de rabia en su exilio parisino, es presa fácil de agentes dobles fascistas. O también, por último, verdaderos infames, chaqueteros y traidores de amigos como Vittorio Ambrosini, elemento destacado del antifascismo hasta mil novecientos veinticuatro, terrorista, refugiado político, anarquista insurrecto durante el «bienio rojo» y, en los últimos tiempos, dispuesto a actuar como agente provocador de la policía fascista en medio de la crisis del caso Matteotti. O como el antiguo diputado socialista Giuseppe Mingrino, expulsado del partido por un escándalo de cocaína y encubrimiento que, después de haber sido desacreditado por sus compañeros, se ofrece para conspirar a sueldo de la policía fascista hasta el extremo de agredirlos en las calles de París, arrastrándolos a peleas con el fin de que el descrédito recaiga sobre ellos. Tendencias conspirativas, placeres turbios del espía, sórdidos tejemanejes, criminales enloquecidos sin alma y sin honor. Todo ello material excelente, y a precio de saldo, para la difícil, pero no imposible, tarea de Arturo Bocchini, nuevo jefe superior de policía.

Y además un poco de suerte se necesita también. Y a Arturo Bocchini, tal vez por ser tan amante de los placeres de la vida, la suerte nunca le falta. Solo un par de semanas después de ocupar el cargo es él quien cosecha los frutos de una larga maquinación de espionaje destinada a desacreditar a los exiliados promoviendo, a través de infiltrados, grotescas iniciativas insurreccionales. Durante aproximadamente un año, en efecto, la policía política fascista ha estado financiando en secreto a Ricciotti Garibaldi, nieto de Giuseppe, quien, endeudado por cientos de miles de francos con los exiliados italianos a los que ha arrancado suscripciones antifascistas, dispuesto a arañar dinero siempre que sea posible, también ha aceptado copiosas subvenciones de los emisarios de Mussolini para promover una falsa expedición armada que pretende derrocar al régimen. Cuando al final el mecanismo de relojería estalla sobre la cabeza del jefe de la Vanguardia Garibaldina, la documentación incautada contiene recibos de subvenciones pagadas por agentes dobles por valor de nada menos que 645.000 liras. Desenmascarado, encarcelado, el nieto del héroe de los dos mundos debe reconocerse como corrupto y traidor.

De esta manera, favorecido por su excesiva familiaridad con la sordidez de hombres caídos en desgracia, Arturo Bocchini, perfectamente consciente de que al Jefe le provocan un placer infinito las desventuras de sus antiguos camaradas de lucha revolucionaria, ahora refugiados en Francia, consigue hacer un grandioso debut en la cúspide de la policía fascista. A las nueve en punto le aguarda su cita diaria con el Duce en el Palacio Chigi; Bocchini lleva bajo el brazo el portafolio de cuero negro en el que están escrupulosamente anotadas, con toda profusión de detalles infamantes, vertiginosas listas de bajezas, ingenuidades y traiciones.

Pretendemos ser amigos sinceros de Francia, pero si a Francia le interesa la amistad sincera del sobresaliente pueblo italiano, debe modificar su línea de conducta. Se trata de proscribir a una veintena de auténticos sinvergüenzas, chantajistas y ladrones.

Hoja de órdenes del PNF, 15 de septiembre de 1926

Imposición de la pérdida de la ciudadanía italiana con confiscación de bienes a Emilio Carlo Bazzi [...], a Ettore Cuzzani [...], a Alceste De Ambri [...], a Giuseppe Donati [...], a Arturo Giuseppe Fasciolo, también llamado Benedetto [...], al abogado Francesco Frola [...], a Giulio Armando Grimaldi [...], a Adelmo Pedrini [...], a Mario Pistocchi [...], a Massimo Rocca [...], a Cesare Rossi [...], a Aldo Salerno [...], al profesor Gaetano Salvemini [...], a Francesco Scozzese-Ciccotti [...], a Ubaldo Triaca.

Real Decreto del 30 de septiembre de 1926, n.º 1741-1755

Augusto Turati
Roma, 7-8 de octubre de 1926
Septuagésimo tercera y septuagésimo cuarta reunión
del Gran Consejo del Fascismo

Nobleza del alma. Esta es la idea que emana del cuerpo enjuto de Augusto Turati cuando en la tarde del 7 de octubre de mil novecientos veintiséis se pone de pie frente a todos los próceres del Partido Nacional Fascista, reunidos en el salón de la biblioteca del Palacio Chigi, para informarles de que, a partir de ahora, ya no contarán para nada.

Alto, delgado —pero de una delgadez que es un signo de robustez y salud física—, con el pelo ralo en la frente fruncida, la gruesa nariz aquilina que enfatiza su mirada inspirada, Turati es uno de los pocos que se las apaña para llevar con elegancia el uniforme de cónsul de la Milicia. Algunos maledicentes le siguen acusando de llevar una melindrosa camisa de seda negra debajo de la tela áspera de la chaqueta militar, pero, a esas alturas, las calumnias le resbalan. Quien le cede la palabra, inmediatamente después de los bruscos saludos iniciales, confiriéndole plena autoridad, es Benito Mussolini, cuya persona empieza a estar circunvalada por una luz semidivina. Ahora que ha escapado a un tercer atentado consecutivo, la gente no solo empieza a creer que posee el aura de la invulnerabilidad, sino que incluso, después del discurso de Pesaro, se le empieza a atribuir el de la infalibilidad profética. Bastó, en efecto, con que se proclamase dispuesto a defender la lira a costa de su vida para que la divisa nacional empezara a recuperar valor respecto a la libra. En el mercado de Londres, ante la mera noticia de las medidas italianas, el mismo 1 de septiembre la lira pasó de 148,87 a 134,12.

A finales del mes estaba en 132,75 y a principios de octubre, cuando el Duce cedió la palabra al secretario del partido en la biblioteca del Palacio Chigi, llegó incluso a 118,31.

La septuagésimo tercera reunión del Gran Consejo del Fascismo, el órgano con el que el Partido Fascista está reemplazando al Estado, ha sido convocado para explicar precisamente el nuevo Estatuto del partido. Todos los dirigentes fascistas lo saben y todos están presentes. Federzoni, Ciano, Giuriati, Rocco, Volpi, Grandi; los diputados Arpinati, Ricci, Starace; el administrador Giovanni Marinelli, readmitido tras el escándalo Matteotti; y además Rossoni, Alfieri, Balbo, Corradini, Giunta, Giovanni Gentile. Está presente incluso el diputado Benni, presidente de la Asociación de Industriales, que asiste en calidad de invitado. Miembros del Directorio Nacional, ministros del Reino, sindicalistas, industriales, intelectuales de prestigio. No falta nadie para recibir el anuncio de que, a partir de ahora, el partido lo será todo, a condición de que ya no pretenda nada.

Solo falta Emilio De Bono —confinado en el gobierno de Tripolitania— quien justificó su ausencia con un telegrama desde Trípoli —«Imposibilitado en este momento para abandonar la colonia, estoy presente en espíritu en sesiones Gran Consejo a cuyas deliberaciones me uno con habituales entusiasmo y disciplina. *¡Alalà!*»— y, sobre todo, falta Roberto Farinacci. El pendenciero líder de los «intransigentes», de las irreductibles escuadras provinciales, excluido de todo cargo de ámbito nacional, se ha quedado en su Cremona, secretando bilis. Farinacci no se sienta alrededor de la gran mesa rectangular en el salón de la biblioteca del Palacio Chigi, pero la suya es una ausencia amenazadora, una protesta muda.

Augusto Turati, sin embargo, no parece oírla. Comienza su informe detallando el trabajo de conjunto realizado por el directorio nacional que él preside y prosigue con un examen de la eficiencia de las organizaciones fascistas en las distintas provincias. Es una exposición meticulosa, detallada, esmerada hasta el agotamiento. No se pasa por alto a ninguna federación, ni siquiera a la más remota; no se oculta ninguna culpa, omisión, indignidad de los purgados; no se descuida ningún aspecto, ni siquiera los económicos, del saneamiento: gastos generales y sueldos, propaganda, subvenciones, obras asistenciales y todo lo demás. A este ritmo, cuando por fin se llama a la audiencia exhausta para discutir el nuevo Estatuto del partido, hay algo que está perfectamente claro: nada puede escapar a la centralización de todos los poderes en el órgano supremo del fascismo. La exposición de sus treinta y cinco normas aclara, a continuación, la última duda que queda: el poder del Duce, en la cima de la jerarquía, se vuelve ahora prácticamente absoluto, cualquier residuo de democracia entre los fascistas queda abolido.

El Gran Consejo, en efecto, estará compuesto, además de por el Duce, su presidente, por ministros y subsecretarios (designados por Mussolini como presidente del Gobierno), por los representantes de los senadores, por el jefe de la Milicia, por los presidentes de las Confederaciones, de los Entes y de los Institutos fascistas (todos nombrados por el Duce a través del secretario general) y, además, por los miembros del directorio nacional. Y precisamente sobre estos deja caer la norma n.º 4 la cuchilla del despotismo personal: los miembros del directorio ya no serán elegidos por los militantes, sino nombrados a su vez por el Gran Consejo. Por tanto, el círculo se cierra. Queda abolida toda forma residual de «liberal y decadente eleccionismo». La comunidad de los fascistas ha dejado de ser un círculo de guerreros libres —una espada, un voto— que nombra a su propio Jefe por aclamación, para convertirse en un regimiento de soldados obedientes. Una revolución, un Jefe. La revolución ha terminado.

Turati, por supuesto, no lo dice abiertamente, pero, con la revolución, también ha terminado la época en la que el viejo fascismo de las escuadras podía imponer su voluntad a Mussolini. A los jerarcas de la «vieja guardia», a su gloriosa barbarie de los años heroicos, no les queda otra que la sumisión. A los escuadristas anónimos, los perros de presa que los ras locales lanzaron como tropas de asalto para conquistar el poder en una heroica fantasmagoría, no les queda otra que el regreso a la realidad. Los hombres de acción, los que empuñan bombas y puñales, todavía siguen en circulación. Turati lo sabe muy bien cuando sus palabras inspiradas por elevados ideales de orden y de disciplina resuenan, en plena noche, bajo el artesonado de la biblioteca del Palacio Chigi. Incluso Albino Volpi y Amerigo Dùmini, los verdugos de Matteotti, tras cumplir una brevísima pena por su crimen, están de nuevo ahí fuera, libres, farfullando sobre la «segunda ola», sobre nuevos asaltos y nuevos exterminios, en alguna taberna de Roma, Florencia o Milán. De Dùmini se sabe, incluso, que, instigado por Farinacci, gracias a quien ha sido liberado de prisión, recorre el sur del valle del Po predicando nuevas carnicerías. Y, sin embargo, para todos ellos, con sus pintorescos peinados de bucaneros, excluidos del poder romano, el periodo de la ilusión de dominio ha llegado definitivamente a su ocaso. No les queda otra que unirse a la Milicia, regresar a sus pequeños trabajos y tabernas, o lanzarse un último gesto de rebeldía, amargo e infructuoso, para emigrar después.

No es de extrañar que, aunque todos entiendan que el nuevo Estatuto tendrá graves consecuencias para todos ellos, ninguno de los presentes en la reunión del 8 de octubre lo critique o lo cuestione. En la discusión participan Federzoni, Rocco, Ciano, Lanza di Scalea; también toman la palabra algunos miembros del directorio, entre ellos Starace, Alfieri y Maraviglia pero, en realidad, nadie dice nada. Las suyas son tan solo ceremonias verbales, vanidades personales, adulaciones al Jefe. Antes de medianoche, el Estatuto queda aprobado.

En el momento de levantar la sesión, se pasa revista a las directrices para la celebración del cuarto aniversario de la marcha sobre Roma y, sobre todo, para el gran encuentro que tendrá lugar en Bolonia el 31 de octubre. Todos los oficiales y las legiones de la zona de Emilia tendrán que concentrarse en el Littoriale, el grandioso nuevo estadio deportivo construido por voluntad de Leandro Arpinati en Bolonia. Cada legión de Piamonte, de Lombardía y de Véneto enviará un manípulo de ciclistas con un mensaje para entregar al Duce. El punto de concentración será Módena. Ahí la columna estará al mando de Augusto Turati, quien la presentará al Duce en Bolonia. El Gran Consejo encomienda al directorio la tarea de promulgar las necesarias disposiciones ejecutivas con el fin de que la «celebración del gran acontecimiento sea memorable y aleccionadora».

Es superfluo especificar a quién va dirigida la advertencia. Como todo el mundo sabe, Bolonia ha sido la capital del escuadrismo del valle del Po, que durante años ha disputado la primogenitura y el dominio sobre el fascismo a su fundador, Benito Mussolini. Mientras el Duce se despide de los miembros del Gran Consejo, hasta la cita en la ciudad boloñesa, recordando, una vez más, por boca de Augusto Turati, que «el fascismo es ante todo una fe», ninguno de ellos osa esbozar la menor apostasía. Todos guardan silencio.

Luego, tras el «rompan filas», en el vacío de la gran sala desierta resuena tan solo, como un sonido de bajo continuo, el rencor de los desposeídos. Tal vez, sin embargo, sea solamente el zumbido de las nuevas bombillas eléctricas incandescentes.

Los ordenamientos y las jerarquías, sin los cuales no puede haber disciplina de esfuerzos ni educación del pueblo, reciben por lo tanto luz y norma desde lo alto, donde se halla la visión completa de los atributos y de los deberes, de las funciones y de los méritos.

Del acta de la septuagésimo cuarta sesión
del Gran Consejo del Fascismo,
8 de octubre de 1926

Estos escuadristas, sin saber a quién echarle la culpa [...], cometen una serie de pequeños e irritantes actos de violencia que son a menudo una grotesca imitación de la sacrosanta violencia que liberó a Italia del sometimiento bolchevique y democrático [...]. Estos escuadristas de 1926 [...] tienen notables rasgos caricaturescos incluso en sus expresiones externas: cabelleras al viento, galones en plata y oro, cinturones refulgentes, pistolas kilométricas, profusión de medallas que le hacen la competencia a un altar mayor o a un general de la República de Santo Domingo.

Il Tevere, periódico fascista progubernamental, 1926

A partir de ahora, todo dirigente debe encarnar el espíritu y la forma del Estatuto, especialmente en lo que respecta a la constitución y pertenencia al Fascio, y encargarse de la enérgica revisión de todos los afiliados, procediendo con las debidas y severas medidas a la eliminación de todos aquellos que no hayan demostrado comprensión del espíritu y de la disciplina fascista. Cada dirigente provincial deberá comunicar mensualmente la lista nominativa de quienes han sido expulsados. El Directorio Nacional se reserva el derecho a efectuar su publicación en la *Hoja de Órdenes* del partido.

Estatuto del Partido Nacional Fascista,
8 de octubre de 1926

El régimen se mantiene sólido como una montaña de granito, contra la cual resulta vano el rencor de los desposeídos, la conjura de los criminales, la calumnia de los impotentes.

Benito Mussolini, mensaje a los camisas negras en el cuarto aniversario de la revolución, Roma, 28 de octubre de 1926

Benito Mussolini
Bolonia, 31 de octubre de 1926

Gritos, humo acre, disparos de pistola, un leve olor a masacre. Luego, cuando la multitud se diluye, en el empedrado, los restos martirizados de un chico medio desnudo.

Así se te aparece la vida si te vuelves a mirarla, desde lo alto y desde lejos, en un coche en movimiento, lanzado hacia tu provisoria, fútil salvación: te das la vuelta y percibes tan solo una multitud enloquecida que se arremolina en torno a una víctima invisible, un levantamiento a ciegas de manos armadas con puñales.

Así se le aparece a Benito Mussolini el escenario del cuarto atentado consecutivo contra su persona, en via Independenza, cuando en la tarde del 31 de octubre de mil novecientos veintiséis, de pie en el Torpedo rojo conducido por Leandro Arpinati, se vuelve hacia la esquina con via Rizzoli desde donde ha salido el disparo. Frío, lúcido, irritado más que asustado, transido, pero no sorprendido —así lo describen todos los testigos, unánimes— con su tercer ojo, ese dotado de la clarividencia melancólica de los que viven cada día en la última frontera, ese plantado sobre la raíz de la nariz, el superviviente distingue claramente los remolinos de seres humanos, el cuerpo destrozado sumergido bajo una pila de otros cuerpos, la bicicleta retorcida, el impermeable de gabardina hecha jirones, el bolso de cuero destripado. Capta también, sin embargo, en el instante que divide el estampido del disparo del estertor de la multitud enfurecida, la extraña corriente de escuadristas milaneses que corren hacia la prefectura, el grupo de los cremoneses que se separa de la lucha por dirigirse, compacta, hacia una desconocida e innombrable meta. Solo esto queda, al final del día, en la estela de tu gloria: carnicería, conflicto, el polvo levantado de las junturas del adoquinado.

Y pensar que el día había dado comienzo de manera triunfal. Solemne como un emperador romano, a lomos de un magnífico alazán, tocado con un fez de penacho blanco, seguido por un cortejo de jerarcas y vestido con el uniforme de gala de general de la Milicia, el Duce entró a caballo en el Littoriale, el estadio levantado por voluntad de Arpinati, construido por el Partido Fascista Boloñés, como «primer anfiteatro de la revolución fascista» y «monumento de la nueva era». Desde lo alto de una loma preparada para la ocasión durante las obras de excavación, a lomos de su corcel, Mussolini ha podido contemplar a cientos de miles de seguidores jubilosos y ser admirado por ellos. La estructura elíptica del complejo polideportivo, inspirada en los antiguos baños de Caracalla pero construida con modernas técnicas de hormigón armado, concebida por Arpinati como «un centro de vitalidad, una escuela, un gimnasio» desde donde ha de manar una falange de atletas destinados a triunfos olímpicos, pero también de «soldados fuertes y curtidos en todas las batallas de la vida nacional», aún no se ha completado y sin embargo ya es cantada por los poetas. Giuseppe Ungaretti, en efecto, ha compuesto para la ocasión una oda parca, fulminante, como corresponde a su estilo: «Así pues ¿qué ocurre? / ¿Trastocada has quedado, civilización? / Esta nueva palestra / es la más hermosa sede / para ti, ¿oh, Verdad?».

En el colmo de la expectación, tras haber subido la rampa, detener el caballo a pocos palmos del borde de la tribuna, erguirse sobre los estribos, recorrer la multitud con la mirada del dominador, Benito Mussolini extiende su brazo derecho con el saludo romano. Ante ese gesto majestuoso, todo el estadio ruge de entusiasmo. Él lo sabe: ese estruendo es la voz del pueblo dispuesto a seguir a su condotiero hasta donde sea, es el pueblo en armas que da su consentimiento sin freno alguno. Lo sabe y lo dice. Grita a los hombres armados que levanten los mosquetes. Cuando el bosque de cañas se yergue a su alrededor, el jinete lo bautiza:

—¡Que el mundo —grita con un chirrido metálico— vea este bosque de bayonetas y sienta el latido de nuestros corazones decididos e invencibles! —apiñados en las gradas, en el césped, en la pista de atletismo, cientos, miles de personas responden con un rugido cavernoso. Caballo y jinete se estremecen a la vez, el animal de miedo, el hombre de alegría.

En los últimos meses, Mussolini ha cambiado la fisionomía del Estado. Con una serie de leyes sobre las atribuciones del primer ministro, sobre la burocracia, sobre la Prensa, sobre las asociaciones secretas, sobre la facultad legislativa del Ejecutivo, ha ido preparando su propia dictadura personal. Con la creación de los institutos y entes fascistas (para las exportaciones, para el petróleo, para la cultura, la estadística, las emisiones, la protección de la maternidad y la infancia, la educación infantil) ha sentado las bases del renacimiento de la nación. Con el lanzamiento de obras públicas en los puertos, desde Génova hasta Catania, de Massawa a Bengasi, de prospecciones mineras, de la «batalla del trigo», ha dado trabajo al pueblo, y con las leyes revolucionarias sobre las corporaciones ha cambiado su disciplina para siempre. El 28 de octubre, en un encuentro de jóvenes vanguardistas, en el cuarto aniversario de la marcha sobre Roma, desde las gradas más altas del Coliseo gritó: «La consigna es un verbo: "¡durar!"». No cabe duda alguna de que este es para él un momento de felicidad plena y desbordante.

La primera sombra sobre el esplendor de este día perfecto la proyecta la aparición, inesperada y siniestra, de Roberto Farinacci. Después de haber pasado revista a las secciones procedentes de la parada frente a San Petronio y de una visita a la Casa del Fascio, el Duce escucha por la tarde a un coro de alumnos de las escuelas primarias cantar un himno compuesto en su honor. Allí, en el patio del Palacio de Accursio, hace su entrada Roberto Farinacci. Mussolini lo ningunea. Apenas dedica una mirada gélida al exsecretario del partido que, desde hace meses, encerrado en su feudo de Cremona, fomenta una disidencia vociferante y pendenciera. Pero ningunear a los fantasmas del pasado nunca ha sido suficiente para apaciguarlos. En efecto, durante el larguísimo ceremonial de la visita boloñesa, Farinacci reaparece y desaparece en otras ocasiones, inquietante y espectral.

La segunda sombra alargada es la de las escuadras milanesas de Albino Volpi. Desde primera hora de la tarde, el asesino de Giacomo Matteoti, recién excarcelado, desata el caos junto a sus acólitos, todos antiguos Osados y todos ostentosamente borrachos, en el café San Pietro. Cantan, despotrican, claman, obligan a la orquesta a repetir una y otra vez los himnos fascistas, enloquecen en el café dando porrazos sobre el mostrador y los muebles. Se niegan a pagar la cuenta buscando camorra con los camareros. No hay nadie capaz de apaciguarlos porque los jerarcas locales se han empeñado en que el servicio de orden de la ciudad y la seguridad personal del Duce queden garantizados no por la policía sino por miembros de la Milicia, fanáticos, incompetentes, violentos, ante cuyos ojos los Osados de Volpi se muestran como ídolos aterradores e intocables. Sus voces, roncas por el vino, apostrofan: «Somos los fascistas, venidos del infierno. / Queremos a Farinacci ministro del Gobierno».

La tarde se vuelve sombría, el clima se envenena, una atmósfera de oscuros presentimientos empieza a corromper la luz del día. En el entorno de Mussolini se vocifera que, debido a la presencia de Rachele y Edda, excepcionalmente invitadas por el Duce para asistir a los actos, el número de comensales del almuerzo oficial con las esposas de los próceres asciende a trece. Turati recuerda la noticia que ha circulado en los días anteriores según la cual un abogado de Udine, próximo a Farinacci, ha predicho al parecer un atentado contra Mussolini. A todos se les pasan por la cabeza las misteriosas octavillas aparecidas por la noche en las esquinas de la capital de Emilia: «Viene el Duce, pero de aquí no saldrá». Incluso Mussolini, al inaugurar en el Archiginnasio un congreso de la Sociedad Italiana para el Progreso de las Ciencias, parece contagiado por ese clima de amenaza. Confiesa en público el retraso de la ciencia italiana, y después, lúgubre, invoca el derecho del hombre a la melancolía: «Hay», afirma frente a cientos de físicos, químicos, biólogos, «una zona reservada más que a la investigación, a la meditación sobre los fines supremos de la vida».

Cuando Mussolini monta por fin en el Alfa Romeo rojo que ha de llevarlo a la estación, ya es casi de noche. A su lado está Umberto Puppini, el alcalde de Bolonia, al volante del coche se halla Leandro Arpinati, en el asiento del copiloto Dino Grandi, detrás de él, en un segundo coche, de pie sobre los estribos, como una suerte de guardaespaldas personales, lo siguen Italo Balbo, Emilio De Bono, Renato Ricci y Arconovaldo Bonaccorsi, el notorio matón que aterrorizó a antifascistas y disidentes en los años de la lucha por el poder.

El vehículo, descubierto, avanza lentamente por via Rizzoli, luego toma via Independenza, entre dos hileras de gentío, apenas contenido por los cordones de los milicianos del servicio de orden. El Duce, de pie, saluda a los fascistas boloñeses. A la altura de la Arena del Sole, Mussolini distingue a un joven de mediana estatura, con un traje de color claro y un sombrero flexible, adelantarse hacia él con una mano extendida después de haber cruzado inexplicablemente la barrera. Supone que será una súplica. El ruido seco de un pistoletazo lo distrae de ese pensamiento.

Le acaban de disparar casi a quemarropa y a la altura de los ojos. El ídolo degradado a diana se sienta e, instintivamente, se explora el rostro con las manos para asegurarse de que todavía está vivo.

Arpinati aprieta a fondo el acelerador. Mussolini se vuelve y ve, en la estela del coche, un bosque de manos armadas cernirse sobre el agresor. Balbo, Ricci y Bonaccorsi, junto con decenas de otros, se le han echado encima. Una repentina furia homicida de patadas, puñetazos, puñaladas a centenares se concentra en un único cuerpo engullido por el torbellino del linchamiento. El infierno, invocado durante toda la tarde por los escuadristas borrachos en el café San Pietro, se concentra en poco más de un metro cuadrado.

Al llegar ileso a la estación, Mussolini encuentra a su esposa e hija presas de la angustia. Corren voces que lo dan por muerto. Él hace alarde de una gélida mirada de desprecio, pero la banda de la Orden de San Mauricio en bandolera, agujereada por el proyectil a pocos centímetros del corazón, concuerda con la consternación de familiares y seguidores. Gritos de rabia y proclamas de venganza infectan el aire. Balbo hace formar un cuadrado de escuadristas de Ferrara a su alrededor. Mussolini lo envía a recabar información. Cuando Italo Balbo regresa, al cabo de media hora aproximadamente, presa de su habitual estado de exaltación, agita ante él un puñal ensangrentado: «¡Se ha hecho justicia!», proclama como un poseso. Mussolini hace caso omiso tanto al arma como al anuncio y, con un gesto silencioso de la cabeza, exige noticias.

Parece ser que el agresor es un chico desconocido. Difícil establecer su edad, debido al estado al que han quedado reducidos sus restos, pero desde luego seguía aún en la pubertad. En su bolsillo solo le han encontrado la insignia de un club de fútbol. Los escuadristas que se abalanzaron de inmediato sobre él le asestaron catorce puñaladas profundas y un disparo a quemarropa. Además, fue estrangulado cuando ya era un cadáver. El cuerpo, arrastrado al patio del Palacio de Accursio, pudo ser arrebatado a la multitud que gritaba: «¡Colgadlo de una farola!». Un jefe de manípulo de Brescia ha afirmado haberle oído decir, con su último gorgoteo de sangre: «No he sido yo». Se le ordena callar.

Hay estados de ánimo contrapuestos en la ciudad. A la vista del despedazamiento, algunos fascistas entran en ebullición: Volpi y su gente están de nuevo de parranda en el café San Pietro donde han llevado en triunfo a un sujeto evidentemente desconcertado, al que idolatran como el ejecutor del agresor. Otros, en cambio, están consternados. Giorgio Pini, redactor jefe de *Il Resto del Carlino,* a la vista del cuerpo martirizado, se desmaya. Nadie ha acudido a reclamar los restos. Por ahora permanecen destrozados y sin identificar. Un maniquí con sus facciones deambula ya por las calles de la ciudad colgado de un palo. El caos reina soberano. La ciudad parece en estado de sitio.

Es hora de las habladurías, de la maledicencia, de las sombras chinescas. Cada detalle parece sospechoso: la prisa por eliminar al presunto agresor, su corta edad, la facilidad con la que cruzó el cordón de seguridad, los extraños movimientos de los escuadristas milaneses y cremoneses tras el disparo. Los testimonios no concuerdan: Mussolini ha visto a un hombre con gabardina, Arpinati a un chico joven, Grandi a un sujeto de baja estatura, Puppini dice no haber visto nada. Los pescadores de aguas revueltas se desmelenan: se recuerdan los presagios de la víspera, las amenazas anónimas, la actitud de anticristo de Farinacci, los gritos de las escuadras más violentas; se plantea la hipótesis de un falso atentado para propiciar un giro autoritario, una venganza de los opositores aplastados, incluso se plantea la hipótesis de un doble atentado, uno falso, ingeniosamente pergeñado por el régimen, y uno real, urdido por disidentes internos, injertado en la rama del anterior.

Benito Mussolini los silencia a todos. En lugar de regresar a Roma, como estaba previsto, decide refugiarse en su residencia de Romaña, Villa Carpena. Silencia a Rachele, que sospecha de Arpinati, silencia también a su hermano Arnaldo, que sospecha de Farinacci. Al capitán de los carabineros Cannone, que sospecha en cambio de una conspiración escuadrista, le ordena el cese de toda investigación. Si la mano que te ha disparado es de un camarada, entonces mejor no saberlo.

A medianoche, el cuerpo del presunto agresor fue reconocido por Mammolo Zamboni, un viejo anarquista convertido al fascismo: se trata de su hijo Anteo, de quince años, un chico medio retrasado. Parece que con motivo de la visita del Duce a Bolonia se había puesto por primera vez pantalones largos. El *diktat* del Duce es categórico: ha sido él. Quien ha logrado vencer el despliegue defensivo de miles de escuadristas brutales y armados hasta los dientes ha sido este chiquillo al que sus amigos apodan «el Patata». El *diktat* es muy claro: sofocar todas las voces. Sea cual haya sido el orden de los sumandos, el resultado no cambia y será el deseado. Sea cual haya sido el guion, la obra será un éxito.

A Arpinati, que está desesperado, Mussolini le hace llegar, a través del prefecto de Bolonia, un telegrama tranquilizador: «Dígale a Arpinati que no se derrumbe por lo sucedido. Es triste, pero está olvidado, olvidadísimo». A Turati que, por teléfono, invoca la pena de muerte para quien atente contra la persona del Duce, «como es natural, con valor retroactivo», Mussolini responde positivamente —porque, como afirma Rocco, «cuando la casa es pasto de las llamas nadie salva a los canarios»—, pero rechaza la retroactividad como «evidentemente antijurídica». A Balbo, que ya está elaborando listas de proscritos en Ferrara, le ordena: «Nada de represalias. Calma y sangre fría. Que nadie pierda ahora la cabeza». Luego Benito Mussolini se encierra en su despacho y se dedica a rasguear el violín.

Durante tres días, mientras los periódicos de todo el mundo elevan al cielo sus alabanzas, mientras desde Milán su propio periódico invoca «ejecuciones sumarias», mientras los escuadristas provocan refriegas y muertos en varias ciudades de Italia, mientras en Roma sus juristas preparan a golpes de pico y pala las nuevas tablas de la ley, el Duce del fascismo, hundido en un receso de mutismo, meditación y soledad, permanece encerrado en su despacho, de donde sale solo una melodía estridente producida por un haz de crines restregado contra cuerdas de tripa. El eremita se acaricia la piel excoriada por la bala a la altura del corazón, toca su violín y, tal vez, sea incluso feliz.

Es una bendición para Italia que Mussolini se haya salvado. Su tarea no ha terminado. Según la opinión de muchos estudiosos de asuntos italianos, el sistema fascista caería si Mussolini muriera. Es una institución que inspira tanto una fanática devoción como una fanática oposición, pero, a pesar de sus tendencias represivas, está transformando Italia en una nación productiva y próspera [...]. Mussolini es un hombre valiente que desafía a la muerte cumpliendo con su deber. Está triunfando y se merece la admiración del mundo. Cualquiera que aborrezca el comunismo y los asesinos que este produce deben esperar fervientemente que la vida milagrosa de Benito Mussolini prosiga.

The Washington Post, 1 de noviembre de 1926

Que se les ahorre a los fascistas el ultraje y el escarnio de algunos procedimientos ordinarios. Un régimen revolucionario tiene sus propias e inexorables leyes revolucionarias que lo salvaguardan.

Il Popolo d'Italia, 1 de noviembre de 1926

Pena de muerte no solo para quien efectuó el último gesto, sino también para quienes lo empujaron a ello.

Augusto Turati, discurso público en Roma,
1 de noviembre de 1926

Se trata de un hecho de lo más misterioso. Presumiblemente, el agresor no fue el jovenzuelo Anteo Zamboni, apuñalado en el alboroto nunca se supo por quién. Las autoridades locales avanzaron con incertidumbre y lentitud en las investigaciones, como si se hubieran topado con un extraño empacho.

De las memorias de Luigi Federzoni, ministro del Interior

Bolonia. Al habla el superintendente.
Roma. Al habla el jefe de policía.

Bolonia: Hoy después de la celebración [...], salió de la multitud un disparo de pistola que atravesó la banda de San Mauricio del Duce.
Roma: ¿Y a él no le alcanzó?
Bolonia: No. Estaba de pie e hizo gala de gran fuerza de ánimo. El atentado se produjo a pesar de que los servicios de seguridad habían sido cuidadosamente preparados, a causa de la gran afluencia de multitud y de la conocida injerencia del partido [...].
Roma: ¿Cual es su opinión personal?
Bolonia: Es demasiado pronto para expresar lo que pienso al respecto, pero, dada la precisión del disparo, me cuesta creer que haya sido el chico quien disparó y considero que su muerte sirvió para disfrazar alguna maquinación más compleja.

Conversación telefónica entre Arturo Bocchini
y el superintendente de Bolonia, interceptación
del Servicio Especial Reservado, 31 de octubre de 1926

Los atentados son para Mussolini el inevitable precio de la gloria [...]. Cada asesinato frustrado solo parece servir para fortalecer su dominio sobre el pueblo italiano.

New York Tribune, 1 de noviembre de 1926

Todo lo que queda en mí es el recuerdo de una grandiosa celebración, que sigue siendo una de las manifestaciones más importantes del régimen [...]. El episodio criminal de última hora no ofus-
ca la gloria del maravilloso día [...]. Nada puede pasarme antes de
que mi tarea haya concluido.

Benito Mussolini, mensaje a Leandro Arpinati,
1 de noviembre de 1926

Hubiera sido mejor que te quedaras con tu pobre gente.

Rachele a Benito Mussolini tras el atentado,
según el testimonio de Quinto Navarra

Augusto Turati
Roma, 9 de noviembre de 1926, 16:30 horas
Parlamento del Reino,
Cámara de Diputados

La Cámara de Diputados ha sido convocada en sesión extraordinaria. El orden del día no prevé moción alguna referida a la prescripción de los mandatos parlamentarios o leyes especiales. El reglamento prohíbe la inclusión de nuevas mociones sin tramitación previa. Sin embargo, a las 16:30 horas del 9 de noviembre de mil novecientos veintiséis, después de las alocuciones introductorias del presidente Casertano, las manifestaciones de condolencia expresadas por sus señorías ante el fallecimiento de la princesa Letizia de Aosta, y, sobre todo, la ovación tributada al presidente del Gobierno Benito Mussolini, cuando el secretario del Partido Fascista, Augusto Turati, toma la palabra, los reglamentos, los procedimientos, los protocolos son a estas alturas letra muerta, cosas del pasado.

El Consejo de Ministros, reunido el 5 de noviembre, presentó una serie de medidas represivas que prevén la retirada del pasaporte a los disidentes, la supresión de todos los periódicos de la oposición, la disolución de todos los partidos y organizaciones contrarias al fascismo, la institución del confinamiento policial; el nuevo jefe superior de policía, Arturo Bocchini, ha procedido a su inmediata aplicación, empezando por la caza a los comunistas; Antonio Gramsci, su líder intelectual, fue detenido por sorpresa en plena noche y encerrado en la cárcel de Regina Coeli a pesar de sus precarias condiciones de salud; los escuadristas se encargaron de lo demás, impidiendo físicamente la entrada de los diputados comunistas al hemiciclo y expulsando incluso a los antiguos diputados demócratas de las tribunas.

Cuando Augusto Turati —el sosegado, el elegante, el juicioso Turati— se levanta para defender la moción, añadida por sorpresa y a despecho de todo reglamento, que prevé la prescripción forzosa de 124 parlamentarios legalmente elegidos, la cámara de Montecitorio está plagada únicamente de camisas negras. Cualquier otro color se ha desvanecido. Hoy comienza una nueva era. La era fascista.

El discurso de Turati es breve. Los parlamentarios «secesionistas», que desertaron de la asamblea tras el secuestro de Giacomo Matteotti en protesta contra la ilegalidad fascista, incurrieron en actos de subversión contra los poderes del Estado, violando el Estatuto. Posteriormente, se mancharon incluso de complicidad en los atentados a Mussolini. Turati invoca el Estatuto cuando su moción pretende a todas luces suprimirlo. Olvida además que a esos diputados se les impidió físicamente regresar al hemiciclo en enero de mil novecientos veintiséis, cuando los escuadristas los ahuyentaron a bastonazos. Pero nada de todo ello importa a estas alturas. El secretario del Partido Fascista se dirige ahora directamente a Mussolini, en cuyo honor una mano experta ha combinado, en el banco de la presidencia, un ramo de flores rojas y un ramillete de laurel con una resma de hojas de papel para formar la bandera tricolor:

—Esta Asamblea quizá sea verdaderamente la Asamblea de la revolución fascista; hoy está verdaderamente presente aquí para legislar y ver a todo el pueblo italiano. Duce, debemos escuchar esa voz, por más que quienes traen el eco aquí sean poca cosa...

Mussolini, interpelado personalmente, no duda:

—¡Esa voz yo la precedo! —exclama.

Turati, habiendo recibido el *nihil obstat,* se lanza a la piscina:

—No se trata ya de un conflicto entre partido y partido, entre Gobierno y oposición natural; se trata de la lucha entre un pueblo y un grupo de renegados.

Al final de su discurso, se ve sumergido por los aplausos. Ni un solo silbido, ni una sola voz contraria. El debate sobre la moción se agota con la única intervención de Carlo Delcroix, fascista, héroe de guerra, mutilado en ambos brazos y ciego de ambos ojos. El héroe es aún más explícito. Mirando hacia las tinieblas que tiene delante, privado de la posibilidad de acompañar sus palabras con gestos de las manos, proclama:

—Con las leyes que se votaron hasta ayer, y con las leyes que votaremos hoy y mañana, se niega el derecho a la oposición en Italia. Lo que yo niego es que haya oposición. No puede haber oposición en un periodo revolucionario.

A los diputados de la oposición aún admitidos en el hemiciclo —un puñado de liberales reunidos en torno a Giovanni Giolitti—, por lo tanto, solo les queda esta última votación para salvar la democracia, el derecho a la oposición ajena y su propio honor. Las dos primeras votaciones, procedimentales, para admitir a trámite las mociones no previstas por el orden de día, se solventan mediante escrutinio secreto. Obtienen, respectivamente, 332 votos a favor y 10 en contra, 334 a favor y 8 en contra. La tercera votación, con la que se delibera la supresión de toda democracia con la prescripción forzada de los diputados legalmente elegidos, se realiza, en cambio, de manera pública, mediante el sistema «en pie y sentados». Los que estén a favor, en pie, los que estén en contra, sentados. Resultado: unanimidad. Todos en pie.

En la confusión del momento no queda claro si el pelotón de los liberales está presente en la sala o si ha decidido esquivar los acontecimientos apacentándose en los pasillos. El caso es que en el gran hemiciclo de Montecitorio, bajo el magnífico friso de Aristide Sartorio que circunda todo el salón, hoy no hay hombre que se oponga a la dictadura, con la simple inmovilidad de su cuerpo reticente, permaneciendo sentado. Bajo el inmenso toldo de hierro y cristal resuenan los gritos de mofa dirigidos a los diez que, más tarde desvanecidos, se habían atrevido, protegidos por el secreto, a oponerse en las primeras rondas.

A continuación, una última votación. La del proyecto de ley «para la defensa del Estado». Propuesto por el ministro de Justicia, establece como delito la reconstitución de asociaciones y partidos disueltos por disposición policial, prevé penas de hasta diez años por propaganda antifascista, la pérdida de la ciudadanía, la retirada del pasaporte y la confiscación de sus bienes a los exiliados, establece un Tribunal especial para delitos políticos y reintroduce en Italia —entre las primeras naciones civilizadas en abolirla— la pena de muerte. En este caso, el procedimiento parlamentario es aún más breve. El ministro Rocco, redactor de la ley, lo presenta en escasos minutos. No hay discusión. Cualquier posible objeción ya ha sido refutada y rechazada en la tramitación: según la doctrina fascista del Estado, el individuo es solo «un elemento infinitesimal y transitorio de la organización social». Por lo tanto, puede ser sacrificado. No hay nada más que añadir. Se vota. Por votación pública. Por llamamiento nominal.

Esta vez, doce hombres reúnen el valor para decir «no». Sus nombres quedan anotados en las actas del Parlamento y en los archivos del siglo: Pivano, Poggi, Scotti, Soleri, Pasqualino Vassallo, Viola, Bavaro, Fazio, Gasparotto, Giovannini, Lanza di Trabia, Musotto. En cualquier caso, la ley es aprobada con 341 votos a favor. Los fascistas aplauden. Se elevan por todas partes gritos de «¡Viva Mussolini!». Se suspende la sesión.

En menos de cuatro horas la Cámara de Diputados ha demolido todo lo que quedaba del Estado liberal, ha defenestrado a 124 diputados electos y destruido una conquista civil que le había dado una primacía a Italia en el mundo. La oposición está muerta, la libertad ha sido suprimida, la vida política libre ya no existe.

Desde el corredor de los pasos perdidos, llegan al hemiciclo gritos de agonía. Son de Giacomo Scotti, uno de los doce opositores a la pena de muerte. Agredido por los parlamentarios fascistas, es golpeado salvajemente y sufrirá graves lesiones. A cuenta de la restauración de la inútil profusión del suplicio, esa que nunca hizo mejores a los hombres.

Es inminente publicación Gaceta Oficial nueva ley Orden Público que entrará en vigor día siguiente. Es necesario para cuerpos policiales ejecución inmediata sin incertidumbre nuevas normas. Exijo especial atención sobre disposición artículo 166 que somete a admonición personas designadas como peligrosas para orden nacional; artículo 184 que somete a confinamiento policial quienes hayan cometido o expresado deliberado propósito comisión actos tendentes subvertir violentamente disposiciones nacionales, sociales o económicas [...]; artículo 215 que confiere facultades prefectos decretar disolución asociaciones partidos y organizaciones incluso temporales que realicen actividades contrarias orden nacional [...]. Para la aplicación exacta debe tenerse en cuenta como criterio rector que en la nueva ley orden público no tiene el antiguo significado meramente negativo, sino significa vida sosegada y pacífica de los positivos ordenamientos políticos, sociales y económicos que constituyen la esencia del régimen stop.

Arturo Bocchini, circular telegráfica a los prefectos del Reino, n.º 27.942, 8 de noviembre de 1926, 15:00 horas

Art. 1. Quien cometa un acto que atente contra la vida, la integridad o la libertad personal del Rey o del Regente será castigado con la muerte. Se aplica la misma pena si el acto pretender atentar contra la vida, la integridad o la libertad personal de la Reina, del Príncipe Heredero o del Jefe del Gobierno.

Medidas en defensa del Estado, ley de 25 de noviembre de 1926, n.º 2008

La lucha que el Estado ha emprendido contra sus enemigos es semejante a la que debe afrontar en tiempos de guerra.

Informe del Gobierno de Mussolini a la Cámara sobre el funcionamiento del Tribunal Especial para Delitos contra el Estado, noviembre de 1926

La familia se ha reunido por Navidad. Por primera vez Rachele ha ido a Roma con los niños. Por decirlo de alguna forma, porque Edda, la primogénita, la «yegua loca», muerde ya el freno a sus dieciséis años sintiéndose mujer.

Esta reunificación también podría leerse como una señal de la nueva era. Pero la solitaria y principesca morada de Villa Torlonia se saturó inmediatamente con los habituales humores biliosos del temperamento familiar: los pequeños despotismos domésticos de Rachele, las rabietas de Edda, los lloriqueos de los niños. Aburrimiento, comidas demasiado largas y pesadas, intolerancia mutua. Algunas cosas no cambian nunca.

Por suerte, otras costumbres también han sobrevivido a la Navidad. Despertador a las seis, un vaso de zumo de uva, algo de gimnasia en la habitación, un breve paseo a caballo por la villa, pan integral, poco café y a las ocho ya en el despacho para trabajar catorce horas interrumpidas tan solo por un descanso para un almuerzo muy rápido —pocos minutos dedicados a un plato de pasta con salsa y a uno de verduras hervidas—. Nada de tabaco, nada de vino, nada de licores. El único «vicio», irrenunciable, las mujeres. Incluso con la familia en Roma, nada ha impedido los encuentros —cada vez más insípidos, todo hay que decirlo— con Sarfatti, que se ha trasladado hace poco a la capital, y otros, bastante más fogosos, con Alice de Fonseca Pallottelli, que a estas alturas se ha despojado de la máscara de propagandista del régimen para vestir las ropas de la amante sin coartadas y sin ataduras, así como, por encima de todo, los encuentros con Magda Brard, la exquisita intérprete a quien ni siquiera su reciente embarazo —ha dado a luz a un hijo el 5 de octubre— le impide continuar su flamante relación adúltera con el Duce del fascismo.

Aparte de estas viejas usanzas, todo el periodo previo a la Navidad ha estado marcado por el calendario de adviento. Las leyes especiales para la defensa del Estado, rebautizadas de inmediato como «leyes fascistísimas», entraron en vigor ya en noviembre, aprobadas también en el Senado con pocas voces contrarias, las de los únicos supervivientes de la obstinación liberal. Albertini, Ruffini y un par de almas cándidas más seguían balbuceando sobre la libertad mientras que sus colegas, al final de la sesión, uno tras otro, se acercaban a hurtadillas al banco de la presidencia para postrarse con promesas de sumisión personal, patéticos actos de capitulación murmurados con un hilo de voz. Ese mismo mes se instituyó el Tribunal Especial para la Defensa del Estado. Mientras tanto, Arturo Bocchini proseguía con la creación del Servicio Especial de Investigación Política para vigilar a los disidentes y difundía circulares a los prefectos para la ejecución de la nueva normativa. Los jueces y policías no tendrán ya coartadas ni escrúpulos. Deberán actuar de manera rápida y con ejemplar severidad: la lucha que el Estado fascista ha emprendido contra sus enemigos es similar a la que ha de afrontarse en tiempo de guerra. Y ya puede hartarse de decir, quien quiera, que la única auténtica ley del nuevo régimen es el texto de seguridad pública o que la crónica política de este mes de diciembre de mil novecientos veintiséis es solo crónica de la represión. La verdad, guste o no, es mucho más amplia.

Con el pacto de Tirana, firmado el 27 de noviembre, la Italia fascista ha reafirmado, de hecho, su protectorado sobre Albania plantando una cuña entre los intereses balcánicos de Francia e Inglaterra; durante todo el mes de diciembre, las sesiones del Consejo de Ministros han desplegado un vasto abanico de medidas que van desde el establecimiento del impuesto de soltería —la recaudación se destinará al Ente de Maternidad e Infancia— a la inclusión del haz de lictores en el escudo del Estado. Para contrarrestar los efectos colaterales de la revalorización de la lira, con el préstamo Littorio, la deuda pública a corto plazo ha pasado forzosamente a ser de largo plazo. Por último, en el curso de una reunión secreta, justo antes de Navidad, se sueña con un vasto imperio desde el Mediterráneo hasta el océano Índico y, tal vez, quién sabe, incluso hasta el Atlántico. Ningún pueblo europeo puede sentirse verdaderamente libre y fuerte sin un acceso a los océanos y todos, generales, ministros y gobernadores, se muestran de acuerdo en la necesidad de ampliar la dominación italiana en Libia hacia el sur, para expandirse algún día hacia oriente, hasta Tibesti y Borcu, y, acaso, más adelante, como pretende el nuevo director de asuntos políticos para Europa y Levante, Raffaele Guariglia, también hacia occidente, partiendo en dos el África ecuatorial francesa. Por ahora se empezará por suturar la herida abierta por los rebeldes libios entre Cirenaica y Tripolitania, con una profunda ofensiva en Guibla, por el paralelo 29, desde Yufra hacia la Cirenaica —Zela, Marada, Augila, Jalo—. Se emprenderán también operaciones militares a lo largo de la línea de los oasis, a solo ciento cincuenta kilómetros de la costa mediterránea, pero llegará un día en el que estos que ahora parecen únicamente nombres exóticos compondrán la nueva lengua del imperio.

Por otro lado, casi nada, casi nadie, se opone a estas alturas a la voluntad triunfal del fascismo y su futuro parece infinito como un espejismo sahariano. El rey, una vez más, no ha movido un dedo. Se ha limitado a encajar y ha permitido que se atropellen las libertades garantizadas por el Estatuto promulgado por su bisabuelo. Parece que lo único que le ha molestado es la intención de colocar, en el escudo nacional, el haz de lictores junto al blasón de su familia. Con esta enésima aquiescencia real, la dinastía de los Saboya ha bajado de su altar. En el otro altar, el de Pedro, el papa Pío XI, pese a protestar por los actos de violencia cometidos contra las instituciones católicas después de Bolonia, ha proclamado *urbi et orbi* que toda amenaza contra la vida de Benito Mussolini es una amenaza para la supervivencia de Italia.

Lo que queda de la vieja Italia, así pues, es poca cosa. Algunos generales del ejército se mantienen apartados, esperando aún una orden del rey que no llegará. En el Senado, salvado de la demolición del Estado liberal, a pesar de pequeños estallidos de indignación, nada puede espabilar a esas momias del Palacio Madama de su entumecimiento. En el Congreso, los últimos seguidores de Giolitti se someten o se agazapan. La oposición ha confiado hasta ayer mismo en poder derrotar con armas legales a un adversario que ya había vencido en el terreno de la fuerza. Deslumbrada por el mito de la cautela, ha estado esperando durante años algún gesto del rey y en esa espera ha quedado extenuada. El panorama, ahora, está despejado. En las plazas de los pueblos se sale en procesión detrás de las imágenes de Mussolini; en la foto tomada recientemente en el Santuario del Castel Sant'Angelo, nada menos que cuatro mariscales de Italia en uniforme de gala se disputan alguna sonrisa suya, mientras él posa con sombrero de copa y frac; los periódicos de todo el mundo compiten cantando las alabanzas del Duce y los aduladores locales, en boca de Leo Longanesi, han hecho circular incluso un eslogan según el cual «Mussolini siempre tiene razón».

Detrás del escenario, en los callejones sin salida de la Historia, los sacerdotes se agazapan en el latín, los comunistas caen uno tras otro en las redadas de Bocchini y los socialistas huyen a Francia. De Gasperi, sacado de su domicilio de Borgo Valsugana, parece haberse humillado con una retractación a favor del régimen; Gramsci, primero encarcelado en Regina Coeli, ha sido enviado en confinamiento a Ustica; socialistas y republicanos se expatrian por millares. Treves está en Suiza, Saragat se ha refugiado en Viena, Pietro Nenni y Filippo Turati han huido cual ladrones a Francia, uno atravesando la frontera suiza, el otro a bordo de una lancha motora.

He aquí lo que queda de la libertad, de esa ilusión verbal ofrecida a los ingenuos de la que tanto se habla en democracia. Pero la democracia, en el fondo, tan solo puede hablar. Vive de la palabra y por la palabra. En tiempos de crisis, sin embargo, los pueblos no piden propaganda, piden órdenes. El momento de las discusiones inútiles debe ceder paso, por lo tanto, al momento de la obediencia. Ahora ha llegado ese momento. La posguerra ha durado demasiado tiempo: tenía que terminar. Y él, él no impedirá que las leyes funcionen, que los tribunales especiales pronuncien sus sentencias. No es posible, por debilidad o sentimentalismo, garantizar la impunidad a los enemigos. Uno no puede, para complacer las libertades democráticas, convertirse en una diana que ofrecer al primero que llegue. Siempre ha sido así, desde que el mundo es mundo. El arado ofrenda al sol las energías de la tierra, el surco acoge la semilla aniquilando el arado, la semilla germina destruyendo el surco. La semilla da flores, el fruto devora la semilla y el hombre recolecta y consume el fruto aniquilando todo lo que le ha precedido. El calendario de adviento ha de hacerse realidad.

Sí, porque el día de Navidad del año de nuestro Señor mil novecientos veintiséis, Benito Mussolini ha instituido incluso con una circular ministerial una nueva medida del tiempo. El uso del término «era fascista» en documentos oficiales, por el momento, sigue siendo optativo. Pero pronto dejará de serlo. Ahora, en el último día del año mil novecientos veintiséis de la era cristiana, y en el quinto de la era fascista, tiene ante sus ojos una carta, escrita de su puño y letra y dirigida al vicario de Pedro, con la que apela directa y personalmente al papa con el fin de que se recomponga, de una vez por todas, en absoluto secreto y a través de fiduciarios, la brecha que separa el Reino de Italia de la Santa Sede, el Estado italiano del Vaticano, la ciudad de Dios de la de los hombres.

No, él no aminorará su marcha por algunos aislados incidentes de violencia, dictados por delitos comunes o rencores privados, no refrenará su carrera por algún petardo casero confundido con una bomba de alto poder explosivo. No, Benito Mussolini no se arrepentirá de ninguna víctima. Prefiere humillar primero y luego, si acaso, perdonar. Obligará a los demás a hacer lo que él, en caso de ser vencido, tal vez nunca se sentiría dispuesto a realizar.

¿A qué viene tanto alboroto? Lo que le ocurre a él le parece natural del todo: en otros tiempos era él quien iba a la cárcel, ahora van los demás. Que quienes no sepan resistir el sufrimiento imploren misericordia.

Indignación, horror, es lo que debe suscitar el malsano atentado contra la vida del presidente del Gobierno, el Excmo. Sr. Benito Mussolini, del hombre que gobierna el destino del país con tanta energía como para hacer temer que el propio país periclite cada vez que periclita su persona.

Alocución del papa Pío XI pronunciada en el consistorio del 20 de diciembre de 1926

Él [Mussolini] es el mayor estadista de nuestro tiempo, un hombre elegido por Dios y enviado a Italia para su salvación y para su nuevo resurgimiento.

Cardenal Mercier, 1926

Ya no hay escapatoria para quienes se oponen a las camisas negras, no hay piedad para quienes no se doblegan a la voluntad del dueño de la casa. Mussolini es el dueño de la casa: heredero de la gloriosa tradición de nuestra raza, tiene todo el derecho a serlo.

Leo Longanesi, *L'italiano*, diciembre de 1926

1927

Roma, 1 de enero de 1927
Palacio Real del Quirinal

Ahí están. Por fin reunidos todos. Los viejos patriarcas del Estado liberal al lado de los jóvenes fascistas que lo han demolido a mazazos.

En las fotos que documentan la habitual recepción de la familia real en el Quirinal, este año el feroz sarcasmo de la historia quiere que Giovanni Giolitti —ochenta y cuatro años, cinco veces presidente del Gobierno, al servicio del Reino de Italia desde su nacimiento, un político que ha dado su nombre a una época, la de la monarquía liberal— aparezca al lado de Italo Balbo —treinta años, organizador del escuadrismo, apodado «el generalísimo» por sus milicianos y «el exterminador de Romaña» por los campesinos socialistas, reincorporado hace poco a la cúspide del fascismo en el papel de subsecretario de aeronáutica tras un periodo de suspensión por su presunta implicación en el asesinato del padre Minzoni, párroco antifascista de Argenta; el feroz sarcasmo de la historia ordena que integérrimos padres de la patria como Vittorio Emanuele Orlando, presidente de la victoria en la Guerra Mundial, el general Armando Diaz y el almirante Paolo Thaon di Revel, sus condotieros, figuren junto a Giacomo Suardo, subsecretario del Ministerio del Interior que en los informes policiales es descrito como beodo, putañero, adicto al juego, deudor insolvente y parroquiano habitual de «tascas de carreteros» en las que «se emborracha y no desprecia las partidas de morra».

Nadie, sin embargo, parece escandalizarse a estas alturas. Tanto los unos como los otros, al fin y al cabo, van vestidos de ceremonia y tanto los unos como los otros han bajado de los mismos vehículos de gala.

De esta infracción del ceremonial apenas hay huella en las crónicas periodísticas. Este año, por primera vez, además de los miembros del Gobierno, los altos cargos del Estado y los senadores del reino, al tradicional saludo al soberano también han sido admitidos los miembros del directorio fascista. Víctor Manuel III, rey de Italia, los recibe cortésmente, como a todos los demás, en el salón del trono y ellos le corresponden introduciendo por vez primera en esa refinada sala forrada de tapices antiguos la violencia simbólica de un brazo derecho tendido, rotundo y afilado como un rifle de infantería con la bayoneta calada.

Por otro lado, no es la única novedad de este año de mil novecientos veintisiete. En la plaza que antecede al palacio, el retén que todos los días forma la guardia en el Quirinal está garantizado hoy por la Milicia nacional, el ejército personal con el que Benito Mussolini ha violado al Estado y que ahora, tras su conquista, de ese Estado se ha convertido en parte integrante en virtud de una ley tiránica, aunque eso sí, siga estando al cargo de Mussolini y no del rey. Sea como fuere, el rey, homenajeado por todos, a todos corresponde con exquisita magnanimidad real. Parece ser que, en conversaciones privadas, aunque algo molesto por la anunciada intención de incorporar el haz de lictores al escudo nacional junto al blasón de la casa de Saboya, define a Mussolini como «un buen hombre, que solo piensa en el bien del país». En público, desde luego, lo elogia y le da las gracias. Por la tarde —según recoge la prensa— su majestad ha intercambiado incluso algunas palabras con Giovanni Marinelli, cicatero, malicioso y facineroso tesorero del Partido Fascista, también reintegrado hace pocos meses después de un periodo de proscripción: estaba cumpliendo la culpa —evidentemente perdonada— de haber financiado con fondos del partido, aunque siempre con su notoria avaricia, la cuadrilla de sicarios que secuestraron, asesinaron y acabaran estragando el cadáver del diputado socialista Giacomo Matteotti.

Y de esta manera, la augusta benevolencia del soberano desciende sobre todo el partido, desde sus más altos rangos hasta las tascas de carreteros donde la gente pimpla, se apuñala y juega a la morra. Y de esta manera, la reina luce una diadema de diamantes, a juego con un riquísimo traje de lamé de oro con una enorme cola, junto a hombres en camisa negra en cuyas uñas todavía está incrustada una mezcla compacta de tierra, estiércol y sangre. Y de esta manera, toda la buena sociedad romana, desdeñosa hasta ayer mismo, espabilada justo a tiempo del letargo de decadentismos dannunzianos, se adapta ahora a los nuevos y brutales amos. Hasta la princesa de Paliano, reina de la vida social ciudadana, les abre los salones del Palacio Colonna; en la tercera salita del café Aragno, ombligo de la vida cultural, los escritores, aunque no acabe de gustarles mucho el fascismo, por esnobismo más que por convicción, hablan cada vez menos mal de él y, luego, tras unas cuantas copas de champán, cuando la conversación prosigue en la Roma vividora y subterránea de antros y cabarés, llegan incluso a declararse admiradores suyos. A esas horas de la noche, en efecto, los viejos y los jóvenes de la alta sociedad no parecen tan diferentes, separados tan solo por la insignia del Partido Fascista prendida en la solapa de su chaqueta o por la esperanza de que les asignen una en un futuro próximo.

Eso es todo. Ahora que hombres como Suardo y Marinelli son recibidos en la corte ya no hay surco alguno que delimite el campo. Como escribieron a finales de año en la revista *Crítica Fascista* los seguidores de Giuseppe Bottai, defensores de un fascismo legalizado e integrado en las estructuras del Estado, el régimen está encaminándose hacia su conversión en un sistema cerrado, al que solo puede accederse bajo determinadas condiciones. El mundo político prefascista «ha de considerarse *acabado*. Acabados sus hombres, acabadas sus doctrinas, acabadas sus costumbres de vida. El fascismo es un mundo nuevo».

Y, sin embargo, no ha pasado siquiera un mes desde que el disidente Massimo Rocca, cofundador de esa misma revista, fascista de la primera hora, uno de los más prestigiosos, admirados, independientes y brillantes del movimiento —capaz incluso de oponerse abiertamente a Farinacci cuando el ras de Cremona era el poderoso secretario del partido—, fuera expulsado del Parlamento donde había sido legalmente elegido por los propios fascistas. Pocos días después, precisamente en su periódico, sus antiguos compañeros de lucha proclamaban el comienzo del nuevo mundo.

Sin embargo, esa clase de comentarios —obstinadamente enraizados en conceptos obsoletos como coherencia, rectitud y dignidad

personal— en los albores del 1 de enero de mil novecientos veintisiete ya se han vuelto impertinentes, miopes, anticuados, tal vez
incluso pueriles. Hoy nos dirigimos hacia un segundo despegue, hoy
se inaugura un nuevo horizonte de hechos, hoy ha comenzado la
calma absoluta. La fotografía de este comienzo retrata a los hombres
nuevos, sus nuevas doctrinas, sus nuevas formas de vida, junto con
las antiguas, con las «acabadas». El régimen los engloba a todos. Y, si
nos empeñamos en mirar mejor, es difícil distinguir a unos de otros.
La foto, en efecto, ha sido hecha sobre un fondo oscuro.

¿Sabes la diferencia que hay entre nosotros, como fascistas y hombres de la política? Es esta: tú apoyas al Duce y al gobierno solo en la medida en que te permiten imperar en el virreinato de Cremona y feudos anexos; yo los apoyo porque la mera idea de que Él pueda caer, y de lo que ocurriría después en Italia, donde no existe nadie a su altura, me inunda de miedo [...]. ¿Estás escandalizado, Farinacci? Te equivocas. [...] Porque el día en que yo pierda toda esperanza, el día en que me convenza de que el Fascismo —en lugar de ser el movimiento grandioso de reconstrucción que fue en cierto sentido y que sueño que siga siendo— ha degenerado en la brutalidad vulgar del bofetón y del porrazo o en la cobardía impuesta por el miedo, mandaría al Duce mi carné, mi medalla y la cruz de comendador; rompería mi pluma antes que escribir con tu permiso.

Carta de Massimo Rocca a Roberto Farinacci,
15 de mayo de 1924

Se afirma que ha contraído varias deudas y que no las paga; que, cuando está borracho, juega con amigos que lo engañan y le sacan todo lo que lleva en los bolsillos y hacen que firme letras de cambio; que ha dilapidado, o casi, su patrimonio [...]. A menudo Suardo y algunos amigos, alrededor de medianoche, van en automóvil a alguna taberna en los alrededores del municipio de Ariccia o en el cruce de Grottaferrata (donde se previene a los taberneros de las llamadas «tascas») y, una vez allí, se emborrachan y no desprecian las partidas de «morra», según acostumbran los carreteros.

Informe policial sobre Giacomo Suardo,
subsecretario del Ministerio de Interior, 1927

Aceptad, excelencia, mis mejores augurios.
Que la luz de vuestro genio conserve para Italia la luz de su gloria.

Telegrama de Emanuele Filiberto, duque de Aosta
y miembro de la Casa Real, a Benito Mussolini,
31 de diciembre de 1926

Roma, noche del 6 al 7 de enero de 1927
Septuagésimo sexta reunión
del Gran Consejo del Fascismo

—Se abre la sesión.

La voz metálica de Benito Mussolini resuena en el vasto salón del Palacio Chigi. Todos los próceres del partido están presentes alrededor de la gran mesa dispuesta en herradura. La septuagésimo sexta reunión del Gran Consejo del Fascismo no ha hecho más que empezar y ya ha terminado.

Como de costumbre, el Duce ha llegado puntual, ha desfilado con su paso característico, rápido y marcado, el torso erguido y la cabeza echada hacia atrás, entre los dos mosqueteros de guardia —muy elegantes con sus uniformes negros, y que inmediatamente se pusieron firmes—, ocupó su sitio en el centro de la mesa y reunió una voluminosa pila de documentos frente a él. Luego, después de haber proclamado el comienzo de la reunión, empezó a exponer sucintamente el programa de la velada. El orden del día prevé la presentación de las normas para la admisión de nuevos afiliados y para las celebraciones que han de organizarse en mil novecientos veintisiete, el debate sobre las modalidades de entrega de carnés e insignias, el examen de la cuestión de la asistencia a la infancia y, por último, el informe del secretario general del partido, Augusto Turati.

Antes de que Turati tome la palabra, Giovanni Marinelli, secretario administrativo, distribuye a los miembros del Consejo los nuevos distintivos. Todos, sin excepción, muestran su admiración y se lo prenden de inmediato en la solapa de la chaqueta. Todos, sin excepción, saben también, sin embargo, que nada de lo que hagan, escuchen o argumenten en esta sala tiene la menor importancia. La noche se anuncia larga, inagotable, laboriosa, pero es una noche célibe.

Cualquier objeción que estos hombres puedan plantear en el curso de la reunión nocturna, en efecto, valdrá cuanto el dos de bastos. Lo que cuenta para su futuro, el de Italia y el del fascismo ya fue decretado ayer por Benito Mussolini y ellos, a la par que cualquier otro italiano, lo han leído, nada más despertarse, en los periódicos de la mañana. Se trata de la circular enviada por el presidente del Gobierno a los prefectos sobre la cuestión de las relaciones entre los órganos de gobierno y los órganos del partido, un documento fundamental, porque establece, de manera inequívoca, la posición del partido en el régimen fascista: una posición de repliegue, la posición de quien sucumbe.

En la primera parte del documento, el Duce ha perfilado la nueva figura del prefecto fascista: ya no es solo el representante del Estado en las provincias, encargado de mantener el orden público, sino un inflexible tutor del orden moral, autorizado para asegurarse de que sean «alejados y proscritos de cualquier organización o fuerza del régimen todos los especuladores, los aprovechados, los exhibicionistas, los vendedores de humo, los pusilánimes, los infectados de sífilis de politicismo, los vanidosos, los sembradores de chismorreos y de discordias, y todos los que viven sin un clara y pública ocupación». En otras palabras, con esa circular a los prefectos, Benito Mussolini ha dejado establecido que, si en el viejo Estado liberal para ser un buen ciudadano bastaba con respetar las leyes, ahora, en el Estado fascista, para no caer en la ilegalidad, es necesario que todo ciudadano se convierta en fascista.

Y, hasta ahí, ninguno de los hombres sentados esta noche alrededor de la mesa de herradura del Gran Consejo tendría nada que objetar. Si la circular se hubiera limitado a eso, los jerarcas, satisfechos de su papel, rango y poder, habrían podido seguir entreteniéndose con la congelación de las inscripciones del Partido (salvo para los vanguardistas y los jóvenes de dieciocho a veintiún años de edad que cumplieran los requisitos), con las resoluciones sobre las ceremonias (no más de tres: 23 de marzo, aniversario de la fundación; 21 de abril, nacimiento de Roma; 28 de octubre, aniversario de la marcha), con las medidas de asistencia a la infancia («El Gran Consejo invita a todas las Federaciones y Entes a disponer los preparativos para que este año cien mil niños necesitados de cuidados por lo menos puedan ser enviados a las colonias marinas o de montaña»).

Sin embargo, y desgraciadamente, la circular tenía también una segunda parte y esta, si bien destinada a especificar los poderes de los prefectos, iba dirigida a ellos, a los jerarcas, a los ras de provincias, a los jefes de las escuadras y a todos esos hombres con camisas negras que se habían hecho la ilusión de poder abrirse paso hasta la habitación en penumbra del poder para derribar luego la puerta a porrazos. A todos ellos impone solemnemente Benito Mussolini, mediante la irradiación de su poder absoluto sobre los prefectos, la total subordinación del Partido Fascista al Estado fascista. Y, huelga decirlo, el Estado fascista es él. Casi como queriendo mortificar de forma preventiva cualquier aspiración autonómica, por débil o vana que sea, de los jerarcas fascistas, la circular, de hecho, reitera el concepto: «Una vez llevada a cumplimiento la revolución, el partido y sus jerarquías otra cosa no serán más que un instrumento consciente de la voluntad del Estado, tanto en el centro como en la periferia».

Eso significa que todo residuo escuadrista es incompatible a estas alturas con la normalización del orden público, que todo potentado local debe hincar la rodilla ante Roma, todo hombre del fascismo inclinarse ante su Duce. La autoridad no soporta ser ejercida por aparcería. Cualquier dualismo de autoridad o jerarquía, a partir de esta noche, tendrá que desaparecer.

En otras palabras, con la circular a los prefectos, el Duce del fascismo ha establecido que los hombres sentados alrededor de esa mesa en forma de herradura solo serán meras ramificaciones de ahora en adelante. Cualquier poder residual que conserven deberá emanar desde el centro hacia la periferia, deberá fluir por capilaridad desde el cuerpo pulsante del Jefe supremo hacia apéndices remotos, sacrificables en cualquier caso, con un seco golpe de hacha, tanto como lo es un dedo meñique gangrenado.

A altas horas de la noche, Mussolini sentencia con la autoridad inapelable del condotiero que ha derrotado al enemigo (la CGdL, el hasta ayer poderosísimo sindicato de los «rojos», acaba de disolverse por manifiesta imposibilidad de existir) y cuyo prestigio refulge más allá de las fronteras del patio doméstico (Winston Churchill, canciller de la Hacienda británica, acaba de anunciar su visita oficial al Palacio Chigi para la próxima semana). El intransigente de Forlì ejerce ahora como estadista. Ninguna camaradería lo une, a estas alturas, a los conmilitones de otros tiempos.

—Metéroslo bien en la cabeza, pase lo que pase o lo que me pase, la época de las represalias, de la devastación, de la violencia se ha terminado. No os hagáis ilusiones: nunca sacrificaré la cabeza de un prefecto por la de un jerarca fascista.

Al declarar concluida la reunión, la voz de Benito Mussolini no suena menos metálica que cuando la abrió. A los miembros del Gran Consejo, como a los escolares del fascismo, no les queda otra que agachar la cabeza mortificándose en la añoranza ante el degradante epílogo de toda revolución. Se levanta la sesión, empieza el viaje hacia lo desconocido de los jerarcas, la antigua fiesta cruel ha terminado.

El prefecto, lo reafirmo solemnemente, es la máxima autoridad del Estado en la provincia. Él es el representante directo del poder ejecutivo central. Todos los ciudadanos, y en primer lugar los que tienen el gran privilegio y el más alto honor de militar en el fascismo, deben respeto y obediencia al máximo representante político del régimen fascista y debe colaborar subordinadamente con él, para facilitarle su tarea [...]. No serán toleradas desviaciones de autoridad o de responsabilidad. La autoridad es una y unitaria [...].

Benito Mussolini, circular a los prefectos,
5 de enero de 1927

El Consejo directivo de la Confederación General del Trabajo: convocado el 4 de enero de 1927 en la sede central de Milán; habiendo escuchado el dictamen informativo sobre las condiciones de las organizaciones profesionales [...]; constatando que ha fracasado el experimento de asociación sindical de hecho previsto por el art. 12 de la ley de 3 de abril 1926 [...] y que, por lo tanto, resulta imposible proceder a la afiliación para el año 1927; declara agotada su función y solicita al Comité Ejecutivo que proceda a la liquidación y distribución de los bienes residuales de la Confederación General del Trabajo.

Consejo de Gobierno de la CGdL,
comunicado emitido el 4 de enero de 1927

No he podido dejar de quedar fascinado, como tantas otras personas, por el porte cortés y sencillo del Excmo. Sr. Mussolini [...].

Su único pensamiento es el bienestar duradero del pueblo italiano [...]. Es perfectamente absurdo declarar que el gobierno italiano no descansa sobre una base popular o que no se sostiene en el consenso activo y práctico de las grandes masas [...]. De haber sido italiano, estoy convencido de que habría estado completamente a vuestro lado desde el principio hasta el final en vuestra lucha contra los bestiales apetitos y las pasiones del leninismo [...]. Desde un punto de vista externo, vuestro movimiento ha hecho un gran servicio al mundo entero.

Winston Churchill, conferencia de prensa
en la embajada del Reino Unido en Roma,
20 de enero de 1927

Arturo Bocchini
Roma, 1 de febrero de 1927
Palacio de Justicia

Ni siquiera la era del terror se libra de empezar con la chanza, la ocurrencia insolente, con el chiste. La sesión que inaugura el Tribunal Especial para la Defensa del Estado ve comparecer a un albañil que, al enterarse del fallido atentado contra Mussolini, exclamó al parecer: «Sus muertos [...], ¡no hay quien se cargue a ese apestoso!». No hay nada que hacer: en Italia no hay escapatoria de la tiranía del comediante, el inevitable destino de toda tragedia nacional en el país de la ópera cómica.

Como antífrasis, como afrenta para el destino nacional, Mussolini, sin embargo, ha pretendido que su tribunal personal sea de lo más serio y solemne. Sí, solemne. Esa es la palabra. El Duce ha exigido que cualquier aspecto —ritual, procedimiento, escenografía— de este instrumento jurídico encargado de reprimir y prevenir toda disidencia, sea tan solemne como una misa fúnebre. El tribunal aplicará el código penal militar con procedimiento de guerra: arresto obligatorio, ejecución inmediata de la sentencia, sin apelación. El secreto de la instrucción debe impedir cualquier derecho efectivo a la defensa: hasta la víspera del juicio los imputados desconocerán las pruebas y la acusación, solo se les comunicarán al presentarse en la sala del tribunal, cuando ya todo esté decidido. Los jueces, escogidos entre las filas del ejército y, sobre todo, de la Milicia fascista, llevarán uniforme de gala, con condecoraciones y galones, como en los días de fiesta. Las audiencias —breves, rápidas, repetitivas como ráfagas de ametralladora— se celebrarán en el monumental Palacio de Justicia, de piazza Cavour, en la sala IV, amplia y austera, entre milicianos y carabineros mudos e inmóviles, colocados en cadena, al pie de un gran crucifijo de madera. Las sentencias, que siempre deberán anticiparse al Duce, quedarán selladas por el saludo romano de todos los presentes, abogados, militares, público, incluidos los jueces.

Llegado el momento de la audiencia, el primer día de febrero de mil novecientos veintisiete, después de esperar durante horas en los sótanos entre paredes cubiertas de pintadas intimidantes (*¡Muerte a los traidores! ¡Los camisas negras os llenarán de plomo!*), los imputados encadenados son conducidos a la sala por una angosta escalerita y encerrados en una jaula con barras de alabarda. Enfrente de ellos, el tribunal —los jueces con toga, los cónsules de la Milicia con medallas al valor en el pecho— está sentado detrás de un banco semicircular coronado por paneles de madera oscura. Cuando aparecen, el retén rompe el silencio al presentar sus armas con estrépito de guerra.

La alocución del abogado general militar, Enea Noseda —refinado hasta en su nombre de pila—, resuena de inmediato henchida de retórica ensalzadora y adulatoria («Consentidme que antes de empezar nuestra tarea, [...] en el momento en que la nación resurge hacia su máxima expresión de latinidad..., rinda homenaje... a la obra del Hombre que Dios ha destinado para nosotros y que resume en Sí mismo todos los rasgos del genio itálico [...]»). Enseguida se hace eco de sus palabras el general Sanna, que preside el tribunal, salmodiando conceptos elevados, altisonantes y vacíos. («Animados por una profunda y segura disciplina, [...] con acción enérgica y asidua [...] integridad y vitalidad del Estado, [...] el espíritu de la nación renacida [...]»).

Sin embargo, a pesar de todos estos trucos y recursos, se impone el destino de comicidad involuntaria que corroe el hierro de la máquina represiva. Lo que contradice la solemnidad del engranaje de muerte, lo que frustra las ampulosas expectativas, generando un humorismo irrevocable, radica en la patética pequeñez de los presuntos agresores contra la seguridad del Estado.

Los acusados de la sesión matutina son Giuseppe Piva, un yesero de Forlì que se afilió a los quince años a las Juventudes Socialistas, y el albañil de Bari Cataldo D'Oria, sospechoso de haber tachado de «apestoso» al Duce del fascismo. Dos desgraciados, ambos semianalfabetos (Dorio ha escrito una conmovedora imploración de clemencia rebosante de disparates gramaticales). Extenuados por el aprisionamiento preventivo, mortificados por su inadecuación a la solemnidad de la puesta en escena, antes incluso de poder asustarse por la posible sentencia, incapaces de disculparse con una frase formulada en un italiano correcto, desde su jaula de animales dóciles e inofensivos los dos asisten, tímidos y sin decir una sola palabra, al rito que celebran contra ellos unos altos funcionarios de gran severidad con el pecho repleto de medallas y por medio de palabras cargadas de significados que les son desconocidos. A las invocaciones a la «genialidad itálica», al «espíritu de la nación», a la «herencia de la civilización, de la fe y de bienes espirituales», Dorio y Piva responden con la mirada plácida y apagada del bovino a quien le ha tocado, pastando por casualidad al borde de un campo de batalla, presenciar el feroz y vano estrépito de la historia.

El yesero y el albañil se proclaman ambos inocentes, víctimas ambos de la malicia de un compañero de obras despedido hace poco y, como consecuencia, entrado en la Milicia. Piva consigue incluso presentar un testigo de descargo. El abogado defensor, Annibale Angelucci, socava la solemnidad tan querida por el Duce apelando a la humanidad, a la clemencia de los jueces.

Pese a todo, la audiencia es corta, abrupta, desesperadamente dirigida a evitar que la insolencia de la frase imputada se repita en la sala. No son ni las once cuando el tribunal se retira. Vuelve al cabo de menos de una hora. El general Sanna, hinchando el pecho condecorado, en un silencio que el periódico del Partido Nacional Fascista definirá como «religioso», pronuncia la sentencia: Dorio y Piva son ambos «culpables tanto de apología del crimen como de ofender a la persona del primer ministro». Ambos son condenados a nueve meses de reclusión, un año de vigilancia especial y quinientas liras de multa.

Una «farsa», escribirán los periódicos de los exiliados. Pero Arturo Bocchini no se ríe. Aunque no carezca en absoluto de sentido del humor y, al contrario, esté siempre dispuesto a hacer alarde de la aparente bonhomía del sureño de ocurrencia fácil, el jefe superior de policía, obviamente, no puede dejarse arrastrar al lado cómico de la tiranía. No es la hora ni del drama ni de la comedia, ni de lo trágico ni de lo cómico, sino de una seriedad mucho más poderosa y terrible. Sí, es hora de empezar a actuar en serio.

Mussolini se lo ha dejado muy claro: ya no se trata solo de reprimir la disidencia. El objetivo es más ambicioso: hay que reeducar a un pueblo, ortopedizar una nación. De lo que se trata aquí es de imponer nuevas reglas en el parque humano. Y él, con la prontitud que lo distingue, semejante a la sagaz mirada de conjunto de los furtivos que durante siglos han cazado fraudulentamente en sus feudos de la región de Sannio, captó la esencia y la enfatizó de inmediato en la circular enviada a los prefectos de toda Italia ya a finales de año: en el nuevo horizonte desvelado por las «leyes fascistísimas», el «orden público» ya no tiene el antiguo significado meramente negativo.

Ya no se trata solo de proteger y castigar, de miedo, reverencia y terror. La nueva música debe ejecutarse con partituras más sutiles. La seguridad pública ha de entrelazarse ahora con las fibras más íntimas de la vida cotidiana de millones de italianos, con sus ocupaciones sosegadas y pacíficas, con su cantilena de bajo continuo debe resonar siempre y en todas partes, con el traqueteo de las cadenas de los deportados a confinamiento policial —preferiblemente al amanecer, sin llamar demasiado la atención—, pero también con el estridor de un día normal de trabajo en el taller o con las sacudidas de las lavanderas inclinadas sobre el lecho del torrente.

Partirles la crisma a los pocos que todavía invocan abiertamente la libertad es cosa vieja, de polizontes decimonónicos. Un juego de niños en comparación con la tarea asignada por el siglo xx: de lo que se trata ahora es de ahogar en la garganta los gruñidos de millones de potenciales murmuradores, antes incluso de que afloren a los labios. Mejor dicho: antes incluso de que invadan la mente. La mirada hipnótica del Duce debe llegar a todas partes, no solo al estrado de los mitineros en vísperas de las elecciones —suponiendo que vuelvan a celebrarse—, sino también en la más remota y mugrienta de las tabernas, en lo profundo de la noche, después de la quinta copa de vino. Es un ojo que mira pero que, sobre todo, es mirado.

«Todo en el Estado, nada fuera del Estado, nada en contra del Estado.» He aquí la fórmula solemne con la que el presidente del

Gobierno, y jefe del fascismo, ha sintetizado la nueva era. Para Arturo Bocchini de San Giorgio la Montagna, jefe superior de policía, este lema significa, de forma más modesta, que el fascismo tendrá que estar en todo y en todas partes.

No será fácil en absoluto. Antes que nada, habrá que estar en guardia. Desde esta primera sesión, ha quedado claro que la instrucción del Tribunal Especial se basará íntegramente en los informes policiales. Si conducen a condenas, el mérito irá a los jueces, si abortan en absoluciones, la culpa será suya. Y además se necesita dinero, mucho dinero. Ha pedido cincuenta millones en fondos reservados, de los que disponer libremente. Una cifra enorme, pero los ha obtenido. Además, es necesario rejuvenecer, innovar, reorganizar. Ya ha empezado con el reajuste de la Dirección General de Seguridad Pública, pero aún queda mucho por hacer. Por último, la mirada orbital del Estado policial debe ser capaz de mantener su necesaria bizquera: un ojo en la vida pública y el otro en la privada. Vigilancia constante sobre palabras, obras, acontecimientos, pero también y, tal vez, por encima de todo, sobre pensamientos, omisiones, sueños, deseos, enredos, amantes. Empezando por las del Duce, quien actualmente vive un calentón por la famosa pianista francesa Magda Brard, y que, celoso como todos los dispensadores de cuernos, se afana, en consecuencia, para que la mujer sea sometida a vigilancia policial constante.

En el fondo, pensándolo mejor, esta grotesca primera sesión del Tribunal Especial encierra una lección. La crueldad, por supuesto, es útil a veces: si quieres poner a prueba a una criatura viviente, haz que sangre. Pero la crueldad es fácil, miope, basal. Nosotros, los fascistas del mañana, somos demasiado ambiciosos, tenemos demasiada ironía para limitarnos a ser crueles.

Estoy in putado por ofensa al Duce pero crea de verdá que soy inocente [...]. Por eso lo pido que me aga este favor de querer concederme la libertá probisional porque hace mucho tiempo que estoy adentro y toavía no se sabe nada de la causa, en cambio que tengo mucha necesidá de trabajo siendo forastero y con una mujé enferma sin naide que la ayude.

Carta escrita desde la cárcel al fiscal del rey por Cataldo Dorio, imputado por apología de delito y ofensa al jefe de Gobierno, 1927

Impulsados por una profunda y segura disciplina, cumpliremos con acción enérgica y asidua, hasta límites extremos, nuestro deber de tutela de la integridad y vitalidad del Estado y de sus órganos, observando desde este lugar orgullosa y escrupulosamente esos principios de equidad y justicia que son la esencia y la concepción del Régimen nacional. El espíritu de la Nación renacida será nuestra guía y nuestra fe.

General Carlo Sanna, presidente del Tribunal especial, sesión del 1 de febrero de 1927

A su Excmo. Enea Noseda [...]
Soy la esposa del preso político Melandri Luigi [...]. Me hallo en la peor de las miserias con tres hijos y una vieja tía a mi cargo [...]. Cada día se presenta más grave la situación de mi pobre familia privada de su único sostén [...]. No pido amnistías ni gracias, sino solo el diligente completamiento de las acciones judiciales.

Carta de súplica (rechazada) de Clotilde Ferdinandi,
mujer de Luigi Melandri, detenido desde hace cinco meses en
régimen de encarcelamiento preventivo por presunta apología de
delito, al abogado general militar Enea Noseda,
5 de abril de 1927

Solo un crimen: el *pensamiento*. Mejor dicho, la sospecha de un *pensamiento*.

«El Tribunal de la Cadena»,
La Libertà, periódico de la Concentración antifascista,
París, 17 de marzo de 1927

La Sra. B.[rard] anoche a las 21:45 acudió a la sede de la Sociedad Tre Venezie, en piazza Romanini 48, donde celebró un concierto. Esta mañana salió del hotel alrededor de las 10:15, con su amiga habitual. Tomó un taxi que la condujo a piazza Venezia, a la Agencia Chiceri Sommariva, donde compró un billete para Turín, tras preguntar a la encargada por el último tren para la localidad mencionada.

Después fue a la sede de la Sociedad Tre Venezie, donde se demoró alrededor de una hora. Luego se dirigió hacia via del Tritone. En la esquina de esta última calle con via 4 Fontane, la Señora que la acompañaba bajó del coche, y prosiguió a pie hacia via XX Settembre, mientras que B. se dirigió a via Rasella, para subir al conocido apartamento, donde permaneció hasta las 12:05...

[Por la noche, en el tren de regreso a Turín,] poco antes de subir al coche cama fue abordada y saludada con mucha deferencia por un caballero alto y robusto, de unos 40 años, con unos pequeños bigotes ligeramente canosos, vestido de oscuro, quien se alejó de inmediato, dirigiéndose a la puerta de salida, y montando en un taxi que lo esperaba.

Informe policial del 9 de febrero de 1927 / Escrito con pluma en papel con membrete «Presidencia del Consejo de Ministros», escudo de armas y corona de la Casa de Saboya / Reservado / Destinatario: Su Excelencia Arturo Bocchini

Augusto Turati
Marzo-abril de 1927

No menos de quince mil espectadores procedentes de todo el mundo llenan las gradas del estadio nacional, limpiado, renovado y embanderado. Acompañado por el general Bazan, el secretario nacional del partido hace su entrada en la tribuna de honor a las 16:20. Coincidiendo con su aparición, los altavoces difunden por el vasto terreno herboso destinado al juego del fútbol, bordeado por la pista anular de las carreras de atletismo, el himno fascista. El público lo escucha puesto en pie.

Cuando llega a la tribuna, Turati lleva el uniforme militar de cónsul de honor de la Milicia. Asiste a la ceremonia inaugural de los campeonatos mundiales universitarios con el fez de ordenanza, la chaqueta de paño, la camisa negra, las botas de cuero, la correa de oro e, insertado en la correa, el puñal dentro de su vaina niquelada. Desfilan ante sus ojos los representantes deportivos de dieciséis naciones, desde los Estados Unidos de América hasta Sudáfrica, desde Checoslovaquia hasta Haití.

Inmediatamente después, sin embargo, el secretario abandona la tribuna. Unos minutos más tarde vuelve a aparecer por el vomitorio este, el mismo por el que han salido a la luz los jóvenes atletas de todo el mundo. Ahora ese hombre alto, muy delgado y enjuto, calza zapatillas de gimnasia, viste pantalones ceñidos a la rodilla, calcetines altos, pechera reforzada, todo de un blanco inmaculado para que destaque a primera vista el rojo de la sangre derramada. Transmutado por el atronador y, en última instancia, espontáneo aplauso del público, Augusto Turati ya no es el secretario general del Partido Nacional Fascista sino un hábil esgrimista. Bajo el brazo izquierdo, apretada en un costado, lleva la careta de competición y en la derecha empuña el florete.

En la plataforma, colocada en medio del césped, lo espera René Lemoine, campeón universitario francés de las tres armas. Lemoine tiene de su parte veintiún primaveras, Turati, treinta y nueve inviernos. Podrían ser padre e hijo, pero van a enfrentarse.

Desde el primer asalto, ambos duelistas provocan admiración por la rapidez y agilidad de sus movimientos, por los furiosos ataques y las paradas con estilo. Una danza violenta, aunque agraciada, un minueto salvaje y bendecido. Es pleno día, pero alrededor de los dos esgrimistas se genera un pequeño círculo de luz dentro de un vasto borde de sombra.

La movilidad de Lemoine es, obviamente, muy superior. Avanza, retrocede, amaga, simula golpes, finta, y luego ataca, apoyándose en la pierna posterior e inclinando el torso mientras el brazo armado se extiende. Turati se apoya sobre todo en la experiencia y en la estática del golpe directo, en un blocaje blindado que le permite desviar la hoja de su oponente para golpear el objetivo tras adquirir el derecho a hacerlo, de acuerdo con la convención que regula los encuentros con florete.

Después de varios asaltos del joven francés, al viejo esgrimista le sale incluso un latigazo, torciendo la muñeca y doblando la hoja de modo que la punta llega perpendicular a la espalda de su adversario. Luego, sin embargo, retrocede, gana tiempo, toma aliento. Es evidente que empieza a faltarle el oxígeno. El público, sin embargo, invoca en voz alta su nombre. «¡Tu-ra-ti! ¡Tu-ra-ti! ¡Tu-ra-ti!» Lo exaltan y lo incitan. Quieren ver al anciano lanzarse al asalto. La crueldad de la arena, que ha vuelto a su esencia después del ceremonial de apertura, exige que el viejo guerrero se deje los pulmones.

Y eso es lo que sucede. El esgrimista no se arredra. Antes de que el árbitro silbe el final, Turati se atreve a lanzar una *flèche*. Echando el torso hacia delante hasta la pérdida casi total de equilibrio, se precipita hacia su adversario de cabeza, a medio camino entre una inmersión asesina y una caída ridícula. El público exulta. La exhibición ha terminado.

Tras quitarse la careta, mirando muy estirado hacia la tribuna de honor, Augusto Turati jadea. El sudor le perla la frente, empapando los pocos pelos que le quedan en sus profundas entradas. Él, sin embargo, no se lo limpia. Lo deja correr por su nariz aguileña, como si no pasara nada, desencajando la boca en busca de oxígeno y apretando el arma en la mano protegida por la empuñadura.

Así debe ser. Todo el poder al fascismo. Concorde y solidario con el volantazo estatal de Mussolini, el secretario lleva meses repitiéndolo en cada mitin. Todo el poder al fascismo.

La meta definitiva de la revolución es que el fascismo consiga impregnar no solo el espíritu de los italianos, sino también todos los centros vitales y todos los ganglios nerviosos de la vida nacional. El régimen solo se completará cuando haya en cada puesto del escalafón —desde el del general al del cabo— una camisa negra con la mente y la voluntad bien modeladas por las del Duce. El país ha de quedar sometido a una completa fascistización. En todas las oficinas, en todas las posiciones clave, en todas las cátedras habrá de sentarse un fascista genuino. Empezando por el deporte, que hasta ayer era un privilegio aristocrático o de la alta burguesía, y hoy se ha extendido a la participación popular de toda la nación. En efecto, Turati ha exigido que el Comité Olímpico Nacional Italiano se tiñera de fascismo colocando en él un directorio de viejos camisas negras de probada fe.

Pero no podemos detenernos ahí. La fascistización ha de impregnar la escuela, la administración pública, la prensa, el poder judicial, la diplomacia, el ejército. No solo ministros fascistas, sino también prefectos fascistas, diplomáticos fascistas, sindicalistas fascistas. La magistratura empieza a doblegarse: en la apertura del año judicial de mil novecientos veintisiete, el fiscal general Appiani afirmó que «la tarea del juez es aplicar las leyes del Estado interpretándolas según el espíritu que las subyace». Es decir, el espíritu fascista. Los intelectuales, blandos y acídicos por naturaleza, también hacen cola. Hablando ante el Congreso, el ministro de Educación Pública, Pietro Fedele, prestigioso académico y gran erudito, argumentó que toda la escuela debe educar a la juventud italiana para «ennoblecerse en el fascismo». Como remate, por último, pero no menos importante, gracias a la Carta Laboral, que se publicó el 30 de abril en la Gaceta Oficial, con el título de *Contribución original a la evolución histórica de la humanidad,* el Estado fascista, proclamándose como única entidad autorizada para dialogar con el gran capital, ha remachado el interés supremo de la nación sobre el de los individuos y los grupos, aboliendo cualquier antagonismo de clase y superando cualquier conflicto entre trabajadores y capitalistas. Todos unidos, todos fascistas. Todo el poder al fascismo y todos los fascistas al poder.

Para conseguir esto, sin embargo, no basta con quedarse sentados en la tribuna de honor. El poder de representación ha sido siempre el núcleo del arte de la supervivencia, pero aquí, ahora, se trata de vivir a fondo, en primera persona, en la propia piel, no limitarse a sobrevivir. Es necesario llevar la careta de competición, el atuendo blanco para que resalte la mancha de sangre. El dios feroz de la Historia no aceptará indefinidamente al sacrificado en lugar del sacrificador.

Los atletas desfilan de nuevo por la pista y regresan a los vestuarios. Augusto Turati vuelve a su sitio en la tribuna de honor. Los equipos de fútbol de Italia y Suiza salen al campo. Los italianos llevan por primera vez el uniforme completamente negro con los haces de lictores cosidos en la camiseta, a la izquierda, en el lado del corazón. Antes del saque inicial, alineados en el centro del campo, saludan con el saludo fascista.

A principios de mes, la señora Brard contaba que tuvo que suspender durante tres o cuatro días sus contactos con el P.[residente], dada la presencia de la legítima consorte en Roma. Pero poco después de su partida (exactamente una hora después de que el tren para Sarzana saliera de la estación de Termini) volvería a ocupar su sitio [...]. [De regreso a Villa Torlonia, fue recibida] con una violenta escena, habiendo reprochado el P. a la Señora el que hubiera estado con otro hombre durante su ausencia. La Señora contó haber reaccionado con una bofetada ante el epíteto de «ramera» con el que el P. la calificó.

Nota fiduciaria policial. Informante anónimo. Destinatario: Su Excelencia Arturo Bocchini, marzo de 1927. Texto mecanografiado

Arturo Bocchini
Roma, abril de 1927

Arriesgadas fugas, a bordo de veleros o a través de pasos alpinos, solo para mortificarse después en una vida de ilusiones. Interminables discusiones en las *brasseries* de los bulevares y grotescas pruebas de ingenuidad conspirativa. La recién nacida Concentración antifascista de París ni siquiera ha anunciado aún su constitución y en Roma Arturo Bocchini, jefe superior de la policía fascista, ya lo sabe todo de ella.

Su vasta red de confidentes —infiltrados a menudo bajo la apariencia de ardientes antifascistas— le informa, con un sádico gusto por los detalles, de las míseras vidas de los exiliados parisinos. Bocchini está al tanto de las melancólicas tertulias del Chope, en el boulevard de Strasbourg, está al tanto de la sede de su junta directiva en el 103 de la rue du Faubourg-Saint-Denis, está al tanto de las miserias de los amigos de Treves, Modigliani y Nitti, en las sucias habitaciones amuebladas de la rue Jarry, está al tanto de la triste existencia de Filippo Turati. El anciano, pingüe y angustiado patriarca del socialismo humanitario que —tras huir de noche, en lancha motora, por un mar tempestuoso, gracias a la ayuda de un joven socialista ligur llamado Sandro Pertini— vive ahora en el apartamento de Bruno Buozzi, antiguo secretario general del mayor y ahora disuelto sindicato italiano, en el boulevard Ornano, número 8; ahí, en un país extranjero y huésped en casa ajena, Turati deambula insomne hasta el amanecer meditando sobre el suplicio de su marcha, de su exilio. Pero Bocchini está al tanto también de la amarga batalla por la mera supervivencia de muchos antiguos amigos, compañeros de lucha e ídolos juveniles de Benito Mussolini.

Está al tanto del viejo Nullo Baldini, que defendió el cooperativismo agrícola en Romaña y fue compañero del padre del Duce, está al tanto de Pietro Nenni, que compartió celda con Mussolini cuando en mil novecientos once se rebelaron juntos contra la misión imperialista en Libia, está al tanto de Alceste De Ambris, el héroe del sindicalismo revolucionario de preguerra y mano derecha de D'Annunzio durante la asombrosa hazaña de Fiume. Todos ellos hombres, es inútil negarlo, formidables a su manera, pero aturdidos, más que por la derrota, por la oscura conciencia de no tener suficiente vida por delante para la esperanza de ver el día de la revancha, idealistas postrados más por la violencia de la realidad que por el descubrimiento de su inconcebible, sordo embotamiento.

Desde Roma, Bocchini vigila París. Sus servicios de información lo ponen al día, hora a hora, sobre las actividades de los exiliados. Las policías extranjeras señalan sus salidas, el registro de fronteras —introducido por iniciativa suya— deja constancia de sus llegadas a los confines italianos. Una actividad indispensable, si bien, a fin de cuentas, gratuita. Algo que hay que hacer, aunque resulte probablemente inútil. Casi un hipócrita homenaje que el vicio rinde a la virtud. El entorno de la Concentración Antifascista está, en efecto, dominado por socialdemócratas, intelectuales puros, románticos, almas cándidas del siglo anterior, vinculadas a la añoranza por otra época de luchas políticas, más honesta, más soñadora, veteranos de las grandes huelgas de la era liberal, pioneros de batallas épicas e incruentas que deberían haber llevado, paso a paso, hacia un futuro mejor: un futuro que, más tarde, sería limpiamente cercenado, como una rama rota, por las podaderas del fascismo. Los fanáticos de la Concentración Antifascista son, en su mayor parte, buenos y sanos burgueses, asqueados por la sangre y ajenos al crimen político; amantes de las discusiones interminables teñidas de nostalgia; teóricos de la «ayuda mutua» que casi siempre se reduce a comidas en común, preparadas por esposas fieles y apacibles —la señora Modigliani, la señora Buozzi, la señora Bensi, mujeres que han acompañado a sus maridos por mera devoción, abrazando la cruz de los expatriados—.

Basta con mirar la fotografía enviada a Roma por uno de los infiltrados para comprender, a primera vista, que estos bondadosos conspiradores probablemente sean inofensivos. Un grupo familiar numeroso, como solían serlo en el siglo XIX, los más ancianos en primer plano, sentados en una silla de paja como monarcas en su trono, las mujeres detrás de ellos, los jóvenes en cuclillas, y también los niños, entre las piernas de sus padres. Una imagen de fotógrafo de bodas: los patriarcas en el centro, con sabias barbas de antiguos filósofos, las devotas consortes en segunda fila, los descarnados nietos y los jóvenes varones —insatisfechos, inquietos, inseguros— a su alrededor.

Para ser francos, los únicos que siguen empeñados en presentar batalla son los comunistas. A pesar de que la represión se haya abatido sobre ellos con mayor dureza, a pesar de que sus líderes —empezando por Antonio Gramsci quien, minado físicamente por taras congénitas y enfermedades progresivas, soporta desde hace meses la cárcel y el confinamiento— estén casi todos en prisión por el mero delito de ser antifascistas, son ahora los únicos que siguen en sus trece y mantienen el rumbo. Azotados por la violencia de la Historia, los comunistas no cejan, porque nunca han esperado nada más que eso, fuera violencia ejercida o sufrida. Su meta no cambia.

Los miembros de la recién nacida Concentración Antifascista de París, en cambio, todavía no saben qué dirección tomar. Los veteranos de los partidos italianos emigrados al extranjero, socialistas, reformistas republicanos, humanistas y antiguos sindicalistas, han conseguido encontrar un frágil acuerdo, un programa de mínimos que consiste exclusivamente en invocar a gritos todos juntos la libertad perdida. Pero, más allá de eso, no saben avanzar. Su política se limita a un testimonio, un certificado de existencia en vida, un «no estar ausentes». Ni siquiera han logrado decidirse por la exigencia de una república parlamentaria que reemplace a la monarquía porque, a pesar de todas sus demostraciones de complicidad y aquiescencia, Filippo Turati todavía cultiva la ilusión de que el rey pueda renegar de Mussolini. Mientras tanto, en Italia, la propaganda fascista los retrata a diario como traidores, la prensa nos los menciona salvo para dar cuenta de sus fugas y la gente corriente ya casi los ha olvidado. Por consiguiente, en Roma, aunque ellos aún no lo sepan, Arturo Bocchini es muy consciente de cuál será su destino final: el rencor de las batallas perdidas, la amargura de una vejez desamparada y de una muerte en el exilio, el arrepentimiento por el campo abandonado al enemigo.

No tardarán algunos de ellos en estar dispuestos incluso a abjurar, a la deserción. Alguien, probablemente, ya lo esté. En esta historia, como en todas las demás, si el relato se alarga lo suficiente, la melancolía acaba prevaleciendo siempre sobre el ardor. Y entonces, cuando llegue ese día, Arturo Bocchini estará preparado para lisonjear, comprar, condenar a los renegados, a los apóstatas, a los melancólicos. Un jefe de policía debe conocer a los hombres, a través de sus vicios, sin dejarse distraer por sus virtudes. Un jefe de policía sabe que el vicio es una tenaz flor de invierno, cuyos brotes solo esperan los primeros fríos para retoñar.

Como consecuencia de las medidas de disolución, todos los viejos partidos dan muestras de una desbandada efectiva [...]. Del conjunto de noticias provenientes de las autoridades políticas, esta Dirección general considera, sin embargo, que únicamente el Partido Comunista de Italia, por mucho que se halle mutilado de sus mejores y más fieles exponentes, que se encuentran encarcelados en espera de juicio o en confinamiento policial, beneficiándose de la ayuda, no solo platónica, de la Internacional Comunista, no se ha desarmado.

Nota de la Dirección General de Seguridad Pública, 1927

Un lustro, una década, poco importa; lo que hace falta es no estar ausente. Son los ausentes, a quienes nunca asiste la razón, los únicos fallecidos. Los únicos que no resucitarán.

Filippo Turati, conmemoración de Giacomo Matteotti
y Giovanni Amendola en París

Los imprudentes que reniegan de la Patria, que se han aliado con el extranjero en tierra extranjera, no deben ser considerados como hijos de italianos, sino como descendientes de libertos, traídos como esclavos a Italia por las legiones victoriosas, o como bastardos de las invasiones bárbaras.

Italo Balbo, subsecretario de Estado de Aviación,
circular a los oficiales de la fuerza aérea, 1927

Augusto Turati
Mayo de 1927

La segunda recopilación de discursos del secretario del Partido Nacional Fascista se ha publicado en la primavera de mil novecientos veintisiete. Va antecedida por un prefacio laudatorio escrito de su puño y letra por Mussolini, reproducido en forma anastática en dos hojas dobladas, seguidas por la versión impresa que descifra para los lectores la indescifrable caligrafía del Duce. El mensaje que Turati envía a los fascistas con sus discursos —enteramente encerrado en el título, impreso en rojo en caracteres romanos en el frontispicio del libro— es neto, poderoso, definitivo: UNA REVOLUCIÓN Y UN JEFE. La visión de la que Turati se yergue en portavoz es elevada, casi religiosa: si la *parte* ha de volverse el *todo* para que Italia entera sea fascista, entonces el futuro deberá ser un mundo de fe y obediencia. Demolición del poder de los ras provinciales, eliminación de los pletóricos congresos de partido, abolición de todo mecanismo electoral interno y externo. Para los miembros del PNF, la misma ley impuesta a los italianos: universalidad del principio jerárquico, la luz y la norma que provienen de lo alto, la rodilla doblada en el suelo. La nación fascista es la nación que no vota, sino que cree, obedece, lucha y, si es necesario, muere. Benito Mussolini es su Gran Padre, cariñoso, severo, presagio del futuro y de la voluntad del pueblo, cuyo verdadero rostro palpitante se le aparece a través del velo de las estadísticas, de los informes de las prefecturas, de las crónicas periodísticas. Reunificación emocional entre la masa y su Duce, religión civil de devoción a un monumento humano que trasciende los viejos monumentos de piedra, una llama siempre encendida. Eso es lo que significa tener «una revolución y un Jefe».

Turati se muestra incansable en llevar cada domingo el nuevo verbo por toda Italia. A los milaneses les habla de un «espíritu revolucionario del fascismo que forja a cada instante las leyes del mañana», un parto cuya inminencia él antes que nadie siente dentro de sí mismo con pureza y ardor. E invita a cada uno de ellos a «repetir el alumbramiento». A los camaradas de toda Italia, desde Nápoles hasta Ferrara, les recuerda los contrastes, las luces y las sombras en conflicto entre sí, residuos del tiempo en que vivieron experiencias políticas distintas y antitéticas, antes de que los deslumbrara «una gran luz, la luz de una verdad absoluta, la voz de la patria, la de la nación». A los habitantes de Carrara dirige el llamamiento que hizo San Agustín para convertirse *in interiore homine*. Mirad dentro de vosotros. Descubriréis muchas impurezas. Se hará necesario que dentro de cada cuerpo haya una voluntad tersa como una hoja de puñal. Yo mido mi alma con la vuestra.

La visión es inspirada, alta, radiante. Y, sin embargo, la realidad se muestra recalcitrante. La realidad es el nombre de nuestro cotidiano pesar. A finales de abril se logra el objetivo —que ha sido durante meses el auténtico lema del régimen— de llevar la moneda italiana a un cambio de 90 liras por una libra esterlina. De hecho, incluso lo ha superado, alcanzándose un inesperado 85,75. Pero he aquí que el 21 de mayo Ettore Conti, magnate de la industria eléctrica y pilar económico de la nación, habla abiertamente en el Senado en contra de la «cuota 90». Tiene incluso la osadía de prever desastres si Mussolini se obstina en mantener el cambio de la lira con la libra en esa cifra. El único periódico que publica el texto taquigrafiado del discurso de Conti es *La Stampa* de Turín, secuestrado de inmediato, y sin embargo es inútil ocultarlo, toda la comunidad empresarial, por más que guarde silencio, es hostil a la medida. Y no son los únicos. Al otro lado de la barricada, también el pueblo siente el peso de la revalorización de la lira sobre sus hombros. Al humilde trabajador le cuesta entender el prestigio internacional de una lira a cuota 90, así como la dignidad contable de un presupuesto estatal cerrado con superávit o el éxito alcanzado por el préstamo Littorio. El asalariado hace un razonamiento mucho más a ras de tierra: «Si el coste de la vida baja un cinco por ciento y mi salario baja un diez, ¿quién disfruta de la diferencia?».

De esta manera, Augusto Turati recorre Italia palmo a palmo y en cada federación fascista se desgañita repitiendo que lo que hay que hacer es el razonamiento contrario: los precios al por menor de los productos alimenticios no disminuyen porque los empleadores no se atreven a bajar los salarios de los campesinos. La batalla de precios arrecia. Con el propósito de contrarrestar la pérdida de valor adquisitivo generada por la revalorización forzosa de la lira, se crean comités intersindicales en cada provincia para la fijación de los precios máximos y mínimos, y en Roma, un comité central intersindical (presidido por el propio Turati); los alquileres se reducen en un diez por ciento, el precio de los periódicos baja de 30 a 25 céntimos, se liman a la baja las tarifas de los servicios públicos. El 21 de mayo, Turati logra frustrar también, en el último instante, un aumento del complemento salarial de los parlamentarios de 1.250 a 2.000 liras promovido por Farinacci y, tres días más tarde, el 24 de mayo, se atreve con un gran mazazo para elevar la recalcitrante realidad a la altura de la idea: anuncia personalmente a los directores de las organizaciones industriales y de los trabajadores textiles la reducción general de los salarios en un diez por ciento.

Los trabajadores gimen bajo el peso de esta carga adicional, pero Turati no se rinde. Lanza su invectiva contra los especuladores, y llega incluso a negar el estatus de fascista al hombre de la bolsa, al «especulador codicioso que trafica indiferente con las fortunas de la patria y que estaría encantado de ver derrumbarse a su propio país con tal de que entren algunas decenas de miles de billetes a su cartera».

Sin embargo, ni siquiera la controversia anticapitalista parece suficiente. El comité ejecutivo de la Internacional Comunista, por más que el Estado italiano mantenga buenas relaciones diplomáticas con el ruso, abre por sorpresa otro frente, deplorando en un comunicado oficial la política monetaria del fascismo, «responsable de matar de hambre a los trabajadores». De este modo, incansable, el secretario responde con un contraataque, enredándose en una violenta controversia que alcanza al comunismo soviético: «La Italia fascista, que trabaja y se afana por construir su libre poder económico, no puede tolerar lecciones de quien ha masacrado y sigue masacrando, en pos del fantasma de una loca ideología, a todo un pueblo paciente y generoso; de quien apuntala todos los días, con montones de cadáveres, la edificación de una dictadura que ya no está en favor del proletariado, sino en contra del proletariado, reducido a la más negra de las miserias».

El Duce, en privado, lo reconforta a diario alabando sus esfuerzos oratorios. Los profetas apocalípticos del socialismo, le dice, han difundido ilusiones a manos llenas, creyendo que todo estaba listo ya para el surgimiento del nuevo mundo. Pero es gente que bebe vodka a barriles. A base de disparos de ametralladora puede disolverse una asamblea constituyente de diputados indefensos, pero no se consigue que un taller funcione.

Augusto Turati, alentado, reanuda su lucha, su testimonio de fe. Arremete contra la herejía más peligrosa, la que proviene del enemigo interno, de los propios fascistas, incluso de los de primera hora, reacios a la idea de que el partido sea una iglesia; arremete contra esos hombrecillos que, proclamándose buenos fascistas, proclamándose «hombres de la política», por codicia, mezquinos cálculos o ignorancia, no aceptan las palabras «amor, devoción, disciplina, fidelidad hasta el sacrificio», no comprenden que la gran revolución política del fascismo lleva a la negación radical de toda libertad política. Turati se desgañita. En todas las provincias de Italia repite a quienes se quejan de la disminución de los salarios que «el hombre económico no existe», que es una invención de los especuladores capitalistas; remacha en cada federación provincial su firme condena del «animal político», que no pasa de ser un homúnculo, un animalejo, un hurón o una corneja, hambriento de su propio jirón de poder. Sin embargo, a pesar de todos sus esfuerzos oratorios, los industriales siguen hostigando la «cuota 90», los comunistas maldiciendo el fascismo y los homúnculos del fascismo adentellándose unos a otros por el mejor bocado.

En un momento de desesperación, hacia finales de mayo de mil novecientos veintisiete, el secretario confiesa al Duce su amargura, enumerando todas las constantes adversidades y los irreductibles adversarios.

Mussolini, a quien generalmente irrita cualquier manifestación de desánimo, lo sorprende. Esboza una sonrisa socarrona, luego, como para confirmar la mímesis animal escogida, se encoge de hombros y le dice: «Es verdad. Todo el mundo me aconseja que abandone la "cuota 90". Pero yo no he de escuchar sus consejos, siempre que lo hago, yerro. Yo soy gato. Tengo que seguir mi instinto». Luego, después de una breve pausa empleada en perderse en un espejismo lejano, el fundador del fascismo añade: «Esta evolución de nuestro pueblo ha de volverse total».

Roma. Al habla Benito Mussolini.
Milán. Al habla Arnaldo Mussolini.

Roma: ¿Cómo van las cosas?

Milán: Bastante bien. Incluso de la lectura de periódicos y publicaciones extranjeros, saco la impresión de que, en general, las cosas marchan.

Roma: Yo también lo he notado. En cuanto a la disminución del coste de la vida, ¿aún se sigue refunfuñando por ahí?

Milán: A estas alturas, todos los sapos y culebras han sido tragados y digeridos ya, porque Milán, más que un centro de clase media, es un centro industrial. Hubo algo de mal humor al principio, pero luego la cosa acabó por aceptarse.

Roma: Aquí, sin embargo, está resultando duro.

Milán: Es lógico, porque la población de la capital está formada principalmente por empleados.

Roma: Esa es precisamente la razón.

Milán: Aquí, sin embargo, hay algo de malestar y pesimismo por el balanceo de la libra.

Roma: Deberíamos transmitir tranquilidad en ese sentido, porque eso también acabará por arreglarse.

Milán: Así lo haré; pero la razón es exactamente lo que te he mencionado: Milán es el mayor centro industrial italiano, razón por la cual se ve afectado, más que otras ciudades, por las variaciones en el tipo de cambio que provocan esa inestabilidad.

Roma: Lo cierto es que no se pueden hacer milagros y, en cierto sentido, lo que ocurre estaba en parte previsto.

Milán: ¿Y entonces? ¿No podrían diseñarse contramedidas adecuadas?

Roma: Hablar es fácil...

Conversación telefónica interceptada por el Servicio Especial Reservado, primavera de 1927

Arturo Bocchini
Roma, 24 de mayo de 1927

La nota fiduciaria está mecanografiada. No proviene de uno de los confidentes policiales habituales, sino de un tal Ugo Clerici y no está dirigida al jefe de policía sino directamente al jefe de Gobierno. En cualquier caso, como cualquier otra correspondencia privada de Mussolini, esta también pasa primero por el tamiz de Bochini.

VOLPI-PINARDI (ENEMIGO DE GIAMPAOLI) EN EL EXTRANJERO

El bien conocido Volpi —antiguo mensajero de *Il Popolo d'Italia* y viejo fascista más o menos limpio [...], el que fundó la revista *1919*— ahora perteneciente a Giampaoli, ese que sabía muchas cosas y al que se le abonaron 200.000 liras para que dejara de oponerse a Giampaoli y se retirara del todo, el que abrió con Franceschelli una empresa de impresión y encuadernación que terminó mal, el que se jactaba de sus amistades con Albertini, Cesare Rossi, Bazzi y Vandervelde, parece haber desaparecido en estos días.

«Se me está haciendo la vida imposible. ¿¿Que Giampaoli y su banda de bandidos quiere verme a mí muerto y hambrienta a mi familia?? ¡¡Pues bien, van a ver quién es Volpi!! ¡¡Les va a encantar la música!! Lo siento por nuestro pobre Gran Duce, pero yo tengo que defenderme, tengo que defender al propio Duce de esta organización de bandidaje en pleno Milán».

Mucho me temo que Volpi puede estar de verdad al corriente de demasiados asuntos sucios.

Albino Volpi. Un «viejo fascista más o menos limpio [...]», «el
que fundó la revista *1919* [...]». ¡¿Un impresor aficionado?!
Albino Volpi es quien arrojó en noviembre de mil novecientos
diecinueve una granada de mano Thévenot contra una procesión
de socialistas desarmados, es quien secuestró a Giacomo Matteotti
y casi seguro quien le hincó un puñal en pleno costado, ¡Albino
Volpi es la leyenda negra de la violencia fascista! Mussolini, aunque
lo mantiene a distancia desde que ha adoptado la pose del estadista,
lo define en privado como «la niña de mis ojos». Volpi es el hombre
que, tal vez, después de haber enterrado de cualquier manera el
cadáver, se hizo con el expediente sobre el maxisoborno de Sinclair
Oil que guardaba Matteotti. Por su parte, Mario Giampaoli, *sansepolcrista,* antiguo delincuente común, ahora secretario federal, es el
hombre del Duce en la capital lombarda. Y detrás de Volpi está sin
duda Farinacci. En cambio, a la sombra de Giampaoli se mueve
Ernesto Belloni, el podestá de Milán, muy estimado por Mussolini,
que al parecer incluso está pensando en ascenderlo a ministro. Por
si fuera poco, Ugo Clerici es un viejo amigo de la familia Mussolini,
muy próximo a Arnaldo y fiduciario de Benito.
El Duce, como bien sabe Bocchini, no quiere molestias en estos días: parece ser que está preparando un discurso fundamental
para el futuro del país. Todo hace suponer, sin embargo, que precisamente en Milán se está incubando una guerra de bandas entre los
fundadores del escuadrismo. El informe de Clerici termina inmediatamente en el escritorio del presidente del Gobierno.

Benito Mussolini
Roma, 26 de mayo de 1927
Montecitorio, Cámara de los Diputados

—Hoy no seré breve.

Benito Mussolini, con su gesto habitual, acaba de colocarse el nudo de la corbata. En el hemiciclo de Montecitorio, en penumbra, cientos de parlamentarios procedentes de todas las regiones guardan un silencio absoluto. En el orden del día figura la discusión del presupuesto, pero hace semanas que todos esperan este discurso, anunciado como una amplia panorámica del presente, del pasado y, sobre todo, del futuro del país. Un balance y un horóscopo de la Italia fascista.

—No seré breve porque tengo muchas cosas que decir, y hoy es uno de esos días en los que tomo la Nación y la coloco frente a sí misma.

Mientras la voz, notoriamente metálica, resuena llenando la sala en forma de hemiciclo, suspendida entre la amenaza y la promesa, ahora les toca a los diputados colocarse el nudo de la corbata. En sus manos, Mussolini sostiene el grueso volumen del presupuesto estatal y una abultada pila de papeles mecanografiados. Es evidente que hoy nada será improvisado: como al Duce le gusta repetir a sus colaboradores, solo se improvisan las tonterías.

Después de dispensar los elogios y agradecimientos de rigor, el orador anuncia que su discurso va a estar subdividido en tres partes. Someterá a análisis la estructura administrativa de la Nación y expondrá las directrices políticas generales, actuales y futuras, del Estado. Antes, sin embargo, se hace necesario afrontar un tema inaudito, acometer una tarea desproporcionada. Antes de abordar la administración y la política, Benito Mussolini pretende hacerse cargo de algo que ningún hombre de Estado ha asumido jamás en el pasado: la salud física y moral de la raza.

—Alguien dijo en otros tiempos que el Estado no debería preocuparse por la salud física del pueblo. Aquí también debía aplicarse la máxima liberalista «Dejad hacer, dejad pasar». ¡Esta es una teoría suicida! —Benito Mussolini apoya los puños en el estrado y estira el cuello, como para desafiar una posible contradicción.

Nadie lo contradice. De modo que continúa.

—Es evidente que en un Estado bien organizado el cuidado de la salud del pueblo debe ocupar un lugar preferente. ¿Cuál es el cuadro de conjunto? ¿Está la raza italiana, es decir, el pueblo italiano en su expresión física, en un periodo de esplendor, o se perciben síntomas de decadencia? —durante la breve pausa retórica que sigue, el silencio de los diputados, hasta ahora deferente, vira hacia un tono más sombrío e inquieto. La palabra «raza», aunque suavizada por la inflexión dialectal que difumina la «z» en «s», asociada con el espectro de la enfermedad como vergüenza inadmisible, se cierne sobre la multitud de los representantes del pueblo como un acto de acusación dirigido *ad personam*. De repente, incluso un estreñimiento intestinal, o hasta un resfriado o un juanete hereditario pesan en el pecho con la infamia de la traición.

El examen clínico de la raza italiana —anuncia el orador— irá acompañado por «numerosos hechos constatados y otras tantas cifras». No ha de inferirse de ello que él comparta la opinión de quienes consideran que son los números los que gobiernan a los pueblos. No. Los números no gobiernan a los pueblos. Pero en las sociedades modernas, tan numerosas y complejas, son necesarios.

De esta manera, sobre sus señorías los diputados se abate una marejada de datos agusanados y putrescentes. La situación de la raza italiana es gris. Las enfermedades sociales marcan un recrecimiento. La incansable dirección sanitaria fascista ha desratizado nueve mil cargueros —millones de roedores orientales envenenados con bocados al cianuro—, se ha prodigado en la higiene escolar, en la vigilancia de alimentos y bebidas, en los servicios antituberculosos, en obras higiénicas —acueductos, canales, alcantarillas—, incluso en la lucha contra los tumores malignos. Pero todo esto no es suficiente. La pelagra, que ha pesado sobre la población durante siglos, casi ha desaparecido pero la tuberculosis todavía ofrece cifras terribles (sesenta mil víctimas al año), los tumores malignos van en aumento, imparables, y la malaria también asoma la cabeza: casi un centenar de muertos cada cien mil habitantes solo en Cerdeña. Y además está el flagelo del alcoholismo —Italia tiene tres millones de hectáreas consagradas a viñedos y 187.000 tabernas—, que siega más de mil muertes cada año, y además están el raquitismo, la desnutrición, la gota, el cretinismo de las montañas, las epidemias infantiles de sarampión, tos ferina, escarlatina.

En cualquier caso, y por encima de todo, si la raza está degradada, infectada, coja, es a causa de las enfermedades del espíritu. Más grave que el abuso de alcohol («si unas cuantas copas de buen vino fueran realmente dañinas, la humanidad haría tiempo que se habría extinguido») es el amohinamiento de la especie, su infertilidad, su cicatería con la vida. Estas son las enfermedades sociales que más nos preocupan: esterilidad, infertilidad, urbanismo industrial. Estos son los enfermos más terribles: los suicidas, los célibes, los maridos estériles. Éramos la «gran proletaria», pero en el curso de tan solo dos generaciones del siglo xx la tasa de natalidad italiana ha caído del treinta y cinco al veintisiete por mil. Hay regiones antiguas y olvidadas, como Basilicata, que todavía dan hijos a la patria, mientras que la cobardía moral de los grandes núcleos urbanos se los arrebata, el debilitamiento del sentido del tiempo, de la historia y de la vida en torno a ese gran malentendido que algunos llaman «la modernidad» de los centros industriales vacía nuestras cunas: en el curso del último año la población de Turín ha disminuido en 538 unidades, la de Milán solo ha crecido en 22. Debemos vigilar la raza, preocuparnos de la raza, prestar cuidados a la raza.

Por esta razón, el régimen fascista ha impuesto una tasa de soltería. Para financiar el Ente Nacional de Maternidad e Infancia. Y por la misma razón está sopesando un impuesto para los matrimonios infecundos. Porque no somos demasiados, somos demasiado pocos. El río no se desborda. Se mantiene en sus cauces. Mejor dicho, las orillas empiezan a secarse.

—¡Yo afirmo —la voz de Mussolini se eleva una octava, casi hasta ahogarse— que un dato no fundamental sino perjudicial del poder político de una nación es su poder demográfico! ¡¿Qué son cuarenta millones de italianos en comparación con noventa millones de alemanes o doscientos millones de eslavos?!

Mientras el sutil terror del enemigo a las puertas se extiende por el hemiciclo, el orador arrastra a su público, ya aturdido por la vertiginosa lista de enfermedades físicas y espirituales, a través de siglos de angustia: todas las naciones y todos los imperios sintieron la picadura de la decadencia cuando vieron disminuir el número de sus nacimientos. La paz romana de Augusto fue tan solo una brillante fachada, detrás de la cual fermentaban ya las señales del declive. Hasta Trajano, toda la historia de Roma estuvo dominada por esa angustia. El imperio no fue capaz de sostenerse porque tenía que ser defendido por mercenarios. Sin un «latigazo demográfico» el destino italiano será inexorablemente el de la «decadencia».

Decadencia. Ahora que la fatídica palabra se ha pronunciado, va a emparejarse con la palabra «raza», ambas suspendidas en el aire sobre las cabezas de los diputados de la misma forma que los vaporosos miasmas pesaban en la antigüedad sobre las ciudades maldecidas por plagas divinas.

El grito de Benito Mussolini, sin embargo, viene a rescatar a sus sometidos de la pesadilla de siglos de angustia:

—¡Señores míos! Italia, si quiere contar algo, debe asomarse al umbral de la segunda mitad de este siglo con una población de no menos de sesenta millones de habitantes.

El *diktat* del Duce embiste a la audiencia con la fuerza de un objeto contundente. Sesenta millones a mediados del siglo XX significaría veinte millones en veinte años. Un crecimiento de un millón cada año. La duplicación de la población en un siglo. Mussolini no indica cómo es posible algo así, el proceso, la génesis del milagro que pretende. Lo presenta como un todo, lo lanza contra la imaginación de su audiencia en forma de imagen desnuda, nítida y penetrante:

—¡En caso de que disminuyamos, señores, no construiremos un imperio, nos convertiremos en una colonia!

El imperio. He aquí el destino final. La idea zoológica de los italianos como raza sometida a una cura, la visión del hombre como animal enfermo conducen al imperio. Al imperio o a la colonia. *Tertium non datur.*

El discurso de Benito Mussolini en el Día de la Ascensión prosigue durante casi dos horas más. Los miembros de la Cámara de Diputados, desconcertados y enfebrecidos, se ven bombardeados por una granizada de frases y pronunciamientos concebidos para perdurar en la memoria.

«La oposición es necia, superflua en un régimen totalitario.»

«Hoy enterramos la mentira del sufragio universal.»

«Señores míos: es hora de decir que la policía no solo debe ser respetada, sino honrada. Señores míos: es hora de decir que el hombre, antes de sentir la necesidad de la cultura, siente la necesidad del orden. En cierto sentido, puede decirse que el policía ha precedido en la historia al profesor.»

Sobre la metamorfosis de los italianos en un pueblo belicoso, el martillo de Mussolini golpea largo y tendido: «Así se forma el ejército fascista: desde abajo; ¡así se forman las generaciones de guerreros!». Es necesario, en un futuro no muy lejano, poder movilizar a cinco millones de hombres, y es necesario poder armarlos. Hace falta fortalecer la marina pero, sobre todo, hace falta fortalecer la aviación, el arma del futuro, hasta el extremo de hacerla «tan numerosa y tan potente que el grito de sus motores cubra cualquier otro ruido en la península y la superficie de sus alas oscurezca el sol en nuestra tierra».

Habiendo llegado a la guerra, la visión se eleva a profecía:

—Así podremos entonces, un mañana, cuando entre mil novecientos treinta y cinco y mil novecientos cuarenta volvamos a hallarnos en un punto crucial de la historia europea, podremos hacer que se oigan nuestras voces y ver por fin reconocidos nuestros derechos.

La profecía, con la mirada lanzada al abismo del futuro que a todos nos engullirá, se enciende manteniendo los ojos fijos en las cunas:

—No hay que hacerse excesivas ilusiones, sin embargo. Es evidente que también tendremos que recibir la ayuda de las fatales leyes de la vida. La generación de los irreductibles, de aquellos que no han entendido la guerra y no han entendido el fascismo, en determinado momento será eliminada por ley natural. Crecerán los jóvenes, crecerán los obreros y los campesinos que estamos reclutando entre los balilla y los vanguardistas.

Como remate, lo memorable, lo visionario, lo profético se vuelcan en lo oscuro, en lo siniestro. La profecía, la iluminación soberana de un instante meridiano, culmina en la ceguera, en la aparición del rostro familiar transmutado en extraño:

—¡Solo quiero deciros que dentro de diez años Italia, nuestra Italia, será irreconocible para sí misma y para los extranjeros, porque habremos transformado radicalmente su rostro, pero sobre todo su alma!

Son las 18:35. El discurso, que ha durado dos horas y media, ha terminado. Las palabras del futuro han sido pronunciadas: raza, decadencia, régimen totalitario, guerra, policía, generaciones, imperio. El ministro de Hacienda, el conde Volpi de Misurata, solicita el honor de que sean difundidas en carteles. Concedido. De los bancos de los sometidos, entre el rugido de los aplausos se elevan los cánticos fascistas: «¡A las armas, a las armas...!» «¡Juventud, juventud...!».

Con rostro sereno, complacido, Benito Mussolini, rodeado de aduladores, se encamina hacia la salida, saludando a la romana. Antes de abandonar el hemiciclo, sin embargo, se detiene un momento para dirigir un saludo a las gradas donde se sienta Edda, su hija. Al aventurarse en un futuro al que pide lo imposible, el Duce del fascismo busca consuelo en la sonrisa remota de su hija predilecta, la «hija de la miseria», nacida en una sórdida casa de Forlì cuando su padre era un furioso marginado, y ahora ya toda una señorita.

Pero Edda Mussolini —tal vez por sentirse abrumada por el clamor de la historia— no devuelve en ese instante la mirada a su padre. No hay adulación peor que la dirigida al tribunal del futuro. El futuro nos juzgará, implacable, y sin la menor competencia.

El señor Mussolini habla con cautela de la nueva generación porque sabe que hay poco que esperar de la presente. Hizo esta interesante admisión: «La mayoría de los trabajadores está fuera del fascismo».

Es evidente que debemos esperar la ayuda de las fatales leyes de vida [...].

Por lo tanto, el estado corporativo tendrá que esperar hasta que el mayor número de italianos haya muerto para poder completar su desarrollo.

Entretanto, los ojos del señor Mussolini están siempre fijos en los niños.

«The Fascist State», *The Times*, 1927

A veces se me ocurre pensar que después de cinco años vería cumplida gran parte de mi labor. Señores míos, me doy cuenta de que no es así [...]. Me voy convenciendo de que [...] debo asumir la tarea de gobernar la nación italiana durante otros diez o quince años más. Es necesario. No ha nacido aún mi sucesor.

Benito Mussolini, discurso de la Ascensión,
26 de mayo de 1927

Nos llaman desde Roma, 27 por la noche:

El podestá de Milán, el Excmo. Sr. Belloni, durante su estancia en Roma, además de participar en el encuentro de los podestá de los grandes municipios con el gobernador Potenziani (del que nos ocupamos en otra parte del periódico), ha mantenido largas conversaciones sobre asuntos relativos a Milán con el secretario general del partido, el Excmo. Sr. Turati, con el subsecretario de Presidencia e Interior, el Excmo. Sr. Suardo, con el Subsecretario de Guerra, el general Cavallero, y con el ministro Fedele. El podestá ha regresado esta noche a Milán.

Corriere della Sera, Corriere Milanese,
sábado 28 de mayo de 1927,
«Encuentros de Belloni en Roma»

Rodolfo Graziani
Tripolitania, verano de 1927
Estado Mayor de los Territorios del Sur

El imperio. Una modestísima colección de desiertos. Eso es lo que ves a través de las lentes de los prismáticos cuando hace veinte años que luchas por él.

Una aviesa infinidad de arenas invivibles, unos pocos y míseros ejemplares de *Acacia horrida* en las hondonadas donde el agua se estanca e irreductibles *mehalle** de guerreros andrajosos que merodean famélicos por los márgenes de precarias guarniciones, conquistadas a precio de sangre. Eso es lo que ve el coronel Rodolfo Graziani si levanta la mirada hacia el horizonte, protegiéndose con la mano del sol cegador y del viento del desierto, cuando llegan desde Roma al Estado Mayor de los territorios del sur de Trípoli las transcripciones de las proclamas del Duce.

«Una aviación tan numerosa y tan poderosa que el grito de sus motores cubra cualquier otro ruido en la península y la superficie de sus alas oscurezca el sol en nuestra tierra.»

«¡En caso de que disminuyamos, señores, no construiremos un imperio, nos convertiremos en una colonia!»

Qué hermoso, hermosísimo, pero no es la guerra. No, esas palabras no son la guerra. En Fezán, un territorio inmenso e indefinido, extendido aproximadamente entre el paralelo 29 y el trópico de Cáncer, formado en su mayor parte por grandes depresiones salpicadas por oasis dispersos, un nido de rebeldes donde incluso la di-

---

* Las *mehalle* eran bandas de guerreros nómadas, especialmente belicosas y capaces de sobrevivir a las duras condiciones del desierto. *(N. del T.)*

ferencia entre colono y colonizado se vuelve incierta, en Fezán, eso es seguro, ninguna ala de avión oscurecerá jamás el sol.

Es cierto que, a estas alturas, el dominio italiano de la franja costera está consolidado. Han pasado los tiempos en los que miles de muyahidines podían atreverse a atacar Misurata, la segunda ciudad costera en importancia solo por detrás de Trípoli, y la columna que él dirige —la columna Graziani— era incapaz en sus contraofensivas de rastreo de localizar a ninguno de los contingentes árabes. Han pasado los días en los que el reportero del *Corriere della Sera* podía describir a los italianos la vergüenza de una «pobre ciudad espejo de desolación, casi desprovista de habitantes, con mercados cerrados y barrios enteros (los de quienes se habían mantenido fieles a nosotros) destruidos, y aquí y allá señales de cañonazos y disparos aún recientes, Misurata triste como un corazón sin sangre».

Ahora, tras las operaciones de mil novecientos veinticuatro, el dominio italiano se extiende al este hasta Sirte, en la costa, y al oeste casi hasta el paralelo 30 en el interior. En su último año de gobierno de la colonia, el conde Volpi por fin lo entendió todo. Nada ya de «lisonjas ni dinero en la vana ilusión de ganarse el favor de los jefes tribales, nada de declaraciones de igualdad entre nosotros y los indígenas». Total, esa gente solo entiende la fuerza, solo respeta la fuerza. Basta, pues, con la vieja política de humildad, fraternidad y favores. Y, de esta manera, se aprendió por fin a hacer la guerra en los desiertos. Nada de acciones a gran escala comandadas por generales ancianos y columnas pesadas con tropas blancas. Tropas nativas, columnas ligeras, comandantes jóvenes, unidades motorizadas, aeroplanos, comunicaciones vía radio, vehículos blindados con ametralladoras. Indigenización, tecnologización, ahorro de «vidas blancas». Velocidad, potencia de fuego superior, seguridad. La más asimétrica de la violencia exterminadora.

Y así, los rebeldes, tras abandonar el oasis de Guibla, la franja de desierto rocoso que confina con la franja costera hacia el norte, se vieron empujados hacia el sur, cada vez más al sur, a regiones inhóspitas, donde resultaba casi imposible reemplazar las armas y las monturas perdidas. El éxodo, siguiendo pistas sin pozos, sin una brizna de hierba siquiera, llegó a durar incluso dieciséis días de caminata. Lo recorrieron los guerreros, pero también sus mujeres y sus niños desnutridos, junto a miles de caballos y camellos desbocados, entre tribus hostiles y el látigo sordo del siroco.

Ahora, sin embargo, todos los jefes rebeldes están otra vez a salvo en Brak, en Sabha, en Murzuk, en medio del desierto, a cientos de kilómetros del puesto de avanzada italiano más extremo. Miserables, indómitos e inalcanzables.

Antes de dejar la colonia para irse a Roma a dirigir el Ministerio de Hacienda, el conde Volpi había dado a entender que Tripolitania estaba pacificada pero lo cierto es que en la frontera sur arrecia una rebelión abierta. Los guerreros, expulsados, humillados, enfurecidos, están aún dispuestos a morir a las órdenes de los viejos caimacanes, los antiguos subprefectos del Imperio Otomano. Como Mohamed Fequini, el jefe de la tribu rogeban, durante treinta años al servicio de la administración turca, condecorado por haber repelido la invasión francesa hasta en las fronteras de Túnez, y después, durante otros veinte años, enemigo acérrimo de los bereberes sometidos a los extranjeros y un razonable adversario de los italianos.

Graziani lo conoce bien. Lo ha tratado en épocas de tregua provisional y ha luchado varias veces contra él en los constantes recrudecimientos de la guerra. En mil novecientos veintidós, cuando Fequini se opuso a la expansión de las tropas italianas por el Yábal occidental, la meseta de la que era prefecto, lo derrotó en los pozos de al Uchim matando a su hijo, Husein, un joven de veinte años que ya había peleado en Zuara a los trece. En aquel entonces, Graziani solía comunicarse con Fequini lanzando cartas desde los aeroplanos y, en una ocasión, con la esperanza de poder librarse por fin de él mediante el engaño, lo sorprendió ordenando al piloto que descargara también algunas bombas sobre la casa de su adversario.

Ahora Mohamed Fequini, culto, inteligente, carismático, tiene más de setenta años, está prácticamente ciego, manda sobre unos cientos de fusiles a lo sumo, pero sigue luchando. Dirigidos por jefes como él, los rebeldes dominan Fezán hasta el extremo de que el único aliado de Italia que queda en la región, Bubaker Lequi, caimacán de Gat, se encuentra aislado y expuesto a toda clase de ataques. Desde Trípoli, el general De Bono, que ha sucedido a Volpi en el gobierno de la colonia, se ha pasado meses mandando quejumbrosos despachos a Roma para que lo autoricen a marchar hacia Gat, pero lo cierto es que —Graziani lo sabe— las líneas de operaciones se alargarían demasiado, el sur queda fuera de alcance, Gat está perdido.

De Bono gimotea, maldice y alborota para que se lance la operación de «recosido» entre las posesiones italianas en Cirenaica y Tripolitania a lo largo del paralelo 29, pugnando por obtener el mando. Cada vez que llega de Roma una ducha fría, cada vez que el ministro Volpi le niega las decenas de millones necesarias, telegrafía a Mussolini implorando. Más tarde, confiándose a su diario, Emilio De Bono duda incluso de su propio ídolo: «Mussolini siempre se deja influir por el último que le habla»; maldiciendo contra la obligación de invitar a almorzar a huéspedes ilustres, insulta a los familiares de estos (los hijos del Duce «no tienen modales en la mesa y no son muy limpios»; Edda, la hija predilecta, es una «arrogante, melindrosa pueblerina más bien»); por último, al final del verano, el viejo general se deja llevar a la más negra de las depresiones: «La situación es trágica. Las necesidades se multiplican. Carreteras en estado deplorable. Sin crédito para construcciones. ¡Trípoli que tiene mil necesidades y nada de dinero! ¡Sería mejor cerrar el local!».

De Bono es patético, pero tiene razón. No habrá paz hasta que el dominio italiano no sea uniforme en todo el territorio, no habrá dominación hasta que el último jefe rebelde no sea ahorcado. Una de las máximas que el coronel Graziani ha colgado en su remoto despacho de comandante del distrito Sur reza: «En lo que concierne a las conquistas coloniales, no avanzar significa retroceder». Lo demuestra la reciente defección de Mohamed Ben Hag Hasen, jefe de la tribu misciascia, con quien Graziani ha entretejido durante años extenuantes relaciones diplomáticas hasta otorgarle el título honorífico de agente de distrito, *mudir,* y la exención de entrega de armas. Ahora él también se ha rebelado abiertamente. Ha enviado a su antiguo amigo y aliado una larga carta en la que se deja llevar al descaro de la amenaza: «Si no nos dejáis tranquilos en nuestro territorio, no dudéis de que iremos a separar el territorio de Yábal también, con más razón si pretendéis prohibir los pastos a nuestro ganado y los mercados a nuestra gente». Y lo demuestra también el jefe sanusí de los mogarba er-Raedat, el viejo al Ateusc, a quien

De Bono había garantizado el acceso al mercado de Sirte a cambio del desarme, pero que fue aprovisionándose de todos los suministros que pudo para acabar echarse al monte. Intolerable.

Hace meses que se está planificando la sutura y hace años que se pospone. Ahora, por fin, Mussolini ha hablado abiertamente de rearme. Ha llegado el tiempo de dirigirse hacia Fezán, para dar un salto adelante en la violencia.

El coronel Rodolfo Graziani levanta sus binoculares de ordenanza sobre la desolada línea del horizonte, enfoca un mísero, trasojado espécimen de *Acacia horrida,* que ha crecido en una hondonada donde el agua se estanca. Y lee en él el signo del Imperio.

Consideramos vuestra forma de corresponder mediante el trámite de los bombardeos como una provocación que no es digna de un estado civil y de personalidades ilustres. Nosotros, nosotros somos hombres de verdad, acostumbrados a la guerra, hombres que prefieren una muerte honrada a una vida humillante [...].

Si deseáis iniciar negociaciones con nosotros, enviadnos al intérprete Rapex y al teniente Sbriscia. Su incolumidad queda garantizada por nosotros.

Carta de Mohamed Fequini y otros ocho jefes tribales,
a Rodolfo Graziani, 6 de junio de 1922

Me arrepiento de no haber mantenido completamente mi plan de firmeza [...]. [El jefe de la tribu] al Ateusc nos ha tomado el pelo. Yo tenía razón y había que haberme hecho caso [...]. Lo único que vale de algo aquí son los estacazos [...]. Mejor acabar con esto por la fuerza. Empezaré pronto con las acciones de mofa aérea y si se retiran los acribillaré con bombas de gas asfixiante.

Emilio de Bono, gobernador de Tripolitania, *Diario*
(a propósito de las largas negociaciones de desarme con los rebeldes mogarba), julio de 1927

Galeazzo Ciano
Pekín, verano de 1927

El día de su debut fue el peor día de su vida. Su padre —el héroe de Buccari—, bigotudo, estólido y corpulento, tuvo que sentarse en el patio de butacas con toda la familia ante su insistencia y al caer el telón tras *La felicidad de Hamlet,* drama tardodecadentista de cuatro cuartos, a pesar de haber contratado una nutrida claque de admiradores pagados, tuvo que soportar indefenso los silbidos y las mofas de los «chacales» que masacraban a su hijo. El padre, en el apogeo de su madurez de soldado y de hombre, en mil novecientos dieciocho, a bordo de una diminuta lancha antisubmarina, se había aventurado noventa millas náuticas en aguas enemigas y había abierto fuego contra la flota imperial, elevando la moral de toda una nación; pocos años más tarde, el hijo dilapidaba su juventud en ociosidades literarias y maltrechas veleidades artísticas. Después del fiasco, el autor del drama se había convertido en su personaje: «Deshecho como un muchacho suspendido en el diploma de reválida». Entonces Galeazzo Ciano, hijo de Costanzo, tuvo que admitir ante sí mismo que nacer de un padre heroico no es el mejor de los comienzos. El problema con las leyendas vivientes es exactamente esa: que están vivas.

El día de su debut teatral fue, sin embargo, para Galeazzo también el primero de su vida. Antes de esa colisión con el mundo su infancia se había consumado en adoraciones y bofetadas, una asfixiante pedagogía de cuartel. La educación del «sí, señor» se había prolongado en la adolescencia: la intimidación obsesiva a «ser siempre el primero», la obligación de remedar modelos viriles inalcanzables, el yugo del gran hombre que te mantiene alejado de todo lo que constituye la vida de un hombre. Costanzo había obligado a su hijo a vestir el uniforme de marinero, sacado de sus viejos uniformes, hasta los dieciséis años, le había conminado a mantenerse lejos de los fascistas de los que él mismo era un ídolo y hasta los veinte le había prohibido incluso el rito de iniciación a la edad adulta: las visitas al burdel. El resultado fue un chiquillo llorica, frágil e hipersensible, autor de seis novelas cortas, todas ellas obsesionadas con la muerte, preferiblemente la del suicida, un jovenzuelo de tardes dominicales en casas burguesas que se jactaba de un inexistente pasado como aporreador.

Tras emanciparse, el hijo del héroe, como sucede a menudo con los ineptos, se había embarcado en la carrera literaria. Después de mudarse a Roma, se convirtió en un asiduo de la tercera salita del café Aragno, donde fue al mismo tiempo admitido y marginado como hijo de su padre. Galeazzo se había ido ganando una serie de apodos que iban desde «cretino con ingenio» hasta «tonto con genio». El padre fue primero héroe de guerra y fundador del fascismo, luego se hizo millonario al explotar en los negocios su posición privilegiada como diputado y ministro. El hijo no es más que un pisaverde de café, un periodista fracasado y un escritor mediocre: «El año que se avecina me encuentra algo solo, algo triste, algo desalentado. Tengo en el corazón la espina de un tormento sutil; el mundo me parece vacío y desolado, mi vida sin meta», le había confiado Galeazzo a una de sus mejores amigas —la actriz Mimy Aylmer, abrasadora desilusión amorosa— en los albores de mil novecientos veinticinco.

El final del recreo se lo marcó su padre. La meta se la señaló él: su hijo entraría en la diplomacia. Carrera de aristócratas, por supuesto, pero ni siquiera el nacimiento plebeyo suponía ya un problema dado que el padre acababa de ser elevado por el rey al rango de conde de Cortellazzo.

El hijo se doblegó una vez más. Hincó los codos en los libros y ya en mil novecientos veinticinco, gracias a los buenos oficios de su distinguido progenitor, pudo convertirse primero en vicecónsul en Río de Janeiro, luego en segundo secretario de embajada en Buenos Aires. Allí aprendió a odiar Argentina, a despreciar a la chusma de sus compatriotas obligados a afrontar la odisea de la emigración. Al hijo de papá que se pavoneaba como un dandi escéptico, Argentina le pareció una «tierra sin color», Buenos Aires una «ciudad monótona y turbia como el río que la baña», los emigrantes, y entre ellos los numerosos italianos, nada más que «despojos humanos». Galeazzo también aprendió a atrincherarse detrás de enigmáticos silencios durante las conversaciones cultas y a aburrirse con encanto mediante poses de trágicas imitaciones de Rodolfo Valentino. Sin embargo, también pudo descubrir que el mundo está lleno de genuina desesperación, especialmente femenina. Fue entonces cuando empezó su carrera como seductor. Esposas con sobrepeso de diplomáticos alcohólicos, hijas de multimillonarios estadounidenses, refinadas intelectuales comunistas sudamericanas. A estas últimas, el joven diplomático fascista las impresionaba proclamando en público que «el siglo XX solo había tenido dos grandes hombres, Lenin y Mussolini», y acompañando la frase con un rápido y cínico guiño en su exclusivo beneficio.

Más tarde, sin embargo, para salvarlo del destino de romano del Bajo Imperio, llegó Oriente. En mayo de mil novecientos veintisiete Galeazzo Ciano fue destinado a Pekín. Hasta allí, hasta el Extremo Oriente, en el Oriente Extremo, no se alarga la sombra sofocante de los padres.

En Pekín hay poco trabajo, la compañía de jóvenes colegas es agradable, el mundo está inflamado por la guerra civil que sopla sobre las cenizas de una miseria milenaria. Y, sobre todo, Pekín queda lejos, Oriente es la lisérgica dulzura de la expatriación: vacaciones, burdeles y fumaderos de opio. Aquí no hay padres heroicos ni tontos de genio, ni *playboys* de chiste, solo hay un eterno devenir extranjero en el hervidero de una aturdidora densidad de vida. El día es indolencia, camaradería, espera; la noche, incursiones en mil clubes privados, casas de té, en el mundo flotante de los sauces donde el placer viene ofrecido por la flor de una civilización que ha pintado rostros de mujer inescrutables e inexpresivos, obstinadas máscaras de resignación, ojos, manos y orificios solidarios y proclives a la aceptación de un lugar marginal y provisorio en el cosmos. Hay, incluso, «casas del canto», donde, entre espectáculos de bailes eróticos, hasta se puede comprar a las invitadas femeninas, como por ejemplo la esposa de un brutal piloto de la marina militar estadounidense, que la obliga a prostituirse, a aprender el arte del sexo prensil que se ciñe al del macho como un guante. Su nombre es Wallis Simpson y es una maestra de la desesperación sublimada en el olvido de sí misma.

Cuando ni eso siquiera es suficiente, están entonces los callejones mugrientos, los carruseles de la indigencia, los paraísos de la depravación, el sueño de una vida inimitable a causa de la riqueza que se amasa con la miseria. Allí, entre niños desnudos que se revuelcan por el barro, sórdidos vendedores exhiben en el suelo mercaderías descartadas por otros mercados, despojos de muebles antiguos robados de edificios en ruinas, entre los nauseabundos efluvios de grandes calderos donde hierven a fuego lento moluscos gigantescos, bazofias de algas. Allí, el vicio de los clientes elegantes busca otras mercancías. Las encuentra, de pie, casi desnudas frente a sus inmundos cuchitriles. Asomadas a umbrales velados a duras penas por jirones de cortina, insinuantes, desnutridas, demacradas. Tienen las mejillas sucias, ennegrecidas por el humo de los candiles, los pezones teñidos de oro; muestran a los hombres el vientre que los parió, les llevan el hedor del prostíbulo. Son caracoles lívidos, febriles, lastimosas putas de cuatro cuartos, pequeñas lobas de arrabal, cuerpos devorados por las fiebres, pechos aplastados, hombros caídos.

Pero tú las buscas. Las buscas precisamente porque tienen el aura de cadáveres insepultos que ni perros ni buitres tocarían, tienen la fascinación de lo que se descompone al vivir. Las buscas en los campamentos de la eterna miseria, bajando desde tus residencias de occidental privilegiado, las buscas en la promiscuidad de criaturas de toda clase. Y, por encima de todo, las encuentras, las encuentras siempre. Son una columna de lo eterno. Eternamente disponibles para todo. Las buscas con la desesperación de un depredador exhausto. Olisqueas sus entrepiernas, en ese delta lampiño de la desnutrición que tienen, la proximidad de los cementerios, de los bosques sagrados, el humo del incienso, el aroma de las flores marchitas, amontonadas alrededor de las zanjas. En sus huesudas caderas sientes confluir el hambre y el placer de los sentidos, sientes estipularse un pacto entre el orgasmo y la supervivencia, la unión íntima de lugares y de personas que permanecerán extranjeras para siempre.

Luego, sobre una esterilla tirada en el suelo, un hombre y una mujer reclinados de costado, abandonados a la alegría suprema de no actuar. Luego la bola de opio que se hincha, chisporrotea y desprende un buen olor en el hornillo. Inhalas, bocanadas rápidas, manteniendo el hornillo inclinado sobre la lámpara. Contienes la respiración todo el tiempo que te es posible. En busca de pensamientos ligeros, que vayan y vengan sin esfuerzo, con la mente viva y el cuerpo muerto. Nadie habla, nadie pregunta, todos duermen, con un sueño ligero, intermitente.

El año que se avecina me encuentra algo solo, algo triste, algo desalentado. Tengo en el corazón la espina de un tormento sutil; el mundo me parece vacío y desolado, mi vida sin meta. Que Dios y el Destino me concedan el poder encontrarla.

Galeazzo Ciano, carta a Mimy Aylmer,
diciembre de 1924

Qué magnífico campo de observación y de estudio es esta China inquieta, con este infinito pueblo suyo, indolente y laborioso hasta el agotamiento, inerte y revolucionario, servil y orgulloso, siempre contradictorio.

Carta de Galeazzo Ciano a su amiga argentina
María Rosa Oliver, abril de 1928

El Alfa Romeo llega a un paso a nivel en los alrededores de Pesaro. La barrera está bajada frente al morro del bólido rojo llameante. El conductor, con ropa deportiva, quita la marcha, se baja, cruza las vías, saluda al guardavía, se sienta en un mojón y engaña la espera conversando con unos niños. Parece de buen humor y no da señales de tener prisa.

Pasan unos minutos, los niños vuelven a sus juegos callejeros, el viajero pregunta por el tren fantasma.

—Es el tren de Mussolini —se apresura a justificarse con sosiego el guardavía. Su actitud expresa a las claras que, al tratarse del paso del Duce, es imposible pretender un horario seguro y una espera predeterminada. Se trata del Duce, estamos en la esfera de lo incalculable, uno debe entregarse a la paciencia como se da en prenda a un destino.

—¿Y quién es Mussolini? —replica el automovilista.

—Pero si lo sabéis mejor que yo: ¡es el jefe de Gobierno! —responde alarmado el guardavía, casi escandalizado.

—¿Lo conocéis?

—Por supuesto que no, pero espero verlo ahora en el tren.

El automovilista se levanta. Ahora se encara con su interlocutor:

—¿Y si fuera yo Mussolini?

El cuerpo del guardavía se ve sacudido por un escalofrío de terror y de excitación. Luego se pone rígido en una pose marcial, saluda como aprendió a hacerlo de recluta en la Gran Guerra, se apresura a levantar las barreras. Pero el conductor del automóvil rojo le hace un gesto. Contraorden, camarada. El jefe de Gobierno

278

esperará también, como todo el mundo, el paso del tren. Vuelve a sentarse en el mojón.

En las salas cinematográficas de toda Italia el público no podrá disfrutar de la sabrosa conversación entre Mussolini y el guardaba-rrera. La grabación del Istituto Luce —L'Unione Cinematografica Educativa, fundada y financiada por Mussolini como herramienta de propaganda y pedagogía nacional— es muda. La escena, en todo caso, es explícita, la mímica corporal dice mucho, el resto lo dirán los letreros.

El del guardabarrera de Pesaro no será el único caso de falta de reconocimiento de Mussolini en carne y hueso en ese verano de mil novecientos veintisiete. Las anécdotas son numerosas. Ercole Bo-ratto, su chófer personal, cuenta el caso de una parada para repostar en una estación de gasolina cerca de Perugia. Algunas chicas risue-ñas y frívolas se detienen a admirar el coche deportivo, luego se percatan del hombre al volante:

—¡Mirad cómo se parece ese señor a Mussolini!

—¿Y si fuera yo de verdad? —replica jovialmente el supuesto sosias.

Las chicas se alejan riéndose de la vanidad humana:

—¡Quién sabe lo que pagaría usted por ser Mussolini, pero no es lo suficientemente guapo!

Una vez llenado el depósito, mientras el coche se pone de nue-vo en marcha por las polvorientas carreteras del verano de mil no-vecientos veintisiete, la imagen de Benito Mussolini se separa de su cuerpo carnal y empieza a vivir una vida autónoma en la metafísica terrenal del espectáculo. A partir de ahora, la pregunta hecha al guardabarrera primero y a las chicas de la gasolinera después —«¿Y si fuera yo Mussolini?»— no se volverá irrelevante sino que, algo mucho más grávido de consecuencias, dejará de ser pertinente.

En el verano de mil novecientos veintisiete el Duce del fascismo está en todas partes y es cualquiera. En junio está en Carpena, en Romaña, en la pequeña finca familiar, transformada en laboratorio agronómico, donde, con ropas de granjero-soldado, conduciendo un tractor Fiat, baja a las trincheras de la «batalla del trigo», cuya apuesta fundamental es la autosuficiencia alimentaria del pueblo italiano, exhibiéndose en la siega del trigo en mangas de camisa.

Luego está en Ostia para dar la bienvenida al aviador transoceánico De Pinedo («No es una fantasía afirmar que dentro de algún tiempo habrá comunicaciones aéreas regulares entre las dos orillas del Atlántico»); luego se encuentra en su despacho del Palacio Chigi, en traje gris, donde anuncia a los directores de las entidades de crédito las medidas para la reducción de los precios de los artículos de consumo, destinadas a contrarrestar la pérdida de poder adquisitivo causada por revalorización de la lira a cuota 90; luego, con el uniforme de la Milicia, está entre los soldadas de la tropa, cuyo rancho prueba de pie, inclinándose un poco sobre el plato que le ofrece el cocinero; luego, montando un caballo blanco, agita su sable; luego, con cazadora de piloto, desembarca desde un hidroavión; luego, en traje de baño, rodeado por un multitud devota, nada en las mismas aguas sobre las que había volado en la película anterior.

También este verano de mil novecientos veintisiete, como cualquier otra estación, le reserva, como es natural, alguna situación molesta, alguna insignificante amargura, las preocupaciones habituales e insulsas. En julio, por ejemplo, su hermano Arnaldo le informa desde Milán de que, en el quinto año de la era fascista, en la ciudad que fue su cuna, todavía se escribe alguna horrenda, insensata página de palizas de escuadristas, ojos negros, córneas irreparablemente dañadas. Esta vez se ha visto involucrado un viejo amigo de la familia, un tal Ugo Clerici, su confidente personal. Pero son nimiedades, en todo caso, pequeñeces, tonterías.

En septiembre, en efecto, Benito Mussolini vuelve a ponerse al volante de su Alfa Romeo rojo. En una sola noche de loca velocidad supera los trescientos cincuenta kilómetros de accidentadas carreteras que separan Roma de Carpena. Diecisiete años después de su primogénita, y nueve después del último nacido, su esposa Rachele está a punto de darle un cuarto hijo. Y el *pater familias,* esta vez, como no pudo hacer en el nacimiento de Vittorio ni de Bruno por estar demasiado ocupado en la conquista del poder, quiere estar presente. Acude, por lo tanto, como un viejo legionario, veterano de muchas batallas, a la cabecera de la cama de la esposa que da a luz en el campo.

La representación no desatiende ni al público ni la escenografía. En los días siguientes, en efecto, todas las casas del pueblo se engalanan con banderas, toda la gente sale a la calle. La criatura emite sus primeros gemidos, y una escuadrilla de la fuerza aérea sobrevuela la casa de los Mussolini a baja altura, arrojando ramos de flores, obsequios y mensajes de buenos deseos; el marqués Paolucci planta un roble en el jardín, el infante es bautizado Romano, el idilio familiar escenificado como epopeya nacional.

Luego, por supuesto, están esas tardes en las que un padre de familia, en compañía de su amante, puede por fin aflojarse la corbata, relajar los músculos de la cara y parecer más joven. Pero tampoco para este enésimo Mussolini hay solo motivos de satisfacción. ¡Qué se le va a hacer! Alegrías y tristezas, como siempre. Los celos por Magda Brard lo empujan a exigir que se incremente la vigilancia policial. El Duce sospecha de sus infidelidades y su relación con la pianista francesa transcurre entre desavenencias y reconciliaciones.

En julio, además, sus temores quedan confirmados por otro lado, cuando numerosos y detallados informes policiales revelan que la autodenominada condesa y entusiasta promotora del fascismo Alice de Fonseca Pallottelli, su apasionada amante, es, en realidad, una arribista, esposa de un sodomita y, por si fuera poco, de origen «plebeyo». Hasta su devotísima Margherita Sarfatti le provoca ahora cierta inquietud. Mientras Rachele está cerca de dar a luz en Romaña, Benito se reúne regularmente con su vieja amante en la playa de Tor Paterno, en la finca de Castel Porziano, amablemente puesta a su disposición por Víctor Manuel III, cada vez más dispuesto a complacer al Duce del fascismo. El presidente del Gobierno se lleva consigo, a la cabaña de la playa, los expedientes que ha de revisar o firmar, luego se da un baño y se recuesta en la arena como un león al sol. Margherita llega alrededor del mediodía para aliviar su soledad. A menudo también trae a su hija de dieciocho años y los dos viejos amantes, con solo los calzones puestos, animados por la presencia entre ellos de una muchacha en flor, se dan un baño.

A finales de agosto, sin embargo, cuando los días empiezan fatalmente a acortarse, durante una de las excursiones en barca que tanto le gustan a la joven, en el camino de vuelta, la lancha motora se estropea a tres millas de la playa. Los guardabosques de la finca real, entrenados para no ver y no saber, no se percatan de nada, el viento del norte empuja la barca cada vez más mar dentro y sobre los náufragos que, entumecidos por el frío, se acurrucan en las toallas de baño, empieza a caer la oscuridad.

Quizá la época de ciertas aventuras haya terminado. Por lo menos, no a la luz del sol. Otra luz, una luz deslumbrante de bromuro de plata que, sin embargo, no calienta, un resplandor sin origen pero que refulge en infinitas reverberaciones, ilumina ahora al dictador.

Siento que la casa es ahora un templo en el que se lleva a cabo el rito augusto y misterioso de la vida. Este pensamiento me conmueve [...]. A medianoche se abre la puerta de mi habitación. Una sirvienta irrumpe con una criatura en brazos y grita: «¡Señor presidente, ya ha nacido! ¡Es un niño! ¡Un hombretón precioso!». Ha nacido hace una hora, pero antes había que lavarlo. Lo miro. Tiene los ojos abiertos. Es guapo. Me levanto al cabo de un rato y voy a la habitación de mi esposa. Está exánime, pero tranquila y orgullosa.

Del diario de Benito Mussolini,
27 de septiembre de 1927

¡Excelencia!
Hace poco existía en Italia una institución para la unificación de las sociedades de conciertos, dirigida por el conde Sammartino, quien aparte de ciertos reprobables hábitos íntimos, es un hombre culto y honesto y es el director de la famosa Academia de Santa Cecilia. Esa sociedad de patrocinio ha sido absorbida ahora por un vil Trust de especuladores encabezados por el Conde Pallottelli Corinaldesi, conocido sodomita y mercader de su propia esposa para sus propios fines y turbios negocios con los que ella se asocia hábilmente. Obtuvieron su fortuna engatusando al famoso pianista Pachmann, conocido pederasta que dio todo su dinero a la turbia pareja, sustrayéndoselo a sus hijos.
Ahora esta compañía de negociantes y [...] mesa redonda y [...] tríos, ¡¡mezcla con todo ello vuestro nombre, DUCE, querido y venerado por todos los italianos!!
Aseguran contar con vuestro apoyo dado que la mencionada señora es al parecer vuestra amante y se jactan de su absoluta om-

nipotencia sobre Vos. Vos que amáis la música y sois un Puro no permitáis algo así.

UN CARNÉ DEL 21

Carta anónima dirigida a Villa Torlonia, a Su Excelencia B. Mussolini, subrayada y visada en lápiz azul por el destinatario

Se requiere información detallada y altamente confidencial sobre la conducta moral de la señora Alice Pallottelli Corinaldesi, residente en via Nomentana 299, así como sobre las amistades y relaciones de la misma [...].
Esa tal Pallottelli, que ha sido recibida en algunas ocasiones por S. E. el Jefe de Gobierno, parece estar jactándose de ser su amante y de tener gran ascendiente en su espíritu.

Secretaría personal del jefe de Gobierno.
Nota para el jefe superior de policía de Roma.
Muy confidencial, 5 de julio de 1927-Año V

La señora De Fonseca, Alice, hija de Edoardo y Luisa Giacchini, nacida en Florencia el 6 de octubre de 1893, desposada con el conde Pallottelli Francesco, hijo de Salvatore y de Maria Corinaldesi, nacido en Fabriano el 17 de marzo de 1884, terrateniente y residente en via Nomentana n.º 299 (Villa Virgilio), se encuentra actualmente de vacaciones en Fabriano en las posesiones pertenecientes al esposo de ella. A tenor de la información confidencial obtenida, proviene de una familia de orígenes modestos, sin títulos nobiliarios y está considerada por la opinión pública como una persona de escasa moralidad. La investigada acostumbra a decir públicamente que se dedica a la política exterior en nombre de nuestro gobierno, que lleva a cabo una especial actividad en el campo diplomático de la capital, y que por tales razones tiene a menudo contactos con S. E. el presidente del Gobierno. De Fonseca afirma asimismo mantener relaciones íntimas con el comendador Paolucci De Calboli y con el diputado Paolucci Raffaele, vicepresidente de la Cámara de Diputados [...].

Además, ha podido constatarse que junto a los cónyuges Pallottelli convive el maestro De Pachmann, Vladimiro, antes Vincenzo, nacido el 27 de julio de 1868 en Odessa, de nacionalidad rusa, famoso pianista [...]. Parece ser persona acomodada y cabe inferir que su posición financiera pudiera ser explotada por el conde Pallottelli [...].

Se dice que tanto el Conde Pallottelli como De Pachmann son pederastas. El conde Pallottelli está actualmente comprometido con la preparación de un nuevo concierto musical italiano, que tiene su sede en via della Purificazione 8.

Jefatura superior de policía de Roma. Atestado informativo enviado a la Secretaría particular del jefe de Gobierno, 9 de julio de 1927

Milán, 13 de julio de 1927

Queridísimo Benito:

No sé si has sido informado del incidente vivido por [Ugo] Clerici. Llevaba algún tiempo malquisto entre los fascistas milaneses. Giampaoli y algunos de su entorno creen de buena fe que él ha sido la causa de algunas cartas anónimas recibidas por la dirección del partido y a tu atención, relativas a la actividad del fascismo local.

El propio Clerici ha corroborado en cierto modo esta suposición por el hecho de considerarse un fiduciario tuyo con un encargo para investigar y emprender trámites en diversas zonas de Italia sobre la actividad de fascistas y antifascistas.

Tiene la costumbre de hablar demasiado.

El caso es que la otra noche, al salir de una tienda en via Rastrelli, en un rincón oscuro, fue agredido por dos o tres personas que lo derribaron al suelo, de tal manera que, aunque en un principio parecía cosa de nada, hoy los médicos han dicho que tendrá para unos veinte días con la probable pérdida del ojo izquierdo. No hay ni rastro de los agresores.

Como es obvio, lo ocurrido no ha causado una buena impresión. La Jefatura de Policía ha llevado a cabo algunas investigaciones, pero en vano. La familia dice que son represalias de los fascistas; los fascistas dicen que no tienen nada que ver. Así están las cosas. Tú podrás cerciorarte mejor. He querido escribirte para que, si realmente ha habido por tu parte algún encargo para Clerici, puedas intervenir y poner remedio a este feo asunto.

Te saludo con cariño.

Tu

ARNALDO

Carta de Arnaldo Mussolini a Benito Mussolini / Mecanografiada sobre papel con membrete «*Il Popolo d'Italia*, Director». Lleva una anotación manuscrita, en lápiz rojo, del jefe de Gobierno: «Acto-Pres.-Reservado-Personal»

Arnaldo Mussolini, Arturo Bocchini,
Augusto Turati
Octubre-noviembre de 1927

Arnaldo Mussolini es el hombre apacible, pío, el padre cariñoso que besa a sus hijos mientras duermen. Si Benito enarbola el epíteto de «Duce», él lleva el de «Comendador». En él, la mandíbula animosa de su hermano se recarga y se afloja en la papada del prelado barrigón. Es el menor de los dos hijos de Alessandro Mussolini y algunos lo consideran como el «hermano tonto», pero los únicos tontos son los que piensan así. Es, en efecto, la única persona en el mundo de la que Benito Mussolini se fía ciegamente. Las llamadas telefónicas vespertinas de cada día entre Milán y Roma son las devociones de esa fe. Tras marchar sobre Roma, Benito confió a Arnaldo el negocio familiar (*Il Popolo d'Italia,* periódico que en tiempos fue de combate y ahora es de gobierno) y la crucial plaza de Milán, tanto en las relaciones con la alta burguesía que capitanea la gran industria italiana como en las mantenidas con los turbulentos exescuadristas surgidos de los bajos fondos del subproletariado urbano. Y, por encima de todo, Benito ha confiado a Arnaldo la cuestión del siglo: la reconciliación entre Iglesia y Estado. Arnaldo se ocupa de ello con celo religioso, solo superado por la devoción fraterna.

En la hoja de órdenes del Partido Fascista del 20 de octubre de mil novecientos veintisiete el Duce ha sido claro: la reconciliación con el papa es vital pero no será una abdicación. Tenacidad, fuerza, paciencia. El régimen fascista tiene todo un siglo XX por delante para alcanzar el éxito allá donde el Estado demoliberal fracasó en el siglo XIX.

Arnaldo aplica de inmediato las directrices de su hermano. El Vaticano defendía encarnizadamente su propio espacio vital, sobre todo en el campo de la educación de los niños que el fascismo reclama como suyo, pero defiende con igual encarnizamiento su inmenso patrimonio material, que consiste en su mayor parte en una infinidad de propiedades inmobiliarias repartidas por Roma y por toda Italia. Ahora las negociaciones secretas, llevadas a cabo principalmente a través del padre Tacchi Venturi —el astuto jesuita que puede jactarse de haber hecho tomar la comunión a Benito Mussolini, posando en la lengua del antiguo comecuras la hostia que consagró durante una misa de Pascua—, han encallado de nuevo: el papa pretende que la extensión del futuro, hipotético Estado Vaticano abarque el conjunto de Villa Pamphili. De ser así, las posesiones papales arrancarían un pasaje en la trinchera de la Roma fascista.

Entonces Arnaldo, violando al buen católico que hay en él, toma lápiz y papel el 18 de octubre y escribe en el periódico familiar: «No cabe paragonar las peticiones de la Santa Sede con las inadmisibles y en absoluto análogas pretensiones sucesorias de los Borbones, del Gran Duque de Toscana, etcétera, situándolas al mismo nivel. La Iglesia, para nosotros y para la mayoría de los creyentes, tiene orígenes divinos. San Pedro no fundó su casa en Roma por razones de ubicuidad [...]. El poder temporal no tiene nada que ver con la función histórica, universal de Roma como sede del cristianismo [...]. La Unidad de Italia no puede ser juzgada como una operación topográfica. Si hay alguna corrección, no debe afectar a la obra maestra».

El mensaje no podría ser más claro. La inadmisible solicitud ha sido devuelta al remitente. Se reanudan las negociaciones secretas.

Arturo Bocchini no es menos corpulento que Arnaldo Mussolini. Su mole, sin embargo, consiste en pelaje duro y carne firme, corroborada por sus habituales comilonas de vividor que tiene mesa reservada en los mejores restaurantes. Tampoco la entrega de Bocchini al servicio del presidente del Gobierno es menor que la de Arnaldo, aunque en el caso del jefe de policía sea fruto del cálculo servil y no del amor fraternal.

El informe anual sobre las actividades de la División de Asuntos Generales y Reservados, entregado al Duce en noviembre de mil novecientos veintisiete, atestigua una sabia eficacia. La confirmación objetiva la ofrece la superfetación del registro político central en el que están registrados los potenciales subversivos. Elaborado ahora con innovadores métodos (transcripciones criptográficas, reproducciones fotográficas, examen iconográfico, control selectivo de la correspondencia, etcétera), el registro alcanza ya a finales de año casi las cien mil unidades. El objetivo, a estas alturas no muy lejano, es el de un pueblo entero fichado: «Las entradas nos dan la posibilidad de detectar, en cualquier momento, la cantidad total de subversivos separados por color político y por provincia; la cantidad de confinados políticos, de los amonestados, de los enjuiciados; la cantidad de los subversivos más peligrosos, objeto de especial atención; la cantidad de subversivos que han perdido la ciudadanía italiana; la cantidad de individuos rehabilitados políticamente y otros datos que podrán ser extraídos mediante agrupaciones especiales de los ficheros».

Ninguna persona inteligente, sin embargo, se contenta nunca con los meros datos. Desde luego, ningún policía inteligente. Detrás de los datos, los hombres. De este modo, Bocchini refina el método confiando a funcionarios especializados el «servicio de expediente biográfico»: características físicas y actitudes psíquicas, carácter y debilidades, virtudes y vicios (sobre todo estos últimos). La tabla, perfilada por Bocchini, se divide en cuatro tipos: I. Inteligencia, capacidad profesional, cultura. II. Emocionalidad, excitabilidad, irritabilidad. III. Tendencias morales: holgazanería, parasitismo, vagabundeo, avidez de placeres, alcohol, consumo de drogas-juego-disipación, erotismo y desviaciones sexuales, tratos con delincuentes y prostitutas. IV. Debilidad de la voluntad, influenciabilidad, impulsividad. En definitiva, el objetivo sigue siendo el de fichar a todo un pueblo, pero en la esfera íntima e individual de cada individuo, espiándolo por el ojo de la cerradura.

Para someter a control a todo un país, hay que ser modernos y la modernidad nos ha enseñado a despedirnos del esplendor de la tortura. Arturo Bocchini adiestra a sus agentes modernos para hacer el menor daño posible, para dosificar con gran parsimonia la violencia, para abolir toda crueldad inútil. No se trata de ser buenos sino de convertirse en adultos, de renunciar a los placeres simples en aras de los más refinados. No debemos montar un espectáculo, el público debe permanecer ajeno, cualquier oposición debe ser aplastada sin acrecentarla a través del prestigio del martirio.

Ya a finales de mil novecientos veintisiete puede decirse que el objetivo ha sido logrado en buena parte: «La acción de los partidos de oposición antes existentes en Italia», escribe Bocchini en el informe de finales de año, «tras la aplicación de las normas contenidas en el texto refundido de la ley de seguridad pública, puede considerarse completamente sofocada. Con la única excepción del Partido Comunista italiano». Y con el fin de que no haya más excepciones en el futuro, Arturo Bocchini ha fundado en Milán el primer núcleo de lo que, según sus planes, ha de ser la policía del futuro: una inspección especial responsable de la investigación política, exonerada de rendición de cuentas y con agentes encubiertos. En el puntual y detallado informe de fin de año, por supuesto, la Inspección Especial de Policía no figura. A su mando, puesto que la modernidad no tiene por qué excluir unas gotas de saludable atavismo, Bocchini ha colocado al inspector Francesco Nudi, obviamente paisano suyo y originario de Benevento. E, igualmente obvio, ya que detrás de los números, las ideas, la necesaria crueldad hay siempre hombres, la primera oficina de la nueva policía política, que tiene su sede en via Sant'Orsola 7, en Milán, cuyo radio de actuación se extiende por Lombardía, Piamonte, Valle de Aosta, Liguria, Véneto y Venecia Julia, opera bajo el enmascaramiento de la Compañía Vinícola Meridional. La modernidad, en efecto, exige también una razonable dosis de sabia ironía.

A diferencia de cuanto les ocurre a Arnaldo y a Bocchini, el metabolismo de Augusto Turati quema hasta la última capa de grasa corporal al servicio del régimen y de su Duce. Las cinco sesiones nocturnas del Gran Consejo del Fascismo que se celebran entre el 7 y el 11 de noviembre de mil novecientos veintisiete registran otro paso adelante de la dictadura. El secretario del partido asume de buen grado el papel de la liebre que, huyendo en solitario, azuza a los perros a la carrera.

La meta es ahora la reforma electoral y parlamentaria en sentido totalitario: «Todo sistema de representación nacional debe partir de la situación de hecho existente en Italia, a saber: anulación de todos los partidos políticos opuestos al fascismo; existencia de un único partido político que actúa como órgano del régimen; reconocimiento jurídico de las grandes organizaciones productivas y económicas de la nación, organizaciones que son la base sindical y corporativa del Estado».

El acta de la reunión parece dar un corte nítido, incontrovertible e inequívoco respecto a toda forma de democracia, interna o externa al partido. Pero no es así. La última frase deja abierto un cierto margen de colegialidad por el que las corporaciones, en representación de las distintas clases de trabajadores, pueden nombrar candidatos para ser incluidos en la futura lista única. Ese margen, por voluntad de Benito Mussolini, ha de quedar anulado. En teoría, las corporaciones deberían ser la revolucionaria innovación que asegure una fructífera cooperación entre capital y trabajadores. En la práctica no existen y no deben existir. Por lo menos no ahora, todavía no. Y, tal vez, nunca.

Benito Mussolini no necesita elecciones políticas en las que los votantes, subdivididos por categorías profesionales, expresen su adhesión al fascismo de manera articulada e indirecta. Lo que Benito Mussolini necesita es un plebiscito popular que confirme clamorosamente, frente al rey, el país y el mundo, la aceptación plena e incondicional de su dictadura.

Esa es la razón por la que Augusto Turati ha entablado una polémica, que llega a ser áspera, con Bottai, subsecretario del Ministerio de las Corporaciones; la ha acompañado con hojas de órdenes en las que alardea de las obras públicas realizadas por el régimen en el último año (72 acueductos, 60 puentes, 85 carreteras, 28 instalaciones eléctricas, 50 obras hidráulicas, 38 edificios públicos, 120 edificios escolares, etcétera) y la ha sellado con el informe de las depuraciones: en el primer año de aplicación del nuevo estatuto, han sido expulsados del partido por ineptitud o indignidad dos mil mandos, «entre grandes y pequeños» y treinta mil afiliados. Los corporativistas obstinados quedan advertidos. Las actas del Gran Consejo reiteran, de forma más sutil, la misma advertencia: «La fascistización de estas organizaciones sindicales, dada la brevedad del tiempo transcurrido desde su constitución hasta la actualidad, no consiente que reemplacen en una función política al partido del régimen». Los candidatos a la lista electoral única no los elegirán las corporaciones, los elegirá el Gran Consejo, o lo que es lo mismo, Benito Mussolini.

Fuera de allí, la cacofonía de voces discordantes aún no ha cesado por completo. Todos los operadores económicos, por ejemplo, claman en este momento contra la estabilización de la lira a cuota 90 por libra esterlina. El mundo bancario se muestra contrario, los industriales son todos ferozmente inflacionistas, el mundo agrícola se ve afligido por un año de malas cosechas. Y, sin embargo, dentro de la sala del Palacio Chigi en la que el secretario del Partido Fascista glosa sus informes de finales de año, el ruido del mundo no debe oírse. Las próximas elecciones se celebrarán con una única lista de candidatos irrelevantes escogidos por Benito Mussolini. Además, las afiliaciones al partido, desde ese mismo momento y hasta fecha por determinar, quedarán rigurosamente cerradas. Un millón de carnés fascistas, a esa cantidad ascienden en noviembre de mil novecientos veintisiete, son más que suficientes para garantizar el futuro de la revolución.

Con el silbato de oro del que tanto se enorgullece, recibido unos días antes por la cúpula de la Federación Italiana del Juego del Fútbol junto con el nombramiento de «árbitro honorario», Augusto Turati silba el final del partido.

Rodolfo Graziani
Tripolitania, noviembre de 1927
Estado Mayor de los territorios del sur

La espera ha terminado. La decisión ha sido tomada. Será guerra abierta.

La reunión estratégica se ha celebrado en Roma, a principios de noviembre, entre Luigi Federzoni, ministro de las Colonias, Emilio De Bono, gobernador de Tripolitania y Attilio Teruzzi, gobernador de Cirenaica, pero el sonido graznador de las radios comunicó inmediatamente las disposiciones, como un eco de tambores de guerra, al Estado Mayor de los territorios del sur, donde el coronel Graziani, como cada mañana, insensible a la vergüenza frente a razas inferiores, asea de los sudores nocturnos a la luz del sol su cuerpo desnudo, delgado y fuerte, ayudado por sirvientas indígenas.

Los despachos del mes de octubre desde el frente oriental habían hecho temer que se prolongara, una vez más, la letanía de escaramuzas, titubeos y aplazamientos. Durante el verano, Attilio Teruzzi, fascista de primera hora con un pasado en el ejército, enviado personalmente por Mussolini para reprimir la rebelión en Cirenaica, había lanzado una campaña victoriosa contra las indomables y esquivas bandas de Omar al Mujtar, anciano, habilísimo y legendario jefe de los guerreros sanusíes enrocados en Yábal al Ajdar, el territorio montañoso en el interior de Bengasi. En esas operaciones, las tropas, dirigidas personalmente por el general Mezzetti, el mejor oficial italiano de la colonia, lograron localizar a los hombres de los campamentos armados —los *duar*— de al Mujtar; y, una vez localizados, los bombardearon inexorablemente desde lo alto, los ametrallaron desde el suelo, con tenacidad y ensañamiento, hasta obligarlos a dispersarse en un enjambre de fugitivos, tras abandonar enseres domésticos, mujeres y niños. Luego, los soldados de Mezzetti salieron en su persecución por las gargantas y las cordilleras del Yábal.

En ese momento, sin embargo, llegó una vez más desde Roma la señal de «¡Alto!». Y fue una orden personal de Benito Mussolini, quien, en las garras de la crisis financiera, había desmentido su propio lema («Detenerse es retroceder») con otra frase, también destinada al recuerdo: «Es convicción mía que este aparato militar, tras haber agotado las actuales operaciones militares, debería reducirse a proporciones más modestas [...]. Como después de todas las guerras victoriosas, hay que mandar de vuelta a casa a la gente [...]. Paradójicamente, yo digo que una sola camisa negra debe bastar para infundir respeto a la escasa población árabe de Libia». Mussolini había hablado, se cortó el suministro de fondos, Mezzetti había regresado a las bases de partida. Y Omar al Mujtar y los demás sanusíes habían podido reorganizar la resistencia.

Ahora, sin embargo, las cosas serán muy distintas, ahora el objetivo de la nueva ofensiva es el control integral del territorio, la aniquilación del enemigo, Libia entera pacificada.

Con tal objetivo, el plan de operaciones se ha dividido en tres fases: la sutura territorial, siguiendo el golfo de Sidra, entre Tripolitania y Cirenaica, las dos colonias libias, con la sumisión definitiva de los mogarba; la ocupación de la línea del oasis en el paralelo 29 (Yufra, Zela, Marada y Augila-Guialo); el peinado de todos los territorios al norte del paralelo 29 con la consiguiente consolidación del dominio italiano en la región. Entonces, y solo entonces, se podrá proceder a la ocupación de Fezán. El plan de batalla está listo, la financiación es la adecuada, el despliegue de fuerzas, poderoso: dieciséis batallones de negros eritreos, siete escuadrones entre *spahis* y *savari* (las tropas coloniales libias a caballo), dos grupos saharianos y dos escuadrones de *meharisti* (el cuerpo militar indígena a lomos de dromedarios), un grupo guerrillero de irregulares indígenas al mando de jefes locales, siete baterías de artillería, tres escuadrones de carros blindados, algunas escuadrillas aéreas, unos trescientos camiones y cinco mil camellos para los desplazamientos.

Para llevar a cabo la «sutura» se emplearán unidades procedentes tanto de Tripolitania como de Cirenaica. El peso mayor, sin embargo, recaerá de lejos en las de Trípoli. Estas se dividirán en tres grupos. Rodolfo Graziani mandará el grupo A: cuatro batallones, dos de eritreos y dos de libios, dos grupos de saharianos, el grupo irregular Jalifa, una batería libia, una caravana de casi tres mil camellos y, por último, también dos pelotones de *spahis,* la caballería ligera reclutada en Libia, que desempeña tareas de exploración, escolta y vigilancia, de patrullaje fronterizo, de investigación de zonas desérticas, alistadas junto con sus caballos, a los que, a diferencia de los *savari,* regimientos libios de caballería de línea, se les permite mantener los enjaezamientos tradicionales, los mantos rojos, la organización y las tácticas ancestrales.

Dejando a un lado a los *spahis,* esta vez la cosa va en serio. Lo que se va a poner en juego es el antiguo arte occidental de la guerra, la firme determinación para buscar un choque frontal, una colisión de masas, una batalla de aniquilación que, en una jornada campal, un «día del destino», marcado por el despliegue total de la fuerza, de una ascensión a los extremos de la violencia, breve, brutal, resolutiva, separe irrevocablemente el mundo entre vencedores y vencidos, entre vivos y muertos. El mismo, antiguo, inalienable, sangriento deseo de luz que ha impulsado, a través de los milenios, a los guerreros de Occidente, desde la carga a pie de los hoplitas griegos en la llanura de Maratón en el siglo v a. C. a las doce inútiles carnicerías en el valle del río Isonzo a principios de este siglo xx.

El coronel Graziani, tras terminar sus abluciones matutinas, sigue escudriñando el sur y, en el horizonte deslumbrante de un espejismo desértico, puede imaginarse, si así lo desea, que divisa los fantasmas de las legiones romanas avanzando en filas prietas, en formación de tortuga.

Ahora en la colonia, más que en cualquier otro lugar, se vuelve una verdad sacrosanta aquello que tú dijiste con palabras memorables un día: detenerse es retroceder.

Carta de Luigi Federzoni a Benito Mussolini,
9 de octubre de 1927

Paradójicamente, yo digo que una sola camisa negra debe bastar para infundir respeto a la escasa población árabe de Libia.

Carta de Benito Mussolini a Luigi Federzoni,
18 de octubre de 1927

Benito Mussolini
Diciembre de 1927

«Queridísima Edvige, a pesar del trabajo que nunca conoce pausas, estoy bien de salud. Sin embargo, me veo obligado a una dieta muy estricta, principalmente líquida. Pero dado que nunca he pecado de gula, la abstinencia me deja indiferente. En primavera, cuando te encuentres mejor, ven a pasar algún tiempo a Roma. Edda ya lleva unos días aquí y hoy jueves también llegará Rachele con toda la tribu, lo cual está muy bien. Dicen que Romano, en solo tres meses, se ha vuelto precioso y está hecho un grandullón. Aquí también hace un poco de frío.»

La carta, escrita la mañana del 25 de diciembre de mil novecientos veintisiete a su hermana Edvige, testifica que Benito Mussolini se dispone a pasar una serena Navidad con su familia. Es el cuadragésimo cuarto año de su vida y el sexto de la era fascista. Ante los italianos puede presumir de haber donado, con el decreto gubernamental del 21 de diciembre, la estabilización de la moneda nacional y la abolición de su curso forzoso.

Con el regreso al régimen de convertibilidad en oro, correspondiente a 92,46 liras por libra esterlina, Italia ha vuelto a entrar en la órbita de las naciones incorporadas al régimen de moneda estable. Múltiples factores lo han hecho posible, empezando por el superávit en el presupuesto estatal (el ejercicio económico 1926-1927 se ha cerrado, gracias a un artificio contable, con 436 millones en activos), a la estabilidad de los tipos de cambio durante los últimos ocho meses, a la abundante reserva de oro. Pero todos estos son detalles técnicos que el hombre de la calle no comprende o aprecia. O ninguna de las cosas. Lo que importa es que, manteniendo su solemne compromiso de defender la lira de la devaluación, el Duce del fascismo puede convencerse a sí mismo de haber obtenido una gran victoria y persuadir a ese hombre de la calle de que ha luchado por él.

Si en la vida has conocido el hambre, rezarás siempre tu santa plegaria por el pan de cada día. Si en tu juventud has conocido el pan amargo de la emigración, el terror del desempleo te acompañará siempre. Si eres un hijo del pueblo, incluso como jefe de Estado los pequeños ahorros seguirán siendo tu principal preocupación. Este rosario de devociones laicas ha sido lo que salmodiaba el presidente del Gobierno durante los largos meses en los que todos le reprochaban su obstinación por defender la «cuota 90». Los comerciantes se quejaban de la contracción del consumo, los industriales de la pérdida de competitividad en los mercados internacionales, las quiebras ofrecían cifras inquietantes. Todos estaban de acuerdo con la revalorización, pero todos estaban en contra de la «cuota 90»: algunos la querían a 120, otros a 110, no faltaban quienes pensaban que era imposible defenderla. Pero el Duce, guiado por su instinto de hijo del pueblo, siempre se ha esforzado por proteger el ahorro, viendo en esa revalorización forzada el interés de la innumerable masa de libretas de depósito, de la pequeña gente que vive de pequeños ahorros.

Ahora la historia le ha dado la razón. O, por lo menos, le ha dado la razón una crónica ascendida apresuradamente al rango de historia en el campo de la propaganda. Los apologistas del régimen, incluso aquellos que hasta ayer habían sido las plumas más brillantes del disenso, celebran ahora en él al hombre al que toda la nación debe bendecir, al padre de la patria que ha salvado al pueblo del robo y del desnudamiento, defendiendo el «trabajo sudoroso de años y años, fruto de abstinencias y privaciones sin número y sin nombre, fruto de la virtud; el trabajo de aquellos que han conseguido reunir unos modestos ahorrillos, esos modestos ahorros que son la reserva en caso de enfermedad, las celosas ganancias de quienes quieren formar una familia, la pequeña suma, pensando en la cual el padre cierra los ojos para siempre sin el terror de una posible miseria que arrolle el cuerpo y el honor de sus hijos».

Como es natural, para lograrlo se han visto obligados a reducir los salarios, los precios se han disparado y el coste de vida disminuye muy lentamente, la batalla del trigo no ha sido posible ganarla a causa del mal año y, en conclusión, también podría defenderse que él, con esa solemne obstinación, se ha limitado a crear un disciplinado ejército de víctimas. Pero, por otro lado, las que se entablan en el terreno de la historia no son batallas que se ganan en un año y, en el fondo, si daño ha habido, él tiene la conciencia de haberlo distribuido equitativamente.

La relación de las obras públicas realizadas durante el año —publicada en las hojas de órdenes del partido— es impresionante. Que digan lo que quieran quienes afirman que para luchar contra el paro se están inventando las obras más extravagantes e inesperadas en zonas donde no hay ninguna necesidad de ejecutarlas. Pero que lo digan en voz baja. Para que no los oiga nadie. Porque Italia no debe tener desempleados, Italia no puede admitir ante el mundo su condición de pueblo pobre y, sobre todo, porque Italia es la tierra del teatro. Dadle un líder de primera, pero incapaz de despertar pasiones populares, y tendréis una voz muda, una audiencia sorda.

Él no se cansa nunca de repetirlo: la multitud es femenina, le hace falta alguien que sepa seducirla, someterla, dominarla. Las masas no saben y no quieren pensar, lo único que necesitan es poder suspender su incredulidad, les hacen falta las artes escénicas. Y él lo sabe muy bien, cuando siente la masa en sus manos, la siente ceder, creer, cuando se mezcla con ella hasta quedar casi aplastado, cuando por fin se convierte casi en parte de ella, aunque sin superar nunca del todo esas gotas de aversión que lo mantienen separado, levemente asqueado, la misma que advierte el poeta hacia la materia con la que trabaja.

Por todos estos motivos, el año termina con la constitución del Ente Italiano de Audiencias Radiofónicas, poseedor durante veinticinco años de la concesión para las transmisiones circulares en todo el territorio nacional, en exclusiva y bajo el control del régimen. Para que los italianos tengan una voz capaz de despertar sus pasiones, las pasiones populares. La voz del fascismo. Para que puedan oír proclamar, desde Tirol del Sur hasta Sicilia, desde los Alpes hasta las Madonie, que el año mil novecientos veintisiete, a caballo entre el quinto y el sexto de la era fascista, ha sido rico en luminosos acontecimientos y, por todas partes, ha terminado con un broche de oro: en Nueva York se ha inaugurado la Casa Italiana de la Cultura, en Herculano se han reanudado las excavaciones romanas, en Estocolmo el Premio Nobel de literatura le ha sido otorgado a la italiana Grazia Deledda; más allá del Atlántico, las dos Américas, ambas tocadas por el raid intercontinental del *Santa Maria,* han recibido triunfalmente a Francesco De Pinedo, nuestro glorioso aviador transoceánico.

En cuanto a las mujeres de carne y hueso, no se vislumbra razón para cambiar de técnica. Dado que la vida, junto a tantas satisfacciones, nunca deja de propinarte también alguna pequeña decepción sentimental; y cuando eso ocurre, para no dejar que te estropee una serena Navidad en familia, es suficiente imponer el apagón de prensa acerca de la amante infiel.

Mussolini es un hombre feliz: termina el año de manera brillante. Mientras la mayoría de los jefes de gobierno están examinando, no sin preocupaciones, las cuentas estatales y calculando las probabilidades de su permanencia en el puesto de mando, el Duce afirma haber realizado un buen trabajo y la nación lo cree.

Gazette de Lausanne, periódico suizo,
diciembre de 1927

Las mujeres son lo que los hombres quieren que sean: para mí la mujer es un agradable paréntesis en mi existencia sobrecargada [...]. Cuanto más viril e inteligente es un hombre, menos falta le hace una mujer que sea parte integral de sí mismo.

Benito Mussolini, entrevista con *Le Figaro*, 1927

Excelencia,
He podido saber que su oficina de prensa ha emitido una orden a los periódicos para que no publiquen ningún artículo sobre mí (ni siquiera eventuales anuncios de conciertos), prohibiendo también reproducir fotografías mías.
Sabe usted bien que eso significa mi ruina artística. Una concertista no puede continuar su carrera sin el apoyo de los periódicos. Por lo tanto, me inclino a pensar que este comunicado de prensa no puede haber salido personalmente de usted, y que V. E. lo desconoce por completo.

Carta de Magda Brard a Benito Mussolini, diciembre de 1927

1928

Rodolfo Graziani
Región de Sírtica, enero de 1928

El primer día del nuevo año se declara el estado de guerra. Las negociaciones con el sanusí Saleh al Ateusc, el evasivo, poco de fiar, hiperbólico jefe de los mogarba er-Raedat, han quedado una vez más, en nada. Ahora es el momento de la supremacía militar, ahora la palabra pasa a las armas.

El objetivo táctico de este primer ciclo de operaciones está bien definido: la sutura costera de los territorios de Tripolitania y Cirenaica con una acción convergente sobre Naufaliya y Merduma por parte de tropas procedentes de ambas colonias. El horizonte estratégico final está igualmente claro: ocupación definitiva de todos los territorios al norte del paralelo 29, derrota de la tribu de los mogarba, sumisión total de los nativos. El método es obvio: violencia sistemática.

Antes de dirigirse al sur, hay que dejar asegurados los flancos y las espaldas. Imposible aventurarse hacia los inabarcables desiertos de Fezán mientras a ambos lados de la larguísima línea de operaciones siguen en armas la región de Guibla al oeste y el desierto del golfo de Sirte al este. No va uno a la conquista del infinito con las espaldas y los flancos al descubierto.

Así pues, la columna dirigida por el general Graziani, reforzada con dos batallones libios, dos eritreos, un pelotón de *spahis* y 2.900 camellos, sale el 3 de enero de mil novecientos veintiocho de la base de Tsemed Hasan en dirección a Bir Matrau; allí se reúne con la agrupación de tropas rápidas saharianas a las órdenes de Amadeo de Saboya-Aosta, la agrupación de irregulares y una sección de caballería ligera. La marcha continúa sin mayores interrupciones ni molestias durante los tres días siguientes a lo largo de la línea meridional de los pozos de Sírtica. Graziani y sus hombres no están solos porque, junto con los vivos, avanza un ejército de fantasmas: los cascos de los camellos y de los caballos pisotean los huesos de los soldados italianos enterrados bajo ese mismo terreno pedregoso en las ofensivas fallidas de las décadas anteriores.

El primer contacto con los nativos se produce el día 6 en la localidad de Hraua, sobre el lecho reseco de un antiguo curso de agua. Pequeños grupos de guerreros orfelini y hsun, vanguardias del jefe mogarba, son desarmados sin que opongan resistencia alguna. Lo que podría parecer un primer éxito, por más que bastante modesto, supone en realidad un perjuicio: a partir de este momento, Graziani sabe que toda posibilidad de sorpresa se ha esfumado. Su esperanza, a partir de ahora, es que el jefe mogarba, picado en su orgullo guerrero, decida revolverse contra los atacantes, encontrándose así atrapado entre dos fuegos: desconoce, en efecto, que a sus espaldas otras tropas italianas marchan contra él desde Cirenaica. La mañana del día 8, sin embargo, las comunicaciones recibidas por los aviones de reconocimiento señalan movimientos en los barrancos resecos entre Naufaliya y Merduma y en dirección a Guifa. Los enemigos huyen hacia el sur.

Al cabo tan solo de cinco días desde el inicio de las operaciones, vuelve a plantearse el eterno dilema: ¿perseguir sin cuartel al enemigo en fuga táctica, alargando peligrosamente la línea de operaciones, o dejar que se disgregue en pequeñas bandas inalcanzables, listas para reagruparse en nuevas emboscadas futuras? El dilema es mortal porque si, por un lado, sin una persecución encarnizada no hay victoria posible contra un enemigo que huye, por otro, la paradoja de la guerra en los desiertos estriba en que una operación colonial de largo alcance se reduce casi exclusivamente a una acción de escolta armada de las propias caravanas. Aquí uno mata y muere mientras protege el agua que necesita para permanecer con vida. Si se quiebra la línea que une la vanguardia armada con sus propias reservas hídricas, transportadas a lomos de camellos junto con las demás provisiones, la columna de combatientes, de hecho, puede darse por perdida para siempre.

Con todo, Graziani decide no dar tregua al enemigo. Forma una columna ligera compuesta por *spahis* y grupos saharianos a camello y los separa de sus propias bases de suministro, que retrasarían la marcha. La impedimenta quedará atrás, los guerreros saldrán de caza.

El grupo de avance rápido, liberado de todo lastre, comienza su marcha a etapas forzadas a las 2:00 horas del día 9, «favorecido por una espléndida luna», apunta el general Graziani en sus notas, que en un futuro le serán sin duda preciosas para escribir el libro de sus propias hazañas.

Aproximadamente a las 8:00, la patrulla de *spahis* de avanzadilla detecta jinetes adversarios. Tal vez haya llegado por fin el momento de actuar. Pero a las 8:35 un avión indica que se han levantado todas las tiendas. El paisaje sigue siendo el de siempre: éxodo masivo de guerreros enemigos, nada de batallas campales, solo escaramuzas con la retaguardia. La columna Graziani entra en Naufaliya casi sin combatir.

Al alcanzar su destino, postrado de fatiga, el cuerpo humano tiende naturalmente a detenerse, sujeto a una fuerza de gravedad casi irresistible que lo atrae hacia el suelo, a un poderoso impulso de regresión hacia la quietud de lo inorgánico. Pero perseguir significa reaccionar a esa primordial sensación de cansancio, a ese presagio de la vanidad de todo. La persecución no conoce pausa, nunca, en ningún lugar. Debemos seguir siendo árbitros de nuestro propio movimiento, dueños del territorio, debemos mantener alta la presión del flujo sanguíneo que late en los corazones inquietos.

Carente de información a causa de las malas condiciones meteorológicas que impiden el vuelo de los aviones, Graziani ordena inmediatamente la reanudación de la marcha hacia Merduma. A la cabeza del grueso de la tropa, a las 2:00 horas del día 10, entre violentas tormentas de arena y viento, se pone en movimiento en apoyo de la columna rápida de avanzadilla. Por el camino, un paisaje de campamentos devastados, de ganado abandonado, de población civil en fuga desesperada. La celeridad de la persecución ha mellado en apariencia el prestigio del jefe de los mogarba, forzado a renunciar a la lucha en defensa de su pueblo.

Rodolfo Graziani entra en Merduma a las 17:00 horas del 10 de enero de mil novecientos veintiocho. Tres días después se reúne con él el coronel Maletti, comandante de las tropas de Cirenaica, de regreso de la persecución de los rebeldes que se han replegado en Guifa.

Los batallones italianos de Tripolitania y Cirenaica fraternizan y celebran la victoria durante los dos días siguientes. La sutura entre las dos colonias italianas de Libia a lo largo del arco del golfo de Sirte se ha completado. El enemigo en fuga, acosado por carros blindados y la aviación, ha sufrido pérdidas muy graves. Ahora todo lo que queda es rastrillar el territorio. Es necesario «limpiar el campo».

Como sabe bien cualquiera que haya estudiado el tema —y el general Graziani lo ha hecho— existe un proverbial *quid obscurum* en la historia de las batallas, una especie de punto ciego en el que el relato es incapaz de penetrar. Se trata del fatídico momento en que la balanza se inclina hacia uno de los dos contendientes, separando a los soldados en colisión entre vencedores y vencidos, entre masacradores y masacrados, ese instante inescrutable en el que uno de los dos ejércitos, ambos compuestos por hombres de armas, adultos, fuertes, experimentados, formados, agresivos, orgullosos, perdiendo el ánimo, se transforman de repente y casi misteriosamente en una turba informe de gente desvalida que huye, en una espantada vergonzosa y suicida de ovejas con querencia al matadero.

En la historia de la ofensiva italiana en el este de Sírtica, el *quid obscurum* se sitúa indudablemente entre el sexto y séptimo día de enero cuando, después de haberse replegado sabiamente en el caravasar de Guifa para escapar del cerco, el belicoso y orgulloso jefe de los mogarba decide no presentar batalla, abandonar a los ancianos, mujeres y niños que siempre viajan siguiendo a los grupos de guerreros, perdiendo así todo prestigio, y dar la espalda al enemigo que sin duda lo apuñalará.

¿Por qué Saleh al Ateusc no luchó en Guifa? Este es el estremecimiento de terror ciego que en el relato del general Graziani permanece sin nombre. Se trata en cierto modo, lo hemos dicho, de un misterio eterno. En este caso, sin embargo, el misterio tiene un nombre e incluso una fórmula. El nombre y la fórmula de un compuesto químico.

El fosgeno se encuentra entre los gases más letales, porque es tres veces y media más pesado que el aire y, por lo tanto, permanece en forma de nube de gas a ras de tierra. Es quince veces más tóxico que el cloro. Ha demostrado ser mortal para el hombre que permanezca durante 10 minutos en una atmósfera que contenga 45 mg de fosgeno por metro cúbico. Puede tener efectos mortales en concentraciones más débiles también.

Alessandro Lustig, *Efectos de los gases de guerra*,
publicación del Instituto de Seroterapia de Milán, 1934

El 6 de enero de 1928, la aviación bombardea los campos rebeldes de los alrededores de Guifa (al sur de Nofilia) sobre los que se lanzan incluso bombas de gases asfixiantes (fosgeno) [...]. Prueba de la terrible efectividad de los bombardeos es el hecho de que a estas alturas basta con la aparición de nuestros aparatos para que grandes contingentes desaparezcan alejándose a toda prisa [...]. Las pérdidas humanas son indudablemente muy superiores a las señaladas, que se refieren solo a los caídos contados en el terreno y no tienen en cuenta a los heridos, que no pueden olvidarse, ni a los caídos como consecuencia de los efectos mortales de los bombardeos aéreos y de los efectos de los gases, no considerados ni constatables de inmediato.

Informe del general Cicconetti al gobernador De Bono
sobre la primera fase operativa, 1928

Augusto Turati
Milán, 21 de enero de 1928

En la noche del 21 de enero, Milán está envuelto en su característica niebla. Las escuadras, procedentes de toda la provincia gracias a trenes especiales de cercanías, encuentran el centro iluminado —piazza Duomo, la Galería, piazza della Scala, via Dante— pero tan pronto como se encaminan hacia el parque, se desvanecen en la bruma bajo el arco del Sempione. A la cabeza de los fascistas, que marchan en columna, un cortejo de arcos tricolores adornados con perlas de tonos muy vivos: un rastro de luz hacia el Palacio de las Chispas.

La aglomeración, que empezó a formarse a partir las 20:00 horas, continúa hasta las 21:30. Se dice que el Palacio de los Deportes, que engulle, una tras otra, las columnas de los militantes, es el edificio más grande de Italia; parece ser que bajo la enorme cúpula modernista de hierro y cristal se están concentrando hasta treinta mil participantes; sobre todos ellos refulge en la noche brumosa un gigantesco rótulo generado por cientos de bombillas eléctricas: «¡VIVA EL DUCE!». La gran congregación del Fascio milanés se anuncia como un acontecimiento sin precedentes.

Antes incluso de que pueda verse se adivina la llegada de Augusto Turati. La sugiere el repentino tumulto, el arranque de la fanfarria, la pupila violácea del enorme reflector que lanza su haz de luz sobre el palco de las autoridades. Junto al secretario del partido, a los ministros y a numerosos miembros del Gran Consejo, también el podestá de Milán, Ernesto Belloni, hace su entrada en el vientre del enorme espacio elíptico.

Hijo de cambista, licenciado y luego profesor de química farmacéutica, inscrito en el Fascio desde mil novecientos diecinueve y

310

exescuadrista, autor de algunas patentes industriales y de algunas fallidas operaciones empresariales, Belloni es hombre de ciencia, pero, sobre todo, es hombre de mundo. La ciencia —como ha declarado en un discurso ante el Parlamento— debe plegarse a la conquista del mundo: «La ambición de los químicos italianos es la de conseguir armas químicas. El oficio de químico es oficio de soldado». Si esa, según Belloni, es la ambición del químico, su ambición personal, por su parte, no conoce límites. Tras fracasar en su intento de ser elegido secretario político del Fascio milanés en mil novecientos veintidós, Belloni fue nombrado cuatro años más tarde podestá de la ciudad en la que nació el fascismo por voluntad de su fundador, Benito Mussolini. Desde entonces el elegido nunca ha dejado de mantener constantemente informado a su benefactor. El registro de la secretaría personal del presidente del Gobierno anota el nombre del podestá de Milán con una frecuencia casi mensual.

Belloni, sin embargo, tampoco ha renunciado nunca a expandir su propia presencia en las salas del poder milanés: aunque es un administrador público, forma parte también de los consejos de administración de distintas empresas, algunas de ellas proveedoras del Municipio. Pero ni eso siquiera le es suficiente. Resulta pasmosa la acumulación de cargos, distinciones y poderes que este hombre brillante es capaz de abarcar: comisario del Instituto Nacional de Quimioterapia, diputado, oficial de la Legión de Honor en Francia, caballero del Trabajo en Italia, comendador de la Orden de Isabel de Castilla en España, miembro del Consejo Superior de Sanidad, presidente del Organismo independiente de La Scala, doctor *honoris causa* en jurisprudencia con solemne ceremonia en el Castello Sforzesco, hace tiempo que corren voces de que Belloni no tardará en convertirse en ministro de Economía nacional. No es casualidad que, cuando el podestá se reúne los fines de semana con su esposa e hijos en la villa de Premeno, junto al lago Mayor, los sirvientes icen la bandera tricolor en una elevadísima asta.

La villa, junto con el apartamento de via San Vittore, se la ha restaurado, con gusto exquisito y ecléctico, uno de los arquitectos de moda de Milán, Piero Portaluppi, inmerso precisamente en esos meses en el proyecto del pabellón Colli-Belloni para la Feria de Muestras, el favorito de la gran burguesía (se ha casado con la sobrina de

Ettore Conti), menospreciado por sus colegas racionalistas y novecentistas (Giovanni Muzio lo tacha de «diseñador de fachadas»). Piero Portaluppi, acaso no por casualidad, es también el ganador del concurso del nuevo plan urbanístico de la ciudad. El proyecto, brindado sin compensación alguna (pero con un conspicuo reembolso de gastos), que se financiará con un préstamo de seiscientos millones estipulado con el banco americano Dillon, Read & Co., proyecta para un futuro próximo una metrópoli de dos millones de habitantes, moderna, con las mejores infraestructuras y adecuadamente equipada, una ciudad que conserva el armónico conjunto urbano del centro pero se estira hacia los nuevos asentamientos periféricos, con parques conectados a barrios ajardinados, escuelas y cinturones verdes.

Ese es el Milán de Ernesto Belloni, una ciudad en crecimiento, una ciudad por bloques que sustituye al poroso Milán de los laberintos medievales, una metrópoli futurista que engloba los municipios vecinos, que aumenta el kilometraje de su red de tranvías, que inaugura o inicia las obras de nuevos centros recreativos y laborales —el estadio de San Siro, el helipuerto, el planetario, el edificio de la Bolsa, la nueva sede de la Universidad Politécnica—, que entierra la antigua, putrefacta red de canales, una ciudad que descuella y ve levitar su déficit presupuestario, que ha pasado en solo un año de 60 a 185 millones de liras.

Un Milán completamente diferente sube a la tribuna de los oradores cuando, hacia las 22:00 horas, el secretario de la federación provincial y del Fascio municipal, Mario Giampaoli, toma la palabra para inaugurar la velada. Es el Milán popular, el de las casas de corrala con el baño en la galería común, el Milán de Porta Romana, de la Isla y de la ruinosa cuenca de los canales, el Milán de la vida callejera y de las mujeres de la vida, la de Francesca Fantoni, casada con Giampaoli, que de joven hacía la calle en Porta Genova; es también el Milán de la mala vida, conocida aquí como la «ligera» que anida detrás de las estaciones del ferrocarril, la ciudad de los bajos fondos sociales que en mil novecientos diecinueve Benito Mussolini armó con pistolas para hacer su propia revolución reaccionaria. Esa es la ciudad que Mario Giampaoli lleva consigo a la tribuna de los oradores, frente a ministros, subsecretarios y podestá, en esta grandiosa velada del 21 de enero de mil novecientos veintiocho.

El secretario del Fascio milanés, predilecto, no por casualidad, frente a Belloni por la «vieja guardia» intransigente en mil novecientos veintitrés, es, en efecto, el ídolo del fascismo plebeyo, del fascismo temprano, del fascismo subproletario, el que tiene las manos manchadas de sangre, de tierra y de limaduras de hierro. El fascismo antiburgués, vulgar, populista de Mario Giampaoli es el de círculos vecinales, el de las 30.000 cestas navideñas para los menos pudientes, el de los 8.000 regalos de la Befana fascista a los niños pobres, extorsionados a los pingües comerciantes del centro, pero también el de los 18.000 afiliados y, sobre todo, el de los «grupos de fábrica», la creación que más enorgullece al secretario, la única iniciativa que ha logrado abrir brecha en el monolítico bloque del proletariado industrial milanés, desde siempre ferozmente impenetrable a toda tentativa, seductora o violenta, de conquista por parte del régimen. El fascismo de Giampaoli, que asusta a los amos del vapor, se nutre de negocios sucios y del hampa y, no cabe duda, está formado por un grupo de semidelincuentes, facinerosos, proletarios harapientos y viejos escuadristas extorsionadores, gariteros y putañeros, pero supone también el sueño de transformar en fascista, tarde o temprano, la gran masa trabajadora de los suburbios industriales.

Y, de hecho, en la tarde del 21 de enero de mil novecientos veintiocho, en el Palacio de los Deportes de Milán, tan pronto como el secretario federal Giampaoli gana la tribuna de los oradores, desde las galerías altas, donde sus plebeyos se apiñan a millares, una avalancha de fascistas, tras encaramarse a los parapetos floridos, corre por la pista inclinada de las carreras ciclistas y se esparce en el patio de butacas, un torrente humano que borra la zona gris que separa el área reservada para los próceres y el anillo superior, destinado a la masa oscura. Resulta inútil o incluso peligroso cualquier intento de apaciguar los entusiasmos feroces, las carcajadas exaltadas, los cantos a todo pulmón. La exposición con la que Giampaoli magnifica las conquistas del Fascio milanés, jalonada por frecuentes interrupciones para dar un poco de agua a su garganta reseca, se lee de principio a fin en voz muy alta para superar el estruendo.

Cuando Giampaoli termina su discurso y llega por fin el momento del secretario nacional, cuesta un tremendo esfuerzo silenciar los cantos, los aplausos, los vítores.

Las trompetas tocan a silencio repetidamente, Giampaoli se afana haciendo gestos con los brazos para que los asistentes callen, en vano. Luego, sin embargo, Turati agita su mano derecha en el aire, extiende su dedo índice y señala con él hacia arriba, hacia la gigantografía del retrato de Benito Mussolini que domina la tribuna. Poco a poco, el silencio cae sobre el enorme estadio. La autoridad que emana de la efigie del Duce se transmite a Turati como una onda de radio captada por su dedo índice.

En las butacas, así como en las gradas más apartadas, todo el mundo sabe que el primer día del pasado mes de enero, Mussolini, al recibir del secretario nacional el carné número uno del Partido, se deshizo en elogios hacia él. Ahora le corresponde a este hombre delgado como un asceta encontrar las palabras que pongan de acuerdo al patio de butacas y a la galería, a los comendadores, a los diputados, a los grandes oficiales de apellido doble (Valvassori-Peroni, Omodei-Zorini, Lamberti-Bocconi) y a la chusma de los anfiteatros, al Milán de Giampaoli y al de Belloni.

Cuando Turati, solo, se acerca a la barandilla, el público ya está silencioso, inmóvil, atento. La voz del secretario se expande cristalina y clara hasta la última de las gradas. Turati no parece albergar duda alguna sobre lo que queda por decir:

—Una sola es la revolución, uno solo es su Jefe... una sola es la jerarquía, la consagrada por el Genio... Cada una de las mayores fuerzas vivas del régimen existe en cuanto expresión del Partido... fuera de este sería una rama seca y muerta que podría servir para un fogonazo, no para encender una luz en el tiempo ni para originar altas llamas... Nosotros no somos una masa de asociados, nosotros somos un ejército de creyentes.

En cuanto al diputado Turati, tiene el gran, el indeleble mérito de haber depurado, perfeccionado el Partido, volviéndolo cada vez más aristocrático en sustancia y en forma, liberándolo de las escorias [...]. Poco a poco, todos aquellos que querían lucrarse, discutir, prevalecer, traficar; los pávidos, los charlatanes, los insuficientes van siendo eliminados. El Partido Nacional Fascista se prepara para llevar a cabo la tarea que le es más propia: instituir la aristocracia educativa y formativa del pueblo italiano [...]. De este ímprobo esfuerzo nuestro surgirán, numerosas, las frescas generaciones que preparamos o, dicho de otro modo, hombres de pocas palabras, de frío valor, de tenaz laboriosidad, de ciega disciplina, completamente irreconocibles por los italianos de ayer.

Benito Mussolini, discurso del 1 de enero de 1928

Se dice en Milán:

Giampaoli va todas las noches a jugar al Hagy-Caff en corso Vittorio Emanuele perdiendo grandes sumas muy superiores a su salario y a sus ingresos como Secretario Federal. También se dice y se afirma que es cierto que asociado con otra persona ha hecho una especie de trust de las casas de prostitución, obteniendo ingentes beneficios.

En Milán se critica mucho el comportamiento de su mujer que parece el de una aventurera. Asimismo, se han formado en Milán dos grupos, uno encabezado por Arnaldo Mussolini, el otro por Giampaoli, parece que en los últimos tiempos ha habido una lucha verbal entre ellos y a base de calumnias, pero la mayoría está con Arnaldo Mussolini.

El séquito de Giampaoli está formado por los más turbulentos y él mismo ha formado una especie de cuerpo de guardaespaldas que favorece en todo momento financiera y moralmente.

Informe de seguridad pública.
Asunto: Mario Giampaoli.
Destinatario: Arturo Bocchini, jefe de policía.
Mecanografiado, 16 de enero de 1928

A propósito de Belloni

También es resabido en los círculos íntimos de las Altas Jerarquías; pero benevolentes y de fiar, lo que se dice de Belloni.

En decir, se cuenta que el millonario Froà tiene motivos para quejarse de cómo dirigió Belloni durante unos años una empresa financiada por él. Parece ser que algunas irregularidades de liquidez salieron a la luz, ya que el cajero, después de actuar, habló. Se dice que Belloni o alguien en su lugar le dio a entender a Froà que era mejor para él permanecer callado haciéndole relumbrar como recompensa el espejismo del Senado. Y Froà lleva mucho tiempo esperando [...]. Quienes lo conocen íntimamente consideran a Belloni un hombre de primera. Hay quien lo estima incluso como posible candidato al cargo de ministro.

Belloni lleva una vida de bastante despilfarro, pero recibe inteligentemente ayudas por quienes aprecian su programa y su valor. El Banco Comercial, por ejemplo, le otorga nombramientos de cargos bien retribuidos.

En general, en Milán es muy apreciado, entre otras cosas por la forma con la que combina su sentido práctico con el de los demás.

Informe de seguridad pública.
Asunto: Ernesto Belloni.
Destinatario: jefe de policía Arturo Bocchini.
Mecanografiado, 6 de febrero de 1928

Rodolfo Graziani
Oasis de Yufra, febrero-marzo de 1928

La línea de los oasis que recorre el paralelo 29. Ese es el objetivo del segundo ciclo de operaciones. Ningún soldado europeo ha hollado jamás algunos de ellos.

Después de dividir las fuerzas a su disposición en cuatro subgrupos, poniéndose al frente de sus tropas, Rodolfo Graziani ordena el inicio de la marcha hacia el sur el 9 de febrero. Se ha calculado una autonomía logística de veinte días para hombres y cuadrúpedos a remolque y de seis días de agua. El convoy está formado por más de tres mil camellos, sin camiones y sin apoyo aéreo para abrir camino o marcar la ruta. La información sobre la accesibilidad de las carreteras es, de hecho, completamente insegura y el comandante quiere evitar que el avistamiento de los aviones señale su llegada a los rebeldes. Esta vez se triunfará o se sucumbirá contando tan solo con las propias fuerzas.

Italianos, eritreos y libios marchan unos al lado de los otros durante cinco días, siguiendo una ruta completamente desprovista de agua, azotada por lluvias continuas y por un fuerte viento que sopla del oeste. La mañana del 13 tienen al Hamam a la vista. Las patrullas de vigilancia informan de que toda la población residente se encuentra allí, pero no hay rastro de rebeldes armados. Alcanzan al Hamam a las 15:50 y la hallan despejada.

Llega la orden de que la marcha se reanude de inmediato. En las veinticuatro horas sucesivas se ocupan también los oasis de Socna, Hon y Uadan. Aquí tampoco encuentran combatientes que los esperen.

Graziani ordena la persecución de la retaguardia enemiga a Chalifa Zaui y a Amadeo de Saboya-Aosta. El primero es un jefe indígena que lleva años luchando al lado de los italianos a causa de venganzas personales contra rivales locales, el segundo es un miembro de la familia real italiana, hijo del primo de Víctor Manuel III, heredero del ducado de Aosta y duque de Apulia, educado en los mejores internados ingleses. Alto, delgado y curtido como uno de los camellos en los que cabalga, impulsado por el gusto por la aventura, por los espejismos de la gloria y el honor, el duque de Apulia lucha con coraje al lado de salteadores como Chalifa Zaui y se niega desde que era cadete en la Academia Militar de Nápoles a que sus camaradas se dirijan a él añadiendo el título de «Su Alteza Real». Por lo demás, la leyenda ya lo ha rebautizado como el «príncipe sahariano» y eso es suficiente para él.

El balance de la primera semana de operaciones es excelente. En cinco días de marcha rápida, bajo un clima severo, siguiendo una ruta desprovista de pozos, Graziani ha alcanzado todos los objetivos asignados, evitando cualquier incidente e incluso el éxodo de la población de los oasis. Un balance excelente pero infructuoso: el enemigo —se estima que, sumando los distintos grupos guerreros, sea de aproximadamente 1.500 rifles— sigue prácticamente intacto y listo para reconquistar los territorios perdidos.

Después de tres días de descanso, tras organizar las guarniciones en los oasis ocupados, el Estado Mayor de las tropas móviles emana desde Hon la orden de reanudar la marcha. Ahora la meta es Zela, el más remoto de los oasis, hasta entonces inviolado, considerado inviolable y sagrado por los guerreros de la Orden Sanusí, la hermandad musulmana auténtica alma de la rebelión contra los invasores italianos. La marcha se reanuda a las cinco de la mañana del 19 de febrero y cuatro días después, a las 13:00 horas, se divisa Zela bajo un sol en su cenit.

Se rodea y se rastrea rápidamente el oasis. Se recogen un centenar de rifles, un cañón del 37 abandonado y, junto a un fuego de vivaqueo, la comida del jefe de los rebeldes que aún se está cocinando. Los representantes de la población del oasis, en un acto de sumisión, le comunican que Abd al Gelil Sef en-Naser, tras ser advertido una vez más de la llegada de los italianos, ha huido dos horas antes. La tenacísima velocidad de Rodolfo Graziani, una vez más, no alcanza más que el vacío.

Desde su base de Sirte, volando en un aeroplano de la aeronáutica real, como tiene por costumbre con cada nueva localidad ocupada, a Zela llega también De Bono. El gobernador asiste con poses solemnes a la izada de bandera, inspecciona brevemente la nueva conquista e imparte algunas órdenes improvisadas. Su humor es excelente («Estoy bien», anota petulante en su diario, insultando a hombres agotados tras semanas de marcha por los desiertos. «Estoy en mi elemento y estos días son verdaderamente tranquilos para mí. *Ofelée fa el to mestée!*»), aunque no oculta cierto sentimiento de venenosa rivalidad contra ese joven comandante que se está ganando la gloria en el terreno. A pesar de que Graziani insiste en continuar la persecución —desde su punto de vista, volver a la costa sin haber aniquilado al enemigo equivaldría a un fracaso—, De Bono le ordena que regrese inmediatamente a la base de partida. A continuación, maldiciendo en voz alta el destino que lo obliga a volver a la «sucia vida» de la retaguardia, el gobernador posa para una fotografía que pueda enviar a Roma y vuelve a montar en el avión con el que ha venido.

Para Rodolfo Graziani es el momento de la decisión. Todas las noticias obtenidas de enemigos capturados en las escaramuzas con las retaguardias inducen a pensar que las distintas facciones rebeldes están refugiándose al norte, entre Tagrift y Guifa. Entre ellos se encuentran también los hermanos Sef en-Naser, quienes aceptarían sin duda el combate para mantener el prestigio y la tradición guerrera de su familia, dueña desde siempre del oasis de Yufra, que nunca ha estado sometido a ningún gobierno extranjero.

Por otro lado, sin embargo, conllevaría aventurarse durante al menos tres días de marcha por un itinerario absolutamente desconocido, jamás recorrido por ningún explorador europeo de memoria viva, con recursos hídricos poco seguros, con fuerzas reducidas, con hombres que ya llevan mil trescientos kilómetros a sus espaldas y ante la perspectiva de enfrentarse en posición desventajosa a un enemigo, en la mejor de las hipótesis, con fuerzas semejantes. Una derrota en esas condiciones y en ese entorno significaría la aniquilación de la columna, ninguno de ellos volvería a ver el mar de nuevo.

---

* Refrán en dialecto milanés, equivalente a «¡Zapatero a tus zapatos!». *(N. del T.)*

A despecho de todo ello, la tarde del 22 de febrero Graziani da la orden de iniciar los preparativos para marchar sobre Tagrift.

Tras establecer una guarnición en Zela, abrevar las *mehalle*, requisar dátiles, cebada y trigo que sirva como pasto fresco para los cuadrúpedos, la marcha hacia lo desconocido da comienzo al alba del día siguiente.

Es una marcha sin historia. Durante días y noches hombres y animales vagan, agotados, hambrientos y sedientos a causa de las medias raciones, en un limbo temporal anquilosado, en el que los minutos no fluyen, ni hacia delante ni hacia atrás. Ya después del primer día de marcha la flecha de tiempo que apunta directamente hacia el futuro, señalando desde hace siglos la dirección a los hombres de Occidente, se ha roto. Los camellos de las caravanas empiezan a derrumbarse, reventados de cansancio; tras pasar sus cargas a otros desprovistos de ella, de reserva, son sacrificados, y sus cadáveres abandonados. Los expedicionarios viven extraños momentos, incomprensibles, interminables, que caen repentinamente en violentos destellos de rojo cinabrio. Pasan horas nocturnas oscuras y sin luna, acampados en estrechos cuadrados, con el bagaje cargado, en una perenne espera de la emboscada, velando en un silencio salpicado por exiguos disparos de rifle, remotos e indescifrables, duermen sueños sin descanso, completamente al raso, los oficiales junto a la tropa. Sueñan con jardines exuberantes y sin vigilancia, que yacen preciosos, abandonados a sí mismos en la dulzura de una tarde mediterránea, un pedazo de tierra arada, roturada y fértil, trabajada a fondo, que respira desatendida mientras el planeta gira en la inmensidad del cosmos hacia su propio lado oscuro. Alguien está cantando. La voz de una mujer. Traída por el viento.

Luego, al despertar, la mente se pierde de nuevo en ese inmenso universo de cosas que nunca han estado vivas y nunca lo estarán. Durante horas y horas, horas interminables que parecen días, solo el eco de los apocalipsis de antiguas civilizaciones desaparecidas, el adormecido ruido sordo de variaciones milenarias, la regresión de las extensiones heladas, el retroceso de los mares, el avance de los desiertos. En la mirada febril que se pierde en la línea del horizonte, casi no hay señales. Pocas huellas, una pareja de enigmáticos camellos

320

que se dirigen, solitarios, hacia el este, ningún pozo, ninguna noticia, ninguna captura de hombres.

Y por fin, una noche, nada más salir la luna, allá al fondo en la meseta, dos diminutos fuegos. Los divisan simultáneamente un capitán libio y el duque de Apulia. Graziani ordena que nadie levante las tiendas; que todos los oficiales se turnen para velar; que suboficiales y soldados estén informados de la situación. Mañana habrá combate.

El 25 de febrero de mil novecientos veintiocho el sol provoca un amanecer cristalino en los pozos de Tagrift. A las seis de la mañana la marcha de la columna Graziani se reanuda en dirección norte, precedida, por delante y en los flancos, por grupos saharianos, seguidos por cazadores libios, en un frente amplio y con un gran escalonamiento en profundidad. Al cabo de una hora de caminata sobre un terreno ondulado, en una atmósfera de calma absoluta, hombres y animales llegan al borde de un abismo. Ya no hay tierra bajo los pies ni bajo los cascos. De repente, jinetes y soldados de infantería se asoman a una enorme terraza natural semicircular que domina, desde una altura de unos doscientos metros, la tristemente famosa cuenca de Tagrift. Delante de ellos se halla el horror. Salvaje, accidentada, rodeada de torreones en ruinas, salpicada de dunas de arena, enmascarada por tupidos arbustos, alternados con zonas completamente al descubierto, la cuenca aparece bloqueada en su extremo por una barrera natural adicional que protege los pozos. La única ruta de acceso es un sendero estrecho y empinado que sigue la línea de máxima pendiente.

Hasta ahora, las patrullas han informado que la zona está despejada, pero al ojo del cazador a punto de convertirse en presa no le cabe la menor duda: es el lugar perfecto para una emboscada. La elección, ahora, vacila entre el riesgo de una derrota devastadora o la renuncia a la victoria. La guarnición italiana de Naufaliya está a seis días de marcha y el convoy dispone de pocos días de agua. Por lo tanto, o se lucha en esta cuenca o no habrá lucha alguna.

El descenso comienza a las 6:30. Una hora más tarde, toda la columna ha llegado al fondo. Graziani sabe que, a partir de este momento, con la montaña a sus espaldas, el fracaso significaría la aniquilación de sus hombres; ordena que la marcha siga adelante.

El coronel Gallina, con el 25.º eritreo, la sección de artillería, cincuenta *spahis,* a los que se unen los saharianos y el 6.º libio de vanguardia, precede a la columna como grupo móvil avanzado. Mientras sus hombres se aproximan a la línea de arbustos en el aire cristalino y en el silencio más tenso, el general Graziani se encarama a un pequeño torreón en ruinas. Desde allí puede dominar el campo de acción en su conjunto.

El comandante ve las patrullas saharianas explorar al trote el terreno de delante y de los flancos, ve a los negros eritreos avanzar con cautela, encorvados como bandidos, en el laberinto de dunas y arbustos, ve a sus oficiales encajar la cabeza en el torso y encoger los hombros, en la postura del boxeador, para reducir la superficie del cuerpo expuesto al impacto. Por unos instantes, bajo el sol matutino del trópico, los guerreros parecen hermosos. Audaces, terribles, frágiles. Italianos, libios, eritreos, todos resplandecen bajo la misma condición de la luz: la belleza que poseen las criaturas un momento antes de ser aniquiladas.

Después, anunciado por la fatalidad del hechizo, el fuego de fusilería estalla fulminante, los hombres caen, sus cuerpos sangran. El ataque enemigo es violento, los muyahidines emergen en bandadas de cada duna y arbusto. Es violento, pero también metódico. Los oficiales italianos de exploración descubren con espanto que, por primera vez en las guerras líbicas, los árabes están equipados con bayonetas, listos para el cuerpo a cuerpo; el general Graziani, desde lo alto de su amurallamiento, se percata con desconcierto de que, al contrario de lo habitual, los beduinos despliegan una maniobra estratégica disciplinada: enmarcados en unidades casi regulares, obedecen diligentemente a los jefes que los guían con toques de silbato; mientras la vanguardia choca contra la vanguardia, los demás intentan el envolvimiento de los flancos. Esta vez se lucha en igualdad de condiciones, fusiles contra fusiles, bayonetas contra bayonetas, táctica contra táctica. El mimetismo del enemigo es casi absoluto.

Ya a las 8:45 pide Gallina refuerzos y el apoyo de la artillería. Graziani, habiendo hecho sus cálculos tácticos, se lo niega. Los muyahidines se baten muy bien, avanzan metódicamente y disparan con ferocidad, apuntando a los oficiales. La tormenta de disparos arrecia, el ayudante mayor de Gallina muere con el abdomen desgarrado, otros diez oficiales caen en torno a él, muertos o heridos, los africanos de los batallones coloniales se quedan casi sin comandantes. A las 9:25 Gallina implora al menos la ayuda del personal médico. Los enemigos también acribillan a los asistentes sanitarios.

A las 11:00 Gallina envía otra desesperada solicitud de socorro: «Seriamente comprometido, preciso refuerzos con urgencia».

Graziani, sin embargo, no se deja impresionar: juzga la situación normal. Piensa que el flanco derecho todavía puede aguantar, piensa que es fundamental mantener su posición de apoyo, piensa que, en la guerra, es normal que la gente muera. A las 11:30, sin embargo, se ve obligado a ordenar que el 25.º batallón eritreo retroceda.

Se ha llegado al *quid obscurum* de las batallas. Bastaría con que un solo hombre gritara «estamos perdidos» para que el choque entre iguales se precipitara hacia la carnicería. Pero nadie lanza ese grito.

Un biplano Romeo aparece en el cielo. El aparato realiza un reconocimiento rápido, señala al enemigo, pero no bombardea. Su mera aparición y el fuego de la ametralladora en el torreón sacan a la luz ese instante de reluctancia a morir que frena a los atacantes; a Graziani le basta para reorganizar las tropas. La balanza que mide la masa de la destrucción está de nuevo en equilibrio.

La cuenca horadada de cadáveres, lacerada por gemidos de dolor, observada desde lo alto, emite su veredicto: la necesidad absoluta de resolver la crisis con un movimiento decidido y profundo, hasta llegar a los pozos. Es un veredicto severo y sin apelación.

A las 12:00 horas Graziani envía al coronel Gallina, por escrito, la orden de avanzar. A las 12:20 se la repite. A las 12:30 las trompetas del mando —las mismas trompetas que durante mil trescientos kilómetros han tocado diana para los sonámbulos en el desierto— lanzan la fanfarria de «adelante, a la carrera, al asalto».

Por un momento todo permanece inmóvil. Entonces, tal vez porque saben que no tienen escapatoria, que no tienen tierra a sus espaldas, los batallones coloniales se lanzan hacia adelante. Los eritreos gritan «*agiugùm, agiugùm*» («valor, valor»), los áscaris libios gritan «*ulèd, ulèd*» («hijo, hijo») y corren, corren entre las marismas, corren por las dunas arenosas, corren entre los arbustos espinosos.

Amadeo de Saboya-Aosta, el príncipe sahariano, echa pie a tierra y corre junto a ellos. El general Graziani también avanza a sus espaldas, con el puesto de mando al completo, toda la reserva y el convoy. Un insidioso claro, expuesto al granizo de la fusilería árabe, es superado a la carrera entre gritos de guerra. Se completa el segundo salto. Adelante, hacia los pozos. Los pozos caen a las 14:00 horas.

Los muyahidines todavía defienden el baluarte rocoso. Gallina solicita apoyo de artillería. Las piezas, sin embargo, están todas atascadas en la arena. Una vez más, sin embargo, nada de esto importa al comandante: «¡Avanzad de todos modos, con las bayonetas!», grita Graziani aturdido por el vértigo de la guerra. Amadeo de Saboya-Aosta, muy alto, delgado, como el asta desnuda de su bandera, sale al descubierto. Los saharianos no dejan solo a su príncipe.

A las 15:30 el enemigo huye hacia el norte, perseguido hasta el anochecer por los *spahis* supervivientes, exhaustos pero delirantes de sangre. Detrás de ellos, en la cuenca de Tagrift, se vivaquea en las posiciones conquistadas. Al descubierto, en mangas de camisa, sin que un solo disparo de fusil perturbe la quietud de los vivos, de sus heridas. Ese silencio manso es el sonido de la victoria completa.

Cuando uno ha vencido por fin, se ve obligado a menudo a reconocer que ni siquiera la victoria es suficiente en sí misma. Y no se trata solo de los cientos de muertos que quedan en el campo. Se trata de la inevitable, oscura batalla de desenganche que cualquier ejército, incluso victorioso, debe entablar contra el camino que lo separa del regreso.

Después de confiar a un piloto de reconocimiento la noticia de su triunfo para que la lleve al mando operativo, la columna Graziani reemprende la marcha a las 9:00 horas del 27 de febrero de mil novecientos veintiocho. Avanza hacia el norte, precedida por los cuerpos de los oficiales muertos, envueltos en banderas del regimiento, y por los heridos en camillas llevadas a hombros. El general victorioso abre la marcha en su magnífico purasangre sirio Uaar, a su lado cabalga Amadeo de Saboya-Aosta a lomos de un camello, sobre sus cabezas los aeroplanos que han despegado de Sirte persiguen y acosan a los enemigos en fuga.

Los vencedores de Tagrift marchan durante otros seis días y durante diez o doce horas al día, desde el amanecer hasta el ocaso, al principio entre los cañones montuosos de Dor Lumelech; luego en los páramos de Halug; por último, sobre los *uadi* herbáceos plantados con cebada. A menudo los martirizan tormentas de arena, las soportan. Se topan con pequeños rebaños vagabundos de ganado menor, los sacrifican. Capturan a unos cincuenta rebeldes fugitivos, los pasan por las armas.

En la tarde del 2 de marzo, después de la enésima jornada completa de marcha, una vez más martirizados por la tormenta, contra el crepúsculo que se desploma en la llanura, los vigías divisan el haz luminoso del faro de Naufaliya. La meta final, a estas alturas, no puede estar a más de quince kilómetros de distancia. En su periplo completo para conquistar los oasis del paralelo 29, los hombres de Graziani han recorrido más de dos mil.

El comandante ordena montar el campamento. Cuando se percata de que no tienen fuerzas para plantar la radio, confía a una patrulla de *spahis* el mensaje que anuncia la llegada de quienes regresan, el retorno de los vencedores.

Monto el campamento en este momento en el lecho del Uadi Taluit, creo a unos 15 kilómetros de Nufilia Stop Marché ayer y hoy más de diez horas al día, bajo continua y violenta tormenta de viento y arena, que demoró mi camino Stop Consumo esta noche mi última ración de agua Stop No pido nada Stop Avanzaré mañana a las 6 horas Stop Se ruega dar noticias por radio a Sirte et Hon en el caso S. E. Gobernador [De Bono] et general Cicconetti estén ausentes Stop Sin sistema de radio dado excesivo cansancio personal que en las últimas noches ha estado repetidamente sujeto a caídas por agotamiento Stop General Graziani

> Despacho del general Graziani al cuartel general
> de las operaciones de Nufilia,
> 2 de marzo de 1928, 17:35 horas

Al
«SECOLO-SERA»
MILÁN

Con la repugnancia de un honesto ciudadano y un honrado italiano he leído el Informe de usted en la edición nocturna de hoy:

Las entusiastas muestras de afecto y estima hacia el secretario federal Mario Giampaoli.

¡Me parece que con esto habéis alcanzado el ápice de la desvergüenza!

¿A quién le importa vuestra podredumbre?

¿Qué ha hecho el «comendador» Giampaoli para suscitar la ira del gran poeta Carlo Maria Maggi?

¿Ha «comido» acaso con más pudor de lo que está acostumbrado a «comer»? ¿A quién le importa? ¡Total, el contribuyente ya está más que acostumbrado a ello!

Sois estúpidos hasta tal punto que resulta increíble por vuestra parte que deis a conocer a todos vuestra podredumbre interna, embadurnando con vuestros sucios manifiestos las casas de gente honesta y pregonando vuestra propia inmundicia.

¿Quién paga todos estos gastos de los carteles? ¡Los contribuyentes pobres a cuya costa lleváis una vida de señores, mientras que hace 5 años no erais todos vosotros más que unos pordioseros y ahora presumís de automóviles, amantes y casas señoriales! Adelante, seguid así para que vuestro fin llegue cuanto antes. ¡Qué buena cosa debe de ser el fascismo cuando le hace falta tanta publicidad y tanto trompeteo...!

Uno de los 39 millones de italianos honrados

Carta anónima. Destinatario: *Il Secolo-La Sera*.
Asunto: impugnación de un artículo en defensa
de Mario Giampaoli tras la publicación del memorial
con el que el Excmo. Carlo Maria Maggi lo acusa de
fraude y malversación de fondos.
Mecanografiado, 6 de febrero de 1928

P. D. Reservado

Sobre la situación local en Milán (Partido y administración del Podestá) tenemos las siguientes novedades:

La disposición de la Dirección del Partido con respecto al diputado Maggi, también ha acarreado perjuicio al Podestá de Milán el Excmo. Sr. Belloni [...].

El senador Mangiagalli pese a declarar que quería mantenerse al margen para dedicarse de lleno al trabajo de su profesión dice que la inmensa mayoría de los milaneses no ven con buenos ojos la actual situación del municipio [...].

El comendador Jarak —antiguo concejal de Milán— dice que el Excmo. Sr. Belloni es indudablemente un hombre dotado de capacidad y de habilidad; pero que resultan demasiado evidentes los beneficios que obtiene de su situación política para sus negocios. Los méritos del Excmo. Sr. Belloni como químico no deben de ser excepcionales, si llegó a verse hace algunos años en condiciones de quiebra. La situación comercial mejoró después un poco, con la consolidación de su posición política [...]. Pasado el periodo de indignación por el caso Matteoti, empezó a cortejar al grupo químico piamontés encabezado por el comendador Panzarasa. El comendador Panzarasa formaba parte del grupo liberal piamontés, que no había creído en el fascismo; y cuando el fascismo barrió a sus oponentes Panzarasa y sus amigos se vieron sin apoyos políticos. Sus amigos y él habrían dado cualquier cosa por encontrar a una persona con autoridad en el fascismo, capaz de guiarlos, especialmente en los contactos con Roma. Panzarasa, junto con Ponti, consiguió, a través de la señora Ponti, entablar buenas relaciones con el diputado Balbo, para entonces convertido en subsecretario; pero no tardó en encontrar a su hombre en Belloni. De esta manera, Belloni —cuya empresa era muy pequeña en comparación con la del grupo Panzarasa—, aportando más que nada su fuerza política, se convirtió sin duda en un excelente socio del grupo Panzarasa; especialmente después de que el Banco de Italia diera a las industrias químicas el préstamo de ochenta millones.

Panzarasa mantiene estrechas relaciones comerciales con el diputado Ponti, y dado que la posición política de este tampoco era buena, también Ponti entabló relaciones con el diputado Belloni en busca de un guía. Para resumir, el Excmo. Sr. Belloni también se convirtió en socio de Ponti en la industria eléctrica. Así no tardó el Podestá de Milán en encontrarse en una posición financiera de primer nivel, que parece deberse esencialmente a sus escasos escrúpulos para servirse de su influencia política en los negocios [...].

El diputado Alfieri —quien es también cuñado del Excmo. Sr. Belloni— dice que a estas alturas Milán está lleno de murmuraciones contra el Podestá; tanto es así que recientemente se sintió obli-

gado a hablar de ello con el propio Belloni; este le dijo que no le diera importancia.
13 de febrero 1928-VI

Informe de seguridad pública. Reservado.
Destinatario: Arturo Bocchini.
Asunto: Situación milanesa después de la publicación del memorial de Carlo Maria Maggi.
Mecanografiado con anotaciones escritas a mano (extracto),
13 de febrero de 1928

¿Es que el Duce está ciego? ¿Es que al Duce se le oculta todo? Basta con vigilar la vida de ese oscuro individuo deshonor y desgracia de una ciudad como Milán y veréis que salen a la luz algunas cositas la mar de interesantes.

Carta anónima.
Asunto: Mario Giampaoli.
Destinatario: Prefecto de Milán.
Mecanografiado (extracto), 29 de febrero de 1928-VI

Benito Mussolini
Roma, 16 de marzo de 1928
Cámara de Diputados

En el orden del día de las tareas parlamentarias de hoy se incluye el fin del Parlamento. Sin embargo, en el hemiciclo de Montecitorio, aunque lleno, aletea un extraño silencio, una cenagosa ausencia de voces, exangüe, asfixiante, una quietud paleozoica propia de un lugar inanimado, poblado tan solo por ínfimas vidas de bacterias, insectos acuáticos, mohos. Los cientos de diputados presentes secretan tan solo un distraído rezongo de escolares apáticos si bien, a fin de cuentas, serviles. La reforma constitucional del sistema electoral que se disponen a votar prevé una circunscripción única en todo el reino, una lista única elegida en esencia por el Gran Consejo del Fascismo —y en la práctica por Mussolini—, la posibilidad de que el votante se exprese solo con un «sí» o un «no», por lo demás completamente hipotético. Durante la sesión del 27 de febrero, el ministro de Justicia Rocco explicó claramente lo que eso significaba: el nacimiento de un sistema totalitario en el que el cuerpo electoral solo es llamado a ratificar las decisiones tomadas por el Gran Consejo, elevado a la categoría de órgano supremo del Estado.

A pesar de todo, la liquidación definitiva del Estado liberal nacido del *Risorgimento* no parece fascinar a sus señorías los parlamentarios, que pronto tendrán que aprobar la sanción jurídica de la pérdida de toda dignidad y utilidad por su parte. Todo tiene lugar con silenciosa prontitud, con el tedio obligado de lidiar con una rutina fatigosa, con la reluctancia de los derrelictos. Nadie se inscribe para participar en la discusión general, cada uno de los artículos son aprobados uno tras otro sin que se registre una sola intervención, la moscas zumban bajo el inmenso sobrecielo de estilo modernista del que llueve una luz opaca.

Mientras el proceso avanza entre la indiferencia general —se propone y se aprueba de inmediato una insignificante modificación en el párrafo tercero del artículo quinto—, entre los bancos y en las gradas se discute en voz baja sobre los acontecimientos que han sacado recientemente la ciénaga parlamentaria de su letargo: el memorial enviado por Carlo Maria Maggi a Mussolini, en el que el antiguo secretario federal fascista de Milán acusa con todo detalle a su sucesor, Mario Giampaoli, en concurrencia con el podestá Ernesto Belloni, de graves malversaciones en la gestión de los asuntos públicos, así como del fallido atentado contra la vida del padre Tacchi Venturi, el jesuita que está negociando en secreto en nombre del Duce el acuerdo de reconciliación entre el Estado italiano y el Vaticano. A los bien informados, en lo que atañe al primer asunto no les cabe duda de que detrás de Maggi está Farinacci, en guerra con Giampaoli por el control de Milán; con respecto, en cambio, a la verdadera identidad del autodenominado contable De Angelis, que intentó degollar al jesuita con un abrecartas y al que poco le faltó para alcanzar la carótida, ni siquiera los bien informados sugieren hipótesis con certeza. Y así, entre las habituales, obvias corruptelas y los misterios eternos, impenetrables del Vaticano, la sesión que aprobará la definitiva mortificación del Parlamento fluye sin tropiezos, sin la menor encrespadura que señale a los periodistas alguna presencia de vida, aunque sea subacuática.

Luego, sin embargo, Giovanni Giolitti pide la palabra. Repentinamente el silencio se recrudece, baja una octava, se vuelve pesado.

Giolitti es uno de esos hombres que bautiza con su propio nombre toda una época. Lleva cuarenta y seis años y trece legislaturas en el Parlamento, ha sido ministro siete veces y presidente del Gobierno cinco, la primera vez en mil ochocientos noventa y dos, cuando Benito Mussolini todavía cursaba la escuela primaria. Con Giolitti, en su imponente metro y noventa de altura, se levanta para hablar el Estado liberal, el parcial, fatigoso, contradictorio intento de transformar un país antiguo y arcaico en una democracia moderna. Su voz resuena desde lejos:

—Tengo la certeza de que el método propuesto hoy para la constitución de la nueva Cámara es incapaz de garantizar la representación nacional. Con el fin de que una asamblea pueda ser la representación de una nación considero que sus miembros deben poder ser elegidos en plena libertad según cuanto prescribe el Estatuto...

—¡Total, si usted a la nueva Cámara no va a volver de todos modos!

El grito burlón que ha interrumpido al viejo patriarca proviene de los escaños de la derecha. Ha salido vomitado de la garganta de un individuo de baja estatura pero de gran energía. Delgado, nervioso, con la camisa negra rebosante hasta el exceso de medallas, pasadores y condecoraciones, Achille Starace, subsecretario del Partido Fascista, gesticula con la vehemencia mecánica de una marioneta con resorte. Originario de Gallipoli, en Apulia, contable de formación, soldado de infantería ligera condecorado por su valor durante la Gran Guerra, afiliado al Fascio al día siguiente de su fundación, Starace condujo después con ferocidad los escuadrones de Trentino hasta entrar en el directorio del PNF. Todos conocen sus poses de condotiero, su absoluta carencia de sentido del ridículo, pero todos conocen también su sádica agresividad y su ciega lealtad hacia Mussolini.

Giovanni Giolitti hace caso omiso de él y continúa:

—Toda facultad de elección, cuando no puede presentarse más que una única lista, queda suprimida. Esta ley, que, al confiar la elección de diputados al Gran Consejo, excluye del Parlamento cualquier posibilidad de oposición política, marca el alejamiento definitivo del régimen fascista del Estatuto.

Una bruma de expectación decepcionada cae sobre el público. Llegado a tal situación extrema, ante el colapso de la presa, Giolitti no ha encontrado nada mejor que apelar al Estatuto, a la Constitución, que luego se convirtió en la Carta Fundamental de Italia, adoptada por primera vez por Carlos Alberto de Saboya para el Reino de Cerdeña en 1848. Un sistema de leyes que tiene nada menos que ochenta años pero que no es mayor, como las malas lenguas no dejarán de notar, que Giovanni Giolitti, que el día de su promulgación hacía seis años que había nacido.

—Por tales razones, y también en nombre de algunos colegas, debo declarar que nos vemos imposibilitados de votar a favor a este proyecto de ley.

En silencio, Giovanni Giolitti vuelve a sentarse. No tiene nada más que añadir a esta ponderada declaración de rigor que ha pronunciado. Se ha puesto por unos segundos el traje de opositor y ahora se lo ha quitado, igual que se quita uno el traje de noche después del teatro. Con él ha hablado la voz del pasado, el siglo pasado. Esa voz, en un hemiciclo ya deturpado por la mutilación de los opositores del Aventino, expulsados por la fuerza, solo ha servido a los fascistas para hacer que olviden que están suprimiendo un Parlamento ya cadáver.

Nadie aplaude, nadie protesta, aunque tampoco se le pasa por la cabeza a nadie que haya que replicar. Cae el telón, eso es todo.

A nadie, excepto a Achille Starace. Incongruente, implacable, agita los brazos con sus típicas poses napoleónicas para conseguir del escaño presidencial el derecho a hablar. Por cómo espumea de rabia, está claro que, si Mussolini lo autorizara, además de insultar a Giolitti, Starace no dudaría en saltarle al cuello para morderle la vena yugular.

Con un único, misericordioso gesto de la mano, Benito Mussolini le niega ambas cosas: palabra y ferocidad. Le hace además de que guarde silencio y se siente. Pueden ahorrarse una inútil y dañina agresión a un gran hombre que ha vivido demasiado, que se ha sobrevivido a sí mismo. Starace, gruñendo, obedece.

El último discurso de Giovanni Giolitti en el Parlamento, del que ha sido durante medio siglo primero protagonista y luego el dominador casi absoluto, se apaga junto con él, en tono quedo, no con un aplauso, ni un estruendo siquiera, sino con un bostezo.

A las 16:45 horas, mientras las urnas permanecen abiertas, comienza entre la indiferencia general la tediosa discusión del presupuesto interno. La Cámara aprueba por abrumadora mayoría su propia necrosis. Solo quince votos en contra. Luego se levanta la sesión. Próximamente, se convocará también al Senado para aprobar la reforma electoral. El bostezo, es bien sabido, resulta un fenómeno contagioso.

Ahora bien, ¿es el pueblo realmente soberano bajo un régimen de partidos? ¿Especialmente cuando la desintegración del Estado ha llegado ya a un punto en el que, por ejemplo, «treinta y cinco listas de treinta y cinco partidos» invitan al pueblo a ejercitar su soberanía de papel?

Incluso en un régimen de partidos, las elecciones las realizan comités incontrolables.

El pueblo electoral está llamado a ratificar decisiones tomadas por los partidos [...]. No tengo reparos en declarar que el sufragio universal es una pura ficción convencional. No dice nada y no significa nada [...].

Y voy al Estatuto. Hemos de ser claros, honorables senadores... ¿Nos hallamos en el campo de la arqueología o en el de la política [...]? ¿Alguien cree en serio que una constitución o un estatuto pueden ser eternos y no, por el contrario, temporales? ¿Inmutables y no, por el contrario, cambiantes...? Por lo tanto, es un esfuerzo, en mi opinión, superfluo, por más que conmovedor, permanecer de guardia ante el Santo Sepulcro.

El Santo Sepulcro está vacío.

Benito Mussolini, discurso al Senado
sobre la reforma de la representación política,
primavera de 1928

Rodolfo Graziani
Trípoli, 18 de abril de 1928, por la noche

«Alba velada por una bruma plateada, alba sin viento sobre las aguas inmóviles del puerto, sosegada alba de candor. Blancura de yeso sobre la ciudad; gris de acero sobre el mar, gris azulado de ceniza en el cielo. A orillas del mar, la mole del Arco de Triunfo recoge el claror temprano en sus cuatro fachadas, vastas, desnudas, severas.

»La ciudad insomne surge de la oscuridad de la noche como frágil aparición de espejismo. Las banderas aguardan, envueltas alrededor de mil astas azules, el viento que las despliegue. La ciudad no ha dormido. Durante toda la noche, el trabajo de los decoradores, de los electricistas, de los carpinteros no se ha detenido. Durante toda la noche, como una liturgia lenta y obsesiva, se han esparcido de calle en calle los cánticos que marcan el ritmo de la fatiga de los trabajadores árabes y negros.»

El rey de Italia, Víctor Manuel III de Saboya, nunca ha pisado el suelo de Libia, en la «cuarta orilla» de su reino mediterráneo. Lo hace, por primera vez, el 18 de abril de mil novecientos veintiocho, dieciséis años después de que esas tierras fueran sumadas a su cetro, acompañado por la reina y las princesas Juana y María. Las crónicas del régimen hablan de esa primera cópula entre África y los Saboya como una recíproca aparición de cuento de hadas: Trípoli se muestra a la realeza como una ciudad mágica y ellos le corresponden.

La escena es una apoteosis de exotismo pintoresco y de retórica triunfalista. El desfile de las tropas coloniales por el paseo marítimo dedicado al conde Volpi se despliega de forma espectacular y ensoñadora como en un anfiteatro natural. Ahí están los *savari* de rostros velados, envueltos en *burnus* de color begonia, que parecen gualdrapas empapadas en sangre; y ahí está la falange de los meharistas al trote. «Encabezándolos», señala el corresponsal del *Corriere della Sera,* «va el duque de Apulia, con su uniforme blanco al estilo tuareg. Pasan como una visión desértica los dominadores de las distancias sedientas, con bandoleras rojas, con bandoleras azules sobre chaquetas blancas, con sus negras caras casi enteramente ocultas tras los vendajes que los protegen del siroco. Cada uno ha colgado de la pequeña silla toda su casa, todos sus haberes en el mundo: una alfombra para dormir, un arma para atacar, una alforja para vivir». Detrás de ellos, al galope, cientos de jinetes árabes.

Frente a ellos, en cambio, Víctor Manuel. El rey viste con el uniforme de diario, acompañado por la reina, que lleva un traje de mañana color púrpura, con motas plateadas y ribete de visón, bajo un sombrerito de terciopelo también púrpura, y por las princesas, vestidas con dos blancos trajes primaverales con adornos de seda rosa. La batería de montaña, situada junto al muelle, da comienzo a sus cien salvas ceremoniales, a intervalos de treinta segundos, la banda militar entona la marcha real. Hasuna Pacha, el último de los Caramanli, la dinastía que administró durante más de un siglo la Libia otomana, avanza solemnemente hacia el rey y renueva su acto de sumisión. Víctor Manuel III de Saboya asiste al desfile encaramado en su «trono imperial».

Aunque Emilio De Bono, gobernador de la colonia, se haya afanado por ganarse el lugar de honor al lado del monarca incluso antes de que este desembarcara en el muelle, menospreciando, hasta donde le resulta posible, las hazañas de guerra de su general más valiente, la crónica del día lo sitúa precisamente a él, a Rodolfo Graziani, en el centro de la escena. En medio de los meharistas, a lomos de sus camellos, con su aspecto de «los últimos personajes de novelas de aventuras», en uniforme blanco, montado en Uaar, su purasangre árabe, Rodolfo Graziani refulge, «un condotiero magnífico y vestido de blanco, con la cabeza cubierta por un casco blanco galoneado de oro».

En su diario, tras la victoria de Tagrift, De Bono anotó con malignidad: «Graziani libró un vivaz combate ayer justo al norte de Tagrift. Encarnizada defensa de los pozos por parte de los rebeldes. ¿Hubo sorpresa? ¿De qué lado? Desde luego nuestras pérdidas son significativas». Pero no hay nada que hacer: por mucho que De Bono se esfuerce por oscurecerlo, la gloria de este día es suya, de Rodolfo Graziani, el «general de la reconquista». Antes de que caiga la noche, Graziani no solo será condecorado con una medalla de plata al valor militar por los combates de Tagrift, sino también con dos medallas de bronce por actos de heroísmos que se remontan a la Guerra Mundial, distinciones que le habían sido obstinadamente negadas en la posguerra, por más que el entonces coronel hubiera intrigado no poco para obtenerlas, y que ahora se le conceden retroactivamente, de rebote por la gloria africana, con «el adjunto sobresueldo de cien liras anuales».

El libro de los héroes, con todo, es un registro sumario, escrito con letras doradas, de empresas memorables y de duelo, pero también de olvido, un inventario de palabras, obras y omisiones. Lo que no figurará en ninguna de las crónicas del desembarco real en Trípoli, ni en las memorias de los conquistadores de los oasis en el paralelo 29, son los quintales de explosivos lanzados por la aviación contra los «rebeldes» en huida durante y después del tercer ciclo de operaciones, los centenares de ejecuciones sumarias en la fase de rastreo de los territorios conquistados, las requisiciones de cosechas de cereales, cultivados con gran esfuerzo en los lechos secos de los penosos ríos locales, y la consiguiente hambruna entre la población civil. Obviamente, tampoco se mencionarán las devastadoras llagas abiertas en la piel de los enemigos, de sus familias y de sus rebaños, por el gas mostaza y las bombas de fosgeno lanzadas desde el cielo, a una distancia de seguridad, por supuesto, para acelerar la «limpieza de los campos de batalla». No se encontrará mención alguna, por último, de las terroríficas palabras con las que el héroe de Tagrift establece que el fusilamiento es el destino del enemigo derrotado y enseña a sus propios soldados a considerar un crimen todo sentimiento.

El blanco de estas pequeñas omisiones queda cubierto por la augusta presencia en Trípoli de su majestad Víctor Manuel III de Saboya, de la reina Elena, de las princesitas con sus trajes de franela blanca, adornados con sedas rosas; la bendición real lo cela todo, a los vivos y a los muertos, a los héroes y a los verdugos, el restañar de las banderas al viento y las detonaciones de TNT, las veladas brumas de plata y las horrendas llagas químicas.

A poco más de tres lustros después de la ocupación de Libia llega a Trípoli —por primera vez— el Rey [...]. La solemne visita de hoy asume claramente un significado y un alcance que va más allá de una simple prueba de un alto apego a nuestras posesiones norteafricanas [...]. Si Tripolitania representa —como lo representa— la documentación más completa y la prueba más orgánica de la capacidad italiana para transferir los medios y fines de nuestra civilización económica y política a las costas africanas del mar en el que completamente nos bañamos, el augusto viaje cobra precisamente el valor, que nos gustaría definir como histórico, de atestación por parte del Jefe de Estado de las actitudes, de los méritos y de las resoluciones que las nuevas generaciones confían celosamente al pacífico desarrollo colonial del país.

«La monarquía y África»,
Corriere della Sera, 19 de abril de 1928

A todas las comunicaciones intercambiadas sobre el asunto de las ejecuciones sumarias, preciso: 1) Modalidad fusilamiento, estando el ahorcamiento reservado a las sentencias del Tribunal. 2) Evaluación expeditiva de responsabilidades sin reunión alguna para la constitución del Tribunal de Guerra. 3) Proceder con la mayor rapidez sin dejar inútilmente con vida durante muchos días a sujetos peligrosos [...]. Delictuoso cualquier sentimentalismo.

Orden del general Rodolfo Graziani, expedida a todas las unidades, 28 de marzo de 1928

Los plenipotenciarios abajo firmantes, en nombre de sus respectivos Gobiernos, considerando que el uso bélico de gases asfixiantes, tóxicos o semejantes, así como de todos los líquidos, todos los materiales y procedimientos análogos, ha sido condenado con toda razón por la opinión pública en el mundo civilizado...

Declaran que:

Las Altas Partes contratantes, en la medida en que aún no se hayan adherido a los tratados que prohíben este uso, reconocen tal prohibición, acuerdan extender la prohibición de tal uso a los medios de guerra bacteriológica y convienen considerarse recíprocamente vinculados por los términos de esta declaración.

Protocolo de Ginebra del 17 de junio de 1925, ratificado
por el Reino de Italia el 3 de abril de 1928

Arturo Bocchini
Milán, abril-mayo de 1928

El vehículo real y los de su séquito acababan de ponerse en movimiento desde la marquesina ferroviaria del saloncito real, cuando, a las 10 horas, en el vasto piazzale Giulio Cesare, despejado gracias a cordones de soldados, a los carabineros y a los agentes, se oyó una formidable explosión seguida de una gran llamarada y un humo denso. En ese mismo instante, frente a la casa de la citada explanada, marcada con el n.º 18, se vio uno de los grandes postes de hierro fundido de soporte de la iluminación eléctrica balancearse y doblarse mientras que desde la base del propio poste se proyectaban en todas direcciones esquirlas y proyectiles mortíferos. La atronadora explosión fue seguida por intensos gritos de terror y una huida generalizada de las personas que se aglomeraban en ese punto detrás de los cordones militares. Quedaron bastantes cuerpos humanos inertes en el suelo, mientras que muchos otros heridos, hombres, mujeres y niños, se agitaban y gemían.

El informe del mando de la legión de los regios carabineros, transmitido el mismo 22 de abril al Ministerio del Interior, lo dice todo y no dice nada. La única certeza es esta: si el mecanismo de relojería hubiera cebado la gelatina explosiva unos instantes más tarde, su majestad Víctor Manuel III de Saboya, que había acudido a inaugurar solemnemente la Feria comercial, habría quedado reducido a sagrada papilla. En cambio, el rey está vivo, ileso y, en este momento, probablemente dedicándose a sus queridas batidas de caza de faisán en la finca de San Rossore. En su lugar, yacen en los cementerios de Milán dieciocho «cuerpos humanos inertes», incluidos los de siete mujeres y dos niños.

Arturo Bocchini es incapaz de resignarse. Sus colaboradores más cercanos observan en él un inusual nerviosismo. Ya no se concede sus habituales ocurrencias vulgares y se dice que, además del buen humor, ha perdido incluso el apetito, lo que, para un gourmet como él, podría equivaler a un principio de crisis nerviosa. Pero el problema es precisamente ese: al cabo de semanas de investigaciones sobre los misteriosos atacantes de Milán, eso es lo único que se tiene, los «se dice». Y se tienen a docenas, a centenares. El sistema de delaciones horizontales y verticales, instaurado por Bocchini para sofocar de raíz todo impulso antifascista, aunque no pase de mera murmuración, ante la prueba de un atentado grave está demostrando ser contraproducente. Los investigadores se ven literalmente sumergidos por una oleada de informes confidenciales poco fiables, chivatazos demenciales, vociferaciones incontrolables. Enjambres de informadores profesionales, flanqueados por ciudadanos paranoicos, afligidos por complejos de persecución y de grafomanía, llevan semanas inundando la «oficina de rumores» creada por Bocchini con una avalancha de pistas falsas e insinuaciones maliciosas. Mientras los culpables siguen sin salir a la luz, los sospechosos se desbordan, los expedientes se acumulan, los idiomas se confunden.

Para complicar aún más el panorama, se ha desatado un auténtico paroxismo investigativo. Desde el día de la masacre, el 12 de abril, se han apresurado a acudir a Milán el instructor jefe del Tribunal Especial, la cúpula de los carabineros, el subsecretario de Interior Bianchi y los dirigentes de la Milicia Voluntaria para la Seguridad Nacional. Los primeros en apuntarse a la investigación fueron precisamente estos últimos: el cónsul Vezio Lucchini, jefe del Estado Mayor de los departamentos especiales, ha reclamado la titularidad de la investigación e, impulsado por una mezcla mortífera de celo fascista, odio político y diletantismo, se adentró de inmediato por la pista del «terrorismo comunista». Su fanatismo ha llevado a cientos de detenciones indiscriminadas, a interrogatorios con bolsas de arena, a lesiones pulmonares y costillas rotas (que han provocado peticiones internacionales contra la violencia fascista), y por último, a atribuir la culpa a una célula comunista inexperta e indefensa, formada por ocho individuos, cuatro de los cuales eran espías infiltrados por la policía política. Como si eso no fuera suficiente, Lucchini ha hecho deliberadamente caso omiso al hecho de que los comunistas —por más que en sus terribles comunicados no se disocien del móvil del odio de clase— siempre hayan condenado, por razones tácticas y estratégicas, el acto terrorista como medio de lucha.

Mientras el cónsul de la Milicia persistía en cubrirse de ridículo, los carabineros han seguido por inercia las viejas pistas de los anarquistas involucrados en la masacre del Teatro Diana en mil novecientos veintiuno. Por su parte, la policía ha detenido a decenas de antifascistas de tendencia republicano-socialista, basándose exclusivamente en listas de correos de suscriptores a revistas antifascistas: el superintendente Rizzo sospecha de los hermanos Molinari, dos ingenieros químicos, hijos de la burguesía profesional milanesa, fervientes anarquistas ambos, culpables más que otra cosa de declaraciones delirantes. Todas ellas imputaciones pregonadas como resolutivas y retiradas al cabo de pocos días.

Por último, la hipótesis más inquietante: el comisario adjunto de seguridad pública, Carmelo Camilleri, natural de Agrigento, basándose en las insistentes voces que circulan por la ciudad, sigue la pista de las franjas republicanas del extremismo fascista, próximas al secretario federal Giampaoli. Según la hipótesis de Camilleri, el supuesto objetivo de estas era eliminar o intimidar al rey, el último obstáculo para los plenos poderes de Mussolini. Giampaoli, no cabe duda, cuenta entre sus seguidores con decenas de escuadristas capaces de matar a cualquiera, hombres de acción, antiguos Osados de la Gran Guerra, hábiles manipuladores de bombas. Las sospechas sobre ellos, sin embargo, no se ven respaldadas por evidencias ciertas.

Arturo Bocchini es incapaz de resignarse. Invitado a dirigir las investigaciones por el prefecto Pericoli, viejo funcionario acostumbrado a todos los trucos del oficio, preocupado de que el probable fracaso pueda recaer sobre él, debe soportar interminables reuniones en la prefectura con el representante del Tribunal Especial, el superintendente, el propio prefecto y el cónsul Lucchini, que pretende celebrar a toda costa un juicio sumario contra los comunistas incluso sin contar con pruebas. Aconsejado por el inspector Nudi, su hombre de confianza en Milán y profundo conocedor del antifascismo en el norte de Italia, Bocchini se atiene a su línea habitual de astucia y prudencia. Es necesario disuadir a Lucchini, pero evitando una contraposición abierta; es necesario recopilar información sobre eventuales responsabilidades fascistas, pero sin divulgarlas; es necesario tomar el timón de la investigación, pero manteniéndose al margen. Y, por encima de todo, es necesario comprender qué tipo de culpable le es más grato a Benito Mussolini. Mientras tanto, sin embargo, pasan los días, los culpables siguen sin hallarse e incluso algunos de los cadáveres, destrozados por la violencia de la explosión, aún permanecen sin nombre.

Después, por fin, habla Mussolini. El 3 de mayo conmemora a las víctimas en un largo discurso en el Senado, en el curso del cual culpa obviamente a los antifascistas, reafirma la solidez del régimen, magnifica la disciplina de la nación.

Arturo Bocchini lee una y otra vez la transcripción del discurso. No es hombre que no sepa apreciar una elocuencia vigorosa, pero lo que busca en las palabras del Duce lo encuentra en una sola frase, que probablemente todos los demás pasen por alto como mero ejercicio retórico:

«Los muertos, los heridos, los vivos quieren una justicia manifiesta pero severa.»

Eso significa que sea lo que sea lo que quieren los muertos, los heridos, los vivos, Benito Mussolini no quiere correr el riesgo de un proceso sumario que le granjee descalificaciones en el ámbito internacional (la justicia debe ser «severa») y no quiere que se siga la pista de una tenebrosa complicidad fascista (la justicia debe ser «manifiesta»).

El jefe de la policía ordena entonces a sus colaboradores que no pasen por alto nada en la investigación, pero que no apresuren sus conclusiones de forma arbitraria y, sobre todo, que le informen a él —y a él únicamente— de cualquier posible descubrimiento, especialmente si atañe a responsabilidades de los fascistas. La masacre de piazzale Giulio Cesare, sea quien fuere el que detonara la bomba, fortalecerá la dictadura de Benito Mussolini y permitirá a los inspectores especiales de Arturo Bocchini ampliar su campo de acción. Bien está lo que bien acaba.

El atentado de Milán debe considerarse un acto elemental y exasperado de protesta y venganza popular de clase contra un régimen de miseria, de esclavitud y de terror que la clase obrera y el pueblo trabajador italiano ya no pueden soportar [...]. Se ha planteado la hipótesis de que el atentado pueda haber sido obra de una provocación fascista. Aunque eso fuera cierto, constituiría una prueba aún más clamorosa de la gravedad de una situación, para dominar la cual deben realizarse actos como estos.

«Los comunistas y el atentado»,
Lo Stato Operaio, abril de 1928

El estancamiento de la investigación marca el fracaso de la policía fascista, mejor dicho, de las dos o tres fuerzas policiales fascistas de las que se rodea el régimen. Los miles de polizontes, policías privados, torturadores, no han encontrado nada, no han sido capaces de encontrar una sola pista para guiarlos en sus indagaciones, no han podido arrojar luz alguna sobre el menor detalle.

La Libertà, periódico de la Concentración
antifascista, París, 1928

Los milaneses que siguen viniendo a Roma para algún asunto han empezado a hablar de nuevo, con insistencia, del atentado de

344

Milán a Su Majestad el Rey, haciendo derivar, como en otras ocasiones, la responsabilidad hacia Giampaoli.

Memorial del confidente de policía n.º «264»
(alias Marga Tanzi)

¡¡El Duque de la Victoria [Armando Diaz, el jefe del Estado Mayor durante la Gran Guerra, fallecido a finales de febrero] murió pobre o casi!!

Por desgracia, viven en la riqueza, en la ociosidad y en los vicios los príncipes del robo, Giampaoli, de la quiebra, Belloni y asociados, hundiendo sus manos rapaces en las arcas del Municipio y en los bolsillos de los ciudadanos. ¡¡¡Y esta es la vergüenza del fascismo, y esta será la causa de su final!!!

Carta mecanografiada anónima.
Destinatario: Su Excelencia el Excmo. Sr. Benito Mussolini.
Ministerio de Asuntos Exteriores en Roma.
Fecha del matasellos: Milán, 4 de febrero de 1928.
VI Ferrovía

¡Excelencia!
No soy fascista, pero sí por contra quizá sea el más fiel de los soldados que cuidan de Vuestra indispensable existencia.

Las arpías que están a Vuestro lado os esconden muchas cosas por miedo a que se les acabe la jauja. Es necesario remediarlo con una de esas enérgicas medidas que cuando las implementáis os acercan a Napoleón.

Hay gente borracha, a la que el dinero se le ha subido a la cabeza y son estos los que están destruyendo el Régimen y decretarán su fin.

El Podestá de Milán Belloni asistió ayer a las carreras con un deslumbramiento de lujo y de séquito que indignó a todos los que piensan en el incierto destino de Italia (expedición de Nobile). Al salir de San Siro, cruzó la ciudad a loca velocidad con un estrépito de sirenas emitidas por una motocicleta con un sidecar que detenía el tráfico a la cabeza del cortejo, luego venía el coche del personal y tres coches más del séquito. Todos los tranvías y vehículos cedieron el paso parándose, pero en todas las bocas hubo un grito de indignación y protesta.

¡¡Excelencia, por favor, dejad que Os diga estas cosas el pueblo, al que Vos tanto amáis!!

En los locales púplicos haced que se prohíba tocar «GIOVINEZZA», Giampaoli hace que le acompañe la escoria de la ciudad, para estar respaldado, pero ¿por qué esos aires de batalla?

¡Excelencia!, poned como ejemplo a esa gente que arrastra consigo a mantenidas de lo más vulgar, el espejo de Vuestra familia y el Santo nombre de Vuestra señora entregada a la casa y a los Hijos.

Para iluminaros sobre todo harían falta volúmenes. Pero vigilad, no os fiéis de los que habéis elevado, son Vuestros mayores enemigos, y lo que es peor, ¡también son fanáticos!

Junto a las muestras de mi devota veneración, pondría mi nombre si estuviera seguro de que la presente, incluso después de la censura, os fuera a ser entregada; me imagino los muchos remordimientos de cobardía a los que se vería sometido el Censor si no os deja leer la presente; pero no me fío.

Carta mecanografiada anónima.
Destinatario: Benito Mussolini.
Fecha: Milán, 28 de mayo de 1928.
Subrayada y firmada a lápiz por el destinatario

Benito Mussolini
Verano de 1928

Encabezar a los descontentos. Este es el camino. Si no puedes sentarte en la mesa de los dominadores, de los saciados, de los señores del banquete, vete a las cocinas y solivianta a los marmitones, los camareros a quienes arrojan las sobras, azuza a la servidumbre.

Cuando, en mil novecientos diecinueve, Benito Mussolini fundó los Fascios de Combate, fue el primero en intuir que, en la era de las masas, abierta de par en par frente a él como el portal de una antigua mansión en ruinas, iba a asentarse una pasión política más poderosa que la esperanza: el miedo; y, aferrándose a ella, se había encaramado al poder.

En aquel entonces, en el crepúsculo de la Guerra Mundial, supo darse cuenta de que, si el clamor socialista de las plazas en el siglo XIX había sido impulsado por la esperanza, el de la pequeña burguesía en el siglo XX se vería abrumado por el miedo. Contraponiéndose a las instituciones del poder en las plazas, los militantes socialistas manifestaron sus exigencias no reconocidas, sus expectativas incumplidas, expresando una enérgica reclamación con el fin de que sus esperanzas en el progreso, en la mejora de sus condiciones de vida, en la emancipación de los obstáculos o cadenas que lo impedían, pudieran verse por fin cumplidas. Fueron, en definitiva, plazas turbulentas, indudablemente descontentas, pero, en última instancia, confiadas, e incluso jubilosas. De sus cantos y protestas se desprendía una ferviente plegaria dirigida al porvenir: Dios del futuro, haz que la vida de mi hijo sea mejor que la mía.

Pero con el nuevo siglo, la esperanza había quedado suplantada por el miedo. Y junto a este, por el desánimo, la desesperación, el desconcierto, la sensación de derrota, de haber sido traicionados, de degradación, hasta llegar al hastío, al resentimiento, a la rabia vengativa. De repente, en las plazas ya no solo había hombres y mujeres que invocaban transformaciones históricas y políticas, sino también otros que las temían, empezando precisamente por esa revolución socialista en la que tantas esperanzas se habían depositado durante mucho tiempo. Después de la Gran Guerra, millones de italianos dejaron de confiar en el cambio y empezaron a sentirse amenazados por él. El canto de las plazas se ahogó en un grito. Un grito que dejó de suplicar al futuro que viniera por fin a redimir el presente, para conminarlo a que no llegara a cobrar forma. Ya no una plegaria, sino un conjuro.

Ahora, ni diez años después siquiera, a pesar de que su estrella personal brille como nunca en el cielo de la política y no solo de la nacional, y aunque el verano ya esté a las puertas, el Duce del fascismo decide apostar de nuevo por el largo, rígido invierno del descontento. Esta vez, sin embargo, su horizonte ya no abarca solo Italia, sino Europa entera. Y, tal vez, quién sabe, el mundo.

No es que el presidente del Gobierno descuide el patio de casa y, en particular, Milán, «su» Milán, la ciudad donde todo empezó, la escena principal, el telón de fondo de la epopeya de los orígenes, la de la «guarida número 1», la del Fascio primigenio y de su fundación en piazza San Sepolcro. Todo lo contrario, Mussolini lee con asiduidad los informes de la policía acerca de la situación milanesa y todas las cartas anónimas que le entrega Bocchini. No solo eso: el 19 de junio recibe en el Palacio Chigi al discutido podestá de Milán, Ernesto Belloni, por decimocuarta vez en dos años, para discutir con él en detalle el plan regulador que aspira a hacer de la principal ciudad lombarda una capital europea. No, no se trata en absoluto de descuidar las cosas cercanas sino, por el contrario, de no enredarse en «rebatiñas» locales y sí, en cambio, de empezar a «tutear» al mundo entero, como si fuera un pariente cercano.

Durante años, el Duce del fascismo ha tratado de erigirse en campeón del llamado «revisionismo de los vencedores», es decir, una política cautelosamente expansionista que, descontenta con los tratados de paz, pretendía obtener concesiones territoriales, en Europa y África, con el apoyo de las grandes potencias victoriosas de la Gran Guerra. Tiraba una piedra en el estanque para provocar turbulencias internacionales y luego se quedaba a la espera, observando las reacciones con la esperanza de obtener algo. Pero firmar tratados de alianza con los Estados satisfechos del nuevo mapa de Europa y del mundo, derivado del conflicto, ha sido de poca utilidad. Al final, las grandes potencias, y especialmente Francia, le dejaron lo que a fin de cuentas solo eran migajas.

Así pues, el 5 de junio, Benito Mussolini pronuncia en el Senado un largo, detallado, aburrido discurso de política exterior. Su escrutinio, planetario como siempre, pasa revista al estado de las relaciones italianas con todos los países del globo terrestre, desde los Estados Unidos de América a Francia, y hasta Oriente Medio y Extremo. Los senadores, evidentemente aburridos por ese atlas geográfico mundial en versión oratoria, lo escuchan entumecidos, espabilándose solo para jalonar con algunos aplausos los pasajes más declamatorios («La política exterior del Gobierno fascista ha colocado a Italia en el orden del día mundial, [...] su estrella se eleva lentamente en el horizonte»).

Sin embargo, para quien sepa escuchar, ese discurso marca un punto de inflexión. La Italia fascista, al haber firmado pocos meses antes un tratado de alianza con Albania y, en consecuencia, al haber roto todas las relaciones diplomáticas con Yugoslavia, ha optado, de hecho, por obstaculizar la influencia francesa en los Balcanes. Además, se ha aproximado a la Hungría de Horthy y también está intentando hacerlo con Bulgaria, países ambos insatisfechos con el vigente orden europeo. Por último, entre bastidores, el régimen fascista financia en Yugoslavia la ORIM, la Organización Revolucionaria Interna de Macedonia, responsable de numerosos ataques terroristas en la Macedonia serbia, y apoya a través de sus servicios secretos la creación de un movimiento nacionalista croata, independentista y radical, dirigido por el abogado Ante Pavelić. Esas maniobras, abiertas o secretas, de desestabilización significan una sola cosa: Benito Mussolini, tras haberse dado cuenta de que no va a poder sobresalir en la mesa de los vencedores, ha decidido hacerlo en la de los vencidos. Ser el jefe de los descontentos, he aquí su nueva estrategia en política exterior.

En esta antigua vía de los sacrílegos surge un único obstáculo, si bien gigantesco: Alemania. El coloso germánico, que ha salido derrotado y humillado de la guerra, debería ser el aliado natural de un «revisionismo de los vencidos», de no ser porque entre las reivindicaciones territoriales de los nacionalistas alemanes figura también el plan de anexionarse Austria, reunificando todos los pueblos de habla alemana y, a partir de ahí, expandirse también en Alto Adigio, que los tratados de París asignaron a Italia, respetando las fronteras geográficas de los Alpes, pero que los pangermanistas llaman Tirol del Sur y consideran algo propio.

Para conjurar este peligro, Mussolini ha amenazado públicamente con violentas represalias contra el Gobierno socialdemócrata austriaco y apoya en secreto la Heimwehr, una milicia fascista, financiada por industriales reaccionarios y apoyada por el ejército, que se opone con extrema violencia a las organizaciones socialistas y sindicalistas, socavando los cimientos del régimen republicano.

Se trata de un juego sórdido y peligroso que podría convertirse en un arma de doble filo. Los viejos políticos liberales nunca se habrían lanzado a algo así y, además, para finales de agosto, se anuncia en París la firma del pacto Briand-Kellogg: un tratado multilateral, promovido por Francia y Estados Unidos, con el que las potencias vencedoras de la Guerra Mundial pretenden evitar toda revisión de las fronteras vigentes y toda amenaza a su posición hegemónica, ¡proclamando incluso la prohibición perenne de la guerra como instrumento de política internacional!

Pero los viejos políticos liberales han muerto —Giolitti, después de haber pronunciado su último discurso en el Parlamento, falleció el 17 julio en su cama de Cavour, abatido por una broncóneumonía— y la guerra, que acompaña el camino de la humanidad desde que el primer homínido empuñó, gracias al pulgar oponible, un fémur de búfalo, nunca terminará.

De modo que la Italia fascista firma, junto con otras catorce naciones, el astuto y veleidoso manifiesto pacifista de Briand y Kellogg, pero Mussolini se guarda mucho de acudir a la hostil capital francesa para firmar en persona el acuerdo. Envía a París a uno de sus esbirros. Y, además, con un poco de suerte, incluso entre los nacionalistas alemanes, si se busca con atención, podrían encontrarse algunos aliados inesperados.

A mediados de agosto, precisamente, el senador Ettore Tolomei se ha reunido en Múnich con el hombre que dirige el Partido Nacionalsocialista de los Trabajadores Alemanes, un antiguo cabo condecorado al valor que en mil novecientos veintitrés promovió, junto con el general Luddendorff, un fallido intento de golpe de Estado y que lleva años pidiendo, sin ser atendido, un encuentro con el Duce. Por ahora su partido cuenta tan solo con doce diputados en el Reichstag alemán, pero Tolomei asegura que es un hombre de porvenir seguro, que apoya abiertamente el expansionismo colonial italiano en África y jura que el nacionalsocialismo no defiende las reivindicaciones irredentistas en Trentino; lo único que el jefe de los nacionalsocialistas desaconseja al Duce del fascismo, hacia el que manifiesta una auténtica veneración, es que se empeñe en eliminar de la plaza de Bolzano la estatua del trovador medieval Walther von der Vogelweide. Herr Hitler cree, en efecto, que este gesto infligiría una herida gratuita al romanticismo alemán.

No hay conflicto de intereses alguno entre Alemania e Italia [...]. Nuestra principal preocupación hoy no es la de liberar Tirol del Sur, sino la de devolver a nuestra patria a una nueva vida [...]. Los intereses comunes de italianos y alemanes deben apuntar a una enemistad común hacia Francia y al conflicto común con esa Potencia.

Italia necesita África para colonizarla con la excedencia de su población. Francia, en cambio, necesita África para llenar su ejército metropolitano de negros. Por eso es Italia imperialista. ¡Alabado sea Dios!

Adolf Hitler,
13 de julio de 1928

En una dictadura, el jefe de policía tendría cosas mucho más importantes que hacer que vigilar las veleidades amorosas de una inquieta joven de dieciocho años. Ahí están los autores de la masacre de Milán, aún desconocidos, los comunistas irreductibles, los fascistas sediciosos y los corruptos. Pero ella, ella es la hija de su padre.

Edda Mussolini no es solo la hija mayor del Duce, Edda es la hija de los tiempos difíciles, esos a los que todo hombre de éxito permanece siempre devoto como al recuerdo de un amor perdido.

Nacida de una joven madre en septiembre de mil novecientos diez sobre un miserable colchón de hojas de maíz, criada como una gitana en un bloque de viviendas protegidas donde la ciudad se asilvestra en páramos y barrancos fétidos, Edda siempre ha sido el ojito derecho de su padre. Su padre presenció su nacimiento (y se desmayó), su padre eligió su nombre (rebuscando en su repertorio de aficionado al teatro el de una heroína trágica y altiva), su padre la inscribió en el registro civil de Forlì como hija suya ocultando la identidad de la madre (con quien vivía en pecado). Su padre, agitador político audaz y violento de día, no pegaba ojo durante noches enteras por temor a asfixiar mientras dormía con su cuerpo de varón corpulento y torpe a esa criaturita frágil, dormida sobre las hojas de maíz entre sus padres. Además, era su padre quien, cual canción de cuna, tocaba con su violín melodías de lucha para sosegar a esa recién nacida agitada por su propio desasosiego; luego, en una buhardilla fría en invierno y calurosa en verano, el padre soplaba la vela para oscurecer el sueño de su hija.

A causa de este vínculo indisoluble Arturo Bocchini se ha visto obligado a distraer a sus hombres de la inspección especial de las masacres, de los disidentes y de las supuestas ilegalidades económicas del podestá de Milán para vigilar los estrafalarios humores de una chiquilla traviesa, y ha tenido que hacerlo desde que fue ascendido a jefe de policía en septiembre de mil novecientos veintiséis, exactamente dieciséis años después del nacimiento de la hija favorita del Duce. Y de esta manera lo sabe todo acerca de ella. Sabe que Edda Mussolini creció asilvestrada en un bloque de viviendas populares en las afueras de Milán, en el número 19 de via Castel Morrone, en dos habitaciones austeras sin bañera, entre prostitutas marchitas, cuentas vencidas, maridos uxoricidas, en compañía de un chico cuyo padre, después de haber amenazado durante mucho tiempo con hacerlo, se arrojó una tarde al vacío destrozándose contra las losas del patio ante los ojos de su hijo y de su compañera de juegos. Sabe que el futuro dictador educó a esa chiquilla rebelde como a un varón fallido, exigiendo que llevara el pelo corto, que diera muestras de heroísmo —como cuando salvó a una colegiala de ahogarse—, que le hiciera compañía hasta altas horas de la noche durante las interminables reuniones en la redacción del periódico, pero consintiéndole que no acabara siquiera los estudios de secundaria en el Liceo Parini de Milán, que corriera en bicicleta como un «afilador enloquecido» con las faldas al viento por las carreteras de Romaña y que se zambullera en sus playas vistiendo un traje de baño que dejaba al descubierto piernas y brazos.

Bocchini sabe que los gacetilleros del régimen mienten cuando realzan el retrato de esta chica feúcha pero atractiva describiendo una supuesta «expresión de dulzura en la que centellean rápidos gestos de curiosidad, con un aire cándido de guasa sosegada»; y sabe que, en cambio, da en el blanco la condesa Hetta Treuberg, corresponsal del *Prager Tagblatt*, al escribir que Edda podría ser tomada incluso por una dama de honor inglesa de no ser por esos ojos demoníacos de su padre que tiene plantados en medio de su rostro enjuto, velados sin embargo en su hija por una mirada indeleble de profunda tristeza.

El dilema, llegados a este punto, no es lo que el jefe de policía sabe sobre Edda Mussolini sino lo que su padre Benito puede o debe saber. Los cotidianos, matutinos, minuciosos informes realizados por el jefe de la policía —un privilegio envidiado por todos los jerarcas— son, de hecho, a estas alturas, uno de los rarísimos momentos de verdad concedidos al Duce del fascismo entre la ya desenfrenada adulación de cortesanos complacientes a su alrededor. ¿Debe revelar o no Arturo Bocchini, en uno de esos preciosos pero peligrosos momentos, al padre amoroso —al hombre adulto que se refleja conmovido en la mirada, profunda y lúgubre pero aún virginal, de su hija mujer— que Edda ha heredado de él no solo virtudes sino incluso vicios viriles? ¿Se debe o no se debe decepcionar al déspota revelándole que toda su estrategia, encaminada a hacer el vacío entre su hija y cualquier otro varón, ha resultado un patético fracaso? ¿Debe saber o no Benito Mussolini que su hija Edda, que aún no ha cumplido dieciocho años, tiene una aventura con un joven jefe de estación de Cattolica, conocido por casualidad en la playa de Riccione, pero con el que luego se ha visto deliberada y secretamente en lugares apartados?

Lo que sugiere una circunspecta —e incluso piadosa— omisión es el peso de los no escasos éxitos del aparato represivo aparejado por Bocchini. El «gran proceso» al grupo dirigente comunista dio comienzo en Roma, ante el Tribunal Especial, el 28 de mayo y finalizó con siglos de condenas el 4 de junio. Fue un proceso perfecto: corto, tosco, brutal. Los mismos diputados fascistas que el 8 de noviembre de mil novecientos veintiséis votaron por la prescripción del mandato parlamentario de los opositores, se han visto ahora en la tesitura de juzgarlos. Los perseguidores, tras meter en chirona a los perseguidos después de expulsarlos del Parlamento, les han infligido condenas exorbitantes. A Antonio Gramsci, la mente más genial del Partido Comunista de Italia, acusado de actividad conspirativa, instigación a la guerra civil, apología del crimen e incitamiento al odio de clase, le han caído veinte años de prisión. A pesar de estar gravemente enfermo, ya los está cumpliendo en la penitenciaría de Turi, en Bari.

Además, el 28 de agosto, Bocchini llevó a cabo otro golpe maestro. Utilizando como anzuelo al conspirador profascista Filippo Filippelli, antiguo editor, poderoso y acaudalado, del *Corriere Italiano*, ahora caído en desgracia y en la miseria, y violando descaradamente el derecho internacional, Bocchini logró atraer a una trampa a Cesare Rossi, antiguo jefe de la oficina de prensa de Mussolini y su principal consejero político en los años de su ascenso, exiliado en Francia después de que el Duce lo usara como chivo expiatorio del asesinato de Matteotti. Agentes de los núcleos investigativos especiales arrestaron a Rossi en Lugano, en territorio suizo, y lo arrastraron por la fuerza a Italia.

Por otro lado, como contrapunto del encarcelamiento de algunos de los más peligrosos opositores al régimen, hay que contar, sin embargo, con los fracasos. A pesar de todos los esfuerzos de investigación, la carnicería de la Feria de Milán sigue estando impune y, lo que es más grave, Bocchini aún no ha logrado pergeñar una versión sobre los presuntos culpables, aceptable sea para el Duce, sea para la opinión pública. Los rumores sobre la culpabilidad de fascistas extremistas, con la intención de intimidar al rey —reacio a firmar la reforma constitucional deseada por el Duce— corren cada vez con más fuerza, pero esta, se plantee como se plantee y fuese cual fuese el desarrollo de los hechos, no puede considerarse una versión admisible. Por si fuera poco, también el dosier sobre las malversaciones de Ernesto Belloni, podestá de Milán muy cercano de Arnaldo Mussolini, va aumentando cada día.

Además, para debilitar la posición de Bocchini, está el asunto de Ponte Buggiano. El 18 de mayo, un individuo entró en el taller de un sastre de pueblo, un tal Gino Moschini de veintisiete años, lo abatió a pistoletazos y disparó después también a su mujer y al aprendiz mientras trabajaban con aguja y plancha. El asesino no los conocía ni había tenido nada que ver anteriormente con ellos. Tras salir de la tienda y cruzarse con un grupo de carreteros, el asesino mató de cuatro tiros a uno de ellos, que dormitaba sosteniendo las riendas, para desvanecerse luego en los pútridos campos de la Maremma toscana.

Capturado al amanecer cerca de una zanja, fue identificado de inmediato como Michele Della Maggiora, comunista y subversivo, inválido de guerra, taciturno, vagabundo, adicto a pequeños robos, soltero y huérfano, criado con su abuela materna hasta que la encerraron en el manicomio de Lucca, encarcelado varias veces, desterrado de su país, exiliado en Francia y tuberculoso crónico. La investigación determinó fácilmente que el desgraciado —apodado «Piezotes» por haber sufrido la amputación de los dedos congelados cuando, superviviente de las trincheras de Caporetto, acabó prisionero de los austriacos—, repatriado en mil novecientos veintisiete por ser incapaz de pagarse el sanatorio, sometido a mortificaciones continuas por parte de los fascistas locales, condenado a la inanición, cada vez más aislado y resentido, incubó propósitos de venganza contra los escuadristas que asesinaron en mil novecientos veinticuatro a Italo Spadoni, hermano de un compañero suyo de exilio.

Después de pasarse la mañana en la taberna, donde el barbero del pueblo lo había exasperado con repetidas amenazas y mofas, tras salir del local con un litro de tinto en el cuerpo, tambaleándose por el vino y cojeando por las heridas de guerra, Della Maggiora se arrastró primero a casa para hacerse con la pistola, y luego fue en busca del barbero, del alcalde y de los asesinos de Spadoni. Al no lograr localizarlos, furibundo, exhausto y delirante, pasando por casualidad por delante de la casa del sastre, culpable únicamente de ser fascista, entró y lo mató. Después acabó también con el carretero Giovanni Buonamici, culpable tan solo de haber pasado por allí. Por si fuera poco, para colmo de burla macabra, se constató que Buonamici, fiel a su nombre, buen amigo, había sido uno de los pocos en ofrecer ayuda en el pasado al miserable paria que, más tarde, sin reconocerlo siquiera, habría de matarlo.

Por sórdidos, patéticos, periféricos y absurdos que sean, los asesinatos de Ponte Buggianese y el inminente juicio de su autor, sumados a la bomba de Milán, han tenido el efecto de despertar el fantasma de la guerra civil. Mejor, por lo tanto, para Arturo Bocchini resultar antipático y disgustar al Duce, que sufrir la ira que corresponde a los incapaces. Mejor delator que encubridor.

Por eso, a finales de julio el «Padre de la Patria», pródigo en atenciones, financiación y esperanzas para el futuro europeo de «su» Milán, la capital industrial, financiera y moral de Italia, recibe de Bocchini un informe policial que confirma los numerosos rumores sobre los negocios sucios del podestá.

Y, a finales de agosto, el padre cariñoso y asfixiante, que escribe repetidas cartas a su hija para que deje de fumar firmando solo con el apellido, es informado del lío entre Edda y el ferroviario.

A principios de septiembre, el joven jefe de estación de Cattolica es trasladado, de un día para otro, a una remota localidad siciliana.

¡Vais a llevar a Italia a la ruina y nos tocará a nosotros los comunistas salvarla!

Antonio Gramsci a Alessandro Saporiti,
vicepresidente del Tribunal Especial,
30 de mayo de 1928 (versión popular)

Querida Edda, te envío este artículo que me harás el favor de leer con toda la atención necesaria. Te confirmo —por experiencia personal— todo lo que en él se dice. Mi catarro intestinal, con sus consiguientes úlceras duodenales y percances similares, se debe también a los innumerables cigarrillos que me fumé durante la guerra. ¡Todo se paga en esta vida! Y te abraza tu papá Mussolini.

Carta de Benito Mussolini a Edda, incluido un artículo
de *Il Piccolo di Trieste* titulado «Para las mujeres que fuman.
La nicotina embrutece y perjudica la salud»

BELLONI

El ing. Turrinelli —director del departamento comercial del *Ansaldo*, que tiene su sede en Milán— afirma confiar en que el Gobierno se decida a liberar Milán de ese castigo de Dios que supone el Podestá, el Excmo. Sr. Belloni. Parece ser que es un peligroso megalómano, un pésimo administrador; que ordena obras innecesarias —mientras que otras indispensables harían buena falta, como la construcción de nuevas viviendas— y permite realizar gastos con una ligereza y despilfarro espantosos. De esta manera se encuentra hoy Milán con una deuda total de mil ciento cincuenta millones, que no podrá amortizarse hasta 1970; pero el sistema administrativo de Belloni no permitirá nunca que la administración municipal pueda deshacerse de esta carga, al contrario, conducirá ciertamente a agravarla. Los milaneses están seriamente preocupados por esto, al parecer.

Notificación de seguridad pública.
Inspección especial de policía política.
Destinatario: Arturo Bocchini
Asunto: podestá Belloni.
Texto mecanografiado (subrayado a mano), julio de 1928

(Texto) Comunicar inmediatamente lo siguiente al Excmo. Sr. Ernesto Belloni Stop Estimo que tarea podestá Belloni puede considerarse terminada en su primer ciclo Stop Mientras me reservo asignarlo a otras tareas con las que pueda seguir el régimen lo invito a presentar su renuncia como podestá de Milán y con él los dos vice-podestá Stop Agradeceré telegráficas noticias
  Mussolini

Telegrama saliente. Ministerio del Interior.
Asunto: encriptado. Destinatario: prefecto de Milán.
Roma, septiembre de 1928 (año VI), 10:50 horas

Arnaldo Mussolini
Septiembre de 1928

Es raro que los hombres de este siglo furibundo se detengan a meditar sobre su ineludible final. Ni siquiera un buen católico sosegado y devoto, como lo es Arnaldo Mussolini, puede concederse el lujo de hacerlo a menudo. Mucho menos ahora que el poderoso impulso de ascensión que su hermano ha estampado en el despegue de la nación parece proyectarla inexorablemente hacia la culminación de una era.

Los acontecimientos se suceden a una velocidad frenética, el exceso de trabajo de los hombres cambia en el curso de pocos meses la faz de la tierra, el propulsor del fascismo acelera vertiginosamente el curso de la historia. Centenares de obras viarias, sanitarias, hidráulicas, centenares de edificios escolares, obras públicas y marítimas se inauguran todos los meses. En el curso de un solo verano, el Consejo de Ministros anunció la supresión de todos los órganos electivos de las administraciones públicas, la adopción de un texto único para la escuela primaria y el grandioso proyecto de bonificación integral de las marismas del Lacio. La epopeya de la recuperación de una tierra anfibia, mefítica, palúdica se sitúa en el horizonte de la vida italiana, las hojas de órdenes del partido se recogen en un volumen titulado «Libro sagrado del fascismo», en los muros de las casas de todo el país se multiplican, escritas con tiza o carbón, con albayalde o alquitrán, los «¡Viva!» que el pueblo entona por su hermano, el Duce, cuyo rostro, pintado en blanco y negro, aparece cada vez más a menudo en esos mismos revoques. No, no es en la iglesia donde buscan hoy los creyentes a su Dios. La política es la única religión de este siglo xx.

Y, sin embargo, cuando en el mes de septiembre el cardenal Merry del Val convoca en Asís a Arnaldo Mussolini, este, a pesar de estar todavía convaleciente de un grave accidente automovilístico sufrido en mayo, abandona de inmediato todas sus numerosas ocupaciones en apoyo de su hermano, aparta las opresivas preocupaciones por la reciente destitución del podestá Belloni, quien dimitió estruendosamente el 6 de septiembre, consigue incluso amortiguar por un momento la angustia por la insondable enfermedad de su hijo Sandro, y corre a su encuentro.

Esperando al hermano de Benito Mussolini en uno de los más importantes centros espirituales de la cristiandad hay un hombre de sesenta y tres años que ha estado dos veces a un paso del trono de Pedro. Rafael Merry del Val y Zulueta, que procede de una aristocrática familia española, cardenal de Santa Prassede, ha sido secretario de Estado de su santidad Pío X, secretario de la Congregación del Santo Oficio y camarlengo del Colegio Cardenalicio. Ha sido el hombre práctico que administra los bienes temporales de la Iglesia en ausencia del papa, pero también el hombre sacro que, en caso de que el santo padre se ausente definitivamente, está llamado a verificar su muerte, invocando al vicario de Cristo tres veces con su nombre de pila y golpeando la frente del cadáver con un martillito de plata.

El encuentro entre Arnaldo y Merry del Val no se produce en ninguno de los numerosísimos edificios que posee el Vaticano en la ciudad de San Francisco, sino en la Sala del Consejo del Palacio del Priorato. Por voluntad del cardenal, el conciliábulo ha de permanecer en la más absoluta reserva.

Arnaldo se presenta ante el cardenal acompañado por el padre Colombo Bondanini y por el padre Tacchi Venturi, intermediario habitual pero no oficial entre el papa y el Duce. En el cuello del anciano jesuita resulta aún bien visible la cicatriz de la cuchillada que le propinó en febrero anterior un misterioso agresor. Merry del Val les espera bajo los frescos abovedados en compañía de Pio Boggiani, su asistente personal y cardenal presbítero.

No está claro cuánto duró la conversación ni lo que los hombres se dijeron el uno al otro en el momento de encontrarse. Es posible que Arnaldo, como católico ferviente, pidiera al sumo prelado consuelo espiritual por la enfermedad del hijo. Tal vez discutiera con él la posición de la curia milanesa con respecto a la polémica administración municipal.

Se sabe, eso sí, que después de los primeros minutos, cuando sobre los emisarios de los dos frentes opuestos cae el silencio ritual que sigue a los preámbulos y precede a la revelación del motivo de su encuentro, el cardenal Merry del Val saca del hábito una copia de *My Autobiography*, la autobiografía del Duce publicada recientemente en Nueva York por la editorial Charles Scribner's Sons y escrita en su nombre por el propio Arnaldo, junto con Sarfatti y Luigi Barzini:

«No soy tan iluso como para creerme capaz de acabar con un conflicto que involucra intereses y principios tan elevados.»

El cardenal lee y traduce al italiano sobre la marcha el pasaje con el que Arnaldo alude en nombre de su hermano al problema del siglo, la posible reconciliación entre el Estado italiano y la Iglesia. Un momento ritual de silencio más y luego su eminencia informa a sus interlocutores de que lo ha discutido con Pío XI.

Parece ser que su santidad sintió que en esas palabras resonaba el eco sordo de una amenaza para el éxito de las negociaciones. Sin embargo, parece que, en su extrema indulgencia, el papa ha captado también, junto con la velada amenaza, la vibración de una más recóndita amargura por parte de quien escribía. El posible remordimiento precoz de toda una vida, quienquiera que fuese el redactor de su relato. Un secreto deseo de reconciliación, más fuerte que el espíritu de lucha, fuerte a su vez también.

¿Es eso así? ¿O ha incurrido en error su santidad?

Es así. Su santidad nunca puede incurrir en error.

El cardenal Merry del Val se despide ofreciéndose a servir de intermediario entre el Duce y el pontífice. Le hará llegar a Arnaldo, a través de su asistente, un borrador del acuerdo antes de que acabe el año.

Tras ofrecer el anillo cardenalicio para que el cristiano devoto pueda besarlo, le ruega que se lo entregue personalmente a su hermano, en mano y sin hacer mención nunca de semejante documento ni en cartas ni en llamadas telefónicas.

Milán, 20 de noviembre de 1928-VII

Queridísimo Benito,
Antes que nada, me gustaría darte noticias de Sandrino. Como ya te dije por teléfono, sufre de mielosis leucémica múltiple. Los distintos médicos a los que he consultado me han dado todos un diagnóstico muy grave: enfermedad incurable. Sin embargo, cada vez que miro a este chico, su serenidad y la ausencia de cualquier dolor físico, me cargo de razones para la esperanza. Confío en las curas de rayos X y en las curas con inyecciones de arsénico y dosis de hígado que haremos en los intervalos de aplicación de los rayos. Soy el único en la familia que está al corriente de esta dura verdad, lo que me dificulta la aplicación de una cierta disciplina al muchacho, que, como todos los enfermos, se muestra algo irritable y al que le asaltan caprichos, uno de los cuales, por ejemplo, es el de volar. Para complacerlo hoy lo he llevado conmigo en un vuelo con un trimotor Fokker. Todos estos deseos suyos de vida son para mí otra fuente de esperanza. La mera idea de que pueda tocarme una desventura tan grave me parte el corazón. Te agradezco tu afectuoso interés.
Te adjunto un cheque por 17.850 dólares a cuenta de los derechos de autor por la edición norteamericana de tu autobiografía. También encontrarás el estado de cuentas y otro cheque de la editorial Mondadori por 718,25 liras, que representan tus derechos de autor del primer semestre de 1928 por tu libro *El nuevo estado unitario*. Tuve que firmar yo este cheque porque estaba a mi nombre.
Respecto a la situación milanesa, sabes que hasta hace unos días he defendido un punto de vista que me parecía el menos malo. Hoy, sin embargo, me veo obligado a decirte que las cosas *no funcionan*. Es inútil que te lo explique con detalle. Se lo contaré a

Turati la próxima vez que venga por aquí, pero si lo crees oportuno, puedo hacerte una exposición por extenso en Roma.

Te abrazo con cariño fraternal.

Tu

Arnaldo

Carta de Arnaldo a Benito Mussolini. Mecanografiada en papel con membrete de «*Il Popolo d'Italia*-Director». Cursiva en el texto

Emilio De Bono
Trípoli, noviembre de 1928

«El enemigo acabó retirándose, pero teníamos a 6 oficiales heridos, 60 áscaris muertos y 100 heridos. Muchos, demasiados... Nos han atizado a base de bien.»

La sutura entre las colonias libias de Tripolitania y Cirenaica quedó triunfalmente proclamada a principios de junio, después de la visita de su majestad el rey y coincidiendo con el gran discurso de política exterior de Mussolini en el Senado, pero solo un mes más tarde, en su Palacio del Gobernador en el paseo marítimo de Trípoli, los acontecimientos obligan a Emilio De Bono a convertir una vez más su diario colonial en una quejumbrosa jeremiada africana.

A pesar de que las operaciones del paralelo 29 concluyeran en mayo con rotundo éxito, ya en julio volvieron los rebeldes a levantar la cabeza. Obligado por la ofensiva de Graziani a refugiarse en la lejana región de Sati, Mohamed Ben Hag Hasen, antiguo *mudir* de Misciascia, tras una marcha de varios cientos de kilómetros atacó los oasis de al Gheri-at, tomando por sorpresa al 2.º batallón libio.

Agotados todos los fondos en las operaciones de principios de año, rabioso e impotente, De Bono ordena treinta y cinco misiones de represalia, en el curso de las cuales la aviación descarga sobre los asaltantes ciento cincuenta quintales de explosivos y gas. El raid acaba revelándose un rotundo fracaso. Casi todos los aviones son alcanzados por la fusilería de los muyahidines que consiguen derribar incluso el Caproni del capitán Umberto Mazzini.

Como siempre, De Bono descarga toda su rabia en su diario y, con la elocuencia típica de quienes se pasan en el cuartel gran parte de su vida, atribuye el fracaso a la avaricia de Luigi Federzoni, ministro de las Colonias: «Federzoni ya no hace nada. El Ministerio de las Colonias se va a tomar por culo».

Los desahogos en el diario privado van acompañados por las quejas públicas de las cartas al ministerio. El rencor no respeta siquiera la tragedia nacional del dirigible *Italia,* que se ha estrellado durante su tercera misión de exploración polar. Mientras que durante cuarenta y ocho días el mundo entero contiene la respiración por la suerte de los supervivientes, acampados en algún lugar de la inmensa banquisa ártica, y varios socorredores, incluido el gran explorador noruego Roald Amundsen, mueren en desesperados intentos de rescate, De Bono, al escribir a Federzoni, se permite un despiadado sarcasmo: «Cuanto más tiempo interpongamos en avanzar hacia Sati y Fezán, más tiempo le daremos a nuestros enemigos para organizarse, asentarse, prepararse... No es cierto que Italia sea pobre. *Italia es rica;* tenemos que empezar a persuadirnos de ello. Se gastan muchos millones en el hielo; gastemos algunos más allá del Hamada y el Yábal Soda, donde con el calor se derretirá el hielo que tantos disgustos nos está dando».

El espejismo no cambia: las profundidades desérticas de Fezán, donde los rebeldes se refugian una y otra vez para volver luego a la carga. Pero de Roma no llegan nuevos fondos y los «disgustos» de De Bono, exacerbados por sus sarcasmos, no tienen fin.

El 29 de octubre una *mehalla* de doscientos mogarba er-Raedat, arrastrándose por al Ateusc en una cabalgada de trescientos kilómetros a través del desierto, lleva su propia guerra de rapiña al bastión del enemigo, a Marsa al Brega, en esa costa que los colonizadores consideraban a esas alturas completamente pacificada. Una incursión heroica desde Fezán hasta el mar. Dos días después, los hermanos Sef en-Naser promueven en al Yufra una auténtica insurrección popular que desemboca en encarnizados combates.

La respuesta de De Bono queda obscenamente a la vista durante días en los centros de las aldeas donde los cuervos se dan un festín en los patíbulos con los cadáveres de diecinueve notables ahorcados: «¡Son muchos, sí!» confía el gobernador a su diario. «Lamentablemente, son ejemplos necesarios.»

En la otra colonia de Libia, las cosas no van mejor. Aprovechándose del hecho de que todas las fuerzas de ocupación de Cirenaica han estado involucradas durante mucho tiempo en el paralelo 29, Omar al Mujtar, legendario líder de los sanusíes, ha tenido tiempo de reorganizar sus filas. Fraccionando los grupos de guerreros en pequeños núcleos separados por familias y ganado, sus rebeldes se hallan ahora en condiciones de presentarse en puntos extremos de la colonia, infligir daños a gran velocidad y desaparecer luego en la nada. Así, la campaña de verano contra Omar, impulsada por el gobernador Teruzzi y dirigida por el experto general Mezzetti, termina en un fracaso total. A pesar de ello, como recompensa por las operaciones victoriosas del año anterior, se le concede a Teruzzi la Orden Colonial de la Estrella de Italia. También se rumorea que, en breve, el Duce podría nombrarlo jefe del Estado Mayor de la Milicia.

Allí, en el traicionero terreno del despecho, más que en cualquier otro campo de batalla, comete De Bono un error fundamental. Al enterarse de la condecoración a Teruzzi a través de la agencia de prensa Stefani, por una vez, en lugar de contentarse con las soledades del diario, el anciano general exprime el alpechín de su descontento marcando el número del Ministerio de la Aeronáutica correspondiente al despacho de Italo Balbo, momentáneamente decepcionado a su vez por Mussolini.

En ese mismo instante, a miles de kilómetros de Trípoli una bombilla de alarma se enciende en las nuevas instalaciones del Servicio Especial Reservado, el botón de escucha se inserta automáticamente y la conversación es interceptada por los hombres de Bocchini. Después de leer la transcripción, el jefe de policía sopesa si es oportuno hacer méritos obsequiándosela al jefe de Gobierno. Es oportuno.

Convocado a Roma, y circunscrito con mayor prudencia a confiarse tan solo con su diario, De Bono es incapaz de sobrellevarlo: «No sé resignarme. ¿Y las dificultades económicas? Y mis paseos a caballo, ¿quién me los devuelve?».

Balbo: ¿Has visto lo que dice la «Stefani»?

De Bono: En eso precisamente estaba pensando: ¡menuda locura!

Balbo: ¡Ese hombre [Mussolini] resulta de lo más incomprensible en ciertas cosas!

De Bono: ¡Parece como si le gustara coleccionar papelones!

Balbo: ¿Qué quieres que te diga?

De Bono: ¡Tú a Teruzzi lo conoces bien!

Balbo: ¡Claro que sí!

De Bono: Un ignorante, un paleto; ¡por no decir un borracho y un depravado!

Balbo: Bien conocido en todos los círculos equívocos de la capital [...]

De Bono: Y lo nombra «Gran Collar»... Se ve que lo ha recomendado alguna de sus conocidas.

Balbo: Pero ¿cuál es su pasado militar?

De Bono: Parece que viene de los suboficiales [...].

Balbo: Eso no significa nada. Lo que me pregunto es qué méritos especiales tiene.

De Bono: Se ve que el «mandamás» está mejor informado que nosotros.

Balbo: A este paso...

De Bono: ¡Todo se acabará yendo al infierno!

Balbo: No llegaremos a tanto...

De Bono: No está dando una a derechas: se rodea de hombres que intentan echarlo todo a perder para, en el momento oportuno, salvarse con zalamerías.

Balbo: ¡Si se trata de eso, Teruzzi es desde luego la persona adecuada!

Servicio Especial Reservado. Interceptación de noviembre de 1928, 19:00 horas. Al habla Italo Balbo y el general De Bono

FEDERACIÓN PROVINCIAL FASCISTA MILANESA
Via del Fascio, 15-Milán

Secretaría Política
Milán 22 de noviembre de 1928, año VII

Estimado Sr. Roberto ROSSI
Via Soave n.º 25
MILÁN

Apreciado Rossi,
Ya puedes imaginarte con cuánto dolor acepto tu renuncia como Jefe de la Oficina de Prensa y como Patrono del Grupo XXIII Marzo.

Al escribir esta carta no solo me conmueve el recuerdo del tiempo que hemos pasado juntos aunados por una misma voluntad, la exaltación del Fascismo y del Duce, sino también las palabras con las que comunicas Tu intención de abandonar los puestos de responsabilidad que Te había confiado.

Te defendí porque era consciente de defender a un fascista de purísima fe y a un caballero.

Me veo obligado a aceptar tu renuncia porque lamentablemente los chacales que no pueden hincarme el diente en Milán donde todos me adoran y me estiman han conseguido hacer oír sus aullidos en Roma.

No creas, sin embargo, que la campaña termina con tu renuncia y con la del camarada Greppi. Uno a uno, mis amigos tendrán que ir desapareciendo de la vida política milanesa, no por los errores cometidos, sino víctimas del «se dice», porque de esta manera será más fácil atacarme personalmente [...].

Con afectuosa camaradería, te ruego que no olvides nunca el afecto de tu

Mario Giampaoli

Carta de Mario Giampaoli a Roberto Rossi, enviada con copia a S. E. Benito Mussolini por voluntad del propio autor (extracto)

Al prefecto de
Milán

Necesario averiguar si Roberto Rossi pidió treinta mil liras al comit, en qué época y con qué motivo Stop Preguntar —por el momento— al com. Biagioni por qué ha afiliado abusivamente a 1.600 individuos y si nunca tuvo dudas sobre la moralidad fascista de estos carnés Stop Averiguar si es cierto que Gastone Tanzi hizo que le pagaran la cantidad de diez mil por una recomendación hecha en el Ayuntamiento y en su caso, especificar nombres y hechos Stop [...]

Mussolini

Telegrama de Benito Mussolini enviado al prefecto de Milán el 11 de diciembre de 1928 año VII n.º 43212. Cifrado. Copia autógrafa

Augusto Turati
Roma, diciembre de 1928

—Es posible que yo tenga que morir.

La sesión del Gran Consejo parecía haber terminado cuando Mussolini, pronunciando por sorpresa estas palabras, había vuelto a abrirla con un horizonte de desconcierto.

Durante las horas precedentes, los miembros del órgano supremo del fascismo, informados por la larga exposición de Rocco, habían cobrado conciencia de que con la ley que se presentaba esa noche, por el mismo hecho de sentarse alrededor de esa mesa, se convertirían en parte de un auténtico órgano del Estado. Quedó claro para todos que, al constitucionalizar el Gran Consejo, como quería Mussolini, se consagraba la plena y completa fascistización del Estado italiano, se humillaba a la monarquía privándola de algunas de sus prerrogativas institucionales fundamentales y se sometía totalmente el país a la voluntad del fascismo. Si esa ley se aprobaba, el Gran Consejo sería el encargado de elaborar las listas de los candidatos a las elecciones parlamentarias y de pronunciarse sobre todas las cuestiones con carácter constitucional, incluida la facultad del Gobierno para promulgar reglamentos legales y hasta la sucesión al trono. Todos lo habían entendido y estaban alborozados: con la sesión nocturna del 18 de septiembre de mil novecientos veintiocho el Gran Consejo del Fascismo se estaba entronizando a sí mismo en la cima del Estado italiano.

Entonces, sin embargo, de repente, el Duce había pronunciado esa última frase y nadie sabía qué pensar.

—Puede suceder que cuando salga de aquí, tenga que morir. Sé perfectamente lo que pasaría si no se decide desde este mismo momento la fórmula de mi sucesión.

371

Ante la perspectiva de esta hipótesis inédita, los miembros del supremo capítulo de la revolución fascista quedaron trastornados. Ninguno de ellos, antes de ese instante, había oído salir nunca de la boca de Mussolini, notoriamente supersticioso, una sola palabra sobre su condición mortal. Hacía tiempo que circulaba una leyenda acerca de una misteriosa lista, un sobre sellado por el propio Duce y guardado en su caja fuerte, que debía presentarse al rey en caso de su fallecimiento, pero era, como se ha dicho, solo una leyenda. Ahora, en cambio, era el Jefe en persona quien sacaba el asunto de su sucesión.

Dio comienzo entonces una carrera de alegatos supersticiosos, protestas escandalizadas y lisonjas hiperbólicas: «Tú no puedes morir. [...] El Duce llegará a los cien años. [...] ¡El Duce es inmortal!».

Mientras los jerarcas competían por turnos en halagos, todos los demás observaban a Mussolini tratando de leer, bajo la máscara de su gravedad, algún indicio de provocación, el enésimo intento de que sus rivales potenciales salieran a la luz, un juego en el que aquel hombre era un maestro. Circunspectos, pero, en el fondo, convencidos de que se trataba del mismo truco de siempre, los jerarcas se consolaban unos a otros tragando café y multiplicando los conjuros irónicos.

Luego, sin embargo, el Duce había propuesto que, en caso de «vacaciones» del jefe de Gobierno, fuera el secretario del partido el que convocara al Gran Consejo para nombrar a su sucesor.

De repente, todas las miradas se volvieron frías, oblicuas, felinas. Un murmullo recorrió la sala. Dio comienzo entonces un torneo de oratoria muy distinto al anterior: nadie se atrevió a oponerse abiertamente a la propuesta, pero todos pergeñaron los más hipócritas e inverosímiles escrúpulos institucionales. Hombres que hasta un instante antes no habrían dudado en reemplazar la Constitución por ellos mismos se las ingeniaban ahora para inventar argumentos en su defensa. Todos, mientras los exponían, afectados por un repentino estrabismo, tenían un ojo puesto en Mussolini y el otro en el actual secretario del partido. Todos, bajo la caricatura de los escrúpulos institucionales, parecían decididos a derribar el régimen, la revolución y, quizá, el mundo entero, si la sucesión no recaía en alguno de ellos.

Augusto Turati nunca había estado tan solo en toda su vida como en aquel momento. Permaneció en silencio durante largo rato. Luego, por fin, pidió la palabra, y a un Mussolini evidentemente molesto le ofreció su renuncia. Al hacerlo, fue el único que se atrevió a hablar de él como de un difunto.

Llegados a ese punto, el dramaturgo decidió poner fin al drama. Resoplando, encogiéndose de hombros, el Duce anunció que la cuestión de su muerte se aplazaba a una fecha aún por determinar. Estrechando la mano al secretario, intercambió con él una melancólica mirada de complicidad:

—Como es lógico, la renuncia de Turati no ha sido más que una estratagema polémica.

Mientras el Duce abandonaba la sala, todos los demás optaron por ahogar la tensión en los gritos de aclamación, en las canciones, en los himnos, pero para Augusto Turati había comenzado un otoño de sutiles disgustos.

En octubre, a pesar de haber sido amonestado primero y luego expulsado del partido, el antiguo secretario federal Carlo Maria Maggi, azuzado por Farinacci, había publicado nuevos memoriales que ahora, después de la caída de Belloni, se centran en Giampoli y, a través de él, toman como blanco, de forma oblicua, a Arnaldo Mussolini. Farinacci, decidido a ganar la partida por la sucesión en Milán, si no en Roma, sale al descubierto atacando en su periódico a los enriquecidos por el fascismo, frente a los que contrapone a los verdaderos creyentes, que seguían siendo unos «desharrapados» como lo eran en mil novecientos veintidós. Cuando alguien toca a su hermano, el Duce reacciona siempre en primera persona y esta vez también envía una dura reprimenda a Farinacci mediante un telegrama cifrado. Mientras tanto, sin embargo, la jefatura de policía de Génova informa de que los viejos escuadristas irreductibles, depurados por el secretario nacional, han tomado la costumbre de evocar su nombre en lugares públicos saludándolo con un eructo atronador.

En noviembre las hipocresías, las denuncias y los eructos producen sus efectos. Delatores anónimos comunican a las autoridades policiales que Giampaoli parece estar reclutando en secreto una cohorte de guardias armados listos para acciones violentas en apoyo de su líder. Puesto en un brete, el secretario federal milanés sacrifica a su colaborador principal, Roberto Rossi, jefe de su oficina de prensa y subdirector de la revista *1919*, sospechoso (además de otros delitos comunes) de haberla utilizado para extorsionar a los empresarios, obligados a desproporcionadas inversiones publicitarias. Mientras con una mano ofrece la cabeza de su mano derecha a Mussolini, con la otra escribe Giampaoli cartas en su defensa en las que maldice a los «chacales» que, al no poder «hincarme el diente en Milán», donde al parecer todos le adoran, «han conseguido hacer oír sus aullidos en Roma».

Al final, en diciembre, los aullidos de los «se dice» y de los «se susurra» llegan a hincar el diente en la carne del hijo predilecto de los barrios de mala reputación, de las mujeres de mala vida y de los hombres de acción. Mario Giampaoli se ve obligado a dimitir el día 17 del mes. *Il Popolo d'Italia* presenta su defenestración como un ascenso. El titular del periódico de los Mussolini es: «Mario Giampaoli, inspector de la PNF». En las esquinas de los barrios populares, sin embargo, aparecen cientos de carteles que proclaman: «El fascismo milanés ha muerto». Lo que sume en la desesperación a los seguidores del antiguo secretario federal, y no solo a ellos, es el anuncio que aparece en el antetítulo: «La gestión del fascismo milanés pasa a ser asumida por el diputado Starace».

Para recuperar el control de la plaza milanesa, sofocar el asalto de Farinacci y defender los negocios familiares, el Duce, evidentemente, ha considerado necesario confiarse a uno de sus jerarcas más de fiar, más exaltados, más obtusos. En su veste de gran depurador, sin abandonar jamás su pletórica exhibición de medallas y sus actitudes teatrales, Starace aterriza en Milán anunciándose con una entrevista en la que mezcla pifias de origen dialectal con el vocabulario del violador habitual: «Basta ya con esos "se dice" que suponen un *istridente* contraste con la realidad y la dignidad a la que se ajusta la moral fascista. Debemos reaccionar contra los *berríos* de los anónimos y contra los sordos murmullos: es suficiente con pillar a uno, *pa* que ese pague por todos, [...] vengo a echar abajo el fascismo milanés».

A pesar de todo, preparándose para el año nuevo, el séptimo de la era fascista, también en el mes de diciembre de mil novecientos veintiocho cultiva Augusto Turati con diligencia y devoción sus charlas de los viernes por la tarde con Benito Mussolini. Mientras el Duce lo gratifica con el privilegio de la intimidad, entreteniéndose en escandalizarlo con bonachonas manifestaciones de cinismo, el secretario del Partido Fascista observa en su fundador la lenta metamorfosis de jefe absoluto en dictador; la paciente, diaria corrosión de las instituciones que él mismo ha creado, la creciente desconfianza en todos los hombres de los que él mismo se ha rodeado, la crisálida del poder que se transforma en la mariposa de la soledad absoluta.

Entretanto, la soledad de Turati, aunque menos imperial que la del Duce, empieza a volverse no menos severa. A guisa de regalo de Navidad, Arturo Bocchini, que mantiene su amistad con él desde los tiempos en que era prefecto en Brescia, entrega a Turati un informe que atañe a una «guerra sorda» que se prepara en el fascismo contra él. La facción adversaria parece poder desplegar, entre otros, a Farinacci, Balbo, Bottai, Scorza y Giunta. Mientras tanto, en Milán, tal como había prometido, Starace ha comenzado el «derribo». Los hombres de Giampaoli, que, por voluntad de Mussolini, habían sido hasta ayer hombres del partido también y, por lo tanto, de su secretario, son cazados uno por uno como perros rabiosos y abatidos a fuerza de expulsiones, confinamientos, procesos penales.

Turati, como hombre inteligente, comprende de inmediato, lo comprende todo: la guerra entre las facciones ha vuelto a empezar, mejor dicho, tal vez no haya terminado nunca. Su amplitud de miras, su sensibilidad, su melancólica inteligencia de la idiotez lo colocan sin duda en una posición de superioridad. Pero no de fuerza. El hombre de genio puede entender al idiota, el refinado entiende al salvaje. En cambio, y por desgracia, no vale lo contrario. Y eso decide su desventaja.

Los expulsados y todos sus amigos, que en Génova por desgracia son muchísimos y por desgracia siguen siendo aún miembros del Partido, han adoptado un saludo especial.

Cuando un expulsado o simpatizante se encuentra con un amigo de la misma fe exclama: ¡HOLA, AUGUSTO!

¡El otro responde con una pedorreta o un eructo!

Este insulto a la persona de S. E. Turati se realiza sin la menor preocupación incluso en lugares públicos.

Informe del prefecto de Génova
al Ministerio del Interior

En cuanto a los desharrapados y a la suerte yo no discuto que fueras un desharrapado en 1922 pero niego de la manera más absoluta que sigas siéndolo en el año de gracia de 1928-sexto del régimen. Los auténticos desharrapados no viajan en automóvil y no son asiduos de hoteles de lujo. La demagogia de los falsos desharrapados me es tan odiosa como el exhibicionismo matonesco. [...] Este puritanismo genérico se convierte lógicamente en el mejor cómplice del antifascismo masónico y criminal que tiende a enfangar el régimen y a todos los hombres del régimen.

Telegrama de Benito Mussolini
a Roberto Farinacci, 1928

Milán: El Director del *Popolo di Lombardia,* don Carlo Ravasio (vivienda particular).

Milán: Automático-Un caballero que identifica como UGO.

1: ¿Has visto al Niño Jesús?

2: Estoy encantado. Lo he leído en el periódico. STARACE hace lo que GIAMPAOLI nunca se atrevió a hacer. Giampaoli estaba en contra de los intelectuales, en contra de las profesiones liberales, vaya, en contra de los de clase burguesa. Nunca le dio a la Oficina de Prensa la importancia que se merecía. ¡Qué clase de hombre es este individuo! A causa de su bondad ha permitido que sus amigos lo arrastren a la ruina.

1: Se dejaba chantajear por ellos. Esos amigos suyos no se acercaban a mí porque tenían miedo y, al mismo tiempo, me ponían a caldo. Tengo que contártelo todo. Me llevará tres horas por lo menos.

2: La *Rivista 1919* con sus 200.000 liras de publicidad...

1: *(interrumpiendo)* ¡Tiene dos millones en publicidad!

2: Es la revista del chantaje.

1: GIAMPAOLI se llevaba 200.000 (?) al año y los demás sumas muy altas. Le señalé a STARACE que el Editor de la *Rivista 1919* se llevaba una suma igual a la que ganan los empleados, los redactores del *Popolo di Lombardia.* En definitiva, la revista era el chantaje de Giampaoli y de sus asociados. Cuando tengamos un rato más largo disponible hablamos de todo. Felices pascuas.

Llamada telefónica interceptada a las 11 de la mañana del 25 de diciembre de 1928. Transcripción enviada a la presidencia del Consejo de Ministros

Excelencia:

En una conversación amistosa mantenida durante los últimos días con el Excmo. Marqués de Capitani, actual Podestá de Milán y con el Podestá adjunto, el Ing. Gorla, obtuve confirmación de lo que ya había oído repetir a otros, es decir, que por parte de su predecesor el Excmo. Sr. Belloni y su dos Podestá adjuntos se habían adquirido importantes compromisos para grandes negocios de adquisición de terrenos y en especie para la contrata y gestión del servicio de recogida de la basura doméstica.

Ahora, únicamente con el propósito de determinar las responsabilidades correspondientes a cada uno y sobre todo para evitar que V. E., cuya estima me importa por encima de todo, pueda creer que fui débil, descuidado o complaciente en el ejercicio de mis funciones de supervisión, siento el deber de declarar que estos compromisos no fueron reconocidos o aprobados ni por mí ni por la Junta Provincial Administrativa, que nunca intervinieron en las resoluciones relacionadas con ello. [...]

En la esperanza de que Vuestra Excelencia quiera aceptar la confirmación de mi inmutable devoción.

Vincenzo Pericoli, antiguo prefecto de Milán

Carta mecanografiada (copia).
Remitente: Vincenzo Pericoli (antiguo prefecto de Milán).
Destinatario: S. E. Benito Mussolini.
Extracto, subrayados a mano, diciembre de 1928

Uno siempre se imagina que el final se presentará con un dolor agudo. Luego, cuando llega, descubres que los hombres y los mundos mueren con un gemido ahogado, algo muy parecido a un gimoteo. La sesión del Congreso del 8 de diciembre, la última de la XXVII legislatura y, por lo tanto, la última de un parlamento democráticamente elegido, concluye sin ningún altercado, sin ninguna protesta, sin un solo gesto simbólico siquiera, pequeño pero tenaz. Se diluye como cualquier acto administrativo.

Y eso que, en su discurso de clausura, Benito Mussolini ha hablado claro, proclamando con orgullo la muerte de toda democracia:

«Para empezar, es conveniente aclarar que las elecciones del año VII, mil novecientos veintinueve, no tendrán nada que ver con las elecciones de otras épocas y de otros países. La llamada campaña electoral, que se desarrollaba con ritmo estruendoso, entre mítines y tabernas, con policromía de carteles murales, que el ciudadano moderno se guardaba bien de leer, características todas de los tiempos de antaño, no volveremos a verla.»

No cabía la menor duda, en definitiva, de que el presidente del Gobierno estaba tocando campanadas a muerte por el Parlamento, y, sin embargo, la única reacción de los parlamentarios ante esas palabras suyas ha sido una carcajada cínica sobre la broma del «ciudadano moderno».

Cuando el orador, más tarde, tras liquidar con una ocurrencia siglos de aspiraciones a la democracia, dirigió su mirada hacia el futuro, anunciando qué clase de Cámara de Diputados saldría de las próximas elecciones —es decir, de una lista de nombres que ya tenía en el bolsillo mientras hablaba— solo recibió gruñidos de aprobación:

«Si la Cámara, que hoy está a punto de cerrar su actividad, ha sido, desde un punto de vista numérico, en un ochenta y cinco por ciento fascista, la Cámara que se reunirá aquí por primera vez el sábado 20 de abril, del próximo año, año VII de la era fascista, será una Cámara cien por cien fascista [...]. ¡Y habrá cuatrocientos fascistas regularmente afiliados al Partido!» Aplausos, algo apresurados. Saludos rituales, felicitaciones navideñas y para el nuevo año. Queda para la posteridad la ingrata tarea de cuestionar la inagotable proclividad de la especie humana a la sumisión.

El último año de vida de la XXVII legislatura del Parlamento del Reino de Italia, último democráticamente elegido, termina, en definitiva, triunfalmente para el Duce del fascismo. Benito Mussolini puede presumir de numerosos éxitos, pero su principal triunfo consiste en la certeza de que no habrá otro: el próximo Parlamento será un chiste. Tiene razones para estar completamente satisfecho.

Sí —es cierto—, no puede negarse que como nota al margen de mil novecientos veintiocho habría que adscribir algunos quebraderos de cabeza. No cabe duda de que al rey no le ha gustado la reforma constitucional que priva de algunas prerrogativas históricas a la Corona, pero no hay necesidad de preocuparse demasiado por ello. Desde la marcha sobre Roma, el augusto soberano ha tragado con todos los sapos y culebras que ha tenido que tragar con tal de no arriesgarse a perder esa corona, y seguirá tragando con lo que haga falta. Como al Duce le gusta repetir a menudo al ansioso secretario del Partido Fascista para escandalizarlo un poco: «¡Créame, Turati, el único verdadero y fiel camisa negra es Víctor Manuel III!». Luego está la decepción de Edmondo Rossoni, el líder de la poderosa Confederación Nacional de Sindicatos fascistas (con sus nada menos que cinco mil delegados), fulminantemente destituido cuando Mussolini decidió fragmentarla en seis bloques independientes y, por lo tanto, volverlo irrelevante, en resumidas cuentas. Pero en una dictadura —eso debería entenderlo hasta alguien como Rossoni— manda solo uno. Añade además algunos que siguen quejándose por la supresión de la libertad de prensa. Y entonces, el Duce, que de periódicos entiende, convocó en el Palacio Chigi a los directores de los diarios para explicarles que el periodismo italiano no ha sido privado de sus libertades por estar reglamentado. De ningún modo. Todo lo contrario, es el más libre del mundo precisamente porque sirve a una causa y a un régimen, mientras que en otras partes los periódicos se limitan «a la exigua tarea de la compraventa de noticias excitantes».

Queda, hay que decirlo, además del dolor privado por la enfermedad del hijo de Arnaldo, la espina pública de Milán. Pase lo de Belloni —caído un podestá se nombra a otro—, pero le costó el tener que defenestrar a Giampaoli. Siempre había sentido simpatía por ese joven fascista de la primera hornada, de orígenes humildes, buen organizador y excelente animador, ídolo de los bajos fondos. Aunque incluso en este caso el contratiempo se resolverá fácilmente encontrándole un puesto directivo, bien pagado, en alguna empresa de importancia nacional.

Son todas bagatelas, minucias y él, el Duce del fascismo, por suerte para él y para Italia, está protegido del espectáculo degradante de la miseria humana por una extraña especie de hipermetropía: lo próximo, lo cercano, los diminuto no lo ve o, si alguna vez lo entreví, se le aparece borroso, indistinto, insignificante. Para las cosas grandes y lejanas, en cambio, tiene una vista formidable, un ojo de halcón, una mirada larga como de timonel que abarca el horizonte. Con esas pupilas de hipermétrope, él ve los inviernos y el futuro, un futuro anterior, ese tiempo aún por venir y sin embargo ya pasado, en el que todo habrá sido ya, entregado a un libro de la verdad cerrado para siempre. Ve la estación fría de años remotos, cuando los hombres del presente habrán envejecido y, calentándose sus miembros anquilosados ante el fuego de la chimenea, contarán a sus nietos la gloria de estos días.

Y, de esta manera, en un discurso en el Teatro Argentina a los vélites del trigo, Benito Mussolini habló de millones de plantas llevadas a vivir a las desérticas zonas de los Apeninos; mientras recomendaba a la Cámara el proyecto de ley de saneamiento integral de las marismas del Lacio habló de drenajes, de irrigaciones, de nuevos enclaves rurales por construir, de electricidad por distribuir, de carreteras comarcales, de acueductos de agua potable, de nuevas, inauditas posibilidades de alimentos que donar a la creciente población; y, por encima de todo, en un artículo publicado en la revista *Gerarchia,* en el que presentaba la edición italiana de *Disminución de los nacimientos, muerte de los pueblos* —estudio del joven estadístico bávaro Richard Korherr, con introducción de Oswald Spengler, el filósofo de la decadencia de Occidente—, proclamó Mussolini una vez más que el «número es la fuerza».

¿Qué podrá llegar a significar —se pregunta a sí mismo con preocupación de largas miras el Duce de los inviernos y del futuro anterior— en la historia venidera de Occidente, «una China de cuatrocientos millones de hombres centralizados en un Estado unitario»? Es falso que una menor población implique un mayor bienestar: la historia italiana reciente demuestra lo contrario. Es cierto, en cambio, que el egoísmo moral hace que la gente acomodada sea menos prolífica que los pobres. Y para eso no bastan las leyes. Es la costumbre moral lo que cuenta. «Si un hombre no siente la alegría y el orgullo de que su legado como individuo, como familia y como pueblo sea "continuado"; si un hombre no siente, por el contrario, la tristeza y la deshonra de morir como individuo, como familia y como pueblo, las leyes no pueden hacer nada.» Será cuestión de averiguar si «el alma de la Italia fascista está o no irremediablemente apestada por el hedonismo, el burguesismo, el filisteísmo. ¡No es hombre quien no es padre!».

Los inviernos y el futuro. Estos son los retos que apasionan a Benito Mussolini. Por este motivo, el 18 de diciembre se hizo cargo también de forma interina del Ministerio de las Colonias, séptima cartera dirigida personalmente por él. Porque África, el Imperio, el destino, no el de los individuos sino el de los pueblos, son el único escenario que merece nuestra atención. ¿Qué más le dará al hombre del futuro anterior, ya ensalzado en descarados panegíricos que lo comparan con los gigantes de la historia, las miserables especulaciones sobre las zonas para la recogida de la basura doméstica? ¿Qué importancia pueden tener dos pícaros que han esquilmado en Milán unas monedillas del presupuesto municipal ante una época tan repleta de destino?

Ante este proyecto de ley, la Cámara de Diputados fascista no necesita recurrir a argumentos justificativos doctrinales o de oportunidad. La sabiduría del Primer Ministro ha sido extraída de la sustancia viva de la nación, al igual que según Miguel Ángel el escultor extrae la estatua del peñasco, liberándola del exceso.

Paolo Orano, informe de la comisión
de la Cámara sobre el proyecto de ley
de reforma constitucional, diciembre de 1928

1929

Roma: ¿Novedades?

Milán: Nada que destacar, excepto esta espera espasmódica ante el resultado de las negociaciones que se siguen con esperanza, pero también con cierto escepticismo...

Roma: Es decir, dentro de lo normal; sin embargo, llegados a este punto, creo que el escepticismo ya no tiene más razón de ser.

Milán: Lo que me dices me consuela, porque es fácil de entender que ya...

Roma: *(interrumpiéndolo)* ¡... ya está hecho!

Milán: ¡Alabado sea Dios! Si no tuvieras otros títulos de honor y de reconocimiento por parte de los italianos, te bastaría el de haber resuelto una cuestión que se contaba, sin duda, entre las más espinosas.

Roma: Ha habido que trabajar de lo lindo para llegar a la conclusión de los Pactos, que se firmarán, probablemente, en la primera quincena del mes próximo.

Milán: ¿Tuviste que superar muchos obstáculos?

Roma: Ya conoces a esa gente...

Milán: Claro que sí, ¡pero el esfuerzo merecía la pena...! La solución de la cuestión romana tendrá ciertamente repercusiones favorables y atraerá la atención del mundo cristiano hacia Roma.

Roma: *(enérgicamente)* ¡La Iglesia Católica se convertirá en uno de los pilares del régimen!

Milán: ¿Y te parece poco?

Servicio Especial Reservado.
Intercepción del 27 de enero, a las 23:00 horas.
Hablan desde Milán el gran oficial
Arnaldo Mussolini y desde Roma S. E. Benito Mussolini

Roma, 11 de febrero de 1920
Palacio de Letrán

Desde el alba, miles de fieles aguardan frente al Palacio de Letrán bajo la lluvia. Grandes gotas achatadas llevan horas cayendo sobre ellos y sin embargo insisten, inamovibles, como bueyes sorprendidos por una tormenta de verano rumiando en sus pastos. Desgranan incansables sus rosarios.

La espera, si queremos medirla con el metro corto de la crónica periodística, empezó cuatro días antes, cuando Pietro Gasparri, nacido en el seno de una familia de pastores de la provincia de Macerata y ascendido hasta la púrpura cardenalicia, en su calidad de secretario de la Congregación para Asuntos Eclesiásticos Extraordinarios, convocó una improvisada conferencia de prensa en el Vaticano y, restregándose las manos de satisfacción, sorprendió al mundo con el anuncio del concordato entre el Estado italiano y el Estado de la Iglesia. Si adoptamos, por el contrario, el metro de la Historia, la espera de los fieles en San Juan de Letrán se ha prolongado durante sesenta años, desde el día en que la infantería ligera del rey Víctor Manuel II abrió una brecha en los muros de Porta Pia, completando la reunificación de Italia y poniendo fin al poder temporal de los papas. Para aquellos que, por último, prefieren contemplar la escena con los ojos de la historia sagrada, alimentados por una tenacísima y frustrante esperanza de salvación, esa espera ha durado una eternidad.

Hasta el momento en el que el cardenal Gasparri dio bruscamente el anuncio —negándose luego a responder a ninguna pregunta, ante el asombro de periodistas de todo el mundo, con un definitivo «no tengo nada más que añadir»—, habían pasado desapercibidas para casi todos las agotadoras negociaciones, las dudas, los enredos, las hostilidades disimuladas y los anhelos manifiestos, las huidas hacia delante y los repentinos reveses, las repetidas e interminables reuniones nocturnas entre el consejero de Estado Domenico Barone —fallecido a pocos días de la meta— y el abogado de la Santa Sede, Francesco Pacelli, en la vivienda privada de Benito Mussolini. Pero desde ese momento en adelante, y durante los siguientes cuatro días, comenzó una vigilia de fervientes plegarias.

Las plegarias se ven atendidas a las 12:02 horas del 11 de febrero de mil novecientos veintinueve, en el salón papal del Palacio Apostólico sito en San Juan de Letrán. El presidente del Gobierno, acompañado por el ministro Alfredo Rocco, por los subsecretarios Dino Grandi y Francesco Giunta, y el cardenal Gasparri, acompañado por el cardenal Francesco Borgongini Duca, por monseñor Giuseppe Pizzardo y por el abogado Pacelli, toman asiento detrás de la mesa en un gesto sin precedentes en la historia de la Italia unida. Los dos firmantes del histórico acuerdo, el uno aún joven, el otro ya anciano, son ambos hijos del pueblo. Sostienen la misma pluma, firman el mismo documento y, sin embargo, sus rostros delatan estados de ánimo casi opuestos. Benito Mussolini, tal vez por sus esfuerzos en mantener una expresión solemne, tal vez por el peso de tener que enterrar en este lluvioso día invernal, de un solo trazo de pluma, toda una vida de anticlericalismo militante, exhibe un rostro sombrío. El cardenal Gasparri está literalmente radiante. La ceremonia es sencilla y severa.

Estampadas las firmas, el anciano prelado, visiblemente emocionado, dona al Duce del fascismo la pluma de oro con la que el Estado y la Iglesia, después de décadas de recíproca hostilidad, en nombre del papa y del rey, se han reconocido recíprocamente.

Con los pactos lateranenses, en el ámbito diplomático el Estado italiano reconoce a la Santa Sede la propiedad absoluta y el poder soberano de la Ciudad del Vaticano, de las basílicas patriarcales, de varios edificios de la Ciudad Santa, que adquieren inmunidad territorial, y de la residencia veraniega del Papa en Castel Gandolfo; a cambio, el papa renuncia al poder temporal y reconoce la soberanía de la Casa de Saboya en el Reino de Italia. En el ámbito financiero, después de un intenso regateo, la convención atribuye al papa, a modo de compensación, una indemnización de 750 millones de liras y títulos de renta que ascienden a un capital de mil millones, con una tasa de interés del cinco por ciento. En el ámbito del concordato, Italia concede a la Iglesia católica numerosas ventajas y privilegios: la garantía de una total independencia, una plena protección, el valor civil del matrimonio religioso, la introducción en la escuela estatal secular de la enseñanza confesional, a discreción de la Iglesia, como coronación y fundamento del programa de estudios. Y por encima de todo, el tratado reconoce que la religión católica, apostólica y romana es la única religión del Estado. Por su parte, la Iglesia renuncia a desempeñar cualquier papel político: sus obispos prestarán juramento ante el rey y a sus asociaciones se les prohíbe toda actividad política.

Compromisos, derechos, deberes y prerrogativas se detallan meticulosamente en los documentos del acuerdo. Sin embargo, serán pocos los que los lean. Entre esos pocos, algunos viejos liberales que lamentarán el fracaso del Estado secular, algunos jóvenes fascistas que desempolvarán sus viejas creencias anticlericales juzgando excesivas las concesiones al papa, algunos antifascistas en el exilio que denunciarán un acuerdo que fortalece la dictadura. Todas estas críticas, por razonables, fundadas, sensibles que resulten, no pasan de ser motas en el ojo del mundo. Ese ojo, hambriento de espectáculos, verá únicamente la nueva, espléndida alianza entre César y Cristo, entre el trono y el altar, entre la cruz y el águila. Y admirará que quien sella el pacto con el vicario de Cristo en la tierra sea un hombre que, solo veinte años antes, en el furor de una sacrílega juventud, exiliado en Suiza, en el curso de una confrontación pública con un defensor de la fe, había concedido a Dios cinco minutos para que manifestara, en la pequeña sala abarrotada y ruidosa, su existencia.

A despecho de todo lo que ha tenido que ceder, el éxito personal de Benito Mussolini es inmenso. Tras haber llegado a un compromiso con la Iglesia católica, romana, apostólica, la institución más antigua sobre la faz de la tierra, el hijo del herrero de Dovia, minúsculo anejo de un insignificante pueblo en la periferia de Romaña, ha dejado de ser solo el hijo del siglo. Convertido ya en primo del rey tras recibir de sus manos el collar de la Anunciación, ahora el hijo del herrero se ha emparentado con los milenios. Ahora, como dirá el arzobispo de Praga en una visita a Roma, y como después de él reiterará el papa ante estudiantes y profesores de la Universidad Católica, Benito Mussolini es «el hombre de la providencia».

En Roma se lanzan las campanas al vuelo, el viejo cardenal Gasparri se abandona a las lágrimas, fuera de los muros del Palacio Apostólico también la multitud llora bajo la lluvia. Millones de italianos, nacidos católicos, criados según la ley cristiana, bautizados por madres devotas en las espléndidas iglesias de toda la península, guardianes de la memoria de vidas populares, se deshacen en lágrimas de alegría. Esos recuerdos no se perderán en el tiempo, no se disolverán como lágrimas en la lluvia. La disensión, la mortificación, la discordia han terminado. Ha sanado la herida, ha vuelto la armonía, se ha aplacado el espíritu. La multitud de fieles entona el *Te Deum*. «A ti, oh Dios, te alabamos, a ti, Señor, te reconocemos. A ti, eterno Padre, te venera toda la creación. Los ángeles todos, los cielos y todas las potestades te honran: Santo, Santo, Santo es el Señor, Dios del universo. Los cielos y la tierra están llenos de la majestad de tu gloria...»

Mientras tanto, las campanas repican sin parar, la lluvia sigue cayendo inclemente, sobre Roma reina casi la oscuridad al mediodía y delante de la basílica de San Juan de Letrán, en la penumbrosa luz invernal, confundida por el poder sentimental del cántico, la crencha que separa la gloria terrenal de la divina se pierde.

Y tal vez lo que hacía falta era un hombre como el que la Providencia nos ha permitido encontrar; un hombre que no tuviera las preocupaciones de la escuela liberal.

Papa Pío XI, alocución a profesores y estudiantes
de la Universidad Católica del Sagrado Corazón de Milán,
13 de febrero de 1929

De Bono: ¿Qué opinas del famoso acuerdo?

Bottai: Me da la impresión de que, confesionalmente, se han hecho demasiadas concesiones; ¿no te parece a ti también?

De Bono: Se lo he repetido hasta aburrirle y tengo entendido que otros también le han hecho el mismo razonamiento. «Él» nos ha convencido a todos y nos ha dado, como de costumbre, la razón; pero luego ha hecho lo que ha querido, dejando las «reservas mentales» de lado...

Bottai: Creo que la famosa red ha sido magníficamente tejida y preparada por los «humildes» padres jesuitas...

De Bono: ¿Es que lo pones en duda?

Bottai: ¡Especialmente por nuestro «amigo» Tacchi, que no me cuenta toda la verdad!

De Bono: Me dijo que lo importante era triunfar donde los hombres más grandes del pasado habían fracasado...

Bottai: ¡Vaya descubrimiento! ¡Esa gente no quería soltar ni un solo «ardite» falso!

De Bono: ... mientras que él ha regalado miles de millones al Vaticano, cuando en todos los ministerios tienen que apretarse el cinturón, porque los raquíticos presupuestos que tenemos no nos permiten cubrir todas las necesidades, ¡la de veces que nos vemos obligados a renunciar a lo indispensable!

Bottai: ¡A quién se lo cuentas!

De Bono: ¡Desgraciadamente ese hombre es así!

Bottai: Me parece que nos tocará ver de todo...

De Bono: ¡Tiene ideas propias y la cabeza más dura que un mulo de montaña!

Bottai: ¡Pues cuidado, que, a causa de su terquedad, a veces los mulos acaban cayéndose por algún barranco!

Servicio Especial Reservado. Interceptación del 13 de febrero de 1929, a las 12:30 horas. Hablan el Excmo. Sr. Giuseppe Bottai, subsecretario del Ministerio de las Corporaciones, y el general De Bono, subsecretario del Ministerio de las Colonias

Margherita Sarfatti
Marzo de 1929

La primera «Exposición del grupo Novecento italiano» abierta en Milán el 14 de febrero de 1926 IV marcó un inolvidable jalón en el camino ascensional del renovado arte patrio [...]. Cual máximo honor, los objetivos de la exposición fueron aprobados como aspiración, verificados como expresión y consagrados como acto solemne y significativo por el consenso y el apoyo, entre todos precioso y codiciado, de Su Excelencia Benito Mussolini.

Por primera vez en la historia de los acontecimientos artísticos italianos, el Jefe de Gobierno inauguró personalmente con un discurso memorable una exposición de artistas jóvenes —una patrulla de osados a la vanguardia en todo campo de actividades espirituales— y fascistas, es decir, revolucionarios de la moderna restauración.

Esta enfática evocación es lo que pueden leer los visitantes en el texto redactado por la comisaria, Margherita Sarfatti, para el catálogo de la segunda exposición del grupo Novecento italiano, inaugurada en Milán el 2 de marzo de mil novecientos veintinueve. Y pueden leerlo justo al principio, como una especie de *excusatio non petita,* por un motivo muy simple y evidente para todos: porque a esta segunda exposición, tres años después del triunfo público de su conocida amante, el Duce del fascismo no ha acudido, no se ha pronunciado en su favor y se ha negado incluso a enviar ninguna frase de saludo. He aquí, por lo tanto, la señal tan esperada por los enemigos de Margherita, agazapados en las sombras con la esperanza de verla caer.

La exposición ya se había anunciado bajo malos auspicios. La comisaria, obstinándose en su aspiración de verse reconocida como «dictadora de la cultura», gemela de su antiguo amante en el campo del arte, había sucumbido a un eclecticismo bulímico al invitar a exponer a decenas de artistas, a costa de perder por completo la ya incierta identidad del movimiento original. En su empeño de oponerse a los jerarcas, a sus burocracias, a sus clientelas, la refinada intelectual ha terminado pareciéndose a ellos. Empujando a «sus» artistas a esforzarse por sobresalir en el sindicato del partido impulsado por gente como Farinacci, con la pueril ilusión de que la cultura pueda vencer a la política, de que la supremacía intelectual pueda prevalecer sobre la necia fuerza de la ignorancia, Margherita Sarfatti fue deslizándose lentamente desde las heroicas patrullas de vanguardia de los orígenes a las concurridas reuniones gregarias de este final de década, en las que es solo el número lo que mide el consenso, el valor y el talento. El resultado, sin embargo, ha sido antitético respecto a sus intenciones: en medio de aquella multitud de pintores y escultores de todo pelaje, Margherita Sarfatti acabó encontrándose sola.

Luego, al día siguiente de la inauguración de la exposición, de por sí constelada de traiciones, ausencias y deserciones, con la de Mussolini en primer lugar, los perros, hasta ahora sujetos con correa por miedo al amo, se desataron. *La Fiera Letteraria* ataca abiertamente a la comisaria, en las columnas de *Il Selvaggio* se define a Sarfatti como «musa del intelectualismo milanés», para acusarla después de decadencia cosmopolita, Marinetti señala a Carrà y Sironi como traidores al futurismo. Hasta Lino Pesaro, el galerista que la acompañó al principio del movimiento novecentista, la apuñala por la espalda. Instigado por Farinacci, que pugna por un arte comprensible y antimoderno con el único propósito de dañar a sus adversarios, Pesaro escribe en el periódico del ras de Cremona una contrahistoria del movimiento en ocho columnas sin nombrar nunca a su creadora. El grupo Novecento no tuvo nunca ninguna madrina, sino solo un padrino: Benito Mussolini. Y, de hecho, para acallar a la jauría, bastaría una sola palabra de Benito Mussolini, convertido a esas alturas en el padrino de Italia entera, una palabra del «hombre de la providencia» en defensa de la escritora que fue la primera en contribuir a construir su mito con la biografía *Dux,* de la mujer que le sirvió de mentora intelectual y guía en la buena sociedad cuando era un palurdo de provincias, en los «años locos, pero generosos a su manera, del primer fascismo»; una palabra para amparar a la vieja amante, a la buena amiga que lo asistió durante la enfermedad, lo apoyó en los momentos oscuros, lo consoló después de las derrotas. Pero la amante ha envejecido, su cuerpo se ha marchitado, de la amiga el dictador ya no siente ninguna necesidad y el recuerdo de viejas deudas suscita resquemor.

Cuanto más declina Margherita en las simpatías de Benito, más se obstina ella en querer dictar ley en el arte italiano, cuanto más la aleja él de su lado, más alarde hace ella en las reuniones de su salón de su influencia perdida sobre él, presentándose, intensamente maquillada y adornada con joyas, como la musa seductora del Duce. Con tal de permanecer en su órbita ahora que Benito ha firmado un pacto con el papa, se convierte al catolicismo. Con tal de estar cerca de él, adquiere una casa a escasos cientos de metros de Villa Torlonia. En realidad, quedan ya irremediablemente lejos los tiempos en los que él se colaba por la entrada de servicio para caer sobre su amante, lejísimos los hoteluchos por horas en los barrios de mala fama de Milán.

Ahora las visitas del «gran hombre», por más que prosigan en homenaje a consolidados hábitos establecidos y a afectos raídos, se anuncian por la entrada principal, tienen lugar en presencia de la hija de Margherita, en un ambiente plácido, cansino y familiar. Él toca el violín, la niña aplaude, cuando la madre expone con énfasis sus grandiosos proyectos para exposiciones internacionales, llega infalible el momento de partir para el insigne invitado. No falta, de vez en cuando, algún retorno de pasión —«No valdría siquiera la pena vivir, si no pudiera beber de este sublime cáliz tuyo», le susurra Benito, según el diario de Margherita—, no falta alguna extenuada palabra amable, pronunciada por lo general con motivo de accidentes, enfermedades, ingresos hospitalarios. Pero la verdad, trivial, trivialísima, y por eso aún más cruel, es que los años pasan, los amantes envejecen, con la juventud se eclipsa también su poder. No solo no defiende Benito Mussolini a Margherita Sarfatti de los ataques tras la segunda exposición del grupo Novecento en marzo de mil novecientos veintinueve, sino que, justo cuando arrecia la polémica, después de haberla utilizado durante mucho tiempo, exasperado por cómo abusa ella sin escrúpulos de su nombre, ingrato hasta el encarnizamiento, la fustiga enviándole una carta terrible.

Cualquiera que conozca la vida sabe que, entre antiguos amantes, una vez apagada la pasión, se puede llegar a lo peor. Y, en efecto, a eso llega Benito Mussolini. Al enterarse de que Margherita persiste en buscar colaboraciones periodísticas con tal de no ceder en su control sobre la vida artística italiana, el Duce del fascismo, aunque sin nombrar a la mujer que contribuyó en no escasa medida a inventarlo, le envía una advertencia maliciosa al director de un prestigioso periódico:

«Tenga cuidado con las faldas, especialmente con las de las mujeres de una cierta edad que se aferran al terreno como la vieja infantería.»

Estimadísima Señora [...]

Esta tentativa de hacer creer que la proyección artística del fascismo es vuestro Novecento resulta a estas alturas inútil y un mero truco [...]. Dado que aún no poseéis el elemental pudor de no confundir mi nombre como político con vuestras invenciones artísticas o supuestamente tales, no os sorprendáis de que a la primera oportunidad y de forma explícita, os presente mi posición y la del fascismo frente al llamado grupo Novecento o lo que queda de ese difunto grupo.

Carta de Benito Mussolini a Margherita Sarfatti, 1929

«Una vez desaparecido todo el triste cortejo de engaños, de pasteleos, de violencias, que acompañaban fatalmente las supuestas batallas electorales del pasado, las propias elecciones se ven elevadas de repente. Se vota por una idea, por un régimen, no por los hombres.»

Los momentos fatídicos, esos cuyas consecuencias se despliegan sobre el resto de la vida de un individuo o de un pueblo, no siempre se concentran en hechos, sucesos, acciones. A veces resuenan en el estrépito de las palabras. El mes de marzo de mil novecientos veintinueve, al término del cual el pueblo italiano será llamado a las urnas para pronunciarse sobre el régimen fascista, es uno de estos. No en vano, Benito Mussolini lo inaugura con uno de sus altisonantes y memorables discursos. El 10 de marzo, ante la primera asamblea quinquenal del régimen, gran cenáculo de toda la clase dirigente de la nación fascista, en medio de sonoras, reiteradas ovaciones, el Duce habla la lengua de una época:

«Eso es: tengo ante mi espíritu nuestra Italia en su configuración geográfica, en su historia, en sus gentes: mar, montañas, ríos, ciudades, campos, pueblo. Seguidme.»

Las masas campesinas insertadas en la vida nacional, las nuevas generaciones atendidas desde la cuna gracias al Ente Maternidad e Infancia, al Ente Nacional Balilla y a la reforma escolar, las viejas generaciones abrazadas en todos los aspectos de su existencia, productiva y recreativa, a través de la Carta del Trabajo y del Ente Nacional de Círculos Recreativos Laborales, la construcción de la cultura nacional culminada con la creación de la Academia de Italia y del Consejo Nacional de Investigación. Miles de obras públicas puestas en marcha, sesenta mil personas recibidas en audiencia, casi dos millones de prácticas privadas tramitadas. Dos mil leyes y sin trabajo atrasado.

Solo al final, después de haber enumerado con una lista vertiginosa y obsesiva sus propios méritos, dedica unas palabras Benito Mussolini a la próxima cita electoral. Anuncia su próxima celebración y, nada más acabar la frase, la revoca, la vacía de toda sustancia: «Que nadie se haga la ilusión de poner, mediante un montón de papeletas, posibles hipotecas efímeras sobre el desarrollo futuro del régimen, que mañana será más totalitario que ayer».

En el hemiciclo del Teatro Real, frente a una grandiosa multitud de hombres todos en pie, porque de lo contrario el espacio no habría bastado, el orador pronuncia palabras que simultáneamente afirman y retractan lo que afirman, palabras que, al igual que el público del teatro abarrotado —un espacio exclusivamente táctil, negado a cualquier percepción visual—, no dejan lugar al desarrollo de razonamientos, de diálogos y ni siquiera de alocución alguna. Lo que Benito Mussolini aclara, en definitiva, es que el lenguaje apasionante y tremendo de la época no se articula, no expresa, no nombra, no describe, no explica y no cuenta nada, sino que se limita a penetrar el instante absoluto del presente con un monosílabo clavado a martillazos en la pared del tiempo:

«Cuando volvamos a reunirnos en Roma dentro de cinco años, el informe futuro de la acción del régimen será aún más rico de acontecimientos que el de hoy. Con tal certeza os disponéis vosotros y el pueblo a votar "sí". El breve monosílabo que enseñará al mundo que Italia es fascista y que el fascismo es Italia.»

Afirmar y, en el mismo acto, retractarse. Negar cualquier espacio a la crítica, a la discusión, a la disensión. Pero aún hay más, hay que ir más allá, lo que está en juego es mucho mayor. Con ese monosílabo es necesario coagular todo el fascismo en un pequeño núcleo en el que no pueda hacerse mella, es necesario sustraer cada centímetro del cuerpo a la mortal erosión del siglo, a la disipación del vivir. Este es el plan de conjunto.

Por lo demás, las elecciones del 24 de marzo no han de ser unas auténticas elecciones. Se trata más bien de un plebiscito: la papeleta presentará solo dos grandes cuadrados, uno que enmarca un «sí», el otro un «no». Y la posibilidad de un «no» obviamente no está contemplada. Mussolini lo ha hecho explícito abiertamente: una revolución puede ser consagrada por un plebiscito, nunca derrocada. Achille Starace, con su torpe embotamiento habitual, lo ha reiterado: si en lugar de doce millones de «síes», las elecciones arrojaran veinticuatro millones de «noes», Mussolini seguiría en cualquier caso en el Palacio Chigi y cabría deducir que Italia se ha convertido en una «casa de locos». La campaña electoral, por lo tanto, es ilógica incluso antes que superflua y, de hecho, no se lleva a cabo. La abstención, que señalaría inmediatamente al opositor, es muy poco probable. El resultado se da por descontado. La crisis económica interna ha quedado superada justo en los últimos meses del año anterior, la burguesía ha desposado definitivamente el nacionalismo agresivo del fascismo, toda oposición ha sido aplastada por el aparato policial. En la ola de la conciliación, incluso el clero, la prensa y las asociaciones católicas invitan de manera insistente y explícita a votar «sí».

Al igual que ocurre en la víspera, también la jornada electoral del 24 de marzo transcurre en perfecta tranquilidad, regida por un orden absoluto. Benito Mussolini se dice «sí» a sí mismo temprano por la mañana, en el colegio de la calle Poli, donde se ha registrado después de trasladar su residencia de Milán a Roma. En las siguientes doce horas, el 89,63 por ciento de los votantes italianos acude a las urnas. Casi toda la población, exceptuando a los enfermos. Después de las palabras, se extiende sobre el país, cual escarcha, un velo de puro silencio.

Hay que esforzarse por agudizar mucho el oído para discernir en los crujidos de las papeletas escrutadas en las cabinas de votación el ruido sordo e incesante de la batalla. Hay que esforzarse por aguzar la vista para leer en esas colas ordenadas frente a los colegios la ola destructora de las grandes mutaciones, el esfuerzo por adaptarse a ellas, el grito de protesta y la silenciosa, a veces no menos terrible, resignación con la que reaccionan los hombres —matarifes o sacrificados— ante la marcha ineluctable de la historia.

El resultado se da por hecho —todos lo saben—, y el «sí» triunfará, por consentimiento entusiasta o por adhesión pasiva, pero triunfará. Queda una sola duda, una sola pregunta, una sola sombra sobre el cráneo glabro de Benito Mussolini: ¿cuántos de esos hombres atropellados por la historia, extraviados, desconocidos para ellos mismos, buscarán en la palabra del Jefe el campanario de la aldea, la estrella vespertina, la cobarde y miserable fórmula mágica que, en un mundo de demonios y de sombras, les permita cerciorarse de su propia existencia? ¿Cuántos pronunciarán el monosílabo?

En el mes de marzo de mil novecientos veintinueve Mussolini se reunirá por primera vez con el escritor alemán Emil Ludwig, biógrafo de los «grandes» de la historia, autor de exitosas biografías sobre Goethe, Bismarck, Napoleón, Jesucristo de Nazaret, pero la primera entrevista posterior al plebiscito se la concede a un periodista de provincias, director de *Il Resto del Carlino,* un diario de Bolonia, que lo sigue hasta su pueblo natal para el breve descanso que se ha concedido a sí mismo el primer ministro tras el triunfo electoral, porque de un auténtico triunfo se ha tratado: de nueve millones y medio de italianos con derecho a voto, casi nueve han acudido a las urnas, de estos solo 135.761 han marcado la casilla del «no», unos cuantos miles dejaron la papeleta en blanco y los demás, 8.519.559, dijeron «sí» a la dictadura de Benito Mussolini.

La enormidad del éxito exige la modestia de las poses. El periodista de provincias acompaña al Duce del fascismo a pasear por los alrededores de Predappio, donde el dictador fue niño y adolescente. Sombrero flexible, modesto traje burgués, el amo de Italia es descrito como un agricultor que visita sus tierras en una tersa y tibia mañana de primavera. Como es obvio, a la excursión campestre no le faltan seguidores. Todas las autoridades de la ciudad de Forlì, el podestá de Predappio, el párroco de Carpena siguen su estela. Ahora que, exactamente diez años después de la fundación de los Fascios de Combate, el fascismo parece haber logrado todos sus objetivos, el paseo nostálgico de Benito Mussolini carece de toda finalidad. El pretexto, sin embargo, es el de una inspección de las obras de la milicia forestal para la limpieza y reforestación de los despeñaderos que delimitan la carretera entre la antigua Predappio y la nueva localidad construida en nombre del Duce.

Como es obvio, Mussolini está de buen humor: se detiene ante unos arbustos de acacia florecidos en esas áridas colinas, bromea con el párroco que votó «no» por equivocación, felicita a los forestales por su arduo trabajo. El dictador se muestra jovial, sociable, humilde, incluso.

Entonces, sin embargo, el alegre grupo llega a las cercanías de una barrera de cárcavas, con profundos surcos excavados en la ladera de la colina por efecto del derrubio de las aguas. Completamente desprovistos de vegetación, ramificados, derrumbándose en esbeltas crestas derrubiadas por la erosión de las aguas, los surcos, estrechos y profundos, reflejan mediante una luz lunar azulada el suave sol primaveral con la escalofriante impetuosidad de un mal presagio: un paisaje completamente ajeno a toda forma de vida. El secretario federal de Forlì, el podestá de Predappio, el párroco de Carpena se detienen como si les hubiera dado un calambre.

Su prestigioso huésped, sin embargo, los sorprende. Entre las notas de una banda militar lejana, entre el estruendo de las explosiones de las minas, dejándolos a todos atrás, el presidente del Gobierno se lanza a trepar impetuosamente por esas quebradizas rocas de arcilla. El periodista de provincias, antes de que desaparezca de su vista, divisa de lejos a Benito Mussolini, el día de su triunfo, afanándose en escalar con el entusiasmo de un hombre poseído las espantosas cárcavas de su juventud.

El plebiscito es una mofa, un insulto mendigado por el soberano nominal a sus verdaderos amos para ocultar el perjurio y el pactado abandono de sus obligaciones institucionales, [...] el voto del 24 de marzo es, por lo tanto, algo ajeno a los italianos y que solo concierne al fascismo.

La *Libertà,* periódico de la Concentración Antifascista, París, 20 de febrero de 1929

Es evidente que la esencia del fascismo, tanto intelectual como sentimentalmente, responde a las tendencias y sentimientos de todos los italianos.

Warszawska Gazeta, periódico polaco, marzo de 1929

Rodolfo Graziani
Trípoli, marzo-mayo de 1929

En la primavera de mil novecientos veintinueve Rodolfo Graziani cabalga ya a lomos de la leyenda. Tras obliterar las empresas de los escuadristas por conveniencia, el régimen siente la necesidad de nuevos héroes guerreros. La vacua vastedad metafísica de los desiertos se los brinda.

En poco menos de seis años, Mussolini ha ascendido a Graziani a general de brigada, le ha otorgado el carné honorífico del Partido Nacional Fascista por la conquista de Beni Ulid en 1923 y el rey le ha concedido dos medallas de plata. Los enviados especiales que siguen las campañas de las tropas empiezan a acuñar para él apodos grandilocuentes y grotescos: «el coronel Tempestad», «el demoledor», «el terror de los beduinos».

De sus primeras campañas africanas —que se remontan a principios de los años veinte— se narran ya las hazañas como epopeyas antiguas. La columna Graziani fingía salir al atardecer, regresaba a la base, volvía a salir al amanecer, marchaba por el desierto contra todas las reglas, con cincuenta grados a la sombra, perdiendo la mitad de los caballos por deshidratación y a la mitad de sus efectivos por insolación, pero sorprendía a los rebeldes mientras se preparaban el té. Entonces los morteros arrasaban el pueblo, las ametralladoras segaban las vidas enemigas, Graziani levantaba la bandera italiana en las ruinas. Las fotografías de esas primeras gestas lo retrataban con el rostro bronceado, el cuerpo enjuto, envuelto en un manto de tuareg. En aquellos años, hablando de sí mismo, el general citaba a un poeta árabe: «Solamente el desierto, la noche, el enemigo me conocen».

En la primavera de mil novecientos veintinueve, además, de regreso a Trípoli para entrevistarse con el general Badoglio, el nuevo gobernador de ambas colonias libias, Graziani aprovecha su estancia en la capital para alimentar su propia leyenda. Por la mañana da conferencias a los jóvenes oficiales sobre la guerra en el desierto, y por la tarde, a la sombra de las palmeras, repasa los borradores de su primer volumen de memorias. La epopeya de sí mismo cambia de registro y de tono en función de las horas del día.

Por la mañana, a los soldados les habla con un tono de iguales, vulgar, eficaz y franco: «¿Adónde cojones creéis que habéis venido? El desierto es el desierto y no corso Umberto». Ellos lo veneran por este lenguaje soez en el que sienten que el cinismo rima con el heroísmo: «En el desierto, los verdaderos enemigos son el sol, el siroco, las inmensas distancias, la arena. Luchamos por el agua. Donde hay un lugar con agua, un pozo, un *uadi,* allí están los rebeldes. Además de un cuerpo bien entrenado, las marchas en condiciones climáticas prohibitivas requieren fuerza moral y concentración mental. En los combates en las dunas es fundamental mantener la formación compacta. Una columna que se dispersa es una columna destruida. Los medios mecánicos, aparte de los aeroplanos, útiles para el reconocimiento y el ametrallamiento, no sirven de mucho. Un camión lleva el combustible que necesita, es decir, no transporta nada. Solo el camello es autosuficiente. En el desierto, aquellos que piensan que pueden prescindir del camello son unos aficionados».

Por la noche, mientras escribe para la posteridad, Graziani habla en cambio con el lenguaje elevado y enfático de la mentira oficial, de lo que acabará olvidado precisamente por su falsa pose para la eternidad. El libro es un encargo del editor Cacopardo de Trípoli y se titula *Hacia el Fezán.* En el momento en que lo redacta, Graziani lo considera la obra de su vida. El título indica su dirección y su último destino: el Fezán, solo el Fezán, solo ese inmenso y vacío desierto de dunas donde, aparte del breve e infructuoso paréntesis del general Miani, ningún condotiero europeo ha llevado la guerra desde los tiempos de Lucio Cornelio Balbo.

El volumen de memorias consta de más de cuatrocientas páginas, lo ilustran decenas de mapas de operaciones y ochenta y dos tablas fuera de texto. Las fotos del ya célebre combate de Tagrift muestran puntitos negros, indistinguibles entre amigos y enemigos bajo una luz abstracta e inmóvil, vivos provisionalmente en un páramo desolado, carente de aliento, presumiblemente decididos a arrojarse los unos a los otros a la nada de una muerte negra y seca. El autor tiene intención de solicitar al general Pietro Badoglio que le conceda el honor de un prólogo.

En los dos primeros años de la Gran Guerra, Badoglio fue ascendido varias veces en el campo de batalla, luego tuvo su parte de responsabilidad en la derrota de Caporetto y su parte de gloria en la contraofensiva del Piave. En mil novecientos veinticinco, Mussolini lo nombró el primer jefe del Estado Mayor general en la historia del ejército italiano; en mil novecientos veintiséis lo nombró mariscal de Italia; a finales de mil novecientos veintiocho, gobernador único de Tripolitania y Cirenaica. El rey, además, lo elevó al rango de marqués del Sabotino.

La llegada de Badoglio a Libia es signo de la voluntad, por parte del régimen fascista, de hacer que la lógica militar prevalezca sobre la lógica política. El 24 de enero, el mismo día de su llegada a Trípoli, el nuevo gobernador ha promulgado una doble proclama, una para los colonos italianos, generosa en esperanzas y promesas en las que Libia aparece como un edén rural, la otra para los súbditos indígenas, severa y ultrajante. Esta última consiste en breves oraciones compuestas de dos caras: en la primera frase se ofrece la paz, en la segunda se amenaza con la guerra. «Para pacificar la colonia», proclama Badoglio, «es fundamental ante todo ocupar el país entero. De modo que la ocupación total de la colonia es una cuestión de ser o no ser. Quien se someta, sea individuo o cabila, debe ser advertido de que el pasado ha pasado definitivamente. Nos mostraremos implacables, por el contrario, y sin piedad, con los pocos malintencionados que, en su locura, crean poder oponerse a la fuerza invencible de Italia. La guerra es destrucción y la guerra que emprenderé, si me veo obligado a ello, será sin cuartel».

La proclama a los libios está pegada en cada pared, es difundida con cada vehículo, aeroplano o camello. Graziani lo recibe con el máximo favor: Badoglio está convencido, como él, de que detenerse en el paralelo 29 es peligroso, de que es necesario, de una vez por todas, perseguir y aniquilar a los rebeldes penetrando en el desierto, de que ha llegado el momento de marchar sobre Fezán.

Los jefes de los rebeldes tripolitanos, en cambio, al conocer las palabras del marqués del Sabotino en las aldeas saharianas en las que se han refugiado, encrucijadas de antiguas e invisibles rutas de caravanas, las viven como una afrenta insoportable.

En Cirenaica, extrañamente, la agresión verbal del nuevo gobernador parece provocar sin embargo los efectos deseados. Omar al Mujtar, el escurridizo e indomable jefe de la resistencia anticolonial sanusí, abre incluso una inesperada puerta a las negociaciones. Badoglio la recoge de forma inmediata enviando al agente diplomático Paternò como emisario personal.

En Tripolitania, en cambio, los jefes de los rebeldes, reunidos en una conferencia en un lugar ilocalizable en los desiertos de Fezán, se encolerizan y se afligen. Uno de los más indignados es, una vez más, Mohamed Fequini. El irreductible patriarca de los rogebán responde a las brutales palabras de Badoglio con una larga carta en la que reconstruye, con erudición y vehemencia, la historia de las relaciones entre colonizadores y colonizados, diez años de traiciones y violencia.

En Fezán se opta, una vez más, por la lucha armada.

Los principales exponentes de la rebelión, los hermanos Sef en-Naser, Mohamed Ben Hag Hasen, Saleh al Ateusc, los hermanos es-Suni, por más que dispongan ahora de pocos hombres y de escasos medios, ponen en marcha un plan que prevé una incursión de tres *mehalle* hacia el norte, desde el desierto de Fezán hasta la costa. Mohamed Fequini, aunque tenga ya más de setenta años, esté casi ciego, debilitado por décadas de sufrimientos físicos y morales, no renuncia a formar parte de las correrías que ha invocado. Apoyado en su hijo Lamine de diecinueve años como en un bastón, desde la silla en la que permanece durante diez horas al día, conduce personalmente a sus guerreros rogebán durante cientos de kilómetros por los desiertos.

Mientras tanto, en Trípoli, Rodolfo Graziani, ya listo para devolver las pruebas de imprenta, se ve obligado a añadir un capítulo final a sus autocomplacientes memorias.

Después de un primer e insulso éxito en el puesto de avanzadilla de Bir Alag, a causa de la sorpresa, la incursión rebelde desemboca en un desastre. Avistados y bombardeados desde el cielo, interceptados en los escasísimos pozos al borde de Hamada al Hamra, un páramo inmenso, sórdido, inhóspito, sin un solo arbusto, una brizna de hierba, un pozo, son atacados una y otra vez. Graziani, quien dirige las operaciones desde Trípoli, puede presumir en su libro, mientras se transforma en sus manos de memorias de antiguas batallas en crónica de éxitos recientes, de haber «destruido para siempre el mito de la inviolabilidad de Hamada», de «haberlo cruzado por primera vez, en un periodo de guerra de guerrillas y ya avanzada la temporada, con tropas regulares», una tropa bajo su mando. Los enfrentamientos también le ofrecen la oportunidad de reiterar que «la *localización del agua* dicta la ley en toda operación colonial, porque cada combate se produce siempre en sus alrededores, cada itinerario está subordinado a la línea de pozos». En la crónica de sus propias *res gestae,* el autor no omite que, tras los breves y violentos combates, sus soldados suelen capturar «toda la caravana, con mujeres y niños».

Tras llegar a Mileh, bombardeado por cinco aeroplanos, Fequini lucha durante todo el día al frente de sus rogebán. Pierde casi todos los camellos, todos sus suministros de agua. Debe llorar también a diecisiete guerreros de su tribu. Tras ordenar a los supervivientes la retirada hacia Fezán, se prepara para una aterradora marcha de seis días sin agua. La memoria de los desiertos, transmitida por tradición oral, la recordará como «la marcha de la sed». En el curso del camino, hombres y animales están destinados a derrumbarse juntos, aplastados por el calor y el sol. El 22 de abril, cerca de Um al Melah, los rezagados, ya exhaustos, son nuevamente atacados y diezmados por el grupo del Yábal al mando del teniente coronel Galliani.

En el campo de batalla, sembrado de cadáveres, los soldados coloniales de Galliani divisan el caballo caído de Fequini. Cortan la cabeza del cadáver que yacía sobre él y se la entregan a uno de los pilotos que, de inmediato, la transporta a Trípoli volando, arrancada del cuerpo al que pertenecía.

En el Palacio del Gobernador, en el paseo marítimo de Trípoli, Badoglio convoca a Graziani. Juntos planean la invasión de Fezán, ahora casi indefenso. Badoglio pide a su comandante de operaciones que organice el desarme total de las poblaciones nómadas de Guibla, perdidas y desmoralizadas, recurriendo incluso al engaño. Graziani, tras sacarla de una cesta de mimbre entretejida por mujeres bereberes, le ofrece la cabeza de Mohamed Fequini. Agradecido, Badoglio le corresponde concediéndole el prólogo de su libro.

El memorialista puede así sellarlo con el prefacio del jefe del Estado Mayor y concluirlo aleccionando a los lectores del futuro sobre que «es saludable recordar y meditar en clave fascista», si bien acabe sublimando el recuerdo con la advertencia de los padres latinos: *«Parcere subiectis et debellare superbos»*.

Todos vosotros, oh habitantes de Tripolitania y Cirenaica, conocéis desde hace años al Gobierno italiano y sabéis que es justo y benévolo con los que se someten con un corazón puro a sus leyes y órdenes; inflexible, por el contrario, y sin piedad, con los pocos malintencionados que, en su locura, creen poder oponerse a la invencible fuerza de Italia.

Proclama de Pietro Badoglio a los libios,
24 de enero de 1929

Solo después de haber ocupado Fezán y aplastado la rebelión, podré proceder a una reorganización y a la consiguiente reducción de las fuerzas militares. Permanecer quietos en esta situación, además del factor moral y político ya mencionado, significa gastos mucho mayores.

Carta de Pietro Badoglio a Benito Mussolini,
2 de abril de 1929

Y te confieso que, una vez desarmada Guibla, me siento inmensamente más tranquilo.
Son unos 1.800 fusiles que ya no volverán a disparar.
Llevaremos a la tribu megarha a Fezán, pero sin armas.
Está claro que la operación es delicada y creo que nadie más lo lograría.
Usted lo logrará gracias al enorme prestigio del que goza.
Pero el asunto no debe filtrarse a nadie.

411

Solo dos personas necesitan saberlo: usted y yo.

Como siempre le dejo completa libertad para actuar cuándo y como estime oportuno.

Carta de Pietro Badoglio a Rodolfo Graziani,
20 de mayo de 1929

Balbo: ¿Has visto qué maravilla de obra maestra...?

De Bono: Creo que ya te hablé alguna vez de mis ideas al respecto.

Balbo: Sí; pero, llegados a este punto, ¡parece que se han superado incluso los peores pronósticos!

De Bono: ¿No te he dicho siempre que de ese hombre hay que esperarse de todo?

Balbo: Yo me pregunto..., a ver, el Gran Consejo, ¡¿para qué «narices» ha sido creado!?

De Bono: ¡Para lanzar comunicados grandilocuentes y retóricos!

Balbo: ¡Pero esto excede todos los límites de la decencia y menoscaba las prerrogativas del máximo órgano del régimen!

De Bono: Pues vete a decírselo a él...

Balbo: ¿Es que crees que no se lo he dicho?

De Bono: Ya lo sé; pero evidentemente seguro que te dio la razón...

Balbo: Por supuesto...

De Bono: ¡Hay que meterse de una vez en la cabeza que ese hombre es el mayor egocéntrico que hay sobre la faz de la tierra...! Yo ya no lo entiendo; además, están saliendo a la luz todas esas porquerías: ¡las cosas que le pasan al Partido, además, son de esas ante las que no queda otra que horrorizarse!

Balbo: Pero si dice que está perfectamente al tanto de toda la situación...

De Bono: También me lo ha dicho a mí; ¡pero se ve que no se da cuenta del efecto perjudicial que todas esas «chorradas» provocan en el país!

Balbo: Después de todo, es asunto suyo...
De Bono: ¡Conformémonos con ir tirando...!
Balbo: ¡Creo que es lo mejor!

Servicio Especial Reservado.
Interceptación del 11 de abril de 1929, 12:49 horas.
Hablan el Excmo. Sr. Italo Balbo, subsecretario de Estado de
Aviación, y el general De Bono,
subsecretario del Ministerio de las Colonias.
Asunto: ratificación de la Pactos lateranenses

Benito Mussolini
Verano de 1929

También Angela Cucciati Curti emprende en el verano de mil novecientos veintinueve un viaje hacia la leyenda. Ella, sin embargo, viaja en un vagón de ferrocarril. Elena, su hija de siete años, observa a su madre haciendo y deshaciendo las maletas, feliz, doblando con cuidado los vestidos de moda que se cose ella misma.

Angela, que va para los treinta años, está en el apogeo de su belleza y esplendor como mujer mientras, desde la ventanilla del compartimento de segunda clase del tren directo a Roma, mira, a través de sus grandes y dulces ojos oscuros, desfilar a sus pies una Italia íntegramente fascista. Los haces de lictores campean ya por todas partes, fundidos en el arrabio, esculpidos en el mármol, pintados en los muros de las casetas de los guardavías, y por todas partes pueden verse las efigies de ese amor de juventud, repentinamente reanudado. En las plazas de las muchas ciudades por las que cruza el tren, surgen, en efecto, cinceladas en piedra, en granito, en mármol de Botticino, materiales valiosos destinados a perdurar en el tiempo, mucho más allá del tiempo de quienes las crearon, estatuas de ese hombre hacia quien ella corre tan emocionada como una debutante. Sus palabras, su mandíbula, su fantasma están por todas partes, hasta el extremo de que ni siquiera la pobre mujer enamorada podría decir con certeza si en Roma, en la alcoba de via Rasella, donde se reunirá más que nada con su cuerpo turgente, pesado, jadeante, estará esperándola una aparición divina o un hombre de carne y hueso, ese hombre que, ocho años antes, cínico, lascivo y despiadado, exigió su cuerpo en pago para salvar a su marido de entonces, encarcelado precisamente por haber servido en las escuadras fascistas.

En cualquier caso, cada vez que Benito Mussolini la reclama, Angela, confundida, prendada y soñadora, corre a la estación y se entrega a ambos, al hombre y a su mito, sin hacer distinciones, con la franqueza de las almas simples. En Milán, la pequeña Elena aguarda a que su madre regrese de sus viajes para poder mirarla feliz mientras deshace las maletas, preparadas una y otra vez con prisa para correr a los brazos de su verdadero padre. Pero eso la niña no lo sabe. Ella ve también la efigie del Duce por todas partes, pero para ella Mussolini es el padre a quien nunca ha conocido, que nunca le ha dado la mano, un padre que nunca ha reconocido en la carita de su hija bastarda su propia y célebre mirada extravagante, que hincó a la fuerza en el vientre materno siete años antes gracias a un despreciable chantaje, y que ahora se ve reproducida en miles de versiones —carteles en los muros, esculturas, calcomanías— en cada esquina de Italia. La Italia fascista.

En la mitología, cuando los dioses se manifiestan a los hombres, lo hacen única y exclusivamente para violarlos o para aplastarlos. La historia del verano de mil novecientos veintinueve es, sin embargo, por ahora, la crónica de una adoración. Y no se trata solo de la desenfrenada, desvergonzada afluencia incontenible de bañistas a la playa de Riccione, donde mujeres jóvenes e incluso mayores se zambullen en el agua, muchas en ropa de paseo, para perseguir el glorioso cuerpo que nada rodeado de agentes de escolta en traje de baño en el curso del ritual «baño del Duce».

Hay mucho más en esa transformación del hombre en un ídolo. En su condición de presidente del Gobierno, Mussolini ha asumido desde abril la titularidad directa de ocho ministerios: Interior, Asuntos Exteriores, Colonias, Guerra, Marina, Aeronáutica, Obras Públicas, Corporaciones. Su tribuna se coloca cada vez más alta, más lejos de la multitud que lo rodea en la playa de Riccione. Precedido por Giovanni Gentile, inaugura el séptimo Congreso Nacional de Filosofía; habla a las tropas de montaña reunidas en la cávea del Coliseo; inaugura las excavaciones arqueológicas en largo Argentina, donde las obras de los especuladores inmobiliarios han desenterrado las ruinas de cuatro templos de la Roma republicana; cuando el hombre de la providencia levanta por fin los ojos al cielo, es para dar la bienvenida a una bandada de treinta y siete hidroaviones que Italo Balbo se ha llevado de crucero por el Mediterráneo oriental, hasta Odesa; incluso la disputa con la Iglesia por la educación de los jóvenes, justo después de la firma de los Pactos lateranenses, se apacigua con la ratificación de los acuerdos en abril pero, sobre todo, con la aparición de Pío XI el 25 de julio en la plaza de San Pedro; de este modo, incluso el jefe de la Iglesia deposita el enésimo éxito a los pies del ídolo de piedra del fascismo: la primera salida de un papa de las murallas del Vaticano desde 1870.

También los discursos del ídolo están cada vez más en sintonía con su nueva naturaleza totémica. A los jerarcas milaneses, recibidos en Villa Torlonia el 10 de julio, Mussolini los conmina: «El fascismo es una casa de cristal, en la que todos deben y pueden mirar. Ay de quien se aproveche del carné o se ponga la camisa negra para rematar sus negocios». A los secretarios federales del partido, desde su casa en Carpena, les imparte admoniciones de orden moral y espiritual, con la mirada cada vez más elevada hacia las generaciones venideras; los fascistas tienen la obligación de «ser la conciencia de la nueva Italia, de percibir este sentido histórico de su misión y de superar, con visión de futuro, los no siempre nobles asuntos cotidianos».

El presente no le basta, el presente es angosto, el presente no conoce la grandeza. Para cerrar el círculo de la indignidad del presente acuden en su socorro las palabras de los aduladores, los detractores de ayer, que, como en el caso de Mario Missiroli, le confieren la incontrovertible autoridad del pasado: «Parece casi como si Mussolini extrajera inspiración y fortaleza de la historia de Italia del último siglo [...]. A veces se tiene la sensación de que el Duce, desmemoriado del momento, del lugar, del tiempo presentes, se comunica directamente con los precursores, con los genios tutelares de la nación».

El 4 de septiembre, Benito Mussolini, definitivamente elevado por todos a padre de la patria, viste por quinta y última vez el traje de padre de familia. Viaja en coche hasta Carpena para visitar a su mujer Rachele, quien acaba de dar a luz a una niña, bautizada Anna Maria en memoria de la abuela materna. En esa ocasión, desde la cama deshecha de la parturienta, Rachele le arrebata la promesa de permitir que la familia se reúna en Roma después de siete largos años de separación.

En Milán, mientras tanto, la pequeña Elena Curti ayuda a su madre a deshacer una vez más su maleta después del enésimo encuentro amoroso clandestino con ese padre al que nunca ha conocido.

En todos los países he oído que se trata del mayor hombre viviente, del hombre del destino, de un Oliver Cromwell revivido, de uno de los héroes de Carlyle, de la figura principal de este siglo [...]. Alrededor de este hombre poderoso la historia empieza a unirse con la leyenda.

The China Truth, Cantón,
julio de 1929

Colonias libias de ultramar
Verano de 1929

La cabeza cortada de Mohamed Fequini ha resultado ser falsa.

«El Hayi Mohamed Fequini está vivo y en perfecto estado de salud y aguarda, si es la voluntad de Dios, la victoria sobre vosotros y la expulsión de los italianos de Trípoli. ¡Idos al infierno, pueblo del mal y del engaño! Dios, que todo lo puede, se vengará de vosotros merced a nuestra mano.»

La maldición del jefe árabe llegó a principios del verano desde su refugio en Fezán, tan pronto como se enteró de que los periódicos de Trípoli lo daban por muerto, celebrando su final. No hace alusión el viejo luchador a su pueblo, a sus fieles rogebán perecidos durante la marcha a causa de la sed, ni una sola palabra sobre sus hijos y nietos perdidos en esas décadas de resistencia en el desierto, unos muertos en combate, otros de hambre y de malaria, sepultados por la arena. Desmiente, maldice y amenaza. Tenso y mortífero como una flecha lanzada por un arquero experto. Nada más.

Pietro Badoglio, sin embargo, no le presta mayor atención. Tras la campaña de primavera en Tripolitania, Mussolini le ha concedido los fondos para la expedición contra Fezán. La guerra es una forma de negocio: tantas ganancias y tantas pérdidas. Ahora que la financiación está asegurada, Fequini y sus residuos de rebeldes en los desiertos del sur tienen los días contados. Lo que en cambio preocupa al gobernador es Cirenaica, desde siempre la «Cenicienta de las colonias», que él, sin embargo, ha proclamado sentirse capaz de transformar en una «perla». El problema es que en Cirenaica la rebelión de los guerreros sanusíes, miembros de la hermandad musulmana fuertemente arraigada en la población de las montañas, siempre se ha demostrado sencillamente inextirpable. Además, la resistencia sanusí tiene un nombre y un rostro, los de un hombre arraigado en la leyenda mucho más a fondo que Rodolfo Graziani o cualquier otro oficial del ejército colonial.

Sobre Omar al Mujtar las fichas policiales de los carabineros reales proporcionan información vaga, basada en habladurías: «El mencionado Omar al Mujtar tiene fama de ser jefe de jefes, el brazo ejecutivo del emir Idris, la máxima autoridad religiosa de la hermandad sanusí. Parece ser originario de Defna, es un hombre anciano, de unos setenta años. De él se dice que es un fanático, que es analfabeto, más astuto que inteligente. Con todo, Omar al Mujtar ejerce un notable ascendiente sobre la población árabe, en particular sobre los nómadas del desierto. Muchos lo consideran un santo o un santón, es decir, un morabito, la mayoría cree que es inapresable y que puede volverse invisible, ya que está protegido por Alá. La verdad es que al Mujtar rara vez participa personalmente en los combates. Prefiere asistir desde lejos y, si ve que las cosas se tuercen, se aleja seguido por guardaespaldas a caballo. No se conocen fotos o retratos de él».

La verdad —de eso Badoglio no puede hacer caso omiso— es que Omar al Mujtar es un guerrero indomable que lleva casi cuarenta años luchando contra los franceses, turcos e italianos, ascendido por el Gran Sanusí Idris al cargo de en-Naib al'Am, representante general de la orden sanusí, un comandante envuelto en un prestigio absoluto, rodeado de lugartenientes devotos y disciplinados, formidable organizador, incorruptible, muy difícil de derrocar apoyándose en odios, rivalidades, celos. Al Mujtar —como le escribió el propio Badoglio a De Bono el 8 de mayo— es inflexible como comandante. Ajusticia a quien titubea, ajusticia a quien traiciona. Sus *zabets* le son devotos, luchan por amor a la patria y por odio a los cristianos, corromperlos es imposible. De él —y con ello volvemos al «se dice»— parece que el gran sanusí ha dicho: «Si tuviéramos diez hombres como Omar, no necesitaríamos tener más».

Si quieres desacreditar a una leyenda, reúnete con ella en persona. No hay otra manera. Por esta razón, Pietro Badoglio acepta conocer personalmente a Omar al Mujtar el 19 de junio, en Sidi Rahuma, un oasis a seis kilómetros de Barce y a unos cincuenta kilómetros de la costa, a medio camino entre Bengasi y Beida. El gobernador italiano de ambas colonias libias, seguro de su poder, se presenta a la cita sin escolta militar, acompañado tan solo por unos pocos asistentes y oficiales de su séquito distribuidos en cuatro automóviles.

Omar se hace esperar. Sus vigías estarán sin duda observando la escena desde algún barranco con el fin de evitar cualquier trampa. Para Badoglio, la espera es el menor de los males. Su estrategia consiste precisamente en ganar tiempo en Cirenaica, mantener calmados a los esquivos rebeldes para facilitarse la posibilidad de aplastar definitivamente la resistencia en Fezán, con el fin de lograr un primer, inequívoco éxito personal que le sirva de palanca para obtener nuevos fondos, poner en orden el aparato militar y organizar una expedición contra los sanusíes.

Pietro Badoglio ha ascendido a la cima del ejército sin ser fascista. Después, todavía sin proclamarse fascista, aceptó de Mussolini el puesto de gobernador en Libia exigiendo un precio muy alto: el nombramiento como gobernador de ambas colonias líbicas por un mínimo de cinco años, la concesión por parte del rey de un título nobiliario extensible a sus hijos, la máxima libertad en la gestión de los hombres del personal colonial, el sueldo exorbitante de 698.000 liras al año. Un negocio redondo, indudablemente un negocio redondo. Pero los ras fascistas solo esperan un paso en falso por su parte y Badoglio lo sabe.

Desde su llegada a Trípoli, De Bono, que ahora es subsecretario de las Colonias en Roma, ha mostrado abiertamente su hostilidad hacia él. Cuando ya en febrero el nuevo gobernador hizo gala de su propensión a saltarse las jerarquías ministeriales dirigiéndose directamente a Mussolini, la rabia de De Bono prevaleció sobre su habitual timidez empujándolo a un ataque de orgullo. De modo que escribió al Duce: «Tú que eres también el supremo propugnador de la jerarquía no puedes admitir, *por ningún motivo,* que pase por encima de mí; ni yo soy hombre para dejar que me pise el cuello ningún marqués del Sabotino».

Por todas estas razones, desde abril, Badoglio ha emprendido negociaciones secretas con los sanusíes rebeldes, primero a través de los notables cirenaicos leales a los italianos, luego a través del funcionario colonial Daodiace y del general Siciliani, su brazo derecho. En ambos casos, al Mujtar aceptó las negociaciones, se declaró favorable, por su parte, a una tregua, pero rechazó abierta y ferozmente toda sumisión. Llegados a ese punto, sopesando los pros y los contras del asunto, el jefe del Estado Mayor del ejército italiano, fiel a su idea de la guerra como una cuestión de mercadería, consideró conveniente mentir. Y así, en sus telegramas al ministerio, Badoglio se inventa a un viejo postrado, idiota, dócil ante los hechos consumados, dispuesto a cualquier cosa con tal de poner fin a las hostilidades: «Salgo domingo hacia Bengasi para recibir acto solemne sumisión. Con corazón exultante envío este telegrama a V. E. pues estoy seguro para Cirenaica empieza nueva vida». La mentira, tras aterrizar en Roma, hace exultar a Emilio De Bono: «¡Gran acontecimiento! La sumisión de los jefes de Cirenaica, incluido Omar al Mujtar».

Ahora, en el oasis de Sidi Rahuma, a seis kilómetros de Barce, el polvo que levantan cientos de jinetes al galope dispersa la mentira.

De repente, aparece un escuadrón al completo que cabalga hacia los cuatro coches de los altos mandos italianos. A la cabeza de la carga, un hombre que sujeta las riendas solo con la mano izquierda, completamente envuelto en una túnica blanca, con el rostro rugoso circundado por una barba blanca, el cráneo calvo protegido por un pequeño tocado blanco también. En su mano derecha empuña un fusil Mauser de fabricación alemana, que apunta contra el gobernador italiano de ambas colonias libias.

Omar al Mujtar tira de las riendas y baja el arma cuando ya está a escasos metros de Badoglio. Una vez que desmonta, se presenta frente al gobernador un hombre anciano, bajo y fornido, pero plantado firmemente sobre las piernas. Su séquito de cuatrocientos hombres, entre jinetes e infantería, mientras tanto, rodea a la delegación italiana y toma posesión del oasis. Por detrás del morabito se asoman los demás jefes de las facciones rebeldes, Fadil Bu Omar y el nieto del gran sanusí, Hasan er-Ridá.

La reunión es sobria, breve, dolorosa. La nube de polvo ya había aclarado el resultado: ningún hombre que llegue a una negociación al galope rodeado por sus jinetes armados podrá reconocer nunca en su interlocutor a un vencedor que imponga el armisticio a los vencidos.

Omar habla como jefe de su pueblo y guardián de su propia tierra. Dice que está dispuesto a conceder un armisticio a Badoglio, y solo por dos meses. A cambio, exige una amnistía general para todos los delitos políticos, la retirada de las guarniciones italianas, el derecho a cobrar los diezmos. Lo obtiene todo. El encuentro termina. El Estado Mayor italiano monta en coche y retoma el camino hacia Trípoli.

Mientras viaja por carreteras en mal estado, Pietro Badoglio ya ha decidido qué hacer: si lo que hace falta es tiempo y dinero, será necesario entonces perseverar en la mentira. A su regreso a Trípoli convoca una conferencia de prensa durante la cual, mintiendo descaradamente, anuncia que Omar se ha rendido sin poner condiciones. *L'Oltremare,* la revista italiana dedicada a la vida de las colonias libias, exulta: sobre el horizonte del trópico africano solo se perfilan paz, prosperidad y goce soberano.

Badoglio prosigue con su doble juego durante todo el verano. Finge con Omar haber aceptado sus condiciones para el armisticio, escribe a Roma diciendo que Omar se ha sometido sin condiciones. Mientras tanto, el gobernador intenta romper el frente sanusí solivantando contra Omar al Mujtar al jovencísimo Hasan er-Ridà, jefe de la facción más dócil. Este último, nieto del emir Idris, reanuda en secreto las negociaciones, es más, termina incluso por comprometerse con los italianos, aceptando dinero para él y para sus hombres.

A finales de agosto, sin embargo, Badoglio queda desenmascarado. El emir de la hermandad sanusí desautoriza a Hasan, devuelve toda su autoridad a Omar, lo declara su único representante, cancela cualquier acuerdo firmado por otros. El verano, no importa lo largo que sea, no importa lo asfixiante que sea, acaba, antes o después, por encaminarse a su fin también en la cuarta orilla africana.

Ahora, por fin, la buena paz, la auténtica paz, la paz con las poblaciones, la que se impone con la justicia y no se acepta por concesión alguna, va a afianzarse; se abrirá un porvenir de fertilidad económica para Cirenaica y de pacífico bienestar.

L'Oltremare, n.º 7,
julio de 1929

Fui a ver al Duce y le enseñé una carta escrita por mí a Badoglio sobre la situación en Cirenaica. Le pareció dura pero justa. Esta misma mañana me ha llegado una carta, en cambio, de Badoglio en la que demuestra que lo ve todo de color de rosa. Mientras tanto, no se ha entregado ni una sola arma.

Emilio De Bono, *Diario,*
24 de agosto de 1929

Arturo Bocchini, Arnaldo Mussolini
Verano de 1929

La última hija, bautizada como Anna Maria, que acaba de nacer como remate de este bochornoso verano de mil novecientos veintinueve, todavía es una cría, pero la mayor, Edda, ya es una mujer. Resulta casi imposible amantar a la «yegua loca» con la reserva que los sometidos periódicos invocan en torno a la intimidad sagrada de la familia Mussolini, representada como un belén laico instalado en la villa de Carpena. Por eso, en el verano de mil novecientos veintinueve, Arturo Bocchini suda tinta china para emplear a la policía del régimen en proteger a su ídolo del escándalo causado por los líos amorosos de su hija.

Los primeros informes le llegan al Duce, a través de Bocchini, desde la jefatura de policía de Milán. Parece que Edda está saliendo con dos jóvenes, un tal Marino Vairani, hijo de Angelo, y un tal Emilio Isotta, hijo de Cesare. Al primero se le describe como un sujeto de «dudosa conducta moral sin oficio ni beneficio», «amante de la juerga y aficionado a las mujeres», asiduo de «compañías no moralmente sanas». El segundo, en cambio, parece ser un buen chico, si bien su padre, antiguo propietario de una famosa fábrica de automóviles, ha caído en desgracia a causa de sus dificultades económicas. Un telegrama enviado desde Roma al prefecto de Forlì ordena alejar a ambos.

Luego llega el turno de la jefatura de policía de Parma, que señala un nuevo pretendiente en la persona de Muzio Corradi, hijo de Aristodemo, veintiocho años, vástago de una familia de industriales, disipado, disoluto, sospechoso de consumir cocaína y de padecer sífilis. Llegan, más tarde, informes reservados sobre un tal

Pacifici, de veinticinco años, «propietario de inmuebles en San Polo dei Cavalieri», no lejos de Roma, descrito como «individuo de mala conducta», quien se permitió expresar en público que «ha estado en Riccione, donde se alojaba en una habitación adyacente a la de la señorita Edda Mussolini, que la acompañaba cada día a pasear en automóvil e iban a bailar todas las noches y que la señorita siente por él una honda simpatía dado que es (según dice) el más elegante de la playa». Parece ser —según el informe del agente, que revela sus ínfulas poéticas— que al final los dos, «en las deliciosas excursiones en coche a la luz de la luna, en medio de infinita poesía y hechizo, sintieron nacer el amor».

En todos estos casos, Bocchini no tiene la menor dificultad en conseguir que los pretendientes indignos se esfumen, pero la paciencia del Duce se ha agotado. Lo que se impone es una boda. Benito Mussolini encarga a su hermana Edvige que encuentre un pretendiente a la altura. La tía, que ya ha casado muy bien a su primera hija, precavida y diligente, conociendo la debilidad de su hermano por los títulos nobiliarios, provoca una cita con Pier Francesco Orsi Mangelli, hijo de un rico y noble industrial de Forlì. La cita es un éxito. Sin embargo, cuando todo parece ir viento en popa, la inquietud de la prometida hace acto de presencia. Tras llegar rápidamente a la conclusión de que su futuro esposo va a ser un compañero de vida aburrido, Edda empieza a ausentarse durante sus encuentros oficiales en presencia de familiares; luego, durante un viaje a España con los padres de Pier Francesco, se prodiga en toda clase de caprichos, como hacer que le abran un establo a las tres de la madrugada para comprar un toro; por último, ya que ni siquiera así logra ser repudiada por sus futuros suegros, Edda Mussolini decide enamorarse de un joven judío.

El elegido, a quien ha conocido en casa del ministro de Comunicaciones Benni, se llama Dino Mondolfi y lleva, por lo tanto, como casi todas las familias hebreas, el nombre de una ciudad. En este caso, se trata, sin embargo, de una pequeña localidad, casi desconocida; Dino es ateo, alto, seguro de sí mismo y Edda no ve nada en él que le recuerde a «esos judíos del Muro de las Lamentaciones». Al contrario, la joven siente que si se casara con él «sería muy feliz durante toda su vida». Lleva incluso al predilecto a conocer a su madre, Rachele, quien por despecho le sirve un poco de jamón. Mondolfi lo engulle sin dudarlo y el amor de ambos jóvenes prosigue.

La felicidad, sin embargo, no parece inscrita en el destino de Edda Mussolini. En efecto, tan pronto como la noticia llega al escritorio del Duce, de allí sale de inmediato una carta amenazadora dirigida a Edvige: el escándalo de un matrimonio como ese «llenaría el mundo con su clamor», aparte «del agravante de la infelicidad», ya que «el noventa por ciento de los matrimonios mixtos no suelen verse bendecidos por la suerte».

Edda, como es lógico, no se rinde. Amar al enemigo del padre es amar dos veces. Contra una pasión como esa nada pueden las razones de una tía. Luego, sin embargo, el padre amenaza a su hija: «Pues entonces te quito el coche».

El coche en cuestión es un Alfa Romeo, expuesto en la Feria de París, biplaza, descapotable, rojo. Hermoso e indispensable. Al volante de ese automóvil, Edda lleva a Dino a Bolonia, frente a la iglesia de San Luca. La despedida se consuma con dos besos apasionados, bajo la vigilancia del perenne agente de Bocchini que luego escolta a la joven hasta Faenza.

Así volvemos al anterior prometido. El compromiso oficial con Orsi Mangelli, del que es casamentero el Alfa Romeo descapotable, se produce inmediatamente después. Sin embargo, apenas dura una semana. Se rompe en el primer encuentro entre el futuro yerno y el futuro suegro. Una vez agotadas las formalidades de rigor, y alguna trivial consideración juvenil sobre deportes y política, sin más, a bocajarro, el joven de abolengo plantea al Duce del fascismo la cuestión de la dote de su hija. Benito Mussolini tiene la prontitud de ánimo para recuperar su antiguo orgullo de plebeyo. «No habrá dote. Y no habrá boda. ¡Cuando me casé con mi esposa, Rachele tan solo me trajo como dote su camisón!»

Desesperanzadas de poder resolver el asunto por su cuenta, Rachele y Edvige, habitualmente enemigas y provisionalmente aliadas en una especie de tregua de armas por el futuro de Edda, van a visitar a Arnaldo, que está de vacaciones en Cesenatico porque allí reside un médico en quien están depositadas las últimas esperanzas de curación de la fatal enfermedad diagnosticada a su hijo Sandro Italico. La reunión familiar tiene lugar en tierra de nadie, entre las trincheras opuestas de una ceremonia nupcial y una fúnebre, en ese limbo entre una celebración de bodas y el duelo al que todas las familias están condenadas para la eternidad. Con su proverbial buen carácter, Arnaldo acepta el encargo. Con su habitual eficiencia, lo lleva a cabo.

El huevo de Colón se llama Costanzo Ciano. El ras de Livorno es un héroe de guerra, protagonista junto con D'Annunzio de la legendaria «mofa de Buccari»*, un fascista de primera hora, leal al Duce, que en la posguerra se hizo muy rico y a quien el rey otorgó incluso el título de conde. Costanzo Ciano tiene un hijo varón, Galeazzo. El joven, todavía soltero, tiene veintiséis años, algún fracaso a sus espaldas, algunas aspiraciones artísticas frustradas, si bien, para compensar, parece ser que es guapo, simpático, lo suficientemente fútil y mundano.

Benito Mussolini declara su entusiasmo ante la idea de esa boda. Galeazzo Ciano, secretario de la legación de Pekín, es convocado a Roma.

Después de meses de amoríos estúpidos, mientras se va apagando en las lluvias de septiembre, el verano de mil novecientos veintinueve ha sabido dar el consejo justo.

---

* Se conoce con este nombre una incursión naval italiana a bordo de pequeñas embarcaciones de asalto que violó el bloqueo austriaco de la bahía de Buccari en 1918. *(N. del T.)*

Es estupendo que hayas hablado con M. [Mangelli] y estoy encantado de lo que te ha dicho. Qué bien que los M. viajen a Riccione y vayan familiarizándose.

Mientras tanto, he obtenido información sobre la familia X [Mondolfi]. [...] En la carta con la que acompaño la información, invito a Edda a reflexionar seriamente, antes de dar un paso que, si se cumpliera, llenaría el mundo con su clamor, sin contar con que el noventa por ciento de los matrimonios mixtos no suelen verse bendecidos por la suerte. Tengo muchos ejemplos notables ante mis ojos...

Mientras vais a Riccione, vete persuadiendo poco a poco a Rachele y a Edda de que no tengo intención de conocer a los X, y de que un matrimonio de esa clase, un verdadero escándalo, con el agravante de la infelicidad, no puede hacerse ni se hará.

Te abrazo, tu hermano Benito

Carta de Benito Mussolini a su hermana Edvige,
8 de julio de 1929

Augusto Turati
Verano de 1929

No se puede no odiar el verano. Es la estación de los engaños, una estación que miente.

El secretario del Partido Fascista confía a Arnaldo Mussolini, su amigo y compañero del alma, su propio desaliento. Todos estos diputados que hacen alarde de su poder, de su prepotencia, que abofetean e insultan a su prójimo sin justificación, esas vidas indignas en todas estas playas del Tirreno y el Adriático, con tanta arrogancia, tanto alboroto periodístico, tanto séquito de clientes famélicos. El partido hace todo lo posible para elevar al pueblo a la altura de las visiones, los monumentos difunden una propaganda de piedra y sin embargo los eslóganes ocupan el lugar de los pensamientos, las frases hechas el de las meditadas. Y «Él», rodeado por la jauría agosteña de los aduladores, parece como si no quisiera oír nada más. Nadie le dice ya la verdad.

En Milán, una vez desatrancada la maledicencia, el flujo de las acusaciones no parece dar señales de contención. El Duce había prometido servir de terraplén, había incluido a Belloni en la lista de candidatos al Parlamento, sobre él corrían rumores incluso de un nombramiento como ministro de Economía Nacional, pero, más tarde, Farinacci había desatado una segunda ola de polémicas, acusando al antiguo podestá de malversación durante su gestión milanesa y en el manejo del préstamo de Dillon Read & Co. para financiar el nuevo plan urbanístico. Y así, Turati tuvo que descubrir, mientras se hallaba de viaje, que el presidente del Gobierno había designado, en su nombre, sin consultárselo siquiera, una comisión de investigación presidida por el general Ferrari. ¿Resultado? Belloni suspendido del partido.

Por supuesto, Farinacci recibió una amonestación y se le ha excluido del Gran Consejo, pero eso le permitirá darse aires de Robespierre de la revolución fascista, mientras que Belloni, obstinado en demandar a su acusador, llevará su propia vergüenza ante los tribunales ordinarios. Mientras tanto, Giampaoli también fue depurado en primavera. Obligado a cerrar su revista *1919*, expulsado del partido, ahora está desnudo y a merced de sus enemigos, bajo constante vigilancia de la policía política. Turati y Arpinati intentan inducirlo a mudarse de Milán a Nápoles, donde le han conseguido un puesto bien remunerado como representante general de Shell para Sicilia, pero, a estas alturas, en el curso de pocos meses el benemérito «comendador Giampaoli» se ha convertido, en los informes policiales, en «el ya conocido Giampaoli». Mientras tanto, Italo Balbo, el condotiero de la Milicia fascista, el ídolo de los escuadristas, cuadrunviro de la marcha sobre Roma, se jacta en público de que «ya no le interesa la política». Arnaldo, aunque inflexiblemente leal a su hermano, como, por lo demás, lo es Turati a su Duce, no oculta su amargura, agravada por la enfermedad incurable de su hijo: no hay duda de que los objetivos finales de la bomba política de explosión retardada que ha cebado Farinacci son él y el secretario del partido.

Y el secretario se mortifica, mientras asiste impotente al grotesco y feroz espectáculo escenificado por estos tres meses de calor agobiante. Hubiera preferido vigilar las «almas frescas y cándidas de los hombres del mañana», seguir confiando en que las próximas generaciones sean mejores que la suya: pero ¿cómo puede hacerse caso omiso del abandono de Giampaoli, encumbrado ayer y hoy tratado a patadas como un perro en una iglesia, o el espanto de ver cómo un hombre con tantos antecedentes penales como Tamburini está a las puertas de convertirse nada menos que en prefecto? ¿Cómo puede hacerse caso omiso del ridículo de un prefecto que proclama en Tarento, en nombre de la moral fascista, una cruzada contra la antigua costumbre de la convivencia provisional entre jóvenes aún no casados —la «*scesa*»— amenazando con «perseguir a la mujer cual gata obscena, al varón cual cabrón dañoso»? ¿Cómo hacer caso omiso de la injusta condena a tres años de confinamiento, infligida al secretario del Fascio de Mercatello, excelente persona, culto periodista, buen crítico de arte, camisa negra de primera hora, solo porque contó sin malicia alguna, en presencia de un carabinero sin luces, que luego lo denunció, una ocurrencia sobre Mussolini?

Asqueado por los compañeros del partido que en privado tachan al Jefe de «imbécil» y en público lo paragonan con Napoleón, Turati llega al absurdo de instalar en su despacho, oculto en la base de un elefante de la suerte sobre el escritorio, un dispositivo receptor. Pero la técnica de la grabación sonora está en sus albores y, por la noche, cuando el secretario vuelve a casa, decepcionado y acalorado, el disco que gira en el fonógrafo solo le manda gruñidos, estornudos, sílabas inconexas.

Es en tal coyuntura cuando Augusto Turati empieza a vivir de obsesiones, de resquemores, tal vez incluso de remordimientos. Lo persigue el recuerdo de la noche en la que, durante el Gran Consejo, Mussolini planteó la cuestión de su propia sucesión y tuvo que asistir a la pantomima de los conjuros, de las hipérboles, de los juramentos más ardientes por parte de los jerarcas.

Al finalizar la sesión, él lo acompañó en coche hasta Villa Torlonia. En plena noche, Roma se veía solitaria. El amanecer, quizá, no estaba muy lejos. Mussolini guardaba silencio. Luego, cerca de via Nomentana, la profunda voz del Duce rompió el silencio: «Menudos canallas todos». Y no añadió nada más.

Después de tres años de servicio, hostigado con creciente ensañamiento por los ras provinciales y por la canícula veraniega, el secretario está cansado. Escribe en una preciosa caligrafía una nota privada de renuncia. Le es rechazada.

El tal Volpi Pinardi lleva a cabo su venganza denunciando falsamente a caballeros. Y él, espía, ladrón, condenado al confinamiento, amonestado, puede disponer de la libertad y de la tranquilidad de los ciudadanos [...]. Presidente, no puede permitir Usted que se persiga y se insulte de esta manera a uno de sus hombres más fieles, que siempre le ha servido devota y ciegamente, que después de siete meses de sufrimiento sigue siendo lo que fue, aún fiel y aún devoto [...]. Siento que, sea cual sea la actitud que adopte cara al futuro, aunque me quede para siempre encerrado en casa como en una tumba, mis enemigos han decidido el destino de Mario Giampaoli.

Mario Giampaoli, carta a Mussolini, 5 de julio de 1929

Veo ofendido el fascismo en sus cimientos físicos y morales: la familia. Sacerdotes, funcionarios, órganos preventivos y punitivos ¡todos juntos! Que la costumbre de la «scesa» sea perseguida sin piedad: perseguida la mujer cual gata obscena, perseguido el varón cual cabrón dañoso. No tolero semejante inconsciencia brutal. En Rusia hay hombres brutalizados, semejantes a animales como el cabrón y el cerdo, y a esos hombres se les llama proletarios, porque solo son aptos para tener prole. Taranto es una ciudad de Italia y, por mucho que se engañe algún imbécil melancólico, es una ciudad fascista. La creación es sagrada en el Régimen fascista. La «scesa», fuera de la ley humana y divina, será implacablemente castigada a partir de ahora.

Proclama de Enrico Grassi, prefecto de Taranto,
verano de 1929

Estimada Señora:

¿Seríais tan amable de entregar en manos de Vuestro ilustre Consorte la carta adjunta?

Os pido disculpas por la arbitrariedad en la que incurro, pero se debe a que otras cartas que se le enviaron terminaron en manos de aquellos a quienes estas se referían.

Gracias con mi mayor deferencia
Un fascista

Distinguido Presidente:

Hubiera querido escribiros antes, pero lo pospuse por no ser confundido con alguien decepcionado por las últimas elecciones.

Soy miembro del partido, pero siendo persona acomodada no tomo parte en las luchas porque no aspiro a ocupar cargo alguno.

He vuelto del extranjero hace unos dos meses, y puedo aseguraros que fuera de aquí no se habla mal de Vos sino de Vuestros colaboradores. Y no les falta razón.

Se ha llevado a juicio a los derrotistas de la bolsa, y eso está bien; pero ¿qué castigo debería imponérsele a Vuestro Turati que tantas veces ha comunicado a algunas de sus amantes los precios de las acciones con antelación?...

Es bien sabido que para obtener algunos favores, no siempre legítimos, hay que acudir a Olga o Sandra, que son las dos amantes favoritas del ganador de torneos de esgrima... amañados, y que estas, por supuesto, exigen que se les pague bien.

También se dice que el cargo de secretario federal de Frosinone, gracias a la intervención de una de las dos putas mencionadas, se le asignará a un tal abogado Volpicelli, quien, además de ignorante, hombre sin escrúpulos y lleno de deudas, fue sometido a investigación por el partido por pertenecer a la Italia Libre, de cuya investigación resultó absuelto por medio de complacientes amigos.

Volveré a escribiros para contaros otras porquerías que se cometen en el PAlacio Vidoni.

Con devoción
Un fascista

Inspección especial de policía. Carta difamatoria dirigida al presidente del Gobierno a través de su consorte. Destinataria: Rachele Mussolini. Remitente: anónimo. Mecanografiado. Sello postal y matasellos del centro de Roma. Subrayado a mano por Mussolini

Benito Mussolini
Roma, 14 de septiembre de 1929
Palacio Venecia, Salón de las Batallas

LA ALTA Y LUMINOSA PALABRA DEL DUCE A LOS ITALIANOS
Un rápido balance de las formidables obras completa-
das — Las futuras tareas del régimen y la función constante
e indispensable del Partido — La organización de los secretarios federales — El reconocimiento del trabajo de Turati,
que es reconfirmado en su cargo — La reforma del Gran
Consejo de Fascismo

Los titulares y las entradillas del *Corriere della Sera* de mañana por
la mañana ya están listos. Se los ha dictado él, el Jefe, al periódico que
hasta hace unos años era uno de los últimos baluartes del pensamiento
liberal. Como enésima prueba de la patética pasión de los seres humanos por la supervivencia, en su editorial, el actual director Aldo Borelli,
propuesto por Turati y aprobado por Mussolini, propondrá incluso
una hiperbólica comparación entre la Revolución francesa y la fascista.

Eso mañana. Mañana en la via Solferino de Milán, el *Corriere
della Sera* se humillará reproduciendo íntegramente el texto de su
discurso bajo el titular en caracteres cubitales de «La gran alocución
del Jefe». Hoy, sin embargo, aquí en Roma, en el Palacio Venecia,
frente a la grandiosa asamblea del partido, frente a todos los jerarcas
alineados en esperanzada espera, esa alocución debe ser pronunciada. Hoy son ellos quienes deben ser humillados.

¿Qué razón tienen estos hombres con camisas negras para albergar esperanzas? La victoria. ¿En qué les autoriza a esperar la victoria? En la soberanía de los vencedores.

Tras el triunfo en el plebiscito de primavera, empezaron a circular muchos rumores en Italia y en el extranjero. Se dice que podría ser inminente una amnistía por delitos políticos, se rumorea una posible derogación de las leyes excepcionales, se susurra una inminente disolución del PNF. Y, por encima de todo, dado que la remodelación del gobierno se da por seguro, se confía en nuevos nombramientos basados en la autoridad y la competencia. No son solo los perseguidos y los desamparados los que confían en una democratización, sino también los perseguidores. El fascismo ha dado a luz a un nuevo régimen destinado a durar largo tiempo, eso es indudable. Su clímax induce a los propios fascistas a esperar que, una vez consolidado, tras alcanzar su madurez, el régimen pueda mitigar la violencia juvenil, las arbitrariedades, los despotismos, o que, por lo menos, el «orador luminoso» se comprometa a compartir violencias, arbitrariedades y despotismos con su audiencia, reunida en el Palacio Venecia para la gran asamblea del partido.

Los rumores..., las esperanzas... He aquí el óxido que corroe la armadura de un Estado, el bulto de grasa que envenena la sangre de un pueblo. Aplastar los primeros, frustrar las segundas. Ese es el cometido de un jefe. Benito Mussolini lo cumple nada más empezar. Con la premisa de que las palabras vienen después de los hechos, silabea:

—Y los hechos no tienen su origen en asambleas, ni en consejos preventivos o inspiración de individuos, de grupos o de círculos: son decisiones que maduro yo solo y que, como es lógico, nadie puede conocer de antemano: ni siquiera los interesados.

Una vez establecido esto, el Yo imperial del Duce se dispone a salmodiar el consabido mantra de sus extraordinarios logros: domesticación del clero, reducción del desempleo, profusión de obras públicas, puesta en marcha del saneamiento integral («Es la tierra lo que se rescata y, con la tierra, a los hombres, con los hombres la raza»).

El crescendo, frente a una audiencia plausiva, pero por lo demás enmudecida —no hay alegría en estos aplausos, solo deferencia—, culmina volviendo a donde había empezado: a los hechos. Y el hecho principal es la dictadura:

—Nunca antes había sentido yo como en este momento toda la vigencia viva de nuestra doctrina de Estado, centralizado y autoritario. Esta, a la que los idólatras del número informe llaman, con gesto de vana execración, «dictadura», nosotros la reconocemos: la dictadura está en los hechos, es decir, en la necesidad de un mando único, en la fuerza política, moral, intelectual del hombre que la ejerce, en los objetivos que se propone.

Ahora que la palabra ha sido pronunciada, la esperanza da paso al presentimiento, a ese humor negro, indeterminado, con el que estos hombres fueron al encuentro de su fatídico día mientras se daban colonia y sus esposas almidonaban los cuellos de sus camisas.

El partido no quedará disuelto, sino degradado a pletórico aparato burocrático completamente subordinado al Estado. El Gran Consejo, recientemente institucionalizado, se verá diezmado en sus miembros y reducido a funciones de pura representación. Se llevará a cabo la remodelación del Gobierno, con la que el presidente cede nada menos que siete ministerios, pero con la condición de que los nuevos ministros decaigan a meros ejecutores de sus directrices. El Parlamento, formado después del triunfal plebiscito únicamente por fascistas de la más pura fe, podrá seguir reuniéndose libremente con la condición de que no haga uso de su libertad.

Ahora que se ha pronunciado la palabra, el orador puede observar sus efectos sobre los destinatarios.

El orador luminoso acaba de exigir que se le diga la verdad siempre, «en cualquier caso, especialmente cuando es desagradable», pero el adivino de las sombras no puede dejar de intuir que, si pudiera observar, como cualquier simple mortal, las reuniones de las federaciones provinciales, sería testigo del espectáculo de un cinismo obtuso y arrogante en habitaciones donde no circula ni el aire ni la luz. El orador acaba de proclamar que «los fascistas fieles a nuestra doctrina no piden, no quieren pedir privilegios», pero los informes diarios de Bocchini le cuentan cada mañana el triste epílogo de los desharrapados enriquecidos, de los asaltantes convertidos en funcionarios, de hombres que no tardaron en perder la fe, la esperanza y la violencia de sus mejores momentos.

De este modo, observa la decepción en el rostro demacrado de Turati quien, aunque públicamente alabado, siente que cada vez le pisa más los talones la difamación de sus enemigos internos y descubre lo iluso que ha sido, él que había esperado poder despertar el incalculable aporte de la fe en las almas sordas de los ras provinciales. Observa la cansada desilusión en la mirada demoníaca de Balbo, que se jacta de no dedicarse ya a la política sino solo a los aeroplanos: nombrado ministro de Aeronáutica, quedará crucificado en su «que hagan lo que quieran». Observa la complacencia interesada de Dino Grandi, recién ascendido a ministro de Asuntos Exteriores, quien, en vísperas de la remodelación, le envió una larga carta que rezumaba groseros halagos («Quien trabaja cerca de Ti como yo trabajo, es consciente de presenciar, día a día, una página prodigiosa de la historia») entremezclados con miserables quejas sobre su situación financiera («Pero como lamentablemente la vida no deja de ser la vida, no creas que esto no me ha impuesto notables sacrificios en mi vida como hombre que vive en la tierra»). Observa, detrás de la máscara del intransigente descontento, la fisionomía sin fineza y sin sombras de Farinacci, todo a la luz de una satisfacción que crepita de salud, dinero, fama, mujeres. Observa en la pupila dilatada del conde Volpi cómo resplandece la luz voraz del brillante plutócrata oportunista.

Así pues, mientras declaras concluida esta gran asamblea del fascismo, mira por última vez a tus chicos de mil novecientos diecinueve precozmente envejecidos, esos odios faccionarios que los han marchitado, la década de amaneceres grises que los espera; concede una última mirada a tus viejos camaradas que engordarán a la sombra de los ministerios, redacta en este interminable instante una memoria de tus guerreros tristes.

Si Mussolini pudiera decir algún día: «Vuelvo a abrir las fronteras, suprimo los tribunales, disuelvo la milicia, ya no tengo necesidad ni de verdugos ni de carceleros; restablezco la libertad de prensa, devuelvo a los partidos la libertad de asociación», entonces, así sí, eso querría decir que es el ganador.

Pero verse obligado, como lo está después de casi ocho años de Gobierno, a hablar y a actuar como un jefe pandillero, ¡eso no!, a eso no se le llama ganar.

Pietro Nenni, *Seis años de guerra civil en Italia*, 1929

Roma, 16 de octubre VII

Presidente:

Mi emoción de ayer por la noche Os habrá parecido exagerada o histérica.

Pero sé que Vos habréis comprendido que la causa era muy distinta.

Pretendo dejar definitivamente la vida política para entregarme a la actividad profesional y privada.

¿Las causas? Demasiado difíciles de explicar. Sin duda Vos sabréis intuirlas. He sufrido una indigestión de la que sobrevino una idiosincrasia. Pero al desapegarme sufro un poco: eso es todo.

Os ruego, Presidente, que olvidéis este episodio.

Sabré ser útil a la Revolución incluso fuera de la jerarquía y sin cargos.

Devotamente

Augusto Turati

Carta privada.
Escrita a mano en papel con membrete
de la Milicia Voluntaria para la Seguridad Nacional.
Remitente: Augusto Turati.
Destinatario: Benito Mussolini.
Visado con lápiz azul por el destinatario

Benito Mussolini, 28 de octubre de 1929
Palacio Venecia, Sala del Mapamundi

Parece como estar caminando dentro de un cuadro de De Chirico. Una habitación desierta e inmensa, de dieciocho metros por doce, de largo y de alto, un techo inalcanzable en madera finamente decorada, severos frisos pintados por Mantegna en las falsas columnas, un pavimento reluciente y frío con incrustaciones de mármol, una única lámpara de araña central, una chimenea tan ancha como un precipicio, tres puertas poderosas de jambas esculpidas, cuatro gigantescas ventanas de cruz con vistas a la grandiosa plaza, una herida violenta entre el Monte Capitolio, el Altar de la Patria y el Foro Romano, un infarto en el corazón de Roma, que es el corazón del mundo, antiguo y moderno. Solemne, austera, glacial, la luz de octubre, filtrada por las cortinas, dibuja líneas claras y gélidas sin sombra. Una soledad perfecta, la imagen pura de la muerte, contemplada con zozobra desde el destierro de esta vida. Hace más de media hora que Benito Mussolini deambula por el espacio metafísico de la Sala del Mapamundi en busca de su lugar en el cosmos.

El traslado del despacho del jefe de Gobierno desde el Palacio Chigi al Palacio Venecia se decidió hace años, pero se lleva a cabo en este fatídico otoño de mil novecientos veintinueve. El lugar es perfecto para conferir evidencia arquitectónica a la supremacía del dictador. Palacio pontificio al principio, más tarde sede de la embajada de Venecia, arrebatado por último a Austria durante la Guerra Mundial, el edificio exhibía en otros tiempos candelabros de cristal de Murano, el inmenso planisferio sobre el que los embajadores mostraban hasta dónde se extendía el dominio de la Serenísima. Ahora, su interior ofrece una retahíla de salas con nombres altisonantes capaces de albergar hasta tres mil personas, frente a la fachada de una plaza capaz de amontonar a varios miles para futuras liturgias del régimen. Solo queda por decidir en qué lugar de la sala ha de colocarse el gigantesco escritorio —cuatro metros de largo— de madera maciza. En un rincón, impalpable como siempre, Quinto Navarra, el mayordomo omnipresente y, al mismo tiempo inexistente, espera la decisión del Duce.

Decidir no es fácil. Es necesario identificar un punto que permita aplastar de inmediato al visitante —y sobre todo a los pedigüeños fascistas que acudirán en bandadas ante ese escritorio para limosnear un favor o reclamar unas migajas de poder— bajo el peso de una nueva majestad, la de un hijo del pueblo y del vigésimo siglo. Además, hay que reorganizar el palacio para que pueda servir como residencia también porque, por desgracia, es inminente asimismo el traslado de toda la familia a Roma y él ya saborea la repugnancia que, tras siete años de soledad y poder, esa convivencia forzada en Villa Torlonia con su esposa e hijos le acarreará. En definitiva, es necesario llenar un vacío con el vacío de esta sala.

Hoy, 28 de octubre de mil novecientos veintinueve, ha inaugurado en el Capitolio con la máxima pompa y el más vano despilfarro retórico la Academia de Italia, «el faro de gloria que señala el camino y el puerto a los navegantes en los inquietos y seductores océanos del espíritu». A decir verdad, se trata de un compromiso que no satisface a nadie, descontentándolo a él el primero. El orgullo inconmensurable de D'Annunzio lo ha llevado a rechazar la invitación para formar parte de ella, ha tenido que abstenerse de premiar a Gentile para no premiar a Croce, que lo habría rechazado, muchos están dentro y muchos otros fuera. En otras palabras, la habitual subasta a la baja. Es inútil esperar la novela o el ensayo que expresen la era fascista. La inteligencia acusará la falta de entrenamiento, la forma caducará como consecuencia, con alguien que piensa por todos la gente dejará de pensar por sí misma. Tocará, en definitiva, en la soledad de este salón vacío, explorar ruinas del pasado y fantasmas del futuro en busca de un nuevo lenguaje para la multitud a la escucha frente a ese balcón.

Hoy, 28 de octubre de mil novecientos veintinueve, también le ha tocado celebrar el séptimo aniversario de la revolución. Desde una tribuna montada junto al portal de Palacio Venecia, en su mensaje a los camisas negras ha dicho lo que querían escuchar: «Nuestras celebraciones no son recuerdos, son despliegues de fuerzas, actos de vida, examen de obras terminadas, afán por nuevos, más ásperos esfuerzos».

Esto es el hoy. ¿Pero y el mañana? ¿Qué podrá hacerse mañana con ese mediocre material humano? Con ese pueblo de aduladores y murmuradores, de delatores implacables, divididos entre calumniadores exaltados y calumniados descorazonados, con los codiciosos especuladores, con esos famélicos siervos, con esos exaltados precarios del presente absoluto que devoran cada día como si fuera el primero de los últimos. En previsión del mañana, haría falta en primer lugar una clase dirigente, pero, para crearla, habría que confiar en los hombres. Y tú no te fías. Puedes perdonarlos, a todo el mundo se le puede perdonar, pero eso no resuelve el problema de una dictadura sin fuerza, sin violencia, sin el necesario apocalipsis. En Rusia encontraron un lugar vacío y pudieron destruirlo todo por entero antes de construir la casa en el bosque. Pero ¿dónde estaríamos hoy si tú hubieras tenido que derribarlo todo antes?

Hace años que has dejado de creer en las masas, ahora es el momento de prepararte para la decepción de las élites. Puedes invocar cuanto quieras a las deidades sanguinarias y sordas de la historia, pero será en vano, porque sabes que al final las subintrigas se convertirán en intriga y que esa única intriga decaerá en embrollo. Solo con tu propia entereza, con tu habilidad, con tu genio te hiciste a ti mismo desde la nada, con tus propias uñas escalaste siempre las paredes de los barrancos donde te precipitaste, en mil novecietos catorce, en mil novecientos veintinueve, y luego otra vez en mil novecientos veintiuno, en el veinticinco y al año siguiente, y al siguiente. No queda otra que continuar por ese callejón sin salida. El pasado te ha olvidado, el futuro próximo es un mal sitio, imposible vivir en la decepción del presente. No queda otra que aguzar la vista, entrecerrar los ojos para delinear los contornos inciertos del pasado mañana. Y dejar ya de plantearte, de una vez por todas, la única pregunta que importa, esa con la que el amigo de otros tiempos, transformado en enemigo, perseguido por tus policías, te persigue a su vez desde el exilio: «¿Qué significa ganar?».

—Allí, lo quiero allí. De espaldas a las ventanas.

El nuevo César ha decidido. Señala a Quinto Navarra el rincón más recóndito de la inmensa sala. El escritorio del dictador tendrá que colocarse allá al fondo, a la derecha, de manera que él, en sus soledades cotidianas, vuelva obscenamente la espalda a esa misma multitud que, por el contrario, arengará desde el balcón y, sobre todo, de manera que quien acuda a visitarlo tenga que recorrer por lo menos veinte pasos terribles en el vacío metafísico antes de presentarse ante él.

La entrega del carné n.º 1 al Duce

Corriere della Sera, 30 de octubre de 1929,
titular central a cinco columnas, primera plana

El ciclón bursátil en Wall Street

Corriere della Sera, 30 de octubre de 1929,
titular de apoyo a dos columnas, cuarta página

Fundido a negro

1930

Rodolfo Graziani
Noviembre de 1929-febrero de 1930
Territorios del Sur, Fezán

«Esta será la campaña del movimiento. En Brak y Seba no encontraremos a nadie, nuestros adversarios nos harán el vacío retirándose cuanto puedan hacia las alas para atacarnos después en nuestras líneas de comunicación. Nosotros, en cambio, iremos a buscarlos donde quiera que estén: tenemos ante nosotros marchas homéricas.»

Estas son las palabras pronunciadas por el general Graziani a finales de noviembre en esc-Sciueref, ante los oficiales reunidos para el inicio de las operaciones. Pero en este momento, las palabras importan poco. Cuando tienes por delante más de cinco paralelos y quinientos kilómetros de marcha en el desierto, las palabras suenan postizas, polvorientas, suenan póstumas. Lo que importa es el gesto con el que el comandante acompaña su vacua alocución antes de la batalla. Con una caña arrancada de un arbusto, en una meseta desolada, frente a los oficiales colocados en semicírculo, junto a las tiendas de campaña, Graziani traza en el suelo arenoso el itinerario de la campaña de Fezán y, con ese punzón improvisado que araña la tierra de la que ha sido extraída, silabea los nombres de las etapas: Brak, Seba, Uau al Kebir y por último Murzuk, la capital de la Nada, el «París del desierto».

Solo esto importa a partir de ahora, los nombres de los lugares, de los oasis, de las aldeas, de los pozos. Importa la arena, la superficie resiliente en la que se escriben y, al mismo tiempo, se borran. Cuando la mañana del 29 de noviembre de mil novecientos veintinueve, la columna central, bajo las órdenes del duque de Apulia, el «príncipe

451

sahariano», parte de esc-Sciueref en dirección a Brak, el itinerario escrito en la arena el día anterior por Graziani ya ha sido engullido por esa misma arena. El mapa y el territorio han vuelto a ser la misma materia silenciosa, ilegible, olvidadiza.

«Perseguir significa acosar al enemigo hasta su aniquilación.»
Es esta, en palabras del gobernador Badoglio, la directriz estratégica que guía la marcha de la columna durante ocho días a través del *serir,* el desierto de grava formado, dilapidado y luego vuelto a formar todos los días por el viento que barre del suelo las finas partículas de arena. Aniquilación, esa es la misión encomendada a los grupos saharianos que por fin se aventuran en Fezán a través de la ruta recorrida entre 1913 y 1914 por la desafortunada expedición del coronel Miani y casi dos mil años antes por el cónsul Lucio Cornelio Balbo, quien, bajo las enseñas de Roma, condujo triunfalmente una legión de diez mil hombres en las profundidades del Sahara durante mil doscientos kilómetros, conquistando el legendario reino de los garamantes. El estandarte que precede a la columna deja a las claras su objetivo de aniquilación. Su lema reza: *Usque ad finem.* El portaestandarte, fotografiado antes de la salida frente a un palmeral tan bajo y demacrado como él, muestra a la cámara, además del orgullo de la bandera, un curioso fajín con motivos escoceses y una larga barba de profeta.

Los jefes de los rebeldes llevan semanas recibiendo anuncios de la determinación de los colonizadores en forma de correrías encargadas a las bandas de Califa Zaui, antiguo señor de Murzuk y fiel servidor de los italianos por sus ansias de venganza desde que su rival Abd en-Nebi Belker lo expulsó de Fezán tras capturar a sus esposas e hijos.

El objetivo de la aniquilación abarca a todos los hombres que aún empuñan las armas e imponen su ley en Fezán: los orfela de en-Nebi Belcher en el centro, los aulad suleiman de la familia Sef en-Naser en el oasis de Uau al Kebir, los mogarba de Saleh al Ateusc en las montañas de Harugi y, sobre todo, en el *ramlah,* la zona occidental de dunas, considerada inaccesible, todos los grupos de las tribus misciascia, zintán y rogebán a las órdenes de Ben Hag Hasen, los hermanos es-Suni y Mohamed Fequini, guías de sus propios pueblos que, como anota el propio Graziani, «desde hace ocho años solo han conocido derrotas», y, sin embargo, son irreductibles.

Graziani cuenta a su diario que la filosofía táctica adoptada por los soldados fascistas es la misma que la de los antiguos romanos. La llegada a Brak, sin embargo, lo obliga a revivir, más que los triunfos de Cornelio Balbo, las desventuras del coronel Miani, desbaratado por los beduinos. Brak, como era de esperar, ha sido abandonada desde hace tiempo por los combatientes enemigos, en efecto. La llegada de los soldados italianos solo consigue el sometimiento inmediato y avieso de pequeños grupos de zintanes y de algunas familias mogarba. El condotiero fascista también se ve obligado a llorar por los caídos dieciséis años antes. En los alrededores de Brak, de hecho, los exploradores reconocen la sepultura del capitán De Dominicis, compañero de armas de Graziani en Eritrea, caído en la campaña de Miani el 25 de diciembre de mil novecientos trece. El cuerpo, que descansa en la misma posición en la que se colocó, con la frente hacia arriba, las polainas y las solapas de la camisa caqui aún intactas, se reconoce, como lo señala el informe de uno de los coroneles, por los «mechones de cabellos rubio-castaño que conservan algo vivo», aún pegados al cráneo.

Comienza así la conquista de Fezán para Rodolfo Graziani, con un saludo a la tumba oscura donde yace su amigo.

«Esta bandera, arriada en mil novecientos catorce no por la cobardía de sus defensores sino por la traición que sufrieron, nunca volverá a ser amainada.»

Palabras una vez más. Graziani las pronuncia el 15 de diciembre al pie de la *gahra* de Seba, una colina completamente aislada y desnuda, fácilmente transformable en bastión defensivo, ante las tropas armadas en formación y las poblaciones locales, llegadas de las cercanías para realizar un acto de sumisión.

El breve discurso del conquistador se cierra con los motivos sublimes de la «inexorable justicia», del «prestigio y de la gloria». La verdad de los itinerarios trazados con una caña en la arena dice, en cambio, que también el segundo salto, el de Brak hasta Seba, cinco días completos de marcha, ha arribado a la miseria y a la desolación. La aldea se entregó sin la menor resistencia, con la extenuación de almas que ya no tienen nada que ofrecer. Sandro Sandri, el enviado que acompaña a las tropas para cantar sus hazañas desde *Il Regime Fascista*, el periódico de Farinacci, convertido a la verdad inmensa y vacía de los desiertos, ya no sabe mentir: «Nuestros pasos resuenan tristemente sobre el barro batido; buscamos en vano esa animación característica de todos los pueblos del mundo y a medida que avanzamos nos invade una penosa sensación de malestar, como si este pueblo estuviera habitado por sombras. [...] Aquí nadie se ríe ni hace ruido; los niños son serios y caminan pegados a las paredes, levantando hacia nosotros sus caritas sucias y llenas de moscas, en las que por lo general relucen grandes ojos melancólicos: ojos de viejos, que nos asustan».

Huérfano de un enemigo que, en lugar de luchar, huye, privado de su batalla, de su día predestinado, entre la mentira retórica y una verdad inhabitable, Graziani escoge el secreto.

Los planes del mando operativo le imponen que gire al oeste hacia Murzuk, que dista de Seba apenas un centenar de kilómetros. Las noticias traídas por los sumisos colaboradores dicen, sin embargo, que la vanguardia de los hermanos Sef en-Naser está en Um al Araneb, a ciento cincuenta kilómetros al este, lo que probablemente significa que la mayor parte de las fuerzas rebeldes se han retirado a Uau al Kebir, al oasis sagrado de la hermandad sanusí, considerado desde siempre inaccesible para los europeos, a casi cuatrocientos kilómetros de Seba.

Graziani decide en soledad y guarda silencio. Se limita a ordenar que toda la columna se prepare para una marcha de veinte días, hombres y cuadrúpedos, manda engañosos vuelos de reconocimiento sobre Murzuk y durante dos semanas muy largas, mientras los hombres murmuran las más variadas hipótesis, se encierra en el mutismo. Los días transcurren monótonos, marcados por lisérgicos ejercicios en mesetas resecas entre enjambres de moscas que relucen con reflejos verdosos bajo el sol africano. El comienzo del nuevo año pasa sin que nadie se percate.

Luego, después de veinte días de espera, cuando la base está lista y la columna equipada, el 5 de enero, el comandante, rodeado por sus oficiales, establece la orden de salida para el amanecer del día siguiente. Murzuk puede esperar. El objetivo, en cambio, es Uau al Kebir, en el interior del desierto de Libia, donde nadie, tal vez ni siquiera los legionarios de Cornelio Balbo, se ha atrevido a adentrarse.

—Quien tenga alguna dolencia de agallas, que lo diga, y se le permitirá regresar a la costa.

Todos callan.

Precedidos por los camellos de las secciones de avanzadilla, escoltados por los vehículos blindados del tercer destacamento, sobrevolados por la patrulla aérea de los Ro.1 del capitán Mazzini, Graziani y sus hombres marchan durante tres días hacia lo desconocido. En la pista caravanera de Um al Araneb el paisaje no es árido ni desolado, está ausente: se mire por donde se mire, solo se ve una inmensa llanura al rojo vivo, sin rastro de vegetación, signo de vida o esperanza de agua. Los días pasan a cámara lenta, hipnóticos, las noches no caen, no llegan, sino que se cumplen, repentinas, violentas, como el clímax orgiástico de un sanguinario rito ancestral. Los hombres, agotados, aturdidos por el cansancio, calcinados por la sequedad, se hunden en sueños estólidos bajo un cielo prehistórico que los engulle con el único e irresistible hechizo del que hace gala lo que no tiene nombre.

Después, una noche, se ven fuegos hacia el este. Poco antes del amanecer, tres nativos se presentan en el campamento e informan de que los hermanos Sef en-Naser, habiendo avistado la columna, han reunido a sus guerreros y se han marchado a Uau al Kebir, donde están seguros de que los italianos no podrán perseguirlos.

Al amanecer del 9 de enero, la columna Graziani entra en el oasis de Um al Araneb, una vez más sin disparar un solo tiro de fusil. Nada encuentran ahí, únicamente dátiles y palmeras salvajes. El enemigo, una vez más, no presenta batalla, el enemigo es un espejismo.

Rodolfo Graziani, como envenenado por la mordedura de la serpiente que se introdujo en su tienda veinte años antes en Eritrea, se abalanza sobre el teniente coronel Ferrari-Orsi, viejo comandante de los *spahis,* la caballería indígena a sueldo de los invasores, y le ordena salir a perseguir al enemigo con una agrupación sahariana.

Ferrari-Orso, tras dejar que los camellos abreven, recoger las pocas provisiones que les quedan a los reacios oficiales de subsistencia y cargar las bombas de gasolina destinadas a la aviación, a las 20:00 horas de ese mismo día, con el cuello rígido y las piernas extendidas del oficial de caballería, se dirige derecho hacia el inalcanzable bastión del enemigo.

A su lado, el capitán Franchini, oficial médico de la agrupación sahariana, roza con la yema de los dedos de la mano derecha el bolsillo de su camisa colonial, de un blanco inmaculado. Tras asegurarse de que la foto de sus hijos sigue en su sitio, justo al lado de la pastilla de cianuro, espolea el caballo.

La marcha hacia lo desconocido de la columna Ferrari-Orsi, según el diario de su comandante, dura cinco días y cinco noches, pero es fácil entender que, en verdad, tiene lugar en un tiempo dilatado, ni rectilíneo ni circular, un tiempo no marcado por relojes o calendarios, que no se despliega, no avanza ni transcurre sino que se expande, sin medida, en la inmensidad de los desiertos, un tiempo longitudinal, medido tan solo por el espacio geográfico, marcado por las huellas de cascos y botas, de hombres, camellos y caballos, siguiendo la línea del paralelo 26 hacia el este.

Nada ocurre en esos cinco días y cinco noches, tan solo gestos insulsos, soledades, presagios incomprensibles. Se avanza durante horas bajo un sol perpendicular, luego la parada, se descargan los bultos, los hombres se envuelven en barraganes y, en la oscuridad, luego se reanuda el camino. Cada cierto tiempo, es imposible saber cuándo, a lo lejos, algunos disparos de rifle que salen de la nada, aldeas de fango habitadas por una sola familia, desconcierto. Los telegramas del general Graziani son encarnizados: «Adelante sin tregua, *Usque ad finem*». Luego, cuando incluso los guías ancianos admiten su desorientación, cuando incluso los viejos «chacales del desierto» demuestran sufrir el *rakla* de sus camellos, por el horizonte deslumbrante aparece un chiquillo. De la tribu de los orfela. Afirma que la cuenca del Uau está a pocas decenas de millas de distancia. Los Sef en-Naser viven allí con todos sus hombres armados, sus posesiones y sus familias.

Los aviones de reconocimiento confirman la información: las líneas que marcan la depresión de Uau están a pocos kilómetros de distancia, los movimientos de hombres y animales indican que los en-Naser se preparan para darse otra vez a la fuga.

Un ímpetu depredador se extiende entre los *spahis* de Ferrari-Orsi. Enardecidos como perros de caza por el olor de la pólvora, del botín cercano, esperando ver a Ahmed Sef en-Naser, «la espada de la victoria», detenerse y luchar para defender con el honor de su nombre sus posesiones y mujeres, la tropa colonial se lanza al galope hacia la cuenca.

Pocas horas más tarde, desde el cielo, los pilotos de Caproni ven cómo la cuenca se inflama en un incendio de fuegos que propagan una niebla opaca sobre las tiendas barridas por ráfagas de ametralladora y por las esquirlas de las bombas que dejan caer sobre los enemigos desde lo alto.

Sin embargo, cuando los hombres de Ferrari-Orsi hacen su entrada en el legendario bastión de Uau al Kebir solo encuentran a mujeres y a viejos, y a los escasos combatientes que han quedado en la retaguardia para cubrir la fuga del *mehalle* hacia el remotísimo oasis de Cufra, al oeste del desierto de Libia. Una vez más, los Sef en-Naser han decidido no entablar batalla.

El comandante iza la bandera italiana en la *zavia* local. Después autoriza el saqueo. Los áscaris se abalanzan sobre su presa: una caravana de dátiles, cebada, trigo, tiendas, municiones. Solo falta el tesoro de los jefes, que se han llevado consigo hace poco. A los pocos hombres válidos, capturados mientras empuñaban las armas, los alinean contra un muro y los abaten con una ráfaga de todas las ametralladoras disponibles. Los aeroplanos persiguen y martirizan desde el cielo a los enemigos en su huida.

Se lanzan los rastreos del terreno, se completan las requisiciones, comienzan los interrogatorios. Los hombres callan, las mujeres mienten. Los notables ancianos, que han pasado la noche rezando, preparándose para la muerte, ante la promesa de salvar sus vidas aplastan el rostro y el vientre contra el suelo y empiezan a desleírse en cautelosas y tendenciosas confidencias. Las mujeres, por el contrario —señala Ferrari-Orsi—, solo saben mentir con los labios. En sus ojos inquietos pueden leerse abiertamente el dolor, el miedo, el odio.

Surge la cuestión de las mujeres. Durante años, en Italia, una literatura decadente ha conjugado exotismo y erotismo. Cientos de noveluchas baratas pintaban a cada desgraciada de Bengasi, Trípoli, Aguedabia o Gialo como un complejo misterio de pasiones arrolladoras y orgasmos inauditos. Ahora esas hembras están ahí, numerosas, y son un botín de guerra. Las mujeres de los Sef en-Naser y de los demás jefes influyentes, esposas, madres e hijas reclaman su rango con actitudes despectivas. Se decide mandarlas a Trípoli como rehenes. Todas las demás, sin embargo, le parecen accesibles a Ferrari-Orsi y, una vez que el terror inicial ha desaparecido, disponibles. «El muestrario femenino es en su mayoría de origen servil y tez muy oscura», anota el conquistador de Uau. Criadas de las familias abandonadas por los jefes en fuga, trofeos de correrías anteriores, esclavas huidas de sus anteriores amos.

La vieja matriarca Sef en-Naser no desmiente su fama de virago maldiciendo con ojos inyectados en sangre a los áscaris que se burlan de su orgullo de madre de famosos guerreros que han huido avergonzados. Las antiguas esclavas de sus hijos, sin embargo, no tardan en empezar a descubrirse la cabeza y, más tarde, también el pecho. Las mujeres que amamantan desnudan ante los soldados el sexo femenino de sus pequeñas hijas para mostrar que la sangre de su sangre no representa un peligro futuro. A medida que pasan los días, incluso alguna beduina de las grandes tiendas se descubre la cabeza mientras lanza ojeadas a los vencedores. Cuando llega el momento de la partida, no hay áscari, infante, caravanero o fusilero que, aprovechando que la victoria los libera de pagar la dote a la familia, no aspire a elegir esposa.

Al organizar la caravana que deportará a los prisioneros hacia el norte, el capitán Franchini, a quien se le confía su cuidado material e higiénico, reparte los cuadrúpedos disponibles entre los diferentes grupos étnicos. El diario de Ferrari-Orsi se cierra con el médico que, con la lista y un lápiz en la mano, verifica los nombres de las familias inscritas en la columna de los hombres rebeldes. Ningún halo de gloria, conquistado a través de siglos de memorables hazañas de guerra, flota ya sobre lo que queda de ellos.

Mientras pronuncia los nombres de los vencidos frente a sus madres, esposas e hijos, la mirada del capitán Franchini vaga por el horizonte infinito de los desiertos hacia el este, en dirección a Cufra, a donde han huido hoy los guerreros, deshonrados y libres, para poder, mañana, pelear de nuevo.

Usque ad finem. Ahora que ya tienen las espaldas cubiertas al este, para llegar hasta el final solo queda dirigirse hacia el oeste. Por lo tanto, fiel a la consigna, el 21 de enero la columna Graziani marcha sobre Murzuk, el fantasmagórico «París del desierto».

A la tropa, Murzuch promete mujeres fáciles y refinados placeres exóticos, y a Graziani, la batalla campal que aún le es esquiva, el enfrentamiento frontal con el enemigo evanescente. Ambos, comandante y soldados, sueñan con la cópula, los unos de la carne, el otro —notoriamente fiel a su esposa— del hierro. Murzuk, sin embargo, es ante todo una promesa hecha a Califa Zaui quien, después de las incursiones de la víspera, se ha reincorporado en Seba a las tropas regulares con sus seguidores y ahora se relame ante la hora de la venganza, ante el momento, que lleva años esperando, de su regreso como vencedor a la ciudad que fue suya, sumergiendo los brazos hasta los codos en la sangre de los usurpadores. De modo que Murzuk es de Califa Zaui, un premio por su lealtad a los italianos y por la traición a su pueblo. Graziani le ha concedido, una vez derribadas las defensas de las murallas, poder entrar el primero y, en los tres días de marcha hacia la capital de los desiertos, lo ve incubar cada noche su propio odio en silencio frente a las fogatas, sumido en profundas meditaciones entre sus hombres colocados en semicírculo, andrajosos, barbudos, con el destello de las llamas en los ojos centelleantes de los antiguos soldados de fortuna, exhaustos, si bien animados por un orgullo turbio, casi siniestro.

También Murzuk, sin embargo, traiciona a todos, a fieles y a traidores. El «París del desierto» no cumple ninguna de sus muchas promesas. En-Nebi Belker ha huido hacia el este con todos sus guerreros y la bandera italiana se iza, una vez más, sin combates, sobre una escena de miseria y desolación: «Lo que llamaban el París del Sáhara por su vida alegre y por sus mujeres de moral laxa, no es más que una decrépita aglomeración de chozas, hecha de tierra batida, repleta de suciedad, amenazada por los miasmas de la malaria. [...]

Quizá nunca se haya visto en el mundo espectáculo semejante, de la más severa miseria, del más completo embrutecimiento, de la más desoladora sordidez». Así lo ve el oficial piloto Biani cuando aterriza allí en su biplano monomotor adscrito a las tropas. El ojo de Biani, acostumbrado a la mirada de sobrevuelo del aviador, no pasa, sin embargo, a pesar de su disgusto, de la superficie. Para mirar a fondo en el abismo de la desolación hasta que el abismo te devuelva la mirada hace falta un místico. Es necesario, por lo tanto, entregarse al ojo alucinado de Amadeo de Saboya-Aosta, príncipe sahariano: «Cuando cruzamos la puerta, sentimos la impresión de entrar en una ciudad maldecida por Dios y por los hombres. Los esqueletos yacían diseminados por todas partes y los cráneos con las cuencas de los ojos vacíos parecían estar mirándonos: los camellos se asustaron. De repente, por un callejón, empezaron a salir algunos seres humanos, semidesnudos, esqueléticos, miserables que se quedaron mirándonos: paralizados por el estupor».

Para nadie es Murzuk tan amargo como para Califa Zaui. Entre esos seres humanos esqueléticos y miserables paralizados por el estupor, el jefe de la banda encuentra a su esposa, entregada como carnaza por Abd en-Nebi Belker a la soldadesca, y lo que queda de sus hijos. El guerrero, definitivamente derrotado, justo en el día de la victoria, los mira largo rato en silencio; luego, haciendo señas a sus hombres para que no lo sigan, sale a caballo de la ciudad, sube a la primera de una innumerable extensión de dunas arenosas y permanece durante mucho tiempo contemplando esas ruinas a la luz del atardecer, con el rostro oculto por el barragán para esconder las lágrimas.

En ese mismo momento, por más que amargado a su vez por la enésima huida del enemigo, el general Graziani confía a su diario de Fezán la página más enfática, ridícula y falsa —y, por esa misma razón, la más desesperadamente veraz— de todo el libro sobre la aventura en los desiertos:

«¡Te saludo, desierto!

»Es mejor saludarte aquí, donde te adhieres a nuestro espíritu, como nuestra propia carne y nuestra ardiente y muda pasión por ti.»

Usque ad finem. Así reza el lema cosido en el estandarte del regimiento, y que así sea. Lo único que queda es avanzar cada vez más lejos hacia el oeste. El destino del hombre, a fin de cuentas, es ese: el ocaso. Bordeando las dunas del gran Edeien, la columna vuelve a ponerse en marcha hacia Ubari, la capital del antiguo reino de los garamantes. En el camino, Graziani se detiene para contemplar las ruinas de la antigua Garama, donde Lucio Cornelio Balbo situó su puesto de mando después de conquistar toda la región. Al general de la era moderna, tan fiel y tan celoso de su esposa, el desierto le ofrece una cátedra de meditación sobre la historia en la tumba de Cecilia Plautilla, citada por su amado Tácito como esposa que siguió a su marido entre los feroces garamantes. Los pocos presentes en esos instantes de recogimiento dan testimonio unánime de un momento de auténtica emoción.

Antes de que caiga la noche, los descendientes de los antiguos conquistadores entran en Ubari, una vez más sin luchar. Los tres hermanos es-Suni, los jefes locales, encabezados por el mayor de ellos, santón de la hermandad sanusí, les ofrecen un espontáneo acto de sumisión.

A este propósito, las versiones discrepan. Graziani, en su memoria de la conquista, habla de una rendición pacífica, de un civilizado traslado a Mizda en virtud de la «gran generosidad del Gobierno italiano, capaz de perdonar» la belicosidad previa de los prisioneros rendidos. En su diario del exilio, Mohamed Fequini denuncia, por el contrario, que «los italianos arrojaron muchas bombas sobre la casa de la familia sunita y luego la transportaron a Mizda, donde fue violentamente humillada por los colonos». Una cosa es cierta, tampoco del siniestro esplendor del antiguo pueblo de los desiertos occidentales queda otra cosa más que la leyenda de los siglos. La crónica de Sandro Sandri para *Il Regime Fascista* disipa todas las ilusiones: «Poco antes del crepúsculo, los descendientes de los antiguos garamantes aparecieron entre las palmeras sosteniendo una bandera blanca: ay de mí, eran tres miserables individuos más hambrientos que nunca».

Una vez en Ubari, se averigua que los rebeldes de Fequini, en-Nebi Belker y Ben Hag Hasen se han acercado ulteriormente a la frontera argelina. Son numerosos, al menos un millar de fusiles, pero fraccionados y, además, obstaculizados por la presencia de sus familias y de sus rebaños, su único medio de sustento. Las estaciones de radio de los puestos fronterizos franceses confirman los primeros cruces. Los fugitivos parecen ya fuera de su alcance. Califa Zaui sostiene que se trata de una ruta no recorrida por la gente de Fezán. Solo los tuaregs la conocen.

El enemigo ha sido desperdigado, Fezán conquistado, pero Rodolfo Graziani está furioso. Quiere su batalla. Acuciado por el propio Badoglio, el comandante en jefe decide enviar dos columnas perseguidoras hacia Ghat, guiadas por indígenas tuareg.

El 10 de febrero, en Tachiomet, el viejo Fequini, ya completamente ciego, decide privarse de un centenar de sus escasos guerreros rogebán para cubrir la retirada de la *mehalla* con las familias, permitiéndoles así refugiarse en Argelia. Dos días más tarde, el general Graziani, muy irritado, ordena a sus aviadores un intenso bombardeo y ametrallamiento a baja altitud contra las caravanas que huyen con las familias y el ganado.

La acción parece completamente desprovista de propósito, tanto en el ámbito táctico como estratégico. El único objetivo es frenar el avance de la *mehalla* para que pueda ser alcanzada por soldados italianos, de manera que su comandante consiga su batalla. Los bombardeos se producen ya a lo largo de la línea fronteriza entre las posesiones italianas de Libia y las francesas de Argelia. Las bombas no distinguen entre humanos y animales, una distinción que se le escapa también al cronista de la Italia fascista. Las bombas llueven sin tregua, escribe Sandro Sandri, sobre «esa grey humana compuesta, además de hombres armados, por una multitud de niños y mujeres. Los rebaños venían por detrás».

La persecución fracasa, la batalla vuelve a escapársele una vez más, Graziani ordena que el capitán Corazza ice la bandera italiana en el antiguo castillo bereber de Ghat.

La leyenda de Mohamed Fequini, el viejo jefe de los rogebán, se ha disipado, el sueño de violar el desierto se ha hecho realidad. El general vencedor, sin embargo, aferra un puñado de polvo en su puño. El mismo día de su conquista, después de haber telegrafiado a Badoglio, el conquistador se marcha de Fezán. A finales de febrero, en efecto, Rodolfo Graziani abandona el sur en vuelo directo hacia la costa norte. Desde Trípoli, Badoglio le ha comunicado su ascenso a vicegobernador de Cirenaica en sustitución de su brazo derecho Siciliani.

El discurso de despedida de las tropas victoriosas tiene lugar vía radio. La retórica oficial sugiere la conveniencia de proclamar el alcance histórico de la conquista. No puede faltar el énfasis: «Hemos mantenido nuestra promesa recogida en nuestro lema *Usque ad finem*. Ahora tenemos que grabar otro en nuestros corazones: *Et ultra*». Con todo, la última página del diario del conquistador delata un cierto disgusto hacia su superior, que le ha reprochado la huida de los combatientes enemigos y que se llevará buena parte del mérito de la empresa.

Mientras sobrevuela en un Caproni de la aviación esos desiertos que ha deseado durante años y que ha recorrido durante dos meses ininterrumpidos, el general Graziani no encuentra nada mejor que consagrar su último saludo a su caballo, Uaar, «el difícil».

Detengámonos, Uaar, mi noble corcel, en las últimas etapas de nuestro largo camino.

Volví a verte el otro día en Tachiomet, en medio del arreciar de la tormenta, caracoleando risueño y ardoroso, y de tus ollares abiertos y temblorosos en el jadeo de la carrera se liberaba el ardor de la batalla que solo tú y yo conocemos.

¡Cuántas veces nos ha inflamado, Uaar...!

¡Cuánto camino hemos recorrido juntos desde entonces, y cuántos atormentadores afanes, y cuántas tácitas promesas nos hemos intercambiado en las ardientes marchas y bajo las noches estrelladas, que tenían el ardor de tu espíritu y la deslumbrante blancura argentina de tu manto! ¡Cuánto camino! ¡Cuántas vivencias...!

Ahora, Uaar, hemos llegado al final de nuestro largo camino.

Del diario de Fezán de Rodolfo Graziani,
al Auenat, 21 de febrero de 1930

El capitán Franchini, médico del 4.º regimiento sahariano y a quien se han confiado los cuidados materiales, morales e higiénicos de esta especie de campo de concentración, ordena que todos pasen en fila para repartir equitativamente entre los diferentes grupos étnicos los cuadrúpedos de caravanas disponibles.

Hay un momento de pánico entre las mujeres que entienden la orden como un preludio al fusilamiento, pero los infantes les explican de qué se trata y ellas, ya más calmadas y dispuestas a la confidencia, transforman la mueca de terror en una sonrisa de satisfacción. [...]

Todo infante, todo caravanero, aprovechando que la victoria los libera del pago de la dote a la familia, aspira a elegir una esposa. Por otro lado, las mujeres siempre están dispuestas a celebrar a quien ha sabido alcanzar la victoria. [...]

Oigo al capitán Franchini hacer el llamamiento de las familias: «Ailet Sef en-Naser-Ailet Afaf-Ailet el Fil [...]».

Son nombres del Gotha de las cabilas Aulad Soliman y Areibat, inscritas en el libro de oro de la revuelta.

Su nombre no tiene ya nada de misterioso, ningún halo de gloria debida a legendarias hazañas de guerra aletea a su alrededor.

Del diario de la marcha sobre Uau al Kebir
del teniente coronel Ferrari-Orsi

Roma, 5 de marzo de 1930
Palacio Littorio

Hay seis personas sentadas alrededor de la mesa en la sala de reuniones de la sede romana del Partido Nacional Fascista. Todos son hombres, de la misma edad —poco más o menos en torno a los cuarenta años—, compañeros de armas y de partido. El total de sus seis biografías, si se sumaran, daría como resultado una gran parte de la historia fascista.

Sin embargo, lo que se celebra con el mayor de los secretos el 5 de marzo de mil novecientos treinta en el Palacio Littorio no es un encuentro entre viejos camaradas, es una reunión entre enemigos durante una tregua de armas. No es de extrañar: no es nada raro que los adversarios, los contendientes, incluso los enemigos acérrimos parlamenten entre sí. Lo que sí resulta extremadamente raro, en cambio, único incluso en los conflictos intestinos, es que las facciones en guerra decidan levantar acta de sus odios inconfesables.

No obstante, eso es lo que sucede con la confrontación secreta, pero a cara descubierta, entre Augusto Turati, Arnaldo Mussolini, Leandro Arpinati, Achille Starace, Alessandro Melchiori y el irreductible oponente interno del régimen fascista en su apogeo, Roberto Farinacci: que se recoge integralmente en un acta. Al día siguiente, la relación mecanografiada se enmendará a pluma con apretada caligrafía; sobre todo, quedará subrayada a mano en muchos de sus pasajes con las vistosas líneas del lápiz azul de punta cuadrada que suele utilizar Benito Mussolini.

El primero en tomar la palabra es Augusto Turati, secretario del partido desde hace cuatro años:

«Estamos aquí después de casi dos años para reanudar la discusión sobre el mismo tema. Hoy como entonces he de lamentar que tú, Farinacci, no estés en línea. Te quejas de que te persigo. Ahora, me gustaría saber de ti cuáles son esas actitudes mías que te hacen creerte un perseguido y te pido que me digas cuáles son tus críticas hacia mi forma de actuar.»

La acusación es grave, directa, frontal: «No estás en línea». El comienzo es sin duda propio de una rendición de cuentas. Se da lectura a un intercambio epistolar que resume los motivos de la disputa, luego Turati vuelve a la carga:

«Si tienes algo que criticar en relación con el partido, si me crees vinculado con algún grupo y con amigos en el partido, denuncia todo ello al jefe de Gobierno o a Su Excelencia Arpinati. Pero déjame que entienda por lo menos lo que quieres, porque de lo contrario estás creando sin motivo alguno una facción en el partido. Esto podría resultar útil [...].»

«¡Jamás!»

El adverbio, exclamado impetuosamente, permite escuchar por primera vez la voz de Arnaldo Mussolini, hermano y oídos del Duce. Su categórica negación desvía ligeramente el curso del discurso de Turati.

«... para tus propios propósitos, no para el partido. Dices que ataco a tus amigos. ¿A Bisi, quizás? Cuando lo expulsaron, me enteré de la noticia por los periódicos. ¿Te refieres al asunto Belloni? De eso también me enteré por los periódicos. ¿A Barbiellini? Starace sabe bien todo lo que se hizo para no llegar a tales extremos. ¿Cuáles son los demás casos? Cuando me he visto obligado a castigar a alguien, ese alguien siempre ha ido a deambular a tu alrededor.»

En ese momento interviene Farinacci por primera vez: «Dame el nombre de algún afectado por una purga que haya acudido a verme después de la medida». Su primera intervención proclama que va a tratarse de un litigio sin concesiones.

Turati no se deja desviar de su arenga:

«Aun cuando no acudan, se orientan hacia ti. Dado que no hay nadie más en el partido que tenga tu actitud, es evidente que cuando yo, por el motivo que sea, me veo obligado a tomar medidas contra alguien, el único a quien ese alguien puede recurrir eres tú [...]. Nos niegas el coraje y la facultad de sanear el partido, solo para quedarte con el papel del depurador [...]. Tal vez esa posición sea tan de tu agrado porque obviamente te permite obtener un lugar destacado en el país y en el partido. Pero que quieras hacerme creer que esa actitud tuya es precisamente la más disciplinada y la más útil me parece excesivo. Tengo el deber de decirte que esa actitud ha sido perjudicial para el partido y ha creado diversas confusiones mentales que me han causado muchos disgustos a mí y también a otra persona. He terminado. Si tenéis algo que decir, os cedo la palabra.»

Sobre la alusión de Turati a la «otra persona» a quien la actitud de Farinacci parece haber acarreado malestar, el ras de Cremona guarda silencio. El que habla es, entonces, Arnaldo Mussolini.

«Quiero empezar mi alocución exponiendo las razones por las que hablo. Por mi posición particular como director de *Il Popolo d'Italia* y como ciudadano residente en Milán, me he interesado por este asunto que a los ojos de los fascistas nunca ha resultado agradable. [...] Muchos vienen a informarme esencialmente convencidos de que luego yo informaré al Duce...

»El hecho del que estamos discutiendo tiene cierta importancia.

»Se ha producido una fractura en el seno del partido y del país, respecto a la que las valoraciones difieren. De manera particular, la situación milanesa se ve afectada por ella. [...]

»Tú, Farinacci, con tu periódico, tomas actitudes que inducen a pensar en reservas mentales sobre el partido que son notablemente peligrosas. En un momento en el que el régimen está abordando el problema totalitario, estas actitudes solo debilitan al conjunto del partido. [...]

»He tenido ocasión de aconsejarte que examinaras ciertas situaciones en las que tu actitud decidida hubiera podido servir de consuelo a esos muchos a los que no me gusta llamar disidentes solo porque se orientan hacia tu actuación.

»Incluso cuando se produjo la confirmación del secretario de Cremona y tú dijiste que tu adhesión a las directrices del Directorio sería plena y absoluta, eso se hizo a la postre, sin embargo, mediante fases inapropiadas [...].»

Farinacci: «La declaración decía: debemos estar agradecidos al secretario del partido porque todos los dirigentes son viejos camaradas. Qué pretendes que dijera: "Mira qué guapo es Augusto..."».

Turati: «No había necesidad de que me alabaras. Bastaba con que alabaras al partido».

Arnaldo Mussolini hace caso omiso del rifirrafe y continúa:

«Por último, me gustaría añadir que somos personas de notable inteligencia, mejor dicho, de gran inteligencia. No faltan quienes informan mal o torcidamente, los llamados *entourages,* a los que yo fustigo en los periódicos y siempre nos gastan bromas curiosas. No quiero hacer de esto una cuestión que me afecte. Aquí se trata de cuestiones de principio. A eso se consagra este encuentro, que espero que en ese sentido sea definitivo. Confío en que resuelva la situación con lealtad y claridad fascista para que no se hable de desacuerdos. Especialmente porque me encuentro en una situación muy delicada, como la de Milán [...].»

El llamamiento conclusivo de Arnaldo a la lealtad y la claridad fascistas llama a la palestra al hombre que unánimemente es considerado la encarnación de esas supuestas virtudes.

Leandro Arpinati, hijo de un modesto posadero socialista, aprendiz de mecánica ya a la edad de doce años, anarquista individualista —idealista y aislado— desde su adolescencia, luego trabajador ferroviario y turbulento amigo del futuro Duce ya antes de la Gran Guerra, y más tarde su ardiente seguidor en mil novecientos diecinueve, fue en los años feroces y formidables de las escuadras uno de los líderes más admirados y venerados por los hombres de armas por su lealtad y su valentía. En noviembre de mil novecientos veinte, a la cabeza de un puñado de fascistas al asalto del ayuntamiento de Bolonia —un asalto imprudente que provocó la masacre de los militantes socialistas a manos de sus propios camaradas, aterrorizados—, fue él quien marcó el punto de inflexión en la historia del fascismo a partir del cual un movimiento con pocos seguidores y muchos enemigos comenzó su vertiginoso ascenso hacia la conquista del poder gracias al uso de la fuerza y al consenso que despertaba a su alrededor. Desde entonces, Arpinati, a pesar de haber concentrado en sus propias manos un considerable poder en su feudo boloñés —podestá y, simultáneamente, secretario federal, propietario de *Il Resto del Carlino,* el periódico de la ciudad— y en el ámbito nacional —miembro del directorio del partido, del Gran Consejo, presidente de la Federación Italiana del Juego del Fútbol—, sigue siendo, para los fascistas, el hombre fuerte, decidido, leal, franco, violento pero justo, de los primeros años, el capitán al que todos querrían seguir a la hora de entrar en batalla.

Y es probablemente por estas características por las que en septiembre Benito Mussolini llamó a la capital a ese antiguo anarquista tan indomable y digno de confianza —que con una mano erige grandiosos monumentos a la nueva era fascista, como el Estadio Littoriale de Bolonia, y con la otra sigue protegiendo a viejos camaradas socialistas que nunca han sido redimidos— para dirigir en su lugar nada menos que el Ministerio del Interior, la selva más tupida y oscura de todos los edificios del poder romano. Y es sin duda con su voz abrupta, franca y directa como Leandro Arpinati entra ahora en la discusión:

«No tengo nada que añadir.

»No puedo aprobar tu postura, querido Turati. Es decir, la postura de dejarlo correr, y ya dije que yo no habría tolerado lo que tú tolerabas y que habría llamado de inmediato a Farinacci y a todos los demás para decirles a las claras y sin tardanza cómo estaban las cosas, porque las medias tintas no funcionan bien [...].

»Para mí, una disputa Farinacci-Turati resulta inconcebible por el simple motivo de que Turati es el secretario del partido y Farinacci es un simple miembro del partido...

»Ahora, en lugar de aclarar una sola cosa o un solo episodio, necesitamos aclarar un montón de cosas. No conozco todos los hechos porque no soy un lector habitual de periódicos.»

Arnaldo: «Como ministro del Interior eso es grave».

Arpinati: «No los leía. Ahora me veo obligado a leerlos».

Ahora es Farinacci el que hace caso omiso del intercambio de réplicas entre el director de periódicos y el hombre de acción que considera su lectura como una pérdida de tiempo. No deja pasar, en cambio, la dureza' de la posición de Arpinati. Por el contrario, la hace suya:

Farinacci: «Se supone que soy de mentalidad anticuada porque soy duro e intransigente.

»Nadie podrá hacerme reproche alguno por haber agudizado el conflicto con Turati por acercarme a ninguna otra persona [...].

»Llevo dos años sin hablar con nadie de la situación política. He reducido mi círculo de amigos a tres o cuatro. En Cremona he colgado un cartel: "No se recibe a gente de otras provincias". En Milán voy a comer a un cuchitril para que nadie se me acerque [...].

»A ver, ¿me ha convocado Turati alguna vez al partido? Turati se esfuerza siempre por tratarme con cierta amabilidad, pero nunca me ha hablado directamente.

»Oigo cosas y las entiendo. Me acuerdo muy bien de lo que pasó con la quiebra de la Banca di Parma. Entonces hubo dos órdenes de busca y captura. Se mencionaban letras de cambio por doscientas mil liras. Se hablaba en el partido, por todas partes.

»Un buen día vinieron con una declaración. Cada vez que salía a relucir un cheque de la Banca di Parma venían disparados a vernos a Cremona en coche. ¿Por qué el secretario del partido no llamó la atención a esos caballeros?»

Turati: «De ese asunto ya hablamos en una ocasión anterior».

Farinacci: «¡Eso sí, ya no volvieron a aparecer cuando les destrozamos el automóvil!».

La mueca de Farinacci, complacido con su propia violencia, vuelve a sumir el careo en el resquemor. El diálogo de sordos continúa sobre el tema del memorial Maggi, con el que el antiguo secretario federal milanés acusó públicamente a su sucesor, Mario Giampaoli, y al podestá Belloni, de grave malversación de fondos. Turati acusa a Farinacci de estar detrás de Maggi. El acusado se limita a negarlo. Luego pasa al contraataque sobre los escándalos de Milán. Y lo hace hablando de sí mismo en tercera persona.

Farinacci: «Cada vez que yo decía que Milán estaba en manos de delincuentes, a Farinacci estaba a punto de costarle la ruina. Pero solo estaba diciendo la verdad. En Milán, el partido asestó un duro golpe al régimen. Y no fueron mis acciones contra Belloni las que lo causaron. Cuando se celebró la boda de Giampaoli, todos sabíamos quién era su esposa. Y vimos a doña Franca encabezando todos los desfiles. Una prostituta. No fue agradable para Farinacci saber todo esto».

Arnaldo: «En mil novecientos veintiséis se le pidió a Giampaoli que regularizara su situación casándose».

Turati: «Antes vivía con esa mujer ilegalmente, era mejor que se casara con ella».

Arnaldo: «Para nosotros era una cuestión de principios».

Arpinati: «Sí, pero Farinacci lamenta la solemnidad de la ceremonia».

Farinacci: «Me refiero a su presencia en las ceremonias oficiales del partido».

Turati: «¡Es que después de la boda ella era su mujer!».

Habiéndose consumado el breve momento de concordia entre varones adultos acerca del lugar que corresponde a las prostitutas en la sociedad, el debate vuelve a precipitarse en la disputa entre Turati y Farinacci, con Arnaldo en el papel de pacificador y Arpinati en el de árbitro. Melchiori, que está ahí únicamente porque es uno de los subsecretarios del partido, guarda silencio. También guarda silencio Starace, el «bonificador de la ciénaga milanesa», porque es evidente que no sabe qué decir.

Después, el minueto de acusaciones y contracusaciones llega por fin al caso Belloni, el verdadero *casus belli* alrededor del cual se decidirá el destino de la guerra entre facciones.

Belloni, después de haber sido destituido del cargo de podestá, ha demandado al diario de Farinacci desde el que se vertieron las acusaciones contra él en un artículo anónimo. Todos quieren evitar el escándalo de un juicio. Todos, excepto Farinacci.

Turati: «No estaría mal si en lugar de presentaros ante el tribunal os presentarais ante el secretario del partido, que debería resolver la situación. ¿Queréis ir a juicio? Pues adelante».

Farinacci: «Todo lo que pido es el juicio...».

Turati: «Belloni recibió *(añadido con pluma > implícitamente)* la autorización para proceder. No se puede impedir a Belloni que presente una querella contra ti...».

Arnaldo: «Todavía tengo que tomar la palabra para dilucidar determinadas situaciones...

»Ha habido dos momentos...

»Creo que el juicio sobre Milán tendría que ser menos severo en su conjunto. Ha habido quienes han vivido de forma violenta *(borrado y añadido encima con pluma > al margen)* y ha habido gente que ha demostrado sentido de la responsabilidad *(añadido con pluma > Luego se produjo una ruptura en la situación política)* [...]. Pero Farinacci, que es fascista, no debería tener motivos para jactarse de los que le aplaudieron, porque eran todos antifascistas, que no solo habrían crucificado a Belloni sino a todo el fascismo italiano...

»Ni siquiera se ha respetado a la persona de Arnaldo Mussolini. Porque a través de esa persona se podía *(borrado y añadido encima con pluma > deseaba)* llegar al jefe *(añadido con pluma > Esto es una infamia)*...

»Si en Milán puede ponerse en cuestión la figura de Arnaldo Mussolini eso es señal de que en Milán ya no queda nada sano y orgánico [...].»

Farinacci: «Pero Starace, durante su purga milanesa, ha recibido los mayores elogios».

Starace: «Te juro que no los he leído».

Tan pronto como Starace abre la boca por primera vez —solo para pronunciar esa ridícula manifestación de falsa modestia— la discusión degenera una vez más en diatriba sobre la disciplina de partido. Turati se acalora («A ti te importa un carajo el partido. Hablas del caso Belloni con tal de nombrar uno»), Melchiori calla, Arnaldo está desesperado («¡No empeoremos esta situación!»), Starace vuelve a hundirse en su mutismo, Farinacci lanza de nuevo sus amenazas («Os lo advierto, si vamos a juicio, Belloni se romperá la crisma»). Solo Arpinati insiste en querer juzgar el fondo de la cuestión.

Turati: «Desde mi punto de vista, solo cabe hacer una cosa. Llamar a Belloni y pedirle que retire la querella. Pero Belloni ya no quiere ser juzgado. Yo no estoy casado con Belloni. Por mí, si mañana lo mandan a cadena perpetua me importa un bledo. No tengo ningún vínculo con él. Por mucho que lo sienta, porque de las culpas que se le atribuyen me parece que bastantes no son aceptables. Creo que, si quiere defenderse, no podemos impedírselo. Hablad de eso con Arpinati».

Arpinati: «Yo, que he visto el memorial, he de decir que o son todo mentiras o hay cierta exageración en las noticias que te han proporcionado, querido Farinacci. Me lo he pasado "muy bien" leyendo muchos de esos documentos. Por ejemplo, el "aprovechismo" industrial no aparece por ninguna parte al examinar su historia».

Farinacci: «Si lo que se pretende es que tengamos una reunión de esa clase, es necesario que se trace un cuadro completo de toda la situación».

Arpinati: «A mí, la verdad, el desarrollo de su posición industrial me parece proporcionado. Belloni es un hombre que empieza su actividad industrial en un determinado periodo de su vida. En mil novecientos dieciocho ya es alguien. Entre mil novecientos diecinueve y mil novecientos veinte va a Versalles, como representante de los industriales químicos de Italia, es decir, no fue enviado allí por el fascismo, porque entonces el fascismo todavía no se ocupaba de cosas así, sino evidentemente porque tenía su relevancia en la industria italiana, debido a la posición material que ocupaba y a sus propias virtudes».

Farinacci: «Como químico nunca ha hecho nada».

Arpinati: «En mil novecientos veinticuatro su situación había mejorado aún más. Antes de convertirse en podestá de Milán tenía una posición aún más importante. Todo nos da a entender que su posición siguió consolidándose, desafortunadamente, si quieres. Pero me parece que es una consolidación proporcionada».

Farinacci: «En mil novecientos veinticuatro solo formaba parte de dos consejos de administración».

Arpinati: «Después de su nombramiento como podestá, su posición mejora aún más, pero nada demuestra que el cargo de podestá hiciera que su carrera avanzara. Hay que ver si es un delito el que la gente acuda a él por su cargo político. ¿Quién de nosotros no se aprovecha un poco de su posición política?».

La pregunta retórica de Arpinati queda suspendida unos instantes en el vacío. Su sorprendente honestidad al admitir la deshonestidad inherente a la política surte, sin embargo, el efecto de despertar incluso a Starace de su letargo. El jerarca de Gallipoli, como un colegial espabilado por el codazo de uno de sus compañeros de pupitre, da un respingo de confesionario:

Starace: «¡Es natural!».

Después, el prolijo enredo de omisiones, hipocresías, prejuicios y mentiras tendenciosas de esos hombres empeñados desde hace horas en escaramuzas tácticas se abre, de repente, a un momento de verdad. El hijo del pobre posadero socialista de Civitella di Romagna, haciendo caso omiso de la interjección de Starace, continúa con su obstinada libertad de decirlo todo:

Arpinati: «Voy en automóvil, tengo criada: cosas todas ellas que antes no tenía...».

Turati: «Desde este punto de vista, somos todos unos aprovechados».

Arpinati (que prosigue haciendo caso omiso de Turati también): «... tengo una posición social que antes no tenía y que me permite un cierto nivel de vida. Tú mismo, que eres abogado, me imagino que no creerás que podrías haberte convertido en el gran abogado Farinacci si no hubieras sido secretario del partido».

Farinacci: «No ejerzo de abogado solo en Cremona. Ejerzo en todo el resto de Italia».

Arpinati: «Hablo de ti, pero podría decir lo mismo de todos. Incluso de los más honrados».

La verdad, por grande o pequeña que sea, una vez dicha, como es bien sabido, nos hace libres. Los contendientes liberados, después de tanto resquemor, alcanzan un acuerdo en el curso de unos pocos cruces de palabras: Farinacci invitará oficialmente a Turati a su feudo de Cremona con todos los honores; se inducirá a Belloni a retirar la demanda o a modificarla para que el juicio, pospuesto «a las calendas griegas», nunca llegue a celebrarse. Todo esto con dos condiciones: que Arpinati pueda ir «hasta el final» («No me erijo en juez como mera pose») y, por supuesto, que todo quede «sujeto a ratificación por parte del Jefe».

Al final de la discusión, y a la espera de la aprobación del Jefe, afloran dos escrúpulos de conciencia, uno de Turati, el otro de Arpinati, que en ambos casos, cuando miremos hacia atrás, nos mostrarán el rostro siniestro y melancólico del presentimiento.

Turati: «La posición de Belloni es la siguiente. Forma parte de varios consejos de administración. En marzo se celebran las asambleas. Él debe presentarse completamente limpio o casi. Por lo que quiere acabar cuanto antes. Es un hombre que está a punto de ahogarse...».

Farinacci: «Pero si es él quien da largas».

Turati: «A ver, querido mío, después de un garrotazo como ese..., se oye decir que es un aprovechado, que ha robado..., ya no puede dejarse ver por ahí».

Arnaldo: «Su situación en Milán es dolorosa. Ya ni va al teatro. Es un hombre acabado».

El escrúpulo de Arpinati, en cambio, atañe a su nuevo papel institucional como ministro y a su relación personal con el jefe de

Gobierno. El presentimiento, sin embargo, es el mismo: hace referencia, de igual manera, a hombres que se ahogan, hombres acabados, aunque en su caso sea más sombrío al aparecer ofuscado por la mordaz promesa del bien.

Turati: «Entonces lo dejamos todo en tus manos. Tendrás que resolverlo al galope, estimado Arpinati».

Arpinati: «Mañana por la mañana lo hablaremos con el Jefe. No puedo olvidar que soy el subsecretario de Interior».

Arnaldo: «Has tenido una gran carrera».

Arpinati: «Mi carrera es la que es. Y si mañana me despide el Jefe, ya tendría adónde ir».

Arnaldo: «Todo el mundo te aprecia. No debes temer nada».

Con esta improbable promesa, se concluye el acta de la reunión. Bajo el lugar y la fecha de la reunión figuran los nombres de los participantes:

S. E. Augusto Turati (presidente);

S. E. Leandro Arpinati;

gran oficial Mussolini Arnaldo;

diputado Achille Starace;

diputado Alessandro Melchiori;

diputado Roberto Farinacci.

El nombre de Farinacci, que aparece en último lugar, se ha añadido con pluma. Casi como si su presencia no estuviera prevista, o fuera hasta cierto punto incongruente. Como si, después de tantas discusiones, regateos y acuerdos bajo cuerda, el ras de Cremona siguiera, a pesar de todo, en una posición irreductible, ajena, implacable.

Dispuesto a recibir a los invitados a la fiesta nupcial, en lo alto de la escalinata de mármol de Villa Torlonia, junto a la hija, está el padre de la novia. Él con chaqué y sombrero de copa, ella con un vestido de *chiffon* rosa estampado. Con ocasión del casamiento de su hija predilecta, descollando sobre obispos, embajadores, generales y barones que suben los escalones de la residencia principesca, Benito Mussolini en persona recibe uno a uno a los quinientos asistentes.

En la recepción de la boda de esta hija de un antiguo maestro de escuela, que caminaba descalzo en su juventud con los zapatos a hombros para no desgastar las suelas, desfilan el nuncio apostólico, el príncipe Chigi Albani, los duques Sforza Cesarini. Los embajadores de las potencias mundiales, incluida la Unión Soviética, se inclinan para besar la mano campesina de su esposa Rachele. Se cuentan cuarenta y siete «excelencias» de todos los rangos, la flor y nata de la aristocracia, los más altos cargos institucionales, los potentados industriales, las grandes firmas del periodismo y la cultura. No falta casi nadie, entre los hombres que de verdad cuentan en Italia.

Mezclados entre magnates, altos prelados y aristócratas, también asisten los jerarcas que participaron en la reunión secreta del 5 de marzo. Arnaldo Mussolini, Achille Starace, Leandro Arpinati, Augusto Turati, Alessandro Melchiori están todos presentes. Todos presentes con la excepción de Roberto Farinacci, aunque nadie tiene tiempo de notar su calamitosa ausencia en este día de júbilo. Los preciosos obsequios nupciales, en efecto, ya se exhiben frente a las mesas del bufet: por encima de todos, un rosario de oro y malaquita enviado por el papa, un broche de oro donado por los soberanos, un suntuoso manto de terciopelo pintado a mano y una túnica japonesa ofrecidos por Gabriele D'Annunzio.

Algunos excesos delatan, sin lugar a duda, el escaso gusto de los advenedizos. Son excesivas, por ejemplo, las flores repartidas por todas las habitaciones de la villa (el *Corriere della Sera* subrayará involuntariamente tal vulgaridad escribiendo que «los jardines de Roma se habían desnudado para enviar sus rosas, sus azaleas, sus lirios, sus lilas a la hija del Duce»). Algunos detalles, bajo el signo de la abundancia, traen de inmediato a la memoria el hambre atávica de los plebeyos que jamás han superado la mal entendida idea del lujo pequeñoburgués: cincuenta kilogramos de chocolatinas «fantasía italiana» de Perugina, quinientas bolsas de caramelos surtidos de Unica, seiscientas cajitas de recuerdo del enlace, en plata o cuero, rectangulares, ovalados o redondos. Las sublimes, pero pretenciosas para la ocasión, músicas de Beethoven, Haydn y Dvořák, interpretadas nada menos que por el cuarteto de arcos de la Real Academia Filarmónica Romana, se pierden, desatendidas por la mayoría, en el estruendo del jardín repleto de invitados ruidosos, pastelitos y copas de culantrillo. En realidad, este nivel de ostentación no puede competir ciertamente con el que Víctor Manuel III, el 8 de enero, apenas tres meses antes, quiso rodear la boda de su único hijo varón, heredero al trono de este nuevo siglo, en una ceremonia de pleno estilo *ancien régime:* siete mil invitados a la cena de gala, trescientos trajes de noche para las damas de la corte realizados por los mejores sastres de Milán, un vestido de novia en lamé cargado con cuatro kilos de plata.

Y, sin embargo, a pesar de la disparidad en cuanto a gusto y pompa, para quienes no están completamente ciegos a los decretos de las caprichosas divinidades de la Historia, la comparación entre las dos ceremonias nupciales próximas revela sin duda que la boda real del año mil novecientos treinta no es la de Humberto de Saboya, príncipe de Piamonte, y la princesa de Bélgica, Marie José Charlotte Sophie de Sajonia-Coburgo-Gotha sino la de Edda Mussolini, hija de Benito, y Galeazzo Ciano, hijo de Costanzo.

Y ya puede recordar, quien quiera, que la niña, en el momento de su nacimiento, en mil novecientos diez, fue inscrita como hija de madre desconocida, pues su padre, anarquista y anticlerical, no reconocía en aquellos tiempos ni la autoridad de la Iglesia ni la del Estado y, por esta razón, profesando el amor libre, convivía en una sórdida buhardilla con una joven a la que había conseguido amenazando a sus padres, pistola en mano, en una escena de melodrama popular, con volarse los sesos si no se la entregaban. Y que corran los chismorreos también, si es que alguien se atreve, sobre el jardín y el gallinero que doña Rachele, para escándalo del príncipe Torlonia, ha pretendido instalar en la parte trasera de la villa que lleva su nombre. Nada mella el hecho, incontrovertible y al mismo tiempo misterioso, de que en esta magnífica velada romana de finales de abril, la vida cortesana italiana no tiene lugar en las suntuosas habitaciones del Quirinal, morada del rey de Italia, sino en este jardín abarrotado, entre montañas de chocolatinas Perugina, cacareos de gallinas y hombres en frac con callos en las manos, engrosados sobre la piel fina y lampiña de las palmas en contacto con el mango de la azada o con la empuñadura de la porra.

No hay cuento de hadas sin su princesa: en esta historia es una mujer joven de una inquietud que roza la neuropatía, de costumbres sexuales relajadas, ajena al común sentido del pudor, apodada por su padre «la yegua loca», protagonista en el pasado de maledicencias y burlas centradas en sus frecuentes paseos por via della Scrofa, delgada como un clavo, con ropa deportiva de hombre, feúcha pero recubierta de un encanto luciferino. No hay cuento de hadas sin su princesa y no hay princesa sin una espina embrujada que rompa el hechizo: ahora que Edda Mussolini, en virtud de esta unión dinástica con el rico vástago del brazo derecho del Duce, se prepara para convertirse en la señora de Ciano, le guste o no, dejará de ser la amadísima «hija de la miseria» de su padre Benito para ganarse el prestigioso y odioso título de «hija del régimen» de la Italia fascista.

Cómo se ha llegado a esta velada es fácil de contar. En diciembre, Galeazzo fue llamado a Roma desde China. Después de la ociosidad y los vicios orientales, como represalia —según le escribió él mismo a su confidente María Rosa Oliver— fue destinado a la embajada de Italia ante la Santa Sede. Sin embargo, no tarda en conocer, el 27 de enero, a Edda —acerca de quien, entretanto, la

479

hermana del elegido ya se había encargado de estimular su interés mediante el álbum familiar de fotos— en un baile benéfico en los salones del Grand Hotel de Roma. Los dos predestinados se gustan. Quizá se convenzan a sí mismos, quizá se resignen, quizá se gusten de verdad, ¿quién puede decirlo? Y, por otro lado, no supone una gran diferencia: el siglo XX es un siglo de pasiones «cerebrales», que se adaptan bien a los matrimonios concertados.

El caso es que, después de haber bailado largo rato en el Grand Hotel, los dos jóvenes se reúnen para su primer *tête-à-tête*. Nada particularmente romántico. Van al cine. El prosaísmo de la cita galante se ve agravado por la presencia, todo lo discreta que se quiera pero difícil de ignorar, de agentes de paisano y por la elección de la película: para darse aires de hombre culto Galeazzo eligió una película de Flaherty y Van Dyke sobre la dura existencia de los pescadores de perlas en Polinesia.

A pesar de la poco afortunada organización de la primera cita, el 15 de febrero, a las tres de la tarde, con traje gris oscuro y guantes color crema, Galeazzo Ciano acude a Villa Torlonia para pedirle a Benito Mussolini la mano de su hija. Se le concede. No sin que la madre de la futura novia se preocupe por advertir al desventurado: «Mi hija ni siquiera sabe hacerse la cama. No sabe hacer nada. La casa es como si no existiera para ella. Ni siquiera sabe hacerse un huevo. En cuanto a su carácter, es mejor que ni lo mencionemos».

El brevísimo periodo de noviazgo entre Edda y Galeazzo transcurre entre los locales de baile de la Roma nocturna —en particular un lugar llamado «la Bomboniera», al que Galeazzo solía acudir de soltero en busca de aventuras eróticas— y el club de golf dell'Acquasanta, donde los dos pueden apartarse en las hondonadas entre la via Appia y las ruinas del acueducto romano. Y así, en un santiamén, hemos llegado al 23 de abril con el Duce del fascismo plantado en lo alto de la escalinata de Villa Torlonia para recibir a los invitados.

También la boda del día siguiente puede contarse brevemente. La ceremonia tiene lugar en la iglesia de San José cerca de via Nomentana. A pesar de estar a pocos pasos de Villa Torlonia, el cortejo nupcial está formado por seis grandes Fiat 525. El rito religioso es oficiado por el padre Giovenale Pascucci, de la Orden de los

Canónigos regulares de Letrán. El cura, para complacer al Duce sentado en primera fila, no deja de enfatizar la carga que pesa sobre los dos chicos: «Vuestra familia», promete y pone en guardia, «debe ser un prototipo de familia cristiana e itálica, familia de esa estirpe que conoce todas las osadías, todas las glorias ininterrumpidas con las que se engalana, todos los fulgores». A las once de la mañana del 24 de abril, apenas tres meses después de su primer encuentro, Galeazzo Ciano y Edda Mussolini son marido y mujer.

A la salida de la iglesia, según anunciaba el sacerdote, con su reluciente vestido de raso blanco, con su guirnalda de perlas y flores de naranjo en el pelo, Edda, aunque solo sea por un momento, refulge de verdad. Un momento después, sin embargo, antes de poder cortar la cinta de seda blanca ofrecida por un grupo de campesinas de Romaña en traje tradicional, la novia se ve obligada, junto a su marido, a inclinar la cabeza para pasar bajo el arco de acero afilado, plantado sobre el vacío de la escalinata por los puñales cruzados de dos filas de mosqueteros del Duce, la guardia de honor de la Milicia fascista, con su característica banda de plata en el fez, que exhibe dos floretes coronados por una calavera.

También el acero de las hojas y la calavera plateada, así como las perlas de la corona nupcial, refulgen reverberando bajo el sol de abril. Y no faltará quien diga que para una recién casada podría imaginarse, sin lugar a dudas, un presagio mejor.

Quien no haya pasado por Roma en estos días no puede hacerse una idea de lo que es una fiesta nupcial romana cuando abril se mezcla con la gracia tormentosa de sus cabellos y el tierno azul de sus ojos. Para imaginar el deslumbrante marco de estos felices desposorios, habría que imaginar los escenarios de una gran villa romana *sub divo,* es decir, bajo el sol abrileño, juvenil en su ímpetu y en sus esplendores. No hay fotografía, ni noticiero cinematográfico de la «Luce» que pueda proporcionar el eco de esta juventud del aire y del sol en una Roma nupcial. [...] Los jóvenes esposos, en su agraciada vivacidad, se convirtieron de forma natural ante nuestros ojos en el símbolo de una juventud nueva, nacida para el sol y la rectitud.

L'illustrazione italiana, 27 de abril de 1930,
en la portada aparece Edda Mussolini Ciano
vestida de novia

Cirenaica italiana
Primavera-verano de 1930

«Hemos tenido un bis, como yo preveía. Siciliani, repito, no me parece a la altura de las circunstancias [...]. Mi opinión es que habrá que llegar a los campos de concentración.»

Los campos de concentración.

El despacho de Emilio De Bono, ministro de las colonias del Gobierno fascista y antiguo cuadrunviro de la marcha sobre Roma, a Pietro Badoglio, gobernador de las colonias libias y antiguo héroe de la Gran Guerra, se remonta al 10 de enero de mil novecientos treinta y se refiere a la indomeñable, exasperante y extraordinaria resistencia en la zona montañosa de Cirenaica por parte de los guerreros sanusíes guiados por Omar al Mujtar. Sin embargo, De Bono, en los albores de la tercera década del siglo, no tiene necesidad de explicarle a Badoglio qué entiende por campo de concentración. La locución, resulta evidente, es bien conocida y su correspondiente práctica ya usual, ambas se repiten en la historia de la colonización italiana en África y en sus documentos oficiales incluso antes de esta fecha. El recurso al campo de concentración se adoptó en el pasado para pequeños contingentes de enemigos irreductibles y modestos grupos de civiles deportados por diversos motivos de sus territorios de origen. El campo de concentración es una medida extrema, una solución que se adopta como último recurso, pero, a fin de cuentas, es una palabra de uso común. El cuadrunviro de la marcha sobre Roma no duda en pronunciarla y el héroe de Vittorio Veneto no se estremece al recibirla.

Por otro lado, hace meses que son muchas las cosas que no funcionan en Cirenaica. Y así, tras la reprimenda de De Bono, el

10 de enero Badoglio envió otro despacho desde Trípoli. Es para Siciliani, su lugarteniente puesto en cuestión por el ministro a causa de sus repetidos fracasos con al Mujtar. Esta vez es él, el mariscal de Italia y marqués del Sabotino, Pietro Badoglio, quien no vacila en mencionar en un documento escrito otra de las palabras que horrorizarán al siglo: el gas mostaza. El devastador agente vesicante empleado durante la Gran Guerra y luego prohibido en los conflictos entre pueblos «civilizados».

«Apruebo totalmente la acción. Siga con los rastreos y ya verá que algo acaba saliendo a la luz. Recuerde que en el caso de Omar al Mujtar hacen falta dos cosas: primero, un excelente servicio de información; segundo, una buena sorpresa con aviación y bombas de gas mostaza. Espero que dichas bombas le sean enviadas lo antes posible.»

Campos de concentración. Gas mostaza. Ambos fueron nombrados oficialmente el mismo día de enero de mil novecientos treinta. Así empieza una especie de justa entre las palabras y las cosas, una carrera de persecución en la que las palabras son altisonantes, pomposas, terribles, y la cosas, por el contrario, sórdidas, exiguas, pero, en cualquier caso, terribles.

Mientras tanto, tras nueve años de servicio ininterrumpido en la colonia, Rodolfo Graziani abandona África el 8 de marzo. El día 21 está en Roma, donde recibe el aplauso del Parlamento y el elogio personal de Mussolini. En la capital, recibe también por parte del ministro De Bono directrices para su próximo destino en Cirenaica: «Separación absoluta entre rebeldes y sometidos. Todos los rebeldes serán ahorcados».

El nuevo vicegobernador, encargado de sustituir a Siciliani, desembarca el 27 de marzo en Bengasi, la misma ciudad desde la que, en mil novecientos catorce, con el grado de teniente, partió para servir en la Gran Guerra. La primera impresión que recibe a su regreso a Bengasi es el de «un cuerpo inerte, sin alma, corroído por el veneno sutil de los veinte años de rebelión sanusí». Ante una multitud de italianos, funcionarios y oficiales, en la que falta por completo la representación indígena, Graziani, a despecho de la sensación de miserable sordidez que provoca en él la capital de Cirenaica, pronuncia palabras estentóreas: «Estoy acostumbrado a las palabras claras [...]. ¡Mi actuación se basará fielmente en los principios del Estado fascista, dado que yo, general del ejército, quiero dejar claros mis principios netamente fascistas!».

La turbia, umbrosa realidad de las cosas se muestra, sin embargo, refractaria a toda claridad. Antes de la llegada de Graziani a Cirenaica, Badoglio ha seguido mintiendo a Roma sobre la supuesta sumisión de al Mujtar durante todo mil novecientos veintinueve hasta que, desenmascarado por una emboscada de los rebeldes contra una patrulla de tropas indígenas, exterminadas para no perder la vergüenza y el cargo, hizo recaer las culpas en el jefe sanusí, hablando de una traición del armisticio. Luego, con la esperanza de cerrar la partida con rapidez, envió a la boca del lobo a su lugarteniente Siciliani en un ataque frenético contra el *dor* de al Mujtar. Pese a ser ametrallado y bombardeado durante más de trescientas horas, el condotiero sanusí logra una vez más esfumarse, como un fantasma, con su grupo guerrero. Desde entonces, nadie lo ha vuelto a divisar.

El viejo Omar parece, de hecho, haberse desvanecido entre las cordilleras del Yábal, incluso hay quien lo supone muerto, envenenado por espías italianos. Las incursiones de los sanusíes, sin embargo, continúan siendo apremiantes, la población los apoya por cualquier medio (a veces incluso las tropas coloniales dejan caer municiones a su paso para que los rebeldes puedan encontrarlas) y, por último, en abril de mil novecientos treinta, la voz de al Mujtar llega a Bengasi desde su escondite como un eco siniestro y burlón del discurso de toma de posesión de Graziani:

«Hemos oído el rugido de un león que partía de Bengasi y llegaba al corazón de la montaña. No le tengáis miedo. Pronto constataremos que bajo la piel del león se esconde, una vez más, un asno.»

La antigua lengua de las poblaciones que los colonizadores aspiran a someter, rica en sonidos guturales y aspirados, bautiza con palabras imaginativas y despectivas la realidad de las cosas: los italianos, encerrados en sus fortines cual si fueran cárceles, detentan el fácil, ilusorio, cobarde «gobierno del día». Pero el valiente, libre, lunar «gobierno de la noche» está firmemente en manos de al Mujtar y de sus rebeldes.

En el ámbito práctico, Graziani intenta armar en un primer momento a los jefes locales contra el enemigo fantasma. Cuando se percata de que alardean y vacilan, los desarma y los ahorca. Luego, a pesar de estar en un periodo de cosecha, vital para la supervivencia en invierno, ordena la agrupación de las poblaciones del interior en las cercanías de las guarniciones italianas. No contento con ello, envía a unidades de carabineros para confiscar todo el patrimonio de los *zavie*,[*] los centros de culto musulmán que, sobre la base del precepto coránico, financian con diezmos a los jefes de la hermandad y de la rebelión. Cuando ni siquiera esta medida sacrílega logra quebrar la resistencia, Rodolfo Graziani se rinde a la verdad de un proverbio árabe: «Toma a un árabe, incluso al más mezquino, dale un fusil, municiones, un caballo y tendrás un rebelde. El desierto hará de él un amo absoluto y un héroe».

Al idioma del adversario, el invasor europeo responde entonces con la metáfora biomédica. En un parte enviado a Badoglio y a De Bono, el conquistador de Fezán escribe:

«Tal como están las cosas, sin un saneamiento radical de todo el organismo, podrían seguir así durante decenas de años más, porque excluyo que la acción militar, por insistente que sea, pueda destruir definitivamente a los *duar,* que siempre están dispuestos a reconstruirse debido a un fenómeno de endosmosis que se apoya en los campamentos de los sometidos.

»Para mí, por lo tanto, la situación en Cirenaica es comparable a la de un organismo intoxicado que desarrolla, en un punto del cuerpo, un bubón purulento. El bubón en este caso es el *dor* de Omar al Mujtar, que es el resultado de toda una situación infectada. Para curar este cuerpo enfermo es necesario destruir el origen del mal, más que sus efectos.»

Si el jefe de la rebelión es un síntoma, una pústula, su pueblo es una enfermedad.

El detallado diagnóstico del general en su papel de especialista en enfermedades infecciosas, aunque coincida con él, irrita a Badoglio y exaspera la creciente rivalidad con su prestigioso subordinado. Graziani también, por su parte, tolera cada vez menos la supre-

---

[*] *Zavia:* conjunto de edificios (escuelas, alojamientos, etcétera) que circundan una mezquita o un lugar sagrado musulmán. *(N. del T.)*

macía de Badoglio quien, a su modo de ver, se ha atribuido de forma ilegítima el mérito de las victorias en Fezán.

El soldado que late en Graziani, entonces, intenta por última vez conseguir una victoria honorable. Con el objetivo de cercar y destruir en combate al enemigo, el general lanza el 16 de junio en las montañas del Yábal al Ajdar, en la región de Fayed, una grandiosa operación de peinado, meticulosamente preparada con la ayuda de todas las fuerzas móviles disponibles en Cirenaica. Informado por desertores áscaris, Omar al Mujtar separa a sus guerreros en pequeños núcleos que consiguen filtrarse a través de las columnas italianas, invisibles, con leves pérdidas.

La ofensiva de Graziani fracasa. Una vez más, al Mujtar, que se refugia en Marmarica, agranda su leyenda. Badoglio castiga a su subordinado con palabras mordaces que rozan el escarnio.

El mariscal de Italia, acaso corroído por la envidia hacia su subordinado, acaso aguijoneado por la necesidad de llevar a término el mandato del Duce y de hacer olvidar su propio fracaso furtivo o, acaso, de manera más sencilla, porque le resulta del todo indiferente el destino de personas consideradas como infrahumanas, asume voluntaria y prontamente la responsabilidad de ordenar la destrucción de todo un pueblo.

El 20 de junio, Pietro Badoglio escribió a Graziani:

«¿Cuál es la línea que debemos seguir? En primer lugar, es necesario establecer una separación territorial amplia y bien precisa entre las formaciones rebeldes y las poblaciones sometidas. No desconozco el alcance y la gravedad de esta medida, que supondrá la ruina de la llamada población sometida. Pero, a estas alturas, el camino está marcado y debemos seguirlo hasta el final, aunque haya de perecer toda la población de Cirenaica.»

Emilio De Bono y Benito Mussolini aprueban de inmediato la sanguinaria línea trazada por Badoglio. Todas las tribus del Yábal, cien mil almas, serán arrancadas de la meseta y concentradas en sus faldas, en un cinturón semidesértico entre las laderas y el mar.

El 25 de junio de mil novecientos treinta, soldados italianos al mando del general Graziani, por orden específica del mariscal Badoglio y con la plena aprobación de Benito Mussolini, inician en Cirenaica, en nombre del régimen fascista, una de las mayores deportaciones en la historia del colonialismo europeo.

La fotografía aérea del campo de concentración de al Abiar representa un enigma con propiedades casi hipnóticas para el ojo de quien lo contempla. Promovida por el general Graziani para ilustrar su nuevo volumen de memorias autocomplacientes en preparación —la esperanza es que pueda titularse *Cirenaica pacificada*—, la imagen muestra una inmensa meseta completamente baldía, reseca y grisácea, que se extiende hasta donde alcanza la vista más allá de una retícula compuesta por cuatro rectángulos yuxtapuestos, cada uno dibujado por ocho indescifrables ondulaciones en el terreno de color más claro y perfectamente rectilíneos, como trazados con una plomada. En ausencia de una leyenda, sería imposible establecer la naturaleza de esa vasta cuadrícula de líneas rectas en medio de la nada.

De no ser por la evidente aridez del suelo, podría pensarse en un sistema de invernaderos para el cultivo intensivo de hortalizas. Pero no. La misteriosa figura geométrica surgida en la corteza de tierra desértica en la franja precostera libia no ofrece signos de vida a la percepción visual. Recuerda más bien a unos geoglifos, las misteriosas líneas trazadas con arcanos propósitos ceremoniales por pueblos arcaicos en el desierto de Nazca, al sur de Perú, retirando las piedras oscuras que contenían óxido de hierro de la superficie del suelo: sí, claro, eso es. La fotografía aérea de los campos de concentración italianos en Libia parece una fotodetección arqueológica, una de esas imágenes tomadas desde el cielo gracias a las cuales los arqueólogos están aprendiendo en estos años a leer en las distintas tonalidades de color del terreno, en sus alteraciones, en sus diferentes grados de humedad, las huellas de civilizaciones antiguas desaparecidas.

Se desprende casi una sensación de quietud de esta imagen indescifrable, incolora, inodora y, sobre todo, indolora. Es la quietud de la extinción, de las cenizas apagadas, de lo que queda de antiguos incendios una vez que se ha consumido toda llamarada, el aura de esos lugares imperturbables de los que hace siglos que ha desaparecido toda turbulencia de seres vivos.

De esta manera, la fotografía aérea ilustra perfectamente la teoría. La teoría fascista de los campos de concentración, detalladamente expuesta en las circulares ministeriales, prevé, en efecto, que las poblaciones deportadas que, pese a ser hostiles, no hayan empuñado las armas para luchar contra los italianos no pueden ser consideradas oficialmente «enemigas» y deben ser tratadas, por lo tanto, de manera civilizada. La construcción de los campos, por lo tanto, ha de realizarse en zonas llanas, con suelos fértiles, provistas de los suficientes recursos hídricos, próximas a grupos indígenas pacíficos y dóciles. Una vez localizados los lugares adecuados, los campos, algunos de los cuales alcanzarán una extensión de decenas de miles de metros cuadrados, han de ser trazados de acuerdo con el esquema de planta cuadrada del *castrum* romano, atravesada por dos calles perpendiculares (el cardo y el decumano), cada una de treinta metros de ancho, con una gran plaza en el centro y a los lados cuatro barrios formados por miles de «viviendas», colocadas en filas de quince o veinte, separadas entre sí por amplios paseos. Todo esto a imitación de una de las cumbres absolutas alcanzadas por la civilización latina, de la que el régimen fascista pretende erigirse como heredero. Otro homenaje al genio de la suprema tradición cultural italiana son las carpas previstas para el alojamiento de los deportados. El proyecto teórico incluye, en efecto, tiendas de tipo militar, modelo «Leonardo da Vinci», de gruesa y resistente lona beis, de base cuadrada, con una superficie interior de unos treinta metros cuadrados y dos metros y medio de altura en su punto máximo, capaz cada una de albergar cómodamente un núcleo familiar.

Los estudios realizados en Roma en los primeros meses de mil novecientos treinta y concernientes a los yacimientos de Suluk, al Agueila, Aguedabia, Sidi Ahmed al Magrun, Marsa al Brega prestaron además gran atención a las necesidades materiales y espirituales de los deportados, por lo que se preveía un gran pozo cubierto con un sistema mecánico de elevación de agua, una zona vallada para recoger el ganado, modernas instalaciones de hormigón para servicios higiénicos con duchas de azulejos y retretes separados para hombres y mujeres, servicios médico-quirúrgicos, «refugios para discapacitados» e incluso lugares islámicos de culto en ladrillo, cal y cemento capaces de contener hasta quinientas personas. La higiene física y mental, la salud corporal y espiritual, el orden conceptual y material. Nada ha sido descuidado por los burócratas romanos en la abstracción de sus perezosas mañanas ministeriales, antes de las abundantes comidas a precio tasado y de la larga siesta posterior, inveterada costumbre que ni siquiera el Duce ha sido capaz de erradicar.

Sin embargo, la vida, como es bien sabido, tiende por propia naturaleza a desmentir la teoría, especialmente cuando se trata de una vida cercana a su apocalipsis. Y, en efecto, si empezamos a descender, a medida que nos acerquemos al suelo, lo primero que podremos distinguir en la dúplice línea oscura de los bordes del campo será la doble alambrada de espinas, luego veremos los intervalos que rompen las filas de tiendas sucias y andrajosas; por último, cuando nuestro vuelo de planeo haya llegado casi a su grado cero, reconoceremos en las manchitas negras, que antes nos parecían insignificantes granos de la reproducción fotográfica, a seres humanos reducidos a una condición larvaria.

Uno de ellos, un joven varón de tez aceitunada, plantado en el claro entre el cardo y el decumano como un arbusto incinerado en el cruce de la gloria urbanística de la antigua Roma, está desnudo bajo el sol a pico del verano africano, con los pies unidos, la cabeza colgando, la mandíbula desencajada, los brazos extendidos a los lados del cuerpo y dos grandes piedras colgadas de cada una de las dos muñecas por medio de sogas. Un Cristo crucificado al que incluso se le ha negado el sostén de una cruz.

Como de costumbre, el suplicio ha empezado a las doce del mediodía, inmediatamente después de la misa católica dominical y, como de costumbre, toda la población del campamento en condiciones de sostenerse sobre sus piernas ha sido obligada a asistir. El suplicio ha empezado a mediodía si bien, considerando la temperatura de cuarenta grados a la sombra, por tenaz que llegue a ser el torturado, no podrá durar mucho más.

Alrededor de estos lastimosos restos humanos, fosilizados en vida por la tortura, pueden divisarse tiendas de tercera mano raídas y rasgadas por la furia de los vientos del desierto, edificios de mampostería inutilizables debido a las profundas grietas abiertas por el tiempo en la inconsistencia de los materiales de desecho; pueden olerse en la canícula asfixiante los miasmas de pozos contaminados por falta de cobertura, de letrinas obstruidas que regurgitan excrementos que fermentan al sol, de la supuración de las heridas infectadas de los «discapacitados» apilados como enseres domésticos desechados en lazaretos ajenos a cualquier clase de desinfección.

Observado a ras de tierra, el campo de concentración de al Abiar se encarga de desmentir la teoría punto por punto. Tras pasar por el tamiz de malversaciones, robos, saqueos de materiales a todo los niveles organizativos, la delgadez esquelética de los internados contradice las precisas normas de la administración colonial en materia de alimentación (corresponden a cada indígena, «diariamente, seiscientos cincuenta gramos de pan, un plato de arroz o pasta condimentado con tomate, aceite y cebolla, dos tazas de té o cebada con azúcar, un limón y una cebolla cruda y dos litros de agua potable»), los síntomas evidentes de disentería bacilar, tifus exantemático, malaria, escorbuto, salmonelosis, viruela y una enorme variedad de septicemias desmienten la planificación de la comisión sanitaria; el hedor de los cadáveres en descomposición mortifica la ingeniería militar y su proyecto de establecer cementerios donde inhumar a los difuntos en lugares apropiadamente elegidos, lejos de campos y acuíferos. Por último, el programa de higiene moral y rectitud queda desmentido por las manchas de secreciones uretrales en los pantalones caqui de los guardianes, signo claro de gonorrea, contraída junto con las sífilis, las cándidas, los condilomas, en el comercio carnal impuesto a las jóvenes hijas de los deportados por áscaris eritreos y soldados italianos, sin distinción de grado, rango, nacionalidad, religión, convicciones políticas o color de la piel.

El único aspecto escrupulosamente respetado del proyecto teórico de los civilizadores blancos —además de la reproducción del *castrum* romano para la arquitectura de los campos— atañe a los dispositivos de castigo. Bajo el sol cegador del verano africano, estrados y horcas titilan como un espejismo putrefacto en la vasta explanada del cruce entre cardo y decumano.

Es ahí donde el torturado es ahorcado en cuanto sus brazos ceden ante el peso de las piedras y su cuerpo se derrumba por el suelo empujado por un irrefrenable impulso de fusión con la tierra, de regreso a la quietud de lo inorgánico. Un último deseo que se le niega cuando su cuerpo casi exánime es liberado del peso para que cuelgue de la horca. Son testigos del tormento, forzados por sus carceleros italianos, los padres, los hermanos, los amigos y los parientes de todas clases, incluidas mujeres y niños.

La población ha aceptado las graves disposiciones sin reacción alguna, muy al contrario, con obediencia supina. [...] Ha entendido perfectamente que la fuerza está en las manos del gobierno, y no solo eso, sino que el gobierno está decidido a cualquier medida extrema con tal de obtener la perfecta ejecución de las órdenes impartidas.

General Pietro Badoglio, hoja de órdenes n.º 151, reservada a los comandantes militares y funcionarios civiles de la colonia, con respecto a las deportaciones masivas, Trípoli, 7 de julio de 1930

Tenaz, silencioso, firme, ha durado meses y aún perdura, nuestro maravilloso obrar.

Hoy, al cabo de un año, en la llanura interminable del sur de Bengasi, en Suluk, al igual que en torno a Syrti, en al Agueila, los ochenta mil bárbaros que con el tiempo debieran haber desaparecido vencidos no por las armas, sino por las enfermedades de la civilización, se están convirtiendo en un pueblo [...].

La generación de lobos merodeadores, a cuya salvación de la catástrofe a la que estaban destinados acudieron los batallones eritreos, empieza a sentir la necesidad de la sopa y la caricia diaria. Sus hijos serán los leales del mañana [...].

¡Cuán digna de bendición es la tarea del cirujano que ata a la criatura a la que debe salvar, rebelde aún contra los vapores sofocantes del éter, a la mesa de operaciones [...]!

Las interminables hileras de las típicas tiendas de lana de cabra y camello que se escondían —féretros vivientes de un pueblo salva-

493

je, obstáculo para la expansión civil de los pueblos— a lo largo de las crestas del Yábal, y que salpicaban las *seghife* de Marmarica y las *balte** de las zonas predesérticas, se alinean ahora bajo el sol llameante, casi en llanos de venideras ciudades, en el territorio de las Hespérides.

Descripción de los campos de concentración en el informe del prof. Tedeschi, director del hospital de Derna, principios de los años treinta

No soy capaz de recordar la fecha en la que a mí también, junto con mi familia, me llevaron al campo de concentración. [...] No recuerdo mucho de ese periodo, pero recuerdo que en las tiendas había gente que no se podía sostener en pie. [...] Los italianos habían destruido los rebaños. Habían matado camellos y cabras y la población se moría de hambre. No se podía hacer otra cosa más que traer a las mujeres y los niños a los campos.

Testimonio de Reth Belgassem, deportado al campo de al Agueila

Nosotros, que llevábamos toda una vida acostumbrados a vagar de una parte a otra de nuestro gran país en busca de pastos, nos vimos obligados a quedarnos quietos y encerrados en el campo [...]. Había mucha ansiedad en el campo y el ambiente que se había formado a causa del comportamiento represivo de los guardias era muy agobiante. Y lo único que deseábamos era ver fluir el día lo antes posible como si el sucesivo pudiera traernos algo mejor. Dada la ansiedad con la que cargábamos, el día no tenía sentido. Se veían

---

* Nombres de accidentes geográficos propios de Cirenaica. Las *seghife* son cavidades naturales en las zonas bajas de los valles ocasionalmente ocupadas por agua. Las *balte* son depresiones de antiguas cuencas hidrográficas secas. *(N. del T.)*

muchas torturas y ahorcamientos. Todos tenían que asistir a las ejecuciones sin hablar, sin hacer comentarios, casi sin llorar. Dejaban los cuerpos colgados durante dos o tres días. En los tres años que pasé en el campamento junto con mi familia fueron asesinados muchos hombres. Las mujeres se quedaron solas y puede decirse que para setenta mujeres ya no había ni un solo hombre.

Testimonio de Salem Omram Abu Shabur,
deportado al campo de al Agueila

«Con el fin de que el partido pueda deshacerse de sus escorias, nocivas para el régimen y para la causa de la revolución, debo declarar que con los artículos publicados por mí en *Regime Fascista* actué con plena conciencia para atribuir al profesor Ernesto Belloni ciertos hechos determinados como verdaderos, merecedores de señalarlo como digno del desprecio de las personas honestas.»

Cuando, en septiembre de mil novecientos treinta, tras examinarse las pruebas, antes de que los abogados se levanten para pronunciar sus alegatos finales, en la sala del tribunal de Cremona, Roberto Farinacci, como remache de sus propósitos y como compendio de su obrar como fascista intransigente, se levanta para dictar estas palabras y que consten en acta, Ernesto Belloni ya es un hombre acabado.

A pesar de la reunión secreta del 5 de marzo, no resultó posible evitar el juicio Belloni-Farinacci. La fase de instrucción comenzó el 18 de marzo cuando Farinacci, ante la demanda por difamación presentada contra Paolo Pantaleo, director del diario de su propiedad, adoptando el papel de censor incorruptible, declaró ser el autor de los artículos anónimos contra Belloni y pidió a la Cámara que concediera el suplicatorio para que pudiera ser procesado. El juicio dio comienzo pocas semanas después y fue una masacre.

La investigación del partido sobre los negocios sucios del ras de Cremona, impulsada por Mussolini para intimidar a Farinacci y llevada a cabo por el senador Alberici en paralelo a la instrucción, no condujo a nada ante la falta de pruebas. Farinacci, mientras tanto, pescando en su red clientelar, entre los descontentos, los maquinadores profesionales, iba acumulando de manera sórdida información confidencial sobre las lacras de Belloni, desde sus conflictos de intereses hasta los contratos anómalos de limpieza urbana y para la central lechera, pasando por el presunto maxisoborno por el préstamo del banco Dillon Read & Co. para financiar la deuda municipal. Y así, una vez que se presentan ante el tribunal, a medida que se desarrollaba el debate, sesión tras sesión, el demandante se convertía en demandado, el juicio contra Farinacci cambiaba de signo para volverse un juicio contra Belloni, el ras cremonés triunfaba y todo el fascismo milanés era arrastrado al barro. Aparentemente arrinconado en el proceso que debería haber decretado su fin, Roberto Farinacci enseñó los dientes y devoró a Belloni.

Los memorandos de los informadores de la policía constatan que a Cremona llegan telegramas de felicitación de todos los rincones del reino, pequeñas multitudes que exaltan el fascismo acompañan a su favorito desde su vivienda a la sala del tribunal, y su periódico, *Il Regime Fascista,* demandado por difamación, ha aumentado su tirada de 30.000 a 85.000 ejemplares. Hasta *La Rassegna Giuridica,* una revista bimestral de doctrina, jurisprudencia y legislación, al comentar la declaración final del acusado, abandonó la imparcialidad científica para dejarse llevar a un panegírico en honor a Farinacci:

«El hombre se desvela por entero ahí, en esas palabras tajantes y claras. [...] Farinacci se desvela por entero ahí, en esa declaración conclusiva, precisa e inequívoca, para asumir la plena responsabilidad de sus actos y de sus gestos, para destruir al hombre que tenía enfrente. Y él sabía que toda la Italia fascista estaba a su lado [...]. Ernesto Belloni, el monopolizador de cargos, el hombre que consagró toda su atención al abordaje especulador de una hora afortunada en la política del régimen, se ha desplomado en el barro de sus miserias morales.»

No es Ernesto Belloni el único que sale destrozado por el juicio. Augusto Turati, que confiaba en la caída de Farinacci, tampoco sabe ni puede resignarse. En opinión de Turati, Roberto Farinacci es el sinvergüenza que se licenció en Derecho con una tesis copiada desde la primera a la última línea, el aprovechado que se enriquece patrocinando a empresarios fraudulentos en juicios contra la administración pública y ganándolos gracias a su influencia política, el autoproclamado moralizador que viaja en automóviles de lujo, vive en hoteles de lujo, mantiene como amantes a putas de lujo y ahora se erige como azote de costumbres corruptas. Y triunfa.

Tal hipocresía es intolerable. La brecha entre los ideales profesados y la realidad de las cosas resulta insostenible. El murmullo venenoso de la calumnia, la falsedad, la maledicencia, es nauseabundo. Mientras la estrella de Benito Mussolini se eleva al cénit en un cielo de papel maché, Augusto Turati se ve magnetizado por la tierra y allí, desde una perspectiva a ras de suelo, a la altura de los ojos, ve el perfil terrestre de los años rugientes: la especulación del régimen, el asalto a la administración pública por parte de hombres procedentes de orillas de absoluta ignorancia, la reducción del partido a mero papel coreográfico, la Milicia degradada a funciones policiales y teatrales en ridículos desfiles, las malas hierbas de las disputas locales, las ordalías de denuncias y contradenuncias, las guerras de barrio, los hipócritas-virtuosos de rostro feroz, la carrera por las cartillas de racionamiento de los «fascistas del pan», los jerarcas que cortejan a la monarquía para librarse del hedor de la pequeña burguesía, las competiciones de vanidad entre los académicos de Italia, las principescas bodas de Edda; Turati asiste descorazonado a la polémica entre Ricci y Scorza sobre quién ha de controlar los fascios juveniles, entre Balbo y Bocchini por el asfixiante control policial, entre Arpinati y Starace, entre él mismo y Bottai por el futuro de las corporaciones que mientras tanto no pasan de ser un caparazón vacío; ve, Turati, meditando acaso sobre ello por primera vez, el absurdo divorcio entre la propaganda y la vida en el suicidio abolido por decreto.

El 14 de septiembre de mil novecientos treinta, pocas semanas antes de que en el juicio de Cremona se dicte una sentencia a esas alturas ya escrita, Augusto Turati presenta su renuncia como secretario del Partido Nacional Fascista:

Duce,
Hace año y medio Os rogué que me dejarais reincorporarme a las filas, sin pedir prebenda o pensión alguna.
Me respondisteis con la orden de seguir en mi puesto.

Obedecí entonces como era mi deber.

Pero creo que tengo la obligación hoy, a principios del año noveno, de repetir mi súplica.

Casi cinco años de dirección del Partido son largos y desgastantes para cualquiera que pretenda trabajar con pasión al ritmo que habéis imprimido a la vida italiana.

Por lo tanto, Duce, dejadme volver a filas, un poco a solas conmigo y con mi conciencia orgullosa de haberos servido bien a Vos y a la Causa de la Revolución.

Devotamente,

Turati

Lo cierto es que, entre oficiales y oficiosas, esta es la cuarta vez que Turati presenta su renuncia a Benito Mussolini. El Duce siempre la ha rechazado. Esta vez la acepta.

La hoja de órdenes del Partido Nacional Fascista n.º 78 del 24 de septiembre de mil novecientos treinta, año VIII de la era fascista, publica en dos columnas paralelas la carta de Turati y la respuesta del fundador:

Querido Turati:

Reconozco que después de casi cinco años de ininterrumpida y fructífera actividad, casi se ha ganado usted el derecho a pedir el cambio, para reingresar cual militante de a pie a las filas de los camisas negras. Con todo, no es sin pesar como he aceptado su deseo. Usted ha dirigido el Partido, es decir el organismo vertebrador del régimen, durante un periodo rico en acontecimientos memorables. Lo que usted ha logrado está en el espíritu de los camisas negras, pero será recordado e ilustrado por mí el 8 de octubre, en el Palacio Vidoni, en el acto de traspaso de poderes. En este momento, los fascistas de toda Italia se unen a mí para saludar al camarada Augusto Turati y confirman que se ha hecho digno de la causa de la revolución fascista.

Mussolini

De esta manera austera, con honor, pero sin clamor excesivo, Augusto Turati cae del registro oficial del fascismo. Con sobriedad, como aparentemente había vivido. Regresa, efectivamente, «a las filas». No se le asigna ningún puesto ni pensión. Vuelve a ejercer de periodista para el *Corriere della Sera*. Perseguido de cerca por el odio, Augusto Turati entra en la sombra de la historia fascista, casi entre la indiferencia general, una calculada indiferencia, empenzando por la de Mussolini.

El Duce está en otra parte, el Duce está lejos, asciende a ese cielo personal suyo. El Duce inaugura la carretera estatal Roma-Ostia, obsequiando el mar a Roma —como escribe Margherita Sarfatti—, el Duce completa la fascistización de la escuela, de la juventud, de la ley promulgando el código Rocco, el Duce completa la fascistización del futuro y mantiene la mirada fija en el horizonte lejano donde los hidroaviones de Balbo despegan para la primera travesía aérea de grupo a través del Atlántico. No tiene ojos el Duce del fascismo para los ínfimos animales que raspan la corteza de la tierra arrastrándose sobre el vientre.

En lugar de Turati, para dirigir el Partido Fascista se nombra a Giovanni Giuriati, un abogado veneciano, nacionalista ardiente, voluntario en la Gran Guerra y condecorado por su valor, jefe de gabinete de D'Annunzio en Fiume, más tarde fascista prominente, varias veces ministro y actual presidente de la Cámara baja. Un hombre a fin de cuentas honrado, idealista, ajeno a las disputas. Mussolini vuelve a confiarle la tarea que había dado a Turati: «Desarraigar los árboles muertos del partido». Giuriati se lanza inmediatamente a la empresa con la cabeza gacha y los ojos cerrados, con el celo purificador de los ingenuos, o de los idiotas. En los mismos días de su toma de posesión, Farinacci obtiene la absolución total en los tribunales, la revocación de la reprimenda que le había infligido Turati el año anterior y es admitido de nuevo en el Gran Consejo del Fascismo.

Arnaldo se queda prácticamente solo para librar la guerra intestina contra el ras de Cremona.

A finales de agosto, el hermano del Duce tuvo que sufrir la agonía de la pérdida de su hijo —Sandro Italico—, que murió en una cama de Cesenatico consumido por la mielosis; a finales de septiembre se vio obligado a tragarse el disgusto por la caída de Turati;

a partir de octubre tuvo que sufrir personalmente los ataques de los murmuradores que culminaron en la solicitud explícita de depuración por dos periódicos alemanes cercanos a Farinacci. Luego, a medida que pasan las semanas, un nuevo enemigo se cierne a espaldas de la federación milanesa sacudida por los escándalos: Achille Starace. Contra él, descrito como una «serpiente venenosa», Arnaldo invoca desesperadamente la protección de su hermano. No obtiene respuesta.

Turati, entretanto, comienza a presentir que las guerras fratricidas son sin cuartel. Sus primeros artículos para el *Corriere* descontentan a Mussolini. El 13 de diciembre, valiéndose de sus muchos años de relación personal con el jefe del fascismo, el antiguo secretario del partido, ahora simple colaborador del periódico de via Solferino, escribe a mano, como siempre, la primera de sus muchas cartas sin destinatario:

Duce,
el consentimiento que me disteis después de mi primer artículo me llevó a engaño.
Os agradezco el consejo, que considero afectuoso por más que duro en las formas y espero demostrar en sucesivos artículos que no tengo la menor intención de convertirme en un crítico agrio ni mucho menos en un descontento profesional.
Por lo demás, no corresponde a mi temperamento.
Devotamente

Augusto Turati

Sin embargo, no habrá más artículos con la firma de Augusto Turati para el *Corriere della Sera*. El diario que había sido, junto con *La Stampa* de Turín, el último bastión del pensamiento liberal contra el advenimiento de la dictadura fascista, está dirigido ahora por Aldo Borelli, quien, aunque debe su nombramiento a Turati, sigue con el mayor celo las directrices del régimen, deja que sea la redacción romana la que se ocupe de la política, publica sistemáticamente los comunicados del gobierno y en ocasiones se ve obligado a recibir órdenes nada menos que de Achille Starace, subsecretario del partido.

Tras probar el lado afilado de la espada que sostuvo hasta ayer por el lado de la empuñadura, Turati confía en las virtudes clarificadoras de un franco cara a cara entre hombres sinceros, viejos compañeros de lucha. En papel con membrete de la Cámara de Diputados, solicita una entrevista con Benito Mussolini:

Duce,
quisiera referiros algunas impresiones e intenciones.
Si no Os importa y cuando Os venga bien, concededme
el poder hablar con Vos.
Devotamente,

Augusto Turati

Al no recibir respuesta, el hombre que durante cinco años ha sido el delfín del dictador, se rebaja a solicitar cita con él, dirigiéndose a Alessandro Chiavolini, su secretario particular.

La respuesta de Chiavolini llega unos días más tarde:

Querido Turati:
S. E. hace días que no sale de casa por estar aquejado de un enfriamiento realmente tremendo. En consecuencia, todas las audiencias previamente fijadas han quedado pospuestas.
Creo que S. E. regresará a la oficina a partir de mañana. Como es natural, los compromisos de Gobierno que se han acumulado en este periodo, aunque haya sido muy corto, son tantos que no sé si tu audiencia podrá ser fijada de inmediato. En todo caso, el aplazamiento no pasará de unos cuantos días.
Cordialmente

Chiavolini

Roma: ¿Cómo te sientes?

Milán: Un poco mejor.

Roma: ¿Va todo bien?

Milán: Sí y no, porque hay algunas cosas que no van en absoluto; como por lo demás tengo entendido que ocurre también en otros centros de la península.

Roma: No exageremos: en todas partes cuecen habas... No excluyo que algunos engranajes precisen un poco de aceite.

Milán: No es cuestión de aceite; tomemos por ejemplo lo que pasa aquí, donde todo es lícito y está permitido, porque ese señor [el secretario federal] está resguardado por su protector [Starace] que siempre está dispuesto a ocultar todas sus travesuras y tengo la impresión de que lo hace para molestarte.

Roma: ¡Tú siempre tan pesimista!

Milán: Déjate de pesimismos... ¿Quieres oír la última de Starace...? La última vez que fue a su ciudad natal [Lecce] fue objeto de una bienvenida, si no superior, igual a la que te hacen a ti: los festejos terminaron con una auténtica orgía, en el curso de la cual varias «palomitas» se dejaron sus alas... Ese caballero intentó por todos los medios sofocar el escándalo... Pero el asunto se ha filtrado de todas maneras: si tienes alguna duda al respecto, no te faltan los medios para comprobarlo.

Roma: Si las cosas están como tú dices...

Milán: ¡No como digo yo, sino como son...! Te lo repetiré una vez más: ¡el fascismo está incubando en su seno a una serpiente venenosa, Achille Starace...! ¡Aplástala...! ¡Aplástala...!

Servicio Reservado Especial.
Interceptación de diciembre de 1930, a las 21:00 horas /
Hablan desde Roma S. E. Benito Mussolini y
desde Milán el gran oficial Arnaldo Mussolini

1931

Rodolfo Graziani
Cufra, enero de 1931
Desierto libio del sureste de Cirenaica

La sustancia líquida es incolora, si es pura. Su persistencia en el aire, una vez que alcanza forma de aerosol, elevada. El único indicio sensible de su poder vesicante es, por lo tanto, su característico olor, a mostaza o a ajo. De sus efectos, insidiosos, los desafortunados solo se percatan demasiado tarde. Las gotitas microscópicas dispersas en forma de nube, en contacto con las células, las destruyen de inmediato, atacando inexorablemente las membranas mucosas —los bulbos oculares, los tejidos pulmonares son los primeros en ser dañados—, y luego la piel, que sufre de inflamaciones, ampollas, llagas incurables. Actúa sobre la epidermis penetrando incluso a través de la ropa, el cuero y el caucho, sean impermeables o no. Concentraciones de 0,15 miligramos por litro de aire son mortales en menos de seiscientos segundos: con la respiración, los vapores penetran en el sistema circulatorio, aniquilan los glóbulos rojos, provocan rápidamente la muerte, una muerte atroz. Su nombre es gas mostaza, o iperita, derivado de la ciudad de Ypres, en cuyas cercanías fue utilizado por primera vez en mil novecientos diecisiete por los alemanes durante la Guerra Mundial.

Ninguno de los periódicos italianos, en los numerosos relatos sobre las aventureras hazañas del general Graziani en los desiertos de Libia, se atreve a mencionar el gas mostaza, pero los documentos de la Oficina del Estado Mayor no muestran la menor vacilación en detallar su uso masivo a pesar de que el protocolo de Ginebra de mil novecientos veinticinco, también firmado por el Estado italiano y en vigor desde mil novecientos veintiocho, haya prohibido su uso. En el informe sobre el bombardeo de los oasis de Taizerbo, realizado el 31 de julio de mil novecientos treinta, además de los rangos, títulos y nombres de los pilotos (Lordi, Clerici, Lavatelli, Ciapparelli, Rossi, Liutra, Basili y Ungaro), el modelo de los aparatos empleados (Ro. 1), la tabla horaria de la operación, la formación de vuelo (en parejas), puede leerse:

Condiciones atmosféricas	Buenas
Cuota de acción	700 m
Armamento	24 bombas de 21 kg de gas mostaza
	12 bombas de 12 kg de gas mostaza
	320 bombas de 2 kg de gas mostaza

Un segundo informe de la regia aeronáutica de Bengasi, del 14 de noviembre, expondrá meticulosamente y con satisfacción por la eficacia de la misión los efectos del gas mostaza en la población civil, mediante el testimonio de un indígena sometido a interrogatorio por el comandante de la tenencia de carabineros reales de al Agueila.

Graziani puede estar satisfecho. Ordenó represalias contra el remoto oasis de Taizerbo, al noroeste de Cufra, después de la enésima incursión de los rebeldes. Poca cosa, «pinchazos de alfiler», estas últimas correrías desesperadas de la guerrilla sanusí, muchas de las cuales tienen el aura de auténticas misiones suicidas. A pesar de todo, el vicegobernador de Cirenaica ha ordenado que se arroje una tonelada de gas mostaza sobre el supuesto refugio de los saqueadores.

El general Graziani tiene que hacerlo porque Badoglio le reprocha amargamente la inutilidad de las maniobras de largo alcance. Y quiere hacerlo porque, a pesar de las deportaciones, los campos de concentración, las constantes redadas, Omar al Mujtar sigue sin ser capturado.

Incluso Badoglio, probablemente para zaherir a su subordinado por los escasos frutos de sus acciones, elogia las dotes de mando del jefe rebelde («frío y sereno evaluador de sus fuerzas»), mientras que a ojos de los libios enrolados en el ejército colonizador, la leyenda del condotiero sanusí crece hasta la condición de semidios: por muchos esfuerzos que se hagan para encontrarlo, por muchos combates que se ganen contra sus *mehalle,* al Mujtar siempre logra desaparecer en la noche y mantiene viva su amenaza, como un fantasma, como una deidad malévola, una entidad sobrenatural. Entre las tropas coloniales se difunde la creencia de que se trata de un *yin,* uno de los demonios malignos mencionados en el Corán.

Con tal de acabar con el mito, Graziani ordena entonces la institución de tribunales volantes, formados por jueces militares improvisados y aerotransportados que se abalanzan con procesos relámpago sobre los supuestos cómplices de los rebeldes. El 19 de junio un grupo de campesinos sometidos, atareados en la cosecha de cebada, tomaron el té con algunos combatientes. Dos días después de su arresto, el tribunal ordenó su ahorcamiento inmediato. Las fotos de las horcas, publicadas por la revista *L'Afrique Française,* despertaron ciertos temores por la buena reputación del ejército italiano. La alarma se apaciguó de inmediato cuando el articulista pidió que esta práctica se tomara como modelo en las colonias francesas en Indochina.

A al Mujtar, con todo, no hay manera de atraparlo.

De modo que Graziani persevera. Obsesionado con la necesidad de hacer el vacío en torno al comandante enemigo, arremete contra el nomadismo «incivilizado y nocivo para la salud», luego ordena a los carabineros y a los *ascari* eritreos que ultimen el desalojo de todos los asentamientos libios en los primeros escalones del Yábal. Ancianos, mujeres y niños, con el escaso ganado que se libra de las incursiones, se ven obligados a marchar durante doce días consecutivos hacia los campos de concentración de la costa, amenazados con la orden de «pasar inmediatamente por las armas a cualquiera que se demore».

A pesar de esto, a al Mujtar no hay manera de atraparlo. Badoglio, por su parte, continúa mortificando a su subalterno. «Es absolutamente necesario proscribir el sistema árabe de los tiroteos a distancia», conmina a Graziani en sus despachos, «el adversario ha de ser alcanzado, agredido con arma blanca, ¡ha de ser una auténtica cacería humana!». Incluso Mussolini, desde Roma, vuelve a adoptar tonos agresivos en un discurso en el que ataca a Francia, acusada de incitar en la metrópoli y en las colonias el odio contra la Italia fascista («¿Acaso puedo demorarme en dar la alarma al pueblo italiano?»).

Sin embargo, a al Mujtar no hay manera de atraparlo.

De modo que Graziani, furioso, ordena los bombardeos con gas mostaza, ordena la deportación de todas las poblaciones de Marmarica (una «marcha de la muerte» de mil cien kilómetros), ordena que todos los familiares de los combatientes sean encerrados en campos de castigo, aguijonea a sus oficiales para que acosen a al Mujtar, incapaz ya de contraofensiva alguna pero resuelto a presentar una resistencia simbólica hasta el último hombre, en una guerrilla diaria sin cuartel. El coronel Malta, los tenientes coroneles Piatti y Marone, el mayor Ragazzi buscan por todas partes al sanusí, al fantasma, al demonio, ganan todos los enfrentamientos y sin embargo él, con su *dor* de los hombres más leales, se las apaña siempre para escabullirse.

Hace meses que Rodolfo Graziani implora los fondos necesarios para organizar una expedición contra Cufra, el más remoto de todos los oasis del desierto de Libia, el último bastión de los sanusíes, el centro de atracción de toda la rebelión libia. Allí, en efecto, han encontrado refugio también las bandas de Saleh al Ateusc y de Sef en-Naser. El general está convencido de que la conquista de esa remota localidad, desconocida para Occidente y cercana a la frontera con Egipto —a donde el gran sanusí Idris se ha retirado ya desde hace años y desde donde mueve los hilos de la guerrilla en Cirenaica—, cortándole todas las líneas de suministro, privaría a al Mujtar de su último apoyo. Durante meses, sin embargo, dichos fondos le han sido negados. Del condotiero de los sanusíes no ha vuelto a haber noticias desde abril de mil novecientos treinta, ni el menor avistamiento, ni el menor rastro. Graziani —dicen en Roma— oculta sus fracasos persiguiendo un fantasma.

Luego, sin embargo, en Uadi es-Sania, después del enésimo combate y la enésima fuga de los rebeldes, junto a un caballo finamente enjaezado, bajo un montón de arena, el desierto devuelve un rico estuche de plata dentro del cual, intactas, un par de gafas de oro reverberan los rayos del sol africano. Al Mujtar es viejo pero está vivo, sufre presbicia, no es un fantasma y puede ser derrotado. Rodolfo Graziani obtiene su marcha sobre Cufra.

Cufra no es simplemente un oasis en el desierto, Cufra es la quintaesencia del desierto. Lo que lo vuelve tal, además de la geografía, es la historia: pocos son los occidentales que pueden decir que en mil novecientos treinta y uno que lo han hollado, ninguno que pueda afirmar haber pasado la noche allí si no como prisionero. En el mapa del siglo XX, en el punto donde aparece el topónimo de Cufra, un ojo entrenado para leer el palimpsesto de los milenios vería, ahora como en la antigüedad, la misma advertencia: *Hic sunt leones.*

Cufra dista sus buenos mil cien kilómetros de Bengasi. Surge al final de una pista que atraviesa el desierto libio de norte a sur, pasando por Aguedabia y el oasis de Yalo, el postrer puesto de avanzadilla de los italianos, del cual dista otros seiscientos kilómetros. La zona se halla en una posición particularmente aislada, no solo por su situación en medio de la nada, sino también por estar rodeada de inhabitables depresiones geológicas. El único lugar florido —exuberantes palmeras datileras, pozos, pequeños lagos, casas y *zeribe*, empalizadas— en el que es posible la vida es una zona corroída por el *serir*, la monótona desolación de arena, cantos rodados y grava. En definitiva, Cufra es el paso obligado entre África Oriental y el mar Mediterráneo para todo aquel que no quiera morir de sed en el desierto. Se dice que el lugar está formado por un grupo de oasis esparcidos en una amplia depresión de forma ovalada, llamada Uadi al Cafra. Y parece que aquí se encuentra la aldea sin oasis llamada et-Tag, «la Corona», donde supuestamente se levanta la gran *zavia* y la mezquita sanusí.

De cierta información, por lo tanto, no se carece del todo, pero no proporciona certezas. El primer europeo que exploró el territorio fue el alemán Gerhard Rohlfs que no llegó allí hasta mil ochocientos setenta y nueve, precisamente en los años en los que Cufra empezaba a convertirse en una importante localidad sagrada para los sanusíes. Desde ese momento, ya ningún visitante europeo pudo acceder a ella.

Cuando, en la mañana del 20 de diciembre de mil novecientos treinta, el general Graziani ordena a las tropas a camello del teniente coronel Pietro Maletti que salgan desde Aguedabia hacia su distante objetivo, sus hombres, junto con los que desde hace años intentan llegar al Polo Norte, son los últimos exploradores de Occidente.

Las columnas, superando una furiosa tormenta de lluvia y arena que duró cuarenta y ocho horas consecutivas, llegan a Yalo antes de que acabe el año. La marcha continúa en los días siguientes con la peculiar formación en rombo empleada en el desierto, con sucesivas sacudidas hacia delante de las columnas, adentrándose cada vez más hacia el sur. Impertérritos, italianos, áscari, eritreos, tropas libias coloniales y pequeños grupos de irregulares, después de un reconocimiento aéreo preventivo, llegan a Bir Ziguen el día 9 de enero.

A estas alturas, sin embargo, el general Graziani ya no marcha a la cabeza de sus tropas a lomos de su caballo blanco. Habiéndose convertido en vicegobernador, no se reúne con sus hombres en avión desde Bengasi para hacerse cargo de la dirección de las operaciones hasta el 12 de enero. Desde allí, envía a Badoglio el telegrama con el que solicita autorización para avanzar. El gobernador, a quien le llega a Trípoli la comunicación de esos soldados perdidos en la nada mientras está en medio de una partida de *bridge* en el círculo de oficiales, responde de forma expeditiva:

«Estoy seguro éxito total stop recomiendo uso amplio aviación stop.»

Rodolfo Graziani ordena el ataque contra Cufra.

La zona del oasis es avistada por los aviones la mañana del día 18 de enero de mil novecientos treinta y uno. Los vuelos de reconocimiento informan de la presencia de grupos nómadas, campamentos y camellos en los alrededores de al Yof, señal inequívoca de la presencia de rebeldes armados. En los demás oasis, sin embargo, todo parece pacífico y normal, como si en Cufra aún se desconociera la cercanía de la expedición italiana o, por lo menos, su consistencia.

Alrededor de las 10:00 horas del 19 de enero, un biplano informa de que unos cuatrocientos hombres armados, a pesar de hallarse en notable inferioridad numérica, después de cruzar el borde norte del oasis de al Hauari, se dirigen rápidamente hacia la columna Canapini, en vanguardia. La columna, sobre aviso, adopta la formación de combate.

La epopeya termina aquí. La expedición italiana, muy superior, con sus tres mil hombres entre infantería y artilleros, y sobre todo gracias al apoyo aéreo de una veintena de bombarderos, conquista Cufra en medio día. El resto es matanza.

El saqueo dura tres días completos.

El príncipe druso Arslán, formado en la escuela del revisionismo islámico y amigo personal de Mussolini, a quien pedirá en vano que libere a los deportados, desata una campaña publicitaria en la prensa islámica en la que acusa a los hombres de Graziani de toda clase de atrocidades. Coranes quemados debajo de las ollas en las que se cocina el rancho de los soldados, la gran *zavia* de los sanusíes, llamada «la Corona», degradada a taberna de borrachos que coreaban la destrucción de los musulmanes, mujeres violadas, hombres ahorcados e, incluso, vientres grávidos desgarrados con bayonetas. El periodista danés Knud Holmboe, quien, convertido al islam, lleva años vagabundeando por los territorios del norte de África, tras llegar a las cercanías de Cufra a bordo de su viejo Chevrolet después de un increíble periplo fuera de pista por los desiertos, afirma haber sido testigo del ahorcamiento de cientos de hombres entre las burlas de los soldados. Lo cierto es que el saqueo dura tres días y que la entrada en el oasis de la infantería italiana ha estado precedida por masivos bombardeos de viviendas civiles.

A los guerreros sanusíes supervivientes que huyen a Egipto en una marcha desesperada sin agua, obligados a sacrificar a sus escasos camellos para exprimir las últimas gotas de sus vejigas, los encontrarán a principios de abril las patrullas inglesas después de vagar durante setenta días en el desierto.

Pero todo esto se perderá en el alboroto de la propaganda y en el olvido de las arenas. Haciendo metódicamente caso omiso de la dimensión trágica de la guerra —y de la vida—, Rodolfo Graziani puede desahogar su lirismo en una página, que él cree memorable, de su diario de pacificador de los desiertos:

Cufra ha sido la síntesis de una gran marcha simbólica, no una simple ocupación territorial.

¿Dónde?

En el desierto.

¿Hacia dónde?

Hacia la nada de las arenas tropicales, pero también hacia todos los destinos del futuro gran destino de Italia. [...]

Cufra es el símbolo del linaje que no miente y no muere, sino que vuelve a levantarse y crea.

Et ultra.

Más prosaica, pero más densa de destino, es la idea que ha fulgurado al condotiero mientras sobrevolaba Cirenaica para ponerse a la cabeza de sus hombres en vísperas de la batalla. Allá arriba, a mil metros de altura, le asaltó la visión de la solución final para aislar a al Mujtar de cualquier ayuda posible: la construcción de una retícula gigantesca que recorra toda la frontera entre la Cirenaica italiana y el Egipto inglés en las milenarias rutas de las caravanas. ¿Su propósito? Aplastar ese «incivilizado nomadismo» ancestral. ¿El medio? Doscientos setenta kilómetros de alambre de púas tendidos en la nada infinita de los amados desiertos.

Más prosaica es también la carta con la que el conquistador de Cufra, un par de meses después, responde irritado a Roberto Cantalupo, el antiguo subsecretario de Colonias, en misión diplomática en Egipto, profundamente escéptico respecto al visionario proyecto:

«El contrabando no ha terminado en absoluto, sino que, de pura especulación comercial, ha pasado a ser exquisito abastecimiento militar con una base de partida ubicada en un país extranjero *que yo no puedo invadir* [...]. Omar al Mujtar y sus protectores aguardarán en vano descubrir en mí al burro disfrazado de león. Tarde o temprano los estrangularé con el feroz hierro de la más feroz realidad occidental.»

Tras partir al amanecer de Bir Ziguen, los aparatos reconocen en el terreno las pistas que dejan los rebeldes en fuga y los siguen, hasta llegar a la altura de los hombres; las bombas tienen poco efecto dado que el objetivo está extremadamente diluido, pero las ametralladoras obtienen siempre un buen botín; apuntan a un hombre y lo detienen para siempre, apuntan a un grupo de camellos y los derriban. [...] El juego continúa durante todo el día; al día siguiente se repite; el tercer día también; todas las posibles vías de retirada son exploradas y rastreadas hasta una distancia de trescientos kilómetros, es decir, hasta que se avista al último fugitivo. Las caravanas de la esperada salvación se convierten en un cementerio de cadáveres abandonados, que nadie se encargará jamás de enterrar.

Vincenzo Biani, piloto de escuadrilla
responsable de los bombardeos sobre Cufra

Preguntamos a los caballeros italianos [...] que ahora se ufanan de haber capturado a cientos de mujeres y niños pertenecientes a los pocos centenares de habitantes mal armados de Cufra que resistieron a la columna invasora: «¿Qué tiene todo eso que ver con la civilización?».

La Nation Arabe, n.º 2,
febrero de 1931

El presupuesto italiano tal vez se vea enriquecido por el dinero derivado de los bienes confiscados a los sanusíes, pero el honor cuenta más que el dinero y es más preciado que los propios hijos.

«Los mártires de la fe», *Al Arhām,* periódico de El Cairo, 9 de febrero de 1931

Musulmanes, vosotros que, en el momento actual, no podéis defenderos con vuestras armas. ¡Defendeos al menos con vuestras plumas!

«Las atrocidades italianas en Tripolitania» Documento de denuncia de Shekíb Arslán, 1931

Benito Mussolini, Istituto Luce
En ninguna parte, en cualquier momento

El hombre, que lleva un par de enormes gafas redondas oscuras para protegerse del sol, se despoja primero de la camisa y luego de la camiseta, quitándose ambas por la cabeza. Lo hace rápido, sin vacilar, casi precipitándose hacia la desnudez, descarado, obsceno, ofensivo. Entrega ambas prendas a alguien que quedará para siempre fuera del encuadre; luego, por un momento, permanece inerte, estentóreo, estólido, sin actuar ni padecer, simplemente se queda ahí, con la mirada ensombrecida, el cráneo glabro, el torso desnudo.

Mientras la cinta perforada de la película se desenrolla indefectiblemente en el carrete dentado, y mientras la imagen se imprime irremediablemente en el nitrato de plata del lado sensible a la luz, este hombre deja de tener cuerpo para volverse cuerpo: en este instante, y para siempre, este hombre coincide exactamente con su cuerpo, sin restos, sin dudas, este hombre se ha vuelto él mismo encarnándose en su propio cuerpo. Este hombre es, ahora, un cuerpo.

Se trata de un cuerpo inaudito. Que sea musculoso, vigoroso, imponente, importa poco. Lo que cuenta es que nunca, antes de este momento, en la era moderna un jefe de Estado se había mostrado desnudo en medio de su pueblo.

Confrontado con ese cuerpo desnudo, ningún argumento es ya lícito, ningún razonamiento, ninguna objeción, ninguna justicia, ley, jurisprudencia, ninguna apelación a la providencia divina, a la piedad humana, a la clemencia. Al pueblo no le queda más opción que adorar. Adorar ese cuerpo, o desgarrarlo. Ese cuerpo es un acontecimiento, crea por sí mismo su propia dramaturgia, separa el tiempo en un antes y un después. Los campesinos, hombres y mujeres, congregados a centenares alrededor de ese torso desnudo, pese a tener todos cuerpo, y por esa misma razón, están entusiasmados, reacios, consternados. A partir de este momento, lo presienten oscuramente, el poder irradiará de ese cuerpo, de ese cuerpo y de ninguna otra fuente, hasta la ferviente entrega, o la carnicería.

El hombre que fue Benito Mussolini, y que ahora es una partícula sagrada de su propio cuerpo —vientre, pecho, hombros, brazos, manos, espalda—, preparándose para trillar el grano en algún campo romano, para separar el grano de la paja y del cascabillo en medio de una multitud de trabajadores de la tierra, los hace suyos, los posee y es poseído por ellos, se acuesta sobre ellos, con un acto de cópula sexual y de gesto medicamentoso, piel contra piel, cuerpo contra cuerpo, al mismo tiempo penetración y excrecencia, falo erecto y tejido cicatricial hipertrófico para curar las heridas abiertas de la nación.

La siega se ha completado. La gloria, su esplendor, son una cualidad de la luz.

La escabechina de las espigas, mezclando símbolos de vida y de muerte en un único emblema, ya ha tenido lugar. La batalla del trigo —esa es la promesa formulada por ese cuerpo desnudo— se librará en un campo del cual quedará desterrado todo engaño, toda oscuridad, todo malentendido, sobre el que se olvidarán siglos de soledad, de angustia, de inconclusión, las eras glaciales de nuestro descontento, las epopeyas de la miseria, los apocalipsis desprovistos de toda revelación. Ahora da comienzo otra era de los héroes, por fin volvemos a la batalla como un evento fatídico, un momento de la verdad en el que las controversias se deciden de manera irrevocable, los individuos muestran el valor de cada uno, las identidades se definen recíprocamente y, por encima de todo, la incierta historia humana encuentra su propio significado al adentrarse en un relato memorable.

Ahora el Duce del fascismo, en pantalones blancos, a pecho desnudo, con voz metálica, de pie en medio de la multitud de otros cuerpos como el suyo, puede prometer solemnemente el pan al pueblo, agitando los brazos amenazadores, con la voz ahogada en la garganta como en un grito de guerra:

«¡Camarada maquinista, enciende el motor!

»¡Camaradas campesinos, empieza la trilla!»

Arturo Bocchini
Roma, 28-29 de mayo de 1931
Fuerte Braschi

Michele Schirru es un apuesto joven de treinta y un años, con la mirada inspirada por grandes ideales y prendado de una bailarina húngara. Si la solicitud de gracia al rey no surte efecto, su sentencia de muerte se ejecutará al amanecer. Al igual que hay vidas erróneas, hay muertes erróneas: incluso los fascistas, detrás de las invectivas públicas, saben en el fondo de sus corazones que la muerte de Michele Schirru sería una de esas.

Hijo de laboriosos arrendatarios de Cerdeña, hijo del siglo —nació en mil ochocientos noventa y nueve—, formado con las magnéticas conferencias de los grandes predicadores errantes del anarquismo, el rebelde Schirru sirvió no obstante a la patria con honor durante tres años en un pelotón de motoristas durante y después de la Guerra Mundial, para emigrar después en busca de fortuna a los Estados Unidos de América. Pero durante todos esos años en Little Italy, pese a haber formado una familia con mujer e hijos que hablan americano, su corazón de anarquista siempre ha latido por la Italia oprimida. Y así, al final de una década en Nueva York como vendedor ambulante de fruta y activista libertario, Schirru desembarcó de nuevo en Europa, en el puerto de Le Havre, con la intención de liberar a la patria del tirano.

De ahí arranca un año de obsesión y bohemia, de conspiraciones y vida alegre. Schirru vive una temporada en Milán, vuelve a Francia para curarse de una enfermedad venérea, llega por fin a Roma y se aloja en el Royal Hotel, haciéndose pasar por un turista de ultramar. La regla que se asigna es férrea: solo él debe morir, ninguna víctima inocente.

Durante semanas Michele Schirru acecha todas las mañanas frente al Palacio Venecia, esperando la oportunidad adecuada, pero la oportunidad adecuada no se presenta. Mientras tanto, fuera de ese laberinto de ideales y obsesiones, la sangre joven late en las venas, es primavera y Roma es encantadora. Justo entonces, el vengador de agravios conoce en el Café Aragno a Anna Lukowsky, una bailarina húngara, y las citas con ella reemplazan el acecho al Duce del fascismo. Del teatro de muerte imaginado, la habitación del hotel —un hotel por horas esta vez, el Hotel Colonna— se convierte en escenario de la sensualidad de unas vidas desesperadas. La obsesión por matar y morir ha abandonado a Michele. Ahora quiere vivir. Quiere ser de verdad, por una vez, simplemente ese turista estadounidense despreocupado y frívolo, registrado con su nombre entre los huéspedes del Hotel Royal. El mismo estúpido hotel en el que lo detienen.

Mientras lo trasladan a la comisaría, la vergüenza de ese sueño burgués cae sobre él. Al llegar a la jefatura, saca la pistola, se apunta a la cabeza y grita: «¡Viva la anarquía!». La bala penetra por la mandíbula, le atraviesa la cara y le arranca el pabellón auricular. En la refriega, dos policías salen heridos. Desfigurado, exhausto, el idealista arrepentido reúne fuerzas para volver a intentar suicidarse en la enfermería: mejor la muerte que la cárcel. En este punto de la historia, tal vez, todavía habría podido prevalecer la piedad.

En su habitación del Hotel Royal, sin embargo, la policía encuentra dos bombas. Da comienzo un terrible interrogatorio a base de torturar a un hombre que tiene el rostro destrozado y el cuerpo exhausto por la sangre perdida. A pesar de todo esto, Schirru oculta el nombre de sus compañeros, reitera que hirió a los policías por error, proclama con orgullo que vino a Italia solo para matar al tirano. Añade también que, impaciente y enamorado, había renunciado a su propósito justo cuando lo detuvieron.

La prensa del régimen lo pinta como un monstruo, su municipio natal lo cancela del registro civil, incluso sus parientes reniegan de él solicitando un cambio de apellido. Remitido a juicio en el Tribunal Especial, sabiéndose acabado, Michele escribe a su esposa Minnie, con la que se casó en Nueva York, pensando en sus hijos estadounidenses:

«Toda idea tiene sus luchadores y sus mártires, unas veces se gana y otras veces se pierde, yo soy un perdedor, un caído, y para el caído no hay piedad [...]. No dejes nunca de preocuparte, te lo ruego, por la educación y la instrucción de los niños, enséñales cuánto amaba yo la libertad.»

El proceso —nadie lo entiende mejor que Arturo Bocchini— fue la enésima farsa trágica. Cientos de militantes, más de sesenta periodistas y veinte testigos de la acusación, ninguno de la defensa. Los testimonios empezaron a las 9:30 de la mañana del 28 de mayo, Schirru no se doblegó ni siquiera ante las desautorizaciones de su familia y a las seis de la tarde el fiscal general Fallace ya había concluido su alegato contra el acusado, retratado como un libertino sediento de sangre, una extraña especie de fiera con esmoquin y guantes rosas:
—Para Michele Schirru tengo el honor de solicitar la pena de muerte mediante fusilamiento por la espalda.
La claque de camisas negras aplaudió frenéticamente la petición de Fallace, el presidente de la corte fingió cierta irritación, en el rostro de Schirru aparecieron las lágrimas.
La condena ya está escrita y, sin embargo, cualquier hombre de ley y de orden sabe que no hay pruebas, salvo la confesión del anarquista entregado a la muerte: sabe, sobre todo, que imponer la pena de muerte a un hombre por «hechos no ocurridos sino simplemente concebidos» es una monstruosidad. Lo sabe, como es lógico, Arturo Bocchini, que lee estas expresiones textuales de consternación en los informes de sus numerosos confidentes. Ahora, para evitar la muerte errónea de Michele Schirru, solo queda confiar en la solicitud de gracia a Víctor Manuel III firmada por el condenado «por respeto a la labor de su defensor legal».
Arturo Bocchini, sin embargo, sabe también que la pena de muerte ha sido acordada de antemano entre Mussolini y el presidente del tribunal. Esa ha sido la voluntad del Duce a pesar de que Schirru, y los que son como él, hace mucho tiempo que no constituyen una amenaza real. De ello es consciente Mussolini también, quien, protegido por medio millón de hombres entre policías, cara-

bineros, gendarmes y milicianos, disfruta burlándose de sus voluntariosos e incautos aspirantes a verdugos. Cuando, en octubre de mil novecientos treinta, la inspección de policía política logró uno de sus más brillantes éxitos, desarticulando la célula de Justicia y Libertad de Turín que, financiada por los exiliados de París, organizaba improbables atentados contra Mussolini, Bocchini oyó al Duce mofarse de esa pandilla de incautos aspirantes a tiranicidas:

«¡Afortunadamente para mí, la tarea de matarme queda confiada a unos pobres diablos, que disponen de poco dinero, con un billete de tren de tercera clase en el bolsillo, armados con viejos revólveres y bombas de fósforo torpemente hechas a mano como la pasta de los *tortelli* de Romaña!»

También en el caso de Schirru, el objetivo de la conspiración homicida ha hecho gala de calma y desinterés. Poniendo al día por vía telegráfica a su hija Edda, en Shanghái con su marido, Mussolini, le escribe: «Ninguna novedad. Un señor que llegó a Roma con intenciones belicosas y fue detenido a su debido tiempo. Todo esto no tiene la menor importancia para mí».

Y el Duce tiene excelentes razones para no sentirse turbado. En los cinco años de su mandato, Bocchini ha logrado convertir plenamente la policía estatal en un Estado policial. Incluso destacados exponentes del fascismo —Augusto Turati, antiguo secretario del partido, en primer lugar— se quejan de la «lujuria sensacionalista» fomentada por la ubicuidad de los aparatos de vigilancia. La psicosis de la intercepción telefónica se propaga por doquier, miles de delatores voluntarios someten a la nación entera a un expedienteo generalizado, las primeras inspecciones de la policía política han crecido hasta generar una organización paralela, articulada y ramificada en todo el territorio nacional, con zonas operativas en ocho áreas regionales.

El encargado de bautizarla ha sido el propio Mussolini. El Duce, en un breve comunicado que atañía a una trivial operación policial dejó caer un acrónimo de cuatro letras, evocador y amenazante: OVRA.

El propio Bocchini descubrió ese día de mil novecientos treinta que la organización secreta que había creado tenía un nombre, un nombre sobre cuyo significado todos, a partir de ese momento, empezaron a hacerse frenéticas preguntas. Unos sostienen que OVRA corresponde a «Obra Voluntaria para la Represión del Antifascismo», otros que significa «Organización para la Vigilancia y la Represión del Antifascismo», y no falta quien defienda que es el «Órgano de Vigilancia de la Rebelión Antiestatal».

Pero la verdad es que el término OVRA no significa nada en absoluto. Mussolini lo eligió simplemente por su asonancia con la palabra *piovra,* pulpo. Para ser honestos, y si lo pensamos mejor, no solo no oculta la palabra OVRA ninguna abreviatura, sino que lo que designa ni siquiera existe. Y probablemente es esta la razón por la que Michele Schirru ha de morir. Su muerte errónea sirve para alimentar el fantasma de una fuerza tentacular —temible, omnipotente, invisible—, capaz de mantener bajo control y aterrorizar a todo el país sin molestarse siquiera en existir.

La solicitud de gracia firmada por Michele Schirru a requerimiento de su defensor legal nunca llegó a enviarse. El general Vaccaro, comandante del cuerpo del ejército de Roma, responsable de la decisión de retenerla o mandarla al soberano, quedó manchado por la vergüenza de no remitirla a Víctor Manuel III.

Michele Schirru es conducido al patio interior de Fuerte Braschi a las 4:27 de la madrugada del 29 de mayo de mil novecientos treinta y uno. Frente a él, soldados de la 112.ª Legión en formación cuadrada, veinticuatro de los cuales forman un pelotón aparte. A quince pasos del piquete, una silla sin respaldo y delante de la silla un poste de hierro clavado en el suelo.

Michele Schirru, atado a la silla, con las manos en el poste, se mofa de sus verdugos («¡Cuánta gente! ¿Es que tienen miedo de que salga corriendo?») y rechaza los sacramentos. El padre Mattei, confesor designado, tendiéndole el crucifijo frente a su rostro desfigurado le implora que lo bese. El condenado vuelve la cabeza, luego, antes de que le venden los ojos, grita dos veces: «¡Viva la anarquía! ¡Viva la anarquía!».

El comandante del pelotón de ejecución deja caer con rabia el brazo.

Para meter el cadáver de Michele Schirru en el ataúd, demasiado corto, los sepultureros tienen que quitarle sus zapatos de charol nuevos de pisaverde enamorado y doblarle las rodillas. Para poder clavar la tapa, dos soldados se ven obligados a sentarse sobre el tablón de haya sin tratar.

Al día siguiente, *L'Osservatore Romano,* el periódico del Vaticano, a despecho de la alianza entre la Iglesia y el Estado fascista, es capaz de hallar una oblea de caridad cristiana y de sentido de la justicia publicando un suelto en el que se subraya la aberración de haber enviado a un hombre a la muerte solo por la intención de cometer un delito.

El jefe de policía atisba una sombra de arrepentimiento incluso en el rostro de Benito Mussolini cuando, durante el habitual informe matutino, le dice que en las paredes de la celda de Schirru se han encontrado, grabados con las uñas, dos versos de una vieja balada de Pietro Gori, abogado y poeta anarquista, tras cuya muerte, el 15 de enero de mil novecientos once, precisamente el actual Duce del fascismo escribió una conmovedora y ardiente evocación en el periódico *La lotta di classe.*

Usque tandem? ¿Pero es posible que estos dirigentes del partido no entiendan que no se puede tener sometidos a los italianos a la pesadilla de una investigación cada quince días?

Carta de Augusto Turati a Benito Mussolini,
3 de mayo de 1931

El Tribunal Especial de Defensa del Estado condenó, ayer por la noche, jueves, a morir por fusilamiento de espaldas al subversivo Michele Schirru, *culpable de haber tenido la intención* de matar al Jefe del gobierno italiano [...]. La ejecución tuvo lugar esta mañana a las 4:27 en Fuerte Braschi.

L'Osservatore Romano, 30 de mayo de 1931

Dad flores a los rebeldes caídos / con la mirada puesta en la aurora.

Pietro Gori, *Himno del Primero de Mayo,* 1892

Rodolfo Graziani
Campo de Suluk, septiembre de 1931

El desierto ya tiene por fin límites.

Han sido necesarios doscientos setenta millones de varas de hierro, 20.000 quintales de cemento y 35.000 de alambre de púas, seis meses de trabajo de 2.500 indígenas a cuarenta grados a la sombra y seis millones de toneladas de agua en el lugar más árido de la tierra, pero, al final, Rodolfo Graziani consiguió su alambrada. Doscientos setenta kilómetros de alambre de púas a lo largo de la frontera entre Libia y Egipto —desde el puerto de Bardia al oasis de Yarabub— levantan un muro de espinas punzantes de corte en diagonal en medio de esa nada que, desde este momento, ya no es lo mismo. Todo hombre acaba matando lo que ama, y el general Rodolfo Graziani no es desde luego una excepción.

El general ha descuartizado su amado desierto para poder ver a su enemigo morder el polvo a sus pies. Ahora, una vez deportada toda la población del Yábal, sometida a acoso por todas partes, carente incluso de suministros desde Egipto, Omar al Mujtar ya no tiene salvación. La colosal obra del alambrado —es el propio Graziani quien la define así— va de la mano con el internamiento total de las poblaciones defendidas por el anciano líder sanusí.

En septiembre de mil novecientos treinta y uno son casi cien mil, entre hombres, mujeres, ancianos y niños, los prisioneros encerrados, junto con sus animales de pasto, en los diecisiete campos de concentración esparcidos por la región de Sirte. Allí reina una altísima tasa de mortalidad a causa de la desnutrición, las enfermedades infecciosas y los trabajos forzados. Las violaciones de mujeres son habituales; los ahorcamientos de hombres, cotidianos; las humillaciones inolvidables. A los huérfanos de los orgullosos guerreros nómadas se les desprograma mediante proyectos de reeducación que aspiran a transformarlos en «fidelísimos fascistas del mañana»; los poetas, desprovistos de papel y pluma, guardan en su memoria desgarradores cantos de derelicción; las mujeres viven escondidas en diminutas tiendas que parecen celdas ardientes. Cincuenta cadáveres son sacados cada noche solo del campamento de al Agueila y enterrados de cualquier modo en fosas comunes. Todo esto no refrena ni arruina el inminente triunfo del vicegobernador de Cirenaica. Tampoco le preocupa que en Italia la secretaría privada del Duce reciba denuncias anónimas acerca de escamoteos llevados a cabo por el contratista de la alambrada, la empresa napolitana de los hermanos Scalera, a la que están asociados el diputado Diaz, hijo del héroe de la Gran Guerra; el señor Ameglio, hijo del antiguo gobernador de Cirenaica y Tripolitania, y el coronel Butturini, jefe de gabinete de Su Excelencia el ministro De Bono. Al contrario: para celebrar la sutura entre las dos colonias, con ocasión de la visita del subsecretario Lessona se organiza un raid automovilístico entre Bengasi y Trípoli. Treinta y ocho bólidos de línea deportiva cruzan como balas los 1.125 kilómetros que componen el recorrido.

Un atisbo de un campo de concentración aparece en algunos fotogramas de la película con la que el Istituto Luce celebra la tarea civilizadora italiana. La voz estentórea del locutor nombra vagamente un «campamento», luego infla el diafragma para celebrar «el gobierno fascista que ha salvado a las razas indígenas de Cirenaica de la postrera destrucción y de la definitiva desaparición». En definitiva, podemos abandonarnos al júbilo. Omar al Mujtar todavía vive en la clandestinidad, pero a esas alturas es un hombre perdido.

Por primera vez tras décadas de lucha, Graziani cuenta con una red de informadores entre los sanusíes. Doblegados por las deportaciones, hasta algunos de esos inflexibles adversarios han preferido la traición a la mortificación de los campos. Son ellos, como es lógico, quienes entregan a Omar.

El 11 de septiembre, espías renegados informan de que el *dor* de al Mujtar se dispone a intentar una ascensión hacia el norte por una ladera del Yábal. El grupo móvil del teniente coronel Piatti le bloquea el paso. Con una maniobra desesperada, Omar ordena invertir la marcha, separarse y lanzarse al sur.

Esta vez es la aviación la que lo traiciona. Guiada por los exploradores, la columna de perseguidores, a las órdenes del mayor Ragazzi, intercepta a varios grupos de fugitivos. Durante los enfrentamientos subsiguientes, uno de ellos resulta herido en un brazo. Los coloniales disparan al caballo para evitar su fuga.

El hombre es un anciano. Al quedar a pie, ni siquiera intenta aferrar el mosquete. Se levanta y, cojeando, trata de llegar hasta una espesura de acacias. Los *savari* no tardan en echársele encima para rematarlo. Un instante antes de soltar el mandoble contra aquel desgraciado, uno de los jinetes libios a sueldo de los italianos lo reconoce. El derrotado, por lo demás, pronuncia con orgullo su nombre: Omar al Mujtar Asad al Sahrá.

Badoglio está radiante pero también incrédulo y temeroso. Envía de inmediato allí a su fiel Daodiace, uno de los oficiales que lo trató durante el periodo de negociaciones, para reconocerlo. El temor del gobernador es que, en caso de que se trate realmente del legendario rebelde, este puede desenmascarar el doble juego llevado a cabo durante meses con Roma desde Trípoli. Daodiace reconoce al viejo león de los sanusíes. Está herido, está postrado, pero es él, no cabe duda. Durante el traslado desde el puerto de Apolonia a Bengasi a bordo del cazatorpedero *Orsini,* Daodiace lo zahiere, se mofa de él, lo interroga. El anciano responde imperturbable a todas las preguntas con la mayor calma:

—Mi captura —afirma—, se debe indudablemente a la voluntad de Dios. Ahora Alá dispondrá de mí. Lo cierto es que por voluntad propia yo nunca me habría entregado.

Mientras tanto, Badoglio se asegura desde Trípoli de que el prisionero no pueda perjudicarlo con revelaciones embarazosas. Por más que sabe ya que tiene en su poder a la leyenda de la resistencia libia, escribe a De Bono:

«Si el individuo capturado fuera realmente al Mujtar, veo la oportunidad de llevar a cabo de inmediato un juicio regular con su consecuente sentencia que será sin duda la pena de muerte, para que sea ejecutada acto seguido en uno de los campos de concentración de la población indígena.»

Graziani, por una burla del destino, en el momento de la captura se encuentra en Italia, listo para subirse a un coche cama con su esposa para ir a París, donde visitará la Exposición Colonial. Un trozo de África en papel maché evocado en el centro de la *Ville Lumière*.

Tras dejar plantada a su mujer Ines, el general embarca el 13 de septiembre en el aeropuerto militar de Ostia. El 14 sale de Trípoli hacia Bengasi. En la mañana del 15 de diciembre, tras años dando caza a su fantasma, Rodolfo Graziani se reúne por vez primera con Omar al Mujtar, cara a cara y en carne y hueso.

Sentado detrás del escritorio de su despacho en el Palacio de Gobierno de Bengasi, Graziani ve acercarse a un hombre esposado, de baja estatura, que se arrastra con dificultad sobre los pies gotosos. Tiene el rostro cubierto casi en su totalidad por un barragán y la mirada inspirada de los morabitos con los que tantas veces se ha topado durante sus peregrinaciones por los desiertos. A pesar de la gota, la edad, las esposas y a despecho del honor debido al enemigo derrotado, Rodolfo Graziani deja a Omar al Mujtar de pie durante todo el interrogatorio.

—¿Por qué —le pregunta— has luchado tan encarnizadamente contra el Gobierno italiano? —el intérprete libio traduce de inmediato. Luego, aguarda la respuesta.

—Por mi religión —responde el anciano en pie con voz débil, casi afónica pero apaciguada y musical.

—¿Alguna vez has tenido la esperanza de poder expulsarnos de Cirenaica con tan pocos hombres y medios?

—No, eso era imposible.

—Entonces, ¿qué pretendías lograr?

—Nada. Me limitaba a luchar, el resto estaba en manos del destino.

El careo entre los dos enemigos prosigue en la misma línea. Graziani apela al razonamiento, al cálculo, reprocha la desatinada obstinación, el otro invoca el destino.

Omar al Mujtar no busca atajos, tiene una visión clara de su suerte. Lo único de lo que se queja es de haber esperado en vano que Badoglio cumpliera la palabra dada durante la fase de negociaciones.

Antes de la despedida final, Graziani le enseña al prisionero una caja de plata:

—¿Reconoces estas gafas?

—Sí, son mías. Las perdí en los combates de Uadi es-Sania.

—Desde ese día —se jacta Graziani—, he estado convencido de que acabarías siendo mi prisionero.

—*Maktùb* —sentencia Omar con su sosegada voz de costumbre—, era el destino —después de una breve pausa añade—: Devolvédmelas, porque no veo nada. Al fin y al cabo —dice luego—, ahora es todo inútil, ahora me tenéis en vuestro poder a mí y las lentes —el intérprete, tras haber traducido la última palabra, guarda silencio.

Ni siquiera en ese momento, ni siquiera ahora que Graziani, un soldado experimentado como pocos en la guerra en los desiertos, tiene la prueba de haber luchado contra un anciano casi ciego, capaz sin embargo de conducir a caballo a sus guerreros contra fuerzas preponderantes incluso después de perder sus gafas, ni siquiera entonces es capaz el general fascista de rendir el honor de las armas a su adversario. Omar al Mujtar es arrastrado fuera todavía esposado.

Pocas horas después, el 15 de septiembre de mil novecientos treinta y uno, a las 17:00 horas da comienzo en el salón del Palacio Littorio el juicio contra él. El fiscal es el abogado Giuseppe Bedendo, aficionado a componer poemas en dialecto romano en los campos de concentración de Sirta. Los cargos presentados son dieciséis y entre ellos no figura el de traición. Sin embargo, es esa la acusación que se le imputa a quien técnicamente es un prisionero de guerra. Omar al Mujtar la recusa:

—No soy un traidor porque nunca me he sometido. La ruptura de las negociaciones se produjo por culpa del Gobierno italiano.

Estas son las últimas palabras que el jefe de los guerreros sanusíes puede pronunciar porque, en cuanto resuenan en la sala de audiencias, su intérprete es obligado a salir. Cuando el acusado ya no está en condiciones de replicar se le atribuyen vejaciones de toda clase, se le escarnece, se le injuria.

Después de media hora de deliberación, los jueces regresan a la sala del tribunal y pronuncian la condena a muerte. El público se aleja lentamente, comentando favorablemente la sentencia.

A Roberto Lontano, abogado militar de oficio, se le imponen los diez días de arresto de rigor por haber intentado ayudar a su defendido.

El 16 de septiembre, a las nueve de la mañana, Omar al Mujtar entra esposado en el campamento de Suluk. Por unos momentos el viejo santón guerrero vuelve a ver a su pueblo, los hombres, las mujeres, los viejos y los niños por quienes luchó, todos reunidos allí para recibirlo.

Pero la horca está lista. Le ponen la soga alrededor del cuello. Él parece murmurar algo. Luego la cuerda se estira, el cuerpo se ve sacudido por los últimos espasmos nerviosos.

Veinte mil libios se apiñan instintivamente alrededor de la horca, como si quisieran sostener con su propio cuerpo de pueblo el cuerpo martirizado de su héroe moribundo. Un tupido cordón de soldados, fusiles en ristre, los mantiene alejados. El cadáver es enterrado de inmediato, en Bengasi, en un lugar secreto.

A estos últimos rebeldes, que representan a los más indomables, preferiría verlos suprimidos antes que sometidos.

Telegrama de Pietro Badoglio a Rodolfo Graziani
con respecto a los últimos seguidores de al Mujtar,
después de su fallido intento de huir a Egipto superando la
alambrada, 21 de diciembre de 1931

Declaro que la rebelión en Cirenaica ha quedado completa y definitivamente aplastada.

Nuestros pensamientos agradecidos van a S. E. el Jefe de Gobierno y a S. E. el Ministro de las Colonias que la persiguieron firmemente y apoyaron con todos los medios nuestra acción.

Quiero señalar para su reconocimiento por todos los italianos residentes en Tripolitania y en Cirenaica el nombre del General Rodolfo Graziani quien, siguiendo con inteligencia, con energía, con constancia las directrices marcadas por mí, triunfó plenamente en la misión que se le había confiado [...].

Que esta fecha no sea solo motivo de legítima satisfacción para todos nosotros, sino también un punto de partida para un más vigoroso impulso en el progreso civil de las dos colonias.

Orden del día emitido por el gobernador
de Tripolitania y Cirenaica,
Pietro Badoglio del Sabotino,
24 de enero de 1932

Y después de mi muerte, la rebelión contra la iniquidad continuará.

Omar al Mujtar, últimas palabras antes de subir a la horca recogidas en todos los periódicos del mundo árabe

Arnaldo Mussolini
7 de diciembre de 1931

Giovanni Giuriati entró en la Sala del Mapamundi con ese característico aire aristocrático suyo de antiguo patricio veneciano, ajeno a la ciénaga de intrigas, celos y resentimientos de la maleza política romana, impulsado por la más alta pasión patriótica, completamente sincero en su lealtad al rey, al Duce y al fascismo, intachable, riguroso, probo, orgulloso de haber cumplido el mandato del Duce: barrer los establos, eliminar a los corruptos y a los corruptores. El secretario del partido, que había reemplazado a Turati hace apenas un año, presentó a su Duce las estadísticas de los casos examinados y la lista de los carnés retirados: ¡ciento veinte mil depurados en poco más de doce meses! Benito, maldiciendo en dialecto romañés, se había llevado las manos a la cabeza, calva a estas alturas.

Unos días después es Arnaldo quien se lleva las manos a la cabeza. Destituido Giurati por su obtuso celo, el 7 de diciembre de mil novecientos treinta y uno su hermano, desatendiendo todas sus advertencias, nombra a Achille Starace, su peor enemigo, secretario general del Partido Nacional Fascista. Pero la desesperación de Arnaldo no es solo una cuestión personal: Starace es también el peor enemigo de la inteligencia política. Lealtad canina, devoción ciega, «sí, señor». Ese es Achille Starace, si se le suma la total ausencia de cualquier preocupación ética o espiritual, la incapacidad para elevar en toda una existencia una sola mirada hacia lo alto y la ferocidad de los perros atados con una correa corta. «Es mi mastín», dice Benito de él. Pero saber ladrar y morder ¿son los únicos requisitos exigibles a la futura clase dirigente fascista?

Ladrar, morder y mover la cola. Para su primera aparición como secretario, Starace convocó a los jerarcas en el Palacio Venecia y allí los amaestró como *majorettes* para un saludo al Duce con su correspondiente fanfarria, coreografía y ensayo general, con el fin de que las voces sonaran al unísono. De nada valieron las risitas de los presentes y las objeciones de quienes le señalaban que estaban allí para una reunión política a puerta cerrada y no para una representación escénica a beneficio de las masas. Para el nuevo secretario, entre las dos situaciones no existe la menor diferencia.

Giuriati sin duda se ha excedido y Turati, el mejor de todos —ahora bajo el ala protectora del senador Agnelli como director de *La Stampa* de Turín, el periódico familiar—, ha cometido también sus errores, pero el gruñido desbravado de Starace suena, por desgracia, en perfecta sintonía con el canto coral del conformismo mortífero de uniformes coloridos y de mal gusto. Mientras en Milán, donde Starace se ha deshecho de todos los hombres cercanos a Arnaldo, están preocupados por la crisis económica mundial, en la Roma jocunda, con un retraso de unos buenos veinte años respecto al París jocundo, hace furor la moda nocturna de los antros, de las cavernas, de los tugurios, el regreso a la experiencia de las cuevas en cabarés animados por figurantes del Trastevere y camareros en el uniforme de atamán de los cosacos. Se llega al alba entre orgías de sexo, alcohol y narcosis de régimen. La moda diurna prescribe en cambio la hipocresía de las máscaras virtuosas, chanchullos nacionales, guerras vecinales. Los fascistas de primera hora se despolitizan, se ministerializan, se burocratizan. Los viejos liberales compañeros de viaje resisten pasivamente mediante una sumisión exterior: los industriales aceptan el carné con tal de salvar el capital, los grandes burócratas se vuelven cómplices con tal de subordinar el partido al Estado y el Estado a sus privilegios de casta, el poder judicial se somete en busca de una vida sosegada. Por todas partes lo mismo: malas hierbas de conversos, automatismos, untuosos compromisos. Los últimos en sumarse fueron los profesores universitarios. Después de que Balbino Giuliano, ministro de Educación Nacional, impusiera a todos los catedráticos el juramento de lealtad al fascismo, en esa turba de liberales, socialistas y orgullosos demócratas, solo trece de mil trescientos reunieron valor para negarse.

Benito todo esto lo sabe bien, nadie lo sabe mejor que él. Sin embargo, aún sigue repitiendo que le da igual, como Virgilio dice a Dante respecto a los ignavos. Debemos mirar hacia lo alto y lejos, a las grandes conquistas históricas del fascismo —le repite su hermano—, fijar la mirada, por ejemplo, en los trenes populares a precios muy bajos que por primera vez en la historia han permitido a todo un pueblo de trabajadores descubrir los placeres de los baños de mar. Y así, cada día que pasa, todos le mienten un poco más.

Y, mientras tanto, el 29 de junio, con la encíclica *Non abbiamo bisogno,* el papa, en defensa de los círculos de Acción Católica cerrados por la policía del régimen, condenó la intención fascista de monopolizar la educación de la juventud. Arnaldo, que ha defendido a ultranza el derecho y el deber del fascismo de formar a los jóvenes italianos, como católico devoto sufrió al leer que el pontífice definía al régimen como «estadolatría pagana». Y, mientras tanto, pocos meses antes, en las elecciones federales en Alemania, esos impíos, pervertidos y antisemitas del nacionalsocialismo se convirtieron en el segundo partido alemán. Su líder, Adolf Hitler, envió en julio una fotografía dedicada a Benito, pero en octubre el artífice de la propaganda nazi, Joseph Goebbels, enfurecido por los intentos italianos de aproximarse a Francia ordenó que desde las columnas del periódico *Der Angriff* se lanzara un violento ataque titulado «Arnaldo debe marcharse. Nueva corriente de amistad hacia Alemania en Roma». Y, mientras tanto, y por encima de todo, la herida por la muerte de su hijo sigue sangrando, todos los días, pues es de las que no cicatrizan.

A las miserias, a los opacos esplendores de la vida cortesana se replica invocando el futuro en nuestra disculpa, confiando en las próximas generaciones, criadas enteramente en un clima fascista, incorruptas por el pasado y, por lo tanto, mejores; las escaseces del presente se contrarrestan invocando el tiempo que ha de venir, el cual, alejando inexorablemente a los ancianos, injertará vástagos jóvenes en la rama torcida de la raza. El idiotismo del mundo real ha de ser contrarrestado con una mística.

Fiel a esta línea de ardor y de disgusto, el 29 de noviembre, Arnaldo Mussolini, padre de un hijo fallecido a los veinte años, hermano de un gran hombre cada vez más solo y cada vez más sordo, inauguró la Escuela de Misticismo Fascista «Sandro Italico Mussolini» al servicio de su hermano y con el nombre de su hijo. Conciencia, deber, humildad, devoción, disciplina, abnegación. Dominicos del fascismo, monjes guerreros, caballeros templarios al servicio de una religión de la Historia, de un dios terrestre, temporalmente encarcelados dentro de la inmanencia de una corte de advenedizos, de las trabas ministeriales. La irresistible naturaleza prosaica del mundo debe contrarrestarse con la mística, con la mística y con vagas ensoñaciones de regreso a la tierra.

Para regenerarse de este año infausto, postrado por su duelo privado y por los disgustos públicos, Arnaldo responde a las sirenas del exotismo y se embarca para Trípoli junto con Vito, el hijo varón que le queda con vida. Al llegar a la colonia, Arnaldo Mussolini fantasea con instalarse en Cirenaica, por fin «purificada» del flagelo de los rebeldes por el bisturí del general Graziani.

El aspirante a agricultor parece ir en serio: le pide al gobernador Badoglio que contribuya con 118.000 eucaliptos a la reforestación de sesenta hectáreas en la localidad de al Maia y paga un depósito de 25.000 liras por una concesión agrícola. Mientras en Roma el Duce asciende al apogeo de su fortuna política, en la orilla africana del fascismo, su hermano, presa de una melancólica regresión a la infancia, sueña con un imposible idilio rural. Sueño que es anotado en un diario con la acribia del administrador atento:

«Mayor impresión deja incluso la concesión Bonomo-Polito, de regadío, con huerta frutal cerca de la casa. Los olivos están más alejados. Hay aquí quinientas hectáreas de viñedos y se imagina uno lo que ocurrirá en plena producción. Me imagino los toneles de vino, la fermentación, la temperatura ambiente, la cantidad de producto.»

Cuando algunos desengaños llaman al umbral de nuestra vida [...] a uno le gustaría estar solo, o solo con un manípulo de camaradas dispuestos a atreverse a todo y a no pedir nada. [...]

A partir de la circular de Giuriati para la renovación de los carnés, estricta en su contenido moral y en las disposiciones reglamentarias, ha florecido toda una literatura del regreso a los manípulos [...].

En el marco general de esta reorganización, mientras el egoísmo de los Pueblos y las escuelas políticas, manifiestas y ocultas, nos disputan las razones de la vida, ¿qué puede significar la reducción de seguidores del movimiento? Mucho para nuestro gusto dialéctico, nada en la vida y en los intereses del pueblo italiano [...].

También hay parásitos en los nidos de las águilas.

Arnaldo Mussolini, *Il Popolo d'Italia*,
22 de noviembre de 1930

1932

Augusto Turati
Verano-otoño de 1932

Es el sexo, a fin de cuentas, la piedra con la que acabas tropezando. Ya puedes haber capitaneado escuadras de aporreadores, ya puedes haber demolido la democracia, ya puedes haber traicionado, uno tras otro, todos los ideales de tu juventud, pero siempre es a eso a lo que se aferran para enfangar tu nombre. La brutalidad, la ilegalidad, la violencia te son perdonadas, pero lo que te pierde es esa palabrita sin sentido, repetida como un estúpido mantra en todos los rincones del país por el ensordecedor susurro viperino: «inmoral».

Ya sea coño, polla, culo —o todos juntos—; ya sea esperma, mierda o meada, la obsesión sexual, eso es lo que queda. El frenesí sexual para llenar un mundo vaciado de cualquier otro significado, la fantasmagoría erótica que suple a las muchas, demasiadas ausencias de la realidad. Esta es la única certeza en el escándalo que arrolla a Augusto Turati en el verano de mil novecientos treinta y dos: la del sexo como némesis del poder.

Al principio está la soberanía, que se irradia sin embargo en ondas concéntricas, como una piedra arrojada a las turbias aguas de un estanque, creando progresivamente un vacío a tu alrededor. Luego, por un momento, en el instante de la colisión, tú, nada menos que tú que ostentabas las insignias del poder, descubres que de ti solo ha quedado ese vacío. En última instancia, son el coño, el culo, la polla los que lo llenan. Eso es el poder, su naturaleza de turbio movimiento ondulatorio sin propósito ni fin. Y apenas eso es lo que se sabe a ciencia cierta de las calumniosas acusaciones que acaban con el antiguo secretario de Partido Nacional Fascista, todo lo demás es un conflicto de interpretaciones, ambigüedades semánticas, inocentes obscenidades de la imaginación, todo lo demás es literatura.

Coprofilia, urofilia, pedofilia. Durante casi dos años, es decir, desde que empezó la caza al hombre, sobre el escritorio de Bocchini se acumulan delaciones acerca de las supuestas desviaciones sexuales de Augusto Turati. No falta, obviamente, la homosexualidad, que a los ojos del machismo fascista se identifica con la más grave manifestación de la sexualidad desviada. Hombres pequeños y mugrientos, malversadores caídos en desgracia, roñosos delatores depravados remueven el caldero sin fondo de la depravación sexual, alimentando el fuego fatuo de la maledicencia universal. Hace casi dos años que Bocchini tiene al tanto al Duce de tales venenos y hace casi dos años que Mussolini los desatiende sistemáticamente. Es él el primero en saber que ha fundado su poder sobre una máquina colosal de fango, una fábrica de descrédito general de ciclo continuo, tan grande y poderosa que no permite ya discernir entre la verdad despiadada y la calumnia, discernir la sutil frontera entre vicio y culpa, entre error y crimen, entre debilidad e ignominia, entre un hombre honrado y un malhechor.

Ahora, sin embargo, quien está detrás de las acusaciones es Roberto Farinacci y, por lo tanto, ya no pueden ser ignoradas. La versión más prosaica y, por lo tanto, más fiable de los hechos se la proporciona el 10 de agosto a Arturo Bocchini —quien, aunque amigo de Turati desde la época de Brescia, lleva recopilando información sobre su vida sexual desde enero de mil novecientos treinta— uno de los muchos informadores alistados en las filas de la OVRA:

Pero la mayoría habla de otras cosas, mucho más penosas. Dicen que el antiguo secretario del Partido parece seguir haciendo en Turín lo que hacía en Roma, especialmente en el último periodo de su secretaría: perder la cabeza, es decir, en el verdadero sentido de la palabra, detrás de las mujeres, incurriendo en sus relaciones en serias ligerezas. Hasta que cometió una falta mucho mayor: parece ser que mantenía relaciones con una ex *cocotte;* una mujer de origen francés, una tal Paulette Marcellino. Esta, hembra hermosa y ávida al mismo tiempo, está ahora supuestamente retirada de la vida alegre y regenta una tienda de moda. Turati mantuvo una apasionada relación con la tal Paulette, que al parecer estaba locamente enamorada de él. Ocurrió que en determinado momento el Excmo. Sr. Turati se cansó de esta relación y dejó plantada a la ex *cocotte*, la cual, fuera de sí por el dolor y la ira montó un gran escándalo. Parece ser que fue contando por todo Turín los detalles más íntimos de esta relación: debilidades y degeneraciones del hombre que, según la tal Paulette, es un sádico terrible —hasta llegar a hablar en los excesos del sadismo de niñas destripadas, etc., etc.— un cocainómano y más cosas...

El Excmo. Sr. Turati muchas de estas cosas penosas las ha escrito incluso en unas cuarenta cartas alocadas, dirigidas a Paulette; la cual, una vez consumada la ruptura, entregó dos de ellas al Excmo. Sr. Farinacci —para usarlas contra el antiguo secretario del Partido.

Drogas, violencia sexual contra menores. A la trimurti de la imperdonable abyección moral solo le falta la divinidad malvada de la homosexualidad. Y, de hecho, puntualmente, los sicarios de Farinacci también acusan a Turati de una relación homosexual con un viejo amigo y compañero de lucha, el diputado Maltini.

Es indudable que Turati no lleva la vida erótica de una colegiala, y también el expediente Bocchini adelantaba la sospecha de «graves perversiones sexuales». Pero cualquiera, incluso el más sordo de los moralistas bienintencionados, es capaz de olerse en este escándalo montado a propósito el hedor nauseabundo de los fuegos de una grotesca caza de brujas. Pese a ello, el escándalo se extiende porque de avivar el humo de la persecución se encarga precisamente la ambigüedad constitutiva de su literatura, cuyo perverso encanto se encierra en esas cuarenta cartas pornográficas. Las cartas, en realidad, no pasan de ser una quimera —Farinacci ha leído un par de ellas; algunas, probablemente apócrifas, han sido publicadas por una revista francesa; la mayor parte, aunque se amenace con su divulgación, no aparecen por ninguna parte, destruidas tal vez, inexistentes quizá, ciertamente falsificadas—, pero lo cierto es que están pobladas de fantasmas. Y los fantasmas, como es notorio, son la levadura de la imaginación. Los fantasmas atraviesan las paredes.

Todo el mundo lo sabe: proporcionar a la mente humana, perturbada por la excitación, una gratificación sustituta, mantener a distancia de seguridad los inconvenientes de la realidad, para eso sirve la pornografía. Existir duele, así que mejor si se escribe. Escribir sobre sexo no prepara para ello, lo conjura. Las palabras son piedras no porque hieran sino porque yacen, inertes, al final de su breve y fatua parábola.

¿Qué pretendía decir el expediente Bocchini cuando aludía a supuestas «graves perversiones sexuales» a propósito de Turati? ¿Acciones o fantasías? ¿Y por qué, si se trataba de acciones, Mussolini las ha desatendido durante casi dos años?

La verdad, aunque difícil de aceptar, es que cualquier persona de buena fe, mirándose a sí mismo, vería fácilmente el abismo que separa una fantasía sexual, violenta incluso, de su ejecución real. Pero estos son argumentos demasiado sofisticados cuando tu enemigo se llama Roberto Farinacci. El equívoco es mucho más simple, obtuso, efectivo y, por desgracia para él, en una de las cartas incriminadas, el antiguo secretario del partido invitaba incautamente a la *maîtresse* a ofrecerle de nuevo «el chiquillo», es decir, una chica delgada con un corte de pelo a la moda de la época del jazz. Roberto Farinacci de Cremona, sin embargo, no es hombre capaz de entender la fascinación de la androginia, ni de soltar la presa de su adversario una vez adentellado. Y, de esta forma, en un memorial de tres páginas, dirigido a Starace, actual secretario, y a Arpinati, viceministro del Interior, el líder de los fascistas «intransigentes» estigmatiza las «más completas y turbias exasperaciones de la psicopatía sexual» de Turati.

El 6 de agosto, por lo tanto, Augusto Turati se vio obligado a dimitir de *La Stampa* en Turín donde había encontrado, durante unos meses, refugio bajo la protección de Giovanni Agnelli, magnate de la industria automovilística, senador del reino y propietario del periódico. El calvario de Turati, sin embargo, no ha hecho más que empezar. Y será un calvario marcado por una desgarradora corona de palabras escritas, una corona de espinas. Tras iniciarse con unas cartas, todo su vía crucis proseguirá, durante meses, por el mismo camino.

Las primeras, escritas con la ilusión de ser todavía un hombre y de poder hallar a un hombre en su interlocutor, se dirigen directamente a Benito Mussolini. El 4 de agosto, todavía en papel con membrete «*La Stampa*-Director», escribe Turati:

Duce,
en esta dolorosa y amarga hora de mi vida,
uno solo es el tormento que prevalece sobre todos.
El de haberos acarreado dolor y haber perdido
Vuestra estima.
Haréis conmigo lo que creáis justo, sabiendo muy bien
que en lo alto o en lo bajo no soy y no quiero ser
más que una voluntad a Vuestra disposición.
Pero escuchadme: no hay nada en mí que no
me consienta manifestaros mi ánimo ni escuchar
Vuestro juicio.
Devotamente

Augusto Turati

Ese mismo día, Mussolini también recibe una carta manuscrita con caligrafía clara y juvenil de Anna, la única hija del perseguido:

Duce,
¡Desde hace dos días mi papá sufre tanto como yo no nunca lo había visto!
Duce, ¿qué puede haber pasado? Algo grave sin duda que lo ha afectado y que tal vez os ha perturbado a Vos.
Duce, no puedo, ya no puedo seguir viéndolo sufrir con tanta intensidad.
Vos que sois el Padre grande y bueno de todos los Italianos, escuchad la palabra de una hija que tan desolada está. ¡No dejéis que le hagan daño!
Os juro que cada expresión, cada acto de mi papá, siempre ha sido de una devoción infinita por Vos...

Anna Turati

Roma, 4 de agosto de 1932 X

Tampoco la súplica de una hija, dirigida al padre de la patria en favor de su amado papá, recibe respuesta. Y, así, la última de las cuatro cartas enviadas a Mussolini por su antiguo brazo derecho en agosto de mil novecientos treinta y dos se envía desde Viareggio el 11 de agosto, redactada a estas alturas simplemente en papel con membrete «Abog. Augusto Turati-Via Emilio del Cavaliere 7»:

Duce,
si mi error ha sido grave, lo que se está haciendo contra mí es gravísimo.
No hablo de las medidas, sino del procedimiento.
En estos momentos, todo el mundo sabe cuáles son las acusaciones que se me hacen. El único que las desconoce soy yo [...].
Obedecí Vuestra invitación para abandonar *La Stampa* de Turín porque se me dijo que el alboroto era tan grande que era necesario romper con mi entorno.
Antes de presentar mi renuncia al Gran Consejo Os pedí una investigación.
Hoy solo pido conocer las acusaciones.
Y me bastará con conocerlas para demostrar que son falsas.
Se alude a la cocaína. Basta con mirarme a la cara y pensar que puedo permanecer en la pista [de esgrima] durante dos horas para entender que la acusación no solo es falsa: es ridícula.
Se habla de niñas violadas. Supongo que será necesario encontrar a alguna de esas víctimas.
Y así podríamos seguir.
Duce: no por mí, porque a estas alturas ya sé cuál es mi camino, sino por el Partido, haced justicia a toda esta miseria.
Concededme una entrevista y haced una declaración.
Todo quedará en silencio.
Después de eso me retiraré a mi casa con mi esposa y mi hija.
Devotamente

Augusto Turati

Pero Benito Mussolini no concede una entrevista, no hace ninguna declaración y mucho menos hace justicia.

Son recientes y sin embargo ya quedan lejos los tiempos en los que el Duce del fascismo rechazaba nada menos que en tres ocasiones la dimisión de su secretario. Los dos hombres se encontraron por última vez frente al féretro de Arnaldo, abatido el 21 de diciembre de mil novecientos treinta y uno por meses de feroces ataques a su integridad, por el sufrimiento por la muerte de un hijo y por un infarto.

En esas luctuosas circunstancias, en la grave y enrarecida atmósfera de dolor íntimo, Mussolini y Turati se rozaron por última vez como compañeros de viaje, testigos uno del otro. Después Benito Mussolini le dio la espalda y apartó la mirada hacia otro lado.

Mientras las cartas anónimas y las acusaciones públicas lanzadas desde las páginas del periódico de Farinacci pintaban al antiguo secretario como un malversador, un especulador, un putañero sin redaños, mientras Turati trataba desmañadamente de usar del mismo modo el periódico de la familia Agnelli para desacreditar a Farinacci, mientras se enredaba en un conflicto con Italo Balbo acerca de la importancia de la aeronáutica, se obstinaba en criticar el corporativismo y llegaba incluso a dar voz desde las columnas del diario a Riccardo Gualino, antiguo presidente de la SNIA, Sociedad de Navegación Italo Americana, enviado al confinamiento por haberse opuesto abiertamente a la política deflacionaria del Gobierno, el Duce del fascismo no encuentra más que palabras durísimas para reprender al director de *La Stampa*.

Ante esas palabras, como si fuera una señal de «luz verde», Farinacci desencadenó su campaña sensacionalista y Augusto Turati perdió el beneficio de poder recibir una respuesta, fuera esta la que fuera, a las súplicas dirigidas a Benito Mussolini.

Y, de esta manera, en los desesperados días de agosto de mil novecientos treinta y dos, el paria escribió nada menos que ocho cartas a Alessandro Chiavolini, secretario particular del jefe de Gobierno, rogándole que intercediera para poder reunirse con él en persona y obtener el beneficio de defender su propio honor y el del fascismo:

Estimado Chiavolini,
después de diez días en los que he sufrido lo insufrible,
decido recurrir a ti porque sé que has sido

el único que ha tenido valor para defenderme.
He cometido un error muy grave,
pero no tengo culpa alguna.
Y frente a ese error hay cuatro años de guerra
en la que luché honrada y ferozmente; diez de
probo periodismo; diez de fascismo de los cuales cinco
como Secretario del Partido.
La mujer que me denunció declara ahora que
ha tejido —en las cartas— una red de calumnias
horribles.
Me ofreció esas cartas tres veces y yo
le contesté que no tenía el menor interés en ellas porque
eran estupideces eróticas.
De todos modos, he pagado y pago.
Lo único que pido, por mi hija, es que se me deje
a mi soledad y a mi renuncia.
Mezclados con maldad y errores, hay también muchos
años de fidelidad y de esfuerzo.
Que lo uno valga por lo otro y volvamos a empezar desde cero.
Pero si se quiere el escándalo, que sea entonces completo.
Que se me deje luchar y defenderme, acusar y golpear
a quien solo por venganza me ha acusado.
Ningún hombre que haya vivido puede condenarme.
Me entrego confiado en tus manos: envíame una palabra de
serenidad.
Con mucha gratitud,

Augusto Turati
Viareggio, Via Lepanto 8

Batirse contra el enemigo en campo abierto, cuerpo a cuerpo, en duelo con arma blanca, en combate singular y hasta la última gota de sangre. Dar gloria con la propia muerte o recibirla por la muerte del otro. El duelo mortal como momento de suprema verdad. Este ha sido, desde los tiempos de Homero, el sueño heroico de los hombres aplastados en las carnicerías sin gloria de la vida y este es también el sueño de Augusto Turati en el verano de mil novecientos treinta y dos.

«Ningún hombre que haya vivido puede condenarme.»

Una frase que, pronunciada en otro contexto, habría tenido no pocas posibilidades de convertirse en un lema memorable. En cambio, nadie citará jamás el famoso dicho de Augusto Turati de Brescia, y su sangriento deseo de luz quedará insatisfecho. Ni siquiera Alessandro Chiavolini, en efecto, logra facilitar al hombre en demolición un coloquio reparador con el tótem del fascismo, que permanece mudo, inexpresivo, terrible en su silencio.

Mientras se desploma por la grieta que se ha abierto bajo sus pies, Turati encuentra un asidero en un último, inesperado, intercesor. Entre agosto y septiembre, el antiguo secretario del partido envía una decena de cartas a Margherita Sarfatti, también ella caída en desgracia ante Mussolini, pero que no deja de ser la única mujer que realmente ha contado en su vida y, tal vez, la única a la que el dictador ha amado. Turati se dirige a ella con amistosa confianza y casi, se diría, con devoción filial. «Amiga buena», «Amable y buena amiga», la interpela, como si estuviera rezando a una deidad menor, doméstica. Las primeras cartas aún siguen siendo combativas, orgullosas, preocupadas por el destino del fascismo («No pido seguir para siempre, pido seguir por ahora en el interés del partido y del régimen»), luego, cuando la desesperación acaba imponiéndose, se derrumban junto con su autor en el patetismo de los ruegos («Le imploro, amiga buena, que persista en este intento») y, por primera vez, sucumben a la repulsa por los camaradas infames («se ha azuzado la jauría de perros y costará que se detenga»).

El 14 de agosto, el suplicante refiere a Sarfatti la solución propuesta por Starace, actual secretario del partido, a quien Turati, pese a haberlo despreciado siempre, también se había dirigido:

Amiga Buena:
Hace unas horas se me ha ofrecido como forma de rescate el encerrarme en una casa de rehabilitación.
Yo he de responder: no.
1. Porque empeorará el escándalo: la fantasía popular pensará en quién sabe qué extraño y terrible final para mí.
2. Porque aceptaría implícitamente la culpa.
Ahora la situación de hoy es la siguiente [...]: las acusaciones

de esa mujer son falsas por su propia declaración escrita y los hechos específicos imputados pueden demostrarse falsos cuando se quiera. Cocaína; niña violada; relaciones homosexuales con un amigo mío, vivito y coleando y dispuesto a declarar cuando haga falta.

Entonces, ¿qué se pretende de mí: mi suicidio moral...?
Que el Duce lance un comunicado diciendo que
me ha recibido y que sostuvimos un coloquio [...]
Beso sus manos

Turati

Los días que siguen son un goteo de ansiedad, rabia y propósitos suicidas. «Buena amiga, ya no sé nada. Esta es la tortura más grave. Solo sé que en Turín seguimos revolviéndonos con la esperanza de demostrar todas las falsedades. La ferocidad de la sede del partido es atroz... Lo único que le pido desde mi soledad de dolor es que se ordene que cese el fuego», escribe Turati el 18 de agosto y a pie de página, antes de la firma, solo se lee «Viareggio, de noche».

Tres días más tarde, el 21 de agosto, la enésima carta, casi telegráfica, en el umbral de la afasia: «Amiga Buena, no sé nada, nada. Esta mañana Starace me ha repetido mediante una orden la invitación para que me vaya a una casa de rehabilitación. He contestado: no. Empiezo a perder la calma. ¡Ay de ellos si intentan un gesto de fuerza! No puedo escribirle todo, pero tengo la impresión de que se quiere llegar a lo irremediable».

Las impresiones de Turati son acertadas: la jauría canina lanzada contra él no se detiene, se persigue su suicidio moral, se quiere llegar a lo irremediable. Y, a pesar de que Paulette Marcellino, corroída por el arrepentimiento, se retracte de todas sus acusaciones e intente también a la desesperada obtener una entrevista aclaratoria con Mussolini, no lo consigue.

Mientras continúa cayendo en el vacío generado a su alrededor por el propio poder, un instante antes del impacto, el mártir de sí mismo envía, a través de la mujer que tanto ha contribuido a crearlo, una última súplica al dictador, su verdugo:

Buena amiga:
Se está dando marcha atrás a todo vapor, pero, por desgracia, el mal que se me ha hecho es irremediable.
Al Secretario Federal de Brescia le ha dicho textualmente el Secretario del Partido:
Turati es un hombre acabado, una piltrafa arrinconada entre el manicomio y la cárcel; un hombre que ha de ser borrado de la historia del fascismo [...].
¿Son estas las intenciones del Duce?
Entonces sé lo que me queda por hacer...
Amiga Buena: perfeccionad vuestro obrar de hermana y permitidme que siga creyendo todavía en la vida y en mí.
Con muy devota amistad,

Turati

Aunque Margherita Sarfatti se prodiga por él con «obrar de hermana», nada puede impedir que Augusto Turati vaya al encuentro de su destino. Mientras en Roma se preparan para inaugurar con gran pompa la via dell'Impero y la grandiosa exposición del décimo aniversario con la que el fascismo se celebra a sí mismo, el hombre que tanto contribuyó a su consolidación como régimen, bajo la amenaza de ser arrestado, es encerrado en una casa de rehabilitación en Ramiola, una aldea perdida en la provincia de Parma.

Una vez liberado, tal como hizo Arnaldo en vísperas de su muerte, también Turati anhelará el tranquilo receso de una vida rural en la colonia libia, recién «pacificada» por el general Graziani. Tampoco eso le será concedido.

Mientras se hacen toda clase de esfuerzos para borrar el nombre de «Turati, Augusto» de la historia del fascismo —tanto de cara a los fascistas como a los antifascistas— su portador se desliza para siempre en la sombra de su propia vida. Todo esto sin que, ni una vez siquiera, en decenas de cartas veraces y conmovedoras, a Augusto Turati le asalte mínimamente la duda de haber sido víctima de las distorsiones que él mismo —discurso tras discurso, depuración tras depuración— ha contribuido a crear.

El diputado Lando Ferretti me ha informado de que la baronesa Davanzo le había confiado que S.E. Turato es un pervertido sexual. En efecto, durante el erotismo con Davanzo hacía que le cagara en el estómago y le meara en la boca no solo sino que en el curso del coito no hacía otra cosa que llamar a hombres, evidentemente sus amantes, y entre otros al diputado Garelli de Vicenza.

Nota reservada de Arturo Bocchini
para Benito Mussolini, 17 de enero de 1930

El diputado Turati en sus encuentros con la tal Marcellino parece ser que hacía uso de cocaína, y parece que de la droga se servían tanto la propia Marcellino como también el criado de ella, que se dice que asistía a los congresos carnales en calidad de tercero.

S. E. Turati, bajo los efectos de la cocaína, pronunciaba las frases más extravagantes y realizaba los actos más inverosímiles y, en ocasiones, durante sus coyundas con la tal Marcellino, ordenaba al criado que se uniera a él. Un día exigió que la tal Marcellino otorgara sus favores también al criado.

Informe policial enviado a Benito Mussolini
por el superintendente de Turín Giuseppe Stracca,
30 de julio de 1932

Excelencia,

Había venido a Roma con la viva esperanza de obtener una entrevista con V. E. para demostrarle cómo se han aprovechado de mis celos y del dolor del abandono para lanzarme contra Turati. Y todos los medios que se emplearon para empujarme a ello. El Com. Romita empezó a asustarme diciendo que Turati quería que me enviaran al confinamiento, me aconsejó que sacara fotografías de las cartas al no conseguir ver ni obtener los originales, pretendía que se las reenviara para mandarlas al extranjero y así poder vengarme [...].

Acepté ir a ver a Farinacci para que me enseñara la manera de hacer llegar a V. E. las cartas (algunas de las cuales han sido falsificadas).

Farinacci [...] exigió echarles un vistazo, eligió varias y las guardó en un cajón cerrado con llave, diciéndome que servirían para defenderme en caso de que Turati hubiera querido hacerme daño. No comprendí en aquel momento, exasperada como estaba y engatusada por ellos, que todo era un embaucamiento para robarme las cartas y provocar el escándalo alrededor del cual hacía nueve meses que se trabajaba en Turín con un canibalismo sin precedentes [...].

Es doloroso Excelencia para mí que sé con cuánta devoción Turati le era fiel, el último quizá que aún le quedaba, saber con qué armas fue destruido, yo que lo amé y lo adoré como a un dios, porque me hizo vivir el año más radiante y hermoso de mi vida, saber que fui yo precisamente quien ha causado su perdición.

Por ese hombre cumplí todos los sueños más hermosos e hice todas las locuras. Y ahora vamos a lo más grave.

Al día siguiente del comunicado aparecido en los periódicos sobre su internamiento en una clínica, me apresuré aterrorizada a ir a Milán en busca de noticias, temiendo que se hubiera disparado.

Farinacci riéndose entre dientes me dijo: «Está en Viareggio y está estupendamente y está tomando medidas contra usted».

Le informé esa noche de que había facilitado al secretario de Turati, el sr. Parboni, una declaración en la que decía que había recurrido a Farinacci en calidad de abogado y que, en consecuencia, estaba sujeto al secreto profesional. Me saltó al cuello y pensé que me iba a estrangular: me amenazó con graves consecuencias para mí, si me atrevía a hacer estas declaraciones [...]. Me vuelvo a Turín en obsequio a los deseos de V. E. que para mí son órdenes, lamentando muchísimo no haber podido exponer de viva voz también la infinidad de otras cosas descubiertas y que ciertamente serían para Usted de cierto interés de carácter importante y confidencial.

P. D.: Es doloroso, sin embargo, que yo no pueda con todas estas bribonadas de Farinacci ponerle una mordaza de una vez por todas y borrarlo del colegio de abogados, lo cual sería posible para otro, y así dejaría ya de chantajear siempre y continuamente el Partido.

Carta a Benito Mussolini de Paola Marcellino,
otoño de 1932

La voz pública, agitada por Roberto Farinacci, fue catapultada sobre Turati, quien, desde el punto de vista de las relaciones con el sexo opuesto, no era ni es un querubín. Mientras condujo el destino del Partido, lo apoyé. Pero cuando, cansado del largo esfuerzo y considerándose superado por los acontecimientos, me pidió por tercera vez que lo reemplazara, comprendí que se había entregado por completo a la causa de la revolución [...]. Me decís, Yvon, que Turati fue arrollado por la calumnia, y que su homosexualidad era una turbia fábula inventada por el hombre de Cremona en su perjuicio. Pero, en Italia, cuando la voz pública, por manipulada que esté, golpea, nada puede hacerse para volverla inoperante.

Yo también estoy convencido de la inocencia de Turati. Pero él no me ha perdonado el haberlo abandonarlo cuando [el ras de] Cremona lo arrojó a los leones [...]. De la conducta de vuestro amigo después del drama, nunca tuve de qué quejarme. Su historia puede insertarse en el clima de esa permanente crisis del país a cuya contención él tan vigorosamente contribuyó. [...]

¿Pero realmente creéis que Mussolini es suficiente para apaciguar y cancelar el torrente de calumnias que derriba a un hombre?

De una entrevista de Benito Mussolini
con Yvon De Begnac

La señora lleva más de una hora esperando.

Cuando una broma del destino te ha puesto a cargo de la antecámara de un dictador, te acostumbras pronto a ver toda clase de cosas y Quinto Navarra —que ya lleva diez años exactos al servicio de Benito Mussolini, desde el día sucesivo a la marcha sobre Roma, cuando fue escogido por la casualidad y por las prisas para custodiar del umbral del nuevo jefe de Gobierno— ha visto de todo: ha visto a jerarcas en uniforme de general de la Milicia entrar henchidos y marcharse llorando, ha visto a notorios matones humedecer con un pañuelo mojado la suela de unos zapatos nuevos para amortiguar el crujido del cuero, ha visto a obispos, ministros, capitanes de la industria estremecerse a la espera de ser recibidos; ha visto la angustia más oscura, la adulación más descarada, la exaltación más insensata; ha visto la cobardía, la deferencia, la codicia, a hombres orgullosos o mezquinos, rectos o corruptos, tortuosos o sinceros, convertirse en un mismo hombre en presencia del poder; carreras truncadas por capricho, idiotas ascendidos por distracción, existencias enteras abrasadas por un momento de mal humor, a embajadores, príncipes y criminales doblar la espalda y ofrecer sus gargantas. Y hasta ha visto, hace poco y como remate, a Mahatma Gandhi cruzar ese umbral con una cabra sujeta por una correa de cáñamo indio.

Y, sin embargo, el ujier del Duce nunca se había sentido tan incómodo como en ese momento frente a la señora Sarfatti, que lleva más de una hora esperando para ser recibida en audiencia por el hombre que desde hace casi veinte años es su amante, su amigo del alma, su compañero de luchas y de vida, su protegido convertido en protector. El malestar de Navarra crece con cada minuto que pasa, con cada tañido de las campanas de San Marco al Campidoglio y crece sobre todo porque, aunque el jefe de Gobierno le ha obligado a decir que está ocupado en asuntos de Estado muy importantes, Navarra es el único que sabe que Benito Mussolini, detrás de la pesada puerta de roble, está solo en la inmensa Sala del Mapamundi y hace más de una hora que no deja de recorrerla a lo largo y ancho, con las manos enlazadas por detrás de la espalda, atormentado por un movimiento estéril y frenético, de la misma manera que Margherita Sarfatti se atormenta a sí misma, perfectamente inmóvil en la butaquita de la antecámara, formal, con la espalda recta, los ojos medio cerrados, las manos apoyadas en las rodillas, tan triste que roza la catatonia.

Con sobrepeso, ajada, maquillada en exceso, recargada con docenas de colgantes, brazaletes, joyas, la señora Sarfatti hace tiempo que ha caído en desgracia ante el Duce. Todo el mundo lo sabe en Roma, es imposible que lo desconozca el hombre que, silencioso, diligente y servicial guarda desde hace diez años los secretos de esa antecámara y las habitaciones a las que da acceso. Desafortunadamente, lo saben sobre todo los numerosos enemigos de esta mujer culta, rica, elegante, ambiciosa, despótica y apasionada que, hasta ayer, se contaba sin duda entre las más influyentes de Italia.

Hace años que Margherita Sarfatti, gran coleccionista de arte, apodada —con reverencia u ojeriza, a menudo con ambas— la «dictadora de la cultura», no colecciona más que derrotas.

Los círculos artísticos romanos le fueron hostiles desde el principio y lo siguen siendo, a pesar de todos sus esfuerzos por cautivarlos. Ojetti y Oppo la odian. Porque es milanesa, porque es mujer, porque es una mujer milanesa que quiere mandar en Roma. De nada le sirvió haber presentado, en una importante sala de exposiciones de la capital, una muestra colectiva enteramente dedicada a los artistas romanos del grupo Novecento. Sus adversarios han penetrado a través de la brecha abierta por el desamor del Duce para expugnar, uno tras otro, todas las posiciones de poder que ella había conquistado en la década anterior.

En mil novecientos veintiocho, la Bienal de Venecia no concedió ningún espacio a los artistas de Sarfatti, al año siguiente vinieron los feroces ataques y el fracaso de la segunda exposición del *novecento* italiano; en mil novecientos treinta su libro *Historia de la pintura moderna* fue recibido con desinterés generalizado, justo mientras en Venecia los jerarcas celebraban el regreso al clasicismo en nombre de un arte simple, vigoroso, comprensible para las masas y ajeno a los intentos modernizadores de la madrina del *novecento*. A las crecientes maledicencias sobre sus orígenes judíos se suma, entonces, el abierto desprecio hacia su sexo: «Margherita Sarfatti», ha escrito, violento y desvergonzado, Farinacci, «cometió el error de ser, como mujer, demasiado débil y sobre todo de alzarse y gritar: "Yo soy la madre del *novecento*"». Al final, el último revés y el revés extremo. En mil novecientos treinta y uno, tras la repentina muerte de Arnaldo, su buen amigo y defensor, Margherita Sarfatti también fue excluida del comité organizador de la gran exhibición mediante la cual, en el décimo aniversario de la marcha sobre Roma, el fascismo se prepara para celebrarse a sí mismo a través del arte, elevando un decorado histórico y documental a obra de arte.

Como era de esperar, el comité está formado solo por hombres. Luigi Freddi, futurista en su juventud, escuadrista, colaborador de *Il Popolo d'Italia* (es suya la máxima según la cual «El puño es la síntesis de la teoría»), muy aficionado a la aeronáutica y al cine, y Alessandro Melchiori, *sansepolcrista,* legionario en Fiume, dirigente del PNF; junto a ellos, para encargarse de los aspectos más impactantes del montaje, se ha convocado a Antonio Valente, arquitecto y escenógrafo, colaborador habitual de La Scala de Milán y creador de los «carros de Tespis», teatros itinerantes de obras líricas concebidos para conjugar la espectacularidad, el arte y lo popular en las plazas de los pueblos más remotos de Italia. Y, por encima del todo, de ese comité, dirigido por Dino Alfieri, subsecretario de Corporaciones, forma parte el principal adversario de Sarfatti, por más que esta lo incluyera en su primera exposición del *novecento* italiano, su némesis, el pintor y escenógrafo Cipriano Efisio Oppo, fascista de primera hora, amigo personal de Mussolini, diputado, hijo de un funcionario ministerial, artista «ambicioso, violento, agresivo, capaz de cualquier exceso» y diez años más joven que Margherita.

Así pues, habiendo perdido la protección del Duce, al quedarse sola contra sus numerosos enemigos, Margherita Sarfatti no tuvo más remedio que peregrinar por la Europa boreal, llevando de gira sus exposiciones en Suecia, Noruega y Finlandia. Y, al final, se rebaja a calentar antecámara para ser invitada por lo menos a la inauguración de la gran exposición que pudo haber realizado su sueño de la cópula entre arte y política, el proyecto —perseguido durante toda una vida— de transformar los hechos estéticos en hechos políticos, y viceversa.

Quinto Navarra es un hombre sencillo, no sabe nada de corrientes artísticas, del teatro nómada o del valor propagandístico de esculturas o pinturas. Sin embargo, conoce mejor que nadie la profunda mortificación de una larga espera. Por esta razón, después de preguntar por enésima vez, con la máxima amabilidad, si a la señora Sarfatti le apetece un refresco, y habiendo obtenido la enésima negativa cortés, se arma de valor y, a pesar de no haber sido llamado, entreabre la puerta de la Sala del Mapamundi. Le basta con asomar la cabeza para divisar al Duce solo, de pie frente a la cristalera del balcón, medio oculto por las cortinas, concentrado en vigilar, según su obsesión, las tareas del policía municipal al otro lado de la plaza.

El dictador y su ujier han ido perfeccionando un código gestual, verificado a lo largo de los años, gracias al cual Mussolini puede obtener información de lo que ocurre en la antesala e impartir sus instrucciones a Navarra.

Los gestos del Duce no dejan lugar a dudas: una vez establecido que la señora Sarfatti sigue allí a la espera de ser recibida, ordena, con un gesto categórico y enojado, dejar que siga esperando.

«¿Hasta cuándo?» preguntan las manos misericordiosas de Quinto Navarra.

«Hasta que se rinda» responden las del Duce.

—¿Qué tal está?

La pregunta, formulada con un hilillo de voz, por trivial que sea, coge por sorpresa a Navarra nada más regresar a la antecámara. Y no solo porque son las primeras palabras que la señora Sarfatti ha pronunciado desde que empezó a velar pacientemente el cadáver de su poder y de su amor, sino porque, a lo largo de tantos años, Quinto

Navarra nunca las ha oído resonar en esa habitación de tránsito. Muy a menudo jerarcas, especuladores o ministros temerosos, mientras esperaban para reunirse con el Duce, solían preguntarle: «¿De qué humor está hoy el Jefe?». Nadie, sin embargo, le ha preguntado nunca: «¿Qué tal está?».

El malestar de Navarra se eleva entonces al cénit de una palpable vergüenza. Ante esa pregunta, si tuviera que responder como la persona sencilla pero aguda que es, tendría que decir que, en octubre de mil novecientos treinta y dos, en el apogeo de su poder y prestigio, Benito Mussolini está como puede estarlo un hombre que, en el umbral de los cincuenta años de edad, ha dicho adiós a sus hermanos, a sus amigos, a sus amores.

A Arnaldo lo enterró un año antes, el 21 de diciembre de mil novecientos treinta y uno e, inmediatamente después de acompañar su ataúd rebosante de flores, la noche antes de Navidad, canceló todos sus compromisos durante veinte días, ordenando que se rechazara cualquier visita e, inclinado sobre el escritorio bajo el peso de una desesperada soledad, el dictador de Italia se dedicó a escribir la vida de su difunto hermano, abandonándose a los recuerdos de la suya propia. A Augusto Turati, uno de los poquísimos que no se informaba acerca del estado de ánimo del déspota antes de reunirse con él, lo dejó a merced de las fieras en esas últimas semanas y a Margherita Sarfatti —a quien Rachele y Edda, esposa e hija, por una vez unidas, le hicieron jurar que no volvería a ver más— Benito Mussolini le está diciendo adiós, sin tener siquiera valor para hacerlo en persona, a cara descubierta, con el silencio de estas últimas horas.

Si Quinto Navarra quisiera responder con sinceridad a la sencilla pregunta de la señora Sarfatti, debería describir la melancólica condición de un líder que, tras las exequias de su hermano, el único en quien podía confiar, en un arranque de terrible y veraz sarcasmo, le susurra a un viejo conocido «ahora tendré que confiar en todos»; debería hablar de un jefe de Estado idolatrado por las multitudes, que va deslizándose, día tras día, en el poco envidiable destino de la desconfianza más radical hacia todos y en la aún más escalofriante condena de tener que cultivar una cada vez mayor, absoluta y anormal confianza en sí mismo; debería informar de un dictador que, durante sus conversaciones con Emil Ludwig, el biógrafo de los «grandes», al llegar a la cuestión de las amistades, de los afectos, de los indispensables sentimientos de benevolencia hacia esos pocos a los que todos nos encomendamos en nuestro breve tránsito por esta tierra, responde orgulloso, resuelto y afligido: «En cuanto a eso, soy hombre a prueba de bombas».

Quinto Navarra debería hablar de un hombre venerado por millones de personas que odia las festividades, pasa el día de Pascua en una soledad catatónica, que consume solo sus platos de verduras y macarrones sin sazonar en no más de quince minutos, que exige silencio absoluto a su alrededor hasta el punto de haber prohibido el uso del claxon en piazza Venezia, que evita metódicamente las reuniones familiares con esposa e hijos siempre que le resulta posible, que pese a trabajar doce horas al día en expedientes de vital importancia para el futuro de la nación busca refugio en la lectura de novelas, que a pesar de haber asumido la mastodóntica tarea de dirigir siete ministerios, se pasa horas en la ventana anotando las matrículas de los automóviles culpables de modestas infracciones al código de circulación, un hombre que finge todos los días nadar entre multitudes de adoradores bañistas, fraternizar con humildes trabajadores, cosechar el trigo junto con genuinos campesinos, y en cambio bracea, confraterniza y cosecha rodeado siempre por agentes de policía disfrazados, un tirano que, mientras proclama haber asumido el peso del destino del mundo, estudia alemán todos los días como un colegial, se avergüenza de sus gafas de présbite y se deleita escuchando a Chopin, interpretado exclusivamente para él por una pianista de renombre, mientras huele un clavel rojo.

Por último, Quinto Navarra debería compadecerse del estratega que, después de haber practicado la supremacía táctica del vacío durante décadas, terminó creando un vacío a su alrededor; del estadista que marcha hacia el futuro al frente de ochocientos mil niños educados por el partido a pesar de haber perdido cualquier residuo de ilusión en el género humano; del ideólogo de una doctrina centrada en el culto a la juventud, obligado a envejecer cada día más en el papel de tótem de esa paradójica religión; del padre de la patria llamado a satisfacer las necesidades de todo un pueblo al que definitivamente es incapaz de amar y del macho depredador condenado a satisfacer los deseos de una plétora de hembras sobre las que se desahoga en coitos de cinco minutos, con los pantalones en los tobillos, en el poyete que antecede al famoso balcón, poseyéndolas por detrás como un perro.

Quinto Navarra debería ofrecer como respuesta a la señora Sarfatti las perlas de cinismo que su amado ha prodigado a Emil Ludwig para ese libro de *Conversaciones con Mussolini* que acaba de publicarse: «en toda sociedad hay una parte de ciudadanos que merece ser odiada», «la disponibilidad del hombre moderno para creer ciegamente es increíble», «en todos los países la verdad yace siempre en el fondo de un pozo». Debería hacerlo, pero no lo hace, porque él es un hombre sencillo, no pertenece al restringido círculo de los personajes históricos, sino al más amplio número de los personajes humanos.

De modo que Navarra recurre a una piadosa mentira. Responde con sencillez:

—Bien, señora, creo que el presidente está bien.

Al cabo de otra hora, Margherita Sarfatti se rinde. Sin decir una palabra, tras ofrecer a Quinto Navarra la mano enguantada para un saludo cortés, se encamina hacia la salida caracoleando, como si se estuviera recuperando de los restos de una resaca o de las secuelas de un leve traumatismo craneal.

Media hora después, cuando ya atardece, tras recibir de su eficiente colaborador la señal de luz verde, también Benito Mussolini sale del Palacio Venecia. No sin antes haber dirigido una recomendación final a Quinto Navarra, siempre la misma:

—No te olvides, cuando se haga de noche, de encender la lámpara en mi escritorio y de dejarla encendida toda la noche. A la gente no le importa en realidad lo que decido por ellos, les basta con saber que existo.

Hacer cosas de hoy, modernísimas por lo tanto, y audaces, sin melancólicos recuerdos de los estilos decorativos del pasado. [...] Quiero una exposición palpitante de vida viril y teatral también, y sobre todo no me hagas nada que se parezca a la levita de Giolitti.

Instrucciones de Benito Mussolini
para la exposición del décimo aniversario, 1932

El público debe quedar impresionado de inmediato, me atrevo a decir que sacudido, por la imagen del Determinador, de manera que ya no pueda liberarse de su influencia.

Antonio Valente, escenógrafo y arquitecto,
directrices para la exposición del décimo aniversario

¿Cuál fue la orden más desagradable que tuve que cumplir? Fue la de anunciarle a la señora Margherita Sarfatti, después de dos horas de antesala, que el Duce no iba a recibirla.

Quinto Navarra, *Memorias del mayordomo de Mussolini*

Roma, 28 de octubre de 1932
Via dell'Impero

En el décimo aniversario de la revolución fascista, se inaugura la «Tercera Roma», una ciudad destripada. Tres edades enteras del hombre, la Edad Media, el Renacimiento y la época barroca, raspadas de su centro histórico como de un útero. Con sus novecientos metros de longitud y treinta de anchura, «tan recta como la espada de un legionario», la via dell'Impero se despliega a los pies del Duce: el mayor teatro de demoliciones de la historia moderna.

En su construcción han trabajado 1.500 obreros, se han extraído 300.000 metros cúbicos de rocas, tierra y escombros, se han demolido 2.203 viviendas, se ha desplazado a 1.886 personas. Todo esto en solo un año, desde octubre de mil novecientos treinta y uno al mismo mes de mil novecientos treinta y dos, tan fulmíneo como una puñalada en el abdomen.

Larga es la lista de las demoliciones: el caserón situado entre el monumento a Víctor Manuel y el Foro de Trajano, las casas que rodean la Torre de las Milicias y los Mercados de Trajano, las viejas viviendas que flanqueaban el Capitolio, el antiguo edificio de la Academia de San Luca, la zona anexa a la iglesia de Sant'Adriano, la zona entre via Cremona y Marforio, donde ahora aflora el Foro de César. La colina de Velia totalmente excavada y 50.000 metros cúbicos de antigüedades reducidas a polvo.

El destripamiento del último año completa un vasto plan de demoliciones ya en marcha destinado a aislar el Capitolio y abrir la carretera del Mar a través de la devastación al oeste de la colina: desmantelada la casa de Giulio Romano y la barroca de Pietro da Cortona, destruida la iglesia de Santa Rita de Carlo Fontana; y eso con la esperanza de descubrir la roca Tarpeya: hecha *tabula rasa* del barrio medieval adosado contra el Campidoglio, aislado el Teatro Marcello, desintegrada la vecina piazza Montanara que tanto le gustaba a Goethe, arrasadas tres iglesias y numerosos edificios del siglo xvii, allanados el Arco y el Teatro dei Saponari, demolido lo que quedaba de la casa de Miguel Ángel, hecho trizas el bloque occidental de la piazza Aracoeli, el telón de fondo desde el que el propio Miguel Ángel había concebido la panorámica lejana del Campidoglio.

Todo lo que se destruye es catalogado como «morralla antigua», «casuchas cochambrosas», «mugre pintoresca». A la indignación que se eleva en el extranjero replica la invectiva nacionalista contra los «estetas extranjeros, que proclaman que se está destrozando Roma y quieren encontrar en Italia la belleza inmunda y pintoresca, como en otros tiempos se buscaba el escalofrío de los bandoleros». La visión que lo domina todo es la grandilocuencia del Duce: «La Tercera Roma se expandirá sobre otras colinas, a lo largo de las orillas del río sagrado, hasta las playas del mar Tirreno». He aquí la Tercera Roma: el Coliseo que se yergue en el horizonte en su gigantesca soledad, el vacío que inunda las laderas de los cerros como tras el derrumbe de una presa, el pasado evocado a golpes de pico y pala

Para celebrar el vacío monumental de este nuevo siglo, siguiendo el programa, a las 11:00 en punto del 28 de octubre de mil novecientos treinta y dos, desde el barrio de Monti desciende una procesión de tullidos, de mancos, de ciegos. El desfile inaugural de los mutilados de la Gran Guerra llega puntual a su cita con esta historia de ruinas. En la medida en que sus cuerpos minusválidos se lo permiten, la columna de veteranos desciende a paso rápido desde la altura de Magnanapoli hacia el Altar de la Patria. Parece como si la explanada, aquella vastedad vacua en el corazón de la ciudad eterna, hubiera sido creada a propósito para resaltar sus flaquezas, sus cojeras, sus lisiaduras. Los edificios demolidos, las iglesias abatidas, las colinas excavadas resuenan, al mismo tiempo sádicas y lastimosas, en los cuerpos mutilados de los grandes inválidos de guerra. Las ruinas de la gloria de los siglos reciben, y desdeñan al mismo tiempo, las reliquias orgánicas de la gloria militar de Italia.

Encabezándolos, mutilado entre los mutilados, pero elevado hacia el cielo por un purasangre que mide más de un metro setenta en la cruz, cabalga Benito Mussolini.

El Duce del fascismo se detiene a la entrada de la via dell'Impero. El gobernador de Roma le ofrece unas tijeras sobre un plato de oro. Tras dominar los caprichos del caballo, Mussolini corta la cinta que abre la nueva vía sagrada de la nación fascista.

Entre la multitud que flanquea al Duce, a los jerarcas y a los veteranos, muchos niños, e incluso algunos adultos, se entretienen haciendo subir y bajar un juguete formado por una cuerda fijada a la ranura interna de un disco de madera. Es la moda del momento, un pasatiempo inocente, basado en la repetición hipnótica de un mismo gesto completamente sin sentido. Se llama yo-yo, y ha sido juzgado «poco austero» por las autoridades fascistas, pero no se ha podido impedir que su inofensiva estupidez empañara la ceremonia solemne.

Benito Mussolini
Roma, 29 de octubre de 1932
Palacio de Exposiciones,
Muestra de la revolución fascista

Cuatro gigantescos fasces de metal de veinticinco metros de altura en planchas de cobre bruñido, instalados sobre un cubo rojo, de treinta metros de enlucido «jaspeado», para evocar la «concepción totalitaria e integral del régimen fascista». Una ciclópea construcción de acero, el racionalismo drogado de delirio futurista, un acorazado en medio de via Nazionale: solo las varas de los fasces miden seis metros en una aleación de aluminio fundido con magnesio, manganeso y silicio, dura, incorruptible, anodizada.

En el décimo aniversario de la marcha sobre Roma, Benito Mussolini se detiene para contemplar la escenografía instalada a la entrada de la exposición por Adalberto Libera, un joven arquitecto trentino, uno de los fundadores del Movimiento Italiano para la Arquitectura Racional, obsesionado por la búsqueda de un clasicismo atemporal, por una visión del arte total. El Duce admira, se complace, aprueba. Después entra.

Un arco, de quince metros de altura, en chapa de allumal empernado le da la bienvenida en el atrio. El metal es importante, pero no lo es todo. Cinco inmensos arcos de luz enmarcan sobre el fondo negro el portal coronado por una X tricolor luminosa. La enorme placa, en la que campea el juramento fascista, está flanqueada por dos fasces de zinc en una sección de rueda dentada:

«En nombre de Dios y de Italia: juro cumplir las órdenes del Duce y servir con todas mis fuerzas y si es necesario con mi sangre la causa de la revolución fascista».

Benito Mussolini, como pez de los abismos, murmura mudo, a flor de labios, el juramento a sí mismo. Unos instantes después, escoltado por el séquito de arquitectos, artistas, jerarcas y autoridades municipales, tras dar los primeros pasos en la Sala A, queda cautivado y abrumado por la frenética sucesión de acontecimientos que, en el lapso de un puñado de años, lo han llevado, junto con su pueblo, de la mezcolanza de sangre y de barro en las trincheras al mármol de los edificios del poder.

En las paredes los acontecimientos se exponen de derecha a izquierda: las guerras de los Balcanes, el atentado de Sarajevo, la trágica caída de la casa de Habsburgo, el «sombrío mes de agosto» de mil novecientos catorce, la guerra en el mundo; luego la paz, los «atavismos políticos incapaces de renovarse, la economía sin principios, el Estado sin autoridad, el arte sin expresión, la opinión pública sin cabezas visibles, los partidos sin ideales»; por encima de todo, la aparición numinosa del hombre de la providencia; de sala en sala, las huelgas devastadoras, la locura bolchevique, la llama del fascismo que se enciende, la vertiginosa secuencia de los hechos, la irrupción violenta de las masas en el escenario de la Historia, tres enormes turbinas metálicas en relieve con hélices formadas por mosaicos fotográficos de manifestaciones oceánicas y siluetas de manos, a miles, levantadas en el saludo romano. Por doquier, los banderines de las escuadras e inserciones de chapa que trazan la silueta del Duce.

Al vértigo de la Historia se suma el del reflejo. Benito Mussolini está aquí, en esta Sala O diseñada por Giuseppe Terragni, vivo y coleando, en carne y hueso, en la cúspide de su poder, en el culmen de su madurez, y sin embargo ya está allí también, multiplicado, oxidado, fosilizado en un centenar de siluetas de chapa galvanizada. Aún es un ser vivo, pero ya es un documento. La Historia y su profeta viven un simultáneo instante de confusión.

Para despertarlo de la pesadilla, llega un ujier desde la entrada. Mortificado, aterrorizado, servil, susurra que la señora Sarfatti exige ser admitida en el cortejo inaugural.

Mussolini liquida el imprevisto con un único gesto hastiado de la mano derecha en dirección a Dino Alfieri, como para espantar una mosca. Alfieri se cuadra antes de recorrer las salas en dirección contraria. Unos momentos más y a los ilustres visitantes les llega el eco remoto de la voz de una señora de mediana edad que, perdido todo decoro, se entrega en público a una escena histérica.

Benito Mussolini se salta las salas dedicadas a él y se refugia en la Sala U, consagrada a la memoria de los mártires fascistas. De repente, los desvaríos de la vida, los gritos y la furia de las divinidades idiotas de la Historia, la histeria de una mujer desesperada, se apagan.

El espacio es circular, perfecto y, sin embargo, envolvente. En el centro se levanta un pedestal de color sangre, de siete metros de diámetro, sobre el que se alza una enorme cruz de metal, una cruz de guerra, envuelta por una luz blanca y fría que proclama: POR LA PATRIA INMORTAL.

La atmósfera es irreal, suspendida, circundada por un tenue, sombrío resplandor azul. El silencio es absoluto. Aquí, es evidente, ya no estamos sobre la tierra sino debajo de ella, en la cripta hipogea, en el final del camino donde descansa el viajero, en eterna quietud. Y, sin embargo, no todo ha terminado. Aún nos convoca el gigantesco anillo que recorre las paredes, dando seis vueltas en metal negro perforado, circular, infinito. Por debajo de él, miles de banderines con los nombres de los caídos. Por encima la hoja ha excavado, como una cinta blanca de novia, una única palabra iluminada, repetida miles de veces y por ello ilegible.

Benito Mussolini se acerca. Lee. Se sobresalta.

¡PRESENTE! ¡PRESENTE! ¡PRESENTE! ¡PRESENTE!
¡PRESENTE! ¡PRESENTE! ¡PRESENTE! ¡PRESENTE!
¡PRESENTE! ¡PRESENTE! ¡PRESENTE! ¡PRESENTE!
¡PRESENTE! ¡PRESENTE! ¡PRESENTE! ¡PRESENTE!
¡PRESENTE! ¡PRESENTE! ¡PRESENTE! ¡PRESENTE!

Es la llamada de los muertos. Son las voces sin voz de los muertos que, coagulados en la luminiscencia azul, responden para la eternidad, con la única palabra que les queda, a la tácita convocatoria de los vivos.

La Sala U ha dejado de ser ahora un volumen situado estáticamente en el espacio, es un organismo, un ser habitado por el tiempo, el estómago de un gigantesco bovino, una criatura antiquísima, tal vez incluso prehistórica, llegada sin embargo a nuestro planeta desde el futuro, desde una patria extraterrestre, desde una distancia abismal tras recorrer las rutas siderales de los espacios cósmicos.

El coro de los muertos, con esa repetición obsesiva suya, salmodiando la mentira del presente, se difumina en el borboteo digestivo del rumiante, al mismo tiempo primordial y futurible, en un eco que solo en apariencia reverbera el pasado reciente de la revolución fascista en el décimo aniversario de su advenimiento.

Para quien sabe aguzar el oído hacia el lugar de las resonancias —y Benito Mussolini, aunque sea incapaz de otra cosa, eso lo sabe hacer bien— el coro de los muertos llega a la Sala U no desde el pasado, sino desde un porvenir inminente.

Personajes principales

Fascistas, simpatizantes y afines

ALFIERI, DINO   Férreo nacionalista, licenciado en Derecho, intervencionista y voluntario en la Gran Guerra, condecorado con una medalla de bronce y otra de plata. Elegido diputado en 1924 en las filas de los nacionalistas que confluyeron en la gran lista fascista, es un simpatizante activo del régimen, creador y presidente del Instituto de Cultura Fascista de Milán.

ARPINATI, LEANDRO   Antiguo ferroviario anarquista de Romaña, hijo de gente muy pobre, amigo personal de Mussolini. Tras pasarse al fascismo en 1919, se convirtió en el primer y más inexorable exponente de los escuadristas boloñeses. Tras la marcha sobre Roma, se sitúa en un segundo plano. Pese a concentrar en sus manos un considerable poder —secretario del Fascio, podestá de Bolonia, diputado, subsecretario del PNF— seguirá siendo siempre el hombre fuerte, leal y decidido de los primeros años.

BALBO, ITALO   El condotiero de la Milicia fascista, el ídolo de los escuadristas, el cuadrunviro de la marcha sobre Roma, se halla ahora a la expectativa. Ha dado un paso atrás, se jacta en público de que ya no le interesa la política, sino solo los aeroplanos, sus amados hidroaviones. Es subsecretario de Estado de Aviación y parece no tener más aspiración que cruzar el Atlántico con toda una flota de aparatos.

BELLONI, ERNESTO   Hijo de cambista, licenciado y luego profesor de química farmacéutica, es el podestá de Milán; pese a ser diputado y dirigente estatal forma parte de los consejos de administración de una veintena de empresas. Inscrito en el Fascio desde 1919, ha explotado su tupida red de relaciones políticas y en el mundo de las altas finanzas para enriquecerse en muy poco tiempo. Parece ser que mantiene estrechas relaciones con los hermanos Mussolini.

BOCCHINI, ARTURO   Antiguo prefecto de Génova, procede de San Giuseppe la Montagna, un pueblo de la provincia de Benevento. Terrenal, vividor, tan ávido de comida como de mujeres, fuerte y rechoncho. Detrás de su fingida afabilidad de señorito del sur, pueden entreverse las características que lo convertirán en el jefe de la policía fascista y del OVRA: no olvida nada, ni un nombre ni una cara. Brillante, a la expectativa, despiadado.

BORATTO, ERCOLE   Chófer personal de Mussolini, es el hombre de confianza que, a bordo del coche presidencial, lo acompaña a todas partes, ostentando su cuerpo ante las multitudes de toda Italia.

BOTTAI, GIUSEPPE   Voluntario de los Osados, herido y condecorado con la medalla de plata, futurista, poeta aficionado. Fundador del Fascio de Combate de Roma, organizó las primeras escuadras de acción locales y fue elegido diputado. Fundador del periódico *Critica Fascista,* defiende un fascismo legalizado e integrado en las estructuras del Estado.

CIANO, COSTANZO   Bigotudo, estólido y macizo, es un héroe nacional, protagonista en 1918 junto a D'Annunzio de la legendaria «mofa de Buccari». Fascista desde antes de la marcha sobre Roma y fidelísimo al Duce, ras de los escuadristas livorneses, fue elegido diputado en 1921 en la lista de los bloques nacionales. Tras hacerse muy rico después de la guerra, gracias entre otras cosas a su influencia política, fue galardonado por el rey en persona con el título de conde de Cortellazzo por sus méritos militares.

CIANO, GALEAZZO   Conde de Cortellazzo. Costanzo, su padre, es un héroe de la Gran Guerra, él es un joven rico, mimado y veleidoso. Tiene ambiciones literarias y lleva una vida de holganza, perdiendo el tiempo en los cafés romanos, hasta que su padre lo lanza a la carrera diplomática. Vicecónsul en Río de Janeiro, secretario de embajada en Buenos Aires, está destinado en Pekín, donde afina sus artes de seductor.

D'ANNUNZIO, GABRIELE   Primer poeta y primer soldado de Italia. Ya era escritor de fama internacional, dandi, esteta exquisito, implacable seductor, cuando, exaltado por la guerra, lleva a cabo empresas legendarias durante el conflicto mundial. A la cabeza de los indignados por la «victoria mutilada», dirigió la ocupación y la regencia de Fiume. Después de haber sido obligado militarmente a renunciar a los frutos de su empresa, se retira a una villa-mausoleo en Gardone. Ambiguo partidario de un fascismo que lo magnifica como su precursor, confinado en el Vittoriale, aburrido, decidido a una momificación celebrativa de sí mismo, es «un niño que nos cuesta caro».

DÙMINI, AMERIGO   Hijo de emigrantes, ciudadano estadounidense, renuncia a la nacionalidad norteamericana para alistarse en el ejército real. Herido, mutilado, condecorado al valor, se cuenta en el periodo de posguerra entre los fundadores del Fascio de Florencia. De pocos prejuicios, propenso a toda forma de violencia, es colocado por Mussolini a la cabeza de la Checa fascista. Como responsable del secuestro y asesinato de Matteotti, es detenido el 24 de julio, vive en la prisión de Regina Coeli con toda clase de comodidades, y sigue aún a la espera de juicio.

FARINACCI, ROBERTO   Antiguo ferroviario socialista, decidido intervencionista, aunque sospechoso de haberse emboscado luego, fascista de primera hora, periodista de asalto agramatical, tosco y zarrapastroso como pocos, con menos perjuicios y más determinación que nadie, amigo de Mussolini, columna vertebral de los escuadristas lombardos. Director de *Cremona Nuova,* más tarde *Regime Fascista,* desde cuyas páginas fomenta la facción de los «intransigentes», licenciado en Derecho en 1923 con una tesis copiada, elegido diputado al año siguiente, fue nombrado después secretario general del PNF. En el fondo, Mussolini lo teme: es el ras de la violencia ciega, implacable pero no obtusa, el ídolo de los hombres duros del fascismo.

FEDERZONI, LUIGI   Boloñés, hijo de escritor, discípulo de Giosuè Carducci, líder del movimiento nacionalista, goza de las simpatías de los biempensantes de derechas. Apacible, jovial, elegido diputado en 1919, íntimo del rey, aunque refractario por naturaleza y formación intelectual a la violencia escuadrista, simpatiza con el fascismo. Después de la marcha sobre Roma, recibe como premio el Ministerio de las Colonias primero, luego el del Interior.

FREDDI, LUIGI   Milanés, futurista en su juventud, intervencionista después, escuadrista de primera hora, redactor jefe de *Il Popolo d'Italia*. Profundamente apasionado por la aeronáutica y el cine, tiene un especial talento para la propaganda. Suya es la máxima: «El puño es la síntesis de la teoría».

GENTILE, GIOVANNI   Filósofo de fama europea, es el pensador italiano más importante junto a Benedetto Croce. Nombrado después de la marcha sobre Roma ministro de Educación, se adhiere al fascismo. Alejado de toda intransigencia, es el promotor de una célebre reforma escolar, la pluma detrás del *Manifiesto de los intelectuales fascistas*.

GIAMPAOLI, MARIO   Hijo del pueblo, militante socialista en su juventud, sindicalista revolucionario, apoya en 1914 la intervención de Italia en la guerra y se alista en los Osados. Funda con Mussolini los Fascios de Combate y dirige el servicio de orden. Hombre de los bajos fondos, autodidacta, jugador, vinculado a una exprostituta, con antecedentes criminales. Propietario y director de la revista *1919,* secretario de la federación provincial y del Fascio de Milán, ídolo de la chusma y del fascismo proletario, suya es la idea de los «grupos de fábrica», organizaciones rivales de los sindicatos y dedicadas a una despiadada propaganda política entre las masas trabajadoras.

GIURIATI, GIOVANNI   Abogado veneciano, nacionalista apasionado, voluntario en la Gran Guerra y condecorado al valor, jefe de gabinete de D'Annunzio en Fiume, luego destacado fascista y varias veces ministro. Un hombre, a fin de cuentas, honrado, un idealista, fuera de la refriega.

GRANDI, DINO   Intervencionista, capitán de tropas de montaña condecorado al valor, licenciado en Derecho, en el periodo de posguerra oscila entre distintas orientaciones políticas antes de inscribirse en el Fascio de Bolonia en noviembre de 1920. Inteligente, con cierta confusión ideológica pero políticamente astuto, líder del fascismo emiliano, primero en abierta oposición a Mussolini en 1921, y luego, durante la marcha sobre Roma, jefe del Estado Mayor del cuadrunvirato. Diputado en 1924, una vez en los palacios del poder destaca por su alineación incondicional con las posiciones del Duce.

LIBERA, ADALBERTO   Genial arquitecto trentino, uno de los fundadores del Movimiento Italiano para la Arquitectura Racional, es un artista del espacio obsesionado con la búsqueda de un nuevo clasicismo atemporal, desde una visión total del arte. El totalitarismo fascista le espera...

MAGGI, CARLO MARIA   Abogado, diputado, antiguo secretario federal de Milán de 1922 a 1924, está considerado por muchos como uno de los incondicionales de Farinacci.

MARINELLI, GIOVANNI   Miembro de la burguesía media convertido al socialismo, es seguidor de Mussolini desde 1914. Cicatero, mezquino, obtuso, resentido, intensamente miope y gotoso, hace gala, sin embargo, de ciega fidelidad hacia el Jefe. Mussolini lo nombra administrador de los Fascios de Combate. Involucrado en el asesinato de Matteoti, es detenido en 1924. Sigue en espera de juicio.

MARINETTI, FILIPPO TOMMASO   Poeta, escritor, dramaturgo, fundador del futurismo, la primera vanguardia histórica del siglo XX en Italia. Nacionalista, cantor de la guerra, intervencionista, voluntario en las tropas de montaña. Participa junto con Mussolini en la asamblea fundadora de piazza San Sepolcro. Antimonárquico, afronta fases alternas de adhesión y oposición al fascismo y, tras la marcha sobre Roma, definitivamente caricatura de sí mismo, acaba al margen de la vida del régimen.

MELCHIORI, ALESSANDRO   Hijo de un coronel de los carabineros, *sanseplocrista,* legionario de Fiume, es subsecretario del PNF y miembro del Gran Consejo del Fascismo. Hombre de índole razonable, jerarca de toda confianza.

NAVARRA, QUINTO   El ujier del Duce, que llegó a ser, casi por casualidad, inmediatamente después de la marcha sobre Roma, su ayuda de cámara personal, el guardián de todos sus secretos, el mayordomo «omnipresente y también inexistente». No es un fascista.

OPPO, CIPRIANO EFISIO   Pintor y escenógrafo romano, artista ambicioso en su juventud, violento, agresivo, capaz de cualquier exceso. Hijo de un funcionario ministerial, fascista de primera hora, diputado y amigo personal de Mussolini, acérrimo rival de Margherita Sarfatti.

ROCCO, ALFREDO   Napolitano, antidemocrático, imperialista, profesor universitario. Líder del movimiento nacionalista, favoreció su fusión con el fascismo. Excelente jurista, ministro de Justicia, a él le encarga Mussolini la redacción de las leyes liberticidas, el desmantelamiento orgánico del Estado liberal.

ROSSONI, EDMONDO   Socialista revolucionario, más tarde intervencionista, en 1919 se pasa abiertamente al bando de los Fascios de Combate italianos. Extremadamente popular entre los trabajadores, defensor de un sindicalismo fascista, es secretario general de la Confederación Nacional de las Corporaciones Fascistas.

SIRONI, MARIO   Pintor, firmante del *Manifiesto futurista,* alistado al estallar la guerra en el Batallón de Ciclistas voluntarios, se une en la posguerra al movimiento fascista a partir de 1919. Pionero del *novecento* italiano, pasa de ser un artista miserable, un veterano que pinta desolados y magnéticos suburbios urbanos, a convertirse en el atrevido, tal vez inconsciente, creador de un estilo fascista en todos los campos de la expresión estética.

STARACE, ACHILLE   Jerarca de Gallipoli, Mussolini lo nombra secretario general adjunto del PNF. Amante de los uniformes y de las condecoraciones, contable de formación, soldado de infantería en la Gran Guerra, se mueve a tirones como una marioneta. Lealtad canina, devoción ciega, carencia total de inteligencia, así como de escrúpulos y de cualquier preocupación ética. El Duce lo define como «mi mastín».

SUARDO, GIACOMO   De familia aristocrática, voluntario en la Gran Guerra, se afilió al Fascio de Bérgamo en 1921. Borrachín, adicto al juego, deudor insolvente y visitante asiduo de «tabernas de carreteros», desde 1924 es diputado y subsecretario de la presidencia del Gobierno.

TURATI, AUGUSTO   Nacido en Parma, pero criado en Brescia. Periodista, esgrimista, valiente soldado durante la Gran Guerra. Profundo idealista, adquiere renombre como fascista «social», defensor de los derechos de los trabajadores frente a los industriales. De forma sorprendente es designado por Mussolini secretario del Partido Fascista en lugar de Farinacci, con la tarea de poner orden en el fascismo y entre los jerarcas más pendencieros. Hombre fiel, atormentado, leal. Pretende realizar un trabajo fino con su florete, reemplazando a la porra y a la maza herrada del legado escuadrista, pero no tardará en percatarse de que es un arma inadecuada.

VÍCTOR MANUEL III   Introvertido, inseguro, puntilloso, frágil físicamente y de carácter débil, es rey de Italia desde julio de 1900. En 1922, con ocasión de la marcha sobre Roma, no firmó el estado de asedio que hubiera permitido al ejército detener a los fascistas y opta, en cambio, por confiar a Mussolini el encargo de formar un nuevo Gobierno, por más que los opositores sigan confiando en él para el restablecimiento de la legalidad y muchos lo consideren el depositario de un poder autónomo respecto al fascismo. Mussolini, en privado, lo define como «nuestro más fiel camisa negra». Firma las «leyes fascistísimas».

VOLPI, ALBINO   Antiguo carpintero, con múltiples antecedentes por delitos comunes y héroe de guerra. De natural muy violento, fue uno de los «caimanes del Piave», asaltantes especializados en cruzar a nado el río de noche para degollar a los centinelas enemigos. Antiguo líder de los Osados milaneses desmovilizados, despiadado escuadrista, íntimo colaborador de Dùmini, se cuenta entre los responsables del secuestro de Matteotti, tal vez sea incluso quien le propine la puñalada fatal. Detenido mientras intentaba escapar a Suiza, encarcelado, está en espera de juicio.

VOLPI, GIUSEPPE   Financiero e industrial veneciano, brillante y oportunista plutócrata, conde de Misurata, antiguo gobernador de la Tripolitania italiana, dirige en Roma desde 1925 el Ministerio de Finanzas.

WILDT, ADOLFO   Hijo de portero, milanés de lejanos orígenes suizos, a los nueve años ya servía como aprendiz de barbero. Maestro del cincel, financiado en Europa por mecenas prusianos, protegido en Italia por Sarfatti, la escultura es para él una dimensión absoluta. Del frío mármol sabe extraer retratos de un expresionismo escalofriante.

Demócratas, opositores al régimen, antifascistas

ALBERTINI, LUIGI   Director del *Corriere della Sera* durante más de veinte años, senador del reino, miembro de la más alta burguesía, orgulloso liberal y conservador. A pesar de haber subestimado sus peligros al principio, ahora es uno de los pocos que quedan para predicar con valentía, en el desierto de Montecitorio, contra la inminente dictadura fascista.

AMENDOLA, GIOVANNI   Fundador del periódico liberal *Il Mondo*, profesor de filosofía teórica, líder de la secesión del Aventino. Habiendo sobrevivido a distintas agresiones escuadristas en 1923, es el antifascista más odiado después de la muerte de Matteotti.

CROCE, BENEDETTO   Máximo filósofo italiano vivo y suprema autoridad intelectual de la nación, senador del reino, antiguo ministro de Educación. Última cabeza visible del pensamiento liberal, aunque en un primer momento contempla la violencia del fascismo con una mezcla de presunción, miopía y condescendencia, al final hace notoria su oposición al régimen: urgido por Giovanni Amendola, escribe el *Manifiesto de los intelectuales antifascistas.*

DE AMBRIS, ALCESTE   Legendario líder sindical, promotor de la Liga Italiana de Derechos Humanos, redactor de la Carta del Carnaro para D'Annunzio en Fiume. Antifascista, inquieto por la furia de los escuadristas y por el ambiente hostil contra la oposición, escoge el camino del exilio voluntario en Francia.

DE GASPERI, ALCIDE   Secretario del Partido Popular italiano tras la renuncia obligada del padre Sturzo. Aislado del régimen, intimidado por los episodios de violencia, es uno de los impulsores más obstinados de la secesión del Aventino.

DONATI, GIUSEPPE   Periodista católico y antifascista, director del diario *Il Popolo,* uno de los principales impulsores del Aventino. Es el hombre que denunció a De Bono por complicidad en el asesinato de Matteotti.

GIOLITTI, GIOVANNI   El hombre que ha dado su nombre a toda una época. El estadista, el político símbolo de la Italia liberal, es a estas alturas una cariátide, el remanente de un mundo irremediablemente pasado. Es el último en entregar las armas ante el fascismo triunfante entre la indiferencia general.

GRAMSCI, ANTONIO   Filósofo de la política, periodista, lingüista, crítico teatral y literario, impulsor de la revista *L'Ordine Nuovo.* Después de la escisión de Livorno, funda con Bordiga y Togliatti el Partido Comunista de Italia, del que se convierte en el brillante secretario en 1924. Miembro de la Cámara de Diputados, es uno de los principales impulsadores de la secesión del Aventino. Cerebro multiforme, inquieto, revolucionario y, por lo tanto, peligroso para el régimen, su cuerpo se ve torturado por abscesos, dolores artríticos, agotamiento, desviación de la columna vertebral, cardiopatía, hipertensión.

MATTEOTTI, GIACOMO   Hijo de un gran terrateniente sospechoso de prestar dinero a usura, abraza desde su juventud la causa de los campesinos de su región —entre los más pobres de Italia—, hambrientos a causa de quienes son como su padre. Culto, combativo, intransigente, elegido en el Parlamento en diciembre de 1919, tras la ruptura con los reformistas en 1922 fue nombrado secretario del naciente Partido Socialista Unitario. Denuncia la violencia escuadrista, los casos de corrupción, el fraude electoral de 1924. Asesinado en el verano del mismo año, el eco de su homicidio se esparce por el vacío de las habitaciones del poder fascista hasta empujar a Mussolini al borde del abismo.

NENNI, PIETRO   Republicano, amigo personal de Mussolini en su juventud, comparte con él las luchas contra la guerra de Libia y la cárcel, brillante periodista, funda en abril de 1919 el Fascio de Combate de Bolonia. Sin embargo, no tarda en separarse del fascismo para convertirse en socialista. Director del *Avanti!,* tras el supresión por parte del régimen de toda la prensa de oposición, huye a París cruzando la frontera suiza.

ROCCA, MASSIMO   Célebre firma del periodismo anarquista y revolucionario en su juventud bajo el seudónimo de «Libero Tancredi», conoce a Mussolini en el *Avanti!,* y lo sigue a *Il Popolo d'Italia*. Entre los máximos dirigentes del PNF, es defensor de una política de normalización y moderación. Diputado fascista disidente, prestigioso, incómodo, criticó al régimen en varias ocasiones. Expulsado del partido, se refugia en París.

SALVEMINI, GAETANO   Diputado, historiador y eminente especialista en la cuestión meridional, es catedrático de Historia en la Universidad de Messina con solo veintiocho años, y más tarde profesor en Pisa y Florencia. Contrario a Mussolini desde 1919, ferviente antifascista, detenido en 1925, logra escapar a Francia al año siguiente.

TREVES, CLAUDIO   Socialista demócrata, diputado, intelectual refinado, pacifista. En 1915 desafía en duelo a Benito Mussolini, cuando aún eran compañeros de partido. Su oposición a la violencia fascista es inflexible. Líder del Partido Socialista Unitario junto con Turati y Matteotti, tras el asesinato de este último, aún confía en la controversia democrática de los diputados del Aventino. Tras perder toda esperanza, huye clandestinamente a París.

TURATI, FILIPPO   Anciano, rechoncho y angustiado patriarca del socialismo humanitario. Desgarrado por el asesinato de Matteotti, se une a las protestas no violentas del Aventino, confía obstinadamente en una intervención del rey que, para variar, no se produce. Cuando se instaura la dictadura, se ve obligado a huir en plena noche a bordo de una lancha motora. Al principio se refugia en Córcega, y más tarde en París. La policía fascista lo somete a estrecha vigilancia.

Autores de los atentados

GIBSON, VIOLET   Lunática mujer irlandesa, de descuidado pelo blanco, mirada trastornada. Hija desnaturalizada de un Lord, ya ha intentado suicidarse varias veces. Vagabundea por las calles de Roma con intenciones asesinas.

LUCETTI, GINO   Veintiséis años, de Avenza, provincia de Carrara, anarquista individualista, libertario de vocación y cantero de mármol de profesión, expatriado a Francia tras un violento enfrentamiento con los escuadristas. Frío, determinado, ha decidido que Mussolini debe morir.

SCHIRRU, MICHELE   Sardo, activista libertario, anarquista. Veterano de guerra, emigrado a los Estados Unidos, el atentado contra el jefe del fascismo lo tiene obsesionado. Regresa a Italia para ajusticiar al tirano liberticida.

ZAMBONI, ANTEO   Quince años, hijo de un viejo anarquista convertido al fascismo. De escasa inteligencia, sus amigos lo apodan «el Patata».

ZANIBONI, TITO   Cuarenta y dos años, socialista intervencionista, masón, dannunziano, varias veces condecorado al valor con tres medallas de plata y una de bronce. Antiguo colaborador de *Il Popolo d'Italia*, promotor del «pacto de pacificación» entre socialistas y fascistas en 1921, más tarde diputado del Partido Socialista Unitario, tras el asesinato de Matteotti en él solo queda el horror. Medita la muerte del Duce.

La cuarta orilla: Tripolitania, Cirenaica, Fezán

ABD EN-NEBI BELKER   Bereber, jefe de la tribu nómada de los orfela, ejerce su influencia en la región de Fezán y del sur de Trípoli. Tiene una cuenta pendiente con el traidor Califa Zaui.

AMADEO DE SABOYA-AOSTA   Duque de Apulia, «príncipe sahariano», hijo del primo del rey, educado en los mejores internados ingleses. Alto, delgado, duro, adorado por sus soldados. Aventurero, persigue los espejismos del honor y la gloria. Es uno de los últimos y de los mejores exponentes de la aristocracia guerrera europea.

BADOGLIO, PIETRO   Piamontés frío y calculador, como general en la Gran Guerra tuvo su parte de infamia en la catastrófica derrota de Caporetto y su parte de gloria en el triunfo de Vittorio Veneto. No es un hombre de los fascistas, sino un hábil técnico del oficio de las armas. Mussolini lo nombra en 1925 jefe del Estado Mayor general. Para él, la guerra es ante todo una cuestión de mercadería.

CALIFA ZAUI   Jefe indígena de Trípoli leal al Gobierno italiano. Expulsado en el pasado de Fezán por sus rivales, que mantienen como rehenes a su esposa e hijos, lucha junto a los invasores para obtener su propia venganza personal.

DE BONO, EMILIO   General varias veces condecorado en la reserva, siempre ha sido un viejo. Reseco, quejumbroso, es en cualquier caso un oportunista con un constante afán por cargos y honores. En su búsqueda de contactos políticos en todos los partidos del arco parlamentario acaba encontrándolos en el fascismo. Cuadrunviro de la marcha sobre Roma, desde 1925 es gobernador de Tripolitania.

FERRARI-ORSI, TENIENTE CORONEL   Especialista en campañas militares coloniales, antiguo comandante de los *spahis,* implacable perseguidor de rebeldes, conduce a su agrupación sahariana por la desolación de Fezán.

FRANCHINI, CAPITÁN   Subalterno de Ferrari-Orsi. Lo acompaña en la memorable marcha sobre Uau al Kebir en su condición de médico del 4.º sahariano. Hombre apacible y sin embargo disciplinado soldado y, sobre todo, tenaz peregrino de las «sedientas distancias».

GRAZIANI, RODOLFO   Antiguo seminarista, se convierte en el coronel más joven del ejército italiano. Mandíbula cuadrada, piel cocida por el sol, lleva luchando en África desde 1908. Mordido por una serpiente, pasó un año entre la vida y la muerte. Habla árabe y tigriña. Protagonista de la reocupación de Trípoli, Mussolini lo asciende a general de brigada y le confía el mando de los territorios del Sur. La prensa del régimen lo lisonjea con definiciones grotescas: «coronel Tempestad», «demoledor», «terror de los beduinos», pero él mismo se dedica con fervor a alimentar su propia leyenda.

MOHAMED FEQUINI   Jefe de la tribu rogebán, un grupo nómada de origen árabe; antes que contra los italianos luchó contra los turcos y franceses. Culto, carismático, a pesar de tener más de setenta años todavía sigue luchando en los desiertos de Fezán.

MOHAMED BEN HAG HASEN   Jefe de los rebeldes bereberes de la tribu de los misciascia, con la que Rodolfo Graziani mantiene relaciones diplomáticas.

MOHAMED IDRIS ES-SENUSI   Emir, expatriado en Egipto, máxima autoridad religiosa de la hermandad sanusí.

OMAR AL MUJTAR   Legendario jefe de la guerrilla sanusí, indomable e inaprensible, a pesar de su muy avanzada edad. Los nómadas lo consideran un santo y le atribuyen poderes sobrenaturales. Creen que puede volverse invisible. Los italianos le dan caza por todos los medios.

SALEH AL ATEUSC   Antiguo guerrillero sanusí que encabeza la tribu de los mogarba er-Raedat. Muy astuto, nunca se ha sometido a los italianos, convirtiéndose en uno de los jefes rebeldes más indomables.

SEF EN-NASER (HERMANOS)   Jefes de la tribu de los Aulad Soliman. Su familia, de antigua tradición guerrera y dueña desde siempre del oasis de Yufra, hace pasar muy malos ratos a los ocupantes italianos.

SICILIANI, DOMENICO   General, vicegobernador de Tripolitania y Cirenaica desde 1929, es el brazo derecho de Pietro Badoglio en Libia.

SUNI (HERMANOS)   Descendientes de una importante familia árabe sanusí, jefes rebeldes, gozan de gran ascendiente en la tribu de los zintán.

TERUZZI, ATTILIO   Fascista y colonialista de primerísima hora, oficial varias veces condecorado y escuadrista, antiguo subsecretario del PNF, desde 1925 es gobernador de Cirenaica. El propio Mussolini lo ha enviado a la Cuarta Costa para reprimir la rebelión.

Los hombres del Vaticano

GASPARRI, PIETRO   Hijo de pastores de las Marcas, de orígenes humildes, ascendió a la púrpura cardenalicia convirtiéndose en secretario de Estado de la Santa Sede. Conduce en absoluto secreto las extenuantes negociaciones con el régimen fascista para alcanzar el concordato entre el Estado y la Iglesia.

MERRY DEL VAL Y ZULUETA, RAFAEL   Cardenal español de orígenes aristocráticos, antiguo chambelán y secretario de Estado de su santidad Pío X, es uno de los hombres de confianza del actual pontífice.

PÍO XI   Nacido como Ambrogio Damiano Achille Ratti, ascendió al trono papal en 1922. Después de décadas de mutua hostilidad entre Estado e Iglesia, con la llegada del fascismo en Italia piensa que ha llegado el momento de resolver la cuestión romana.

TACCHI VENTURI, PIETRO   Padre jesuita, intermediario habitual pero no oficial entre el papa y el Duce, negocia en secreto el acuerdo de reconciliación entre el Estado italiano y el Vaticano. Sufre un atentado perpetrado por un misterioso agresor.

Parientes, amigos y amantes

BRARD, MAGDA   Pianista francesa de fama internacional, inspirada intérprete de Beethoven, Chopin y Debussy, es desde 1926 una de las amantes habituales de Mussolini. El Duce, que duda constantemente de su fidelidad, está obsesionado con ella y siente grandes celos.

CURTI, ANGELA   Hija de un viejo compañero socialista de Benito Mussolini, mujer de uno de sus escuadristas encarcelado por delitos de sangre. Morena, exuberante, de dulces ojos oscuros. Durante la detención de su esposo, Benito Mussolini la seduce y la convierte en su amante. Vive en Milán con la pequeña Elena, la enésima hija clandestina del Duce, que nació unos días antes de la marcha sobre Roma.

DE FONSECA PALLOTTELLI, ALICE   Supuesta mujer noble casada con Francesco Pallottelli, un empresario de las Marcas vinculado mediante una ambigua relación con el famoso pianista ruso Vladimir de Pachmann. Tras ofrecerse inicialmente a Mussolini como propagandista en el extranjero de la nueva Italia fascista, pasa pronto a servir a propósitos más sensuales.

MARCELLINO, PAULETTE   De origen francés, antigua *cocotte*, hermosa mujer. Retirada de la vida alegre, dirige una afamadísima sastrería para señoras en Turín y un círculo de alta prostitución. Es la amante secreta de Augusto Turati.

MUSSOLINI, ARNALDO   El apacible hermano, queridísimo, del Duce, y hombre de sentido común y de mediación. Dirige el diario familiar *Il Popolo d'Italia* en Milán, se encarga de las relaciones con la gran burguesía industrial y apoya calurosamente el intento de Turati de normalizar el fascismo marginando a los exaltados. Es un católico ferviente, una figura clave en las relaciones fascistas con el Vaticano. Su vida privada está marcada por su constante preocupación por su familia.

MUSSOLINI, EDDA   Inquieta primogénita del Duce, su hija predilecta. A pesar de la tutela de Sarfatti y del exilio en exclusivos internados para aprender buenas maneras, es incapaz de refrenar su naturaleza independiente, sensual, rebelde. No es hermosa, pero goza de un halo de encanto luciferino, siempre bajo la observación de la policía secreta, encadena improbables y a menudo impresentables novios.

MUSSOLINI, RACHELE GUIDI   Hija de campesinos de Romaña, criada en la miseria, semianalfabeta, compañera de Mussolini desde 1909 y madre de sus hijos. Benito y Rachele, ateos y socialistas pese a oponerse originalmente a la institución del matrimonio, se desposaron más tarde con una ceremonia civil el 16 de diciembre de 1915 y, por último, también con una ceremonia religiosa. Mujer sencilla, de piel dura y sanguina, aguanta con un sentimiento de humillación las excesivas infidelidades de su marido.

MUSSOLINI, SANDRO ITALICO   Joven hijo de Arnaldo Mussolini, sobrino del Duce, que sufre de mielosis leucémica global, enfermedad incurable y fatal.

SARFATTI, FIAMMETTA   Jovencísima hija de Margherita Sarfatti, goza del respeto y la atención de Benito Mussolini.

SARFATTI, MARGHERITA   Rica heredera veneciana, judía, cultísima, coleccionista y brillante crítica de arte, es la mujer que a partir de 1914 ha levantado la imagen pública del Duce, la que ha transportado al tosco agitador político de las revueltas provinciales a los salones de la alta sociedad. Madrina del *novecento* italiano, se esfuerza por darle al régimen fascista un arte moderno y de Estado y a sí misma un poder «dictatorial» en el ámbito cultural. Se encamina a convertirse en una amante molesta, envejecida, sobrecargada de joyas, casi una patética segunda esposa.

Índice

Este libro se terminó
de imprimir en
Móstoles, Madrid,
en el mes de
mayo de 2021